Elizabeth de Guise wurde in Ostafrika geboren. Sie wuchs dort auf bis ihr Vater der jüngste Geschäftsführer in der Geschichte von »Dalgety & Co.« wurde und ihre Familie deswegen nach England zog. In ihren Geschichten versucht sie, Verständnis für kulturelle Unterschiede zu erwecken, die auch immer in ihrem eigenen Leben eine große Rolle spielten.
Elizabeth de Guise lebt heute in St. David's, Pembrokeshire.

Deutsche Erstausgabe Januar 1991

Titel der Originalausgabe »Dance Of The Peacocks«

Originalverlag Grafton, London
Umschlaggestaltung Manfred Waller
Umschlagillustration Walter Wyles/Agentur Luserke, Friolzheim
Satz MPM, Wasserburg
Druck und Bindung brodard & taupin
Printed in France 5 4 3 2 1
ISBN 3-426-02933-2

Elizabeth de Guise: Pfauentanz

Roman

Aus dem Englischen vom Kollektiv Druck-Reif

Knaur

Für die Begum Roshan Horabin,

Mrs. Ingeborg Deal,
meinen jüngsten Neffen Damien

und für Jack und Jeannemarie Holterman,
die immer die Bücher schickten.

Sri-Ganesaya Namah

Gott Ganesha zu Ehren

Prolog

Man schrieb das Jahr 1850. Der Radscha von Kattyapur sah auf die scharlachrot gewandete Gestalt seiner Braut. Zum ersten Mal, seit er auf dem *gadi*, dem Kissen des Herrschers saß, glaubte er, einen Menschen gefunden zu haben, mit dem er die Last teilen konnte, seinen kleinen Staat zu regieren. Der Augenblick für die *saptapadi* war gekommen: für jene sieben Schritte, die man nie wieder rückgängig machen konnte. Der Gedanke erfüllte ihn mit Freude.
Während er seine Braut um das heilige Feuer führte, sprach er die rituellen Worte: »Gehe du einen Schritt, um Kraft zu gewinnen; gehe du zwei Schritte, um Stärke zu gewinnen; gehe du drei Schritte, damit der Wohlstand sich vermehrt; gehe du vier Schritte für das Wohlergehen; gehe du fünf Schritte für die Nachkommen; gehe du sechs Schritte für die Jahreszeit; gehe du sieben Schritte als eine Freundin. Sei mir in Treue ergeben; mögen uns viele Söhne geschenkt werden; mögen sie ein hohes Alter erreichen.«
Maneka, die neue, jüngere Rani folgte ihm mit festem Schritt. Er hatte nur einmal mit ihr gesprochen, aber er wußte, daß sie so aufrichtig war wie Agni, der Gott des Feuers, der bei allen Feierlichkeiten dieser Art zugegen war und von allen indischen Gottheiten am redlichsten handelte.

Er hatte sich immer einsam gefühlt, seit er den Scheiterhaufen für den Leichnam seines Vaters entzündet und seiner Mutter geholfen hatte, ihren Platz in den Flammen einzunehmen, den Kopf des toten Gatten auf ihrem Schoß. Sein Vater war für ihn ein unzugänglicher Fremder geblieben, der Achtung und Furcht, aber keine Liebe in ihm erweckt hatte. Seine Mutter dagegen war ihm während seiner gesamten Kindheit eine vertraute Freundin gewesen; und daß es ihre Bestimmung war, *sati* zu werden, hatte ihm fast das Herz aus dem Leib gerissen. Das einzige, was ihm blieb, war ein Handabdruck, den sie am Tor von Ganesha hinterlassen hatte, als sie es zum letzten Mal durchschritt, und eine tiefe Verzweiflung, die ihn niemals verließ...

Seine ältere Rani war ihm keine Hilfe gewesen. Er war mit ihr im Kindesalter aus politischen Gründen verheiratet worden; und bald hatte sich herausgestellt, daß seine Frau zurückgeblieben war und ihre geistige Entwicklung der eines dreijährigen Kindes entsprach. Die Ehe war niemals vollzogen worden.

Er fühlte, daß er in Maneka die Rani gefunden hatte, die er brauchte, um stark genug zu sein gegenüber den Intrigen und Ränken der Frauen in seiner *zenana*. Sie hatte bei den Zeremonien der vergangenen Tage eine Würde an den Tag gelegt, die ihm gefiel. Würde sie ihm auch eine Freundin sein?

Es war seine Mutter gewesen, die ihn gelehrt hatte, daß ein Herrscher seine Position seiner *praja* verdankte, dem Vertrag zwischen dem Radscha und seinem Volk. Es war die Pflicht des Radscha, sein Volk zu führen und zu schützen; und es war die Pflicht des Volkes, ihm dies mit Gehorsam und einem Teil seines Besitzes zu vergelten. So war es immer gewesen und so sollte es sein, solange er lebte.

Er blickte in der marmornen Halle umher, ließ die Blicke von einem seiner Höflinge zum anderen schweifen. In seinem tiefsten Innern wußte er, daß ihre Zeit vorüber war und sie nutzlos für ihn sein würden, wenn die Briten noch aufdringlicher wurden. Stück für Stück unterwarfen sie sich den ganzen Kontinent im Namen des Handels und ihrer eigenen Vorstellung von Gesetz und Zivilisation. Er fürchtete, daß einst auch er gezwungen sein könnte, seine Treue diesen rotgesichtigen Fremden zu schenken anstatt seinem eigenen Volk. Doch unter seinen Höflingen spürte keiner diese Gefahr. Sie sahen in den Briten eher ein vorübergehendes Ärgernis, dessen man sich jederzeit entledigen konnte.

Der Tanz endete in einem Wirbel scharlachroter Gewänder. Er war zufrieden mit seiner neuen Rani, aber er erwartete in ihr nicht die Vertraute, von der er träumte und die er eines Tages zu finden hoffte: eine Frau, die mit all den aufregenden Dingen und Gefahren der modernen Welt vertraut war und trotzdem die Traditionen respektierte. Seine neue Rani dagegen würde so sein wie all die anderen Frauen, die er bisher gekannt hatte: hübsch, fromm und dazu geschaffen, ein fruchtbarer Boden für den Samen ihres Herrn zu sein. Vielleicht waren alle Frauen so; vielleicht würde sein Traum nie Wirklichkeit werden. Er blickte sich um und lächelte seine jüngere Rani an, denn sie sollte sich wohl fühlen. Armes Mädchen! Hoffentlich würde sie nicht erfahren, daß sie für ihn eine Enttäuschung war, schon gar nicht, bevor sie sein Bett geteilt hatte. Die Verehrung, die er für seine tote Mutter empfand, gebot ihm, daß er Maneka gegenüber immer die Freundlichkeit und Ehrerbietung zeigte, die ihr gebührte; und schon deshalb würde er seine heimlichen Träume niemandem anvertrauen.

Erstes Buch

*

Lady Frances

Kapitel 1

1852

Mit äußerstem Widerwillen blickte Lady Frances Grogan auf die Kleider, die ihr ihre Zofe bereitgelegt hatte.

»Fanny!«

Ohne eine freundlichere Miene aufzusetzen, drehte sich Lady Frances um und betrachtete ihre Gouvernante, die auf der Schwelle stand. Ihr Gesicht war gerötet von den Mühen des Treppensteigens.

»Fanny«, sagte sie flehend, als sie den Unwillen in Lady Frances' Gesicht sah, »Sie müssen es tun. Ihr Vater will doch nur das Beste! Was würde Ihre selige Mutter von Ihnen denken, wenn sie wüßte, daß Sie sich über jeden Schritt zum Altar so echauffieren – gerade so, als wäre es Ihre eigene Entscheidung, wen Sie heiraten!«

Lady Frances ergriff die Krinoline und warf sie auf den Fußboden. »Angesichts der Tatsache, daß ich mich nicht an sie erinnere, habe ich nicht die leiseste Vorstellung, was sie sagen würde. Und Sie ebenfalls nicht!« bemerkte sie zornig und warf sich auf das Bett, auf dem die Krinoline für sie bereitgelegen war. »Ich werde mich nicht ankleiden! Ich werde diesen abscheulichen Mann nicht heiraten! Und ich werde auch nicht nach Indien gehen!«

Beinahe erleichtert griff die Gouvernante den letzten Satz auf. »Natürlich werden Sie nicht nach Indien gehen. Sie werden in England leben und Ihren eigenen Haushalt führen, während Ihr Gatte nach Indien zurückkehren wird, um sich der weiteren Vermehrung seines Vermögens zu widmen. Es heißt, das Klima in Indien sei dem Familienleben nicht besonders zuträglich ...«

Lady Frances lachte. »Die Inder scheinen ganz gut damit zurechtzukommen, wenn man dem Glauben schenken kann, was man so hört!«

Der Mund der Gouvernante öffnete sich und schloß sich dann wieder, während ihr Gesicht eine beängstigend unnatürliche Farbe annahm. »Meine Liebe, ich bitte Sie, machen Sie niemals solche Bemerkungen in Gegenwart anderer. Man würde das Schlimmste von Ihnen denken. Ich weiß ja nur zu gut, daß Sie nicht die geringste Ahnung haben, von was Sie da reden. Andere jedoch würden Ihnen nicht unbedingt soviel Nachsicht entgegenbringen.«

Lady Frances hatte größte Achtung für die kleine, aufgeregte Frau. Sie hatte sie in all den Jahren richtig liebgewonnen. Ihre Gouvernante war immer streng mit ihr gewesen, doch Fanny wußte auch, daß sie sich auf sie verlassen konnte. Arme Agnes Fetton! Sie stammte aus einer angesehenen Familie, die ins Unglück geraten war; und in diesen schweren Zeiten, in denen alle Männer in Übersee für den Erhalt oder die Vergrößerung des Empire kämpften und bestrebt waren, den Franzosen oder Deutschen zuvorzukommen, hatte für Agnes nicht die geringste Hoffnung auf eine standesgemäße Partie bestanden. So hatte sie sich tapfer mit dem Status einer verarmten viktorianischen Lady abgefunden und war Gouvernante geworden. Sie schätzte sich glücklich, diese Stellung bei dem Earl of Cashel bekommen zu haben, denn Seine Lordschaft war ein überaus umgänglicher Herr. Seine Gattin war bei Fannys Geburt gestorben

und konnte sich deshalb nicht in Agnes' Vorstellungen über die Erziehung von drei Mädchen einmischen.
Das einzige, was Miss Fetton an ihrer Stellung störte, war, daß sie nun in Irland leben mußte. Zwar hatte sie mittlerweilen erkannt, daß der irische Adel überall auf den Britischen Inseln anerkannt wurde, doch so ganz würde sie sich nie an dieses papistische Land gewöhnen. Sie war in einer Welt aufgewachsen, in der die fürchterlichsten Gerüchte über Katholiken umgingen. Und obwohl sie die schlimmsten Geschichten mittlerweile nicht mehr glaubte, überkam sie doch jedes Mal ein Schauder, wenn sie eine von diesen frommen Ordensschwestern sah, die zu den Armen gingen. Denn Agnes wußte ja, daß sie jedem Priester, der sie begehrte, zu Willen sein würden...
Oh, und dann hatte ihr Fanny vor einigen Tagen erklärt, sie glaube, die Katholiken seien nicht anders als die Protestanten, die sie kennengelernt habe! Dieser Ausspruch hatte die Gouvernante davon überzeugt, daß es gut war, wenn Fanny einen Mann heiratete, der für solch unsinnige Ansichten gar nichts übrig hatte. Bei ihrer ersten und einzigen Begegnung mit Lord Bantry hatte Agnes seiner Meinung über den Großteil der irischen Bevölkerung (und erst recht über die indischen Hindus, diese fürchterlichen Heiden!) von ganzem Herzen zugestimmt. Man stelle sich vor, Menschen, die irgend jemanden erwürgten, nur um irgendeinem grimmig dreinblickenden Idol zu gefallen, das sie für eine lebendige Göttin hielten! Natürlich waren die Katholiken um kein Haar besser – wenn man daran dachte, wie sie die Statuen der heiligen Jungfrau verehrten und vor Holz- und Gipsfiguren niederknieten!
»Agnes, Sie haben immer behauptet, Papa würde mich niemals mit einem Mann verheiraten, der mir nicht gefällt.«

»Das war einmal, meine Liebe. Die Dinge haben sich gewandelt, seit die Königin Ihrem Vater diese wichtige Position bei Hofe angeboten hat.«

»So wichtig, daß er mich deshalb verkauft?«

»Aber nein, meine Liebe. Ihr Vater will nur das Beste für Sie. Es war nicht einfach für ihn, passende Ehemänner für Sie und Ihre Schwestern zu finden, denn er ist ja längst nicht so reich, wie Ihr Großvater es einst war. Lord Bantry ist unter diesen Umständen wirklich ein guter Fang. Gut, er ist nur Baron und Ihr Vater Earl, aber seit wann legen Sie Wert auf solche Äußerlichkeiten? Die Bantrys sind eine alte und sehr angesehene Familie. Sie hätten eine wesentlich schlechtere Partie machen können, wenn Sie beispielsweise wie Ihre Schwester nur einen jüngeren Sohn bekommen hätten, der nicht genug Vermögen besitzt, um Ihnen ein angenehmes Leben bereiten zu können.«

»Selbst das wäre besser als ein Leben mit Lord Bantry, und wenn er der reichste Mann der Welt wäre!« Fanny wühlte zornig in dem Haufen aus Seide und Satin, der zusammengeknüllt zu ihren Füßen lag. »Ich habe Angst vor ihm.«

Agnes tat, als hätte sie diese letzte Bemerkung nicht gehört. Es war tatsächlich etwas an Lord Bantry, das auch ihr nicht gefiel. Er hatte einen grausamen, gemeinen Zug um den Mund, und wenn er ausritt, schlug er mit der Gerte auf sein armes Pferd ein, bis es fast durchging. Sie konnte Fannys Vorbehalte gegen ihn durchaus verstehen. Allerdings würde er sicherlich nur selten zu Hause sein. Er würde sich die meiste Zeit in Indien aufhalten, um sein beträchtliches Vermögen weiter zu vergrößern, Fanny dagegen würde in London weilen, behütet von Agnes, die dafür sorgen würde, daß sie den Pfad der Tugend nicht verließ.

Nichts gegen die Dubliner Gesellschaft, aber London war

nun einmal der Mittelpunkt der Welt in diesen Zeiten, und Agnes sehnte sich danach, dort zu leben.
Angesichts dieser verlockenden Aussicht verhärtete sie ihr Herz gegenüber der Angst, die unübersehbar auf Fannys ausdrucksvollem Gesicht zu lesen war. In ihren marineblauen Augen stand Verzweiflung geschrieben, und ihr sonst makelloser Teint hatte sich auf unschöne Weise verfärbt. Das Mädchen würde wohl ausnahmsweise ein wenig Schminke auflegen müssen, denn sie konnte doch auf ihrer eigenen Hochzeit nicht so aussehen, als hätte sie die Pocken!
Agnes spielte ihre erfolgversprechendste Karte aus. »Nun machen Sie schon, Fanny. Sie sind doch sonst kein solcher Hasenfuß. Man könnte meinen, Sie seien die erste Frau auf der ganzen Welt, die einen Mann heiraten muß, den sie noch nicht schätzen gelernt hat. Ihre Schwestern haben sich doch auch nicht beklagt. Und nun sehen Sie, wie glücklich die beide geworden sind!«
Fanny rümpfte die Nase. »Glücklich? Oh, Agnes, wie können Sie so etwas sagen? Sie haben vielleicht gelernt, sich mit ihrem Schicksal abzufinden, aber ich glaube, gute, pflichtbewußte Frauen wissen selten, was wahres Glück ist! Vielleicht sind sie nicht dafür bestimmt, aber ich hatte gehofft, mein Ehemann würde zumindest liebenswürdig zu mir sein ...«
»Mein liebes Kind, wie in aller Welt kommen Sie auf den Gedanken, daß Lord Bantry nicht liebenswürdig zu Ihnen sein wird?«
»Sehen Sie sich doch einmal um!« rief Fanny. »Die meisten Männer unseres Standes sind zu ihren Pferden freundlicher als zu ihren Ehefrauen, und Bantry behandelt sein Pferd schlechter als jeder andere, den ich kenne.«

Agnes war schockiert. »Ich bitte Sie! Lord Bantry ist ein hochgeachteter Mann! Wenn Sie in der Londoner Gesellschaft verkehren wollen, werden Sie Ihre Zunge hüten müssen! Und jetzt müssen Sie sich wirklich ankleiden, Fanny!«

Lady Frances hörte die Verärgerung in der Stimme ihrer Gouvernante und war entgegen ihrer Gewohnheit bereit, sich zu fügen. »Ich habe Bridget fortgeschickt«, sagte sie.

»Sehr klug unter diesen Umständen. Was würde das Mädchen denken, wenn es erleben würde, wie Sie sich benehmen?«

Der Gedanke, daß sie sich für ihre eigene Vermählung ankleidete, hatte für Fanny etwas Unwirkliches. Sie dachte an die Hochzeiten ihrer beiden älteren Schwestern. Wie anders war alles für sie gewesen! Lady Pamela, die älteste der drei Mädchen, hatte sich mit einem jüngeren Sohn vermählt, der Geistlicher war. Lady Evelyn wiederum hatte einen obskuren englischen Baronet geheiratet, der seine Frau zwar leidenschaftlich liebte, ihr jedoch aus Geldmangel wenig von den Annehmlichkeiten dieser Welt bieten konnte. Unglücklicherweise war es das letztere, was Evelyn weitaus mehr interessierte — denn sie war so gierig, wie Lady Pamela selbstlos. Soweit Fanny wußte, waren ihre beiden Schwestern einigermaßen zufrieden mit ihrem Schicksal, aber sie hatten ja auch geheiratet, bevor ihr Vater in einer leichtsinnigen Nacht sein ganzes Vermögen verspielte. Daher hatte niemand von ihnen verlangt, die Familienverhältnisse zu sanieren und den liederlichen, abscheulichen, leider jedoch reichen Lord Bantry zu heiraten, den Fanny von ganzem Herzen verachtete.

Der Earl of Cashel war mehr als offen gewesen, als er seine jüngste Tochter von seinen Plänen für ihre Zukunft unterrichtete. »Er hat in Indien ein Vermögen gemacht, meine Liebe — obwohl er es keineswegs nötig gehabt hätte, dem, was sein Vater ihm hinterlassen hatte, noch etwas zuzufügen. Sicher, er ist etwas sonderbar, aber ich glaube nicht, daß er ein schlechter Mensch ist. Er kommt aus einer alten Familie und hat sich in den Kopf gesetzt, daß die Mutter seines Sohnes und Erben unbedingt die Tochter eines Earl sein muß. Lady Frances Grogan muß rangmäßig zu niemandem aufblicken, und das sagt ihm zu.«

»Ich verabscheue ihn«, hatte Fanny mit einer Leidenschaftlichkeit erwidert, die um so eindringlicher wirkte, als sie gar nicht ihrer sonstigen Art entsprach.

»Du wirst nicht viel von ihm zu sehen bekommen«, hatte ihr Vater versichert. »Er wird nicht von dir verlangen, daß du ihn nach Indien begleitest. Darüber haben wir bereits gesprochen. Es gibt keinen anderen Weg, Fanny. Die Königin hat mir ehrenvollerweise die Position eines Stallmeisters angetragen, doch ohne Bantrys Geld kann ich mir das Leben bei Hofe nicht leisten. Die Geschäfte dort sind verdammt teuer, weißt du; aber ich habe ganz einfach genug von Dublin. Ich will dort hin, wo sich das wirkliche Leben abspielt. Du wirst das sicher verstehen, wenn du dich selbst in London eingerichtet und die Londoner Gesellschaft kennengelernt hast. Nun, und vielleicht kann sogar ich noch eine gute Partie machen …«

»Du würdest nach so langer Zeit noch einmal heiraten?« Der Earl hatte plötzlich unsicher gewirkt. »Warum nicht?« hatte er in schroffem Tonfall gefragt.

»Wir sind doch in Irland immer glücklich gewesen …«, begann Fanny.

»Schön, das zu hören!« polterte ihr Vater los. »Aber du kannst nicht ewig ein Kind bleiben. Es ist höchste Zeit, daß

du heiratest wie deine Schwestern auch... und daß ich mein eigenes Leben in Ordnung bringe. Bantry war in dieser Hinsicht wirklich sehr großzügig. Aber verlaß dich darauf, auch du wirst schließlich einsehen, daß ich die beste Lösung für alle gefunden habe.«
In diesem Augenblick hatte Fanny erkannt, daß sie völlig allein war auf dieser Welt. Und dieses Gefühl hatte sie seither nicht mehr verlassen.
Agnes hatte ihr vorgeschlagen, in einem jugendlichen cremefarbigen Kleid oder sogar in Weiß zu heiraten, doch Fanny hatte schon bei diesem Gedanken geschaudert. Sie hatte ein blasses Lavendel ausgewählt, das jeden daran erinnern sollte, daß sie sich eigentlich noch in Trauer befand — wegen einer Tante, die Fanny allerdings niemals persönlich kennengelernt hatte. Unerwarteterweise hatte ihr das Sympathie von den anderen älteren Damen in der Familie eingebracht. Fanny, so stellten sie erfreut fest, hatte also begonnen, ihrem Alter angemessene Gefühle zu zeigen.
Fannys Schultern hingen ein wenig herab, als sie sich von Agnes in ihren Hochzeitsputz helfen ließ. Vergeblich hatte sie sich den Kopf zerbrochen, wie sie dieser Heirat entgehen konnte. Das Kleid, das sie ausgewählt hatte, hatte noch das weit unten angesetzte Mieder, das in den vierziger Jahren modern gewesen war. Fanny, die ein lebendiges Interesse für Mode besaß, beäugte es mit Widerwillen. Es hatte sich als nutzlos erwiesen, dem Schneider in Dublin zu erklären, daß ein solcher Schnitt heute in London als absolut altmodisch gelten würde. Wenigstens hatte sie darauf bestanden, daß die Ärmel nicht bis zum Handgelenk gingen und daß sie mit zusätzlichen gerüschten Puffärmeln ausgestattet waren, die zu den Dutzenden von Unterröcken unter ihrem Volantrock paßten.

»Gut«, sagte Fanny, als sie sich im Spiegel sah. »Ich habe selten unscheinbarer ausgesehen. Da kann ich ja nur hoffen, daß ich seiner Ansicht nach das Geld wert bin, das er meinem Vater gezahlt hat.«

»Meine Liebe, jedes Mädchen sieht gut aus auf seiner Hochzeit«, erklärte ihr Agnes. Und mehr noch, sie glaubte es auch. Gut, Fanny war ein bißchen blaß trotz des Hauchs von Rouge, das sie aufgelegt hatte. Als Fanny die Treppe hinunterging, sorgte ihre Aufregung jedoch dafür, daß etwas Farbe in ihr Gesicht zurückkam. Jedes Mädchen ist vor seiner Hochzeit ein wenig aufgeregt; warum sollte es also bei Fanny anders sein? versuchte sich Agnes einzureden. Mochte sie auch jetzt noch daran zweifeln — sie würde bestimmt glücklich werden. Bisher hatte Fanny es immer geschafft, glücklich zu sein.

Als sie neben ihrem Vater in der schwarzen Kutsche mit dem Familienwappen an der Tür saß, stellte Fanny fest, daß sie sich erbärmlicher fühlte als je zuvor. Und zum ersten Mal in ihrem Leben konnte sie nichts tun, um ihre Situation zu ändern. In diesem Augenblick haßte sie ihren Vater beinahe, weil er nicht fähig war zu erkennen, was er ihr antat. Er war es ja auch nicht, der die Folgen tragen mußte. Bei diesem Gedanken wurde Fanny so zornig, daß sie bei der Ankunft vor St. Patrick mehr Farbe auf ihren Wangen hatte, als Agnes lieb war. Ganz gleichgültig, was geschah — wenn Lord Bantry glaubte, er habe ein gehorsames, kleines Mädchen als Frau gewählt, würde sie ihn rasch vom Gegenteil überzeugen. Sie hatte ihren eigenen Kopf, und er würde das sehr schnell begreifen müssen.

Als der Bischof bereits zwanzig Minuten geredet hatte, drehte sich Fanny um und sah ihrem Vater in die Augen. Der Earl nickte ihr aufmunternd zu. Innerlich betete er, Fanny würde sich beherrschen. Sie war wirklich ungebührlich eigensinnig, und das würde dem jungen Bantry wohl kaum gefallen. Er hatte genug über diesen jungen Mann gehört, um zu wissen, daß er Frauen gegenüber geringschätzig und unfreundlich war. Hoffentlich war Fanny so klug, ihre Zunge zu hüten, wenn sie mit ihm zusammen war. Schließlich hatten andere Frauen, was Ehemänner betraf, schon mit weitaus schlimmeren Dingen fertigwerden müssen.

Fanny jedoch schien nicht fähig, sich mit dem Anstand, der von ihr erwartet wurde, zu benehmen. Als sie den Ring entgegennahm und versprach, ihm zu gehorchen und zu dienen, solange sie lebten, war ihr schaudernder Widerwille gegenüber ihrem Bräutigam unübersehbar. Keinem der Hochzeitsgäste entging es, daß sie sogar vor der kurzen Berührung der Hände zurückschreckte. Sie hätte ebensogut ihre Gefühle von der Kanzel herunterschreien können.

»Armes Mädchen!« seufzte die Baroninwitwe Bantry. »Wenn das ihre Gefühle gegenüber meinem Sohn sind, beneide ich sie nicht um ihre Hochzeitsnacht!«

Der Earl wünschte, die Zeremonie wäre endlich vorüber. Er fühlte sich nicht wohl in seiner Haut, hatte ein schlechtes Gewissen – ein Gefühl, daß ihm Fannys herabhängende Schultern und der stumme Vorwurf in ihrem Blick eingeflößt hatten. Niemand schien zu verstehen, daß er an Fannys Wohlergehen genauso gedacht hatte wie an sein eigenes, als er die Hochzeit arrangierte. Immerhin würde sie niemals Geldsorgen haben, und ihr Ehemann würde die meiste Zeit abwesend sein. Sie wußte nur nicht, wie gut sie es getroffen hatte! Sie war eine junge Frau, die sehr viel Glück hatte. Im Lauf der Zeit würde sie das sicherlich einsehen. Er erwartete ja nicht, daß Fanny ihm bereits jetzt dafür dankbar war, aber es wäre ihm doch wohler gewesen,

wenn sie schon jetzt einige der Vorteile dieser Partie erkannt hätte.
Der Chor sang, während das neuvermählte Paar in die Vorhalle schritt, um die notwendigen Papiere zu unterzeichnen. Fanny hatte immer angenommen, sie würde den Trauschein bewahren, aber Lord Bantry riß das Dokument an sich, noch bevor die Tinte ganz trocken war, faltete es nachlässig zusammen und steckte es in seine Tasche.
»Nun, meine Liebe, jetzt gibt es kein Zurück mehr«, bemerkte er mit einem schiefen Lächeln.
Zum ersten Mal hatte er Fanny direkt angesprochen, doch sie sah keinen Grund, sich darüber zu freuen.
»So ist es wohl«, antwortete sie mit klarer Stimme. Auf gar keinen Fall würde sie ihn merken lassen, was in ihr vorging. Sie empfand eine völlige Leere; und immer wieder mußte sie gegen ein übelerregendes Gefühl in ihrer Magengrube ankämpfen. »Wenigstens wird unser Hochzeitsfrühstück noch in vertrauter Umgebung stattfinden«, meinte sie mehr zu sich selbst.
»Dafür haben wir keine Zeit!«
Sie traute ihren Ohren nicht. »Keine Zeit?« wiederholte sie verdutzt.
»Es gibt hier niemanden, der großen Wert auf meine Anwesenheit legt. Ich gedenke so rasch wie möglich nach London und in die Zivilisation zurückzukehren. Und als meine Ehefrau werden Sie dahin gehen, wohin auch ich gehe ...«
»Nicht nach Indien«, stammelte sie.
Sein Lächeln enthüllte schlechte Zähne, und aus seinem Munde drang ein übler Geruch zu ihr. »Das hängt davon ab, wie gut Sie mir gefallen, Madam. Wenn das, was man sich über Sie erzählt, stimmt, werden wir sehr gut miteinander auskommen.«

Fannys Vater und ihre Gouvernante waren über diese Wendung der Ereignisse so schockiert, wie Fanny es sich nur hätte wünschen können.

»Nun hören Sie mal, mein Junge«, begann ihr Vater, auf dessen Gesicht sich rote Flecken abzuzeichnen begannen. »Wollen Sie meine Tochter wie eine Landstreicherin behandeln?«

»Ich habe Sie doch gut bezahlt für die Landstreicherin, oder?«

Auf diese Bemerkung folgte zunächst entsetztes Schweigen. Lord Cashel gelang es nur mit Mühe, Haltung zu bewahren. »Wenn Sie so von ihr denken, dann frage ich mich, warum Sie sie als Mutter Ihrer Kinder auserwählt haben.«

»Warum nicht?« entgegnete sein Schwiegersohn. »Was ihren Stammbaum betrifft, ist sie bei weitem die beste Landstreicherin, die gerade zu haben war. Ich zweifle nicht daran, daß sie jeden Penny wert ist, den ich für sie ausgegeben habe. Ich habe keine Zeit für wimmernde und kotzende Jungfrauen in meinem Bett.«

Fanny ging mit geballten Fäusten auf ihren Gatten los. »Ich befürchte, Sie enttäuschen zu müssen, Mylord«, erklärte sie mit einer Stimme, die auch noch im hintersten Winkel der Kirche deutlich zu vernehmen war. »Ich bin nicht nur Jungfrau, ich gedenke es auch zu bleiben. Ich war zwar dumm genug, Sie hier zu heiraten, aber nichts wird mich dazu bringen, mit Ihnen das Bett zu teilen.«

»Sie werden das tun, was ich Ihnen sage!«

Fanny hob ihr Kinn noch ein wenig höher. »Es dürfte doch keinem Mann gefallen, sich seiner Gattin mit Gewalt aufzudrängen.«

Lord Bantry lachte. »Da täuschen Sie sich, meine Liebe. Das ist genau das, was mir gefällt. Wenn Sie noch kein Stalljunge

in die Liebe eingeweiht hat, werde ich mich glücklich schätzen, diese Aufgabe selbst zu übernehmen.«
»Ich gehe nirgendwohin mit Ihnen!« erklärte sie.
Lord Cashel wagte es nicht, seine Tochter anzublicken. Wenn sie sich jetzt weigerte, mit ihrem Mann zu gehen, wäre das ein Skandal, der früher oder später auch der Königin zu Ohren kommen würde. Warum mußte das ausgerechnet ihm passieren? Es gab so viele Väter, die es weitaus mehr verdient hätten, an den Pranger gestellt zu werden, als er. Warum sollte ausgerechnet er in solche Schwierigkeiten geraten? Warum wendete sich das Schicksal gegen ihn, ausgerechnet jetzt, da er wieder Aussicht auf Rang und Würden hatte?
»Du hast keine andere Wahl!« herrschte er seine unglückliche Tochter an. »Du wirst deinem Ehemann gehorchen!«
Fanny blickte ihn voller Verachtung an. War es ihm wirklich so wichtig, zum Hofe zurückzukehren? Sie fragte sich, wie wohl die Königin über die Umstände dachte, unter denen er zu seinem Wohlstand gekommen war. Aber würde sie diese je nachvollziehen können? Es hieß, daß die Königin ihren eigenen Gatten sehr schätzte. Wahrscheinlich hatte sie also kein Verständnis für Frauen, denen es nicht so ging. Fanny hatte das Gefühl, ganz auf sich allein gestellt zu sein; es gab keine Menschenseele, von der sie Hilfe erwarten konnte. Zornig ging sie einen Schritt auf ihren Vater zu.
»Ich werde dir nie verzeihen!« zischte sie. »Ich werde niemandem von euch allen jemals verzeihen.«
Während sie an der Seite ihres Gatten aus der Kirche schritt, ermahnte sie sich selbst, den Kopf hoch und den Rücken gerade zu halten. Sie legte die Hand auf den Arm ihres Ehemanns und blickte weder nach rechts noch nach

links. Nur einmal verlor sie beinahe die Fassung: als Lord Bantry sie zu der schäbigen Kutsche führte, die er für diesen Tag gemietet hatte. Offenbar war er nicht einmal auf den Gedanken gekommen, ihr ein wenig Komfort zu bieten. Sie sah, daß ihr Gepäck bereits auf dem Dach befestigt war.

»Bridget«, flüsterte sie. »Wo ist Bridget? Ich kann nicht ohne sie gehen!«

»Ihre Zofe?«

Sie nickte, und in ihren Augen schimmerte es verdächtig. »Sie war mein ganzes Leben lang bei mir!«

»Ein Grund mehr, sie zurückzulassen«, bellte ihr Mann. »Ich werde heute nacht die Aufgabe der Zofe übernehmen, meine Liebe, und wenn wir erst in London sind, werden sich meine Bediensteten um Sie kümmern. Sie brauchen eine Zofe, die mehr von der Welt gesehen hat als irgendein Landmädchen aus dem irischen Sumpf.«

Lord Bantry half ihr in die Kutsche. »Lady Frances Bantry, Sie werden sich an ein Leben gewöhnen müssen, das sich von Ihrem bisherigen unterscheidet. Indien ist der Schlüssel zu unserer Zukunft …«

Fanny warf einen letzten Blick auf Dublin, wo sie einen so großen Teil ihrer Kindheit verbracht hatte. Sie hatte diese Stadt immer geliebt. Manche Leute spotteten über die klassizistischen Linien der Gebäude und die neuen Terrassen und hätten eher einen gotischen Stil für ihre Häuser bevorzugt. Ihr jedoch gefielen die klaren Linien und die breiten Straßen. Natürlich, die Armut, die man sah, sobald man die Hauptstraßen verließ, war schrecklich; die Wohnhäuser waren feucht und mit Ratten und Ungeziefer verseucht. Es war ein Wunder, daß Menschen unter solchen Umständen überhaupt überleben konnten. Manche schafften es, indem sie sich das Geld für ein kärgliches Leben erbettelten, ande-

re, indem sie jede wache Stunde, die Gott ihnen schenkte, arbeiteten.
Endlich war die Fahrt zu Ende. Lord Bantry rief einige Träger heran und gab ihnen die Anweisung, das Gepäck an Bord des wartenden Postschiffes zu bringen.
»Kommen Sie, Fanny«, sagte er zu seiner Frau. »Ich habe eine Kabine reserviert, wo wir uns von dem ganzen Rummel erholen können. Sie würden sich nur selbst unglücklich machen, wenn Sie an Deck blieben und auf Irland zurückschauten. Es ist besser, Sie vergessen, daß Sie jemals dort waren. Sie werden in London genug interessante Leute kennenlernen und diese irischen Hinterwäldler rasch vergessen. Nur die langsamsten und langweiligsten Briten bleiben in diesen Zeiten zu Hause. Die Rührigen gehen dort hin, wo das Geld auf der Straße liegt.«
»Nach Indien?« fragte sie fast ehrfürchtig.
»Vielleicht. Indien ist faszinierend. Wir reden zwar davon, daß wir den vielen unterschiedlichen Völkern dort die Zivilisation bringen wollen, aber es ist der Handel, der zählt. Solange wir Indien halten, gibt es keine Macht der Welt, die uns widerstehen kann. Manchmal habe ich das Gefühl, daß unsere Regierung einfach zu dumm ist, um zu verstehen, was für ein Juwel sie da in der Hand hält. Doch die Zeit wird kommen, in der sie gezwungen sein wird, Indien selbst zu übernehmen. Wie kann sie es einer kleinen Handelsgesellschaft überlassen, den halben Kontinent zu beherrschen und den Großteil der Profite einzustecken? Besserwisser, die sich in die lokalen Bräuche einmischen, sind etwas ganz Übles, und diese Company läßt sich viel zu sehr von ihnen beeinflussen. Ich habe für so einen Unsinn überhaupt nichts übrig. Sie mögen denken, daß sie im Sinne Gottes handeln, wenn sie Witwen davon abhalten, sich in

das Totenfeuer ihrer Ehemänner zu werfen, oder Banditen daran hindern, unschuldige Wanderer auf der Straße zu ermorden; aber sie täten wahrlich besser daran, sie in Ruhe zu lassen. Denn nicht sie werden dafür zu bezahlen haben, wenn die Eingeborenen rebellisch werden. Lebe wie sie, sage ich immer, und schröpfe sie um jeden Penny, den du aus ihnen herauspressen kannst. Das ist die Sprache, die sie verstehen. Andernfalls handelt man sich nur Ärger ein.«

Fanny wußte kaum etwas über Indien; nach dem, was sie gehört hatte, war es allerdings kein besonders angenehmer Ort. Daher verspürte sie nicht den geringsten Wunsch, dieses Land kennenzulernen.

»Könnte uns nicht jemand etwas zu essen in die Kabine bringen?« fragte sie mit einer Gelassenheit, die längst nicht ihrer wahren Verfassung entsprach.

»Selbstverständlich nicht! Eine solche Ausgabe würde sich überhaupt nicht lohnen. Wenn Sie etwas essen wollen, werden Sie sich mit einem belegten Brot zufriedengeben müssen, meine Liebe.« In seinem schiefen Lächeln lag ein grausamer Zug. »Sie werden dort unten nicht lange allein sein, das verspreche ich Ihnen.«

Unter Deck schlug Fanny eine so stickige Luft entgegen, daß sich ihr der Magen verkrampfte. Die besseren Kabinen waren sicherlich nicht so ärmlich eingerichtet und schlecht belüftet. Fanny stolperte und wäre beinahe gestürzt. Offensichtlich war ihr Gatte ebenso geizig wie widerlich.

Und zu allem Überfluß stellte sich auch noch heraus, daß sie Schiffsreisen ausgesprochen schlecht vertrug. Sie hoffte inständig, er würde oben an Deck bleiben, bis sie sich wieder einigermaßen gefangen hatte.

Kapitel 2

Die Kabine war eng und stickig. Fanny betrachtete die beiden übereinanderliegenden Schlafkojen, und plötzlich war ihr, als würden die Wände ein wenig wanken. Ihr Taschentuch an den Mund gepreßt, ging sie zurück auf den Korridor, und blickte sich suchend nach irgendeinem freundlichen Gesicht um. Sie entdeckte ein ängstlich dreinblickendes irisches Mädchen, das sich anscheinend genauso wie Fanny darüber freute, einem anderen weiblichen Wesen zu begegnen.

»O Miss, dieses kleine Boot sieht nicht gerade sehr vertrauenerweckend aus, finden Sie nicht auch?«

»Ich fühle mich hier ausgesprochen unwohl«, gab Fanny zu.

»O Miss!«

Dankbar überließ Fanny sich ihrer Fürsorge.

»Wie heißt du?« flüsterte sie, als die Übelkeit ein wenig nachließ.

»Eileen.« Das Mädchen drehte sich um, und dabei fiel ihr Blick auf Fannys Gepäck. »O ihr Heiligen!« rief sie aus, als sie das Familienwappen der Cashels auf dem Lederkoffer entdeckte. »Mylady! Was tun Sie in dieser Kabine? Adlige Herrschaften haben in diesem Teil des Schiffes doch nichts verloren!«

Das glaubte ihr Fanny nur allzu gerne. »Mein Gatte hat diese Kabine gebucht.«
Eileen war empört. »Das kann ich nicht begreifen, Mylady! Trotzdem, wenn ich mir die Freiheit erlauben darf, ich würde mich an Ihrer Stelle jetzt möglichst ruhig verhalten. Vielleicht wäre ein wenig Essen —«
»Eine Schüssel!« verlangte Fanny mit fester Stimme.
»Ja, Mylady. Sofort, Mylady!«
Das Mädchen war wirklich eine große Stütze. Sie benetzte Fannys Stirn und plauderte unaufhörlich, wobei sie Episoden aus dem Leben von Heiligen einflocht, von denen Fanny noch niemals gehört hatte. Außerdem erzählte sie von ihrer vielköpfigen Familie, die nie genug zu essen gehabt hatte. Schließlich aber verstummte sie, da sie merkte, daß Lady Frances mit ihren Gedanken ganz woanders war.
»Soll ich mich zurückziehen, Mylady?« fragte sie.
»Ja Mädchen, kümmere dich um deine eigenen Angelegenheiten«, befahl Lord Bantry, der plötzlich in der Tür stand. Er drückte ihr einen Penny in die Hand und schob sie aus dem Zimmer. Dann warf er die Tür hinter ihr zu und verriegelte sie. »Ich hatte gedacht, du wärst bereits entkleidet«, sagte er mit heuchlerischer Sanftheit zu seiner Frau.
Fanny hatte das Gefühl, als würde sie im nächsten Augenblick leblos zu Boden sinken. »Tut mir leid, ich war … anderweitig beschäftigt.«
»Ja, das sehe ich. Du fühlst dich nicht wohl, stimmt's? Nun, ich werde dafür sorgen, daß du abgelenkt wirst. Die Seekrankheit existiert nur in deinem Kopf, meine Liebe. Du hast jetzt andere Pflichten.«
Fanny setzte sich aufrecht hin und umklammerte die Schüssel noch fester, da sie das Schlimmste befürchtete. »Es wäre besser für Sie, wenn Sie jetzt gehen würden«, warnte sie ihn.

»Ich habe das Gefühl, mir wird gleich wieder übel werden.«
»Unsinn!«
Lord Bantry riß ihr die Schüssel aus der Hand, packte ihr Handgelenk und zerrte sie aus der Schlafkoje, in der sie Zuflucht gesucht hatte. Ihr Kopf prallte hart an das obere Bett, und sie schrie vor Schmerz laut auf.
»Das ist erst der Anfang«, stieß er wütend hervor. »Du gehörst jetzt mir, Lady Frances, und hast zu tun, was ich dir sage. Verstanden?«
Fanny hielt es für das beste, ihm nicht zu widersprechen. Sie verging fast vor Angst, sie könnte sich im nächsten Augenblick über ihn übergeben. Er würde das zweifellos sehr unfreundlich aufnehmen.
»Mylord –«
»Ich heiße Edwin. Hat dir das noch niemand gesagt?«
»Nein. Nein, ich glaube nicht.«
»Und du hast dir nicht die Mühe gemacht, es herauszufinden?«
Sie schüttelte den Kopf. Alles, was sie interessiert hatte, war das Ausmaß ihrer Abneigung ihm gegenüber gewesen. Sie sah den grausamen Zug um seinen Mund und bemerkte zu spät, daß sie ihn verärgert hatte. Hastig versuchte sie, ihn zu besänftigen.
»Ich denke, ich habe ihn heute in der Kirche gehört –«
»Ah, sagen wir, du hättest ihn hören *können*. Aber du hast dich lieber in Selbstmitleid gebadet wegen all der Liebhaber, die du verloren hast. Von nun an aber wird Lady Frances Bantry nur einen Gebieter haben, ihren Ehemann. Ist das klar?«
Stumm nickte sie, denn ihre Kehle war wie zugeschnürt. In einer Hinsicht hatte er recht gehabt: Ihr war tatsächlich nicht mehr übel.

»Erwarte nicht denselben Respekt von mir, den dir die Stallburschen deines Vaters erwiesen haben!« stieß Lord Bantry hervor, während er ihre Röcke über ihre Taille schob und weiter nach oben zerrte.
»Man muß sie aufbinden«, sagte Fanny. »Wenn du einen Moment warten —«
Mit einem häßlichen Geräusch zerrissen ihre Kleider, und ein Rock nach dem anderen flog auf den Fußboden. Knöpfe, Haken und Ösen sprangen in alle Richtungen ab. Fanny überkreuzte die Arme, um ihre nackten Brüste vor seinen glühenden Blicken zu schützen, aber er achtete gar nicht darauf. Er riß ihr die Reste ihrer Kleidung herunter und lachte aus vollem Halse über ihre offensichtliche Scheu.
»Du hast Angst vor mir, stimmt's?« fragte er höhnisch.
»Ein wenig«, gab Fanny zu.
»Fast könnte man denken, du wärst wirklich noch Jungfrau. Ist es möglich, daß all die Geschichten, die mir über dich zu Ohren gekommen sind, gar nicht wahr sind?«
»W—welche Geschichten?«
»Bist du nicht allein mit deinen Stallburschen ausgeritten?«
»Mit einem Pferdeburschen manchmal.« Sie runzelte erstaunt die Stirn. »Was hat das mit irgendwelchen Geschichten zu tun?«
Er hob die Hand und schlug ihr damit fest aufs Gesäß. »Das wirst du bald verstehen, Lady. Komm her und mache mir das Vergnügen, mich zu entkleiden, so wie ich dich entkleidet habe.«
Er packte sie grob am Oberarm und zog sie an sich heran, so daß sie dicht vor ihm stand. »Hinknien!« befahl er. »Eine Lady sollte immer vor ihrem Lord knien.«
Als Fanny am Boden kniete, konnte sie ihren Kummer

nicht länger verbergen. Heiße Tränen liefen ihr in Strömen über das Gesicht, während ihr Ehemann seine Oberkleider ablegte und ihr jedes einzelne Stück reichte, damit sie es ordentlich zusammenlegte.
»Arme Fanny«, höhnte er schließlich mit geheucheltem Mitleid. »Du weißt so erbärmlich wenig über deine neuen Pflichten, stimmt's? Es ist mir ein Vergnügen zu sehen, wie hilflos und ängstlich du sein kannst. Wirst du mich anflehen, dich nicht anzurühren?«
»Nein«, antwortete Fanny unter Tränen.
»Schade, meine Liebe. Aber wie dem auch sei, du wirst deinen Kopf nicht mehr lange so hoch tragen, dessen kannst du sicher sein. Wenn ich mit dir fertig bin, wirst du ein Nichts sein und nichts haben! Haben Sie verstanden, Mylady? Nichts!«
Fanny biß die Zähne zusammen. Sie konnte sich nicht dazu durchringen, ihn anzusehen. So war sie vollkommen unvorbereitet, als er sie zu sich hochzog und sie zum ersten Mal seiner aufgerichteten Männlichkeit und seiner Hände, die nun zwischen ihren Beinen herumtasteten, gewahr wurde.
»Nicht!« rief sie aus.
»Wagst du etwa, mich zurückzuweisen?«
Er stieß sie auf den Fußboden und griff mit beiden Händen nach ihren Brüsten, während er lauthals lachte. Er ist verrückt, entschied Fanny. Sie versuchte, sich seinen grausamen Händen zu entziehen, doch dann erkannte sie, daß es genau das war, was er wollte. Er wollte sie unbedingt erniedrigen, sie auf eine widerliche Art und Weise demütigen. Sie lag still da und betete um Rettung. Doch es kam keine. Seine Knie drängten ihre Beine auseinander, und er drang in sie ein, rücksichtslos, ohne an den Schmerz zu denken, den er ihr dabei zufügte.

Als sie vorsichtig versuchte, ihren gequetschten Körper in eine etwas weniger unbequeme Position zu bringen, schlug er mit geballten Fäusten auf sie ein. Schwarze Flecken tanzten vor ihren Augen; sie fürchtete, ohnmächtig zu werden. Sie preßte die Kiefer fest zusammen, verweigerte sich seinen Lippen und seiner Zunge. Sein Atem war ekelerregend, und sie spürte, wie ihr erneut übel wurde. Niemals, niemals wieder würde sie dies willenlos über sich ergehen lassen. Sie wußte nicht, wie sie es verhindern würde, aber sie zweifelte keinen Augenblick daran. Sie mochte ihn geheiratet haben; sie mochte gezwungen sein, seinen Namen zu tragen, aber sein Besitz zu sein, seine Hure — niemals! Nicht solange sie noch atmen konnte, solange sie noch wußte, daß sie ein menschliches Wesen und nicht nur ein Körper war.

Sein Höhepunkt kam, und er sackte auf ihr zusammen.

»Du warst also wirklich noch Jungfrau!« stieß er grunzend hervor.

»Ja, das war ich«, stieß sie hervor, und dann übergab sie sich über seinen schlaffen Körper.

Fanny schob ihren zerschundenen Körper in die untere Schlafkoje und wünschte, sie wäre tot. Ein widerlicher Geruch erfüllte die Kabine. Das, was von ihrer Kleidung noch übriggeblieben war, lag über den ganzen Boden verstreut. Oh, wie er sie verletzt hatte! Irgendwann einmal hatte sie gedacht, daß nichts Schlimmeres mehr folgen könnte, doch dann hatte er so brutal auf sie eingeschlagen, daß sogar er sich hinterher fragte, ob sie noch in der Lage sein würde, das Schiff auf ihren eigenen Beinen zu verlassen.

»Jede Hure hätte mich besser bedient«, hatte er mit wutverzerrtem Gesicht geschrien.

»Dann geh doch und such dir eine!« hatte Fanny geantwortet.

Er hatte die Hand gehoben, um sie erneut zu schlagen, sich dann aber eines Besseren besonnen. Sein ganzer Körper war mit dunklen, verfilzten Haaren bedeckt, so daß er eher wie ein Affe als wie ein Mensch aussah. Wahrscheinlich hätte sie diesen Gedanken besser für sich behalten, aber sie hatte sich die Bemerkung nicht verkneifen können.

Schließlich war er gegangen und hatte sie liegen lassen, wo sie war: am Boden inmitten von Erbrochenem und zerrissenen Kleidern.

Als sie sich langsam wieder aufrichtete, hatte sie das Gefühl, als wäre ihr Innerstes nach außen gekehrt, und während sie ihre Hände auf den Bauch preßte, ließ sie sich rücklings auf das untere Bett fallen und brach in Tränen aus.

Später wußte sie nicht mehr, wie lange sie so gelegen hatte, bevor Eileen in die Kabine kam. Irgendwann hörte sie ihr entsetztes »Jesus, Maria und Joseph!« und dann nichts mehr. Kurz darauf wurde ihr ein nasser Waschlappen in die Hand gedrückt.

»Bei allen Heiligen!« weinte das Mädchen. »Was ist geschehen, Mylady?«

»Nur ein kurzer Besuch meines Gatten«, sagte Fanny.

Das Mädchen bekreuzigte sich. »Er muß der Teufel selbst sein!«

Fanny setzte sich mühsam auf. »Ja, ich glaube, der müßte ihm an Grausamkeit gleichkommen«, stimmte sie zu.

Ohne ein weiteres Wort begann Eileen die Kabine in Ordnung zu bringen. Ihr verkniffener Gesichtsausdruck verriet, daß sie in höchstem Maße schockiert und entsetzt war.

»Ich kann dir nichts zahlen«, fühlte sich Fanny verpflichtet zu sagen.

Eileen drehte sich zu ihr um. »Selbst wenn Sie es könnten,

ich würde keine Bezahlung annehmen! Ich würde meinen ärgsten Feind nicht in so einem Zustand allein lassen!« Sie schnaubte. »Wenn ich seine Mutter wäre, würde ich ihn links und rechts ohrfeigen!«

Fanny ertappte sich dabei, daß sie lächelte. Offensichtlich ging das Leben trotz allem weiter. »Er ist stärker als ich. Ich glaube nicht, daß ich das fertigbringen würde«, sagte sie.

»Nein«, stimmte Eileen grimmig zu, »dazu bräuchten wir Pater McGilligan! Dann wäre schnell Schluß mit dem hochmütigen Getue!«

»Lord Bantry würde einem Priester nicht einmal zuhören.«

Eileen öffnete einen der Koffer und suchte nach einem Kleid, das Lady Frances anziehen konnte. »Pater McGilligan wird mit jedem fertig!« erklärte sie. »Sogar mein Vater, der schlimmste Raufbold, der mir jemals unter die Augen gekommen ist, konnte es nicht mit ihm aufnehmen. Ein Wort von Pater McGilligan, und alle kehren auf den Pfad der Tugend zurück.«

Fanny fragte sich, was ihre Gouvernante wohl dazu sagen würde, doch Eileen plapperte bereits munter weiter.

»Nachdem mein Vater entschieden hatte, daß ich nach London gehen sollte, um mein Glück zu machen — bei uns gibt es nämlich nur wenige Möglichkeiten für ein Mädchen, und wir haben alle fast immer Hunger gelitten —, da war es Pater McGilligan, den ich um Rat fragte. Er war früher einmal in London und erzählte mir, wie schrecklich es sein würde, unter lauter Heiden zu leben. ›Sie können nicht anders, sie sind nun mal Säufer, und was noch schlimmer ist, sie kennen es gar nicht anders‹, sagte Pater McGilligan. ›Aber das heißt nicht, daß ein gutes katholisches Mädchen sich nicht wappnen sollte, bevor es sich zu ihnen begibt.‹ Und so gab er mir ein Messer, das ich in meinem Strumpf aufbewahren sollte – und er zeigte mir auch, wie man es benutzt! Wenn ich geahnt hätte, was Ihr Gatte mit Ihnen vorhatte, hätte ich es Ihnen gegeben. Ob Heide oder Christ – es gibt nicht viele Männer, die ein Messer im Bauch haben wollen!«

Fanny blickte das Mädchen unverwandt an. »Ist es schwer, sich ein solches Messer zu beschaffen?« fragte sie.

Eileen lächelte mit wissendem Blick. »Sie möchten es für sich selbst?«

Lady Frances schauderte zusammen. »Ja«, sagte sie. »Genau das möchte ich!«

Auf Londons Straßen herrschte dichtes Gedränge. Lady Frances hatte niemals zuvor so viele Menschen, Pferde und Kutschen auf so engem Raum gesehen.

Fanny hatte den größten Teil der Reise zusammengesunken auf ihrem Platz gekauert. Durch die unbequeme Stellung hatten sich die Blutergüsse verschlimmert, die sich nun schwarz und blau auf ihrem ganzen Körper abzeichneten. Sogar im Gesicht trug sie einen Abdruck der Hand ihres Mannes, was für ihn nicht mehr als ein kleines Ärgernis war.

»Warum trägst du keinen Schleier?« hatte er gefragt.

Fanny hatte sich noch ein wenig kleiner gemacht. »Ich habe keinen Schleier«, hatte sie erwidert.

»Dann solltest du dir besser einen kaufen!«

Er hatte ihre Antwort nicht abgewartet, was ihr nur recht war, denn sie hätte nicht gewußt, was sie auf eine solche Unverfrorenheit hätte erwidern sollen. Auf jeden Fall würde es in Zukunft keine weiteren Blutergüsse geben. Lord Bantry würde sich eine andere Frau suchen müssen, die er zu seinem Vergnügen quälen konnte. Sie selbst würde lieber den

Tod wählen, als sich ihm ein weiteres Mal zu unterwerfen. Der Haß, den sie für ihn empfand, durchflutete ihren ganzen Körper, sobald sie ihn nur ansah.

Die Bediensteten erwarteten sie in der Halle. Fanny schüttelte jedem mit ernstem Gesicht die Hand und versuchte dabei, das Getuschel über ihr verunstaltetes Gesicht zu überhören.

»Wir dachten, Mylady würde Ihre eigene Zofe mitbringen?« sagte Dancer, der Butler, bekümmert. »Aber wenn ...«

»Meine Zofe wartet beim Gepäck.«

Ihr Mann preßte die Lippen zu einem dünnen Strich zusammen. »Ich habe dir doch gesagt, du sollst dieses Mädchen wegschicken!« stieß er hervor.

»Du hast zu mir gesagt, ich soll Bridget wegschicken, Bridget, die seit meiner Kindheit bei mir war«, erinnerte ihn Fanny in sanftem Ton. »Eileen ist meine neue Zofe. Sie half mir, mich anzukleiden und an Land zu gehen. Ohne sie hätte ich das niemals zuwege gebracht.«

Lord Bantry beherrschte sich. Es würde seiner Autorität schaden, wenn er mit seiner Frau vor der Dienerschaft wegen eines dummen Mädchens stritt, das er auch später jederzeit loswerden konnte. Er wollte kein Gerede darüber, wie er mit seiner jungen Frau umging. Zwar würde sich niemand eine Bemerkung erlauben, schon gar nicht ihm gegenüber, aber der Klatsch würde ihm zweifellos in den Kreisen, in denen er verkehrte, schaden. So ein Geschwätz konnte ihn sogar bis nach Indien verfolgen, und das wäre auf keinen Fall von Nutzen. Auf der anderen Seite brauchte Lady Frances gar nicht zu glauben, daß sie sich ihm widersetzen konnte. Sie würde schon noch lernen, daß sie sein war, sein Besitz. Und ganz bestimmt würde ihn nicht ein dummes Mädchen davon abhalten, seiner Frau die Lektionen zu erteilen, die er ihr zugedacht hatte. Die paar Schrammen waren nichts gegen das, was noch kommen würde!

Fanny schritt hocherhobenen Hauptes die Treppe des ziemlich heruntergekommenen Hauses hinauf und betrat eines der Zimmer, die unbewohnt schienen. »Hier werde ich schlafen«, sagte sie zu den beiden Mädchen, die ihr gefolgt waren. »Vielleicht wäre eine von euch beiden so nett und würde Eileen sagen, wo ich mich aufhalte?«

Kurz darauf kam Eileen mit dem Gepäck. Sie erlaubte einem der anderen Mädchen, den warmen Bettstein zwischen die Laken zu schieben, aber sie war entschlossen, ihrer Herrin selbst beim Auskleiden zu helfen.

»Ich denke, so ist es am besten, Mylady«, beharrte sie, als Fanny protestierte. Dann behandelte sie die schlimmsten der Blutergüsse mit einer Salbe, auf die, wie sie erzählte, schon ihre Mutter geschworen hatte, wenn Eileens Vater sie geprügelt hatte.

»Sie haben das Messer, Mylady?« fragte sie besorgt, als sie ihre Aufgabe erfüllt hatte.

»Ja.« Fanny legte es sorgfältig unter ihr Kissen. »Geh und sieh, daß du selbst ein wenig Schlaf findest, Eileen. Ich sehe dich dann morgen früh.«

»Das werden Sie, Mylady!«

Fanny wartete schon einige Zeit auf ihren Gatten, als dieser endlich ihr Zimmer betrat. Sie griff nach dem Messer unter ihrem Kopfkissen und verbarg es sorgfältig zwischen den Laken.

»Ich habe dich gar nicht anklopfen hören«, sagte sie scheinbar überrascht.

»An deiner Tür? Sei nicht impertinent, meine Liebe. Ich

werde kommen und gehen, wann immer es mir beliebt — und ohne anzuklopfen.«
Fanny starrte ihn mit ihren marineblauen, von schwarzen Wimpern umrahmten Augen an. »Nie wieder. Du wirst dich mir nie wieder nähern, Edwin. Und wenn du es doch tun solltest, werde ich dich töten. Es wird mir nichts ausmachen, dafür zu hängen.«
Lord Bantry starrte sie ungläubig an. »Ich habe dich nicht geheiratet, um mich dir niemals zu nähern, meine Süße. Ich habe dich geheiratet, um einen Erben zu bekommen ...«
»Dann solltest du hoffen, daß das bereits in die Wege geleitet ist, denn du wirst keine weitere Gelegenheit mehr dazu haben!«
»Meine Liebe, du redest Unsinn. Vielleicht habe ich dir ein wenig angst gemacht, aber alle Frauen empfinden den Schritt vom Mädchen zur Frau als Qual. Ich muß einen Sohn haben! Es ist bekannt, daß Jungfrauen beim ersten Mal nicht empfangen, und so wirst du wohl ...«
Fanny biß die Zähne zusammen. »Nie wieder, Bantry! Nie wieder mit dir!«
Lord Bantry hatte sich wieder gefangen. Was konnte sie schon tun? Er hatte ihr gezeigt, wer hier der Herr war, und wenn sie eine weitere Lektion brauchte — er war nur allzu gerne bereit, ihr diese zu erteilen. Es war ein Fehler gewesen, ihr Gesicht zu zeichnen — beim nächsten Mal würde er besser aufpassen — aber wofür sonst war eine Frau denn da? Er ging hinüber zu ihrem Bett und zog mit einem Ruck die Laken weg. Ihr Nachthemd öffnete sich bis zur Taille, und ein freudiger Schauder durchfuhr ihn, als er die dunklen Flecken sah, die sich auf ihrer elfenbeinweißen Brust abzeichneten.
»Ich werde dir schon noch zeigen, wer in diesem Haus den

Ton angibt!« preßte er zwischen den Zähnen hervor. Seine Hand bebte, als er sie nach ihr ausstreckte, aber Fanny war schneller.

Einen Augenblick später stand sie neben dem Bett; das Messer hielt sie fest umklammert. Sie preßte den Knopf, und die Klinge schnellte hervor.

»Wenn du mich anfaßt, wenn du mich *jemals* wieder anrühren solltest, werde ich dir diese Klinge zwischen die Rippen rammen!«

Er konnte nicht glauben, daß sie es ernst meinte. »Das sind also die Manieren, die du von deinen Stallburschen gelernt hast!« höhnte er und griff nach dem Messer.

Fanny machte eine so rasche Bewegung, daß er die Klinge nicht kommen sah. Plötzlich zeigte sich ein blutiger Striemen auf der Innenseite seiner Hand, und gleich darauf spürte er einen stechenden Schmerz im Arm. Sie meinte es ernst, und nun hatte er allen Grund, sich zu fürchten.

»Glaube nur nicht, daß dir das etwas nützen wird«, stieß er weinerlich hervor, verängstigt durch den Anblick seines eigenen Blutes. »Du wirst dieses Messer nicht immer bei dir tragen.«

»O doch, zu jeder Zeit«, versicherte ihm Fanny kalt. »Da kannst du dir ganz sicher sein! Wo auch immer ich hingehen werde, das Messer wird mein Begleiter sein und auf dich warten, genau wie heute nacht. Und ich werde es mit demselben Vergnügen benutzen, das du empfunden hast, als du mir diese Schmerzen zugefügt hast. Gute Nacht, Edwin, und versuche nie wieder, in mein Bett zu kommen!«

Was er auch die nächsten sieben Jahre lang nicht mehr tat.

Kapitel 3

1858

Der Viscount Oughterard sah seine Schwester durch die Tür treten und dachte bei sich, wie sehr sie doch den Erwartungen ihres Vaters gerecht geworden war. Lady Frances Bantry war eine geschätzte Gastgeberin in London; sogar mit der Königin und ihren Töchtern war sie vertraut. Ihrem Namen haftete nicht einmal der Hauch eines Skandals an, obwohl es ziemlich unschönes Gerede gegeben hatte, als sie in Begleitung ihres Gatten nach London gekommen war. Lord Bantry war damals unverzüglich nach Indien abgereist, und der Familie war es gelungen, den Klatsch zu ersticken — nicht zuletzt deshalb, weil sein Schwager seiner Schwester für die Zeit seiner Abwesenheit eine ausreichende Summe zur Verfügung gestellt hatte. Geoffrey machte sich nichts vor. Er hatte es immer vorgezogen, nicht zu wissen, was zwischen den beiden vorgefallen war.

»Stimmt es, daß die Krone plant, die Herrschaft über Indien zu übernehmen? Wird diese Handelsgesellschaft, die East India Company, diesen Schritt akzeptieren?« fragte Fanny, nachdem sie sich begrüßt hatten.

»Das ist wahrscheinlich. Die East India Company wird kaum eine andere Möglichkeit haben.«

»Wegen dieser schrecklichen Rebellion im letzten Jahr?«
»Möglicherweise.«
»Oh, sei nicht so umständlich, Oughterard. Du weißt, daß mich alles interessiert, was in Indien geschieht.«
»Du hast wohl Angst, daß dein Ehemann zurückkehrt?«
Fanny holte tief Atem. Ja, sie hatte panische Angst, Edwin könnte nach England zurückkommen. »So ist es«, antwortete sie.
»Es wird Zeit, daß er einen Blick auf seine Tochter wirft, findest du nicht?« sagte Geoffrey nachdenklich. Er selbst liebte seine Kinder abgöttisch, und so konnte er die ambivalente Haltung seiner Schwester ihrer Tochter gegenüber nicht verstehen. Sobald jemand die Kleine erwähnte, runzelte Fanny schuldbewußt die Stirn. »Wo ist Mary?« fragte er vorsichtig.
»Oben bei Agnes, denke ich.«
»Mag sie Agnes lieber als du in ihrem Alter?«
»Ich glaube ja.«
»Du glaubst? Fanny, weißt du es nicht? Schlimmer noch, ist es dir denn egal? Manchmal machst du wirklich den Eindruck, als würdest du das arme Kind überhaupt nicht mögen.«
Fanny blickte ihren Bruder verärgert an. Sie wußte, daß sie ihm niemals würde erklären können, daß sie Angst hatte, Mary könnte einen oder gar alle der bösen Charakterzüge ihres Mannes geerbt haben. »Ich habe es dir doch schon erklärt«, antwortete sie. »Bantry war enttäuscht, daß es ein Mädchen war. Er will einen Erben.«
»Das ist nicht Marys Schuld...«
»Das hat auch niemand behauptet«, fiel ihm Fanny unwirsch ins Wort.
»Abgesehen davon«, sagte ihr Bruder, »mag das Bantrys Verhalten erklären, aber wohl kaum das deine.«

Fannys Lippen bebten. Ihre eiserne Selbstbeherrschung drohte sie zu verlassen. Sah er nicht, daß sie Angst hatte, sie könnte Mary zu sehr lieben und dadurch ihrem Mann gegenüber noch verletzlicher sein?

»Er wird sich mit Mary zufriedengeben müssen!« stieß sie schließlich hervor.

Oughterard wünschte, er könnte sich genauer an den Klatsch erinnern, den es gegeben hatte, als seine Schwester nach London gekommen war. Vielleicht war es falsch gewesen, daß er das Ganze einfach verdrängt und sich eingeredet hatte, es ginge ihn nichts an. Natürlich, er hatte mit eigenen Augen den Bluterguß in ihrem Gesicht gesehen. Doch er hatte es vorgezogen, die Geschichte, daß sie über eine Kiste gefallen sei, zu glauben, obwohl sie wirklich nicht sehr überzeugend gewesen war. Jeder hatte sehen können, daß sich auf ihrer Wange der Abdruck einer offenen Männerhand abzeichnete.

»Als seine Frau hast du gewisse Pflichten«, murmelte er unsicher. »Man sagt, daß auch die Königin Geburten nicht besonders mag, aber auch sie erfüllt ihre Pflicht.«

Fanny blickte ihn an. »Was weißt du denn schon?«

Geoffrey trat eilig den Rückzug an. »Sie hat ziemlich viele Kinder«, murmelte er. »Wie viele sind es? Acht oder neun?«

»Die Königin«, sagte Fanny langsam und sehr deutlich, »liebt ihren Mann von ganzem Herzen, und der Beweis dafür ist die Zahl ihrer Kinder. Wie ihr das allerdings gefallen kann, liegt jenseits meines Vorstellungsvermögens.«

»Hat Edwin in letzter Zeit geschrieben?« versuchte Geoffrey das Thema zu wechseln.

»Lord Bantry verkehrt mit mir nur über seine Anwälte«, erwiderte Fanny abweisend. »Wir haben uns absolut nichts zu sagen.«

Es war also noch schlimmer, als Geoffrey angenommen hatte. »Sprecht ihr nicht einmal über Marys Zukunft?«
»Darüber schon gar nicht. Lord Bantry ...«
»Er ist schließlich ihr Vater!«
»Er glaubt, daß er Grund hat, daran zu zweifeln!«
»Das ist doch alles einfach unglaublich!« rief Oughterard aus. »Ich muß sagen, das kleine Mädchen kann einem wirklich nur leid tun!«
Fannys Gerechtigkeitssinn war untrüglich, auch wenn es sie selbst betraf. »Ja, armes Kind«, sagte sie. »Sie ist in einer unmöglichen Situation und hat selbst nicht die geringste Schuld daran. Ich wünschte, ich könnte mich besser mit ihr verstehen, aber ich kann mich einfach nicht dazu durchringen. Ich muß ständig daran denken, daß sie etwas von der Grausamkeit ihres Vaters geerbt haben könnte!«
»Ich denke nicht, daß dies der Fall ist, obwohl die Gefahr sicherlich vorhanden war«, versuchte es Geoffrey hoffnungsvoll. »Äußerlich ähnelt sie dir. Sie hat diese großen, irischen Augen, die ihr Mädchen alle habt«, fügte er hinzu, wobei er auf seine drei Schwestern anspielte.
»Das sagt Agnes auch immer zu mir. Aber sie muß von ihrem Vater auch irgend etwas geerbt haben, glaubst du nicht? Abgesehen davon — ich bin nicht bereit, mich auf das Risiko einzulassen. Ich werde mir nicht erlauben, sie zu lieben, und ich erwarte auch nichts von ihr. Es ist besser so. Was ein Kind niemals kennenlernt, das vermißt es auch nicht.«
Geoffrey war entsetzt. »So sehr haßt du Bantry?«
»Noch viel mehr«, erwiderte seine Schwester. »Laß uns über etwas anderes reden. Ich habe das schreckliche Gefühl, Bantry gedenkt für eine Weile nach England zurückzukehren. Wenn die Krone die Herrschaft über Indien über-

nimmt, wird es auch dort ein gesellschaftliches Leben geben. Dann wird er vielleicht von mir verlangen, daß ich ihm dorthin folge. Ich habe keine Möglichkeit einzuschreiten, wenn er das Haus verkauft, ohne mich zu fragen, oder?«

»Keine«, stimmte Geoffrey unsicher zu. Er wußte genausogut wie sie, daß Frauen nicht über ihr Vermögen oder ihre eigene Person bestimmen konnten. Alles war Eigentum des Ehemanns. Er fand dies eigentlich richtig und gut so, aber es gehörte ein gewisses Verantwortungsgefühl dazu, das Glück der Menschen, die von einem abhängig waren, zu gewährleisten. Dies war ein Merkmal jedes Gentleman.

»Warum läßt du Mary nicht eine Weile bei mir? Es würde ihr guttun, eine Zeitlang mit ihren Cousinen zusammenzusein.«

Fanny strich über ihre Röcke. »Warum fragst du sie nicht selbst?«

Als Mary schließlich zögernd hereinkam, fühlte sich Geoffrey fast so hilflos wie sie. Das Mädchen war ein Abbild ihrer Mutter; sie hatte dieselben marineblauen Augen und dasselbe dichte schwarze Haar. Doch ihr Blick verriet, wie niedergeschlagen sie war. Schüchtern blieb sie an der Tür stehen. Ihre Augen waren riesengroß und voller unvergossener Tränen.

»Willst du eine Zeitlang weggehen und mit deinen Cousinen leben?« fragte Fanny den gesenkten Kopf.

»Ich weiß nicht«, flüsterte Mary.

Fanny zuckte die Achseln und gab den Versuch auf, eine Antwort von ihr zu bekommen. »Ich werde euch beide alleine lassen«, sagte sie mit gequältem Blick. »Vielleicht kommt ihr eher zu einem Ergebnis, wenn ich euch nicht weiter störe.«

Oughterard, der auf einem Sofa saß, nahm das kleine Mädchen auf die Knie. Es tat ihm weh zu sehen, daß weder Mutter noch Tochter es fertigbrachten, eine Brücke über den Abgrund zu schlagen, den Bantry zwischen ihnen aufgerissen hatte.

»Wir wollen in diesem Sommer allerhand unternehmen«, versuchte er Mary zu ermuntern. »Würde es dir nicht Freude machen, mit uns zu kommen?«

In den marineblauen Augen des Mädchens lag ein unendlicher Kummer. »Wird Agnes mit uns kommen?«

»Wenn du es willst.«

»Und Mama nicht?«

Ihr Onkel seufzte. »Nein, Mama nicht«, antwortete er.

»Dann komme ich mit.«

Sie schob ihre Hand in die ihres Onkels. »Ich gehe mit Onkel Geoffrey, und ich darf Agnes mitnehmen«, erzählte sie ihrer Mutter, als diese hereinkam. Dann zögerte sie einen langen Moment lang. »Du wirst doch nicht einsam sein, oder, Mama?«

Fanny warf ihr einen langen, unfreundlichen Blick zu. »Warum sollte ich das?« fragte sie spöttisch. »Wir sehen ja auch nicht viel voneinander, wenn du hier bist. Warum sollte ich dich also vermissen?«

Genau eine Woche später wurden Fannys schlimmste Befürchtungen wahr. Sie hörte, wie Dancer persönlich zur Tür ging, obwohl es mitten in der Nacht war. Niemand war besser dazu geeignet, mit einem betrunkenen Eindringling fertigzuwerden, als der Butler; und der Mann, der gerade hereinwollte, hatte dem Alkohol offensichtlich wirklich übermäßig zugesprochen.

»Sie sind momentan nicht in der geeigneten Verfassung, Ih-

rer Ladyschaft einen Besuch abzustatten«, hörte sie Dancer in strengem Tonfall sagen. »Ich werde Ihnen behilflich sein, in Ihr Bett zu gelangen, Mylord.«
Ihr Gatte!
»Auf ihre Seite übergelaufen, was, Dancer? Kein Problem, ich habe einen herrlichen Abend mit einigen richtigen Frauen verbracht! Meine Frau kann man gar nicht wie eine richtige Frau behandeln, stimmt's? Denn sie ist gar keine. Bei Gott, sie wäre immer noch Jungfrau anstatt Ehefrau und Mutter, wenn es nach ihrem Kopf gegangen wäre.« Er lachte laut auf. »Und jetzt wird sie wieder Mutter, ob ihr das nun paßt oder nicht. Ich kann schließlich nicht zulassen, daß mein Name ausstirbt und mein ganzes Geld dieser Balg erbt, den sie mir untergeschoben hat, oder?«
Fanny gedachte nicht mehr, sich durch irgend etwas, was ihr Ehemann sagte, erniedrigt zu fühlen. Alles das hatte er bereits vor seiner Abreise nach Indien jedem erzählt, der es hören wollte.
Bantry suchte sie jedenfalls erst am nächsten Morgen auf, als Fanny in Erwartung seines Erscheinens bereits völlig mit den Nerven am Ende war. Er beugte sich über das Bett und musterte sie eine Zeitlang schweigend. Sie hatte vergessen, wie schlecht sein Atem roch und wie haarig er war. Seine ganze Brust war mit einem Pelz bedeckt, wie sie es ansonsten nur bei Affen gesehen hatte. Angeekelt wandte sie sich ab.
»Ich muß mit dir reden, Lady.«
Fanny verzog das Gesicht. »Ich kann dich nicht davon abhalten«, murmelte sie düster.
»In sechs Wochen werde ich dich mit nach Indien nehmen. Sieh zu, daß du und der Balg bis dahin gepackt haben.«
»Und wenn ich es vorziehe, nicht mit dir zu gehen?«
»Was das betrifft, hast du gar keine Wahl, meine Liebe. Und

renne nicht wieder zu Ihrer Majestät mit deinen Beschwerden. Sie ist recht eifrig gewesen, hat hier und dort ein Wort eingelegt, um mich in Indien zu halten, aber jetzt kann auch sie dir nicht mehr helfen. Nicht einmal sie kann mir das Recht verweigern, dich mitzunehmen, wohin es mir paßt. Ich bin inzwischen ein wichtiger Mann in Indien, denn ich habe schon vor langer Zeit gemerkt, aus welcher Richtung der Wind weht, und die richtigen Schritte unternommen! Die neue Regierung ist auf die Hilfe und das Wissen erfahrener Männer angewiesen. Es wird noch eine ganze Zeit vergehen, bevor sie sicher sein können, daß ihnen kein weiterer Aufstand mehr droht.«

»Schade, daß diese indischen Banditen nicht auch mit dir kurzen Prozeß gemacht haben!« Fanny spie ihm diese Worte förmlich ins Gesicht.

»Ja, vielleicht ist es bedauerlich für dich«, antwortete er. »Indien ist viel härter gegenüber deinem Geschlecht als gegenüber meinem! Niemand dort wird auch nur im geringsten erstaunt sein, wenn du und dieser Balg dem Klima zum Opfer fallen, bevor auch nur ein Jahr vergangen ist. Wenn du mir keinen Erben schenkst, dann werde ich wohl nach einem Weg suchen müssen, dich zu ersetzen. Das verstehst du doch sicher? Ihr Schicksal liegt in Ihren eigenen Händen, liebe Lady Frances!«

Fannys Haß war fast mit Händen greifbar. In diesem Augenblick hatte sie nur einen einzigen Wunsch: von ihm frei zu sein.

»Nun gut«, sagte sie. »Ich werde mit dir nach Indien gehen. Mary allerdings sollte man besser in England lassen. Sie ist ein ziemlich empfindliches Kind. Mein Bruder wäre bereit, sie in seine Familie aufzunehmen, da bin ich mir sicher. Sie hält sich auch zur Zeit bei ihm auf.«

»Deinem Bruder würde das gefallen, ja?« Edwin lächelte amüsiert. »Und er wird sie in derselben Art erziehen, wie man es mit dir gemacht hat! Und wie du wird sie glauben, daß sie wichtiger ist als ihr Herr. Ich finde, das ist keine gute Idee, meine Liebe. Deine zweifellos vorhandene Liebe zu ihr kommt meinen Absichten ausgesprochen entgegen. Töchter sind in Indien genauso entbehrlich wie Ehefrauen. Wenn du dich meinem Willen schon nicht um deiner selbst willen unterwerfen willst, vielleicht wirst du es ihretwegen tun? Kindergräber sind etwas ganz Alltägliches in ganz Indien, gerade dort, wo die Briten sich niedergelassen haben. Eines mehr wird niemanden erstaunen.«

Als Agnes ihr mitteilte, daß sie niemals nach Indien gehen würde, wußte Fanny, daß sie wieder ganz allein dastand. Wenn schon Agnes nicht mit ihr ging, wer dann? Noch lange, nachdem ihre alte Gouvernante gegangen war, saß sie da, dachte über die Zukunft nach und fragte sich, ob sie das, was da auf sie zukam, ertragen würde. Ihr ganzer Mut schwand dahin.

Doch es gab eine andere Person, die von dem Gedanken, nach Indien zu reisen, hellauf begeistert war. »Ich habe sofort an Pater McGilligan geschrieben«, erklärte Eileen. »Und er sagt, daß der heilige Thomas, einer der Apostel, auserwählt von unserem Herrn, der erste war, der die Frohe Botschaft nach Indien gebracht hat. Ich komme mit Ihnen, Mylady!«

»Hast du keine Angst, für immer in einem fremden Land verlorenzugehen?« fragte Fanny besorgt, da sie sich daran erinnerte, welche Befürchtungen Agnes geäußert hatte.

»Heilige Mutter Gottes, ist es das, was Sie bedrückt?« erwiderte das Mädchen keck wie immer. »Niemand von uns ist in Gefahr – nicht wenn Pater McGilligan jeden Tag für uns betet. Seit wann haben die Iren vor ein oder zwei Heiden Angst? Waren es nicht wir, die im Mittelalter den Glauben lebendig gehalten haben? Meiner bescheidenen Meinung nach sind die Inder gar nicht so anderes wie die übrige Menschheit.«

»Sie sehen sehr fremdartig aus«, warnte sie Fanny.

Eileens Augen leuchteten. »Ich bin sicher, sie sehen prächtig aus, gekleidet in Seide und Satin in allen Farben, die es unter der Sonne gibt; wie adlige Herrschaften, die auf einen ihrer Bälle gehen. Es wird herrlich sein, das alles zu sehen, ganz bestimmt!«

In diesem Augenblick verspürte Fanny selbst so etwas wie Neugier auf dieses ferne, geheimnisvolle Land. Wenn sie allein dorthin gegangen wäre, und nicht, um Edwin zu begleiten, hätte sie sich vielleicht sogar darauf gefreut, so ein fernes Land kennenzulernen. So begann sie jeden, von dem sie dachte, daß er etwas über Indien wissen müßte, über dieses Land auszufragen und entdeckte mit Erstaunen, daß dazu auch die Königin gehörte. Nichts schien Ihrer Majestät mehr Vergnügen zu bereiten, als über die Eigenarten und Bräuche ihrer neuen Untertanen zu debattieren.

»Warten Sie, bis Sie ihr Essen probiert haben!« sagte Prinzessin Alice neckisch. »Demnächst wird Mama nämlich möglicherweise einen indischen Koch kommen lassen, der für sie persönlich kocht«, fügte sie erklärend hinzu.

Die Königin warf den Kopf in den Nacken. »Sicher werde ich das! Und es ist nur recht und billig, daß wir alles tun, damit sie sich wie zu Hause fühlen, wenn sie zu uns nach England kommen. Immer mehr von ihnen finden es unabdingbar, hierherzukommen, um eine gute Ausbildung zu genießen und zu lernen, bessere Herrscher zu werden. In

Indien gibt es unzählige von Fürsten regierte Staaten, die unaufhörlich Krieg gegeneinander führen.«
Fanny hatte Indien immer als ein riesiges, homogenes Land betrachtet. »Die East India Company ...«
Die Königin schnaubte verächtlich. »... wird lernen müssen, daß auch für sie unsere Gesetze gelten!« Und dann nickte sie, denn sie teilte Prinz Alberts Enthusiasmus für alle modernen Erfindungen. »Sie werden in Zukunft längst nicht mehr so glimpflich davonkommen, jetzt, wo unsere Möglichkeiten der Nachrichtenübermittlung so viel besser geworden sind. Ich gedenke, mich persönlich darum zu kümmern, daß meine Regierung geeignete Gesetze für Indien erläßt und eine Regierung in Kalkutta einsetzt. Werden Sie dort hingehen, Fanny?«
»Nein, Madam, nach Delhi.«
Die Königin hob die Augenbrauen. »Delhi? Dann werden Sie nichts mit Lord Canning zu tun haben. Aber machen Sie sich nichts daraus, meine Liebe. Sie werden sehen, daß die Briten auch dort alles unter Kontrolle haben, jetzt, nachdem der letzte mongolische Herrscher ins Exil geschickt wurde.« Sie warf ihrer jungen Freundin einen besorgten Blick zu. »Laß uns einen Moment alleine«, befahl sie ihrer Tochter. »Ich möchte mit Fanny noch etwas unter vier Augen besprechen.«
Prinzessin Alice ging hinaus, wobei sie Fanny verschwörerisch zublinzelte.
Fanny merkte es nicht. Sie überlegte sich gerade, ob sie es eigentlich bedauerte, daß sie niemals den Hofstaat der mongolischen Herrscher in Delhi sehen würde. Sie hatte gelesen, daß das Rote Fort ein wahres Paradies auf Erden gewesen war, bevor der schreckliche Nadir Schah, der persische Herrscher, die Stadt geplündert und den berühmten Pfauen-

thron ebenso mitgenommen hatte wie viele andere wertvolle Dinge. Nur ein kümmerlicher Rest der Mongolendynastie hatte überlebt und war von den neuen Herrschern Indiens ins Exil in Rangoon geschickt worden.
Der Blick der Königin war düster und traurig. »Fanny, werden Sie denn ohne Ihre Familie und Ihre Freunde in Indien zurechtkommen?«
»Ich werde es versuchen, Madam.«
Die Königin legte ihr eine Hand auf den Arm. »Wenn es irgend etwas gibt, was ich tun kann, werde ich es gerne versuchen. Mein lieber Albert hat mir erklärt, welche schreckliche Prüfung es für eine Frau sein kann, einen Mann wie Lord Bantry zum Gatten zu haben! Ich werde Sie vermissen –«
»Obwohl Sie von so vielen Menschen umgeben sind, die Sie lieben? O Madam, ich habe es gar nicht verdient, daß Sie so freundlich zu mir sind.«
Die Königin wandte ihren Blick ab, um die Tränen in ihren Augen zu verbergen. »Ich zähle Sie zu meinen engsten Freundinnen, Fanny. Um so mehr werde ich dafür Sorge tragen, daß Sie so schnell wie möglich wieder zu uns zurückkommen. Werden Sie mir in der Zwischenzeit häufig schreiben?«
»Solange ich noch am Leben bin ...«
Die Königin war schockiert. »Guter Gott –«
»Mein Mann hat mir gegenüber erwähnt, daß das Leben von Frauen dort nicht sehr viel wert sei und daß meine Chancen, mehr als ein paar Wochen zu überleben, nicht gerade groß wären. Das Klima, wissen Sie, und die Entschlossenheit meines Mannes, einen Erben zu haben.«
Die Königin faßte diese letzte Bemerkung genau so auf, wie Fanny sie gemeint hatte.
»O Fanny!«

Fanny lächelte freudlos. »Sie waren die erste, die mir erklärt hat, daß es meine Pflicht sei, mich ihm unterzuordnen; das wissen Sie sicher noch, Madam. Doch ich kann dazu nur sagen, daß dieses Schicksal für mich schlimmer wäre als der Tod. Ich rechne nicht damit, daß ich jemals nach England zurückkehren werde. Aber meine Tochter — Ihr Patenkind, Madam — verdient ein besseres Los. Ich glaube, auch ihr droht Gefahr von ihrem Vater.«
»Die kleine Mary von ihrem eigenem Vater bedroht? So etwas habe ich noch nie gehört!«
Fanny atmete tief durch. »Ich habe Mary einst mit einigem Widerwillen das Leben geschenkt, und seitdem hat sie nicht viel Liebe erfahren. Ich scheine nicht über jene mütterlichen Gefühle zu verfügen, die Sie bewundernswerterweise in solchem Übermaß besitzen! Werden Sie mir den Gefallen tun, meine Tochter für den Fall, daß mir irgend etwas zustößt, durch Ihr persönliches Interesse an ihrem Wohlergehen vor ihrem Vater zu schützen? Wissen Sie, ich kann den Gedanken nicht ertragen, daß sie weiterhin leiden soll, nur weil sie so eine schlechte Mutter hat. An meinen eigenen Tod kann ich mit Gleichmut denken, obwohl ich ihm natürlich nicht freudig entgegensehe, sondern vielmehr alles in meiner Macht Stehende tun werde, um ihm zu entgehen; aber mit Mary ... ist das etwas anderes. Werden Sie sich ihrer annehmen?«
»Ich gebe Ihnen mein Wort darauf. Und ich würde keinem Mann raten, einem Patenkind von mir Böses anzutun! Marys Schicksal wird immer von Interesse für mich sein. Ich kann mir kaum vorstellen, daß Bantry sich den Zorn seiner Königin zuziehen will!«
Fanny war zufrieden. Sie hatte das Gefühl, ihr Möglichstes getan zu haben, um dieses Kind zu beschützen, das zu lie-

ben sie sich mit jeder Faser ihres Herzens wehrte. Wenn bekannt wurde, daß Mary unter dem persönlichen Schutz Ihrer Majestät stand, war sie so sicher, wie man es in ihrem Machtbereich nur sein konnte.

Mary weinte schon wieder. Es war schrecklich für sie gewesen, Agnes zurückzulassen, den einzigen festen Halt in einer Welt, die immer verwirrender und unübersichtlicher wurde. Sie fürchtete den Mann, von dem man ihr gesagt hatte, daß er ihr Vater sei, und der so abrupt in ihr Leben eingedrungen war. Fanny verspürte den Wunsch, die Kleine ein wenig zu trösten, aber sie wußte nicht, wie sie das anfangen sollte.

»Wenn Papa dich weinen sieht, schickt er dich ohne Abendessen ins Bett«, versuchte sie ihrer Tochter das Rückgrat zu stärken. »Wenn du zuläßt, daß er dich unglücklich sieht, wird er bald herausfinden, wie er dich noch unglücklicher machen kann.«

Dies hatte Mary bereits selbst gemerkt. Sie blickte mit so klugen Augen zu ihrer Mutter auf, als wäre sie kein Kind, sondern bereits eine erwachsene Frau. »Hast du auch Angst vor Papa?«

Fanny setzte eine gleichgültige Miene auf. »Ich habe vor niemandem Angst! Immer wenn ich kurz davor bin, rufe ich mir ins Gedächtnis, daß ich die Tochter eines Earls bin und daß die anderen viel mehr Grund dazu hätten, vor mir Angst zu haben als umgekehrt!«

»Bin ich auch die Tochter eines Earls?« fragte Mary.

Fanny schüttelte den Kopf. »Du bist nur die Tochter eines Barons.«

Mary war froh darüber. Lange bevor sie laufen konnte, hatte sie bereits gelernt, daß es besser war, keine Aufmerksamkeit zu erregen. Auch jetzt stand sie nur deshalb neben ihrer Mutter, weil es keinen Winkel gab, in den sie sich verkriechen konnte.

»Wann werden wir nach England zurückkehren?« fragte sie mit Tränen in den Augen.

Fanny sah sie ungeduldig an. »Vermißt du deine Cousinen bereits?«

»Ja«, antwortete Mary. »Und wen vermißt du?«

Fanny hob eine behandschuhte Hand an ihre Augen und versuchte verzweifelt, die Tränen zu verbergen, die ihr über die Wangen liefen.

»Niemanden! Es ist ein Fehler, Menschen so gerne zu haben, daß man sie vermißt«, belehrte sie ihre Tochter nachdrücklich. »Man ist ganz allein auf der Welt, und es ist besser, sich immer daran zu erinnern. Halte dich daran, sonst wirst du nur enttäuscht werden. Es ist besser, wenn man weiß, daß man allein ist, und sich entsprechend verhält.«

Mary sah sehr unglücklich aus. »Aber du bist nicht allein, Mama. Ich bin ja hier.«

Fanny strich zärtlich mit der Hand über das Gesicht ihrer Tochter. Es war die liebevollste Geste, die sie sich jemals erlaubt hatte. »Könntest du mich vor Papa beschützen?«

»Nein.«

»Dann rede keinen Unsinn. Du wirst genug damit zu tun haben, auf dich selbst aufzupassen.«

»Ja, Mama.«

Fanny tat ihr Bestes, um den Ausdruck der Verzweiflung im Gesicht ihrer Tochter zu übersehen. »Versuche, niemals jemanden zu lieben, Kind!« sagte sie plötzlich zu ihr. »Wenn du es doch tust, wird man es nur ausnutzen.«

Kapitel 4

1859

Hoch oben am Himmel kreisten Falken; ihre schwarzen Umrisse zeichneten sich graziös gegen den unendlichen, blauen Himmel ab. Fanny schwang in einer gepolsterten Schaukel hin und her. Bislang war sie Siegerin in dem stummen Kampf geblieben, der zwischen ihr und Lord Bantry tobte; doch sie war nicht so töricht, anzunehmen, daß es immer so bleiben würde. Hier in Indien war sie wesentlich gefährdeter als in England.

Trotz der Gefahr, in der sie sich befand, liebte Fanny dieses Land, seit sie den Fuß auf seinen Boden gesetzt hatte. Sie liebte die Farben, die Architektur der Häuser, die schweigende Neugierde der Menschen, die unerschütterliche Geduld der Babys und Kinder, die niemals zu weinen schienen, und die Anmut, die Männer wie Frauen ausstrahlten. Verglichen mit der Steifheit der Briten, fand sie die sanfte Gelassenheit der indischen Fürsten faszinierend. Andererseits überlief sie noch immer ein angstvoller Schauder, wenn sie einem von ihnen begegnete, denn sie wußte nie, welche Gedanken sich hinter den höflichen, feingeschnittenen Gesichtern der Männer verbargen…

Weniger reizvoll waren ihrer Ansicht nach die zahllosen Regeln, auf denen die Briten bestanden und die genau festlegten, wer wo den Vorrang hatte. Es war ihr schnell klargeworden, daß die Gesandten der Krone jeden für verdächtig hielten, der mit der East India Company zu tun hatte. Sie hatten nicht die Absicht, die Nabobs — so wurden seit mehr als einer Generation diejenigen genannt, die in Indien Handel trieben — vergessen zu lassen, daß der Aufstand gegen ihre Company gerichtet gewesen war. Die Company hatte vergeblich versucht, die Rebellion als unbedeutende lokale Angelegenheit hinzustellen. Doch die Grausamkeit des Aufstandes und die mitleiderregenden Schicksale der Überlebenden hatten eine unauslöschliche Spur in den Köpfen der Briten hinterlassen. Man hatte kein Vertrauen mehr zu den Nabobs; sie würden ihre Fähigkeiten erst von neuem unter Beweis stellen müssen.

Fanny genoß das Klima, sie war fasziniert von den exotischen Blumen und bunten Vögeln und beobachtete neugierig das Leben und die Bräuche der einheimischen Frauen mit ihren dunklen, rätselhaften Augen und ihren fließenden Bewegungen. Es reizte sie, mit ihnen ein paar Worte in ihrer Sprache zu wechseln und auf diese Weise Einzelheiten über ihr alltägliches Leben zu erfahren. Bei ihren Landsleuten stieß dieses Interesse allerdings auf äußerste Mißbilligung.

»Aber Lady Frances, Sie können doch die Art, wie diese Leute leben, nicht *gutheißen*«, pflegten die anderen Damen irritiert und ein wenig schockiert zu sagen.

Tatsächlich hatte sich Fanny mit der Zeit recht gute Kenntnisse in Hindi angeeignet, wenn auch (zu ihrem großen Ärger) reines Hindustani die offizielle Sprache war. Hindi war der Dialekt der Rajputen, der in einem von einigen Fürsten beherrschten Gebiet gesprochen wurde. Die Briten hatten viele Verträge mit ihnen geschlossen, denn sie hatten kein Interesse, das Land selbst zu regieren. Rajputana schien sehr

weit entfernt von Delhi und noch weiter von Kalkutta, der bengalischen Hauptstadt, die sich die Briten als Regierungssitz gewählt hatten.
Fanny blickte von dem Buch, das sie gerade las, auf und sah mit Erstaunen, daß Bantry zu ihr in den Garten kam. Er wirkte aufgewühlt und zornig. Sie blickte ihn voller Widerwillen an; sie konnte den Schweißgeruch, der ihn ständig umgab, ebensowenig ertragen wie den üblen Geruch, der ihr aus seinem Mund entgegenschlug.
»Ah, du bist zu Hause!« begrüßte er sie.
»Das bin ich oft, wenn ich weiß, daß du nicht da bist«, antwortete sie und blätterte eine Seite ihres Buches um.
»Paß nur auf, daß du nicht irgendwann einmal dein Messer vergißt. Ich nehme an, du hast es auch jetzt bei dir?«
»Allerdings«, versicherte sie ihm.
»Man sollte eigentlich annehmen, du bereitest dich auf den heutigen Abend vor«, fuhr er fort. »Hast du meine Nachricht nicht bekommen? Wir müssen an einem Empfang zu Ehren irgendeines Maharadschas teilnehmen. Soweit ich weiß, hat er gerade wieder geheiratet und will sich jetzt versichern, daß die Briten mit dieser Verbindung einverstanden sind. Sehr aufmerksam von ihm!«
Fanny warf ihm einen spöttischen Blick zu. »Dann kann man den beiden nur wünschen, daß sie an ihrer Ehe mehr Freude haben als wir.«
»Das ist nicht dasselbe! Du mußt dich immerhin nicht an einen ganzen Haufen anderer Ehefrauen gewöhnen.«
»Jede Ehefrau von dir hätte mein volles Mitgefühl«, erwiderte Fanny.
Edwin runzelte die Stirn. »Ein wenig Konkurrenz würde dich vielleicht endlich auf deinen Platz verweisen. Du scheinst nicht einmal wahrzunehmen, daß die Gattin des

Gouverneurs rangmäßig über dir steht! Ein wenig Nichtachtung täte dir ganz gut!«
»Ich wäre sehr zufrieden, wenn du mich nicht beachten würdest«, sagte Fanny lächelnd. »Und ich wäre auch nicht böse, wenn ich von dem nicht beachtet würde, was hier unter ›britischer Gesellschaft‹ verstanden wird. Es ist wie ein sehr gespreizter und ziemlich dummer Tanz, bei dem jeder sich vor jedem verneigt. Die Frau des Gouverneurs verbeugt sich sogar vor ihrem Ehemann, als wäre er ein Monarch.«
»Er vertritt schließlich die Königin gegenüber den Leuten hier. Das billigst du doch sicherlich, oder?«
Fanny verzog das Gesicht. »Sie würde sich über das Theater, das wir aufführen, sicherlich köstlich amüsieren — wenn wir wie die Pfauen herumstolzieren und alles versuchen, um die anderen in den Schatten zu stellen.«
»Diese Zeremonien sind wichtig, um den Eingeborenen zu zeigen, wer hier regiert. Sie erwarten einen gewissen Prunk von den Leuten, zu denen sie aufzuschauen haben. Das verstehen und respektieren sie.«
»Auf mich wirkt es nur belustigend. Wie können die Leute glücklich sein, wenn ihr Leben von solchen starren Ritualen geprägt wird?«
Edwin zuckte die Achseln. »Die meisten Leute finden ihr Glück darin, ihre Pflicht zu tun — etwas, was du erst noch lernen mußt. Vielleicht wirst du heute nacht —«
»Hast du vor, noch einmal Bekanntschaft mit meinem Messer zu machen, Edwin?« fragte sie voller Verachtung.
»Du wirst dein Messer nicht bei dir haben!«
Fannys Herz setzte einen Moment lang aus. »Ich gehe nirgendwohin ohne mein Messer. Laß dir das eine Warnung sein!«

Und zu ihrer Erleichterung sagte ihr Ehemann nichts mehr.
Lady Frances zog sich mit der größten Sorgfalt für den Abend an. Ihr Ruf, den anderen modisch immer um eine Nasenlänge voraus zu sein, war ihr von London nach Indien gefolgt. Ihr Kleid mit den engen, gerüschten Ärmeln war so tief ausgeschnitten, daß es beinahe anstößig wirkte. Den weiten Rock trug sie über einem Gestell, das mit Bändern an ihrer Taille festgebunden war. Natürlich war es lächerlich, ein solches Kleidungsstück zu tragen, besonders wenn man bedachte, welche drückende Hitze im Saal herrschte; doch Fanny wußte es mit einer so imposanten Würde zu tragen, daß sich alle Köpfe bewundernd nach ihr umwandten.
Sie wurde zu ihrem Platz bei den anderen Damen auf der einen Seite des offiziellen Empfangssaals geleitet. Die Männer nahmen ihre Plätze gemäß ihrem Rang auf einem Podest ein, vor dem zwei gepolsterte Throne standen. Auf dem einen saß ein kleiner, juwelenbehängter Junge mit einem kränklichen, aufgeschwemmten Gesicht, dessen Miene Langeweile verriet. Neben ihm saß der Gouverneur in Uniform und von der Hitze gerötetem Gesicht. Die indischen Gäste saßen auf beiden Seiten des breiten Ganges. Verschiedene weniger bedeutende Fürsten, die sich der britischen Krone unterworfen hatten, überreichten ihr symbolisches Geschenk in Form einer Münze und zogen sich dann wieder zurück. Es war wieder so ein Pfauentanz, der allen zeigen soll, wer nun das Sagen hat, dachte Fanny.
Keine indische Frau zierte die Zeremonie. Fanny wünschte, die Briten wären ebenso sensibel gewesen, denn die anwesenden englischen Damen hatten hier nur eine Funktion: Sie sollten die indischen Würdenträger, die sich in extrava-

gante Seiden- und Satinstoffen gehüllt hatten, durch ihre prunkvolle Garderobe in den Schatten stellen.

Fanny nahm sich von den indischen Süßigkeiten, die auf goldenen und silbernen Tabletts herumgereicht wurden, und bemerkte plötzlich, daß jemand sie von weitem immer wieder intensiv musterte. Der Mann trug einen bonbonrosafarbenen Turban, der seine dunkle Hautfarbe noch betonte. Er schien nicht zu den wirklich wichtigen Persönlichkeiten zu gehören, denn er saß in einiger Entfernung von den besten Plätzen. Seine Juwelen allerdings waren aufsehenerregend, und sein besticktes Gewand war weitaus reicher als alle anderen, die Fanny zu sehen bekam. Seine beiden Hände lagen mit gespreizten Fingern auf seinen Knien, und sie sah, daß sie unbehaart waren wie die einer Frau.

Er wandte den Kopf in ihre Richtung und erwiderte ihren Blick, was sie in Rage versetzte. Er hatte sie dabei ertappt, daß sie ihn anstarrte wie ein kleines Mädchen, das von der Schönheit eines Mannes überwältigt war. Verärgert fächelte sie sich frische Luft zu und weigerte sich, seinem Blick auszuweichen. Er besaß tatsächlich die Frechheit, sie anzulächeln. Und was noch schlimmer war: Sie war in Versuchung, sein Lächeln zu erwidern. Er war exotisch und aufregend wie kein anderer Mann, dem sie bisher begegnet war — weder die anderen Radschas und Maharadschas, noch die wichtigtuerischen britischen Herren mit ihren hochroten Gesichtern.

Er bewegte den Kopf leicht zur Seite und hob die Augenbrauen. Errötend klappte sie ihren Fächer zusammen und schürzte mißbilligend ihre Lippen; dann gelobte sie sich, nie wieder in seine Richtung zu blicken. Trotzdem trafen sich einen oder zwei Augenblicke später ihre Blicke erneut, und dieses Mal lächelte sie unbedacht und wurde dafür mit

einem so breiten, anerkennenden Grinsen belohnt, daß sie beinahe laut losgelacht hätte.
Fanny öffnete ihren Fächer wieder und wandte sich ihrer Nachbarin zu, einer etwas unbeholfenen, grobknochigen Frau, die sie zu Hause möglicherweise nie beachtet hätte. Aber sie sah sehr sympathisch aus, und ihre Kulleraugen, die auf Fannys Gesicht ruhten, machten einen ausgesprochen freundlichen Eindruck.
»Sind wir uns schon einmal begegnet?« fragte Fanny.
Die Frau lachte. »Nein, Mylady. Es war auch gar nicht so leicht für mich, diesen Platz direkt neben Ihnen zu bekommen, das dürfen Sie mir glauben. Für mich selbst hätte ich das nicht getan, aber ich hatte das Gefühl, ich schulde es meinem armen Gatten, Sir Arthur Cunningham. Einige Leute schneiden ihn beinahe, seit er mich geheiratet hat. Aber bei Ihnen hatte ich von dem ersten Augenblick an, als ich Sie sah, das Gefühl, daß Sie auf solche Vorurteile nichts geben.«
Fanny amüsierte die Offenheit der Frau. Vielleicht würde der Abend ja doch nicht so schlimm werden.
Bevor sie jedoch antworten konnte, näherte sich ihr ein Diener, der ein grünes knielanges Gewand und einen Turban trug. Mit undurchdringlichem Blick hielt er Fanny ein silbernes Tablett hin, auf dem ein zusammengefalteter Zettel lag. Fanny nahm ihn schweigend entgegen und versuchte dabei, die Neugierde der anderen Frauen zu ignorieren.
»Entfalten Sie das Papier doch!« sagte Lady Cunningham zu ihr. »Andernfalls werden Sie nie erfahren, was darauf geschrieben steht und von wem die Botschaft kommt!«
Fanny tat es und bemühte sich dabei, möglichst gleichmütig auszusehen, so als würde sie jeden Tag solche geheimnisvollen Botschaften erhalten. Sie brachte das angenehm duf-

tende Papier nicht sofort mit dem Fürsten in Verbindung, der ihr zuvor zugelächelt hatte. Sie hätte auch nicht erwartet, daß eine solche Person überhaupt fähig wäre, ein korrektes Englisch zu schreiben.
Ihre Finger zitterten ein wenig, als sie das, was auf dem Papier stand, ein erstes Mal – und dann noch einmal –, las: ›Ich werde im Rosengarten sein, sobald die Angelegenheit hier erledigt ist. Und Sie?‹ Sie fächerte sich heftig Luft zu und spürte, wie ihr die Hitze zum ersten Mal in ihrem Leben ernsthaft zu schaffen machte. Sie würde doch sicherlich nicht so etwas Dummes tun und den Rosengarten ebenfalls aufsuchen? Sie hatte wirklich nicht das Bedürfnis, zu einem besonders dankbaren Gegenstand des allgegenwärtigen Klatsches zu werden. Edwin wäre dann mehr als nur berechtigt, sie zur Rechenschaft zu ziehen. Er könnte dieses unziemliche Treffen als Vorwand benutzen, um sie zu bestrafen, und die Gesellschaft würde auf seiner Seite stehen ...
Fanny zerknüllte das Papier und fragte sich, was sie nun damit anfangen sollte. Sie war beinahe erleichtert, als Lady Cunningham es nahm und in ihre Handtasche steckte.
»Besser, man läßt die anderen diese Impertinenz erst gar nicht sehen«, murmelte sie. »Ein hübscher Teufel, nicht wahr?«
Fanny schluckte. »Manche von ihnen haben schon so ein gewisses Etwas«, räumte sie ein.
Lady Cunningham lächelte scheu. »Ich habe mir das auch schon oft gedacht«, gestand sie. »Aber es gehört sich nicht, so etwas zu sagen – zumindest dann nicht, wenn man so glücklich verheiratet ist wie ich mit Sir Arthur!«
Fanny wandte ihre Aufmerksamkeit wieder der Zeremonie vor ihren Augen zu, aber in ihrem Kopf war weiterhin dieses Gesicht mit den lachenden Augen unter dem bonbon-

rosafarbenen Turban. Er war so ganz anders als Bantry. Wenn ihr Mann sie ansah, hatten seine Augen einen grausamen und verdorbenen Ausdruck, und der Haß, der in ihnen lag, wurde nur noch von dem übertroffen, den sie für ihn empfand.

Edwin Bantry saß, wie sie feststellte, näher am Thron des Gouverneurs, als ihm zustand — vielleicht aus Rücksicht gegenüber der Herkunft seiner Frau, dachte Fanny zynisch. Sie hatte nicht lange gebraucht, um herauszufinden, daß ihr Ehemann in der kleinen britischen Gemeinschaft nicht gerade beliebt war. Niemand hatte direkt etwas zu ihr gesagt, aber immer wieder wurden dunkle Andeutungen laut. Fanny war sich sicher, daß Bantry nicht einmal ahnte, daß diese peinlichen Geschichten unter seinen sogenannten Freunden die Runde machten. Die Dienerschaft klatschte nun einmal über ihre Herrschaft; indische Bedienstete hatten ihre eigenen Wege, Geheimnisse zu verbreiten, die diese rotgesichtigen Fremden sicher in ihren eigenen Herzen verschlossen glaubten. Fanny hatte nicht lange gebraucht, um alles über Bantrys Vorliebe für kleine Mädchen herauszufinden. Bevor sie nach Indien gekommen war, hatte er immer wieder indischen Familien ihre Töchter abgekauft und sie, wenn er mit ihnen fertig war, ihrem Schicksal überlassen. Die Briten waren zunächst bereit gewesen, über solche Exzesse hinwegzusehen, und hatten diese Nachsicht mit Geschichten über die angebliche Kinderprostitution in indischen Tempeln gerechtfertigt. Auch ihre Überzeugung, daß Inder grundsätzlich weder Moral noch Schamgefühl besäßen, hatte ihnen dabei geholfen, die Augen vor solchen unappetitlichen Ereignissen zu verschließen. Als Edwin allerdings seine Aufmerksamkeit auf ein junges europäisches Mädchen gerichtet hatte, war die Reaktion eine ganz andere

gewesen. Dies war einer der Gründe gewesen, warum er Fanny gezwungen hatte, ihn nach Indien zu begleiten: er versuchte, verlorenes Prestige zurückzugewinnen.
Fanny war in der kleinen britischen Gemeinschaft Delhis rasch zur beliebtesten Gastgeberin geworden – nicht zuletzt wegen ihrer Freundschaft mit der Königin. Weder durch ein Wort noch durch eine Geste hatte sie jemals erkennen lassen, wie sehr es ihr mißfiel, wenn diese uneleganten Menschen ihre extravagante Toilette nachzuahmen suchten oder völlig Fremde beanspruchten, mit ihr befreundet zu sein.
Heute aber rächte sie sich dafür, indem sie das extravaganteste Kleid aus ihrer Londoner Zeit trug. Sie war sicher, daß niemand es wagen würde, ihr darin nachzueifern. Der indische Fürst war nicht der einzige Mann gewesen, der den größten Teil des Abends damit verbracht hatte, auf ihre halb enthüllten, halb verborgenen Reize zu starren. Fanny wußte, daß ihre Garderobe den anderen Damen gegenüber nicht sehr rücksichtsvoll war, aber es war einfach zu verlockend gewesen, ihrem Mann einmal zu zeigen, wie mühelos Lady Frances Bantry die allgemeine Aufmerksamkeit auf sich ziehen konnte.
»Sind Sie neugierig, wer er ist?« hörte sie Lady Cunningham fragen.
»Nicht besonders«, wehrte Fanny ab.
»Ich wäre es«, versicherte ihre neue Freundin heiter. »Seien Sie mir nicht böse, Lady Frances, aber ich habe Ihren Ehemann kennengelernt.« Sie dämpfte die Stimme. »Wenn Sie eine kleine Runde im Rosengarten gehen möchten, würde es mir nichts ausmachen, ebenfalls ein wenig frische Luft zu schnappen!«
»Ich denke, ich sollte besser nach meinem Mann sehen«, be-

gann Fanny, obwohl sie das Angebot sehr verlockend fand.

»Halten Sie es, wie Sie wollen, meine Liebe. Übrigens, Sir Arthur empfängt Lord Bantry nicht, aber er würde sich sehr freuen, *Ihre* Bekanntschaft zu machen. Wirklich, wenn Sie jemals Hilfe brauchen sollten, in unserem Haus sind Sie immer willkommen. Ich sollte nicht so reden, ich weiß. Sie können zweifellos sehr gut selbst auf sich achten, aber Ihr Mann scheint ein ziemlich unberechenbares Temperament zu haben. Sie wissen, was ich meine. Alle Damen hier sind besorgt um Sie, seit Sie hierhergekommen sind, obwohl keine von den anderen es jemals wagen würde, Ihnen gegenüber ein Sterbenswörtchen darüber zu äußern. Sie dürfen es mir nicht übelnehmen! Ich habe noch nie meinen Mund halten können, wie Sir Arthur sagen würde!«

Fanny spürte, wie ein heißes Gefühl der Scham in ihr aufstieg. Kannten alle hier die Einzelheiten ihres Ehelebens? Es war durchaus möglich – schließlich wußte hier jeder alles über jeden …

Lady Cunningham legte tröstend ihre Hand auf Fannys Arm. »Ich selbst bin auch oft allein und verängstigt gewesen. Es würde uns beiden guttun, wenn wir Freundinnen werden könnten. Ich möchte aber nicht, daß Sie glauben, ich wollte nur Nutzen aus Ihrer Bekanntschaft ziehen. Wenn Sie irgendwann einmal Hilfe brauchen, wenden Sie sich bitte an mich. Und jetzt – soll ich für Sie herausfinden, wer dieser hübsche junge Mann ist?«

»Sie sind sehr freundlich«, sagte Fanny etwas steif.

Lady Cunningham lachte. »Ich lasse mich nicht so schnell von Rang und Namen einschüchtern, obwohl Sie sich jetzt vielleicht wünschen, es wäre so. Und ich hätte Ihnen auch nicht meine Hand gereicht, wenn ich nicht eine hohe Meinung von Ihrem Charakter hätte.«

Lady Cunningham bahnte sich eilig einen Weg durch die Menge und ließ sich auch nicht davon beirren, daß sich ihr Ehemann wenig über ihr plötzliches Erscheinen zu freuen schien. Er kämpfte nämlich gerade darum, seinen Platz in der Reihe der geladenen Persönlichkeiten zu behaupten, die der Gouverneur persönlich begrüßte. Lady Cunningham und ihr Gatte tauschten ein paar Worte aus, dann schritt sie hocherhobenen Hauptes zu ihrem Platz zurück. Fanny erwartete sie mit einem Gefühl ungeduldiger Vorfreude. Wenn sie London jemals wiedersehen sollte, würde es ihr ein Vergnügen sein, ihrer neuen Freundin Aufnahme in die ersten Kreise der Gesellschaft zu verschaffen.

»Er ist Radscha von Kattyapur, einem kleinen unabhängigen Stadtstaat draußen in der Wüste Thar. Es ist anscheinend fast unmöglich, dorthin zu gelangen. Er nimmt aber trotzdem viel Geld ein, indem er von den Karawanen, die durch sein Land nach Persien ziehen, Zoll verlangt. Angeblich hält er seinen Staat für zu klein, um sicher vor unseren Ansprüchen zu sein, und versucht nun, seinen Herrschaftsbereich auszudehnen. Sir Arthur meint, das könnte sein Verderben werden. Andererseits glaubt er, daß es noch Jahre dauern wird, bevor wir uns den kleineren Fürsten von Rajputana zuwenden.«

»Also nur ein Radscha.« Fanny tat so, als sei die Geschichte damit für sie erledigt. »Ich dachte, hier wäre jeder zumindest Maharadscha?«

Fanny blickte zu dem Radscha hin, der jetzt an der Reihe war, den Gouverneur zu begrüßen, und wunderte sich über die Erregung, die sie bei seinem Anblick empfand. Sie mußte ihre Freunde in London sehr vermissen, wenn sie den

Prunk irgendeines ausländischen Despoten so anziehend fand. Es war wirklich Zeit, daß sie sich zusammennahm.
Lady Cunningham versetzte ihr einen leichten Stoß in die Rippen. »Werden Sie in den Rosengarten gehen, Lady Frances?«
»Oh, ich glaube nicht...«
»Und wenn ich Ihnen anbiete, Sie als Anstandsdame zu begleiten, können Sie da wirklich nein sagen?«
Fannys marineblauen Augen wurden noch dunkler. »Lady Cunningham, Sie sind die bemerkenswerteste Frau, die ich seit meiner Ankunft in Indien getroffen habe! Er sieht viel interessanter aus als all die anderen, finden Sie nicht auch?«
»Wirklich ein hübscher Bursche!« stimmte Lady Cunningham gelassen zu. »Die Rajputen sind überhaupt sehr gutaussehend. Sie stammen alle von der Sonne ab, vom Mond oder vom Feuer, hat man mir erzählt. Ihr junger Mann hat die Sonne in seinem Emblem. Leider kann ich Ihnen nicht sagen, was das genau bedeutet. Diejenigen, die vom Mond abstammen, sind jedenfalls Nachkommen von Krishna.«
»Ist Krishna nicht einer ihrer Götter?«
»Die Inkarnation eines Gottes. Er war sehr böse und wird von all seinen Anhängern sehr geliebt.«
Von Minute zu Minute wuchs Fannys Hochachtung für Lady Cunningham. Sie war sehr erfreut darüber, eine Frau kennenzulernen, die sich die Mühe gemacht hatte, etwas herauszufinden über das Land, in dem sie lebte.
»Wenn er Nachkommen hat, muß er eine Frau gehabt haben«, mutmaßte sie.
»Meine Liebe, er war auf eine geradezu unschickliche Weise fruchtbar. Als er seine Frau kennenlernte, soll sie sich gerade inmitten einer Gruppe Kuhhirtinnen und Melkerinnen

befunden haben, die gerade Milch und Butter verkauften. Als er eine von ihnen auswählte, waren die anderen Mädchen fürchterlich eifersüchtig, und so konnte er nicht umhin, seinen Körper viele Male zu reproduzieren, um ihnen allen einen Gefallen zu tun. Schließlich wurde eine richtige Orgie daraus. Niemand hat daran gedacht, aufzuzeichnen, wie sich Radha – sie war diejenige, die seine Gemahlin wurde – bei alldem fühlte. Aber die indischen Frauen scheinen ja sowieso keine Eifersucht zu kennen. Ich denke, die Frauen hier werden eben in dem Wissen erzogen, daß sie nicht die einzigen im Leben ihres Mannes sein können.«

Fanny lachte laut auf. Niemand hatte so freizügig mit ihr gesprochen, seit sie Dublin und damit ihre Kindheit hinter sich gelassen hatte.

»Sind wir in England vielleicht besser dran?« hörte sie sich trocken fragen, und bereute es gleich darauf, als sie einen Anflug von Mitleid in den Augen von Lady Cunningham sah.

»Mein armer Arthur hat keine Chance, sein Auge auf andere Frauen zu werfen, solange ich in der Nähe bin. Seit ich ihn das erste Mal sah, wollte ich ihn heiraten, obwohl ich gesellschaftlich so weit unter ihm stand. Es war ein Glück für mich, daß er genauso dachte, und wir heirateten, bevor es irgend jemandem gelang, ihn umzustimmen.«

»Lady Cunningham«, sagte Fanny, »es wäre eine Ehre für mich, Sie als meine Freundin betrachten zu dürfen.«

»Ich hoffte, daß Sie das sagen würden«, gestand Lady Cunningham. »Das wird ein Schlag ins Gesicht für einige der hier Anwesenden sein! – O bitte, verzeihen Sie mir meine Bemerkung! Wenn ich nur meine Zunge besser im Zaum halten könnte ...«

»Ich hoffe, Sie werden das mir gegenüber nie tun!« sagte Fanny lachend.
Die beiden Frauen nickten einander glücklich und in vollem Einverständnis zu. Beide waren gleichermaßen erfreut, eine so sympathische Freundin gefunden zu haben.
Der Rosengarten war von einer paradiesischen Schönheit. Die Rosen wuchsen hier in Hülle und Fülle und verbreiteten einen himmlischen Duft in der sternenklaren Nacht. Die Diener hatten Lampen an den Rändern der Wege aufgestellt, und Fanny war entzückt über die unzähligen kleinen Flammen, die in der sanften Brise flackerten.
»Wissen Sie«, sagte sie zu Lady Cunningham. »Ich könnte mich direkt in Indien verlieben. Anfang der Woche habe ich das Rote Fort besucht. Es ist wirklich prachtvoll.«
»Die Mongolen kannten sich sehr gut aus mit Wasser und Brunnen. Man hat mir erzählt, daß das Wort ›Paradies‹ von ihrem Wort für Wassergarten abstammt. Was Indien betrifft, so bin ich doch zu sehr Britin, um an dem ständigen Chaos Gefallen finden zu können. Mögen die Menschen hier auch schöne Gesichter haben – man weiß doch nie, was sie denken. Seit der Rebellion bin ich ihnen gegenüber argwöhnischer geworden – sogar gegenüber meiner eigenen Dienerschaft.«
»Das ist genau das, was die Engländer über die Iren sagen!« erklärte Fanny. »Oh, nicht über uns, die Adligen und Landbesitzer, aber über das niedere Volk, das in Not und Armut lebt.«
Lady Cunningham seufzte. »Ich fürchte, hier ist es tatsächlich genauso. Die Inder lehnen sich nicht oft gegen ihr Schicksal auf, denn sie hoffen auf ein besseres Leben nach dem Tod, genauso wie die Iren. Hier glauben sie allerdings, daß sie auf die Erde zurückkehren werden. Der Bischof

mag die Hoffnung haben, daß aus ihnen gute Christen werden, aber ich glaube nicht, daß wir das jemals schaffen! Die Menschen hier haben keine Vorstellung von Recht und Unrecht, sie glauben nur an gute und schlechte Kräfte, die alles beeinflussen. Die Kuh ist für sie die Heilige Mutter; daher verehren sie diese Tiere abgöttisch. Sogar diese Rebellion ist angeblich wegen dieser Kühe entbrannt. Unter den *sepoys*, den indischen Soldaten, soll das Gerücht umgegangen sein, man habe ihre Munition mit Rinderfett geschmiert. Ich weiß allerdings nicht, ob das wirklich stimmt. Selbst bei der East India Company kann ich mir nicht vorstellen, daß sie so unsensibel ist.«

»Ich glaube eher, die Briten haben sich gar nicht erst die Mühe gemacht, herauszufinden, welchen Frevel die Verwendung von Rinderfett für die Inder bedeutet«, sagte Fanny verächtlich. »Ich frage mich nur, ob die Krone diese Dinge klüger angehen wird.«

»Das müssen wir abwarten. Vielleicht gelingt es ihr, die Kämpfe zwischen den kleinen Staaten, die sich der Company aus dem einen oder anderen Grund noch nicht unterworfen haben, zu unterbinden. Trotzdem, ein vereinigtes Indien scheint mir in ebenso weiter Ferne zu liegen wie ein vereinigtes Europa. Ein Hirngespinst! Die Völker sind einfach zu verschieden und sprechen Hunderte von ganz verschiedenen Sprachen. Und welcher Mohammedaner will schon etwas mit einem Hindu zu tun haben?« Lady Cunningham zog Fanny aus der Reichweite einer der kleinen Lampen, denn ihr Kleid hatte sich der Flamme gefährlich genähert. »Hier kommt Ihr Held. Wollen Sie noch immer seine Bekanntschaft machen?«

Fannys Mund war plötzlich wie ausgetrocknet. Schweigend betrachtete sie den Mann mit dem bonbonrosafarbenen

Turban, der auf sie zukam. Er war größer, als sie gedacht hatte, mindestens einsachtzig, und ihr kam derselbe Gedanke wie beim ersten Mal, als sie ihn gesehen hatte: Er bewegt sich wie ein junger Gott. Er blieb neben einem Rosenbeet stehen und sah sie an. In ihrer plötzlichen Verwirrung machte Fanny einen tiefen Hofknicks – eine Geste, die angesichts ihres eigenen Titels völlig übertrieben war. Soweit sie sich erinnern konnte, hatte sie vor niemand anderem außer vor der Königin jemals einen so tiefen Knicks gemacht. Hier in Delhi hatte sie sich immer mit der Andeutung eines Knickses zur Begrüßung begnügt, sogar gegenüber dem Gouverneur und seiner Frau. Warum ließ sie sich also ausgerechnet gegenüber diesem Barbaren zu einer solchen Geste der Ehrerbietung hinreißen?

Und damit nicht genug: offenbar dachte er gar nicht daran, sich nun vor ihr zu verneigen, wie es jeder taktvolle Mann getan hätte. Er blickte sie über die Rosen hinweg an, reichte ihr die Hand und zog sie hoch. Lady Cunningham machte einen Schritt vorwärts.

»Lady Frances, darf ich vorstellen…«, begann sie.

»Lady Frances«, wiederholte der Radscha, und es klang wie eine Liebkosung. »Willkommen in Indien.«

»Das ist eine sehr schöne Begrüßung«, sagte Lady Cunningham beifällig. »Das heißt, falls Ihnen Indien gehört, Eure Hoheit.«

»Es gehört mir mehr als Ihnen«, erwiderte er mit einem so charmanten Lächeln, daß die beiden Damen ihm sofort seine Anmaßung verziehen. »Werden Sie immer Lady Frances genannt?« wandte er sich wieder an Fanny, während er weiterhin ihre Hand in seiner hielt.

Sie hob den Kopf ein Stück höher. »Meine Freunde nennen mich Fanny.«

»Dann werde ich Sie auch so nennen.«
Fanny stand stocksteif vor ihm und starrte ihn ungläubig an. Dann aber entgegnete sie mit einer Geistesgegenwart, die sie selbst verblüffte: »Während ich Sie weiterhin Eure Hoheit nenne?«
Wenn sie gehofft hatte, sie würde ihn mit ihrem spöttischen Tonfall von seinem hohen Roß herunterholen, so erlebte sie eine Enttäuschung. Ihr Spott perlte an ihm ab wie Wasser vom Gefieder einer Ente.
»Was ist daran falsch?« fragte er und zuckte die Achseln. »Mein Name ist Sajjan Ramakrishna Singh, wenn Sie es wissen wollen, aber niemand nennt mich so.«
»Ich werde Sie Sajjan nennen«, entschied Fanny, als sei es das Selbstverständlichste von der Welt.
»Ich möchte, daß Sie mich ›Herr‹ nennen.«
Fanny zuckte zusammen. Hatte sie ihn richtig verstanden? Doch sie war eher verblüfft als schockiert – und erregt durch das Versprechen, das in seinen Worten lag...
»Ich fürchte, das ist unmöglich«, sagte sie schroff. »Ich bin Ehefrau und Mutter.« Sie hatte das Gefühl, daß er ihr gar nicht zuhörte.
»Ich weiß alles über Sie, Fanny. Ich habe Sie schon immer gekannt.« Er lächelte sie zärtlich an. »Sie sind zu schön, um hier in Delhi zu verwelken, ohne Liebe und ohne jemanden, der Sie versteht.«
Fanny fuhr mit der Zunge über ihre trockenen Lippen. »Sie sind sicherlich auch verheiratet«, sagte sie in einem Anflug von Hilflosigkeit.
»Selbstverständlich. Ich habe zwei Ranis und mehrere Nebenfrauen...«
»Dann brauchen Sie mich ja nicht auch noch!«
Das war absolut nicht das, was sie hatte sagen wollen. Sie

hatte darauf bestehen wollen, daß er ihr den Respekt entgegenbrachte, der einer verheirateten Frau gebührte, daß er sich ihr gegenüber benahm, wie sie es von anderen Männern gewohnt war. Auf gar keinen Fall hatte sie sich auf sein Niveau herabbegeben wollen, gerade so, als ob — als ob sie nicht einen völligen Widerwillen dagegen empfände, mit diesen anderen Frauen von ihm auf eine Stufe gestellt zu werden!
Sein Lächeln war so sanft und sinnlich wie die Seide, die er trug. »Wir haben keine Wahl, keiner von uns, Fanny«, flüsterte er ihr zu. »Wir alle müssen den Weg gehen, der uns vorbestimmt ist. Früher oder später werden Sie mir gehören!«

Kapitel 5

»Also, ich hätte niemals...«, explodierte Lady Cunningham, »ich hätte niemals erwartet, so etwas zu hören! Lady Frances, ich hoffe, Sie glauben mir, daß ich keine Ahnung hatte! Wie arrogant! Wie anmaßend!«

»Ja, das war er, nicht wahr?« stimmte Fanny zu. »Wundervoll anmaßend!« Sie verspürte das starke Bedürfnis zu lachen, als sie wieder in den hellerleuchteten Saal zurückkamen und sie das schockierte Gesicht ihrer Begleiterin sah. Es war so lange her, daß sie von Herzen über etwas gelacht hatte, und sie war dem Radscha dankbar dafür — wenn nicht für noch mehr. »Machen Sie sich keine Gedanken, Lady Cunningham«, meinte sie gutgelaunt. »Tatsache ist, daß keine von uns beiden ihn jemals wiedersehen wird.«

»Das hoffe ich allerdings!«

Fanny machte eine zustimmende Kopfbewegung, obwohl sie weit davon entfernt war, tatsächlich mit ihrer Freundin übereinzustimmen. Es hatte ihr gutgetan, jemanden kennenzulernen, der sich von ihrem Status nicht beeindrucken ließ. Er hatte mit einem Blick erkannt, daß ihr hochmütiges Auftreten gespielt war. Nicht einmal Geoffrey, der immerhin ihr Bruder war, hatte jemals gewußt, was in ihr vor-

gegangen war, wenn sie unter den mächtigsten Männern Londons Hof gehalten hatte.
Keiner dieser klugen, ehrgeizigen Männer hatte jemals ihre Sicht von der Welt oder ihren Platz darin in Frage gestellt. Dieser Radscha hatte sich sogar über ihre Abwehr gegenüber der Anziehungskraft des anderen Geschlechts lustig gemacht.
Sie fragte sich, was wohl geschehen würde, wenn sie beschließen sollte, diesen Barbaren in die Knie zu zwingen. Es kam ihr gar nicht in den Sinn, daß sie das vielleicht gar nicht zuwege bringen könnte. Lady Frances Bantry beherrschte diese Kunst schließlich! Sie hatte bereits mit vielen Männern zu tun gehabt, die sich zu große Hoffnungen gemacht hatten. Es wäre sicherlich amüsant, es bei ihm zu versuchen — aber würde sie es wagen? Einen wundervollen Moment malte sie sich aus, wie sie mit diesem Gentleman mit dem rosafarbenen Turban umgehen würde. Doch dann wurde sie der Sache müde. Schließlich hatte sie genug Probleme, mit denen sie zurechtkommen mußte. Warum sollte sie ihre Macht und ihren guten Ruf aufs Spiel setzen für einen Menschen, den die Gesellschaft zweifellos als unkultivierten Heiden einstufen würde?
Lord Bantry betrachtete seine Frau, als sie aus dem Dunkel trat. Sie war natürlich reifer geworden seit dem Tag, an dem er sie geheiratet hatte, war nicht mehr diese verängstigte, jämmerliche Kreatur. Aber so gut gelaunt wie heute hatte er sie noch niemals gesehen. Ihr Anblick nährte die brodelnde Wut, die seit Jahren in ihm loderte. Mehr als jemals zuvor verspürte er das Bedürfnis, sie zu einem hilflosen Nichts herabzuwürdigen. Ihre selbstbewußte Art empfand er als Affront. Alles, was er von ihr wollte, war, ihren Körper in seinem Bett zu erniedrigen und zu quälen; denn es

war lustvoller, die behütet aufgewachsene Tochter eines britischen Aristokraten zu schänden als den braunen Körper irgendeines Straßenkindes.
Er hatte angenommen, sie würde hier in Indien allein und schutzlos sein, doch bald nach ihrer Ankunft mußte er erkennen, daß er sich gewaltig verrechnet hatte. Vor ihrer Ankunft hatte er das Gerücht in die Welt gesetzt, daß Lady Frances allen Grund habe, ihm dankbar zu sein. Es sei ein Akt der Barmherzigkeit gewesen, daß er sie, die Tochter eines bankrotten Earl, geheiratet habe. Doch all seine Mühe hatte nichts gefruchtet, denn als die Damen seine Frau persönlich kennengelernt hatten, waren sie hingerissen von ihr gewesen. Er hatte versucht, ihre Bekanntschaft mit der Königin herabzuwürdigen, indem er andeutete, sie sei nur durch den Respekt zustandegekommen, den er selbst bei Hofe genoß. Doch Fanny hatte mit Hilfe ihres außergewöhnlichen Charmes und ihrer Persönlichkeit rasch die Hochachtung der britischen Gesellschaft in Delhi gewonnen. Und dafür haßte er sie um so mehr.
Mary war für ihn immer nur Fannys Bastard gewesen. Ihm dieses Mädchen als sein Kind unterzuschieben, das war ihre Rache gewesen. Es war nur gut, daß das Kind ein Mädchen geworden war und nicht Sohn und Erbe, den er unmöglich hätte anerkennen können. So wie die Dinge lagen, war er bereit, Marys Anwesenheit zu ertragen – denn sie war der Schlüssel zu der Rache, die er an seiner Frau üben wollte. Wenn sie sich ihm nicht freiwillig unterwarf, so würde sie es vielleicht um ihrer Tochter willen tun. Mit Vergnügen erinnerte er sich an die Angst in ihren Augen, als er in London eine entsprechende Bemerkung hatte fallenlassen; eine Angst, die sie sonst immer erfolgreich vor ihm verborgen hatte. Der Gedanke daran, daß Fanny ihm auf Gedeih und

Verderb ausgeliefert sein würde, erregte ihn mehr als irgend etwas anderes. Genüßlich malte er sich aus, wie Fanny ihn, völlig in Tränen aufgelöst, anflehen würde, ihr und dem Kind nichts zuleide zu tun. Welch ein Kontrast wäre das! Die elegante, charmante Lady als eine verängstigte, geschlagene Kreatur! Diese Vorstellung ließ ihn vor Erregung erbeben. Seine Augen glitzerten gefährlich, als er sich umdrehte und sich den Weg zum Büffet bahnte. Es würde nicht mehr lange dauern, dann würde Fanny auf den Knien vor ihm liegen. In der Zwischenzeit brauchte er noch etwas zu trinken.

Lord Bantrys Augen waren glasig, als er seine Frau zum Wagen begleitete. Er war nicht in der Lage zu bemerken, daß sein gewohnter Lakai durch einen großen, kupferbraunen Menschen ersetzt war, der Fanny in der Sprache der Rajputen einen angenehmen Abend wünschte. Lord Bantry hätte ihn auch nüchtern nicht wahrgenommen: Schon vor sehr langer Zeit war er zu dem Schluß gekommen, daß alle Inder gleich aussahen. Hauptsache, sie gehorchten; mehr wollte er gar nicht über sie wissen.

Anders als ihr Ehemann hatte Fanny den Fremden bemerkt, der ihr in die Kutsche geholfen und mit leiser Stimme einen guten Abend gewünscht hatte. Sie hatte vor allem auch bemerkt, daß er sie offen und selbstbewußt anlächelte, ohne die Unterwürfigkeit, die Diener sonst an sich hatten. Der einzige Rajput in ihrem Personal war Gupta, der Lakai, der Edwin nach England begleitet hatte und ihr die Grundlagen seiner Sprache beigebracht hatte. Wer also war dieser Neue, und wo kam er so plötzlich her?

»Eine starke Hand ist das einzige, was die Inder respektieren«, sagte ihr Mann.

»Manche von ihnen halfen dabei, die Rebellion der *sepoys*

niederzuschlagen, oder nicht? Der Maharadscha von Jaipur ...«

»Ein eingebildeter Pfau, wie ich noch keinen erlebt habe!«

Fanny legte ihren Kopf auf die Seite. »Die Briten haben im Vergleich zu ihnen ganz schön langweilig ausgesehen«, wagte sie zu sagen, »auch die in Uniformen. Hättest du dich nicht auch gerne in farbenfroherer Kleidung gezeigt?«

»Um Himmels willen! Das Volk mit Brot und Spielen zu versorgen ist ein Zeichen der Schwäche. Die Römer mußten für diese Erfahrung bitter bezahlen. Nein, wir müssen unsere politische und militärische Macht ausbauen und ihnen unseren Willen aufzwingen. Solange die wirkliche Macht bei uns liegt, können sie ruhig ihre eigenen Spektakel veranstalten — wenn wir es ihnen erlauben, natürlich.«

Fanny hörte ihm kaum zu. Sie stellte sich Edwin mit einem bonbonrosafarbenen Turban vor und fragte sich, warum sie eigentlich so überzeugt davon war, daß er nur lächerlich damit aussehen würde. Ihr Barbar hatte kein bißchen lächerlich gewirkt. Aber sie würde heute nacht nicht an ihn denken, das gelobte sie. Nicht, wenn es sich vermeiden läßt, berichtigte eine innere Stimme ihr stilles Versprechen, und sie hätte beinahe laut aufgelacht.

Fanny war fast eingeschlafen, als der Wagen in die Auffahrt zum Haus ihres Mannes einbog. Als sie aus dem Halbschlaf aufschreckte, versicherte sie sich gewohnheitsmäßig, daß ihr Messer noch da war. Guptas Stimme, hart und verärgert, klang vom Eingang her an ihr Ohr; eine andere Stimme antwortete ihm. Fanny hatte nicht erwartet, daß sie die beiden verstehen würde, aber es gelang ihr, und der Schock über das, was sie sagten, nahm ihr den Atem. Sie waren beide Rajputen und anscheinend Untertanen des Radscha von

Kattyapur. Der Radscha habe — so vernahm Fanny — seinen eigenen Diener geschickt, um eine *Perle* von großem Wert zu hüten, eine Person, deren Schicksal untrennbar mit dem seines kleinen Wüstenreiches verbunden war.

War sie damit gemeint? Auch wenn sie die Bildhaftigkeit dieser fremden Sprache in Betracht zog ... sie konnte nicht glauben, daß irgend jemand anzunehmen wagte, sie, Lady Frances Bantry, sei an einer Affäre mit dem Radscha von Kattyapur interessiert. Wie konnte er es wagen! Welche Beleidigung hielt er als nächstes für sie bereit? Sie würde diesen Mann, den der Radscha ihr aufgehalst hatte, mit einer Nachricht zurückschicken, die seine Ohren zum Glühen bringen würde! Glaubte er denn, sie fände ihn so begehrenswert, daß sie seinetwegen ihren Ruf ruinieren würde?

Sie hatte gerade begonnen, sich zu entkleiden, als Edwin auf der Türschwelle ihres Schlafzimmers erschien. Sie hatte vorher nicht bemerkt, wie betrunken er war. Sein Hemd war offen, und seine Hose halb aufgeknöpft. Fanny sah ihn angewidert an.

»Was willst du?« fragte sie kalt.

»Nicht mehr als mein Recht, Mylady«, lallte er.

Fanny zuckte die Achseln und wandte sich ab. »Ich habe immer noch mein Messer, Edwin.«

»Ich werde es dir wegnehmen lassen! Wir haben genug Diener, die das übernehmen können. Die faulen Bastarde mögen zwar ihre Herrin ihrem Herrn vorziehen, aber sie werden sich nicht gegen mich stellen — nicht, solange sie ihren Lohn von mir bekommen!«

Fannys Selbstsicherheit geriet für einen kurzen, schicksalhaften Augenblick ins Wanken, und ihr Ehemann kam langsam auf sie zu.

»Warte doch! Ich kann heute nicht. Ich habe meine Tage.«

Schritt für Schritt wich sie vor ihm zurück. Sie hoffte, er würde niemals herausfinden, daß sie ihn anlog. Wo war ihr Mut in diesem Augenblick, da sie ihn am meisten brauchte? Wenn er entdeckte, wieviel Angst sie hatte, würde sie sich nie wieder ihm gegenüber behaupten können, das wußte sie. Nur weil sie immer so selbstsicher aufgetreten war, hatte sie sich seinen Annäherungsversuchen bislang entziehen können. Ihr Mut würde sie doch nicht ausgerechnet jetzt im Stich lassen!

»Ich muß zu Mary – sie schreit!«

Sie lief auf ihn zu und stieß ihn zur Seite, als er ihr den Weg versperren wollte. Dann stürzte sie aus dem Zimmer. Sie hörte, wie sein Körper mit einem dumpfen Geräusch auf dem Boden aufschlug, doch sie wandte sich nicht um. Im Korridor stieß sie auf Eileen, die sie mit vor Schreck weit aufgerissenen Augen anstarrte.

»Alles in Ordnung, Mylady?«

»Wie geht es Mary?« fragte Fanny noch ganz außer Atem.

»Schicken Sie sie nach England zurück, Mylady. Warum sollte sie hierbleiben, da sie doch von beiden Eltern vernachlässigt wird und so schreckliche Angst vor ihrem Vater hat!«

»Angst vor Edwin? Was hat er ihr getan?«

»Nichts – noch nichts. Aber er droht ihr an, sie zu verprügeln. Er behauptet, daß er nicht ihr Vater sei. Er wisse genau, daß sie ein Bastard sei, den Sie ihm untergeschoben hätten, um Ihren guten Ruf nicht zu verlieren. Mary versteht nicht, was er ihr erzählt, aber sie hat deshalb nicht weniger Angst! Es wäre besser für sie, wenn sie in London bei Ihrem Bruder leben würde oder wenigstens im Haus Ihres Vaters in Dublin.«

Fanny ging ins Zimmer ihrer Tochter; ihre eigenen Sorgen

waren vergessen. Sie nahm das Kind auf und drückte es an sich.
Mary kuschelte sich in ihre Arme und verbarg ihr Gesicht an ihrer Brust. Fanny wollte ihre Tochter zunächst von sich wegschieben, doch dann siegten ihre mütterlichen Gefühle über ihre eiserne Selbstbeherrschung, und sie streichelte dem kleinen Mädchen zärtlich die Wange.
»Du solltest jetzt schlafen«, sagte sie zu ihr.
»Ich kann nicht! *Er* sagt, daß er kommen und mich aufwecken wird – und dann wird er mich mit einer Peitsche schlagen, bis du kommst und ihn dazu bringst, daß er aufhört. Du – du wirst dann schnell kommen, ja, Mama?«
Fanny beruhigte sie, so gut sie konnte. »Würde es dir gefallen, wenn Eileen in deinem Zimmer schliefe?«
Das kleine Mädchen nickte. »Könnte ich nicht bei dir schlafen?«
»Nein, Liebling, das geht nicht. Er würde es nicht erlauben, selbst wenn ich es wollte, was jedoch nicht der Fall ist.«
»Warum nicht?« Die kleine, zerbrechliche Stimme zerrte an Fannys Nerven.
»Ich habe immer schon allein geschlafen! Du solltest das auch lernen!«
»Ich habe so böse Träume.«
»Nur kleine Kinder haben böse Träume. Große Mädchen wie du sollten das schon längst hinter sich gelassen haben. Du mußt lernen, dem Leben mutiger entgegenzutreten, Mary. Wenn du tapfer genug bist, dann kann dir niemand etwas tun! Sag zu deinem Vater, daß du keine Angst hast, ganz gleichgültig, was er tut, und du wirst sehen, daß er dich in Ruhe läßt!«
»Er will mich verprügeln«, beharrte Mary.
Große Tränen traten in ihre Augen. Doch nun schritt

Eileen ein. »Sehen Sie denn nicht, wie das Kind leidet?« fragte sie erregt. »Werden Sie erst begreifen, wozu Ihr Mann fähig ist, wenn er Mary totgeschlagen hat?«
»Gut«, sagte Fanny entschlossen. »Eileen, du mußt Mary zurück nach England bringen, sobald ich eine Passage für euch beide bekomme. Wirst du — wirst du zurückkommen nach Indien, wenn du sie untergebracht hast?«
Eileen nahm Mary von Fannys Knien. »Das werde ich, Mylady. Ich werde aus dem gottlosen England so rasch wie möglich wieder ins heidnische Indien zurückkehren. Ich leugne allerdings nicht, daß es mir eine große Freude bereiten wird, mit Pater McGilligan wieder einmal von Angesicht zu Angesicht zu sprechen.«
Fanny mußte lachen. Pater McGilligan war für sie ein alter Vertrauter geworden. Sie würde seine kritischen Bemerkungen aus zweiter Hand vermissen, wenn Eileen fort wäre — und sie würde Eileen vermissen. Oh, wie sehr sie Eileen vermissen würde!
Lord Bantry lag noch immer am Boden, wo sie ihn hatte liegen lassen. Fanny stieß mit dem Fuß gegen seinen Körper. Sie hatte eigentlich nicht den Wunsch, ihn aufzuwecken, aber schließlich lag er in ihrem Schlafzimmer. Er grunzte und fluchte vor sich hin. Die Hälfte der Wörter hatte sie noch nie gehört, aber ihre grundsätzliche Bedeutung war ihr klar. Ihr wurde übel bei seinem Anblick, und zögernd gestand sie sich ein, daß sie genausoviel Angst vor ihm hatte wie Mary. Eines war ihr klar: Wenn sie ihn von hier fortschaffen wollte, würde sie Hilfe brauchen.
Sie glaubte die Bediensteten eigentlich schon längst im Bett, doch sie hüllte sich trotzdem in einen Mantel, der an einem Nagel hinter der Tür hing, um nachzusehen, ob vielleicht noch jemand in der Küche saß. Wie aus dem Boden gewach-

sen standen plötzlich Gupta und der fremde Rajput vor ihr.

»Können wir Ihnen irgendwie helfen, *memsahib?*«

Es war der Lakai, der gesprochen hatte, und sie antwortete ihm bewußt in seiner eigenen Sprache. »Bringt bitte meinen Mann ins Bett!«

Die beiden Männer berieten sich flüsternd miteinander. Zwischen Fannys Augenbrauen erschien eine steile Falte.

»Gupta, wer ist dieser Mann?« fragte sie.

Unter anderen Umständen hätte sie die Bestürzung des Lakaien amüsant gefunden. Jetzt jedoch waren ihre Nerven zu angespannt, als daß sie über solche Dinge hätte lachen können.

»Nun?« fragte sie, und ein leises Klopfen ihres Fußes verriet ihren Ärger.

»Er steht in den Diensten des Radschas von Kattyapur.«

»Das habe ich mir gedacht. Und was macht er hier?«

»Er beschützt Sie, Mylady.«

»Tatsächlich?«

»Er wird ein paar Tage hierbleiben —«

»Er wird morgen gehen!«

Gupta wand sich vor Verlegenheit. »Er kann nicht gehen. Nicht, bis Seine Hoheit, der Radscha, es ihm erlaubt hat.«

»Dann sollte er sich besser in deinem Quartier verstecken«, befahl Fanny mit fester Stimme. »Mein Mann hat heute zu viel getrunken, um ihn zu bemerken, aber er ist weder blind noch einfältig. Er wird nicht sehr begeistert sein, wenn er hört, daß sich dieser Mann aufgrund einer verrückten Laune des Radscha von Kattyapur hier aufhält! Die hoheitlichen Befehle des Radscha gelten nicht in Delhi!«

Guptas Gesicht war völlig ausdruckslos. »Es hat viele Städte mit Namen Delhi gegeben, lange bevor die Mongolen oder die Briten hierher gekommen sind. Welches Delhi meinen Sie?«

Fanny war einen Augenblick lang sprachlos. Als sie sich wieder gefaßt hatte, war ihr Ärger verraucht. »Die Briten haben vor, im Laufe der Zeit den ganzen Subkontinent zu vereinigen!«

Gupta hob seine Hände. »Wenn das ihr Schicksal ist, dann kann keiner von uns sie aufhalten. Niemand von uns kann seinem *karma* entkommen, Mylady, auch Sie nicht.«

»Christen glauben nicht an so einen Unsinn!« warf sie ein.

Gupta wagte ein breites Grinsen. »Mylady, Sie gehen jeden Sonntag zur Kirche, das stimmt; aber trotzdem glauben Sie doch nicht alles, was die anderen britischen Damen glauben?«

Fanny konnte sich nur darüber wundern, daß sie mitten in der Nacht hier im Korridor ihres Hauses stand und mit ihrem Butler über solche Dinge diskutierte. Dancer wäre zutiefst schockiert gewesen, wenn sie jemals versucht hätte, ihn in ein solches Gespräch zu verwickeln. Was ihre Religiosität betraf, so hätte Fanny gerne gewußt, warum sie nie ganz sicher war in allen Fragen, die ihren Schöpfer betrafen. Alle außer ihr schienen felsenfest davon überzeugt, daß nur sie den einzig richtigen Glauben hatten. Nur in einem war sie sich völlig sicher: kein Mensch auf der ganzen Welt, nicht einmal der frömmste von allen, würde jemals hoffen können, mehr als nur einen kleinen Bruchteil von dem Wesen zu erfassen, das Gott genannt wurde.

Gupta gab dem anderen Mann ein Zeichen, Lord Bantry aus Fannys Zimmer zu schaffen. Der Rajput legte den bewußtlosen Körper über seine Schulter. Es war leicht zu erkennen, daß Gupta ebenso wie sie zögerte, seinen bewußtlosen Herrn zu berühren. Es war ihr so peinlich, als sie sah, daß die Stelle, an der er gelegen hatte, mit Erbrochenem besudelt war.

»Es tut mir leid, daß ihr diesen Ärger habt«, sagte sie.

»Das macht nichts. Sie haben jetzt nichts mehr von ihm zu befürchten, *memsahib.*«

Sie zwang sich dazu, den schlaff herabhängenden Kopf ihres Mannes anzusehen und bemerkte, daß er die Augen ein wenig geöffnet hatte.

»Ich bekomme dich schon noch!« grunzte er. »Du wirst mir nicht immer entwischen!«

Fanny war erleichtert, als sich die Männer entfernten. Eileen hatte recht, Mary würde in England sowohl sicherer als auch glücklich sein. Aber wie sollte sie ihre Rückkehr arrangieren? Würde Lady Cunningham ihr helfen? Irgend jemand mußte eingreifen, denn Edwin würde sicherlich nicht freiwillig seine Einwilligung zu Marys Abreise geben.

Kapitel 6

Fanny sah einen Bienenfresser draußen vor dem Fenster. Sie war entzückt über den hübschen Vogel und hoffte, daß er im Garten nisten würde, so daß sie beobachten könnte, wie die Jungen ausschlüpften und heranwuchsen. Sie konnte sich nicht erinnern, jemals einen so farbenprächtigen Vogel gesehen zu haben. Andererseits, wenn man bedachte, wie farbenprächtig sogar die Menschen hier waren... der Radscha mit dem bonbonrosafarbenen Turban zum Beispiel!

Der Augenblick verlor seinen Zauber, als ihr Ehemann erschien, einen Spazierstock mit elegantem silbernen Knauf in der Hand. Mit einer schnellen Bewegung schlug er nach dem kleinen Vogel und verscheuchte ihn damit. Fanny ballte einen Augenblick lang die Fäuste, dann entspannte sie sich wieder. Wie lange würde sie das noch aushalten müssen, dieses...

»Ah, hier bist du!« begrüßte sie Edwin, als er durch die Terrassentür trat. Er tat, als sei nichts gewesen; vielleicht erinnerte er sich auch gar nicht mehr an seinen Zustand in der letzten Nacht. »Ich muß für ein paar Tage geschäftlich verreisen«, verkündete er.

Fanny holte tief Luft. »Edwin, ich möchte Mary heimschicken nach England.«

»Sie bleibt hier, Frances, und zwar so lange, bis du deine Pflicht erfüllt hast und in mein Bett zurückgekehrt bist. Danach kannst du sie meinetwegen nach England schicken.«
Fanny zwang sich, ruhig zu bleiben. »Empfindest du denn wirklich überhaupt nichts für sie?« fragte sie schließlich.
»Nein. Ich würde überhaupt nichts von ihr wissen wollen, wenn sie nicht deine Tochter wäre. Wofür ist ein Mädchen schon gut, außer um ihrem künftigen Ehemann Söhne zu gebären? Das mußt du noch lernen, Fanny!«
»Ich werde es niemals lernen!«
»Ich denke, das wirst du, meine Liebe — und wenn ich über Marys Leiche gehen muß.«
In Fannys Gesicht zuckte es. »Du überschätzt meine Liebe zu deiner Tochter. Ich würde es eher vorziehen, sie tot zu sehen, als mich noch einmal deinen Wünschen zu fügen!«
Seine Augen wurden schmal. »Jede Frau liebt ihr eigenes Kind! Sosehr du es auch leugnest, du liebst Mary, und du wirst dich opfern, um sie zu beschützen.«
»Du verstehst ja wirklich sehr viel von Frauen«, antwortete Fanny höhnisch. »Wann hast du das nur alles gelernt? Ich dachte, du ziehst es vor, uns zu vergewaltigen und zu schlagen, anstatt darauf zu hören, was in unseren Herzen vorgeht!«
Sie hatte einen weiteren Sieg davongetragen, aber was war er schon wert? Bantry hatte nicht lange gebraucht, um ihr Geheimnis zu entdecken, ein Geheimnis, das sie jahrelang erfolgreich vor sich selbst verborgen hatte: daß sie Mary tatsächlich sehr lieb hatte und alles in ihrer Macht Stehende tun würde, um sie zu beschützen.
Bantry starrte seine Frau an. Er fand, daß sie keinen Grund hatte, sich zu beklagen. »Wenn du deinen ehelichen Pflichten nicht freiwillig nachkommst, was erwartest du denn dann von mir?« fragte er.

»Du könntest mich mit der Achtung behandeln, die ein Mensch dem anderen schuldet.«

»Wenn du das erwartest, dann hättest du nicht als Frau auf die Welt kommen dürfen«, sagt er trocken. »Bei unserer Heirat wurdest du mein Besitz. Glaubst du denn, ich muß dich erst gnädig stimmen und umschmeicheln, bevor du mir die Gnade gewährst, mich deines Körpers bedienen zu dürfen?«

Woher hatte Edwin nur diese Verachtung für Frauen? Einen Augenblick lang dachte Fanny über diese Frage nach, doch dann schob sie diesen Gedanken beiseite. Was nützte es, wenn sie sich darüber den Kopf zerbrach?

»Wie lange wirst du weg sein?«

»Einige Tage. Du kannst dir inzwischen die Angelegenheit noch einmal durch den Kopf gehen lassen. Wenn ich zurückkomme, gedenke ich einen Erben zu zeugen, und wenn du klug bist, steckst du dein Messer weg und verweigerst dich nicht mehr. Dieses Mal werde ich meinen Willen bekommen, gleichgültig, wer dafür leiden muß. Hast du mich verstanden?«

Fanny hatte keine Lust zu antworten. Die Verzweiflung drohte sie zu ersticken. Was sollte sie jetzt tun? Zwei Tage würden kaum genügen, um Fluchtpläne auszuarbeiten und all die Dinge zu tun, die notwendig wären, um Mary in Sicherheit zu bringen. Sie konnte weglaufen und Mary und Eileen mitnehmen, aber wer würde ihr gegen ihren eigenen Gatten helfen? Keine Menschenseele, ganz gleichgültig, wie ekelhaft sie alle Bantrys Verhalten auch finden mochten. Es gab wohl keine andere Möglichkeit, dachte sie traurig, als ihm noch ein Kind zu gebären. Bei diesem Gedanken drehte sich Fanny beinahe der Magen um.

In der Gewißheit, daß ihr Mann immerhin eine Zeitlang abwesend sein würde, hatte sich Fanny wieder dem Bienenfresser zugewandt. Auf einmal hörte sie, wie der Rajput-Diener leise hinter ihr ins Zimmer trat.
»*Memsahib*, Seine Hoheit der Radscha ist hier.«
Fanny fuhr herum. »Hier?«
Der Diener legte den Kopf in den Nacken und warf einen kurzen Blick zur Decke. »Er wünscht, Sie zu sehen.«
»Oh, dann bittest du ihn wohl besser herein.«
Er war fort, bevor sie auf den Gedanken kam, ihn zu fragen, warum er sie eigentlich von der Ankunft des Radscha unterrichtet hatte. Er schien sich hier bereits wie zu Hause zu fühlen. Es bestand überhaupt kein Zweifel mehr — sie mußte den Radscha gehörig in die Schranken weisen. Glücklicherweise war sie genau in der richtigen Stimmung dazu. Voller Vorfreude ging sie in die Mitte des Raumes, um ihn zu empfangen.
Sie war ganz die große Dame. Kühl hielt sie ihm die Hand hin.
»Mein Mann ist geschäftlich unterwegs, Hoheit, deshalb muß ich Sie bitten, sich kurz zu fassen.«
»Kein Hofknicks, Fanny?«
Er trug nicht mehr den rosafarbenen Turban vom Abend zuvor. Heute war er ein Traum in scharlachrot und weiß. Fanny war unsicher und verwirrt, denn die Erregung, die er in ihr hervorrief, war im hellen Tageslicht nicht geringer. Gehorsam deutete sie einen Knicks an. »Ich muß feststellen, daß Sie sich nicht verbeugen«, bemerkte sie streng.
Er hob die Hand vor seinen Mund, um ein Lachen zu verbergen.
»Noch einen Knicks«, befahl er dann, »oder möchten Sie, daß ich Ihnen erst beibringe, wie man richtig grüßt?«

Fanny wurde langsam ärgerlich. »Ich habe bereits gelernt, daß man *Namaste* sagt.« Ihr frostiger Ton hätte ausgereicht, selbst den aufdringlichsten Gentleman der Londoner Gesellschaft davon abzuhalten, weiterhin sein Glück bei ihr zu versuchen.

»Auch zu einem Radscha?«

Sie wollte ihm gerade erklären, daß es für sie keinen Unterschied mache, ob jemand ein Radscha sei oder nicht, und daß sie sich gewöhnlich vor überhaupt niemandem verbeuge! Doch da trafen sich ihre Augen, und sie erkannte überwältigt, welche Anziehungskraft er auf sie ausübte. Schließlich neckte er sie nur, und sie würde ihn höchstwahrscheinlich nie wieder sehen, also warum nicht, dachte sie. Doch sie bemerkte mit Erstaunen, wie sehr es ihr gefiel, als er ihre beiden Hände entschlossen in die seinen nahm und die Handflächen vor ihrem Gesicht aneinanderpreßte. »Jetzt verneigen Sie sich so tief«, wies er sie an, »bis Sie beinahe den Boden unter Ihren Füßen berühren.« Er betrachtete ihre Versuche mit kritischem Blick und bemühte sich, nicht laut aufzulachen. »Vielleicht sollten wir doch bei Ihren Sitten bleiben, solange Sie so angezogen sind wie jetzt!«

»Was haben Sie gegen mein Kleid einzuwenden?« fragte sie halb verärgert, halb erstaunt.

»Es rutscht hinten hoch.«

Jetzt war es Fanny, die ein Lachen unterdrückte. »Ich möchte Sie darüber in Kenntnis setzen, daß ich in London als Vorbild in allen Fragen der Mode galt! Was soll ich denn Ihrer Meinung nach anziehen?«

Er musterte sie sorgfältig von Kopf nach Fuß, wobei seine Augen einen Moment lang auf der Wölbung ihrer Brüste verweilten und dann – mit Mißbilligung – auf ihrer Krinoline, die so vieles verbarg. Schließlich trafen sich ihre Blicke wieder.

»Wenn ich Ihnen das Kleid einer Rajputana schicke, würden Sie es dann für mich tragen, wenn ich das nächste Mal komme?«

Ihre Bauchmuskeln verkrampften sich bei dieser Vorstellung. »Ich glaube nicht, daß meinem Ehemann das gefallen würde«, sagte sie und senkte den Blick.

»Ihr Ehemann zählt für keinen von uns.« Er entließ den abwesenden Bantry mit einer graziösen Handbewegung.

»Für mich zählt er – ob ich will oder nicht. Die Gesellschaft ist nicht sehr freundlich zu Frauen, die etwas hinter dem Rücken ihres Ehemannes tun.«

Seine schwarzen Augen lagen prüfend auf ihrem Gesicht. Wieviel hatte man ihm über die peinliche Szene erzählt, die sich in der vorangegangenen Nacht abgespielt hatte? Sie hatte das unangenehme Gefühl, daß er beinahe alles über sie wußte.

Der Radscha setzte sich unaufgefordert auf einen Stuhl, den normalerweise ihr Ehemann benutzte. Von der Empörung in Fannys Gesicht schien er völlig unbeeindruckt. »Sie können sich setzen, wenn Sie wollen«, lud er sie schließlich ein.

»Danke!«

Ihr Sarkasmus glitt an ihm völlig ab. Sie setzte sich auf den Stuhl, der am weitesten von ihm entfernt stand. Dabei versuchte sie, den betörenden Duft nach Sandelholz und anderen Gewürzen, der von ihm ausging, nicht zu beachten.

»Ich habe das Gefühl, Sie haben kein besonderes Verständnis für die Sitten von uns Briten«, begann sie in strengem, aber geduldigem Ton.

»Nein, genausowenig, wie Sie meine verstehen. Ich habe

bei Ihnen bisher über vieles hinweggesehen, schöne Fanny. Sie hatten ja noch nicht die Zeit, sich mit Ihrem Schicksal abzufinden, was wir letztendlich alle einmal tun müssen. Trotzdem würde es mich freuen, wenn Sie möglichst rasch die Dinge lernen würden, die von Ihnen erwartet werden. Das Leben in einer *zenana* unterliegt sehr strengen Regeln, und ich kann wenig tun, um Sie vor dem Groll der anderen Frauen zu schützen, wenn Sie sie mit Ihrer Arroganz verletzen sollten.«

Fanny schnappte nach Luft. Die ganze Unterhaltung war ihr plötzlich entglitten, und trotz all ihrer gesellschaftlichen Erfahrung fiel ihr kein Weg ein, sie wieder unter ihre Kontrolle zu bringen. »Ich — arrogant?« wiederholte sie nur. Dann warf sie ihm einen raschen, irritierten Blick zu. »Ist das nicht der Esel, der den anderen Langohr schilt?«

Er runzelte die Stirn, denn er konnte in diesem Spruch keinen rechten Sinn finden.

»Werden Sie das Rajputana-Kleid für mich anziehen?« fragte er nochmals.

»Natürlich nicht. Ich habe Ihnen doch gesagt, daß meinem Mann das überhaupt nicht gefallen würde. Sie übersehen, daß ich eine verheiratete Frau bin.«

»Das weiß ich sehr wohl. Ihrem Mann wird nichts geschehen, solange er es nicht wagt, Sie erneut anzurühren.«

War deshalb dieser Diener in ihrem Haus? Fanny stand auf; doch gleich darauf wünschte sie sich, sie wäre sitzen geblieben. Aus ihren Beinen schien alle Kraft gewichen zu sein.

»Eure Hoheit, hieß muß ein Mißverständnis vorliegen. Es ist besser, wenn Sie jetzt gehen und niemals wiederkommen würden; es sei denn, mein Gatte ist ebenfalls zu Hause, um sich mit Ihnen zu unterhalten. Mein Butler wird Sie hinausbegleiten.«

Er stand ebenfalls auf. »Ihr Butler kommt aus Kattyapur, Fanny. Er gehorcht meinen Befehlen. Wenn die Zeit gekommen ist, daß Sie Delhi verlassen, wird er dafür sorgen, daß es keine Schwierigkeiten gibt. Sie würden gut daran tun, dies auch Lord Bantry klarzumachen, falls er auf dumme Gedanken kommen sollte. Ich würde es ungern sehen, daß ihm etwas zustößt. Im Moment möchte ich mich bei den Briten nicht unbeliebt machen, denn ich versuche, meine Unabhängigkeit und die Unabhängigkeit von Kattyapur zu bewahren!«
Fanny setzte sich wieder. »Ja, aber… Nehmen wir einmal an, Sie würden mich tatsächlich von Delhi fortbringen, glauben Sie, daß die Briten einfach ruhig zusehen würden? Sie würden Ihren Kopf durch eine Schlinge stecken, aus der es kein Entrinnen mehr gäbe! Ich bin keine unbedeutende Frau; mein Verschwinden würde einiges Aufsehen erregen!« Sie schluckte. »Warum sind Sie sich eigentlich so sicher, daß ich mit Ihnen gehen möchte?«
Er wirkte sehr groß, als er vor ihr stand und sachte auf seinen Fersen hin und herwippte. Sie wandte ihren Blick von den Goldstickereien auf seinem Umhang ab. Voll Unbehagen wurde sie sich bewußt, daß es deutlich lesbar auf ihrem Gesicht geschrieben stand, in welche Versuchung er sie führte.
»Fürchten Sie sich, Fanny?« Seine Stimme war so sanft, als wollte er ein widerspenstiges Kind dazu bringen, sich dem Unvermeidlichen zu fügen. »Ich dachte, Sie würden immer behaupten, daß es nichts auf der Welt gibt, was Ihnen angst macht?« Seine Stimme wurde noch sanfter, und Fanny verspürte plötzlich den Wunsch zu weinen. »Keine Frau hat sich jemals über *mein* Verhalten im Bett beschwert!«
Fanny schloß die Augen, um ihn nicht mehr ansehen zu müssen. »Würden Ihre Frauen das wagen?«

Sein Lachen ließ sie die Unschicklichkeit dieser Frage erkennen. Sie errötete und fragte sich, was aus ihrer gewohnten Würde und Selbstbeherrschung geworden war.

»Ich denke, Sie würden es wagen!« sagte der Radscha mit einem Anflug von Bewunderung in der Stimme. »Was das betrifft, Fanny, glaube ich, daß Sie Ihres Schicksals würdig sind.« Er strich mit einem Zeigefinger beiläufig an der einen Seite ihrer Nase entlang. »Ich denke, ich werde Ihre Nase hier durchstechen lassen.« Er kniff nachdenklich die Augen zusammen. »Ja, das wird Ihnen gut stehen. So habe ich es mir vorgestellt.«

Fanny fühlte sich einer Ohnmacht nahe. »Werde ich denn nicht einmal gefragt?«

»Es wird mir gefallen, wenn Sie mehr wie eine Frau meines Volkes aussehen«, sprach er nachdenklich weiter, ohne im geringsten auf ihre Worte einzugehen. Dann strich er zärtlich über ihre Wange. »Öffnen Sie die Augen, Lady Frances, und sehen Sie sich das hier an. Ist das nicht einen kurzen Augenblick des Schmerzes wert?«

Fanny erkannte, daß sie nicht ohnmächtig werden würde — schon deshalb nicht, weil sie kein einziges der Worte dieses ungewöhnlichen Mannes versäumen wollte. So tat sie, um was er sie gebeten hatte. Ihre Augen weiteten sich, als sie auf seiner offenen Handfläche den größten Diamanten erblickte, den sie je gesehen hatte. Glaubte er, sie damit bestechen zu können? Sicher, es war ein wunderschöner Edelstein, aber ihn an der Nase tragen? Allein der Gedanke daran war lächerlich.

»Europäische Frauen tragen keinen Schmuck an der Nase!« belehrte sie ihn hochmütig. »Möchten Sie mich zu einer Ausgestoßenen unter meinen Landsleuten machen?«

»Besser ausgestoßen als tot«, antwortete er.

Sie sah ihn an. »Tot?«
»Würde Ihr Mann Sie nicht töten, falls Sie sich ihm weiterhin verweigern?«
Sie spürte, wie sie ärgerlich wurde. Wie konnte er soviel über sie wissen. »Ich liebe es nicht, wenn man mich ausspioniert!«
»Ich beschütze nur, was mir gehört. Würden Sie es vorziehen, Lord Bantry den Erben zu verschaffen, den er verlangt?«
Fanny fühlte sich schrecklich gedemütigt, versuchte jedoch, sich nichts anmerken zu lassen. Es war vollkommen unpassend, eine so intime Angelegenheit mit einem wildfremden Mann zu besprechen, noch dazu mit einem, der eindeutig darauf aus war, sie zu verführen.
»Ich muß Mary beschützen — meine Tochter«, hörte sie sich sagen. »Ich muß dafür sorgen, daß ihr nichts zustößt.«
»Sie wird in Sicherheit sein, sobald Sie fort sind.« Das hatte sie nicht hören wollen, schon gar nicht in diesem gleichgültigen Ton — vor allem deshalb nicht, weil sie wußte, daß es stimmte. »Sie können sie nicht mitnehmen, Fanny«, erklärte er in demselben bestimmten Tonfall. »Welche Zukunft hätte sie schon in Kattyapur? Sie hat ihr Leben noch vor sich, und sie würde es Ihnen bestimmt nicht danken, wenn Sie ihr die Möglichkeit nehmen würden, unter ihren Landsleuten zu leben. Es wird für Sie kein Zurück mehr geben — wünschen Sie ihr dasselbe Schicksal? Das Beste, was Sie für sie tun können, ist, sie freizugeben, damit sie ihren eigenen Weg gehen kann.«
Fanny schluckte und versuchte, ihr pochendes Herz zu beruhigen. Es war lächerlich, die Möglichkeit, mit diesem Barbaren wegzugehen, auch nur in Betracht zu ziehen. Und

doch ..., sie liebte das Leben viel zu sehr, als daß sie durch Bantrys Hand sterben wollte. Immer deutlicher wurde ihr bewußt, daß der Vorschlag des Radscha der einzig mögliche Ausweg war.

»Irgendwie muß ich Mary beschützen!« Sie zögerte. »Sie hat Angst vor ihm —«

»Deshalb müssen Sie möglichst bald gehen!«

Fanny biß sich auf die Unterlippe. »Ich darf sie nicht der Peitsche ihres Vaters überlassen.« Sie schluckte erneut. »Wenn Sie — wenn Sie glauben, ich kann Ihnen Vergnügen bereiten ..., wenn Sie das glauben, dann werden Sie enttäuscht sein.«

Der Radscha verzog seinen Mund langsam zu einem Lächeln, in dem ein so männliches Selbstbewußtsein lag, daß ihr das Blut in den Adern pochte. »Wenn ich Sie in mein Bett hole, wunderschöne Fanny, dann wird keiner von uns beiden enttäuscht sein.«

Auf der Suche nach einer passenden Antwort sah Fanny verzweifelt um sich. Es war furchtbar, daß jemand sie in eine solche Verlegenheit bringen konnte, nur durch einen Blick, eine Geste, eine Berührung ...

Schließlich fing er wieder an zu sprechen und machte damit erneut ihre Bemühungen, kühl und ruhig zu bleiben, zunichte. »Sie können bei Ihrer Tochter bleiben, bis Lord Bantry das erste Mal die Hand gegen Sie erhebt. Dann werden Sie mit mir kommen.«

Sie brauchte ihn nicht zu fragen, wie er das denn alles arrangieren wollte. Er hatte bereits ihre Diener auf seine Seite gebracht — und sie selbst! Sie war ziemlich sicher, daß er keine Schwierigkeiten haben würde, auch die anderen Dinge so zu regeln, wie es ihm gefiel. Nur über eines staunte sie noch immer: daß sie selbst sich mit seinen Plänen einverstanden erklärte, ohne mehr als ein paar Worte des Protestes zu murmeln. Ja, einen Augenblick lang dachte sie sogar voller Angst an die Möglichkeit, daß er sein Versprechen nicht halten würde, wenn die Zeit gekommen war. Vielleicht war das alles hier nur eine indische Form des Flirtens? Nein, das konnte sie nicht glauben!

»Was werden Sie tun, wenn ich nicht mitkomme?« wagte sie zu fragen.

»Sie werden kommen — *und* Sie werden sich die Nase durchstechen lassen, um mir zu gefallen!«

Fanny legte einen Finger auf die Nase und rieb sie nachdenklich. »Das klingt ja schrecklich!«

Sie lächelte ihn an, so wie sie seit langer, langer Zeit niemanden mehr angelächelt hatte. Selbstverständlich, redete sie sich ein, würde sie mit dem Radscha von Kattyapur nirgendwohin gehen. Doch es machte Spaß, einen Moment lang so zu tun als ob. Ihre marineblauen Augen zwinkerten ihm zu.

»Wann werde ich Sie hier in Delhi wiedersehen?« fragte sie.

Seine Schultern strafften sich. »Morgen nicht. Werden Sie mich für übermorgen einladen, am Nachmittag, wenn Ihr Mann geschäftlich unterwegs ist?«

Sie nickte, wohl wissend, daß sie mit dem Feuer spielte; doch sie war unfähig, der Versuchung zu widerstehen. »Paßt es Ihnen um vier Uhr?«

Er nickte. »Sie werden das Rajput-Gewand eine Stunde vor meiner Ankunft erhalten.« Er hielt ihr seine Hand hin. »Machen Sie Ihren Hofknicks, Fanny, denn es wird das letzte Mal sein, daß Sie ihn vor mir machen.«

Fanny knickste gehorsam fast bis zum Boden, wobei sie ihre Röcke um sich graziös ein wenig anhob. Sie hob die Augenbrauen, als er keine Anstalten machte, ihre Geste der

Ehrerbietung zu beantworten, sondern sie nur kritisch musterte, als sie sich wieder zu ihrer vollen Größe aufrichtete.
»Unsere Sitten gefallen mir besser«, sagte er abrupt. »Wenn Sie mir gefallen wollen, Fanny, dann machen Sie sich schnell und gründlich mit ihnen vertraut.«
»Ihnen zu gefallen wird selbstverständlich immer mein größter Wunsch sein, Eure Hoheit«, erwiderte sie mit einem koketten Lächeln.
Er kniff die Augen zusammen. »Nur dafür leben Sie«, antwortete er.
Noch bevor ihr eine passende Antwort einfiel, hatte er den Raum verlassen.

Marys Schreie hallten durch das ganze Haus. Fanny schrak aus dem Schlaf auf. Ihr erster Gedanke war, daß Bantry zurückgekommen sein mußte, ihr zweiter galt dem Messer unter ihrem Kopfkissen. Rasch sprang sie aus dem Bett und zog ein Spitzennegligé über. Sie wollte die Alpträume des Kindes vertreiben, bevor es das ganze Haus mit seinen Schreien aufweckte.
Marys Tür stand weit offen. Die erste Person, die Fanny sah, war Eileen, die in ihrem Nachtgewand einen ziemlich komischen Anblick bot. Sie war vollkommen eingehüllt in ein Nachthemd von enormer Größe und hatte eine Morgenhaube tief ins Gesicht gezogen, so daß kaum mehr als ihre Nase zu sehen war.
»Was in aller Welt ist denn hier los?« fragte Fanny.
»Seine Lordschaft hat den Verstand verloren!« antwortete Eileen mit tonloser Stimme.
Fanny schob sie ungeduldig zur Seite und blieb wie angewurzelt stehen. Ihr Mann stand mit einer Reitpeitsche in der Hand vor Marys Bett, während seine Tochter laut um

Hilfe schrie. Ihr linker Arm lag in einem unnatürlichen Winkel abgebogen hinter ihrem Rücken.
»Bantry, bist du vollkommen verrückt?«
»*Deine* Tür war versperrt!«
Das war es also, was er bezweckte! Fanny war starr vor Schreck und Ekel, doch sie wußte, daß sie so gleichgültig wie nur irgend möglich erscheinen mußte. So sprach sie langsam und deutlich und betonte jedes einzelne Wort.
»Edwin, du hast also völlig den Verstand verloren. Weißt du denn nicht, daß Mary ein Patenkind der Königin ist? Das erstaunt dich? Nun, und bevor ich England verließ, habe ich die Königin eindringlich daran erinnert, daß unsere Tochter —«
»Sie ist nicht meine Tochter! Die Königin wird erfahren müssen, daß du sie zur Patin eines Bastards gemacht hast! Wenn ich ihr sage, daß —«
»Sie wird dir kein Wort glauben! Niemand hegt irgendeinen Zweifel daran, daß sie dein Kind ist. Ich wünschte mir bei Gott, daß es nicht so wäre! Doch wie dem auch sei — solltest du diesem Kind jemals wieder auch nur ein Haar krümmen, werde ich dafür sorgen, daß du von der Gesellschaft ausgestoßen wirst! Und glaube nicht, daß ich das nicht fertigbringe!«
Sie durchschritt das Zimmer und setzte sich auf den Rand des Bettes ihrer Tochter. Ein Teil von ihr sehnte sich danach, dieses kleine, zerschundene Wesen in die Arme zu nehmen und ihr beruhigende Worte ins Ohr zu flüstern. Doch sie wußte, daß sie sich eine solche Schwäche niemals erlauben durfte.
»Was ist passiert, Mary?« fragte sie beinahe sachlich.
»Er hat mir weh getan!« jammerte das Kind. »Und du bist nicht gekommen!«

Fannys anklagender Blick kreuzte sich mit dem ihres Gatten auf der anderen Seite des Bettes. Er wandte sich ab.
»Es war nicht mein Fehler«, sagte er, »du hast mich so weit gebracht. Wie sonst soll ich dich dazu bringen, deine Tür aufzusperren? Ich habe dich davor gewarnt, was geschehen würde, wenn du deine Pflichten mir gegenüber nicht erfüllst, so wie es sich für jede Ehefrau gehört!«
»Das nimmst du als Entschuldigung dafür, daß du ein kleines Kind mißhandelst?«
Er hatte die Fassung wiedergewonnen. »Ich werde es wieder tun, wenn du dich weiter sträubst. Du wirst mir endlich zu Willen sein! Um ihretwillen …«
Fanny starrte ihn über das Bett hinweg an. »Du Narr! Überall in den Basaren wird man sich diese Geschichte erzählen, lange bevor du am Frühstückstisch sitzt. Um die Mittagszeit wird es bereits die Frau des Gouverneurs erfahren haben! Was werden die Leute dann von dir denken?«
Bantry warf die Peitsche zu Boden. »Ich besitze genug Geld, um dich beiseite schaffen zu lassen!« murmelte er. »Ich werde dich in die Knie zwingen, und wenn es das letzte ist, was ich tue!«
Fanny warf ihm einen letzten verächtlichen Blick zu. »Ich werde lieber sterben, als daß ich dich jemals wieder an mich heranlasse«, sagte sie mit tonloser Stimme. »Wenn es nötig ist, töte ich dich mit den bloßen Händen. Ich würde der Welt damit einen Gefallen erweisen …«
Bantry starrte sie haßvoll an. »Du warst deinen Preis nicht wert, Lady Frances. Ich habe deinem Vater eine stolze Summe bezahlt, damit du die Mutter meiner Kinder wirst. Und was habe ich davon gehabt? Nichts! Aber sei auf der Hut, meine Liebe, denn du hast noch nicht gewonnen, noch längst nicht. Früher oder später wirst du mir auf Ge-

deih und Verderb ausgeliefert sein, daran zweifle ich nicht! Ich werde meinen Willen durchsetzen, und dann werde ich über dich verfügen, wie über jede Straßenhure, die ich gekauft habe! Du wirst schon sehen, ob dir irgendeiner deiner hochwohlgeborenen Freunde zu Hilfe kommt, wenn sie erfahren, daß du als Hure in einem Bordell lebst. Wenn sie dich sehen, werden sie zur Seite blicken und so tun, als wärst du tot.«

In stummem Entsetzen sah sie ihm nach, als er den Raum verließ. Sie zweifelte nicht daran, daß er vollkommen recht hatte mit dem, was er gesagt hatte. Sie kannte die Heuchelei der vornehmen Leute und ihre Angewohnheit, einen Schleier über die dunklen Seiten des Lebens zu decken. Die vornehmen Herren würden sich damit entschuldigen, daß sie das Leben ihrer Ehefrauen nicht durch den Einfluß einer Frau verderben konnten, die etwas Derartiges erlebt hatte. Sie würden ihr in allem recht geben, aber keiner würde auch nur einen Finger rühren, um ihr zu helfen. Was mit ihr, Fanny, geschah, war Lord Bantrys Angelegenheit!

Sie hörte, wie Eileen entsetzt aufschrie, und wandte ihre Aufmerksamkeit hastig wieder Mary zu.

»Es ist ihr Arm, Mylady! Wir werden nach einem Arzt schicken müssen, der ihn wieder einrenkt. Andernfalls wird sie vielleicht nie wieder fähig sein, ihn zu benutzen.«

Die Irin brach in lautes Weinen aus. »Wie kann ein Mann seinem eigenen Kind so etwas antun?«

Fanny sah, daß Marys Arm an mehreren Stellen gebrochen war. Vor Verzweiflung wußte sie zunächst nicht, was sie tun sollte, dann zog sie das Kind an sich, während sich Eileen laut fragte, was Pater McGilligan unter diesen Umständen raten würde. Es war unmöglich, mitten in der Nacht nach

einem englischen Arzt zu schicken, und doch mußte das Kind behandelt werden.
»Schicke Gupta zu mir«, befahl sie Eileen, »und sag ihm, er soll sich beeilen.«
Der Butler erschien in voller Uniform; nur der Turban saß etwas schief auf seinem Kopf. Er warf einen Blick auf Marys Arm und die dunkelroten Striemen auf ihrem Rücken.
»Sie wünschen, daß ich einen Arzt rufe, Mylady?«
Fanny nickte, ohne ihn anzusehen. »Vielleicht könnte man den *hakim* Seiner Hoheit überreden zu kommen. Glaubst du, er würde das tun, Gupta?«
Seine Augen waren völlig ausdruckslos. »Für Sie bestimmt, Mylady. Er wird vor Tagesanbruch hier sein. Seine Hoheit wird jedoch darauf bestehen, alles zu erfahren, was geschehen ist«, fügte er etwas scheu hinzu.
»Sag ihm, daß Mary ernsthaft verletzt wurde. Mehr braucht er nicht zu wissen!«
Gupta verneigte sich. »Wenn Sie es sagen, Mylady. Soll ich ihm sagen, daß er die ganze Geschichte aus Ihrem eigenen Munde erfahren wird?«
Fanny war unruhig und aufgewühlt. »Was geht ihn das an?« fragte sie ungeduldig. »Oder sonst irgend jemanden?«
Gupta verneigte sich erneut. »Ich werde ihm Ihre Nachricht überbringen. Gute Nacht, Mylady.«
Fanny saß regungslos da. Sie hatte Angst, in ihr Zimmer zu gehen, da sie fürchtete, Bantry könnte sie dort aufsuchen. Andererseits hielt sie es nicht für richtig, hier zu bleiben, denn sie hatte das Gefühl, ihre Anwesenheit würde ihre Tochter eher beunruhigen als trösten.
»Gute Nacht, Gupta«, sagte sie.

Kapitel 7

Es war vielleicht nicht sehr glücklich, daß Lady Cunningham ausgerechnet an diesem Morgen ihre neue Bekannte besuchen wollte, um ihre so vielversprechende Freundschaft zu festigen. Sie akzeptierte die Auskunft, Fanny sei »außer Haus«, als sie in dem hübschen Säulengang vor Bantrys Haus stand. Während sie noch die Ecken der Visitenkarten — zwei von ihrem Mann und eine von ihr selbst — umknickte zum Zeichen, daß sie persönlich überreicht worden waren, erschien jemand in dem Teil des Gartens, den sie von ihrem Standpunkt aus überblicken konnte: Lady Frances persönlich. Sie blickte gerade wie gebannt auf einen Busch, ganz so, als hätte sie etwas sehr Wertvolles in seinen gestutzten Zweigen verloren. Einen Augenblick lang zögerte Lady Cunningham. Sie war arg in Versuchung, die Konventionen einen Moment lang zu vergessen und Lady Frances etwas zuzurufen. Es schien ihr einfach zu albern, so zu tun, als wäre Fanny unsichtbar für sie.

»Darf ich Ihnen beim Suchen helfen?« bot sie schließlich an und ging die Stufen zum Weg hinunter.

Fanny blickte sie verwirrt an. »Ich bin mir sicher, daß hier irgendwo ein Vogel nistet; der hübscheste Vogel, den man sich überhaupt vorstellen kann.« Sie beschrieb ihn, während sie die Zweige eines anderen Busches teilte, als wäre

der Vogel in diesem Augenblick das einzige, was sie interessierte.
»Ein Bienenfresser«, sagte Lady Cunningham, erfreut, helfen zu können. »Nehmen Sie es mir nicht übel, Lady Frances, aber er wird niemals in Ihre Nähe kommen, wenn Sie weiterhin so geräuschvoll in den Büschen herumwühlen.«
Fanny strich sich eine widerspenstige Locke aus dem Gesicht. »Sie haben vollkommen recht!« Sie zog seufzend die Schultern hoch; dann straffte sich ihr Rücken, und sie lächelte ein wenig gequält. »Möchten Sie nicht hereinkommen?«
»Das ist ausgesprochen freundlich von Ihnen«, bemerkte Lady Cunningham, »aber ich habe gehört, daß Sie ›außer Haus‹ sind, und möchte Sie nicht aufhalten. Sie sehen nicht so aus, als könnten Sie sich jetzt mit Leuten abgeben, die ›vollkommen recht haben‹, falls ich das so sagen darf. Man könnte vielmehr meinen, Sie hätten sich über irgend etwas sehr erregt!«
Fanny glückte ein entschuldigendes Lächeln. »Und sicherlich könnte man auch meinen, daß ich mich nicht so zu benehmen weiß, wie man es von einer Dame meines Standes erwartet? Es tut mir wirklich leid! Doch jetzt haben Sie meine ganze Aufmerksamkeit. Was kann ich für Sie tun?«
Lady Cunningham akzeptierte die Entschuldigung und dachte bei sich, daß sie eigentlich sehr charmant geklungen hatte. »Ich wollte Sie eigentlich zu einem kleinen Fest einladen, das ich aus Anlaß von Sir Arthurs Beförderung geben möchte«, begann sie. »Aber es wäre wohl ziemlich unhöflich, wenn ich Sie einlade und Lord Bantry nicht, stimmt's? Aber ich muß offen sagen, daß das Ganze ziemlich schwierig für mich ist und mir Ihre Unterstützung hilf-

reich wäre. Lady Allen hat zugesagt, und sie ist eine richtige Pedantin, wenn es um Sitzordnungen und dergleichen geht. Ich möchte so gern alles richtig machen — wegen Arthur!«

»Natürlich werde ich Ihnen helfen!« sagte Fanny herzlich. »Sagen Sie mir, wen Sie einladen, und wir werden alles bei einer Tasse Tee besprechen.«

»Gut«, sagte Lady Cunningham, immer noch voller Zweifel, »wenn Sie das tun würden, werde ich es Ihnen niemals vergessen!«

»Kommen Sie nur herein. Was Ihre Einladung betrifft, ich würde schrecklich gerne auf Ihr kleines Fest kommen. Leider bin ich jedoch gezwungen, Delhi zu verlassen. Es wäre deshalb auch für Sie selbst besser, wenn Sie anderen gegenüber unsere Freundschaft nicht erwähnen würden. Ich fürchte, Sie würden ihrem Ansehen bei den anderen Damen einen Schaden zufügen, den Sie nie wiedergutmachen könnten. Wenden Sie mir lieber den Rücken zu und geben Sie sich nicht mehr mit mir ab!«

»Sie verlassen Delhi? Wohin gehen Sie denn?«

»Es ist besser für Sie, wenn Sie darüber nichts wissen.«

Lady Cunningham schob empört die Ärmel hoch. »Ich leugne nicht, daß ich es aus ganz bestimmten Gründen darauf angelegt hatte, Sie kennenzulernen, aber ich mag Sie wirklich. Ein wenig Klatsch bei der einen oder anderen Gelegenheit wird an meiner Haltung nichts ändern!«

Fanny lächelte schwach, gerührt von dieser unerwarteten Freundlichkeit. »Dann sollte auch ich keine Bedenken haben, Ihnen zu sagen, daß Sie die einzige Frau hier sind, die ich als meine Freundin betrachte. Ja wirklich, Sie sind eine durch und durch liebenswerte Frau, Lady Cunningham. Und deshalb hoffe ich, daß Sie mich nicht zurückweisen werden, wenn ich Sie bitte, ein Auge auf meine Tochter zu

haben. Es ist unverzeihlich von mir, daß ich mir diese Freiheit nehme, dessen bin ich mir bewußt, aber ich weiß wirklich nicht, was ich sonst tun soll. Ich kann sie nicht mitnehmen, ohne ihr Leben zu zerstören. Andererseits hat sie solche Angst vor ihrem Vater.« Fanny konnte nicht verhindern, daß ihre Stimme ein wenig zitterte.
Die Bestürzung der armen Lady Cunningham war nur zu offensichtlich. Sie konnte es einfach nicht glauben! Sie hatte doch nur einen ganz normalen Besuch machen wollen, bei einer Dame, die sie gerade eben erst kennengelernt und sehr sympathisch gefunden hatte. Und jetzt hatte sie das Gefühl, in eine Angelegenheit verwickelt zu werden, die Sir Arthur sicher ausgesprochen mißbilligen würde. Sie hatte jedoch ein zu gutes Herz, um dieses Ansinnen zurückzuweisen, das — dessen war sie sich bewußt — eine verzweifelte Bitte gewesen war.
»Wenn ich Ihnen einen Gefallen tun kann«, sagte sie sehr förmlich und hoffte, Lady Frances würde nicht auch noch einen Zusammenbruch erleiden und sie so in noch größere Verlegenheit stürzen, »dann sollten Sie mir doch erst einmal genauer erklären, was ich tun soll, meinen Sie nicht? Lieber Himmel, ich kann mir gar nicht vorstellen, was ich Ihrer Ansicht nach diesem armen, kleinen Würmchen jemals beibringen könnte!«
»Etwas, was sie bei ihren Eltern nie kennengelernt hat: daß es in unserer Welt noch Freundlichkeit und Güte gibt. Wenn Sie ihr das beibringen können, werde ich in Ihrer Schuld stehen, solange ich lebe!«
Schockiert und bestürzt, weil Lady Frances so leichtfertig über ein so ernstes Thema sprach, folgte ihr Lady Cunningham ins Haus. Sie hatten sich eben gesetzt, als der Butler hereinkam und Lady Frances ein paar Worte ins Ohr flüsterte.

»Ja, bringen Sie ihn herein«, bat ihn Fanny. Dann wandte sie sich wieder Lady Cunningham zu. »Würden Sie mir verzeihen, wenn ich noch eine kleine geschäftliche Angelegenheit regele, bevor der Tee serviert wird?«
Die ältere Dame hatte keine Zeit mehr zu antworten. Schon war der Butler zurück und führte einen vornehmen Inder ins Zimmer. Sein Kopf war unbedeckt, und das schwarze Haar glitzerte im hellen Sonnenlicht. Er hatte das hagere Gesicht eines Asketen mit zwei tiefen Furchen, die von den Seiten seiner Nase zu seinen Mundwinkeln liefen. Es war das Gesicht eines klugen Menschen, aber Lady Cunningham hätte so einen Mann trotzdem nur ungern in ihren eigenen Salon eingeladen.
»Wie geht es Mary?« fragte ihn Fanny unverzüglich. Ohne darüber nachzudenken, sprach sie ihn auf Englisch an und war nicht erstaunt, als er in derselben Sprache antwortete.
»Sie ist ernsthaft verletzt«, erklärte er ihr, »aber nicht so schlimm, wie ich zunächst dachte. Die meisten Wunden sind nicht tief und werden gut verheilen, obwohl ich nicht versprechen kann, daß keine Narben zurückbleiben. Doch für ihren Arm kann ich nichts tun. Ich habe ihn eingerichtet, so daß er möglichst normal aussieht, aber sie wird ihn nie wieder so bewegen können wie zuvor. Möglicherweise wird sie auch ein wenig hinken. Doch sie ist ja noch sehr klein, und ich habe der Frau, die bei ihr ist, erklärt, welche Übungen sie machen kann.«
Fanny verbarg das Gesicht in den Händen. »Arme Mary!« flüsterte sie mit erstickter Stimme.
Lady Cunninghams Reaktion war gröber. »Guter Mann«, sagte sie zu dem *hakim*, »sind Sie sicher, daß Sie der Richtige sind, um Lady Frances' kleines Mädchen zu behandeln?« Im selben Moment, in dem sie diese Worte aus-

sprach, wurde ihr klar, warum Fanny ihn hatte rufen lassen, und sie wünschte erneut, daß sie weit weg wäre. Gleichzeitig war sie bestürzt von dem, was sie über die Verletzungen des kleinen Mädchens gehört hatte. Nur Lord Bantry, Marys eigener Vater, konnte dafür verantwortlich sein. Wer sonst wäre zu einer solchen Grausamkeit fähig? »Oh«, fügte sie unglücklich hinzu. »Ich bin sicher, Sie sind ein sehr guter Arzt — auch wenn Sie ein Inder sind.«

»Wenn ich das nicht wäre, stünde ich nicht in den Diensten des Radscha von Kattyapur.« Die Stimme des *hakim* klang sanft, aber innerlich bebte er vor Zorn. Was hatten er und seinesgleichen mit den *sahib-log* zu schaffen? Er persönlich fühlte nichts als Verachtung für sie.

»Danke, daß Sie so schnell gekommen sind«, sagte Fanny. »Gupta wird sich um die Bezahlung kümmern.«

»Das hat Seine Hoheit bereits erledigt. Sie können jetzt zu Ihrer Tochter, wenn Sie wünschen.«

Lady Cunningham war immer stolz darauf gewesen, daß sie weniger Vorurteile besaß als die meisten anderen Damen in ihrer Umgebung; doch jetzt fühlte sie sich äußerst unbehaglich. Vielleicht hatte Lady Frances wirklich recht gehabt, als sie ihr geraten hatte, sich so wenig wie möglich darum zu kümmern, was in diesem Haushalt vorging. Sie würde ihr Versprechen halten und für Mary sorgen, denn das arme Kind hatte schließlich niemandem etwas getan. Diesen Standpunkt würde sie auch Sir Arthur gegenüber vertreten, falls er versuchen sollte, es ihr auszureden. Allerdings wollte sie sich nicht noch weiter in diese Angelegenheit hineinziehen lassen. Lady Frances hatte sich da offensichtlich auf etwas eingelassen, das katastrophale Folgen haben konnte. Lady Cunningham mußte jedoch auch an ihre eigene Familie denken. Selbst eine sehr gute Freundin konnte nicht von ihr erwarten, daß sie aus lauter Mitgefühl ebenfalls ihren Ruf ruinierte. Wenn Lady Frances dazu entschlossen war…

»Haben Sie alles erwogen…« begann sie hilflos.

»Bis mir der Kopf weh tat. Es ist sehr wahrscheinlich, daß Lord Bantry Mary das nächste Mal umbringt, wenn ich nicht fortgehe. Würden Sie deswegen nicht auch ein schlechtes Gewissen haben?« Sie neigte den Kopf zur Seite, und ihre marineblauen Augen blitzten, als sie Lady Cunninghams verzweifelte Versuche sah, diesen neuerlichen Schock zu verdauen. »Machen Sie sich keine Sorgen um mich«, sagte sie in einem etwas sanfteren Tonfall. »Ich kann es Ihnen nicht erklären, und ich werde es auch nie versuchen! Doch eines weiß ich ganz genau: Gleichgültig, was aus mir wird – wenn sich der Radscha um mich kümmert, werde ich nicht unglücklicher sein, als ich mit meinem Mann gewesen bin!« Sie senkte den Blick und bemerkte erstaunt, daß ihre Hände zitterten. »Ich war noch nie zuvor verliebt«, fügte sie leise hinzu, »aber ich halte es für möglich, daß ich mich in ihn verlieben werde!«

Die arme Lady Cunningham rümpfte die Nase. »In den Radscha?« Davon wollte sie lieber nichts wissen. »Das kann ich nicht glauben! Lady Frances, ich möchte nicht verhehlen, daß ich glaube, Sie begehen hier einen großen Fehler. Ich selbst wäre lieber tot, als daß ich an so etwas auch nur denken würde! Gut, es ist mir klar, daß das nicht Ihre Art ist, und ich werde Ihnen deshalb keine Vorwürfe machen! Ich will nicht so tun, als verstünde ich Sie; auf der anderen Seite bin ich mir natürlich bewußt, daß es etwas völlig anderes ist, mit meinem Sir Arthur verheiratet zu sein als mit Ihrem Lord Bantry! Sie haben keinen Grund zu befürchten, daß irgend jemand Ihr Geheimnis von mir erfahren wird.

Ich werde mich auch um die kleine Mary kümmern, so wie ich es versprochen habe.« Sie rümpfte erneut die Nase, und ihr wurde fast schwindlig, als sie überlegte, wie sie das alles ihrem geliebten Sir Arthur erklären sollte. Lady Frances und ein *Eingeborener!* Sie würde es völlig verstehen, wenn er ihr kein einziges Wort glaubte!

Fanny lehnte sich zu ihr hinüber und küßte sie auf die Wange. »Wenn Sie das nächste Mal nach London kommen, dann gehen Sie direkt zur Königin und sagen Sie ihr, daß ich Sie schicke. Vergessen Sie das nicht! Doch nun lassen Sie uns die Sitzordnung für Ihre Feier beraten, und dann muß ich gehen und nach Mary sehen.«

Nachdem sich ihr Gast verabschiedet hatte, ging Fanny ins Zimmer ihrer Tochter. Mary war sehr müde, aber es schien ihr schon viel besser zu gehen als vor dem Besuch des Arztes. Sie öffnete die Augen und runzelte die Stirn; denn sie war es nicht gewohnt, Tränen in den Augen ihrer Mutter zu sehen.

»Hat er dich auch verletzt?« fragte sie sehr leise.

»Nur, indem er dich verletzt hat.«

Mary dachte nach. »Ich habe versucht, das zu tun, was du mir gesagt hast! Ich wollte ihm nicht zeigen, daß er mir weh tat.« Sie biß die Zähne fest zusammen. »Ich hasse ihn!«

»Ich weiß«, sagte Fanny. »Ach, Mary, du bist viel zu jung, um all das zu verstehen, aber weißt du..., ich war der Grund, warum er dir weh getan hat. Damit das nicht wieder geschieht, werde ich fortgehen. Du kannst jetzt schon lesen und schreiben. Daher wirst du von nun an selbst Briefe an deine Patin, die Königin, schreiben, und sie wird dir antworten. Das ist sehr, sehr wichtig, Mary! Wenn du allein nicht zurechtkommst, wird dir Lady Cunningham helfen. Niemand, nicht einmal dein Vater, wird es wagen, dir etwas

anzutun, wenn sie wissen, daß du unter dem persönlichen Schutz der Königin stehst.«
Das Kind starrte sie unverwandt an. »Wohin gehst du?«
»Es ist besser, wenn du das nicht weißt. Du wirst mich bald vollkommen vergessen!«
»Du bist meine Mama! Wenn ich groß genug bin, werde ich kommen und dich finden!«
»Vielleicht. Vielleicht wirst du auch heiraten und eigene Kinder haben. Hauptsache, du wirst glücklich.«
Mary sah ernst zu ihr auf. »Ich habe immer gedacht, du magst mich nicht, aber du hast mich doch sehr gerne, nicht wahr?«
»Ja, sehr!« antwortete ihre Mutter. »Mehr als gut für dich ist«, fügte sie dann hinzu. »Und nun, vergiß nicht, Mary, schreibe der Königin, sobald du kannst. Lady Cunningham wird den Brief für dich abschicken, wenn du sie darum bittest. Eileen wird natürlich bei dir bleiben, aber es wird einige Dinge geben, bei denen sie dir nicht helfen kann, und dann gehst du zu Lady Cunningham. Hast du das alles verstanden?« Sie beugte sich hinunter und küßte Marys Wange so beiläufig, als würde sie nicht weiter weg gehen als bis ins nächste Zimmer. »Schlaf jetzt weiter, und vergiß nicht, was ich dir gesagt habe!«
Mary schloß die Augen wieder. »Haßt du Papa auch?«
»Ja, das tue ich«, gab Fanny zu. »Aber ich hoffe, daß ich es bald nicht mehr nötig haben werde. Man verliert etwas, wenn der Haß von einem Besitz ergreift. Ich habe schon vor langer Zeit beschlossen, daß dein Vater mein Leben nicht auf diesem Weg zerstören wird!«
»Dann werde ich ihn auch nicht hassen — wenigstens nicht so sehr. Ich kann aber nicht verhindern, daß ich ihn ein bißchen hasse!«

»Das ist sehr verständlich!« sagte Fanny trocken. »Nur laß nicht zu, daß er dir dein ganzes Leben vergiftet. Eines Tages wirst du herausfinden, daß es Männer gibt, die ganz anders sind wie dein Papa!«
»Kennst du so einen Mann?«
»Ich hoffe es.«
»Ich hoffe es auch«, sagte ihre Tochter.

Das Warten schien endlos, bis endlich der Wagen des Radscha in die Auffahrt einbog. Fanny sah zu, wie Gupta und der Diener des Radscha zu ihm eilten. Sie war völlig erschöpft.
Eigentlich hatte sie ihm gelassen und würdig entgegentreten wollen. Doch als sie seine Stimme in der Halle hörte, raffte sie ihre Röcke und rannte zu ihm, ohne einen Gedanken daran zu verschwenden, ob ihr Verhalten klug war oder nicht.
»Bring mich weg, Sajjan«, bat sie ihn. »Ich halte es nicht mehr aus!«
Wortlos drückte er sie an sich. Er war kräftiger, als sie vermutet hatte. Schließlich bemerkte sie, daß seine Edelsteine sich in ihre Haut drückten, und strich sanft über das Brokat seines Umhangs. Mit Erstaunen entdeckte sie, daß er naß war von ihren Tränen.
»O Liebster«, sagte sie halb lachend. »Ich vergaß, daß du niemandem erlaubst, dich so zu nennen. Daran ist einzig und allein meine Erziehung schuld. Es wird oft behauptet, daß der britische Adel keine wirklich guten Manieren hat!«
»Darüber würde ich gerne mit dir reden«, sagte er mit einem Stirnrunzeln. »Sollen wir irgendwohin gehen, wo wir uns setzen können?«

Fanny wollte vorangehen und stieß mit dem Radscha an der Tür zu ihrem eigenen Salon zusammen. Sie unterdrückte ein erstauntes Lachen, während sie beiseite trat und ihn vorangehen ließ.
»Ich vergesse immer wieder, daß du vor der unwürdigen Tochter eines Earls kommst«, murmelte sie mit gespieltem Unwillen.
Seine Antwort bestand darin, daß er sich auf dem bequemsten Stuhl im ganzen Raum niederließ. »Du kannst dir nicht leisten, das zu vergessen, Fanny. Wenn wir unter uns sind, können wir uns benehmen wie zwei beliebige andere Menschen. Doch wenn ich nicht bei dir bin, mußt du dich an die Regeln halten. In der *zenana* wirst du nicht viel zählen. Du bist eine Fremde von jenseits der Schwarzen Meere, die kein Hindu überqueren kann, ohne seine Kaste zu verlieren. Meine beiden Ranis gehören einer sehr hohen Kaste an; ihre Familien sind ebenso vornehm wie meine eigene. Sie und auch einige der Frauen, die mit ihnen leben, werden rangmäßig über dir stehen. Ich erwarte allerdings nicht, daß sie sich über die Aufmerksamkeit ärgern, die ich dir schenken werde. Du kannst nicht mehr von ihnen verlangen.«
»Ich hasse den Gedanken, daß du schon zwei Ehefrauen hast!« antwortete Fanny.
»Zwei Königinnen, Fanny. Ich habe viele andere Frauen gehabt. Das ist eine politische Angelegenheit. Ich wurde mit meiner ersten Rani verheiratet, als ich elf Jahre alt war und sie erst drei. Ich habe keine Kinder mit ihr, aber durch diese Heirat ist Kattyapur ein sehr nützliches Bündnis mit ihrem Vater und ihrem Bruder eingegangen. Die zweite Rani kommt aus einem anderen Staat, mit dem ich einen Friedensvertrag schließen mußte. Sie ist reizend. Wir haben

zwei Söhne und noch ein Kind. Du mußt die beiden Ranis immer mit *Ihre Erste Hoheit* und *Ihre Zweite Hoheit* ansprechen. Denn du bist nicht mehr wert als der Staub unter ihren Füßen, was du auch für mich bist. Eine Nebenfrau, eine aus Zuneigung geheiratete Frau, kann nicht dieselbe Achtung erwarten wie eine Königin.«
»Nein.«
Er belohnte ihre Sanftmut mit einem Lächeln. »Trotzdem werde ich dich sehr häufig in mein Bett rufen.« Dann fragte er: »Freust du dich nicht darauf, in meinen Armen zu liegen?«
Fanny schluckte. Kein Engländer hätte jemals eine solche Frage gestellt. Über diese Dinge pflegte man im viktorianischen England zu schweigen. Sie hatte Mühe, die passende Antwort zu finden.
»Ich weiß wenig darüber«, gestand sie. Dann griff sie unter ihre Röcke und zog das Messer hervor, das sie immer bei sich hatte: tagsüber in ihrem Strumpf, nachts unter ihrem Kissen. »Nach dem ersten Mal habe ich Lord Bantry nicht mehr erlaubt, mich noch einmal zu berühren. Ich habe gedroht, ihn zu töten! Ich wünschte, ich hätte es getan! Dann wäre Mary der Vorfall von gestern nacht erspart geblieben.«
»Denke nicht mehr an diesen Mann. Er ist nicht mehr als der Wind, der eine Zeitlang durch dein Haar bläst, und dann wieder verschwindet. Du weißt nicht, wie die Zukunft aussieht; sein Weg ist nicht der deine. Dir ist ein anderes Schicksal bestimmt. Ich brauche dich nicht nur, weil du eine schöne und begehrenswerte Frau bist: du bist auch ein Werkzeug für mich, um meine Unabhängigkeit von den Briten zu bewahren.«
»Ich? Eine Frau?« fragte Fanny abweisend. Es schmerzte sie

unerträglich, daß er sie nicht nur um ihrer selbst willen wollte.

»Eine Frau, die viel von der Politik ihres Landes weiß.« Er legte seinen Kopf auf die Seite und blickte sinnend zur Decke hinauf. »Ich habe gehört, daß du die mächtigsten Männer Europas zu Gast hattest. Dabei hast du gehört, was sie reden und was sie der Königin raten. Es ist sehr wichtig für mich, Fanny, damit mein Staat nicht dasselbe Schicksal wie Oudh erleidet. Du kannst mir helfen, indem du mir den Gefallen tust, mich zu beraten. Wirst du mich in meinen Bemühungen unterstützen, die Unabhängigkeit meines Landes zu bewahren?«

Fanny gelang es nur schwer, ihre Aufmerksamkeit von ihren eigenen Problemen abzuwenden. »Warum bemühst du dich nicht um einen Vertrag mit der Krone, bevor die East India Company dir ihre Aufmerksamkeit zuwendet?« schlug sie vor. »Was ist denn in Oudh passiert?«

»Euer Lord Wellington wollte den Nawab dazu bringen, abzudanken —.«

»Warum Nawab und nicht Radscha?«

»Er ist ein moslemischer Herrscher. Ein Mohammedaner«, fügte er hinzu, als er sah, daß sie nicht verstanden hatte. »An dem Titel kannst du die Religion des Herrschers erkennen. Wie dem auch sei, der Nawab weigerte sich im letzten Moment abzudanken, und das kostete ihn seinen halben Staat. Den Rest verlor er, weil er zum Regieren einfach nicht geeignet war. Die East India Company hat ihren Handel fast allen Staaten Indiens aufgezwungen — mit Hilfe ihrer Gewehre und oft mit der Unterstützung der britischen Regierung in London. Zunächst schließen sie einen Vertrag mit einem Staat und setzen durch, daß ihre Truppen auf Kosten ihrer Opfer in der jeweiligen Hauptstadt stationiert werden, angeblich, um ihren Handel zu schützen. Und wenn ihnen dann irgend etwas nicht gefällt, haben sie jederzeit ihre Truppen zur Hand, um ihren Willen durchzusetzen.«

»Ich kann gut verstehen, daß du Kattyapur dieses Schicksal ersparen willst!«

»Kattyapur ist ein kleiner Staat, auf britischen Landkarten kaum zu erkennen.«

»Ach, deshalb bist du nur ein Radscha«, zog sie ihn auf.

Er lehnte sich nach vorn, und seine Augen blitzten. »Das kann sich bald ändern, wenn nur die Briten sich nicht einmischen!«

»Willst du Krieg führen?« fragte Fanny.

»Das wäre nicht sehr geschickt in Zeiten wie diesen. Bei uns Rajputen gibt es von alters her den Brauch, daß man einen milchweißen Hengst der Sonne weiht und ihm erlaubt, ein ganzes Jahr lang dorthin zu gehen, wo er will. Eine Gruppe von Kriegern folgt ihm und behält ihn im Auge. Wenn er auf das Gebiet eines anderen Herrschers läuft, hat dieser zwei Möglichkeiten: Entweder er fängt das Pferd ein, was Krieg bedeutet, oder er muß dem, der das Tier geweiht hat, huldigen und sich ihm unterwerfen. Ich habe vor einigen Monaten so ein Pferd geweiht, bevor ich nach Delhi kam. Hier habe ich dann die Briten kennengelernt. Sie verstehen unsere Bräuche nicht, und sie wollen es auch gar nicht. Sie glauben, daß wir keine Ahnung von Recht und Gesetz haben und völlig unfähig sind, unser Land selbst zu regieren. Sie werden nicht eher zufrieden sein, als bis wir alles genauso machen wie sie!«

Fanny versuchte, sich auf seine Worte zu konzentrieren, aber mit dem Herzen war sie ganz woanders. Sie konnte nur noch an eines denken: Er hatte sie gar nicht um ihrer selbst willen gewollt! Er brauchte einen Berater, der die Briten kannte, und aus irgendeinem Grund war sein Auge auf sie gefallen. Natürlich, es war dumm von ihr gewesen, etwas anderes zu erwarten ... Wenn sie nur einen Augenblick lang nachgedacht hätte, hätte sie es besser gewußt! Gut, das hätte sie auch nicht davon abgehalten, sich Hals über Kopf in ihn zu verlieben. Es war wirklich unglaublich, wie albern und dumm sie war.

»Die Krone scheint wesentlich mehr an Maharadschas als an Radschas interessiert zu sein«, bemerkte sie.

»Ein Maharadscha ist ein großer König, ein Radscha ein kleiner König.«

Fanny hatte sich immer an die Redensart gehalten, wonach ein halbes Brot besser war als gar keines. »Wenn ich du wäre, dann wäre ich mit dem zufrieden, was ich habe, und würde versuchen, es zu schützen. Vergiß das Pferd. Bitte um den Schutz der Krone, bevor einer deiner Nachbarn sich gegen dich erhebt. Möglicherweise werden die Briten sich dann verpflichtet fühlen, dich als ihren Verbündeten gegenüber allen anderen zu verteidigen. Es mag dich ein paar Bestechungsgelder kosten und außerdem die Länder, die du zu gewinnen hoffst, aber auf lange Sicht gesehen wird es sich lohnen.«

»Ist das der beste Rat, den du mir geben kannst?«

»Solange die *sahib-log* dein Land für zu unbedeutend halten, um ihm ihre ganze Aufmerksamkeit zuzuwenden. Aber ich muß dich warnen: Indien wird von England als wichtige Quelle des Wohlstandes angesehen. Zahllose Briten haben hier ein Vermögen gemacht. Und die Briten hier werden nicht so schnell genug haben!«

In den Augen des Radscha glitzerte es gefährlich. »Ich werde darauf vertrauen müssen, daß ich weit genug weg bin.

Wenn ich das Ritual mit dem Hengst jetzt abbreche, verliere ich vor meinen eigenen Leuten mein Gesicht. Aber jetzt muß ich dich erst einmal sicher von hier wegbringen. Deine Diener werden überall erzählen, daß du von Banditen überfallen und entführt worden bist, und sie werden eine Zeitlang vorgeben, dich zu suchen. Nach einer Weile wird man dich für tot erklären. Erst dann wirst du vor der Rache deines Ehemannes sicher sein.«

Fanny überlegte, ob sie ihn daran erinnern sollte, daß sie nur eine einzelne Person war, seine erste Verantwortung aber seinem ganzen Volk zu gelten hatte. Doch sie zögerte, die Verbindung zwischen ihr und dem Radscha aufs Spiel zu setzen. Schließlich aber setzte sich ihr Gerechtigkeitssinn durch. »Du könntest Kattyapur besser beschützen, wenn du mich meinem Schicksal überlassen würdest!«

Er blickte ihr ins Gesicht, und Fanny sah, welch leidenschaftliches Verlangen in seinen Augen loderte. »Nein, Fanny«, antwortete er. »Ich habe meine Entscheidung getroffen. Deine Klugheit ist hilfreicher für mich und Kattyapur als ein halbes Dutzend Abmachungen mit den *sahib-log*. Sie werden ja doch jeden Vertrag brechen, sobald es ihnen beliebt. Du gehörst mir; das ist dein Schicksal, und ich werde nicht länger auf dich warten. Ich will deine elfenbeinweiße, samtene Haut an der meinen spüren; und ich will, daß du dich mir hingibst, wie du dich noch keinem anderen Mann hingegeben hast. Ist das nicht genau das, wonach auch du dich im tiefsten Innern deines Herzens sehnst?«

Fanny spielte nervös mit ihren Fingern. »Was ist, wenn wir Kinder bekommen?« fragte sie.

»Sie werden ihren Platz haben wie alle meine Kinder – auch wenn sie niemals den Thron besteigen können.«

Der Radscha erwiderte ihr Lächeln so liebevoll und zärtlich, daß sie fühlte, wie sie innerlich dahinschmolz. »Unsere Kinder werden nicht illegitim sein, Fanny. Du kannst nicht meine Rani sein, aber ich kann dich offiziell zur *Frau meines Herzens* machen.«

»Wenn du mich ein wenig liebst, werde ich nie mehr verlangen«, murmelte Fanny, »obwohl es für mich schwer zu ertragen sein wird, daß du noch andere Frauen hast.«

»Ich werde keine von ihnen jemals mehr lieben als dich, Fanny.«

Dann stand er plötzlich auf. »Wir dürfen jetzt keine Zeit mehr verlieren. Geh und zieh dein neues Gewand an! Dann werde ich dir erzählen, wie ich dich von hier fortbringen werde, ohne daß es jemand bemerken wird. Beeile dich, Fanny, wir haben wenig Zeit!«

Eileen erwartete sie im Schlafzimmer. Staunend betrachtete sie das fremdartige Kleid. »Haben Sie jemals etwas Ähnliches gesehen, Mylady?« rief sie aus. »Sie werden das doch nicht anziehen? Es ist höchst unanständig, jawohl, das ist es!«

»Seine Hoheit erwartet es von mir«, sagte Fanny ruhig.

»Sie ziehen es wegen diesem fremden Mann an, stimmt's? Oh, er hat durchaus Grund dazu, so eingebildet zu sein. Er ist der schönste Mann, den ich je gesehen habe. Aber wenn das alles hier jemals herauskommt, wie sollen wir es dann erklären? Das Gerede wird auch nicht an den Grenzen Indiens haltmachen! Und Sie unterhalten sich ganz ruhig mit ihm, als wäre er ein christlicher Gentleman und nicht irgendein Heide – mag er auch ein König sein!«

Fanny zog sich bis auf die Haut aus, ganz verwirrt über die ungewohnten Kleidungsstücke, die da auf ihrem Bett lagen.

»Eileen, ich werde mit ihm weggehen. Ich werde mit ihm in seinem Palast leben und seine Frau werden. Niemand darf davon wissen, hörst du? Ich möchte nicht, daß Mary abermals etwas geschieht!«

Plötzlich verspürte Eileen einen schmerzhaften Kloß im Hals. »Wenn es so ist, dann werde ich meine Koffer packen und mit Ihnen gehen. Sie können sich unmöglich ganz allein an einen solchen Ort begeben!«

»Nein. Du mußt bei Mary bleiben und mit ihr zu Lady Cunningham gehen, sobald sich eine Möglichkeit dazu ergibt. Tu alles, worum dich Lady Cunningham bittet, aber versuche, Mary zurück nach London zu meinem Bruder zu bringen. Und egal, was geschieht, erzähle Mary und Lady Cunningham niemals, daß du weißt, wo ich bin!«

Fanny, nun fertig angezogen, betrachtete sich im Spiegel und fühlte sich halb nackt. Sie fand, daß sie so exotisch und aufreizend aussah wie ein *nautch*-Mädchen. Langsam zog sie das Ende des Schleiers vor ihr Gesicht und war erstaunt über die Anonymität, die er ihr gab. Wie eigenartig sie auf einmal aussah!

Eileen war völlig sprachlos. Was für einen schockierenden, schamlosen Anblick ihre Herrin bot! Und doch ... der Gedanke, sie zu begleiten, hatte etwas überaus Verlockendes. Sie verstand sich selbst nicht mehr!

Kapitel 8

Er mußte lachen, als er sie erblickte, worauf Fanny wütend mit dem Fuß aufstampfte. »Ich dachte, ich würde dir gefallen!«
»Das tust du auch!« Er lachte wieder. »Ich werde dir eine Dienerin schicken, die dir beim Ankleiden hilft, bevor du heute abend zu mir kommst … und Schuhe. Ich hatte übrigens gar nicht bemerkt, daß du so klein bist.«
Ärgerlich stampfte sie mit ihrem nackten Fuß auf dem Boden auf. »Klein?« wiederholte sie.
»Ah, Fanny, Fanny, mach dir nicht so viele Gedanken! Es ist nur so, daß ich dich noch nie zuvor so schüchtern und unsicher gesehen habe. Du bist schöner als je zuvor. Es gefällt mir, dich so gekleidet zu sehen wie die Frauen meines Volkes.«
»Oh, ich gefalle dir, also habe ich ja mein oberstes Ziel erreicht«, sagte sie trocken. »Wie auch immer, wenn ich schon halb nackt vor dir erscheinen soll, dann will ich es zumindest so würdevoll wie möglich tun. Ich schlage vor, du hörst auf zu lachen und erklärst mir, was ich falsch gemacht habe?«
Er hob entschuldigend die Hände. »Keine Zeit!« Aber dann hörte er doch zu lachen auf und musterte sie von Kopf bis Fuß mit einer Nachdenklichkeit, die sie verwirrte. »Ich ha-

be die Juwelen vergessen, die ich für dich bereitgelegt hatte. Das ist es, was nicht stimmt! Die Dienerin wird alles mitbringen. Juwelen für deine Füße, deine Arme, überall!«

»Ich werde aussehen wie eine Barbarin.«

»Eine schöne Barbarin!«

Fanny seufzte. »Eine Fremde. Ist es das, was aus mir werden wird?«

»Wird es dir sehr viel ausmachen?«

»Vielleicht nicht, wenn ich mich daran gewöhne. Wie geht es jetzt weiter?«

Er ließ einen Finger über ihr Kinn wandern. »Du ziehst jetzt deine eigenen Kleider wieder an und stattest der Gattin des Gouverneurs einen Morgenbesuch ab. Dabei plauderst du über die Empfänge, die du in der nächsten Zeit besuchen willst, und all die anderen Dinge, über die englische Damen sich unterhalten. Dann gehst du wieder nach Hause und ziehst dich wieder so an wie jetzt. Sobald es dunkel ist, wird Gupta dich zu mir bringen.«

Eines machte Fanny noch immer angst: die Vorstellung, daß sie gezwungen sein könnte, ihren Mann noch einmal sehen zu müssen. Oh, sie war so dankbar dafür, daß sie ihn bald los sein würde! Als sie daran dachte, empfand sie plötzlich großes Mitleid für die Frau, die in dieser Nacht das Unglück haben würde, in seine Hände zu fallen. Fanny fürchtete, sie würde Bantry umbringen, falls sie ihn noch einmal sehen sollte. Zweifellos würde sie der Welt damit einen großen Gefallen tun. Der bitterste Teil ihres Vorhabens war die anstehende Trennung von Mary. Wenn sie daran dachte, hatte sie das Gefühl, als müsse sie ersticken, an gebrochenem Herzen sterben. Wie würde Bantry auf ihr Verschwinden reagieren? Würde er Mary die Schuld geben? Sie durfte gar nicht daran denken, was dann geschehen konnte ... Doch den ganzen langen Nachmittag über konnte sie diesen Gedanken darüber nicht verdrängen. Angst und Zweifel plagten sie. Sicher, sie glaubte, sie würde Mary durch ihr Verschwinden helfen, aber war das wirklich so? Ihre Gedanken drehten sich immer wieder im Kreis, bis sie sich schließlich müde und niedergeschlagen auf ihr Bett warf und einschlief. Sie fühlte sich vollkommen erschöpft von ihren morgendlichen Unternehmungen und den Ängsten um Mary. Halb Delhi mußte sie heute gesehen haben. Wie immer waren alle sehr erpicht darauf gewesen, ein paar Worte mit ihr zu wechseln und unbedingt dabei gesehen zu werden. Wahrscheinlich waren an diesem Tag viele erstaunt gewesen, wie leicht ihnen das gelungen war. Doch keiner hatte wahrgenommen, daß Fanny all die kleinen Neuigkeiten, die man ihr zutrug, äußerst zerstreut zur Kenntnis genommen hatte! So beschäftigt war sie damit gewesen, sich ihre Angst nicht anmerken zu lassen, die immer wieder um die bange Frage kreiste, was die Zukunft ihr und dem Kind, das sie zurückließ, bringen würde.

Gupta beugte sich über ihr Bett. »Die Dienerin ist hier, Mylady«, flüsterte er ihr zu.

Noch halb im Schlaf begrüßte Fanny die junge Dienerin, die fast noch ein Kind zu sein schien — ein fröhliches Kind allerdings. Die wenigen Worte Englisch, die sie kannte, sprach sie in einer Art aus, die Fanny zum Lachen brachte. Doch sie war außerordentlich geschickt. Noch bevor Fanny richtig wach war, trug sie bereits wieder das Rajputana-Gewand: sackartig herabhängende Hosen, die sich eng um die Knöchel schlossen, einen Rock, verziert mit Stickereien und winzigen Spiegeln, die bei jeder Bewegung das

Licht einfingen, ein *choli*, ein Mieder, das kaum bis zu ihrer Taille reichte, und einen Schleier, der an einem herrlichen, mit Juwelen verzierten Stirnband befestigt war. An Armen und Fußgelenken trug sie die traditionellen Elfenbeinarmreifen, zusammen mit anderen aus Gold und Silber.

Am meisten staunte sie darüber, wie sehr der Sandelholzschmuck auf ihrer Stirn ihre Erscheinung veränderte. Es war, als hätte sie zusammen mit ihren alten Kleidern auch ihre frühere Identität hinter sich gelassen und wäre als eine exotische Fremde wiedergeboren worden. Ihre Schultern strafften sich, und sie erinnerte sich noch einmal daran, daß dies alles aus freiem Willen geschah. Wenn ihr also ihr eigener Anblick nicht gefiel, war das ihre eigene Schuld. Plötzlich war sie ganz ungeduldig darauf, wegzugehen, und sie atmete erleichtert auf, als Gupta endlich erschien, um ihr zu sagen, daß es nun Zeit für sie sei, aufzubrechen.

Schweigend zogen sie die schmalen Straßen von Delhi zum Kaschmir-Tor. Fanny war dem Gewimmel der Einwohner in dieser Stadt nie zuvor so nahe gewesen, und sie war erschüttert von dem unbeschreiblichen Elend der Armen. Gupta hatte einen Wagen gemietet, der an allen Seiten mit Vorhängen versehen war. Neben ihr saß ihre neue Dienerin, die ebenso eifrig wie Fanny durch einen kleinen Spalt zwischen den Vorhängen hinauslugte und das geschäftige Treiben genoß.

Es dunkelte bereits, als sie das Tor erreichten. Fanny schlüpfte aus dem Wagen in den wartenden Palankin und zog die Vorhänge um sich herum zu, wie man es ihr vorher gesagt hatte. Sie hatte kaum die Zeit, die Kissen und die Schönheit des handgearbeiteten Holzgestells zu bewundern, da wurde die Sänfte schon auf die Schultern von vier Männern gehoben. Ein anderer ging mit einer Lampe vor

ihnen her, denn die letzten Strahlen der Sonne verschwanden gerade hinter dem Horizont.
Sie entdeckte bald, daß noch vier weitere Männer dabei waren, um sich mit den ersten Trägern abzuwechseln. Eine Zeitlang fürchtete sie, daß sie ihnen zu schwer sein würde, aber sie zeigten kaum Zeichen von Erschöpfung. Fanny gewöhnte sich rasch an die schwingende Bewegung der Sänfte und schlummerte sogar ein, während die Minuten zu Stunden wurden und sie sich immer weiter von der vornehmen Gesellschaft Delhis entfernten...
Schließlich erblickte sie durch die Vorhänge die Lichter des Lagers, und sie verspürte große Lust, den Stoff ein wenig anzuheben, um zu sehen, wo sie sich befand. Doch da sie fürchtete, das Mißfallen ihres neuen Herrn zu erregen, lüftete sie nur eine kleine Ecke des Vorhangs. Als sie jedoch sah, daß sich eine beachtliche Menschenmenge versammelt hatte, um schweigend ihrer Ankunft zuzusehen, ließ sie den Vorhang gleich wieder fallen. Indische Menschenmengen waren immer schweigsam und ruhig, ganz im Gegensatz zu europäischen.
Der Palankin wurde direkt zu dem Eingang des Hauptzeltes gebracht, wo Frauen undurchsichtige Vorhänge bereithielten, die ihr erlaubten, ungesehen in das Innere zu gelangen. Der Radscha saß auf mehreren Kissen und schien bereits seit längerer Zeit auf sie gewartet zu haben. Er musterte sie kritisch, während sie die neue Umgebung auf sich wirken ließ: die feinen Stickereien der Wandbehänge und die prunkvolle Ausstattung seines Zeltes.
»Ist alles gutgegangen, Fanny?«
Erst jetzt fiel ihr ein, daß er nun sicherlich erwartete, daß sie ihre Hände aneinanderlegte, wie er es ihr gezeigt hatte. Eigentlich hatte sie gedacht, es würde ihr widerstreben, die-

se Geste der Ehrerbietung vor ihm zu machen, doch nun erschien es ihr auf einmal wie etwas ganz Selbstverständliches … Sie verbeugte sich tief vor ihm und legte die Hände vor seine Füße.

»Keine Schwierigkeiten im letzten Augenblick?« fragte er, während er sie neben sich auf die Kissen zog.

»Nein, keine«, antwortete sie.

Er ließ seine Hand an ihrer Seite hinabgleiten und umklammerte mit einem fast schmerzhaften Griff ihr Gesäß. »Geh jetzt und iß etwas, Fanny«, sagte er dann. »Danach wird dich deine Dienerin für die Nacht zurechtmachen.«

Dann hörte Fanny zum ersten Mal, daß sie nie zusammen essen würden, da sie keiner Kaste angehörte! Sogar ihre Teller und ihr sonstiges Eß- und Trinkgeschirr würden immer gesondert aufbewahrt werden müssen. Sie dachte an die vielen Mahlzeiten, die sie gemeinsam mit Freunden eingenommen hatte und bei denen sie die Gespräche ebenso genossen hatte wie das Essen. Es gefiel ihr gar nicht, allein zu essen!

»Sajjan, wird das immer so sein?«

Er nickte und entließ sie mit einer Handbewegung. »Du wirst jetzt immer hinter dem Vorhang leben müssen. Um deiner eigenen Sicherheit willen. Abgesehen davon — ich möchte nicht, daß andere Männer anstarren, was mir gehört.«

»Aber können wir wirklich nie zusammen essen?« fragte sie nochmals ungläubig.

Er runzelte ungeduldig die Stirn. »Du wirst dich daran gewöhnen.« Damit war die Angelegenheit für ihn erledigt. »Frauen müssen sich mit Änderungen abfinden, wenn sie zum ersten Mal das Haus ihres Herrn betreten, ganz gleichgültig, woher sie kommen. Ich kann nicht nach deinen

Bräuchen leben, Fanny; deshalb mußt du lernen, dich nach den meinen zu richten! Und jetzt beeil dich!«
Das war leichter gesagt als getan. Sie hatte keine Ahnung, wohin sie gehen sollte. Sie öffnete den Mund, um ihn zu fragen, aber er schnitt ihr mit einer leichten Handbewegung das Wort ab. »Gehorsam ziert jede Frau!«
Fanny hob angriffslustig den Kopf. »Und wo bitte schön soll ich hingehen?« fragte sie.
Er mußte lachen, sprang auf und führte sie in einen Raum, in dem ihre Dienerin sie bereits erwartete. Vielleicht war es Einbildung, doch seine Finger schienen sich nur zögernd von den ihren zu lösen, als er ging. Und das war mehr wert als alles, was sie verloren hatte.

Fanny hatte zwar bereits eine europäische Version der indischen Küche kennengelernt, doch dieses Essen unterschied sich beträchtlich davon. Sogar das Brot war eigenartig: ungesäuerte *chupattis*, aus einem Mehl so grob wie Hafermehl. Sie fand sie gut, besonders weil sie ganz frisch und noch heiß waren. Das Hauptgericht war Huhn, aber was ihre Aufmerksamkeit erregte, waren die Beilagen. Es waren so viele, und jede einzelne war ein Erlebnis für sich. Es gab Joghurt, verschiedene Salate aus Bohnen oder geriebenem Gemüse, angerichtet mit Sesamöl. Außerdem war da eine riesige Schüssel voll Reis mit Rosinen und verschiedenen Arten von Nüssen. Insgesamt war es ein eigenartiges, aber sehr befriedigendes Mahl.
Was dann folgte, war eines der peinlichsten Erlebnisse, die Fanny je gehabt hatte. Sie war froh darüber, daß sie sich notdürftig in der Sprache der Dienerin verständlich machen konnte, und wenn es nur darum ging, daß sie sich umdrehen sollte. Sie war so behütet aufgewachsen wie die meisten

adligen Mädchen. Nun jedoch erwartete man von ihr, daß sie sich von Kopf bis Fuß mit parfümiertem Wasser wusch, das ihr die beiden Dienerinnen in einer Messingschüssel brachten. Danach rieben sie ihre Haut mit duftenden Ölen und Gelbwurz ein, damit sie weich und schön wurde. Ihre Körperhaare wurden vollkommen entfernt. Auf ihre ängstlichen Proteste bekam sie nur die mit Kichern begleitete Antwort, daß dies hierzulande üblich sei. Schließlich wurde ihr Haar gelöst und gebürstet, bis es glänzte und sich wie eine große Wolke um ihre Schultern hüllte.

Fanny war Eileen unendlich dankbar, daß sie ihr liebstes Nachtkleid in die kleine Tasche gelegt hatte, die ihr einziges Gepäck war. Nie war Fanny glücklicher darüber gewesen, ein vertrautes Kleidungsstück zu sehen. Sie steckte ihre Arme durch seine Ärmel, ließ es über ihren Körper gleiten und weigerte sich, weitere gutgemeinte Aufmerksamkeiten der beiden jungen Frauen über sich ergehen zu lassen.

»Sollen wir kein Henna auf Eure Hände und Füße geben?« fragte Ila, ihre Dienerin, und schüttelte mißbilligend den Kopf angesichts des Anblicks, den Fanny bot. »Laßt mich doch wenigstens ein wenig davon auf Eure Handflächen tun. Es ist das traditionelle Zeichen für eine Braut und wird Euch Glück bringen.«

Endlich ließen Ila und die andere Dienerin sie allein. Bleich und zitternd saß Fanny auf einem Hügel aus Kissen und Matten, die in der Mitte des mit Vorhängen abgetrennten Schlafbereichs ausgerollt worden war. Als sie auf ihre Hände hinabsah und die fremdartigen braunen Zeichen erblickte, wuchs ihre Angst noch. Wo war sie hingeraten? Wie sollte sie jemals auch nur ein wenig Glück finden zwischen all diesen fremden schönen Menschen mit ihren sanften Bewegungen, die in einer so eigenartigen Sprache redeten und ebenso eigenartige Dinge aßen? Würde sie das ihr Leben lang ertragen?

Plötzlich bewegte sich der Vorhang und die goldene Stickerei reflektierte das Licht der Lampe. Fanny wußte, daß sie nicht mehr lange allein sein würde.

»Sajjan?«

Der Radscha trat durch den Vorhang, blieb vor den Matten stehen und blickte auf sie herunter. Auch er war von seinen Dienern gewaschen und auf die Nacht vorbereitet worden. Im flackernden Licht der Öllampen verschwamm seine goldene Haut vor ihren Augen. Er war wunderschön. Sie bewunderte das Spiel seiner Muskeln und bemerkte mit Erstaunen, daß er kein einziges Haar auf seiner nackten Brust hatte.

»Werde ich dir nie beibringen können, daß du mir mit Achtung begegnen mußt?«

Fanny versuchte, ihr Zähneklappern zu unterdrücken. Sie versteckte ihre Hände unter der bestickten Bettdecke und versuchte, die Furcht zu bezwingen, die sich ihrer bemächtigen wollte.

»Sajjan, ich habe Angst.«

Das hatte er nicht erwartet. »Angst? Angst vor mir?« Sie nickte, und er kniete sich neben sie. In seinem Gesicht stand Empörung, als er seine Hand auf ihren zitternden Körper legte. »Was ist Bantry nur für ein Mann? Ich hatte nie erwartet, daß du zugibst, vor irgend etwas Angst zu haben.«

Seine Berührung tat ihr gut, obwohl sie erwartete, bald ähnliche Schmerzen zu erleiden wie die, die Edwin ihr zugefügt hatte. Doch Sajjan war ihr einziger Halt in dieser neuen Welt. Sie klammerte sich an ihn, als würde ihr Leben davon abhängen, und verbarg ihr Gesicht an seiner wohlriechenden Brust. Wahrscheinlich wusch sich kein anderer Mann, den sie kannte, so oft wie dieser hier, und nicht einmal die Duftöle, mit denen man ihn eingerieben hatte, konnten seinen eigenen Geruch überdecken. Er hatte eine beruhigende Wirkung auf sie.

Der Radscha nahm ihre hennagefärbten Hände, küßte erst die eine, dann die andere. Er war erleichtert, daß sie nicht mehr zitterte, und versuchte nicht, sie weiter zu umarmen. Erst sollte sie wieder zu sich selbst finden. Er verspürte eine unendliche Verachtung für den Mann, der über dieses Juwel verfügt und es so grausam mißhandelt hatte. Diese Frau mit der elfenbeinfarbenen Haut sollte nur die Freuden der Liebe kennenlernen, und er wollte sie darin einführen. Er war froh darüber, daß er so viele Frauen gekannt hatte, seit er ein Mann geworden war, froh über die Freude, die sie ihm gegeben hatten und die er ihnen gegeben hatte. Keine jedoch hatte jemals solche Gefühle in ihm erweckt wie dieses bleiche Wesen. Es berührte ihn bis ins Innerste, und er verspürte in sich den Wunsch, ihr das Glück zu geben, das sie nie gekannt hatte...

Er streckte sich neben ihr aus und ließ ihr Zeit, sich an seine Nähe zu gewöhnen. Wenn er sich nicht auf sie zubewegte, dann würde sie neugierig werden, weil er sie nicht wie erwartet bedrängte. O ja, er konnte es sich leisten, zu warten. Doch er bezweifelte, daß sie ihn lange warten lassen würde.

Fanny lag schweigend da. Sie war sich des halbnackten Mannes neben ihr sehr wohl bewußt, dessen Gegenwart ihr Herz schneller schlagen ließ. Wenn sie ihren Kopf ein wenig drehte, konnte sie einen Teil seines langen, entspannten Körpers sehen. Er behauptete, von der Sonne abzustammen, und die goldene Farbe seiner Haut gab ihm recht...

Wie eigenartig war es, daß sie, die ihrem gesetzlichen Ehemann gegenüber nur Verachtung entgegenbrachte und ihm jede Anerkennung seiner Männlichkeit verweigert hatte, nun ohne Widerwillen ihr Knie vor einem Radscha beugte! Und sie spürte, daß sie in dieser Nacht sehr in Versuchung kommen würde, ihm ihre Gefühle zu erklären. Sie stützte sich auf den Ellbogen, verärgert darüber, daß er alle Anzeichen zeigte, demnächst einzuschlafen. Mit einer raschen Bewegung legte sie ihre hennagefärbte Hand neben den Bogen seines Fußes und hoffte, er wäre so kitzlig wie sie selbst.

»Ist das der Respekt, den ich dir schulde?« zog sie ihn auf, und ihre Augen blitzten vor unterdrücktem Lachen.

Er lag enttäuschend ruhig da. »Es ist ein Anfang«, antwortete er lächelnd.

»Sajjan, erwartest du wirklich von mir, daß ich —«

»Ich erwarte von dir, daß du dich an die gängigen Sitten gewöhnst. Wenn irgend jemand anderes hören würde, daß du mich Sajjan nennst, würden sie dich für eine anmaßende, intrigante Frau halten.«

»Aber du hast mir selbst gesagt, daß du Sajjan heißt.«

»Ich habe dir auch gesagt, daß du mich mit Eure Hoheit anreden sollst. Wenn wir nicht allein sind, wirst du deine Zunge im Zaum halten müssen!«

»Ja, Eure Hoheit.«

Er streckte einen Arm aus und zog sie an sich. »Fanny, ich bin nicht wie Bantry, in keiner Hinsicht. Wenn ich dich bitte, mir zu gehorchen, dann ist es zu deinem eigenen Wohle. Die Rajputen sind ein stolzes, religiöses Volk, und du bist eine Fremde von jenseits der Schwarzen Meere. Du bist ein Nichts für sie. Deshalb mußt du lernen, dich wie eine von uns zu benehmen, oder man wird dir die Schuld geben für

alles Böse, das irgendwann über Kattyapur kommt. Falls sich die Meinung ausbreiten sollte, daß die Götter deine Anwesenheit mißbilligen, würde es Unruhe geben, vielleicht sogar eine Rebellion, und ich müßte dich wegschicken. Verstehst du das?«
Nachdenklich starrte sie ihn an. »Ich glaube schon. Ich weiß nicht viel über eure Gottheiten, nur ein wenig über jene Göttin, die Kali genannt wird und all diese Banditen anstiftet, unschuldige Reisende auf der Straße zu ermorden.«
»Kali ist nur ein Gesicht der Göttin Parvati. Sie hat viele andere, genauso wie auch das Leben viele Seiten hat.«
»Glaubst du nicht an sie?«
Er zuckte die Achseln. »Alle Gottheiten führen zu Gott. Wer kann von sich behaupten, daß er das Wesen Gottes wirklich erfaßt hat? Wir verehren ihn als Schöpfer, als Zerstörer, als der, der alles in sich vereint, und als etwas Heiliges, das wir manchmal in uns selbst verspüren. Das ist alles.«
Fanny war bereit, das zu akzeptieren. Sie hatte auch nie einen wirklichen Bezug zum Christentum besessen. Eileen und Agnes hatten den jeweiligen Glauben der anderen verabscheut, und doch hatte Fanny beide sehr gern gemocht. Möglicherweise würde es ihr mit den Hindus nicht anders gehen … nicht, wenn sie so wie Sajjan waren!
Sie legte vorsichtig die Hand auf seine Brust und war entzückt über seine weiche, warme Haut. »Du bist schön!« sagte sie. »Bantry ist wie ein Affe, er hat überall so viele Haare.«
»Hat er dir weh getan?«
Sie nickte schaudernd. »Ich dachte, er würde mich umbringen.«
»Und du hast Angst, ich könnte dasselbe tun?«

Fanny biß sich auf die Unterlippe. »Könntest du das?«
»Ich habe noch nie einer Frau weh getan.« Er griff nach dem Saum des Nachtkleides, das sie verhüllte und zog es ihr über den Kopf. »Soweit ich weiß, sind meine Frauen immer hocherfreut, wenn ich sie in mein Bett rufen lasse.« Er mußte beinahe lachen, als er ihr ungläubiges Gesicht sah, und küßte sie rasch, damit sie seine Belustigung nicht bemerkte. »Sie haben genausoviel Freude dabei wie ich«, beharrte er.
Sie war noch nie zuvor mit einem Mann, den sie liebte, nackt im Bett gewesen. Eine heiße Röte kroch über ihren Körper, während sie versuchte, dem Blick seiner schwarzen Augen auszuweichen, die sie warm und zärtlich betrachteten. Man hatte ihr immer gesagt, es sei unanständig, sich vor dem Ehemann völlig zu entkleiden — ganz zu schweigen von anderen Männern. Doch es gefiel ihr, wie sich sein Gesichtsausdruck verwandelte, während er sie betrachtete, entzückt über ihre jugendlichen Brüste, die feste Linie ihres Bauches und ihre langen, wohlgeformten Beine. Sie fühlte, wie sich ihr Magen auf einmal vor Sehnsucht verkrampfte — obwohl sie seine Hand wegschob, als er sie auf ihre Brust legen wollte.
So küßte er sie statt dessen auf den Mund, schob ihre Lippen mit dem Daumen auseinander und seine Zunge zwischen ihren Zähnen hindurch, bis sie die ihre berührte. Sie war erleichtert, daß sie seine Hand so mühelos hatte abwehren können, und zugleich unsicher. Anscheinend glaubte er, er könnte mit ihr machen, was er wollte. Sie wußte nicht recht, ob ihr das gefiel oder nicht.
»Du bist schön, Fanny«, flüsterte er, seinen Mund an ihren Lippen. »Du wurdest dazu geschaffen, mein zu werden!«
Schauer der Erregung liefen ihren Rücken hinunter. Sie legte ihre Hände an seine Brust und versuchte, ihn wegzuschie-

ben, um Zeit zum Nachdenken zu bekommen. Zu ihrer Erleichterung leistete er ihr sanften Widerstand und drückte ihren Körper fest an den seinen. Sie machte es ihm nicht schwer, sie zu erobern.

Diesmal wehrte sie ihn nicht ab, als er ihre Brüste liebkoste, mit seinen Fingern über ihre Brustwarzen rieb, bis sie aufrecht standen. Er nahm sie zwischen seine Zähne und biß sie so sanft, daß ihr der Atem verging. Sie grub ihre Finger in seine Schultern und machte selbst ein paar Entdeckungen, die sie jedoch auf der Stelle wieder vergaß, als seine Finger das Zentrum ihres Begehrens fanden. Sie konnte nicht anders — sie wölbte sich ihm entgegen — eine stumme Einladung, ganz in sie einzudringen...

»Noch nicht, Fanny — nicht bevor du mich genauso begehrst, wie ich dich begehre!«

Fanny konnte sich nicht vorstellen, daß sie ihn jemals mehr begehren würde als jetzt. Sie wollte ihm das sagen, aber sie wußte keine Worte dafür. Ihre Erregung schien in ihrem Inneren auszubrechen wie ein Vulkan. Beschämt darüber, daß sie so wenig Selbstbeherrschung besaß, versuchte sie, ihre Begierde zu zügeln.

»Begehrst du mich, Fanny?«

»Ja!«

Sie fühlte sein Lachen an ihren Lippen. »Aber nicht genug! Nicht bevor du zugibst, daß ich dein Herr bin, der Herr deines Herzens, und daß du dich mir schenkst, mit Körper und Seele, so wie die Frauen meines Volkes es voller Stolz tun!«

Sie dachte, ihr Herz würde gleich zerspringen. »Ich kann nicht!« rief sie aus. »Du hast kein Recht, das von mir zu verlangen!«

Er teilte ihre Schenkel mit seinem Knie, während seine eine

Hand noch immer zwischen ihren Beinen Unheil anrichtete. »Ich habe mir das Recht genommen, Fanny. Komm schon, sag es!«

Sahen alle Männer Frauen als ihren Besitz an? Doch dieser war wundervoll zu ihr gewesen, auf seine ganz eigene Art. Vielleicht wollte er ihr Geständnis als Gegenleistung zu der Sicherheit, die er ihr bot. Sie umschlang seinen Hals und drückte sich eng an ihn. »Ich liebe dich!« schrie sie beinahe.

Damit hatte sie gewonnen. Er umarmte sie leidenschaftlich, schmiegte sein Gesicht in ihren Nacken. »O Fanny, das habe ich niemals zu hoffen gewagt! Ich wäre zufrieden gewesen, wenn du dich mir unterworfen hättest, weil du nirgendwo anders hingehen kannst.«

»Ich war nicht gezwungen, mit dir fortzulaufen«, sagte sie würdevoll. »Ich kam, weil ich dich wollte. Wäre es anders gewesen, hätte ich irgendeinen anderen Weg gefunden.«

»Weil du mich liebst?«

An der Art, wie er sich an sie drückte, fühlte sie seine Sehnsucht nach ihr, ein Verlangen, das auch sie für ihn empfand. Sie wollte ein Teil von ihm sein, fühlen, wie er sich in ihr bewegte.

»Weil ich Ihnen gehören will, Eure Hoheit«, flüsterte sie ihm ins Ohr.

Sie öffnete sich ihm, zeigte ihm den Weg, als wäre es die selbstverständlichste Sache der Welt. Später würde sie erstaunt darüber sein, wie frei sie mit seinem Körper umgegangen war, genauso wie er mit dem ihren. Sie würde erröten bei dem Gedanken daran, was er von ihr denken mußte, und sich mit dem Gedanken trösten, daß sie tatsächlich ein anderer Mensch geworden war: nicht mehr Lady Frances Bantry, sondern die Frau, die der Radscha von Kat-

tyapur begehrte, und das war bei weitem der stolzere Titel.
Sajjan hielt sich zurück, bis er sicher war, daß er sie mitreißen würde. Er ging mit größter Sorgfalt vor, ein wenig amüsiert darüber, wie bedeutsam es für ihn war, daß Fanny sich immer an diese Nacht erinnern würde. In Kattyapur gab es ständig fünf oder sechs Frauen, die auf seinen Ruf warteten, und er wußte, daß sie ihn für einen guten Liebhaber hielten. Sie waren da, um ihm zu gefallen, und er freute sich, wenn auch er ihnen schöne Stunden bereitete. Aber es wäre auch nicht schlimm gewesen, wenn sie seine Aufmerksamkeit abstoßend gefunden hätten. Seine ältere Rani, eine große ausgemergelte Frau, hatte sein Bett niemals kennengelernt, denn sie würde immer ein Kind ohne Verstand sein. Seine jüngere Rani jedoch war ganz anders, und sie hatten viele vergnügliche Nächte miteinander verbracht. Und doch hatte erst diese bleiche Britin kommen müssen, damit er vor Angst zitterte, er könnte nicht fähig sein, ihr die Befriedigung zu geben, nach der er selbst so sehr verlangte.
Wie lächerlich er sich benahm, wenn das Vergnügen einer Frau ihm mehr bedeutete als sein eigenes! Andererseits hatte er nie eine andere Frau gekannt, die so war wie Fanny! Er fühlte, wie sie unter ihm zum Höhepunkt kam und stieß selbst in die höchsten Bereiche der Lust vor. Er verspürte eine tiefe Befriedigung darüber, daß sie nie zuvor das herrliche Gefühl gekannt hatte, in den Armen eines Mannes zur Sonne zu fliegen und die Erde unter sich zurückzulassen. Während sie ihn leidenschaftlich umklammerte und langsam in ihren eigenen Körper zurückkehrte, erreichte auch er den Höhepunkt der Ekstase.
»Ich liebe dich«, flüsterte sie.
Sajjan lächelte und fühlte einen männlichen Stolz über sei-

nen Erfolg. »Das war erst der Anfang«, sagte er. »Es ist ein langer Weg nach Kattyapur, und wir werden viele Nächte miteinander verbringen. Gefällt dir das?«

»Sehr sogar!«

Er strich besitzergreifend über ihre Hüften und hinauf zu ihren Brüsten. »Hast du gewußt, daß du überall elfenbeinfarben bist? Sogar deine Brüste sind wie Elfenbein, mit Rubinen besetzt.«

Das war ganz und gar nicht das Bild, das sie von sich hatte. Außerdem zog sie selbst die goldenen Schattierungen seiner Haut vor, die mit seinen pechschwarzen Haaren kontrastierte. »Und du hast die Farbe der Sonne!«

Seine Augen tanzten im flackernden Licht der Lampen. »Was ist dir noch an mir aufgefallen?«

»Was sollte mir denn auffallen«, fragte sie neckisch.

»Gefalle ich dir nicht?«

Sie lachte. »O doch«, versicherte sie ihm. »Als ich dich zuerst sah, fand ich, daß du dich wie ein junger Gott bewegst.«

»Und heute nacht? Habe ich mich in dir wie ein junger Gott bewegt?«

Sie konnte es sich leisten, großzügig zu sein. »Es wird immer nur dich für mich geben. Vielleicht bist du sogar wirklich ein Gott, ein Gott, der mich für sich selbst geschaffen hat. In deinen Armen habe ich mich tatsächlich wie eine Göttin gefühlt.«

Er neigte den Kopf, liebkoste ihre Nase mit zwei Fingern und stellte nun die Frage, die ihm am wichtigsten von allen war.

»Habe ich dich alles vergessen lassen, was vorher war, Fanny? Bist du wirklich mein?«

Sie sah den dringlichen Wunsch in seinem Gesicht und

wunderte sich darüber. War es möglich, daß sie ihm mehr bedeutete, als sie gedacht hatte?
Sie gab ihm einen langen Kuß. »Du bist derjenige, den ich liebe, Sajjan, und nur du. Ich habe nie zuvor geliebt. Ich fürchte mich nicht mehr.«
Er zog sie in seine Arme. »Gut. Frauen sollten sich nie fürchten. Sie sollten gut sein und schön und ihren Männern wunderbare Söhne schenken.«
Fannys Mund verzog sich zu einem entspannten Lächeln. Sie wollte ihn gerade fragen, ob er keine Töchter wollte, als sie sah, daß er bereits eingeschlafen war. Sie fragte sich, wie viele andere Frauen ihm wohl bereits zugesehen hatten, während er schlief: die beiden Ranis und viele Konkubinen. Sie erinnerte sich, daß Lady Cunningham gesagt hatte, indische Frauen wüßten nicht, was Eifersucht sei; und sie wünschte, sie könnte dasselbe über sich sagen. Es war, als würde sie ein Messer gegen das andere austauschen; das erste hatte sie viele Jahre lang vor Lord Bantry beschützt, das zweite zielte auf ihr eigenes Herz. Nun, wo sie selbst die Liebe entdeckt hatte, drohte der Gedanke ihr Herz zu zerreißen, ihn mit anderen Frauen teilen zu müssen. Und doch, hatte sie eine Wahl? Trotzdem dauerte es lange, bis sie einschlief, zusammengerollt in dem Bogen, den sein Körper bildete. Es war, soweit sie sich erinnerte, das erste Mal in ihrem Leben, daß sie in der Gesellschaft eines anderen Menschen vollkommen glücklich war. Sie würde tun, was er ihr geraten hatte. Ja, sie würde versuchen, ihr bisheriges Leben zu vergessen, und sich auf das neue konzentrieren. Leben Sie wohl, Lady Frances, flüsterte sie sich selbst zu, und wünschte gleichzeitig, es wäre ihr erspart geblieben, auch Mary Lebewohl zu sagen.

Zweites Buch

*

Hinter dem Vorhang

Kapitel 9

Der *hakim* durchstach Fannys Nase gleich am folgenden Morgen, und er machte es so gut, daß sie kaum etwas spürte. Beim Anblick der Nadel hatte sie Angst bekommen, denn sie erschien ihr viel zu groß und zu stumpf für diesen Zweck. Während sie auf die Nadel blinzelte, die sich langsam ihrem Gesicht näherte, griff sie nach Sajjans Hand. Das Gesicht des Arztes verriet nicht, was er von dieser Freiheit hielt; aber er nahm sehr wohl zur Kenntnis, daß der Radscha sie nicht zurückwies. Sie mußte für seinen Herrn wichtiger sein, als er bisher angenommen hatte. Sajjan, der genau wußte, was im Kopf des *hakim* vorging, achtete nicht auf Fannys Geschrei, als das Blut auf ihre Gewänder spritzte.

»So ein Getue! Ich möchte jetzt nichts mehr davon hören! Ich dachte, ihr Engländerinnen stammt aus einem Volk, das über uns geringere Sterbliche herrschen will — und du fürchtest dich vor einem Piekser!«

»Zufällig bin ich Irin«, berichtigte sie ihn.

Er sah sie mißbilligend an, denn es gefiel ihm nicht, wenn er nicht verstand, worüber sie redete. »Was soll das heißen? Du kommst doch aus einer britischen Adelsfamilie, nicht wahr?«

»Natürlich. Ich bin so britisch wie du indisch bist. Du

möchtest ja auch nicht als Bengali bezeichnet werden, oder?«

Seine Augen erstrahlten in einem seltsamen Feuer. »Ich bin ein Rajput, ein Abkömmling der Götter!«

»Und ich bin eine Irin!« beharrte sie.

»Du bist unwichtig!«

Sie schenkte ihm ein wissendes Lächeln und genoß ihr neu entdecktes Talent, mit ihm zu flirten. »Ganz unwichtig. Ich lebe nur, um dir zu gefallen.«

Unsicher sah er sie an. Er ahnte, daß sie ihn neckte, wußte aber nicht, wie er damit umgehen sollte.

»Wohl gesprochen«, meinte er schließlich trocken. »Es ist gut, wenn du deinen Platz in der Welt kennst.«

Fanny gluckste. »Und deinen Platz als meinen Liebhaber?« gab sie zurück, und fragte sich, wie er wohl eine solche Frechheit aufnehmen würde.

Zu ihrer Überraschung grinste er zurück. »Nur du und ich wissen das. Ich möchte nicht, daß das überall bekannt wird, also sieh zu, daß du dein Geheimnis gut hütest!«

Damit begannen die glücklichsten Tage, die Fanny jemals erlebt hatte. Tagsüber reisten sie mit der *ghari*, nachts lagerten sie unter den Sternen. Die *gharis* entsprachen in keiner Weise den Pferdekutschen, die sie gewohnt war. Das Gepäck war auf dem Dach festgeschnallt; sie waren unbequem und ohne jeglichen Komfort. Außerdem waren die Pferde halb wild und bewegten sich nur vorwärts, wenn sie Lust dazu hatten – also manchmal überhaupt nicht. Dann wurden die *syces*, wie die Helfer genannt wurden, gerufen, die bis zur Erschöpfung an den Tieren zogen und schoben; aber dennoch bewegten die teuflischen Kreaturen sich erst, wenn ihnen der Sinn danach stand. Die Straßen waren unbefestigt und hatten tiefe Schlaglöcher, und es gab keine Me-

tallbeschläge auf den Rädern, die ziemlich lose an den Fahrzeugen hingen und gefährlich hin und her wackelten.
Fannys Wagen war gegen neugierige Blicke durch Vorhänge geschützt, wodurch es im Inneren unglaublich heiß wurde. Dennoch hätte Fanny keinen Augenblick dieser Reise missen mögen. Es erschien ihr kaum faßbar, wie goldfarben die Haut der Menschen in dem Gebiet war, durch das sie fuhren; und sie blickte mit staunender Bewunderung auf die wilden Pfauen, die über die Felder stolzierten. Über das ganze Land verteilt lagen die Dörfer, die das wirtschaftliche Rückgrat aller Fürstentümer bildeten. Hier lebte die Mehrzahl der Menschen, deren farbenfrohe Gewänder hell gegen das eintönige Graubraun ihrer Häuser und Felder abstachen. Sie liebten klare Farben, die unter der heißen Sonne strahlend leuchteten: Scharlach, Purpur, Gelb, Orange und grelles Rosa. Fanny war glücklich, daß sie die Wollstoffe in gedeckten Farben, all die traurigen grauen, dunkelblauen und schwarzen Kleider, die in London so in Mode waren, hatte abwerfen können — denn die leuchtenden Töne entsprachen ihrer glühenden Stimmung. Nicht einen Augenblick lang bedauerte sie ihre kopflose Flucht, mit der sie das Vergangene hinter sich gelassen hatte und in ein neues Leben eingetaucht war ...
Aber am meisten genoß sie die Nächte. Das Zelt des Radschas wurde vorausgeschickt, und meist war es bereits aufgestellt, wenn sie erschöpft und staubig im Lager eintrafen. Fanny eilte sogleich in das Zelt, wobei sie stets einen Korridor aus grinsenden Frauen zu passieren hatte, die farbige Tücher hielten, um sie vor den Augen der Männer zu schützen. Dann kleidete sie sich um und legte auch den Diamanten an, den Sajjan ihr geschenkt hatte. Nun erlaubte er ihr, tief verschleiert an seiner Seite durch das Lager zu wandern.

Bei diesen Spaziergängen erklärte er ihr, wie die Speisen zubereitet wurden und wie man die Kamele zum Tragen der Lasten abrichtete. Sie erfuhr auch, warum die Kühe als Quelle des Lebens verehrt wurden: wegen der Milch und vieler anderer nützlicher Dinge, zum Beispiel des Dunges, der zum Bauen und als Brennmaterial verwendet wurde...

Um diese Zeit versammelten sich die Frauen am nächstgelegenen Brunnen. Sie trugen das Wasser in Messingkrügen auf dem Kopf zurück ins Lager, wobei sie bei jeder Bewegung graziös die Hüften schwenkten. Die Männer bestiegen ihre Kamele und veranstalteten Wettrennen unter einem Himmel, dessen Blau sich langsam erst orange und dann purpurrot färbte. Wenn dann silbern der Mond aufging, versammelten sie sich um das Feuer. Zu später Stunde zogen sich alle zurück, und nur die Wachen blieben, um das Lager vor Banditen zu schützen.

Eines Abends sah Fanny, daß das Lager unterhalb einer ummauerten Stadt aufgeschlagen war, die so golden glänzte wie die Hügel, die sie umgaben. In der anderen Richtung wuchsen wunderschöne Kuppeln in den Himmel, und sie erfuhr von Sajjan, daß es die Grabmäler der königlichen Familie waren.

»Könnten wir nicht ausreiten und sie anschauen?«

»Nicht heute abend, liebe Fanny. Heute abend habe ich eine Überraschung für dich. Wir befinden uns unterhalb der Stadt meines Schwagers, und er wird mir über den Fortschritt der Reise meines heiligen Pferdes berichten. Dann wird er uns unterhalten, mit *nautch*-Mädchen und anderem. Sei aber sehr vorsichtig bei allem, was du heute nacht tust und sagst, denn ihm ist nicht zu trauen! Bleib hinter dem Vorhang, bis ich dir mitteilen lasse, daß du dich zu den anderen Frauen setzen kannst.«

»Werde ich deinen Schwager kennenlernen?«
»Vielleicht morgen.«
Gerne hätte sie ihn über das Pferd ausgefragt, aber als sie davon anfing, sah er sie so abweisend an, daß sie verstummte. Wenn die Briten sein Land jetzt noch nicht beachteten – nach dem Pferdeopfer taten sie es bestimmt.
Sie hoffte sehr, daß Kattyapur weit genug entfernt lag und zu unbedeutend war, um die Fangarme des britischen Imperiums anzulocken. Die größeren und reicheren Staaten in Rajputana waren unter den ersten gewesen, die mit der East India Company Verträge abschlossen; doch die Frage war natürlich, wie lange die Briten sich mit dieser Beute zufriedengeben würden. Ihre missionarische Überzeugung, sie wären von Gott ausgewählt, um eine barbarische und heidnische Welt zu zivilisieren, hatte durch den Aufstand der *sepoys* einen deutlichen Rückschlag erlitten, aber Fanny war davon überzeugt, daß dies nicht lange vorhalten würde.
Sajjans Schwager Hanut brachte zwei seiner Frauen mit. Beide waren sehr hübsch und schienen die besten Freundinnen zu sein. Fanny war etwas überwältigt von ihrem Überschwang, aber die beiden waren offensichtlich wirklich entzückt, sie kennenzulernen. Sie fanden ihre Geschichte sehr romantisch, aber auch sehr erheiternd. Während sie durch die *chik*-Vorhänge spähten, die als Sichtschutz dienten, gratulierten sie Fanny immer wieder, wie gut ihr Radscha aussehe und wie rücksichtsvoll er sich benehme. Mit vernehmlichen Seufzern gestanden sie ihr die Verachtung, die ihnen ihr eigener Herr entgegenbrachte. Hanut sei ein schlechter Mann, sagten sie wegwerfend; um so besser für sie, daß ihr das Glück hold gewesen sei und ihr die Aufmerksamkeit eines so guten Mannes eingebracht habe!

»Vermißt du nicht deine Familie?« fragten sie.
»Manchmal«, räumte Fanny ein. Sie sprach niemals von Mary, aber sie war überrascht, wie oft sie an ihre Tochter denken mußte, besonders in der Nacht.
Die ältere der beiden Mädchen zuckte die Schulter. »Bei uns ist es auch so. Immer müssen wir Frauen unser Elternhaus und unsere Heimat verlassen, wenn wir heiraten. Als ich als Braut hierherkam, verstand ich kein Wort der Landessprache. Ich war sehr allein.«
»Ich sprach auch nur Hindi«, bestätigte die Jüngere. »Meine Schwiegermutter war schrecklich zu mir. Sie redete über mich hinter meinem Rücken und wußte, daß ich kein Wort verstehen konnte. Du hast Glück, daß du die Sprache so gut sprichst!«
Fanny vernahm das Kompliment nur mit halbem Ohr. Es war ihr bisher noch nicht bewußt gewesen, daß sie außer mit den beiden Ranis ja vielleicht auch noch mit Sajjans Mutter zurechtkommen mußte.
»Von dieser Generation lebt niemand mehr in Kattyapur«, tröstete sie die jüngere Frau. »Sie wurde *sati*, als ihr Mann starb. Sie war eine wunderbare Frau. Ihr Briten habt euren Frauen diese Ehre verboten, aber ihr könnt nicht überall sein. Wenn ich an der Reihe bin, wird mich niemand davon abhalten können. Was kann eine Witwe sonst tun? Ich will auf keinen Fall als ein nur geduldetes Nichts in der *zenana* leben, in der ich einst die Macht hatte!«
Fanny war froh, als sie das Thema wechselten. Die gleichgültige Haltung dieser Frau gegenüber einem so grauenhaft schmerzhaften Tod machte sie betroffen. Verständlich, daß Sajjan ihr Feigheit vorgeworfen hatte, als sie sich über das Durchstechen ihrer Nase beklagte! Nun verstand sie auch seine Antwort auf ihre Frage, ob es nicht ein Schock für ihn

gewesen sei, als er nach seines Vaters Tod plötzlich für so viele Leute verantwortlich war. Er hatte mit traurigem Blick erwidert, er vermisse den Rat seiner Mutter. Sie hatte damals nicht gewußt, was er meinte...

Ila brachte kühle Getränke und einen Teller mit süßem Kuchen. Fanny erklärte, sie werde nichts essen, denn sie wisse, daß sie kastenlos sei, und wolle ihre Gäste nicht beleidigen. Die Frauen berieten sich eilig und entschieden dann, die Süßigkeiten in einiger Entfernung ohne Fannys unreine Gegenwart zu verzehren.

»Oh, schaut, die Vergnügungen fangen an!« rief eine der beiden plötzlich aufgeregt.

»Wo sind wir hier?« flüsterte Fanny Ila zu, deren Augen sich wie die der anderen Frauen vor Erregung geweitet hatten.

»Das ist Hanupur, die Heimat Ihrer Ersten Hoheit«, antwortete das Mädchen.

Zuerst wurde von professionellen Tänzerinnen eine Reihe von Tänzen vorgeführt. Eine von ihnen balancierte nicht weniger als sieben Teller auf dem Kopf, während sie sich im Kreis drehte und den Rücken fast bis zum Boden hinunterbeugte. Dann folgte ein Feuertanz, der von den Männern draußen viel Beifall erhielt. Fanny gefiel der Pfauentanz am besten. Sie war erstaunt, wie gut es den Frauen, die Schwänze aus Pfauenfedern um die Hüften gebunden hatten, gelang, diese Vögel nachzuahmen. Sie stolzierten herum, pickten, stolzierten wieder, und zeigten schließlich ihre herrlichen Schwänze — ganz so, wie Fanny es bei den wilden Vögeln gesehen hatte. Vögel und Männer, dachte sie, beide verhalten sich gleich. Sie halten sich für unwiderstehlich, schlagen Räder, um sich darzustellen, und sind sowohl in ihrer Prunksucht ebenso lächerlich wie in ihren Machtspielchen. Auch Sajjan genoß seine prächtigen Kleider und die Macht, die ihm seine Stellung verlieh.

Seltsam, wie vertraut ihr der Name Hanupur erschien. Hatte Bantry jemals diesen Ort erwähnt? Sie konnte sich nicht daran erinnern; aber wenn das, was seine Frauen darüber erzählten, wahr war, dann war Sajjans Schwager genau der Mann, mit dem er sich verbünden würde.

Sie wandte ihre Aufmerksamkeit wieder den Tänzerinnen zu. Wenn sie in Delhi indische Musik gehört hatte, dann war sie ihr rauh und schwer verständlich erschienen. Jetzt entdeckte sie, wie beruhigend die Vierteltöne und die gleichmäßigen Rhythmen wirkten. Nach und nach flossen Farben und Klänge ineinander und zogen sie immer stärker in ihren Bann, bis sie selbst eher Teilnehmerin als Zuschauerin war. Als der Tanz zu Ende ging, war es für sie, als erwache sie aus einem Traum.

Die *nautch*-Mädchen verneigten sich. Während sie die Münzen aufhoben, die die Männer ihnen freigiebig zugeworfen hatten, flirteten sie mit einer Offenheit, die Fanny unangenehm berührte. Sie wollte gerade das Gesicht abwenden, als sie entsetzt innehielt. Sajjan lachte und scherzte mit einem der Mädchen, ohne sich darum zu kümmern, daß Fanny zusah. Sie saß wie festgewurzelt auf ihrem Platz. Nie würde sie sich daran gewöhnen können, daß er noch andere Frauen hatte.

Diese Nacht war die erste, die sie allein im Zelt verbrachte. Vergeblich versuchte sie sich einzureden, daß Sajjan wohl mit seinem Schwager über Staatsgeschäfte sprechen würde. Sie hatte mit eigenen Augen gesehen, wie offenherzig sich das *nautch*-Mädchen ihm gegenüber verhalten hatte und wie bereitwillig er darauf eingegangen war ... Am Morgen war Fanny todmüde und fühlte sich völlig zerschlagen.

»Sind unsere Gäste gegangen?« fragte sie Ila, als sie kam, um sie zu wecken.

»Für den Augenblick schon«, antwortete das Mädchen. Dann gähnte sie und lächelte. »Die Männer sind erst sehr spät gegangen«, fügte sie erklärend hinzu.

»Was war mit den Frauen?«

»Die Damen gingen früher nach Hause, gleich, nachdem Ihr Euch zurückgezogen habt. Die armen Dinger!« Ila war sich des traurigen Schicksals der Frauen, die in der *zenana* dieser Stadt leben mußten, wohl bewußt. »Wer weiß schon etwas von den anderen Frauen?«

»Sind von ihnen welche über Nacht geblieben?«

Ila zuckte die Schultern. »Woher soll ich das wissen?«

Fanny warf ihr einen bösen Blick zu. »Ich denke schon, daß du es weißt. Wo hast du denn die Nacht verbracht?«

»Ich habe auf der anderen Seite des Vorhangs geschlafen.«

Fanny glaubte ihr nicht. Niemand durfte ohne Sajjans ausdrücklichen Befehl die Nacht im Zelt des Radscha verbringen.

Ila lächelte. »Ihr müßt Euch schnell ankleiden, Herrin. Seine Hoheit wünscht, daß Ihr in einer Stunde zu ihm geht. Wir werden heute das Lager nicht abbrechen.«

Fannys Zorn loderte auf. »Wir bleiben noch eine Nacht? Warum?«

Ila schien erstaunt über diese Frage. »Herrin, Ihr müßt Euch anziehen! Seine Hoheit fragt uns nicht, bevor er sich zum Gehen oder zum Bleiben entscheidet.«

»Ich verstehe«, sagte Fanny grimmig. »*Er* entscheidet, und wir müssen uns fügen.«

Die arme Ila starrte sie an und schien zu zweifeln, ob sie richtig gehört hatte. »Wie sollte es denn sonst sein? Sagen in Eurem Land die Frauen den Männern, was sie zu tun haben?«

Fanny dachte daran, wie oft sie erlebt hatte, daß der Prinzgemahl hofiert und umschmeichelt wurde, während seine Frau zustimmend zugesehen hatte. Offensichtlich hatte es ihr nichts ausgemacht, daß sie, die Monarchin, an ihrem eigenen Hof übersehen wurde. Nein, die Dinge sahen nicht viel anders aus in ihrem Land!

»Ich wünschte, ich wäre als Mann geboren!« sagte sie zornig.

Ila kicherte und hielt das neue Kleid hoch, das Fanny anziehen sollte. »Seine Hoheit würde Euch sicher kaum seine Zeit schenken, wenn Ihr ein Mann wärt!« Sie zog das Kleid zurecht und begann mit geschäftigen Fingern den Kopfschmuck zu richten. »Steht still, Herrin. Wenn Ihr Seine Hoheit begleiten wollt, müßt Ihr so schön wie nur möglich sein.«

Fanny versuchte, ihren Ärger zu verbergen, während die vielen Elfenbeinarmreife auf ihre Arme geschoben, ein schönes Halsband um ihren Hals gelegt und ein einzelner Diamant in ihrer Nase befestigt wurde, wo er das Licht einfing und aufblitzte, wenn sie sich bewegte. Eine ständige Erinnerung an die einzige Schlacht, die sie gegen Sajjan verloren hatte ...

»Woher stammt denn die Halskette?« fragte Fanny.

»Von Seiner Hoheit.« Ila gluckste mit deutlich unterdrückter Aufregung. »Da ist noch mehr! Ringe für Ihre Zehen, und goldene Knöchelbänder —«

»Ich werde sie nicht tragen!« Dachte er, er könne ihre Zustimmung für seine Liebesabenteuer mit Geschenken erkaufen?

Ila hielt ihr stumm einen Spiegel vor, und einen Augenblick lang erkannte Fanny sich selbst nicht mehr in den prächtigen, farbenfrohen Gewändern, die sie trug. Der knö-

chellange, glänzende Rock raschelte um ihre Beine, wenn sie sich bewegte. Das kurze Oberteil, das mit einer Überjacke getragen wurde und auf dem Rücken mit dünnen Bändern befestigt war, war exotisch gemustert. Ila zog ihr den Schleier über den Kopf und befestigte ein Ende an ihrer Hüfte. Das andere Ende blieb frei, damit Fanny ihr Gesicht bedecken konnte, wenn sie ausging oder wenn ältere Damen anwesend waren. Was ihr fast den Atem raubte, war der Schmuck. Seine Schönheit und sein Wert hätten in den Londoner Salons eine Woche lang für Gesprächsstoff gesorgt! Sie hatte ein Vermögen geschenkt bekommen, ein Vermögen, das größer war als der gesamte Besitz Edwin Bantrys! Ihr erster Gedanke war, daß Sajjan sie zu einer hochbezahlten Hure gemacht habe; ihr zweiter, daß sein Gewissen sehr schlecht sein mußte, wenn er so großzügig gab für das wenige, das er von ihr bekam!
Sie starrte noch immer auf das exotische Wesen im Spiegel, als sie zu ihm gerufen wurde. Sein Blick streifte sie, als sie hinter dem Vorhang hervortrat, und er runzelte die Stirn. Dann kam er auf sie zu und zog mit ungeduldigen Fingern den Schleier über ihr Gesicht.
»Mein Schwager, der ein schlechter Mensch ist, möchte dich selbst über die Briten ausfragen. Ich bin nicht glücklich darüber, daß er dich sehen wird, denn er könnte mit den falschen Leuten reden. Antworte nur, wenn er dich direkt anspricht und achte auf dein Benehmen! Du bist jetzt nicht in Delhi oder London!«
Fannys marineblaue Augen blitzten auf; sie mochte den Ton nicht, in dem er mit ihr sprach.
»Wo warst du letzte Nacht?« zischte sie ihm zu.
Sein Erstaunen über ihre Frage war nicht gespielt. »Was geht das dich an?« gab er scharf zurück.

»Ich sah dich mit dem *nautch*-Mädchen —«
Seine Schultern strafften sich. »So? Es hat schon viele *nautch*-Mädchen gegeben und es wird noch viele geben. Jetzt sag mir mal, was *dich* das angeht?«
Unter ihrem Gesichtsschleier rang sie nach Atem, und Tränen traten in ihre Augen. »Ich habe auf dich gewartet«, sagte sie.
Er zog ihr Gesicht zu sich hinauf und schob den Schleier beiseite. »Es wird noch viele Nächte geben, in denen du nicht zu mir kommen kannst, Fanny. Ich habe viele Verpflichtungen neben dir — und auch andere Frauen!«
Sie biß sich auf die Unterlippe. »Du liebst mich nicht?«
Er küßte ihren Mund. »Du kannst niemals die einzige Frau in meinem Leben sein, Fanny. Du wirst lernen, die Dinge zu nehmen, wie sie sind. Wenn du das nicht kannst, dann mußt du deine Wutanfälle in deinen Gemächern ausleben — dort, wo ich nicht Zeuge deiner Narrheiten sein muß. Ich will dich nicht sehen, wenn du unglücklich bist.«
»Du verstehst nicht —« begann sie.
»Nein, du bist es, die nicht versteht. Du hast mir nicht in mein Leben hineinzureden! Ändere dein Denken und sei zufrieden mit dem, was du hast! Gefallen dir die Schmuckstücke, die ich dir geschickt habe?«
»Ich will mich nicht kaufen lassen!«
Seine Augen glühten zornig. »Genug! Es ist dir nicht erlaubt zu fragen, was ich tue und wo ich bin! Ich möchte nichts mehr davon hören! Ich nehme in mein Bett, wen ich möchte, und es ist mir gleichgültig, was du dabei fühlst! Du wirst so etwas mir gegenüber niemals wieder erwähnen! Hast du verstanden?«
Sie nickte unglücklich und erlaubte, daß er ihr Gesicht wieder bedeckte. Es war ihr nicht unangenehm, als er mit seinem Zeigefinger eine ihrer Tränen abtupfte.

»Vergiß nicht, dich vor meinem Schwager zu verbeugen«, erinnerte er sie brüsk. »Ich bin heute schon genug von dir beschämt worden.«

»Sajjan —« Sie ertrug tapfer seinen warnenden Blick. »Es tut mir leid.«

Er drehte sich auf dem Absatz um und ging aus dem Zelt, ohne einen Blick zurückzuwerfen. Mit einem Finger gab er ihr das Zeichen, ihm zu folgen. Sie eilte ihm nach, und bei jedem schmerzhaften Schritt klingelten die Knöchelbänder. Sie war es nicht gewohnt, barfuß zu gehen, und der Boden war rauh und voller scharfkantiger Steine. Er nahm keine Rücksicht darauf, sondern legte den kurzen Weg wie immer mit federnden, elastischen Schritten zurück. Sein Schwager erwartete sie bereits. Er hatte sich in einiger Entfernung von den Zelten im Schatten eines Baumes niedergelassen.

Sajjan zeigte den Widerwillen nicht, den ihm Hanuts Wunsch, Fanny selbst kennenzulernen, einflößte. Sie waren so lang Verbündete gewesen, daß er sich verpflichtet gefühlt hatte, diesen Mann ins Vertrauen zu ziehen. Aber er hatte so viele Gerüchte über Hanuts Aktivitäten in Delhi gehört, daß er seinem Schwager jeden Verrat zutraute, wenn er sich davon nur eine Vergrößerung seines Reichtums versprach. Vor allem aber ärgerte er sich über Fanny. Eigentlich hatte er sie warnen wollen, nichts zu sagen, was ihr gefährlich werden konnte, wenn es Lord Bantry zugetragen wurde. Aber wie alle Frauen hätte sie ihm in ihrem Zorn über die Kränkungen, die er ihr angeblich zugefügt hatte, gar nicht zugehört. Er konnte nur hoffen, daß ihr Groll vergessen war, wenn Hanut sich herabließ, sie zu bemerken. Fanny war keine Närrin, aber sie hatte ihre Gefühle ebensowenig unter Kontrolle wie jede andere Frau.

Daß Sajjan sich ebenfalls im Schatten niederließ und sie in der prallen Sonne stehen ließ, war fast mehr, als Fanny ertragen konnte. Wollte er sie damit bestrafen? Sie konnte und wollte es nicht glauben. Wahrscheinlich waren er und seinesgleichen dazu erzogen worden, ihre Frauen so zu behandeln. Sie seufzte, denn sie begann zu begreifen, daß sie noch weitaus mehr von ihm zu ertragen haben würde in ihrem neuen Leben.

Die Hitze des Tages brannte erbarmungslos auf sie herab; und sie fürchtete schon, im nächsten Moment in Ohnmacht zu fallen, als er sie endlich mit einer beiläufigen Geste herbeiwinkte. Ein einziger bedeutsamer Blick erinnerte sie daran, daß sie sich jetzt zusammenreißen mußte.

Fanny legte die Handflächen aufeinander, wie er es ihr gezeigt hatte, und murmelte: »*Namaste.*«

Sajjan entspannte sich merklich, und sie wußte nun, daß sie bei der Begrüßung alles richtig gemacht hatte. »Du darfst dich setzen«, sagte er auf Englisch.

Fanny fand es schwierig, wie die Inder auf dem Boden zu kauern, die Füße unter den Rock gezogen, und sie wußte, daß ihre Bewegungen ungelenker wirkten als bei dem ungeschicktesten Inder. Einen Augenblick lang konnte sie in Sajjans Augen seine Zuneigung lesen. Sogleich hob sich ihre Stimmung. Vielleicht hatte er sie ja trotz allem gern.

»Sie ist wirklich Engländerin!« rief der Schwager. »Ich dachte, alle Engländerinnen hätten gelbes Haar?«

»Sie ist Irin«, berichtigte ihn Sajjan.

Der Schwager hatte noch nie von Irland gehört. »Ich kann mir nicht vorstellen, daß sie dir im Bett viel bringt«, meinte er geringschätzig. »Die Engländer suchen ihr Vergnügen immer woanders, nur nicht bei ihren eigenen Frauen!«

Fanny tat, als ob sie ihn nicht gehört hätte. Vielleicht dachte er, sie verstünde seine Sprache nicht. Sajjan war ein Narr, wenn er diesem Mann auch nur einen Teil seiner Pläne anvertraute. Er würde seine Familie ebenso bedenkenlos verraten wie einen Fremden.

»Wer ist sie?« fragte Hanut. Die Frau weckte seine Neugierde. Nicht nur, daß ein betörender Geruch von ihr ausging, sie benahm sich auch nicht wie die schwitzenden, rotgesichtigen Europäer, die er kennengelernt hatte.

Sajjan zuckte die Schultern. »Eine Frau – weiter nichts. Was muß man mehr von ihr wissen? Es hat mir gefallen, sie auf diese Reise mitzunehmen. Die Briten haben ihre eigene Denkweise, die sie versteht, und das kann von Nutzen für mich sein. Wir brauchen jemanden, der uns sagen kann, was die Briten als nächstes unternehmen werden, wo sie losschlagen und wie wir ihnen aus dem Weg gehen können.«

»Die Briten sind wenige; wir sind viele.«

Sajjan schüttelte den Kopf. »Sie wollen hier mehr als nur Geld verdienen.«

»Was hat das mit mir zu tun? Mein Vater hat mit ihnen vor Jahren einen Vertrag geschlossen. Wir sind ihre Verbündeten – auf dem Papier. Für mich bedeutet das, daß ich sie benutzen kann, wenn sie mich benutzen wollen! Ich mache Geschäfte mit ihnen, und das ist alles.«

»Oudh hatte auch einen Vertrag mit den Briten.«

Der Schwager wandte sich Fanny zu. »Ist das wahr? Werden sie die Verträge mit ihren Verbündeten brechen?«

Fanny senkte die Augen zum Boden. »Die Briten werden nicht zufrieden sein, bevor sie nicht ganz Indien beherrschen, auf die eine oder andere Weise. Wenn sie sich bei den Fürstentümern nicht einmischen, dann deshalb, weil sie es leichter finden, mit Hilfe der Radschas und Maharadschas zu regieren als ohne sie.« Sie suchte nach dem richtigen

Wort, um das, was die Briten für ihre Bestimmung hielten, deutlicher verständlich zu machen: »Sie glauben, daß es ihr *karma* ist, den ganzen Subkontinent unter einem Regierungssystem zu vereinigen, das unabhängig ist von Kasten und religiösen Schranken.«

Der Schwager stieß einen verächtlichen Pfiff aus. »Wenn Sie meinen, daß das ihr *karma* ist — warum nicht, solange wir Geld mit ihnen verdienen können? Wenn das nicht mehr geht, werden wir uns ihnen doch niemals ergeben, wenn sie hierherkommen.« Vergnügt sprang er auf die Füße. »Es wird ein *jauhar* geben, das selbst das *jauhar* von Udaipur in den Schatten stellt! Oder wenigstens ein halbes *jauhar!* Dann hätten wir eine Verwendung für meine ganzen nutzlosen Frauen!«

»Jauhar?« fragte Fanny eilig, da sie das Wort nicht kannte.

»Es wird ein großartiger Anblick sein!« begeisterte sich der junge Mann. »Am Abend werden die Frauen ihre Totenlieder singen und sich dann selbst auf einen großen Scheiterhaufen legen. In Udaipur waren es dreizehntausend! Dann, am nächsten Morgen, reiten die Männer in die Schlacht, um dort den Tod zu finden, und wenn die Eroberer in die Stadt einziehen, ist niemand mehr übrig. Alle haben sich, gekleidet in ihre Hochzeitsgewänder, ›in den Himmel gelacht‹. Was hältst du davon, Bruder?«

Sajjan stocherte düster und gedankenverloren auf dem Boden herum. »Das wäre der allerletzte Ausweg. Ich würde mit den Briten lieber zu irgendeiner Art von Verständigung kommen. Vielleicht kann mir diese Frau helfen, einen Weg zu finden.«

»Du läßt dir von einer Frau Ratschläge geben, wie du dein Volk regieren sollst?«

»Ratschläge, wie ich mit den Briten umgehen soll«, berich-

tigte Sajjan ernst. »Du und dein Vater, ihr würdet gut daran tun, eure Träume aufzugeben und der Wirklichkeit ins Auge zu sehen.«
»Warum soll ich mich darum kümmern, solange ich mit den Briten Geld verdienen kann?«
Es war Fanny, die nun sprach. »Willst du dein restliches Leben im Exil verbringen?«
Hanut warf ihr einen erstaunten Blick zu. »Spricht sie immer so mit dir?« fragte er Sajjan.
»Sie braucht noch Zeit, um zu lernen, daß sie weniger wert ist als der Staub unter meinen Füßen. Die Engländer gewähren ihren Frauen alle Arten von Freiheiten. Als ich diese Frau zum ersten Mal auf dem großen Empfang in Delhi sah, hörte ihr sogar der britische Gouverneur respektvoll zu.«
Hanut setzte sich wieder. »Du kannst es halten, wie du willst, Bruder, aber ich gehe anders mit meinen Frauen um!«
Sajjan konnte seinen Abscheu vor den Ehen seines Verwandten nicht verbergen. Er hoffte, Fanny würde nicht erraten, welche Perversionen sich hinter dieser Bemerkung verbargen. »Auch Frauen reden, Bruder!« fuhr er Hanut an.
»Und geben gute Ratschläge, wie es scheint«, meinte Hanut mit einem schiefen Lächeln. »Nun, welchen Rat hat dieses Wunderwesen dir gegeben?«
Sajjan nickte Fanny zu. Sie sah den angespannten Ausdruck in seinem Gesicht und glaubte zu wissen, was er dachte. Obwohl er seinen Schwager nicht mochte, fühlte er sich doch verpflichtet, ihn vor der Katastrophe zu warnen, die er heraufbeschwor, wenn er sich nicht gegen einen britischen Angriff auf sein Land wappnete. Nachdem sie die Gastgeberin bei unzähligen politischen Soireen gewesen

war, wußte sie natürlich, daß Hanut nicht auf sie hören würde, was immer sie ihm auch sagen mochte. Er und Bantry hatten viel gemeinsam — nicht nur die Leidenschaft, Frauen zu quälen!

»Wenn ich du wäre«, begann sie mit leiser Stimme, »dann würde ich einen Boten zum britischen Gouverneur schicken, um ihn an den langjährigen Vertrag zu erinnern, den du mit der East India Company hast, und würde ihn um Schutz bitten. Überzeuge ihn davon, daß er Freunde und Verbündete in Rajputana braucht. Er könnte einen politischen Berater schicken —«

»Und britische Truppen? Die auf meine Kosten unterhalten werden müssen?«

»Möglicherweise. Ist es nicht besser, sich als Freund des Fortschritts zu erweisen, anstatt als Feind vertrieben zu werden oder als Pensionär um jeden Bissen Brot betteln zu müssen?«

Die beiden Männer schwiegen betroffen.

»Diese Frau will, daß du dich wie ein Feigling benimmst, Sajjan«, sagte Hanut schließlich. »Wirst du das tun?«

»Wenn ich muß. Ich bin weiter weg von den Briten als du, und mein Land ist zu klein, um von großem Interesse für sie zu sein. Ich habe also einen gewissen Zeitvorteil.«

»Und eine Frau, die dir Ratschläge gibt!« Hanut lachte bei dem bloßen Gedanken. »Wenn sie so wertvoll ist, wie du sagst, werden sie dann nicht in deiner *zenana* nach ihr suchen?«

»Alles, was sie finden würden, ist meine neueste Geliebte. Die Frau, die sie einst war, ist tot und begraben. Sie wurde vor vielen Wochen von Banditen getötet.«

Hanuts Augen verengten sich nachdenklich. »Ich verlasse mich lieber auf mein eigenes Wissen über die Briten. Unter ihnen gibt es einige, die für Geld alles tun! Wenn man vor ihren Augen mit ein paar goldenen Münzen klimpert, tun sie alles, was man von ihnen verlangt! Falls die Dinge für mich wirklich gefährlich werden sollten, gibt es genügend Briten in hohen Positionen, die auf die Regierung Druck ausüben werden, mich in Ruhe zu lassen.«

Fanny bemerkte, daß die beiden Männer ihre Anwesenheit nicht einmal mehr zur Kenntnis nahmen. Sie fragte sich, welche Briten wohl die Interessen ihres Landes für Hanuts Geld verrieten. Sie konnte sich vorstellen, daß es ziemlich viele waren. Der Schmerz über die Kränkung in der Nacht war in dem Augenblick verschwunden, als sie ihre Aufmerksamkeit Sajjan zuwandte, glücklich darüber, daß wenigstens er ein unbestechlicher, aufrichtiger Mann war. Ein Stück von seinem Herzen gehörte ihr, und allein das war alle Veränderungen in ihrem Leben wert. Sie biß die Zähne zusammen und hoffte, sie würde die Kraft aufbringen, sich seinen Ansprüchen zu fügen. Sie war realistisch genug, um zu wissen, daß er die Umstände für sie nicht ändern konnte, selbst wenn er wollte, aber sie glaubte auch nicht, daß es ihr leichtfallen würde, so zu werden, wie er es von ihr erwartete.

Sie streckte ihren schmerzenden Rücken und sah, daß er sie anlächelte. Seine Augen waren dunkel vor Verlangen. Sobald sie allein waren, würde sie ihm danken für all die Juwelen, mit denen er sie überschüttet hatte – und für noch viel mehr! Die heutige Nacht, das schwor sie sich, würde anders sein als die vorhergegangene. Heute nacht würde es keine *nautch*-Mädchen geben, die ihn von ihrer Seite locken konnten.

Kapitel 10

Mary zog sich mit ihrem Stuhl in einen Winkel des Raumes zurück. Die laute, wütende Stimme jagte ihr Angst ein. Wie tapfer sie auch zu sein versuchte, sie konnte sich nicht an Lord Bantrys höhnische Reden gewöhnen – und auch nicht an die Schreie der Frauen, die er nach Hause brachte.

Sie hatte Eileen nicht erzählt, daß Gupta nach dem Verschwinden ihrer Mutter in ihr Zimmer gekommen war.

»Fürchten Sie sich nicht, Miss Mary. Man hat mich gebeten, Ihnen das persönlich zu übergeben. Bitte erzählen Sie niemandem etwas davon.«

Voll Neugier hatte Mary es versprochen. Da sie ihren linken Arm überhaupt nicht mehr bewegen konnte, hatte sie einige Schwierigkeiten, das Messer aus seiner Hand zu nehmen. Dann zeigte er ihr, wie man den Knopf drücken mußte, damit die Schneide aufsprang.

»Passen Sie auf, daß Sie sich nicht verletzen, Miss Mary!«

Mary hatte ihm versprochen, vorsichtig zu sein. Er mußte ihr nicht erzählen, gegen wen sie die Waffe vielleicht brauchen würde.

»Wenn ich erwachsen bin, werde ich meine Mutter suchen«, sagte sie mit fester Stimme. »Du glaubst nicht, daß sie tot ist, nicht wahr?«

»Ich denke, daß sie irgendwo lebt«, bestätigte er, »aber es ist besser, wenn die anderen glauben, daß sie tot ist. Sie werden beide sicherer sein, wenn viele, viele Jahre lang niemand nach ihr sucht.«
Mary nickte und sah ihn mit weitaufgerissenen Augen an. »Papa würde sie verletzen, wenn er es wüßte. So wie er mich verletzt hat. Wir hassen ihn beide!«
»Viele Leute haben Grund, ihn zu hassen«, hatte Gupta erwidert. »Aber reiche Männer haben viel Macht. Seien Sie vorsichtig, Miss Mary!«
Eileen warf ihrem jungen Schützling einen ängstlichen Blick zu, als Lord Bantrys Stimme näherkam. Das Kind zitterte und sah aus, als ob es gleich in Ohnmacht fallen würde. Wenn es nach Eileen gegangen wäre, dann wären sie beide jetzt an Bord eines Schiffes und in Sicherheit gewesen, aber Lord Bantry wollte nichts von einer Reise seiner Tochter in ein bekömmlicheres Klima wissen.
»Ich bin kein Mann, der vergißt und vergibt«, hatte seine Lordschaft erklärt. »Das Kind bleibt hier, bis ich sicher bin, daß seine Mutter tot ist. Ich bin nämlich davon überzeugt, daß sie für ihr Balg aus dem Grab auferstehen wird, sobald die Jagd vorbei ist. Nein, bevor ich nicht sicher weiß, daß meine Frau nur noch ein Geist ist, der von Sterblichen wie mir nicht mehr für seine Sünden bestraft werden kann, bleibt Mary in meiner Obhut!«
Die Tür flog auf, und Lord Bantry stürmte in den Raum. Er warf seiner Tochter einen verächtlichen Blick zu. »Hast du keine Manieren, du Fratz? Steh auf und mache einen Knicks vor deinem Vater!«
Mary preßte ihre zitternden Lippen fest aufeinander und stand mühsam auf. Sie wußten beide, wie schwer es ihr fiel zu stehen, bevor das Bein geheilt war. Sie versuchte, nicht

zu zucken, obwohl der Schmerz in ihre verletzten Nerven schoß.

»Guten Tag, Papa«, sagte sie, wobei sie ihrer Stimme mühsam Festigkeit zu verleihen suchte. Ihre Mutter hatte ihr eingeschärft, das Schlimmste, was sie tun könne, sei, ihm ihre Angst zu zeigen.

Lord Bantry gab Eileen einen Wink. »Verschwinde, wie du auch immer heißt!«

Einen Augenblick lang widersetzte sich Eileen schweigend.

»Geh!« brüllte er sie an.

Sie eilte hinaus.

Mary holte tief Luft. »Du möchtest mich sprechen, Papa?«

Er sah finster auf sie hinunter. »Ich bezweifle sehr, daß ich dein Papa bin!«

Das war die beste Nachricht, die Mary seit langer Zeit vernommen hatte. »Aber alle sagen doch, du wärst es«, murmelte sie zweifelnd.

»Deine Mutter sagt, ich wäre es«, korrigierte er.

Ihr Gesicht wurde mutlos. »Dann bist du es. Mutter lügt nicht.«

»*Lügt* nicht?« fuhr er sie an. »Hat dir niemand erzählt, daß deine Mutter tot ist? Daß sie von Banditen getötet wurde, während ihre Bediensteten danebenstanden? Du glaubst es also auch nicht? Die Wahrheit ist, daß sie davongelaufen ist und uns verlassen hat —«

Mary nickte langsam. »Warum haßt du uns so, Papa?« flüsterte sie unglücklich.

»Ich denke nicht oft genug an dich, um dich zu hassen«, antwortete er. »Mit deiner Mutter ist das anders. Ich habe sie gekauft, mit Leib und Seele, auch wenn sie mich nie an sich herangelassen hat! Ich werde sie finden und sie gefügig machen.«

»Du wirst sie niemals finden«, sagte Mary überzeugt.
Ihr Vater starrte sie an. »Ach ja? Und was weißt du darüber?«
Mary wollte gerade etwas erwidern, als sie das Glitzern in seinen Augen bemerkte und erkannte, daß er seine Wut nochmals an ihr auslassen würde. Sie trat einen Schritt zurück, wobei sie die Zähne vor Schmerz zusammenbiß, und wünschte, sie könnte davonlaufen und sich irgendwo verstecken.
Lord Bantry sah auf seine Tochter hinunter. Wie sehr sie ihrer Mutter glich! Das gleiche schwarze Haar, die gleichen marineblauen Augen! Oh, wie er sie haßte! Wie war es ihr nur gelungen zu fliehen, genau in dem Augenblick, als er sein Ziel beinahe erreicht hatte? Lady Frances würde eine Menge Fragen zu beantworten haben, aber solange er ihrer nicht habhaft werden konnte, mußte er sich an die Tochter halten.
»Ich glaube nicht, daß deine Mutter tot ist, Mary, und du glaubst es auch nicht. Warum sagst du mir nicht, wo sie ist?«
»Gupta hat gesagt, daß sie tot sei!«
»So, du unterhältst dich also jetzt schon mit den Dienstboten!«
Auch dafür verachtete Lord Bantry seine Frau: Sie behandelte die Dienstboten, als seien es Menschen wie sie. Und Mary war ebenso weichherzig und töricht wie ihre Mutter.
»Ich glaube, du weißt, wo deine Mutter ist!« schrie er seine Tochter an.
Sie schluchzte auf. »Sie ist tot! Du wirst sie niemals finden! *Sie ist tot!* Und ich bin froh darüber! Sie muß dich nie wieder sehen!«

»Willst du, daß ich dich noch einmal schlage?«
Seine Tochter zitterte.
»Dann erzähl mir keine Lügen! Sag mir, wo deine Mutter ist, und ich zahle dir die Überfahrt nach Hause zu deinem Onkel. Eileen wird mit dir fahren. Das willst du doch, nicht wahr?«
Mary wünschte sich nichts sehnlicher. Ihr Mund bewegte sich, während sie fieberhaft überlegte. War es wirklich so schlimm, wenn sie diesem Teufel einen Wink gab, wo ihre Mutter sich befand? Sicher würde der stattliche, gutaussehende fremde Mann eher einen Krieg führen als sie aufzugeben. Sie selbst dagegen war ganz allein und ihrem Vater hilflos ausgeliefert …
»Ich weiß nicht, wo sie ist«, flüsterte sie schließlich.
Ihr Vater hob den Arm, und sie war davon überzeugt, daß er sie nun wirklich schlagen würde. Jetzt erst erinnerte sie sich an das Messer ihrer Mutter. Sie hinkte zu dem Platz, wo sie es versteckt hatte, und ergriff es mit ihrer unverletzten Hand. Die Schneide blitzte auf, als sie sich umwandte und dem Mann, den sie so fürchtete, ins Gesicht sah.
»Woher hast du das?«
Sie erkannte ihn kaum wieder. Ein schauderhaftes Grinsen verzerrte sein dunkelrot verfärbtes Gesicht, als er den Arm ausstreckte, um ihr Handgelenk zu packen.
»Es ist meines!«
»Es gehört deiner Mutter!«
Mary zog den Arm zurück, um, wenn es nötig war, in seine ausgestreckte Hand zu stechen. Sie konzentrierte sich so fest darauf, daß sie nicht bemerkte, wie er die andere Hand hob. Dann schlug er auf ihren ausgestreckten Arm. Das Messer fiel auf den Boden.

»Wann hat sie dir das gegeben, Mary? *Wo ist sie?* Ich bringe dich um, wenn du es mir nicht sagst!«
Mary schloß die Augen. Sie war fest überzeugt, daß er sie im nächsten Moment erschlagen würde.
»Ich würde es dir sagen, wenn ich es wüßte«, sagte sie verzweifelt. »Ich würde es dir *sogar gern* sagen! Sie hat auch mich verlassen! Sie hätte mich mitnehmen können, aber sie hat es nicht getan! Sie hat niemals Zeit für mich gehabt!«
Lord Bantry wußte, daß sie recht hatte. Seine eigene Mutter hatte sich bei ihm beklagt, daß Fanny niemals Zeit für ihre Tochter hätte.
»Irgend jemand weiß es«, sagte er laut.
Mary zog die Schultern hoch. Und immer noch hielt ihr Vater ihr Handgelenk mit eisernem Griff umklammert, so daß sie fürchtete, er werde ihr nun auch den anderen Arm brechen.
»Ich weiß es nicht! Laß mich los!«
Lord Bantry ließ sie zögernd los. Er wäre zufrieden gewesen, wenn er die gleiche Furcht auf dem Gesicht der Mutter des Mädchens gelesen hätte. Es bereitete ihm keine sonderliche Genugtuung, Mary weinen zu sehen. Fest stand allerdings, daß sie die Wahrheit gesagt hatte. Er warf einen letzten, geringschätzigen Blick auf seine Tochter. Wenn Fanny schon ein Mädchen haben mußte, dann hätte sie ihm wenigstens etwas von ihrer eigenen Courage mitgeben können!
Nachdem er gegangen war, brach Mary weinend zusammen. Auf Händen und Knien kroch sie zu der Stelle, wo das Messer lag. Dann versuchte sie aufzustehen, doch in ihren Beinen war keine Kraft mehr, nicht einmal in dem unverletzten. Was würde mit ihr geschehen, wenn sie niemals wieder stehen konnte? Wenn sie diesem Manne nie entfliehen konnte, der sie verachtete und sie anschrie?

Es war Gupta, der sie aufhob und ins Bett trug. Dann schob er das Messer unter ihr Kopfkissen und lächelte sie an.
»Sie sind wirklich die Tochter Ihrer Mutter!« beglückwünschte er sie.
Mary wandte ihr Gesicht ab. »Er weiß, daß sie nicht tot ist«, sagte sie mit tonloser Stimme. »Er weiß, daß wir ihn alle anlügen!«
Guptas Lächeln verschwand. »Was haben Sie ihm gesagt?«
»Ich habe ihm gesagt, daß ich nicht weiß, wo sie ist.«
»Nun, Sie wissen es ja wirklich nicht. Sie haben ihm nur die Wahrheit gesagt.«
»Nein, ich weiß es nicht.« Mary seufzte.
»Sie hat Sie zurückgelassen, weil sie Sie liebt, Miss Mary. Sie wollte Ihnen ihr Schicksal ersparen. Bedenken Sie, daß sie nie wieder in ihr altes Leben zurückkehren kann.«
Mary fältelte das Bettuch nachdenklich zwischen den Fingern. »Er hat ihr Messer erkannt.«
Gupta sah sie erschrocken an. »Sie dürfen ihm nichts erzählen, was er Ihnen auch antut!«
Auf Marys Gesicht erschien ein dünnes, mutloses Lächeln. »Das nächste Mal wird er mich vielleicht töten. Ich hasse ihn!«
Gupta betrachtete sie besorgt. »Es wäre besser für uns alle, wenn Sie irgendwo anders leben könnten, entfernt von Ihrem Vater.«
Das Gesicht des Mädchens erhellte sich. »Mama sagte, ich könnte zu Lady Cunningham gehen. Bringst du mich zu ihr?«
Der Inder hätte es möglicherweise auf der Stelle getan, wenn nicht Lord Bantry mit wachsender Ungeduld seinen Namen gerufen hätte.
»Versuchen Sie zu schlafen«, riet er dem Kind. »Ich komme

wieder, sobald ich kann!« Dann wandte er sich ab, damit sie die Angst in seinem Gesicht nicht sah. Er wußte, daß auch sein Leben in Gefahr war, wenn er zu weit ging.

Eileen zog zum wiederholten Mal die Handschuhe über ihren Fingern glatt. Ihr war heiß, und sie bereute schon fast, daß sie hierhergekommen war. Bereits in dem Augenblick, in dem sie das Haus betreten hatte, hatte sie erkannt, daß Lady Cunningham keine feine Dame aus der Oberschicht war. Diese Tapeten mit den geschmacklosen Mustern und die massigen, senffarbenen Möbel hätte ihre Herrin niemals in ihrem Haus geduldet. Eileen rümpfte die Nase. Lady Cunningham war keine Aristokratin, sondern eine Aufsteigerin aus der Mittelklasse!

Eileen fragte sich gerade, was diese Frau mit Lady Frances gemeinsam haben konnte, als Lady Cunningham eilig in den kleinen Vorraum kam. Jetzt begriff Eileen. Diese Frau mochte ehrgeizig sein, in jedem Fall aber besaß sie ein gutes Herz.

»Hier bekommt man ja kaum Luft vor Hitze! Sollten wir nicht lieber in einen anderen Raum gehen?«

Eileen folgte ihrer wohlgerundeten Gestalt in einen Raum auf der kühleren Seite des Hauses. Sie bemerkte sofort, daß man sich hier mit der Möblierung viel Mühe gegeben hatte. Offensichtlich war Lady Cunningham eine gelehrige Schülerin. Sie konnte Lady Frances nicht öfter als zweimal besucht haben, und doch hatte die kühle Eleganz, die so charakteristisch für den Stil ihrer Herrin war, Lady Cunninghams Geschmack nachhaltig beeinflußt. Wenn sie nach Eileens Meinung einen Fehler gemacht hatte, dann nur den, daß sie das indische Haus eher nach dem Stil von Lady Frances eingerichtet hatte und nicht so sehr nach dem Londoner Geschmack.

»Suchen Sie Arbeit?« fragte Lady Cunningham sie freundlich.
»Nein, Mylady. Ich bin – ich war Lady Frances' Mädchen.«
Lady Cunningham erblaßte. »Oh! Es ist ja so entsetzlich! Ich hätte nie gedacht, daß eine englische Lady so einfach von diebischen Teufeln überwältigt werden könnte!« Während sie sprach, vermied sie es, Eileen anzusehen. Lady Cunningham war eine äußerst unbegabte Schauspielerin.
»Ich komme wegen ihrer Tochter Mary«, warf Eileen hastig ein.
Lady Cunningham sah noch unbehaglicher drein. »O ja, Mary. Wie geht es dem armen Ding?«
Eileen senkte den Blick. »Ihr Vater quält sie. Er glaubt nicht, daß Lady Frances tot ist, und er ist davon überzeugt, daß Miss Mary mehr weiß, als sie ihm erzählen will. Leider weiß er, daß sie das Messer ihrer Mutter besitzt – Pater McGilligan gab es mir, als ich aufbrach, um im heidnischen England mein Glück zu suchen. Nun, und nachdem Lord Bantry sie auf der Überfahrt vergewaltigt hatte –«
Lady Cunningham streckte abwehrend die Hände aus. »Mein liebes Kind, meinen Sie wirklich, Sie müssen mir das alles erzählen?«
»Was kann das jetzt noch schaden?« gab Eileen keck zurück. »Mary muß nun unsere erste Sorge gelten, meinen Sie nicht auch? Sie wurde sehr schwer verletzt, Mylady.«
Lady Cunningham tat es leid, das zu hören. Sicherlich würde Sir Arthur sagen, es ginge sie nichts an, wie Lord Bantry sich verhielt; doch sie hatte Lady Frances dieses schicksalsschwere Versprechen gegeben, sich um ihre Tochter zu kümmern.
»Ich bezweifle, daß ihr Vater bereit wäre –« begann sie hoffnungsvoll.

»Ihrem Vater ist es gleichgültig, was mit ihr geschieht, er will sie nur als Köder verwenden, um Lady Frances zu sich zurückzubringen. Und er wird vor nichts zurückschrecken, um dieses Ziel zu erreichen. Ich traue ihm auch zu, daß er sie weiterhin schändlich mißhandeln wird.«
Das tat auch Lady Cunningham. »Es ist besser, Sie erzählen mir alles«, meinte sie resigniert. »Aber bitte merken Sie sich, ich werde niemals jemand anderem gegenüber zugeben, daß ich weiß, daß Lady Frances lebt. Und wenn Sie ein einziges Wort unseres Gesprächs außerhalb dieser vier Wände wiederholen, dann werde ich alles abstreiten. Ich muß schließlich auch an meine Familie denken!«
Eileen war überglücklich, daß sie diese freundliche Frau ins Vertrauen ziehen konnte, und Lady Cunningham war bald bestens informiert über Lady Frances, Pater McGilligan, die puritanische Agnes und eine Reihe weniger bedeutender Persönlichkeiten, die für kurze Zeit die Bühne betraten und wieder verschwanden, während Eileen in ihrem weichen irischen Akzent mit der Geschichte fortfuhr. Nachdem sie all die schrecklichen Ereignisse erfahren hatte, dachte die gute Frau nicht länger darüber nach, was ihr Gatte dazu sagen würde – sie war fest entschlossen, Mary zu sich zu nehmen.
»Sie wissen, daß Königin Viktoria die Patin des Kindes ist?«
»Ja, aber wie kann sie von Nutzen sein, wenn sie Tausende von Meilen entfernt ist?«
»Sir Arthur wird sich etwas überlegen müssen!« beschloß Lady Cunningham kühn. Ein schwaches Lächeln trat auf ihr Gesicht. »Und welche Pläne haben Sie selbst, Eileen?« fragte sie freundlich.
»Ich gehe überall hin, wo Miss Mary hingeht«, sagte Eileen

einfach. »Lady Frances hat sie meinem Schutz anvertraut.«

Ohne Zögern beschloß Lady Cunningham, sowohl Eileen als auch Mary bei sich aufzunehmen. Wer A sagt, muß auch B sagen, sagte sie sich, wobei sie die eher unwahrscheinliche Hoffnung hegte, daß ihr geliebter Gatte dies ebenso sehen würde.

Am liebsten hätte sie Sir Arthur bereits beim Abendessen eingeweiht, und nur die Anwesenheit der Diener hielt sie zurück.

»Mein Lieber, ich muß etwas mit dir besprechen, wenn wir allein sind«, warnte sie ihn vor, denn sie konnte ihre Zunge nicht länger im Zaum halten.

Sir Arthur blickte sie über sein Roastbeef hinweg zärtlich an. »Um was geht es denn? Möchtest du meine Meinung zu einem neuen Kleid hören?«

Bei diesem Thema hätte sich Lady Cunningham etwas mehr Ernsthaftigkeit von seiner Seite gewünscht. Er mochte Mode für überflüssig halten; sie aber wußte, daß es in den Kreisen, in denen sie verkehrten, bei dieser Frage um Leben und Tod ging.

Sie war dankbar, daß er ihre Bemerkung aufgriff, nachdem sie zu Bett gegangen waren.

»Ich wünschte, es würde dir nicht soviel ausmachen, wenn diese Katzen ihre Krallen an dir wetzen, Hetty. Also, was ist nun schon wieder passiert?«

»Es geht nicht um mich«, widersprach sie nicht ganz wahrheitsgetreu. »Es geht um Mary Bantry!«

»Aha!«

»Was meinst du mit ›Aha‹? Hast du auch etwas gehört?«

Sir Arthur lächelte still und zufrieden in sich hinein. Er wollte die Geschichte lieber von seiner Frau hören, als ihr eine zensierte Version des Klatsches anbieten, der in Delhi die Runde machte seit dem Morgen, als die Suche nach Lady Frances ergebnislos abgebrochen worden war. Solange seine geliebte Hetty nicht von ihm verlangte, daß er für Lady Frances auf die Barrikaden stieg, glaubte er alles ertragen zu können.

Bei der Tochter lag die Sache natürlich ganz anders. »Das Beste, was du tun kannst, ist, das Kind auf einen sehr langen Besuch einzuladen. Wenn ihr Vater damit nicht einverstanden ist, werde ich ihn selbst aufsuchen und mit ihm sprechen. Wir können doch nicht zulassen, daß die Bantry-Frauen wie die Fliegen sterben, nicht wahr?«

Dennoch fühlte Lady Cunningham ein leichtes Herzklopfen, als sie im Salon der Bantrys wartete, um Mary und Eileen abzuholen. Lord Bantry war unerwarteterweise äußerst liebenswürdig zu ihr gewesen und hatte keinen Einwand gegen einen langen Besuch seiner Tochter bei ihr erhoben, durch den sie sich von dem frühen Tod ihrer Mutter erholen konnte. Als sie ihm zum ersten Mal von Angesicht zu Angesicht gegenüberstand, hatte sie nicht die leiseste Idee gehabt, wie sie die Einladung an Mary begründen sollte, aber glücklicherweise fiel ihr im letzten Moment doch noch etwas ein. Sie behauptete, das Klima in Kaschmir könne bei einem Kind, das in England aufgewachsen war und gerade seine Mama verloren hatte, wahre Wunder bewirken.

»Das ist sehr liebenswürdig von Ihnen«, hatte Lord Bantry sie gelobt, »und ich nehme die Einladung im Namen meiner Tochter gerne an. Ihre Mutter hat sich nie sonderlich um sie gekümmert, und in ihrem Alter braucht sie doch unbedingt den Einfluß einer Frau.«

»Sicher«, stimmte Lady Cunningham zögernd zu.

»Ich wünschte, ich könnte behaupten«, fuhr Lord Bantry fort, »daß Mary in jeder Weise ein normales Kind sei, aber ich fürchte, ihre Mutter hat ihr alle möglichen Verrücktheiten beigebracht, so daß ich manchmal schon für ihren Geisteszustand fürchten mußte. Ja, sie glaubt sogar, daß ihre Mutter noch am Leben sei, und daß nur sie wüßte, wo sie ist. Wenn sie doch nur recht hätte, das arme Ding! Trotzdem, sollte sie sich Ihnen als einer Freundin ihrer Mutter anvertrauen, so hoffe ich, daß Sie es mir mitteilen werden, damit ich ihr diesen Unsinn ein für allemal austreiben kann.«

Lady Cunningham starrte ihn mit offenem Munde an. Glaubte er wirklich, sie würde ihm diese geheuchelte Besorgnis abnehmen? Sie hatte doch selbst die Verletzungen gesehen, die er dem Kind zugefügt hatte!

Als sie sich endlich neben Mary in ihrer bequemen, gut ausgestatteten Kutsche niederließ, wunderte sich Lady Cunningham, daß ihr Kiefer schmerzte. Sie hatte die Zähne so fest zusammengebissen, daß die Kiefer nun völlig verspannt waren.

Der Anblick von Marys schlaff herabhängendem Arm, den blauen Flecken und dem verletzten Bein, das sie nachzog, als sie auf sie zutrat, um ihren Knicks zu machen — das alles hatte sie so erregt, daß sie wohl kaum die Formen der Höflichkeit gewahrt hätte, wenn Lord Bantry seine Meinung geändert hätte. Der Mann war ganz und gar das Monster, als das ihn Sir Arthur geschildert hatte.

Marys kleine Hand schob sich in ihre, als die Pferde anzogen.

»Sie waren Mamas Freundin, nicht wahr?« sagte sie.

Da war etwas in ihren dunkelblauen Augen, was Lady Cunningham einst in den Augen von Lady Frances gesehen hat-

te, an jenem schicksalhaften Abend, als sie sich entschlossen hatte, in den Rosengarten zu gehen.
»Das hoffe ich«, sagte sie. Und sie war ein wenig stolz auf diese Freundschaft.
Mary entspannte sich. »Ich bin so glücklich«, sagte sie.

Es dauerte eine Weile, bis Mary nicht mehr zurückwich, wenn Sir Arthur sich ihr näherte.
»Ich vermute, es ist, weil ich ein Mann bin«, sagte er mit einem Seufzen zu seiner Frau. »Kannst du ihr nicht sagen, daß sie vor mir keine Angst zu haben braucht?«
»Ich habe es ihr gesagt, mein Lieber«, antwortete Lady Cunningham, die ebenfalls darüber unglücklich war.
Dann, eines Tages, sah er Mary lachen. In diesem Augenblick war die Ähnlichkeit mit ihrer Mutter so offensichtlich, daß er sie erstaunt anblickte.
»Ich wollte, Sie hätten eine Tochter«, sagte ihm das kleine Mädchen ernsthaft.
Er war zu klug, um sie zu drängen. »Ich habe mir das oft selbst gewünscht«, sagte er. »Wir Männer brauchen Töchter, die uns schmeicheln und uns alles erzählen, was sie sonst niemandem auf der Welt erzählen würden. Ja, ich hätte sehr gern eine Tochter!«
Eine Weile schwiegen beide. »Ich möchte Ihre Tochter sein«, sagte Mary schließlich.

Die Burg ragte weithin sichtbar über das Land. Sie schien aus dem Felsen zu wachsen, denn die Mauern waren ebenso steil und so golden wie der Sandstein, auf dem sie erbaut waren. Fanny kam sie vor wie ein Märchenschloß, so unbezwingbar und prächtig stand sie vor ihr.
Die Karawane wurde langsamer und kam schließlich zum Stehen. Es schien, als sei die gesamte Bevölkerung erschienen, um ihren Herrscher zu Hause willkommen zu heißen. Sajjan hatte sich an diesem Morgen prächtig gekleidet und den Elefanten, der ihn in die Stadt tragen sollte, mit leichtfüßiger Selbstverständlichkeit bestiegen. Fanny hatte das riesige Tier zunächst mit gewissen Bedenken betrachtet, aber als sie Sajjan in der Ferne davonreiten sah, hatte sie sich ein ähnliches Transportmittel gewünscht. Sie saß tief verschleiert in einer Sänfte, in der man sie bis in den Burgpalast tragen würde. Die Vorhänge waren zugezogen, und es war ihr heißer denn je. Ihre neuen Kleider waren bald naß von dem Schweiß gewesen, der in kleinen Bächen ihren Rücken hinablief und ihre empfindliche Haut kitzelte.
Warum hielten sie nun schon wieder? Sie öffnete die Vorhänge einen winzigen Spalt und sah, wie Sajjan die Hochrufe seines Volkes entgegennahm und mit Girlanden behängt wurde. Überrascht und mit einem Kloß im Hals er-

kannte sie, daß sie stolz auf ihn war. Wie oft hatte er ihr in den letzten Tagen den gegenseitigen Vertrag zwischen *raja* und *praja* zu erklären versucht, die Abmachung zwischen Herrscher und Volk, die zu brechen für beide Seiten gefährlich war. Hier nun hatte sie deutlich vor Augen, was diese Bindung für beide bedeutete. Für ihn war es wichtig, daß ihm sein eigenes Volk und keine fremde Macht den Thron anvertraut hatte. Wie in früheren Zeiten die Palastrevolution den Vertrag zwischen Herrscher und Volk gebrochen hatte, so würde er heute durch eine Übergabe des Landes an die Briten zerstört.

»Du verstehst das nicht«, hatte er ihr vorgeworfen. »Wenn ich mich den Briten verpflichten würde, wie könnte ich da meinem Volk noch Vater und Mutter sein? Würde ich es nicht verraten, wenn ich im Sinne der Briten handelte?«

»Du würdest für beide Völker das Beste tun«, hatte sie gesagt.

»Kannst *du* das denn?« hatte er ihr entgegengeschleudert. Er wirkte niedergeschlagen, und es schien ihr, als bedeute ihm ihre Antwort wirklich etwas.

»Natürlich kann ich das!« rief sie.

»Deine Königin steht also immer noch an erster Stelle für dich?«

Die Königin war ihre Freundin. »Ich weiß es nicht«, gab sie schließlich zu.

Er zuckte die Schultern, als sei ihm das völlig gleichgültig. »Sag mir Bescheid, wenn du deine Ansicht geändert hast. Du kannst nicht uns beiden zugleich treu sein, Fanny.«

Sie hatte noch immer geglaubt, sie könne es – *damals*. Königin Viktoria war ihre Königin und zugleich eine liebe Freundin. War es möglich, daß sie, ohne zu überlegen, die Freundin stets mit der Repräsentantin eines Volkes gleichgesetzt hatte, dessen Staatswesen sie niemals von ganzem Herzen anerkannt hatte? Sie wußte nicht, wie es zu dieser Veränderung gekommen war, aber wenn sie jetzt zwischen den britischen Interessen und denen Sajjans hätte wählen müssen, hätte sie sich, ohne zu zögern, für den Radscha von Kattyapur entschieden.

Schließlich erreichten sie den Haupteingang der Burg, das Tor Ganeshas, jenes elefantenköpfigen Gottes, der vor jeder Reise um Schutz gebeten wurde und daher die Eingänge und Wegkreuzungen bewachte. Ganesha war einer der beliebtesten Götter, Sajjan hatte ihr seine Geschichte erzählt: Als Ganesha noch ein Kind war, war sein Vater, der Gott Shiva, fortgereist, und bei seiner Rückkehr lag ein erwachsener Mann neben der Mutter Parvati auf dem Bett. Wütend über den vermeintlichen Treuebruch seiner Frau, schlug Shiva dem jungen Mann den Kopf ab. Als Parvati ihm verzweifelt erklärte, wer der junge Mann war, versprach Shiva, ihm den Kopf des ersten Lebewesens aufzusetzen, das vorbeikäme. Dieses Lebewesen war ein Elefant, und so pflanzte Shiva den Kopf dieses Tieres auf die Schultern Ganeshas, der sogleich wieder zum Leben erwachte.

Fanny hatte gelacht, als sie diese Geschichte gehört hatte. Da sie mit den endlosen Auseinandersetzungen in den Häusern der Götter nicht vertraut war, war sie oft entsetzt über die sinnlichen, manchmal sogar obszönen Darstellungen gewesen.

»Es geht um die innere Wahrheit dieser Geschichte«, hatte Sajjan ihr erklärt.

Sie hatte nicht verstanden, was er meinte, aber sie war dankbar für den Unterricht, den sie kaum als solchen wahrgenommen hatte. Der kleine Schrein im Tor, der mit Blumen und kleinen Kerzen bedeckt war, erschien ihr bereits ver-

traut. Sie hatte Muße, ihn zu betrachten, da die Träger anhielten, um Kräfte zu sammeln für den Aufstieg zur Burg. Nun fühlte sie sich weniger fremd, da sie den Wächter der Stadt bereits kannte.
Die Kolonne bewegte sich den Berg hinauf, wobei die Hufe der Pferde auf den ausgetretenen Stufen immer wieder abglitten. Als sie etwas mehr als die Hälfte des Weges hinter sich hatten, wurden sie wieder angehalten, dieses Mal von einer Schranke, an der alle außer dem Radscha absteigen und den Rest des Weges zu Fuß gehen mußten. Fanny war glücklich, aus ihrer stickigen Sänfte herauszukommen. Sie zog ihren Schleier fester um sich, während die Frauen sie schützend umdrängten. Vor ihr trottete Sajjans Elefant durch eine farbige Woge von Männern, die sich ehrfürchtig verbeugten, was der Radscha völlig zu ignorieren schien.
Dann ertönte ein Ruf: »*Bandobast!*« und eine Gasse wurde gebahnt, damit sie ihm zu Fuß folgen konnte. Alle Augen wandten sich von ihr ab, während sie erschöpft über den Vorplatz zum Haupteingang des Frauenwohntrakts schritt. Ein kleines gestreiftes Tier, das vor ihr über den Weg lief, jagte ihr einen großen Schrecken ein. Später erfuhr sie, daß es eines der vielen Eichhörnchen gewesen war, die hier überall wild herumliefen und von den Menschen, die um den Palast herum arbeiteten, gefüttert wurden. Sie hoffte inständig, daß im Inneren des Palasts nicht noch anderes Getier lebte, denn bisher hatte sie ihre Wohnung weder mit Ratten noch mit Mäusen teilen müssen. Es war schon schlimm genug, daß sie nun den ganzen Tag mit einer Gruppe von Frauen zusammenleben mußte, mit denen sie, dessen war sie sich sicher, sehr wenig gemeinsam hatte.
Die Wachen stießen die Türen auf. Ihre Krummschwerter glänzten im heißen Sonnenlicht. Fanny unterdrückte einen

Schauder bei ihrem Anblick und trat ein. Sie fühlte sich wie Anne Boleyn auf ihrem Weg zum Schafott. Wie lächerlich, dachte sie. Eine der bekanntesten Gastgeberinnen von ganz London hat Angst vor ein paar Frauen, die weder ihre Bildung noch ihre geistige Unabhängigkeit besaßen — falls man bei einer Frau von Unabhängigkeit sprechen konnte, die als halbes Kind an einen Mann wie Edwin Bantry verheiratet worden war.

Würde sie sich an diesem Ort jemals zu Hause fühlen? Sie wünschte sich, Sajjan hätte an ihrer Seite sein können, wenn sie zum ersten Mal seine *zenana* betrat. Vor einigen Tagen hatte er sie in seinen Armen gehalten und ihr erklärt, wie sie sich seinen beiden Ranis gegenüber zu benehmen hätte. Sie wünschte, sie hätte besser aufgepaßt, denn eines schien sicher: Ob ihr zukünftiges Zuhause sich als Paradies oder als Folterkammer erweisen würde, das hing von dem ersten Eindruck ab, den sie auf die älteren Frauen an Sajjans Hof machen würde. Sie biß sich auf die Lippen. Würden sie sie empfangen oder würden sie ihre Anwesenheit übersehen? Und würden sie sich genauso über sie ärgern, wie sie sich über die anderen Frauen ärgerte?

Sie wurde einen schmalen Gang entlanggeführt, der so viele Windungen hatte, daß sie fürchtete, sie werde sich hier niemals zurechtfinden. Selbst die Türen waren im Winkel zu den dicken Mauern angebracht, so daß es unmöglich war, mit einem Brechwerkzeug Schwung zu holen, um in die verwundbarste Stelle der Palastverteidigungsanlagen einzudringen. Plötzlich aber öffnete sich ein Hof vor ihnen, in dessen Mitte eine Art Pavillon mit geschnitzten Säulen stand. Hier warteten die beiden Ranis auf sie.

Fannys erste Empfindung war Entzücken: Freudig betrachtete sie die zierlichen Bögen, die Leichtigkeit des schirmartigen Daches, die leuchtenden Farben der Vorhänge an der gefliesten Plattform und die prächtigen Kleider der Frauen. Ilas geflüsterte Anweisung, sie solle den Schleier über das Gesicht ziehen, erinnerte sie an das, was nun von ihr erwartet wurde. Ihre Hände waren naß vom Angstschweiß, so daß ihr der Stoff immer wieder durch die Finger schlüpfte. Sie kannte sich selbst nicht mehr. Sie, die noch nie an der Wirkung ihrer Ausstrahlung gezweifelt hatte, war völlig steif vor Angst!

Ehrerbietig verneigte sie sich vor beiden Ranis. Obwohl Sajjan sie darauf vorbereitet hatte, war sie doch erstaunt über den leeren, kühlen Ausdruck in den Augen der älteren Frau. Es war die jüngere Rani, die aufstand und Fanny umarmte. »Bist du die Engländerin?« fragte sie und hob mit zarten Fingern den Schleier von Fannys Gesicht.

»Ja, Eure Zweite Hoheit.«

Die Frau war so zierlich wie eine Gazelle. »Ich bin so froh, daß du endlich hier bist! Es ist schon viele Tage her, seit man uns erzählt hat, daß du kommen wirst und daß die anderen Geliebten fortgeschickt würden. Wir sind jetzt ganz allein hier, abgesehen von den Dienern und den Kindern. Eigentlich sollte dich Ihre Erste Hoheit willkommen heißen, aber du siehst ja selbst, wie sie ist«, schloß sie bedauernd.

Fannys Augen wanderten zu der älteren Rani, einer großgewachsenen, mageren Frau. Die großen, starrenden Augen und der Speichel, der ihr ständig aus den Mundwinkeln lief, verliehen ihr das Aussehen einer Irren.

»Ich heiße Fanny«, sagte Fanny beklommen.

»Fanny«, wiederholte Ihre Zweite Hoheit. »Mein eigentlicher Name ist Maneka, aber nur diejenigen, die mich schon als Kind gekannt haben, nennen mich so. Alles wird dir hier sehr fremd erscheinen. Aber du wirst dich besser fühlen, wenn du deine Wohnung gesehen hast. Du wirst hier immer sehr abgeschlossen leben. Wir besuchen uns nicht, außer wenn wir eingeladen sind, und dann treffen wir uns meistens hier draußen im Hof. Möchtest du, daß ich dir den Weg zeige?«

»Ich danke dir«, sagte Fanny so ehrerbietig, wie es ihr möglich war.

»Fürchte dich nicht! Ich fresse dich nicht! Ich bin erleichtert, daß du unsere Landessprache sprichst, denn ich möchte unbedingt alles über euer Leben dort drüben jenseits der Schwarzen Meere wissen, und auch, warum du zu uns gekommen bist. Ich habe mich in den letzten Tagen zu Tode gelangweilt!«

Fanny schluckte. »Ich möchte nicht —« Sie zögerte. »Sajjan hat mir gesagt, ich solle nie vergessen, daß du seine Rani bist und ich nichts«, gestand sie mit einem schwachen Lächeln. »Du mußt mir sagen, wenn ich etwas falsch mache. Ich meine es nicht —«

Die Augenbrauen der Rani hoben sich. »Sajjan? Erlaubt er dir, ihn so zu nennen?«

»Nein«, gab Fanny zu.

»Wird er nicht wütend auf dich?«

Fanny straffte die Schultern. »Er nennt mich Fanny! Nicht einmal Lady Frances!«

Die Rani unterdrückte ein erschrockenes Kichern. »Natürlich tut er das! Du bist seine Geliebte! *Ich* würde mir das niemals erlauben!« Sie schüttelte den Kopf, erstaunt über Fannys Unverschämtheit. Dann zuckte sie mit den Schultern und fügte warnend hinzu: »Solange du Ihre Erste Hoheit mit dem nötigen Respekt behandelst, werde ich mich nicht über dich beklagen. Das arme Ding hat nichts anderes, nicht einmal Kinder. Seine Hoheit behandelt sie wie ein Kind. Manchmal denke ich, sie möchte gern mehr von ihm, denn körperlich ist sie kein Kind und sie hängt sehr an ihm.«

Fanny nickte. Sajjan hatte ihr erzählt, daß seine zweite Frau charmant und klug sei, und sie konnte ihm nur zustimmen. Sie hatte sie sogleich liebgewonnen, trotz der Vorbehalte wegen der bevorzugten Rolle, die diese andere Frau im Leben des Radscha weiterhin spielen würde. Sie versuchte sich einzureden, daß sie unter entsprechenden Umständen eine ähnliche Fürsorge für das Wohlergehen der älteren Rani aufbringen könnte, doch es gelang ihr nicht. Hoffentlich würde die andere Frau nie erfahren, wie sie wirklich über die beiden Ranis dachte und auch über die Kinder, die Ihre Zweite Hoheit Sajjan geboren hatte.

Vorsichtig streckte sie ihre Fühler aus. »Ich hoffe, du warst nicht verletzt, als du erfahren hast, daß Seine Hoheit mich mitbringen wird?«

»Es tat mir leid, daß all die anderen Konkubinen weggeschickt werden mußten«, gestand die jüngere Rani mit einem schmerzlichen Lächeln. »Ich fühle mich so einsam ohne sie. Sie sind in einen anderen Palast gebracht worden und werden uns von Zeit zu Zeit besuchen. Schon morgen werden sie kommen und dir Geschenke bringen, um dich willkommen zu heißen. Du siehst, daß Seine Hoheit dich wie seine dritte Rani ehrt!«

Maneka schritt eine schmale Treppe hinauf und öffnete eine Tür, die zu einer Flucht von Gemächern führte. Ihre Wohnung war größer, als Fanny erwartet hatte. Nach dem Anblick der kargen Unnahbarkeit, die das Äußere der Burg ausstrahlte, hatte sie eine eher schmucklose Ausstattung erwartet, doch was sie jetzt erblickte, waren die prächtigsten

Gemächer, die sie jemals gesehen hatte. Schöne Gemälde im mongolischen Stil hingen an den Wänden, dicke, handgeknüpfte Teppiche bedeckten den Boden, und hier und da waren zur größeren Bequemlichkeit Kissen aufgehäuft. Verschiedene Diwane an den Wänden luden zum Ausruhen ein; die bestickten Überwürfe waren kostbarer als alle Schätze des Buckingham-Palastes. Dann erblickte sie eine Marmorwanne, die mit Wasser gefüllt war und in der sie zu jeder Zeit würde baden können. Dann gab es noch einen separaten Eßplatz, denn essen würde sie weiterhin allein, mit eigenem Geschirr aus Silber und Gold und einem Samowar für den Tee.

»Diese Tür hier führt in das Schlafgemach Seiner Hoheit«, erklärte ihr die jüngere Rani. »Wenn er nach dir schickt, dann gehst du hier hinaus und die Treppe hinauf zu einer anderen Tür. Wir haben alle unseren eigenen Ausgang zur Treppe. Das ist einer der Gründe, weshalb wir die Privatsphäre der anderen achten, wenn wir uns in unsere Gemächer zurückziehen. Denn manchmal kommt auch er über die Treppe zu einer von uns, und dann hat er es nicht gern, wenn ihn eine andere stört.«

Sie sagte die letzten Worte mit solcher Ehrfurcht, daß Fanny schloß, die jüngere Rani müsse den Radscha eher für einen Gott als für einen Menschen halten. Sie konnte sich nicht vorstellen, daß dies gut für Sajjans Charakter war, und beschloß, ihm das bei der nächsten Gelegenheit auch zu sagen. Inzwischen dachte sie nur, wie seltsam es sein würde, in einer Welt zu leben, in der der kleinste Wimpernschlag eines Mannes Gesetz war.

Als Fanny schließlich allein war, warf sie sich auf den nächsten Diwan und versuchte, sich an ihre neue Umgebung zu gewöhnen. Jetzt war es nutzlos, Heimweh zu empfinden;

und so versuchte sie mit aller Kraft, solche Gefühle zu verdrängen. Dies war das neue Leben, das sie sich selbst ausgesucht hatte. Der einzige Nachteil war, daß sie den ganzen Tag auf sich selbst angewiesen sein würde und nur die jüngere Rani zur Gefährtin hatte, mochte sie auch noch so liebenswert sein.

Daher war sie froh, als Ila erschien. Das Mädchen war ganz erfüllt von aufregendem Klatsch und konnte sich gar nicht über das unerwartete Verschwinden all der anderen Konkubinen beruhigen.

»Wer waren all diese Frauen?« fragte Fanny träge.

Ila starrte sie an, und ihre Augen rundeten sich vor Überraschung. »Aber Herrin, das wißt Ihr doch! Einige waren Töchter von *zamindars*, Landbesitzern, oder von *jagidars*, Männern, die vom Radscha Land geschenkt bekommen haben. Ja, es waren sogar Töchter des *tehsuldar* darunter — das ist der Steuereintreiber des Radscha. Ihre Väter haben sie dem Radscha geschenkt, um sein Wohlwollen zu erhalten. Andere hat er einmal gesehen, und sie haben ihm wegen ihrer Schönheit oder ihrer Anmut gefallen. Ein Mann wie der Radscha hat viele Frauen!«

»Und sie waren alle hier eingeschlossen?« fragte Fanny entsetzt.

»Wo sollten sie denn sonst leben? Hier, zusammen mit ihren Dienerinnen, konnten sie einander Gesellschaft leisten. Jetzt sind sie alle weg!«

»Ich verstehe«, sagte Fanny. »Bin ich daran schuld?«

Ila nickte bedrückt. »Es ist bekannt, daß Ihr nicht wollt, daß der Radscha andere Frauen hat. Sie möchten ihn ganz für sich allein haben!«

»In meinem Land hat ein Mann nur eine Frau«, versuchte Fanny zu erklären.

»Die Frauen haben keine Freundinnen?«
»Doch, schon, aber die sind oft die Frauen anderer Männer. Wir verstecken unsere Frauen nicht wie ihr hier. Ich finde eure Sitten sehr seltsam.«
Ila sagte scheu: »Ich habe Ihrer Zweiten Hoheit über Euer Haus in Delhi erzählt, und über die seltsamen Kleider, die Ihr dort getragen habt. Sie hat sehr gelacht bei der Vorstellung, wie Ihr wohl darin ausgesehen habt. Werdet Ihr ihr die Kleider eines Tages zeigen?«
»Ich habe sie nicht mitgenommen.«
»Aber Ihr könntet ihr ein Bild malen.« Auf der Reise hatte Ila beeindruckt zugesehen, wie Fanny mit wenigen Bleistiftstrichen eine Szene eingefangen hatte. Sie zögerte und spielte nervös mit ihren Fingern, während sie überlegte, ob es richtig wäre, ihrer Herrin eine Warnung der jüngeren Rani weiterzugeben. »Viele der Frauen waren zornig über Euer Kommen, Herrin. Aber wenn man Euch als die Freundin der jüngeren Rani ansieht, werden sie nicht wagen, etwas gegen Euch zu unternehmen.«
Fanny verstand sofort. Eine Gänsehaut überlief sie. »Könnten sie mir wirklich etwas antun?« fragte sie Ila eindringlich.
Das Mädchen nickte. »Sie könnten es versuchen, denn Ihr seid eine Fremde und daher eine Gefahr für sie. Es wäre ein Leichtes für eine von ihnen, jemanden zu bestechen, um Gift in Euer Essen zu tun. Ihr eßt ja immer allein.«
»Und was ist mit dir?« fragte Fanny sie.
Ilas Gesicht verschloß sich. »Ihr seid meine Herrin. Der Radscha selbst hat mir befohlen, auf Euch aufzupassen.«
Fanny fragte sich, ob ihr das Mädchen wohl treu bleiben würde, wenn sie auf die Probe gestellt wurde. Die Frauen wußten sicher genau, womit sie sie bestechen konnten.

Plötzlich stellte sie erheitert fest, daß diese Welt sich gar nicht so sehr von der unterschied, die sie hinter sich gelassen hatte. Offensichtlich waren Männer und Frauen überall gleich. Es gab immer einige, die bereit waren, Pläne zu schmieden und zu lügen oder zu betrügen, um ihre Zwecke zu verfolgen.

Fanny beugte sich vor und berührte Ilas Hand. »Ich werde mich daran erinnern, daß du es warst, die mich gewarnt hat.« Sie lächelte ihr zu. »Auch der Radscha wird sich daran erinnern und dafür sorgen, daß du belohnt wirst.«

»Ich möchte Euch nur zu Diensten sein, Herrin.«

Das war die Wahrheit, auch wenn Ila den Grund dafür nicht nennen konnte. Am Anfang hatte sie sich geärgert, weil sie einer kastenlosen Fremden aufwarten sollte, einer Frau, die von jenseits der Schwarzen Meere kam und von ihrem eigenen Volk verstoßen worden war. Einige der jetzt weggeschickten Frauen waren ihre Freundinnen gewesen, und viele kannte sie seit ihrer Kindheit. Und doch war etwas an ihrer neuen Herrin, das diesen Verlust mehr als ausglich. Sie zweifelte nicht daran, daß sie reich für ihre Dienste belohnt werden würde.

Inzwischen dachte Fanny darüber nach, daß das Leben in einer *zenana* doch nicht so einfach war, wie sie es sich vorgestellt hatte. Alles hing davon ab, daß sie die Freundschaft der jüngeren Rani gewann. Dann konnte der Teufel die anderen Frauen holen!

Ila ging ruhelos durch den Raum, denn sie war mit den Ratschlägen an ihre Herrin noch nicht fertig.

»Ich habe mich gewundert, daß Ihr das Halsband geschenkt bekommen habt, das die verheirateten Frauen tragen«, begann sie vorsichtig. »Ihre Zweite Hoheit hat gesagt, daß Ihr nach ihr den höchsten Rang bekleidet. Und daß ich verantwortlich gemacht würde, wenn Ihr nicht wüßtet, wie Ihr Euch benehmen sollt –«

»O je!« entfuhr es Fanny. Ila preßte in stummer Mißbilligung die Lippen zusammen. Fanny mußte lächeln. »Nun gut! Was muß ich nun tun?«

Ila blickte sich um. »Ihr müßt vieles lernen«, sagte sie vage. »Ich habe es Ihrer Zweiten Hoheit schon gesagt, aber heute abend macht es noch nichts.« Sie warf Fanny einen bedeutungsvollen Blick zu. »Morgens steht Ihre Zweite Hoheit immer um sechs Uhr auf und badet dann. Dann liegt alles für ihr *puja* bereit. Zu welchen Göttern betet Ihr, Herrin? Ihre Zweite Hoheit sagt, daß Ihr die Möglichkeit haben müßt, in Eurer Wohnung Euren eigenen Göttern zu dienen, aber ich habe Euch noch niemals beten sehen.«

»In unserem heiligen Buch steht geschrieben, daß man beim Gebet allein sein soll«, sagte Fanny. »Wir brauchen kein Bild unseres Gottes, weil er in unseren Herzen ist. Wir sprechen in der Stille mit ihm und unterwerfen uns seinem Willen.«

Ila nickte verständnisvoll. »Wie die Moslems.«

»Nein, überhaupt nicht wie die Moslems!« Fanny hatte keine Ahnung, wie Moslems beteten, doch sie wußte, daß ihre Religion grausam und kriegerisch war. »Ich bin Christin!«

Damit konnte Ila nichts anfangen. »Was macht Ihr an den Feiertagen?« fragte sie. »Wir haben soviel Spaß an *Teej* und an *Holi*. Es wäre schade, wenn Ihr dann alleine bleiben müßtet.«

Das fand Fanny auch. Sie wählte einen einfachen Ausweg. »Ihre Zweite Hoheit wird mir sagen, was ich dann tun soll«, beschloß sie.

Ila nickte erleichtert. Wenn ihre Herrin sich von den großen Jahresfesten ferngehalten hätte, hätte sie ihr vielleicht Gesellschaft leisten müssen.

»Das heilige Pferd wird in ein paar Wochen wiederkommen. Das wird ein Anblick sein!«

»Wird es wirklich geopfert, wenn es nach Hause kommt?« fragte Fanny.

»Es war ein ruhmreiches Jahr. Seine Hoheit hat viele neue Gebiete gewonnen, denn die Herrscher haben sich ihm überall dort, wo der Hengst war, unterworfen. Es wird ein großes Freudenfest geben, wenn er nach Hause gebracht wird!«

Dann war das Unternehmen erfolgreich gewesen, dachte Fanny. Sie hoffte nur, daß die Briten davon nichts erfuhren.

Die jüngere Rani schickte am nächsten Morgen nach Fanny. Es war eine der längsten Nächte gewesen, die Fanny jemals erlebt hatte. Bei jedem Geräusch war sie aufgeschreckt, auch wenn sie nicht wußte, warum. Sie hatte sich in das Zelt des Radscha zurückgesehnt. Statt dessen hatte sie die Nacht allein in dem stickigen Schlafgemach verbracht und sich unruhig auf ihrem Lager hin- und hergeworfen.

Schweren Herzens machte sie nun zögernd ihre Verbeugung. Beim Anblick der anderen Frau durchfuhr sie wieder jenes Gefühl der Eifersucht, das sie bereits vor ihrer Begegnung gespürt hatte. Wo hatte die jüngere Rani die Nacht verbracht?

»Bitte, setz dich neben mich«, forderte Ihre Zweite Hoheit sie auf.

Fanny tat, wie ihr geheißen. Ihre Glieder schmerzten, als sie die Beine unterschlug, aber sie war zu stolz, es dieser graziösen Frau gegenüber zuzugeben. Sie würde lernen, sich wie sie zu bewegen, und wenn es sie umbrachte!

In den Augen der jüngeren Rani glitzerte Heiterkeit. »Dei-

ne Dienerin hat mir gesagt, daß du in Delhi immer auf Stühlen gesessen hast.«
»Ja«, gab Fanny grimmig zu. »Nur Kinder sitzen auf dem Boden!«
Die Rani kicherte. »Von Seiner Hoheit habe ich erfahren, daß du dein kleines Mädchen zurücklassen mußtest —«
Fannys Augen blitzten. »Du hast den Radscha gesehen?«
Eine kleine Hand faßte Fannys Arm und drückte ihn mit einer Kraft, die bei einer so zarten Person erstaunte. »Ja, ich habe Seine Hoheit gesehen. Er war viele Wochen von zu Hause weg, und es hat einige Veränderungen hier gegeben, von denen er wissen sollte. Ich bin seine Frau, Fanny.«
»Das ist Ihre Erste Hoheit auch!«
»Ja, aber du hast keinen Grund, auf sie eifersüchtig zu sein, nicht wahr? Ich hoffe sehr, daß wir Freundinnen werden können.« Sie senkte die Augen. »Seine Hoheit wünscht es so.«
Fanny erhob sich. Die Verspannung der Muskeln, die die ungewohnte Art zu sitzen bei ihr verursachte, war unerträglich geworden. Sie wanderte über den Hof und versuchte, ihre Gefühle unter Kontrolle zu bekommen. Schließlich setzte sie sich an den Rand der Plattform.
»Ich — ich kann es nicht!«
Die Augen der jüngeren Rani weiteten sich. »Hast du denn eine andere Wahl?«
Fanny lächelte schmerzlich. »Nein«, sagte sie schließlich. »Und ich wollte, ich hätte dich nicht so gerne. Dann wäre alles leichter für mich. Ich habe den schrecklichen Verdacht, daß mein Glück hier größtenteils von deinem guten Willen abhängt, und das finde ich entwürdigend!«
Die jüngere Rani lachte. »Seine Hoheit hat mir erzählt, daß du mehr Mut hättest, als er es je bei einer Frau erlebt hat. Ich beginne zu verstehen, was er meint!«

»Bist du nicht verletzt, wenn er mich lobt?«
Die jüngere Rani zögerte. »Mein ganzes Leben hängt von meinem Herrn ab. Warum sollte es mir also etwas ausmachen?«
»Mir würde es etwas ausmachen!«
Mit einem leichten Seufzer sagte die jüngere Rani: »Er hat mir erklärt, daß mein Platz in seinem Leben sicher ist. Ich bin die Mutter des Yuveraj. Ich bin die zweite Rani. Ich werde immer einen Platz in seinem Herzen haben —«
»Und jetzt bin ich gekommen und habe alles für dich verdorben!« unterbrach Fanny sie grimmig.
»Nein, nein. Ich bin nicht wie du. Ich wußte ja schon immer, daß ich ihn mit anderen teilen muß. Du nimmst mir nichts weg.« Sie schwieg einen Augenblick und fügte dann vorsichtig hinzu: »Wenn wir Freundinnen wären, Fanny, dann könnte sich niemand zwischen uns drängen und uns beiden Schwierigkeiten bereiten. Viele sehen in dir nur eine Fremde, die nichts als Unheil über Kattyapur bringen wird.«
Fanny warf ihr einen grimmigen Blick zu. »Ila hat mir erzählt, wie leicht es wäre, mein Essen zu vergiften, weil ich immer alleine esse.«
»Ich hoffe, daß es nicht dazu kommen wird! Die Rache Seiner Hoheit wäre fürchterlich. Wir alle würden hingerichtet werden, weil wir nicht besser auf dich geachtet haben! Es war dumm von Ila, dich so zu erschrecken!«
»Du meinst, es wäre möglich?«
Ihre Zweite Hoheit breitete die Arme aus und seufzte. »Ich glaube zu wissen, daß nichts passieren wird! Fanny, bitte, könntest du es nicht für uns beide einfacher machen?«
Fanny atmete tief durch und nickte. »Es wäre mir eine Ehre, deine Freundin zu sein.« Etwas von dieser Frau anzuneh-

men, das war eine der schwersten Entscheidungen, die sie jemals zu treffen hatte. Und doch, wider ihren Willen, konnte sie die jüngere Rani nicht hassen. Im Gegenteil, sie hatte Angst, sie könne sie viel zu sehr liebgewinnen. Mit einer steifen Bewegung wandte sie sich ihr zu. »Du bist sehr freundlich zu mir, und du darfst nicht glauben, ich wäre undankbar.« Sie blinzelte, denn Tränen traten ihr in die Augen. »Seine Hoheit hat mir auch von dir erzählt. Er bewundert dich sehr — und ich auch.«

Die jüngere Rani wurde ganz rot. »Ich lebe, um ihm zu gefallen. Und du auch, Fanny.«

Nun war es Fanny, die einen resignierten Seufzer ausstieß. »Ich nehme an, das muß ich«, sagte sie.

Kapitel 12

Fanny schlief schon fast, als der große, schwarze Eunuch der *zenana* an ihre Türe kam, um sie in Sajjans Gemächer zu rufen. Bisher hatte sie den riesigen Wächter der Frauen nur aus der Ferne gesehen, und so erschrak sie fast zu Tode, als Ila diesen schwarzen Riesen hereinließ, der so fett war, daß er sich nur watschelnd fortbewegen konnte. Er gab Fanny ein Zeichen, ihm die Treppe hinauf zu folgen. Seine Kleidung war fast so prächtig wie die Sajjans, und Fanny fühlte sich ganz unansehnlich neben ihm in ihrem Nachtgewand und mit ihrem langen Haar, das ihr offen auf den Rücken fiel, ohne daß es gebürstet worden wäre, bis es glänzte.

Sajjan war allein in seinem Schlafzimmer. Er stand vor einem der Bogenfenster, von dem aus man die ganze Stadt überblicken konnte, und starrte hinaus. Fanny trat leise neben ihn und blickte gebannt auf das Lichtermeer unter ihnen.

»Wie schön!« rief sie aus.

Im Wohntrakt der Frauen konnte man sehr wenig von der Außenwelt sehen, denn alle Zimmer lagen nach innen, und die Fenster blickten auf eine Reihe hübscher Innenhöfe. Die wenigen Fenster zur Außenseite waren mit Riegeln und Fensterläden verschlossen, damit kein Unbefugter einen verstohlenen Blick auf die Frauen des Herrschers werfen konnte.

Wie jung und verletzlich sie aussah! dachte er bei sich. Ja, sie wirkte sogar ein wenig befangen. Diese Veränderung bedrückte ihn. Doch als er seine Hand nach ihr ausstreckte und sie an sich zog, schmiegte sie sich glücklich in seine Umarmung.

»Nun, Fanny, kannst du hier glücklich werden?«

»Ich werde es versuchen.«

»Waren alle freundlich zu dir?«

Sie nickte und sah ihn nicht an. »Ihre Zweite Hoheit war mehr als freundlich. Du hattest recht, als du mir sagtest, ich würde sie mögen. Ja, ich mag sie, trotz der Unterschiede zwischen uns!«

»Sie ist meine Rani —«

Sie klammerte sich an sein Nachtgewand. »Ich werde mich nie daran gewöhnen, daß du andere Frauen hast. Niemals!«

Er lachte leise. »Ich habe die *anderen* Frauen weggeschickt — außer Maneka. Sie hat hier mehr Rechte als alle anderen. Ich schulde ihr viel, mein Liebes, mehr als du ahnst, und nicht nur, weil sie meine Rani ist, was du nie sein kannst. Sie hat es nicht verdient, von meinem Bett und meinem Herzen ausgeschlossen zu werden. Wenn jemand Grund hat, eifersüchtig zu sein, dann ist sie es!«

Fanny lächelte schmerzlich. »So ein guter Mensch wie sie werde ich niemals sein«, gestand sie. Ihre Augen leuchteten auf, als er sie zärtlich anlächelte. »Sie verehrt dich! Du bist für sie ohne Fehl und Tadel!«

Diese Bemerkung erheiterte ihn sichtlich. Gleich darauf aber fragte er ernst: »Und Ihre Erste Hoheit? Was für einen Eindruck hat sie auf dich gemacht?«

»Sie war so, wie sie immer ist, vermute ich. Sajjan, warum um Himmels willen hast du sie geheiratet? Du mußtest doch wissen, wie sie ist?«
»Politik, mein Liebes. Sie stammt aus einer Familie, mit der mein Vater eine Verbindung eingehen wollte. Du hast ihren Bruder kennengelernt. Gott sei Dank hat wenigstens er etwas Hirn, wenn auch nicht sonderlich viel. Er ist ein eitler Mensch, besessen von der Gier nach Gold und Schmuck. Solange Ihre Erste Hoheit lebt, bleibt er unser Verbündeter. Ich kann nur hoffen, daß er uns nicht in irgendein törichtes Unternehmen hineinzieht. Er hat nicht genug Ehrgefühl, um sein Volk und seine Freunde zu schützen.«
»Ich mag ihn nicht und traue ihm nicht«, bekannte Fanny und seufzte. »Die arme Erste Hoheit!«
Er zuckte die Schulter, unangenehm berührt von den Erinnerungen, die Fannys Mitleid in ihm aufwühlte. Genauso hatte seine Mutter von seiner ersten Frau gesprochen. »Wir waren beide noch Kinder, als wir geheiratet haben«, sagte er laut. »Meine Mutter hat nicht erlaubt, daß die Ehe vollzogen wird. Sie sagte, ich bräuchte Erben, die meinem Volk Mutter und Vater sein könnten, keine Schwachsinnigen. Sie war sehr zornig auf meinen Vater, weil er diese Verbindung herbeigeführt hat. Tagelang hat sie kein Wort mit ihm gesprochen!«
»Da hatte sie recht«, meinte Fanny. »Wie hättet ihr denn schon miteinander glücklich werden können?«
»Bei dieser Heirat ging es nicht um Glück«, entgegnete er trocken. »Das ist selten so bei Menschen unseres Standes.«
Aus eigener Erfahrung wußte Fanny, wie recht er mit dieser Bemerkung hatte. »Erzähl mir von deiner Mutter«, bat sie ihn. »Hast du sie sehr geliebt?«
Er lächelte. »Ja, sie war eine außergewöhnliche Frau. Sie

war die erste Rani meines Vaters und regierte die *zenana* mit eiserner Rute. Die anderen Frauen haben uns verzogen. Meine Mutter aber war strenger. Sie war es, die sich um unsere Erziehung kümmerte. Sie hat mich gelehrt, was die Pflichten eines Radscha sind. Ihr habe ich es auch zu verdanken, daß ich Englisch spreche, reisen konnte und andere Länder kennengelernt habe. Es war schlimm genug, als mein Vater starb, aber als ich auch sie verlor, war ich völlig verzweifelt.«

»Du hast gesehen, wie sie starb?«

Er biß sich auf die Lippen. »Ich habe ihr selbst auf den Scheiterhaufen geholfen und ihn angezündet. Du mußt wissen, daß es Pflicht des ältesten Sohnes ist, die Begräbnisriten für seinen Vater zu überwachen. Sie ging glücklich und würdevoll in den Tod, und sie sagte, ihr Hochzeitstag wäre nur eine Vorbereitung für diesen viel wichtigeren Tag gewesen — ›treu und voll Liebe, geliebt und schön, folgte sie ihm in die Flammen‹.«

Fanny schauderte. »Wie konnte sie das tun?« flüsterte sie.

»Sie wollte es so. *Sati* bedeutet tugendhafte Frau, und diese Frauen werden sehr verehrt. Eine Witwe sagt: ›Dieser Tag ist ein Freudentag ... wir haben miteinander gelebt, wie kann ich ihn verlassen?‹ Wenn sie sich entschließt, am Leben zu bleiben, dann glauben die Leute, sie bringe Tod und Unglück. Sie verlebt den Rest ihrer Tage im Verborgenen, und alle behandeln sie wie eine Aussätzige.«

»Diesem Brauch werden die Briten ein Ende machen! So zu sterben! Wie können sie nur?«

»Unseren Frauen fehlt es weder an Mut noch an Ehrgefühl. Meine Mutter hatte beides reichlich. Wenn du an das Ganesha-Tor schaust, dann siehst du die Handabdrücke von vielen unserer Ranis, die *sati* geworden sind. Auch die meiner Mutter sind darunter. Ich kann das Tor nicht ansehen, ohne an diesen Tag zu denken.«

»Wie alt warst du?« fragte Fanny.

»Noch sehr jung. Ich habe sie so vermißt, Fanny! Niemandem habe ich je gestanden, wie sehr sie mir fehlte. Nicht nur als Mensch, sondern auch als Ratgeberin. Ohne sie wußte ich nicht, wem ich trauen konnte. Meine anderen Mütter hätten es gern gesehen, wenn ihre Söhne an meiner Stelle gewesen wären, und wer konnte es ihnen verdenken? Ich habe sehr rasch die Kunst gelernt, ein erfolgreicher Herrscher zu sein. Nun, und das erste Gebot dabei ist natürlich, am Leben zu bleiben. Erst als Maneka kam und die Herrschaft in der *zenana* übernahm, wurde es leichter.«

»Du kannst den Göttern dafür danken!«

»Das tue ich, mein Liebes, das tue ich! In ihr ist meine Mutter wieder lebendig geworden!«

Fanny schauderte. Da gab es noch etwas, was sie klarstellen mußte, und zwar sofort! »Komme, was wolle, Sajjan, ich werde mich niemals auf einen Scheiterhaufen werfen, auch nicht bei deiner Beerdigung! Ich glaube nicht wie du an die Wiedergeburt. Ich bin überzeugt, daß ich nur dieses eine Leben habe, und das möchte ich auskosten, bis ich in meinem Bett an Altersschwäche sterbe! Wenn du meinst, daß ich kein Ehrgefühl und keinen Mut habe, dann kann ich daran nichts ändern. Ich liebe das Leben. Das habe ich immer getan — trotz Edwin!«

»Wir alle werden besser leben, wenn wir die Briten abhalten können!« sagte er grimmig. Dann sah er sie belustigt an. »Warum hätte ich dich sonst hierher bringen sollen?«

»Das also war der Grund? Dein einziger Grund? Was tue ich dann hier in deinem Schlafzimmer?«

»Ich weiß nicht – wenn du nicht einmal für mich sterben willst!« neckte er sie.
»Ich lebe eben lieber für dich«, gab sie zurück. »Es sterben ohnehin viel zu viele Menschen auf dieser Welt.«
»Vielleicht würde dir dein nächstes Leben besser gefallen! Möglicherweise wirst du ja als Radscha wiedergeboren, mit vielen schönen Frauen, die dich unterhalten wollen.« Sein Lachen erstarb, als ihre Finger seine nackte Brust berührten. Besitzergreifend umarmte er sie. »Ein Leben ist nicht lang genug, um dich zu lieben!«
Fanny kicherte. »Deshalb fangen wir jetzt besser damit an, nicht wahr?«
Sajjan war es nicht gewöhnt, daß Frauen über ihn lachten. Fanny würde lernen müssen, ihn mit Respekt und Ehrfurcht zu behandeln. Doch dann sah er das verliebte Glitzern in ihren Augen und dachte daran, wieviel sie für ihn aufgegeben hatte. Sie sah ihn vielleicht nicht als ihren Herrn an, doch sie liebte ihn und verlangte nach ihm mit der gleichen Ungeduld, mit der er sie begehrte. Er erinnerte sich an ihre Angst, als er sie zum ersten Mal geliebt hatte, und sein Gesichtsausdruck wurde weicher. Mochte sie sich doch in seiner Gegenwart ungebührliche Freiheiten herausnehmen – er wollte sie gar nicht anders.
Fanny hörte zu lachen auf, als er sie auf das Bett warf und ihr die Kleider vom Leib zog. Bisher hatte er sie vorher immer zärtlich umarmt, und sie war nicht sicher, ob sie diese andere Art des Vorspiels mochte. Sie wußte, daß er stark war, aber jetzt war sein Arm wie aus Eisen. Er hielt sie auf dem Bett fest, während sein Blick langsam über ihren nackten Körper wanderte, von ihren Brüsten bis zu ihrer erst vor kurzem rasierten Hüftgegend. Dann stieß er einen zufriedenen Grunzlaut aus und deutete auf einen kleinen, roten Kratzer.

»Du mußt deinem Mädchen sagen, daß sie mit meinem Eigentum vorsichtiger umgehen soll!«
Fanny setzte sich auf und bedeckte mit beiden Händen ihren Körper. »Denkst du, ich erlaube Ila —? *Niemals!* Niemals wieder nach dieser ersten Nacht! Ich bin in meinem ganzen Leben noch nie so gedemütigt worden! Ich tue es selbst!«
Er drückte ihren Körper in eine liegende Stellung zurück und fuhr fort, sie eingehend zu betrachten. »Ist es möglich, daß die Frauen in England ihre Körperhaare nicht entfernen?«
»*Nein!* — Ich bin mir zumindest ziemlich sicher.«
Er machte eine Geste des Abscheus. »Ich bin froh, daß du es mir zuliebe tust. Du bist sehr schön, Fanny.«
»Du bist auch sehr schön!« rief sie aus, um seine Aufmerksamkeit endlich von sich selbst abzulenken.
»Woher weißt du das?« tadelte er sie. »Du siehst mich so selten an!«
Das Blut pochte in ihren Venen. »Wenn meine Königin mich jetzt sehen könnte, sie würde daran zweifeln, daß ich jemals Schamgefühl besessen habe! Es ist ungehörig, nackte Körper anzusehen ... noch ungehöriger, als das Licht anzulassen, wenn —« Sie schluckte, und ein zartes Schuldgefühl befiel sie, als sie Sajjans ungläubigen Blick sah. »Es ist wahr!« betonte sie. »Agnes hätte uns nur erlaubt, uns durch ein Bettuch mit einem Loch darin zu lieben — und auch dann nur, weil Kinder geboren werden müssen!«
»Was für seltsame, scheinheilige Menschen ihr Briten doch seid!« bemerkte Sajjan voller Verachtung.
Sie war verletzt. »*Ich* scheine dir jedenfalls zu gefallen«, schmollte sie.
»Du gefällst mir, wenn du weich und lieb bist, aber nicht, wenn du die ganze Zeit mit mir streitest«, gab er zu.

Nun war sie wirklich verärgert und schob ihn von sich weg. »Und du gefällst mir am besten —«

Sein drohender Blick ließ sie innehalten. »Wenn ich dir nicht gefallen würde, was tätest du dann?« fragte sie ihn und war nicht sicher, ob sie die Antwort hören wollte.

»Hast du Angst, ich würde dich schlagen?«

Das war ihr gar nicht in den Sinn gekommen. »Würdest du das wirklich tun?«

»Lieber würde ich dir neue Möglichkeiten zeigen, mir zu gefallen —«

Ihre marineblauen Augen glühten. »Wie zum Beispiel?«

Er nahm ihre Hand und führte sie nach unten, bis er ihre zitternden, kühlen Finger an der äußeren Manifestation seines Verlangens nach ihr spüren konnte. »Jetzt führe mich zu dir«, befahl er.

Wenn sie dies für eine ungehörige Aufforderung hielt, so zeigte sie es jedenfalls nicht, denn sie war viel zu neugierig darauf, was er wohl als nächstes von ihr verlangen würde. Sie fand es bald heraus, als er gebieterisch die Initiative übernahm und den Rhythmus ihrer vereinigten Körper bestimmte — nicht mit der gewohnten Zärtlichkeit, sondern mit einer hungrigen, leidenschaftlichen Kraft, die sie bald selbst vor Liebe und Verlangen aufseufzen ließ. Selbst dann war er noch nicht zufrieden. Er wollte von ihr das Eingeständnis, daß sie ohne jede Zurückhaltung ihm gehörte, so wie jede seiner indischen Frauen. Fanny hielt stand, so lange sie konnte. Sie wollte sich nicht völlig dieser Kraft ausliefern, von der sie sich in ihrer Eigenständigkeit bedroht fühlte.

»Genügt es nicht, daß ich dich liebe?« fragte sie.

»Wenn du nicht von der Treue zu deiner Königin lassen willst?« murmelte er.

Sie glättete ihm das Haar seiner Brauen und lächelte leicht. »Also, das ist es! Stört es dich, daß ich Britin bin?«
»Nicht, solange du in mir deinen eigentlichen Herrn siehst!«
»Sajjan, mein Liebster, mein ganzes Herz gehört dir. Genügt dir das nicht?«
»Es genügt mir nicht, solange da immer noch ein Teil von dir ist, der glaubt, du könntest von mir unabhängig sein. Keine indische Frau würde sich mir so entziehen! Eine Frau muß sich ihrem Mann unterwerfen!«
»Du bist mehr für mich als ein Ehemann«, sagte sie. »Du bist mein auserwählter Herr. Ist dir das nicht genug?«
Sajjan ahnte, daß er etwas Unmögliches von ihr verlangte — und von sich selbst ebenfalls. Ihre Herkunft und Erziehung waren so verschieden. Was wußte sie schon von den Versprechen, die indische Frauen gaben, wenn sie hinter ihren Ehemännern um das heilige Feuer gingen? Er hatte sie viel über die Liebe gelehrt, und sie war überrascht gewesen, welches Vergnügen sie aneinander haben konnten. Warum sollte er ihr nicht auch beibringen können, daß es der Lebenszweck einer Frau war, dem Willen ihres Ehemanns zu folgen und nicht auf ihrem eigenen Willen zu bestehen?
Er warf ihr einen unzufriedenen Blick zu. »Eines Tages wirst du vor mir niederknien, und dann weiß ich, daß du mir gehörst!« prophezeite er.
Sie hatte nicht die geringste Angst vor ihm. »Vielleicht verdienst du es eines Tages!« sagte sie.
Dennoch war sie erleichtert, als er sie wieder in seine Arme nahm und von neuem mit dem Liebesspiel begann. Sie glaubte zu wissen, was er wirklich von ihr verlangte, und

das war etwas, was sie niemals freiwillig einem Mann opfern würde, sosehr sie ihn auch liebte. Es war ihre geistige Unabhängigkeit.

Der Besuch der verbannten Frauen in der *zenana* war eine schwerere Prüfung für Fanny, als sie erwartet hatte. Der ganze Hof wimmelte plötzlich von schmollenden, bedrückten Frauen und ihren hüpfenden und kichernden Sprößlingen, die bereits alt genug waren, um die mißtrauische Abneigung ihrer Mütter gegen den Neuankömmling zu teilen. Das allein wäre schon schlimm genug gewesen, doch das Schlimmste war, daß von ihr erwartet wurde, stundenlang mit den anderen auf dem Boden zu sitzen, ohne sich zu bewegen, wie sie es gewohnt war.
Ihre Erste Hoheit war sorgfältig gewaschen und angezogen worden und saß ein Stück weit von den anderen entfernt. Ihre Aufregung über das geschäftige Treiben um sie herum kannte keine Grenzen. Die meiste Zeit über wurde sie gar nicht beachtet; nur ab und zu ging eine der Frauen zu ihr und brachte ihr ein Stück Konfekt oder etwas von dem süßen Likör, den sie so mochte. Einige Schritte links hinter ihr saß die jüngere Rani, die wie immer aufmerksam darüber wachte, daß alles seine Ordnung hatte. Sie war es, die die Frauen eine nach der anderen begrüßte, freudiges Erstaunen über ihre Kinder zeigte und sie schließlich Fanny vorstellte, die ihrerseits einige Schritte hinter Maneka saß.
Es herrschte eine drückende Hitze, und Fanny litt unter dem Schleier, den sie vor dem Gesicht trug. Vergeblich hatte sie versucht, sich gegen diese Sitte zu wehren: die jüngere Rani hatte mit einer Entschiedenheit darauf beharrt, die ihrer eigenen in nichts nachstand.
»Ich bestehe darauf, daß du Ihrer Ersten Hoheit die gebo-

tene Achtung erweist«, hatte Maneka sie ermahnt. »Wir müssen den anderen Frauen, die über sie lachen, ein gutes Beispiel geben. Ich vertraue darauf, daß du dich ordentlich benimmst, Fanny.«

Auch Maneka selbst schonte sich nicht, wie Fanny bemerkte. Man sah ihr keinen Augenblick an, daß sie lieber mit ihren eigenen Kindern plaudern oder spielen würde, anstatt den verzogenen, quengeligen Nachwuchs dieser Frauen zu bewundern, deren Hauptbeschäftigung zu sein schien, einander mit ihren spitzen Zungen in Stücke zu reißen.

Ihre Zweite Hoheit wandte sich um und musterte Fanny kritisch. »Bedecke dein Gesicht besser!« meinte sie mit einem Stirnrunzeln. »Und denk daran, sage kein Wort, wie sehr auch die anderen über dich lästern mögen! Und blicke nicht auf, wenn die älteren Frauen unter deinen Schleier schauen und deine Blässe bekritteln. Nimm es demütig an.«

»Demut war noch nie meine starke Seite!« gab Fanny zurück.

»Tu es für Seine Hoheit. Du möchtest doch nicht, daß die Leute über ihn lachen, oder?«

Fanny hatte nicht geglaubt, daß sie das wagen würden. Sie wollte gerade etwas erwidern, als sie das belustigte Glitzern in Manekas Augen sah. Nun wußte sie, daß sie nichts weiter zu sagen brauchte. Die jüngere Rani wußte genau, wie anstrengend das für sie war.

»Bitte, Fanny. Meine Mutter kommt heute auch, und ich wünsche mir so sehr, daß sie dich mag.«

»Mich?« Fanny war gerührt. »Ich werde es versuchen. Wer kommt sonst noch?«

Maneka seufzte. »Die Schwestern Seiner Hoheit. Sie haben Angst vor dir, weil du von jenseits der Schwarzen Meere kommst. Sie sagen, du bringst uns Unglück.«

»Glaubst du das auch?«
Zu Fannys Überraschung wurde die jüngere Rani rot vor Verlegenheit. »Seine Hoheit hat mir erklärt, daß Kattyapur dich ebenso braucht wie er selbst. Nur seine Wünsche zählen für mich —«
»Aber es wäre dir lieber, er hätte mich niemals hierhergebracht?«
»Nein, nein ... damals habe ich dich noch nicht gekannt«, entschuldigte sich Maneka hastig. »Ich dachte, du wärst keine richtige Frau. Man hört so seltsame Geschichten über die britischen Fremdlinge.«
»Ich versichere dir, daß ich eine Frau bin!« rief Fanny einigermaßen bestürzt.
»Das hat mir Ila gesagt«, gab Maneka unschuldig zurück. Fanny fiel keine Antwort ein, so verblüfft war sie, daß jemand diese Tatsache auch nur einen Moment lang bezweifeln konnte. »Die anderen glauben es möglicherweise trotzdem nicht.« Maneka wandte sich wieder um und bemerkte die halb amüsierte, halb zornige Enttäuschung nicht, die ihre Worte hervorgerufen hatten.
Fanny wurde schon genug gequält von ihren schmerzenden Muskeln, die gegen die erzwungene Haltung protestierten, und von der stechenden Sonne. Deshalb glich es einer Folter, als nun auch noch eine selbstgefällige Frau nach der anderen ihren Schleier aufhob und überhebliches Erstaunen darüber zeigte, daß auch sie wie jeder Mensch zwei Augen, eine Nase und einen Mund hatte.
Die kleinen Geschenke wurden ihr mit offenkundiger Verachtung in den Schoß geworfen. Ob es nun ein Edelstein, eine Münze oder ein *Nazar* — ein symbolisches Geschenk — war, Fanny konnte sich nicht darüber freuen. Vergeblich rief sie sich in Erinnerung, daß sie mit ihrer zwiespältigen Stellung in

der *zenana* eigentlich gar keinen Anspruch auf irgendwelche Ehren hatte, aber sie sehnte sich danach, durch eine gezischte Bemerkung ein für allemal klarzustellen, wem sie hier gegenüberstanden. Nur die warnenden Blicke, die ihr die jüngere Rani gelegentlich zuwarf, hielten sie zurück. Sie hielt ihren Blick gesenkt und ballte die Hände im Schoß zu Fäusten.

Daher war sie überrascht, als eine ältere Frau sich neben ihr auf ein Kissen setzte, ihre verkrampften Hände ergriff und sie sanft löste.

»Nun, mein Kind, entspanne dich. Das Schlimmste ist jetzt vorbei. Es ist sicher ungewohnt für dich, so lange still zu sitzen. Ich war einmal in Kalkutta und dort habe ich gesehen, daß die britischen Frauen keinen Augenblick lang stillhalten, sondern immer mit ihren Fächern wedeln und kichern wie die Kinder! Es war tapfer von dir, den langen Weg nach Kattyapur zu kommen!«

Fanny richtete ihre marineblauen Augen auf sie. Der höfliche, zurückhaltende Tonfall dieser Frau klang ihr vertraut. »Sie müssen die Mutter der jüngeren Rani sein!«

»Die Maharani von Jaiselmer«, nickte die andere. »Meine Tochter hat mir so viel von dir erzählt, daß ich gekommen bin, um dich kennenzulernen.«

Fanny senkte den Blick. Sie wußte, daß sie nun auf die Probe gestellt wurde. »Ich bewundere die jüngere Rani sehr«, sagte sie steif.

»Das ist ganz natürlich. Es ist nicht leicht für sie mit der älteren Rani.«

Und nun muß sie auch noch mit mir fertigwerden, beendete Fanny in Gedanken den Satz für sie.

Die Maharani nickte ihr wohlwollend zu und sah sie dann eindringlich an. »Darf ich fragen, weshalb du gekommen bist?«

»Sajjan —«
Die Maharani zupfte sie an ihrem Gewand und schüttelte den Kopf. »Seine Hoheit«, korrigierte sie. Nachdenklich blickte sie Fanny an. »Warum die Leute vor den Kopf stoßen, wenn es nicht nötig ist? Ihr Europäer seid immer blind für die Gefühle anderer Menschen. Hoffen wir, daß dein Leben in Indien dich lehren wird, daß man auch uns nicht verächtlich behandeln darf!«
Fanny schämte sich. »Ich werde versuchen, mich anzupassen!« Die offenkundige Sympathie der anderen Frau zauberte ein sanftes Lächeln auf ihre Lippen. »Bitte verzeihen Sie mir mein schlechtes Benehmen. Mein Kopf ist völlig wirr vom langen Sitzen in der Sonne, und, um die Wahrheit zu sagen, meine Muskeln sind eure Art des Sitzens nicht gewohnt. Ich bezweifle, daß ich jemals wieder laufen kann! Wie bringt ihr es nur fertig, stundenlang so auf dem Boden zu sitzen?«
Die Maharani war nicht immun gegen Fannys Charme und antwortete lächelnd: »Wir sind es von Kindheit an gewohnt. Ich nehme an, daß wir eure Art des Sitzens genauso unbequem finden würden. Auch wenn es dir so erscheint, als kritisiere meine Tochter dich zu oft, glaub mir, sie meint es gut mit dir. Deine Ankunft hier hat zu viel Gerede Anlaß gegeben. All die alten Verstimmungen sind wieder aufgetaucht, mit denen sie selbst zu kämpfen hatte, als sie hierherkam. Du kannst das vielleicht nicht verstehen —«
»Aber natürlich!« rief Fanny lachend aus. Daher also hatte die jüngere Rani ihre Weisheit und ihre Toleranz! »Meine größte Überraschung war die Entdeckung, wie ähnlich wir uns alle sind! Wenn Sie jemals an den Hof der Königin Viktoria kämen, würden Sie sich wie zu Hause fühlen! Nein, nicht die Kleider, nicht die Äußerlichkeiten, aber all diese

kleinen Versuche, in der Welt nach oben zu kommen und von den richtigen Leuten bemerkt zu werden ... das gibt es überall!«

»Warum seid ihr so begierig darauf, euch fremde Länder zu unterwerfen? Habt ihr eigentlich keine Religion?«

Fanny war amüsiert über diesen Gedanken. »Manche von uns haben zuviel Religion und fühlen sich verpflichtet, unseren christlichen Gott mit euch zu teilen«, sagte sie leichthin.

Sie mußte über die Empörung der Maharani lachen. »Wenn du niemals betest«, hielt sie Fanny entgegen, »was weißt du dann von irgendeinem Gott?«

»Sehr wenig«, gab Fanny zu. »Ich bete auf meine eigene Weise, aber ich habe noch nie genau gewußt, an was ich glaube. Seine Hoheit sagt, daß wir alle Gott in der Form huldigen, die uns am sinnvollsten erscheint. Ich fürchte«, fügte sie trocken hinzu, »daß für viele von uns das Gold der einzige Gott ist, an den sie glauben. Doch es gibt auch andere, die wirklich nur das Beste für Indien wollen.«

Ein scharfer Blick traf sie. »Und du? Willst du dein Bestes geben für Kattyapur?«

»Ich werde es versuchen.«

Die Maharani schien mit dieser Antwort zufrieden. »Dann bist du hier willkommen«, sagte sie.

Eine Minute später war sie gegangen. Fanny sah, wie sie mit ihrer Tochter sprach und erkannte an dem erleichterten Ausdruck auf Manekas Gesicht, daß nun wohl auch die Maharani nicht länger glaubte, durch Fannys Anwesenheit stände Kattyapur kurz vor der Katastrophe.

Sie fragte sich gerade, ob sie es wagen dürfte, sich von ihrem Sitzplatz zu erheben, als sich ein kleiner Junge von seiner Erzieherin losriß und auf sie zugelaufen kam.

»Wer bist du?« fragte er.
Bei seinem Anblick konnte Fanny nicht mehr stillsitzen. Sie war fasziniert von dem kleinen Kerl, der sich an ihren Schleier hängte und ihr beinahe den sorgfältig arrangierten Haarschmuck herunterriß.
»Wer bist denn du?« gab sie zurück und hob ihn auf ihre Knie, wo er keinen Schaden anrichten konnte. »Du siehst aus wie Saj...!«
Der erschrockene Laut, den die Erzieherin ausstieß, zeigte ihr deutlich, daß sie einen schrecklichen Fehler begangen hatte. Instinktiv wandte sie sich hilfesuchend nach Maneka um. Diese kam sofort und zog mit einem Lächeln für beide das Kind aus Fannys Umarmung.
»Das ist Yadavendra«, stellte sie ihren Sohn vor. »Der Yuveraj, der nächste Radscha von Kattyapur!«
Einen Moment lang fragte sich Fanny, ob man von ihr jetzt irgendeine Ehrenbezeugung gegenüber dem kleinen Jungen erwartete. Doch das Kind selbst machte ihren Überlegungen ein Ende. Es riß sich los von der Hand der Mutter und warf sich wieder auf Fannys Schoß. Erfreut zog sie den Jungen an sich.
»Wie glücklich du bist, so einen Sohn zu haben!« sagte sie voll Wärme.
Der Gesichtsausdruck der jüngeren Rani hellte sich auf. »Du mußt deine Tochter sehr vermissen«, sagte sie mitfühlend, »aber du wirst bald noch mehr eigene Kinder haben. Stören dich seine schmutzigen Finger auf deinem Kleid?«
Fanny schüttelte den Kopf. »Soll ich —«, begann sie.
»Nein, nein, Fanny. Bleib *sitzen!* Und bedecke dein Gesicht!«
Der Yuveraj holte seinen Teller mit Süßigkeiten, setzte sich neben sie und schmiegte sich an. In seinen dunklen Augen

las sie Bewunderung und unverhohlene Neugier. Er war noch zu jung, um durch die Anwesenheit einer Fremden seine Kaste zu verlieren.

»Lebst du jetzt immer hier?« fragte er.

»Immer«, bestätigte Fanny.

»Da bin ich froh. Alle Frauen geben mir Kuchen, wenn sie mit mir spielen«, fügte er bedeutungsvoll hinzu. »Machst du auch Musik und singst?«

»Niemals«, sagte Fanny.

Er lächelte langsam und zeigte eine gleichmäßige Reihe von Milchzähnen. »Ihre Zweite Hoheit tanzt *gurbas*, den Stocktanz, und die *ghoomar*-Tänze. Und sie singt *bhajans*. Warum tust du das nicht?«

»Ich kann es nicht«, gestand Fanny.

Nun sah er mehr denn je wie sein Vater aus. »Dann muß man es dir beibringen!« Er ging hinüber zu seiner Mutter, um ihr das mitzuteilen, und Ihre Zweite Hoheit bat Fanny mit Blicken um Entschuldigung.

»Ich werde dir das Tanzen beibringen«, erklärte sie. »Du willst ja sicher keine *bhajans* mit uns singen. Das sind religiöse Lieder, mit denen wir Krishna preisen.« Sie begann leise zu summen und einige der anderen Frauen fielen ein. Fanny gefiel das Lied sehr gut. »Ich werde dir den Text beibringen«, bot ihr Maneka schüchtern an. »Nur, bitte gib dem Yuveraj nichts zu essen. Sein Vater fürchtet, daß das Kind so fett wird, wie er selbst es in diesem Alter war. Alle Kinder bekommen in der *zenana* zuviel zu essen. Sie werden schrecklich verzogen!«

Lachend nahm Fanny dem jungen Mann den Teller weg und reichte ihn der Mutter. »Möchtest du von den Pferden hören, die ich als Kind geritten habe?« fragte sie ihn in der Hoffnung, daß ihn das von den Süßigkeiten ablenken würde.

Er nickte begierig. »Dann erzähle ich dir auch von meinen Elefanten!«
Und Fanny erzählte, wie sie einmal mit Hunden auf die Jagd geritten war. Es war schwieriger, als sie erwartet hatte, denn sie konnte sich in der fremden Sprache noch immer nicht so gut ausdrücken, wie sie es sich wünschte. Sie versuchte, ihm das grüne Irland zu beschreiben, die verschleierten Tage, wenn es gar nicht geregnet hatte, aber das Gras trotzdem feucht war, und die vielen Hecken, die noch grüner waren als die Wiesen, die sie begrenzten. Wie anders war doch das Land ihrer Kindheit als dieses wüstenartige Königreich, in dem sie nun lebte!
Sie stockte und suchte nach Worten, um das herrliche Freiheitsgefühl auf dem Rücken der Pferde zu beschreiben. Jetzt erst bemerkte sie, daß sich ein umfangreiches Publikum um sie versammelt hatte.
»Du bist neben fremden Männern geritten, mit unbedecktem Gesicht, so daß alle es sehen konnten?« staunte eine Frau. »Hast du dich nicht gefürchtet?«
»Ich habe mein Gesicht niemals bedeckt, ehe ich hierherkam«, erläuterte Fanny. »Das ist nicht Sitte in Europa. Und wenn ich ausgeritten bin, waren immer Männer dabei, die auf mich achtgegeben haben.«
Die Frauen schienen verwirrt. »Du bist also völlig unbedeckt geritten?« fragten sie. *»Nackt?«*
»Überhaupt nicht nackt!« Fanny bat eine Dienerin, ihr Papier und einen Stift zu bringen, und fertigte rasch einige Skizzen an, die sie im Reitkostüm und in Gesellschaftskleidung zeigten. Die Frauen lachten ungläubig und betrachteten mit wachsendem Vergnügen die Zeichnungen. »Wir würden niemals solche Kleider tragen!« riefen sie aus.
»Nein«, stimmte Fanny zu. »Während ich in Delhi war, wa-

ren sie mir immer zu heiß und zu unbequem, aber in England, wo es oft kalt und naß ist, ist man froh über diese langen Kleider.«
Die jüngere Rani lächelte. »Jetzt wissen wir, warum du es so schwer findest, so ruhig unter uns zu sitzen«, neckte sie sie. »Du möchtest am liebsten auf dem Rücken eines Märchenpferdes davonfliegen!«
»In wildem Galopp!« bestätigte Fanny mit leuchtenden Augen. »Das ist wunderbar — jedenfalls, solange man nicht herunterfällt —«
So fand sie der Radscha, als er in den Hof kam, um sich zu ihnen zu gesellen. Er hatte jeder ein Geschenk mitgebracht: eine nette Spielerei für Ihre Erste Hoheit; einige Pfauenfedern für Ihre Zweite Hoheit, die er ihr mit liebevoller Zärtlichkeit überreichte, und bunte Bälle für die anderen: manche nur Spielzeug, andere gefüllt mit den Süßigkeiten, die die Frauen besonders gern mochten.
Die Kinder hängten sich an ihn und kicherten, wenn er sie hochhob und über seinen Kopf schwang. Nur der Yuveraj machte keine Anstalten, zu ihm zu gehen. Er klammerte sich an Fannys Schleier und sah den anderen mit großen Augen zu.
»Yadavendra, möchtest du nicht spielen?« fragte ihn der Radscha.
Das Kind lehnte würdevoll ab. »Ich habe einer Geschichte über ein Pferd zugehört. Fanny wäre beinahe getötet worden, wenn sie sich nicht festgeklammert hätte. Du hast sie unterbrochen.«
»Dann will ich die Geschichte auch hören«, versprach sein Vater. »Wie wäre Fanny beinahe getötet worden?«
»Sie ist über eine Mauer gesprungen, die für ihr Pferd zu hoch war. Richtig heruntergefallen ist sie nicht, aber das

Tier hat sich am Bein verletzt. Sie mußte den ganzen Weg nach Hause zu Fuß gehen, und zur Strafe hat sie ihr Vater das Pferd selbst pflegen lassen.«

»Das klingt nach Fanny«, meinte sein Vater trocken.

»Ja, aber sie hat nicht eingesehen, weshalb sie kein anderes Reitpferd bekommen hat, während ihres krank war. *Du* hättest ihr ein anderes Pferd gegeben, nicht wahr?« Über sein Gesicht zog sich plötzlich ein breites Lächeln. »Ich nehme dich mit zum *pikhanna*, Fanny. Wir haben dort viele Elefanten. Die sind doch viel besser als Pferde!«

Sajjan lächelte Fanny ebenfalls zu. »Du hast einen Freund gefunden, wie ich sehe. Ich hoffe, du hast ihm auch erzählt, daß zu zuallererst mir gehörst?«

Fanny senkte die Augen. »Jeder weiß das«, flüsterte sie.

Er beugte sich vor und tätschelte leicht ihren Bauch. »Wenn erst mein Baby in dir wächst, werden sie es auch sehen.«

Fanny verlor sichtlich die Fassung. Noch immer war ihr eine so offene Redeweise unerträglich, besonders dann, wenn andere zuhörten.

»Du hast doch schon genug Kinder!« brachte sie mühsam hervor.

Er lachte und stubste seinen Sohn mit dem Finger in die Rippen. »Erst dann, wenn ich auch von dir eines habe!«

Fanny war sprachlos. Offenbar war niemand erstaunt darüber, daß er so mit ihr sprach. Die Mutter der jüngeren Rani gab ein tiefes Glucksen von sich und wiegte glücklich ihren Oberkörper hin und her.

»Es ist ein Glück, wenn es viele gesunde Kinder im Haus des Herrschers gibt«, nickte sie Fanny zu. »Kattyapur hat immer genügend Kinder hervorgebracht, im Gegensatz zu einigen Nachbarstaaten. Meine ersten drei Kinder waren Mädchen, und ich bin mir sicher, daß mich mein Ehemann geschlagen hätte, wenn das vierte kein Junge geworden wäre!« Und sie gluckste wieder, völlig zufrieden mit sich selbst und ihrer Stellung im Leben.

Maneka pflichtete ihr bei. »Fanny sollte viele Kinder haben, dann vermißt sie das kleine Mädchen nicht so sehr, das sie zurücklassen mußte!«

»Du hast recht, wie immer«, stellte Sajjan fest und lächelte seiner Rani zu. Dann nahm er ihre Hand und hob sie an seine Lippen.

Und Fanny wünschte wieder einmal von ganzem Herzen, daß sie ebenso großmütig sein könnte wie diese außerordentliche Frau.

Kapitel 13

1860

Mary betrachtete den Brief lange und eingehend. *Der Ehrenwerten Miss Mary Bantry.* Noch nie hatte sie ihren Namen so geschrieben gesehen. Sie konnte kaum glauben, daß dieser Brief wirklich an sie adressiert war.

»Darf ich ihn aufmachen?« fragte sie.

Lady Cunningham war fast so aufgeregt wie das Kind. »Natürlich. Du weißt schon, von wem er ist, nicht wahr?«

»Von meiner Patin.«

Das war natürlich richtig, obwohl Lady Cunningham in der Verfasserin des Briefes natürlich in erster Linie ihre Königin sah. Sie sah Mary zu bei ihren Versuchen, den Umschlag zu öffnen, und zwang sich, ihr nicht zu helfen. Das Kind nahm niemals Hilfe an; alles wollte es selbst machen, obwohl es den einen Arm kaum bewegen konnte und oft das Bein ein wenig nachzog.

»Was steht darin?« drängte Lady Cunningham.

Mary betastete ehrfürchtig die erhabenen Buchstaben auf dem Umschlag. Sie konnte sich kaum noch an Königin Viktoria erinnern. Geblieben war nur das Bild einer winzigen, lachenden Frau mit vorstehenden Augen, die zu einem höchst wichtigen Geschäft abgerufen worden war, als Mary gerade ihren Hofknicks machte.

»Hat sie denn nicht einmal Zeit für den Tee?« hatte Mary ihre Mutter gefragt.
»Manchmal schon«, hatte Lady Frances geantwortet. »Aber du mußt kein Mitleid mit ihr haben. Ich glaube, daß ihr die anstrengenden Regierungsgeschäfte mit all ihren Aufregungen viel Spaß machen. Nur der arme Prinzgemahl haßt es, wenn sein sorgfältig geplanter Stundenplan ständig durcheinandergebracht wird.«
»Soll ich Ihnen den Brief vorlesen?« fragte Mary nun Lady Cunningham.
»Wenn du möchtest.«
Mary beugte sich über das Papier. »Liebstes Kind«, begann sie. Das gefiel ihr so gut, daß sie die Worte noch einmal wiederholte:

Liebstes Kind, die Nachricht vom Verschwinden Deiner Mutter hat mir großen Kummer bereitet. Wir müssen wohl davon ausgehen, daß sie tot ist, auch wenn uns alle diese Vorstellung sehr schmerzt. In unseren Herzen und unserer Erinnerung wird sie weiterleben. Als Deine Patin habe ich die Pflicht, mich um Dein weiteres Wohlergehen zu kümmern. Daher habe ich Erkundigungen über Dich eingezogen. Es freut mich zu erfahren, daß Du bei Sir Arthur und Lady Cunningham lebst, denn ich habe nur Gutes über sie gehört. Ich bin sicher, daß Lady Cunningham für Dich wie für eine Tochter sorgt, und deshalb solltest Du ihr gehorchen und sie lieben wie Deine Mutter oder wie mich. Dein Vater ist, wie man mir berichtet hat, auf der Suche nach einer neuen Mutter für Dich; daher habe ich mich brieflich mit ihm in Verbindung gesetzt. Er versicherte mir, daß er damit einverstanden ist, wenn Du zunächst in Kaschmir bei den Cunninghams bleibst, wo das Klima sehr viel gesünder für Dich ist. Sollte es Veränderungen in Deinen Lebensumständen geben, dann schreibe mir bitte sofort. In der Zwischenzeit erwarte ich Deine Grüße zu den üblichen Gelegenheiten. Ich verbleibe, mit den besten Wünschen für Dein Wohlergehen und Deine Gesundheit —

Herzlichst, Viktoria R.

»Mein Gott!« sagte Lady Cunningham. »Wenn man sich vorstellt, daß sich Ihre Majestät nach mir erkundigt hat! Ich hätte niemals geglaubt, daß ich den Tag erlebe, an dem die Königin mir eine solche Ehre erweist!«

Mary konnte ein Lächeln nicht unterdrücken. »Wie sollte sie Sie nicht loben! Sie sind doch eine Freundin ihrer lieben Lady Frances —«

»Nun ja«, räumte Lady Cunningham ein. »Und ich hoffe, ich habe mich als eine gute Freundin erwiesen! Es war nicht immer leicht, den Mund zu halten, nachdem sie verschwunden war. All das Gerede! Und daß dein Vater wieder heiraten will, das ist einfach schändlich!«

»Warum? Weil Sie nicht glauben, daß meine Mutter tot ist?«

Lady Cunningham hatte sich immer noch nicht an Marys offenherzige Redeweise gewöhnt. Sie vertrat die Ansicht, daß junge Mädchen ihre Meinungen von älteren Menschen übernehmen sollten. Wußten sie zufällig einmal mehr, dann war es ein Gebot der Höflichkeit, es für sich zu behalten.

»Ich habe meine Gründe«, meinte sie verlegen.

Marys marineblaue Augen, die so sehr an ihre Mutter erinnerten, verwirrten sie immer wieder. Ein Kind ihres Alters sollte sich eigentlich nicht mit solchen Dingen befassen. Lady Cunningham hatte sich seit Lady Frances' Verschwinden bemüht, Mary vor den Launen ihres Vaters zu schützen. Eine besondere Nervenprobe war die Verhandlung vor dem Untersuchungsgericht gewesen, das Lady Frances schließlich für tot erklärt hatte, obwohl die Leiche als Beweis fehlte. Sollte Mary nun wieder zurück zu diesem entsetzlichen Mann, der sein eigenes Kind zum Krüppel geschlagen hatte? Wie eine Löwin würde sie darum kämpfen, daß Mary bei ihr bleiben konnte, selbst wenn Lord Bantry ein zweites Mal heiratete!

»Ich weiß, daß sie nicht tot ist«, sagte Mary.

»Du *weißt* es?«

»Ich habe es immer gewußt. Sie ist weggegangen, damit mich Papa nicht mehr schlägt.«

Lady Cunningham wünschte verzweifelt, das Kind hätte diese Worte niemals ausgesprochen. »Mein Liebes, du darfst nie, nie irgend jemandem auch nur ein Wort davon erzählen!«

»O nein!« stimmte Mary zu.

»Du hättest es nicht einmal mir sagen sollen!« fügte ihre Beschützerin sehr ernst hinzu.

»Sie haben es doch schon gewußt. Meine Mutter hat Ihnen alles erzählt, nicht wahr?«

»*Nein!* Ich weiß *gar* nichts!« Lady Cunningham blies ärgerlich die Backen auf. Mary zwang sie, eine offenkundige Unwahrheit zu äußern! »Manchmal ist es besser, wenn man *nichts* weiß, meine Liebe. Es liegt mir fern, dir das Lügen beizubringen, aber das Leben muß weitergehen, und man darf sich nicht aus der Gesellschaft ausschließen. Deine Mutter würde dir genau dasselbe sagen! Ihr Verhalten war

immer über jeden Tadel erhaben! Sie hätte mich niemals mit dem Wissen belastet, daß sie einfach davongelaufen ist!« Möge Gott mir diese Lüge vergeben, fügte sie für sich hinzu.
Mary sah sie schweigend an. »Es macht nichts«, sagte sie schließlich. »Ich denke nur, Sie sollten wissen, daß ich zu ihr gehen werde, sobald ich alt genug bin. Vielleicht braucht sie mich ja.«
»Es wäre besser, du fändest dich mit ihrem Tod ab. Dort, wo sie jetzt ist, braucht sie keine Hilfe!«
»Also wissen Sie doch, wo sie ist?«
»Und wenn ich es weiß, junge Dame«, antwortete Lady Cunningham und wurde immer ärgerlicher, »wie kommst du darauf, daß ich es dir erzählen würde?«
»Weil Sie nicht wollen, daß ich sie auf eigene Faust suche«, erklärte Mary. Lady Cunningham wünschte sich, sie würde ihrer Mutter weniger ähneln, im Aussehen wie im Wesen. Immer, wenn sie mit einer der beiden zusammen war, fühlte sie sich unsicher und verlegen — man wußte nie, was als nächstes kommen würde! Dann aber lächelte Mary, und sie dachte daran, wie sehr sie dieses Kind bereits liebgewonnen hatte.
»Mein Liebes, mach dir keine Hoffnungen! Deine Mutter möchte nicht gefunden werden —«
Aber Mary hörte nicht zu. »Ich habe immer gedacht, sie hätte mich nicht lieb, aber das stimmt gar nicht. Sie hatte bloß Angst, Papa würde mich schlagen, um ihr weh zu tun. Als er es dann wirklich getan hat, konnte sie es nicht ertragen und ging weg. Sie wird mich eines Tages brauchen, nicht wahr? Sie muß einsam sein, so allein.«
Lady Cunninghams Entschiedenheit fiel zusammen wie ein Kartenhaus. »O Mary, Liebes, es geht einfach nicht! Ich

kann dir jetzt noch nichts sagen, bitte, sei nicht böse! Ich vermute, du wirst es auf die eine oder andere Weise aus mir herausbekommen — aber erst, wenn du ein gutes Stück älter bist als heute! Und nun vergessen wir bitte deine liebe Mama und denken an etwas anderes! Stell dir vor, die Königin hat dir geschrieben, Mary! Sir Arthur wird sich so für dich freuen! Warum gehst du nicht zu ihm und zeigst ihm deinen Brief? Du könntest ihn auch dem jungen Arthur zeigen!«

»Nein«, sagte Mary. »Er mag mich nicht, und ich mag ihn auch nicht.«

Lady Cunningham seufzte. Es war nur menschlich, daß sie gehofft hatte, ihr Sohn und Mary würden eines Tages ein Paar werden. Sich vorzustellen, daß sie dann die Schwiegermutter eines Patenkindes von Königin Viktoria wäre! Niemand würde es dann noch wagen, über sie die Nase zu rümpfen! Vielleicht würde Ihre Majestät sie sogar empfangen, wenn Sir Arthur seinen Abschied genommen hatte und sie nach England zurückgekehrt waren! Die alte, vertraute Angst stieg in ihr auf. Hoffentlich wußte sie sich bei einer solchen Gelegenheit richtig zu benehmen! Sie sehnte sich nach der beruhigenden Sicherheit, die ihr die kurze Freundschaft mit Lady Frances verliehen hatte. Ihr Rat hatte sich so gut bewährt! Man muß für alles, was man tut, einen guten Grund haben, hatte Lady Frances gesagt, und sich dann so natürlich wie möglich benehmen. Mit diesem Rezept hatte es Lady Cunningham seither geschafft, ihre Stellung in der gesellschaftlichen Hierarchie mit Würde und sogar einigem Erfolg zu behaupten. Sir Arthur war außer sich vor Freude gewesen, als man ihm das Kompliment machte, seine Frau bewege sich auf dem gesellschaftlichen Parkett so sicher wie die Gattin des Generalgouverneurs!

Arthur Cunningham junior kannte seine Eltern eigentlich kaum, denn er hatte die wichtigsten Jahre seines Lebens in England unter der Obhut seiner Großeltern verbracht. Dort hatte er mit geringem Erfolg eine der weniger guten Privatschulen besucht, auf der schon sein Vater gewesen war. Er war ein unangenehmer Aufschneider und versuchte, sich bei jedermann einzuschmeicheln, der mehr Geld hatte als er.

Seine Abneigung gegenüber Indien wurde nur noch von der Verachtung übertroffen, die er für seine Eltern empfand. Seine Mutter lehnte er wegen ihrer Herkunft ab; seinen Vater schätzte er gering wegen seiner Unbestechlichkeit und der offenkundigen Verehrung, die er seiner über alles geliebten Hetty entgegenbrachte. Am liebsten hätte er sich gar nicht mit ihnen abgegeben, doch er war überzeugt davon, daß sein Vater den Schlüssel zu jenem Leben besaß, das er sich erträumte.

Seine Eltern sahen sich einem Fremden gegenüber; dennoch hofften sie, er würde wider Erwarten seine hochmütige Haltung ihnen und ihren Freunden gegenüber doch noch ablegen. Sie ermöglichten ihm ein standesgemäßes Leben und hofften inständig, daß er seine unerfreulichen Ansichten weitgehend für sich behielt. Ansonsten waren sie bestrebt, vor sich selbst und voreinander ihre wachsende Abneigung gegenüber ihrem Sprößling zu verbergen.

Der junge Arthur war überhaupt nicht erfreut, als er Mary im Haus seiner Eltern vorfand. Es war allgemein bekannt, daß Lord Bantry sie nur mit dem größten Widerstreben als sein Kind betrachtete. Nur um des Andenkens seiner Frau willen hatte er sich bisher nicht von Mary losgesagt, obwohl er Lady Frances haßte – und nach Arthurs Meinung hatte er allen Grund dazu. Ohne Skrupel hatte sie ihre Herkunft und ihre Freundschaft mit der Königin dazu benutzt, ihren Mann und die Gesellschaft zu täuschen. Und damit nicht genug, es war ihr auch noch gelungen, seine Mutter zu ihrer Verbündeten zu machen.

Nachdem er von Marys Anwesenheit erfahren hatte, teilte Arthur seine Mißbilligung natürlich sogleich seinem Vater mit. Sir Arthur jedoch erklärte seinem Sprößling barsch, er solle sich um seine eigenen Angelegenheiten kümmern.

»Und wenn du deiner Mutter auch nur ein Wort darüber sagst, dann wird es dir leid tun, daß du geboren wurdest!« fügte er brüsk hinzu. »Sie hat Mary sehr gern! Und ich auch!«

»Ich nehme an, du weißt, daß Lord Bantry nicht ihr Vater ist?« ereiferte sich Arthur.

Sir Arthur knurrte böse: »Hat *er* dir das gesagt?«

»Ich habe es in London gehört. Vater, jeder weiß, daß Lady Frances ihren Ehemann gehaßt hat —«

»Sie hatte gute Gründe!«

»Er war ihr Ehemann, also hatte sie ihm zu gehorchen! Außerdem hätte sie ja nicht mit ihm nach Indien kommen müssen. Warum hat sie sich nicht irgendwohin aufs Land zurückgezogen, wenn er ihr so verhaßt war? So aber redet alle Welt noch heute über ihre Gesellschaften, und jeder weiß, daß sie ihre Nase in alle politischen Angelegenheiten gesteckt hat! Man sollte meinen, das hätte sie ihm überlassen können, wie jede anständige Frau es tut, anstatt ihn mit ihrer Anmaßung lächerlich zu machen! Er hatte sie doch sowieso schon längst satt, noch bevor sie verschwunden ist!«

Sir Arthur starrte seinen Sohn an, als könne er nicht glauben, daß sein eigen Fleisch und Blut vor ihm stand. »Ich habe kein Verständnis für einen Mann, der sein eigenes Kind zum Krüppel gemacht hat. Mary bleibt bei uns!«

»Mein Gott«, rief Arthur, »du bist genauso ein Narr wie Mutter! Es wird das Ende deiner Karriere sein!«
Sir Arthur zwirbelte seinen Schnurrbart, was bei ihm ein Zeichen äußerster Erregung war. »Mir ist die Gunst Ihrer Majestät lieber als das Wohlwollen von Lord Bantry!«
»Sie hat doch keine Ahnung davon, was hier vor sich geht! Ich sage dir, ich kann es gar nicht erwarten, wieder in die Zivilisation zurückzukehren!«
Sir Arthur hatte die Abreise seines Sohnes nach Delhi beschleunigt. Er war enttäuscht, daß sie einander so fremd geblieben waren. Niemand, nicht einmal seine geliebte Frau, wußte, wie sehr er sich auf seinen Sohn gefreut hatte. Er war auf der Suche nach einem Vertrauten, mit dem er seine Probleme als Vertreter der britischen Regierung in so einem abgelegenen Teil der Welt besprechen konnte. Zu seinem Erstaunen war es Mary, die ihn am besten verstand, so jung sie auch war. Wie er war sie neugierig auf die Sitten des Landes, und sie unterstützte ihn auch auf ihre seltsame, kindliche Art in seinem Bestreben, dieses schöne Land in der Obhut der Kaschmiris zu belassen.
»Die Briten würden alles verderben, wenn sie hier lebten«, hatte Mary gesagt, als er zum ersten Mal mit ihr ausgefahren war, um ihr die Seen und Berge des Himalaya und die Dörfer und Städte zu zeigen, die seiner Obhut anvertraut waren.
»Glaubst du?«
Das Mädchen hatte ernst genickt. »Mama hätte es hier gefallen!«
Sir Arthur lächelte. Mary vergaß ihre Mama nie.
Mittlerweile hatte sich ein freundschaftliches Verhältnis zwischen ihm und dem Maharadscha von Kaschmir und Jammu entwickelt. Dieser hatte ihm eilig versichert, er ha-

be recht daran getan, allen Europäern die Ansiedlung in seinem Land zu verbieten. Aber Sir Arthur hatte nicht wie Mary die Gabe, sich mit der einheimischen Bevölkerung anzufreunden. Sie erzählte ihm, daß es in Kaschmir zwei Klassen gab, die sich auch durch ihre Religion unterschieden: die hinduistischen *pandits* — die »gelehrten Männer« —, die das Land regierten, obwohl sie in der Minderheit waren, und die moslemischen Bauern, einfache Männer, die zwar ihr Handwerk beherrschten, aber nicht lesen oder schreiben konnten.

Sie war es auch gewesen, die ihn darüber aufgeklärt hatte, weshalb so viele der Bauern, die in der Sommersonne den Oberkörper bis zum Bauch frei trugen, zahlreiche Narben auf dem Körper trugen.

»Im Winter«, hatte sie ihm erzählt, »tragen die Bauern einen *kangri* unter ihren Mänteln, eine Art Korb, der mit Metall ausgelegt ist und in dem glühende Kohlen liegen. Daran verbrennen sie sich immer wieder, aber sie haben es wärmer als wir.«

Sir Arthur fragte sich, woher sie solche Dinge wußte. »Redet Mary eigentlich oft mit den Dienern?« erkundigte er sich bei seiner Frau.

»Das würde Eileen nicht erlauben.«

»Dann verblüfft es mich doch, woher sie all ihr Wissen über das Land hat. Dieses Kind kann einem fast alles über die Leute hier erzählen. Sie ist der beste Reisebegleiter, den man sich nur wünschen kann!«

»Sie hat eben den Charme ihrer Mutter«, sagte Lady Cunningham mit einem leichten Seufzer.

Mary war froh, als der junge Arthur wieder nach Delhi ging. Trotz seiner eleganten Militäruniform hielt sie ihn für dumm und phantasielos. Sie hatte seinen Spott über ihre mühsamen Bewegungen geduldig ertragen, aber seine Gehässigkeit hatte ihre Zuneigung zu ihm nicht gerade vermehrt. Am schlimmsten war es für sie gewesen, wenn sie mit ihm allein war. Nicht, daß er sie angerührt hätte, er beachtete sie kaum, aber etwas an ihm erinnerte sie an ihren Vater. Arthurs Anwesenheit im Haus seiner Eltern brachte die Alpträume zurück, die seit ihrem Umzug nach Kaschmir verschwunden gewesen waren.

Auch Eileen war glücklich über seine Abreise. Bei der ohnehin schon sehr beschäftigten Lady Cunningham hatte sie sich nicht darüber beschweren wollen, wie ihr Sohn das weibliche Personal im Hause behandelte; doch sie hatte vorsichtshalber in Marys Zimmer geschlafen, solange er da war.

Nur Sir Arthur war nicht froh über die Abreise seines Sohnes. Aber welchen Sinn hätte es schon gehabt, mit dem Schicksal zu hadern? Nun war er entschlossen, dem Nachfolger seines Sohnes im Stab einen ebenso herzlichen Empfang zu bereiten, wie er es eigentlich für Arthur vorgesehen hatte.

Mary war völlig verzaubert von dem neuen jungen Mann. Zum ersten Mal traf sie ihn draußen auf der Veranda. Er saß auf einem Stuhl, der gefährlich nach hinten geneigt war und hatte die Füße vor sich auf die Balustrade gestützt. Sein Hut war bis über die Augen nach vorne gezogen.

»Guten Tag«, grüßte sie höflich. Der Stuhl fiel krachend um, er selbst aber kam höchst gelassen auf die Füße und beugte sich über ihre Hand, als sei sie eine erwachsene junge Dame.

»Sie müssen Miss Mary sein«, sagte er.

»Ja«, erwiderte Mary.

»Walter Gilbert, zu Ihren Diensten, Ma'am.«
In diesem Augenblick war es um Mary geschehen. In den folgenden Jahren machte sie nie ein Geheimnis aus ihrer Verehrung. Auch als sie kein Kind mehr war, blieb es für jedermann offensichtlich, daß Walter Gilbert ihr Held war. Neben ihm gab es für sie keinen anderen Mann. Anfangs allerdings war sie sich selbst noch nicht ganz im klaren darüber, wieviel er ihr bedeutete. Einige Tage später traf sie ihn wieder, als sie zu einem ihrer Lieblingsverstecke hinausging.
Ganz in Gedanken versunken stand er da und blickte über das Tal hinweg auf die hohen Berge. Die leichte Unregelmäßigkeit in Marys Gang brachte ihn widerstrebend auf die Erde zurück.
Ohne ein Wort zu sprechen, blieb sie neben ihm stehen und betrachtete die Landschaft. Sie schien seine Anwesenheit gar nicht zu beachten. Auch er hätte sich gern so selbstvergessen dem Anblick der Landschaft hingegeben, aber es gelang ihm nicht.
»Kommen Sie oft hierher?« fragte er schließlich.
Sie nickte. »Es ist einer meiner Lieblingsplätze.«
Er lächelte ihr zu, und seine gewöhnliche Selbstsicherheit kehrte zurück. »Darf ich ihn mit Ihnen teilen?«
»Wenn Sie Eileen nichts davon erzählen.«
Walter Gilbert sah ihr zu, während sie sich auf den Boden setzte und ihre Füße für die indische Meditationshaltung unter sich zog. Dabei bemerkte er, daß sie ihren linken Arm mit der anderen Hand in die richtige Stellung bringen mußte. Seltsam sah sie aus, ein kleines Mädchen, das den Rücken stocksteif hielt, die Beine unter sich gezogen und die Arme auf der Brust über Kreuz gelegt hatte. Ihr europäisches Kleid paßte nicht zu dieser fremdartigen Körperhaltung.

»Wer ist Eileen?«

»Sie war die Zofe meiner Mutter. Jetzt paßt sie auf mich auf.«

Jetzt wurde er neugierig. »Und warum darf sie von diesem Ort nichts wissen?«

Marys Augen glitzerten fröhlich. »Sie hält nichts von Yoga. Genauer gesagt, sie meint, daß Pater McGilligan nichts davon halten würde. Für sie ist das ein heidnischer Brauch. Ich habe einmal versucht, es ihr zu erklären, aber sie hat mindestens hundertmal das Kreuz geschlagen und gesagt, ich solle doch still sein. Der *pandit*, der es mir beigebracht hat, hat gemeint, Yoga könnte meinem Arm und meinem Bein helfen.«

»Tut es das?«

»Es ist gut für *mich*«, sagte Mary.

Dann schwiegen sie. Mary schloß die Augen und wandte ihr Gesicht der bleichen Nachmittagssonne zu. Er stellte fest, daß sie ziemlich braungebrannt war. Sicher würde es nicht mehr lange dauern, bis Lady Cunningham darauf bestand, daß Mary im Haus bleiben und sich wie eine ordentliche Dame benehmen müsse. Schade, dachte er unwillkürlich. Er war beeindruckt, wie leicht sie sich in einen Trancezustand versetzen und in eine eigene Welt eintauchen konnte.

»Kann das jeder machen?« fragte er.

Es dauerte eine Weile, ehe sie antwortete: »Möchten Sie es versuchen?«

Walter Gilbert war ein ernsthafter junger Mann, der stets seinen eigenen Weg ging. Oft fiel es ihm schwer, die richtige Entscheidung zu treffen. Ob es wohl schicklich war, bei diesem Kind Yogastunden zu nehmen, wenn ihre Gouvernante, oder wer auch immer diese Eileen war, etwas dagegen hatte? Vielleicht war es falsch, sie auch noch zu ermutigen, und doch hätte er gern mehr über diese fremde Kunst erfahren.

Mary öffnete die Augen. »Vielleicht sind Sie schon zu alt, um damit anzufangen«, sagte sie.

Sogleich war er entschlossen, ihr das Gegenteil zu beweisen. »Was muß ich tun?« fragte er.

»Es geht mehr darum, daß Sie nichts tun. Der Geist ist wie eine Affenherde auf einem Baum, die Gedanken hangeln sich von Ast zu Ast und streiten miteinander, und immer sind sie in Bewegung. Sie müssen Ihren Geist von allem leer machen. Schauen Sie in sich.«

Er stellte fest, daß ihm das unmöglich war. Aber es war trotzdem schön, hier in der Sonne zu sitzen und über das Tal auf die Kette der schneebedeckten Berge gegenüber zu blicken. Der Frieden und die Schönheit der Landschaft senkten sich langsam in seine Seele. Er fragte sich zum soundsovielten Mal, ob er wirklich eine militärische Karriere anstreben sollte. Er hatte immer geglaubt, er wäre für die Armee geschaffen, doch mittlerweile war er sich dessen nicht mehr so sicher. Die Politik war seine wahre Leidenschaft. Erst gestern hatte ihn Sir Arthur gefragt, ob er nicht in den Staatsdienst der Kronkolonie Indien überwechseln wolle. Aber Walter Gilbert war sich nicht sicher, ob er überhaupt Aufstiegsmöglichkeiten hatte. Er hatte es nicht gewagt, Sir Arthur zu gestehen, daß die Mutter seiner Mutter eine Parsin aus Bombay war — also eine Inderin. Bisher hatte er es noch überhaupt niemandem erzählt. Wenn das bekannt wurde, dann war es äußerst unwahrscheinlich, daß man ihn in diesen Kreisen jemals wieder einlud! Seltsam, es hätte ihm überhaupt nichts ausgemacht, wenn das Mädchen neben ihm davon gewußt hätte. Beinahe war er versucht, es ihr zu erzählen, nur um zu sehen, wie sie reagieren würde. Sie war wirklich einer der merkwürdigsten Menschen, die er jemals kennengelernt hatte!

Mr. Gilbert war gerade dabei einzunicken, als Mary ihm wieder ihre Aufmerksamkeit zuwandte. Sie weckte ihn mit einem Stubser und lachte über ihren schlechten Schüler.

»Wir machen ein Wettrennen zurück zum Haus!« forderte sie ihn heraus und war davon, ehe er sich's versah.

Er hätte sie leicht überholen können, denn beim Laufen machte sich ihr Hinken am deutlichsten bemerkbar. Der Rock verdeckte ihre Behinderung, wenn sie ging, aber nun hatte sie ihn geschürzt, ohne sich darum zu kümmern, daß man ihre Beine bis zu den Knien sehen konnte. Er holte sie ein, als sie den Kiesweg erreichte, der zum Haus zurückführte.

»Warum hinken Sie so?« fragte er sie.

Mit einem Ruck wandte sie sich ab, damit er den verletzten Ausdruck in ihrem Gesicht nicht sah. »Das geht Sie nichts an!« schrie sie.

So wütend hatte er sie noch nie gesehen, und ihr Ausbruch machte ihn verlegen.

»Ich dachte, Sie hätten sich gerade eben verletzt«, versuchte er zu erklären.

»Nun, das habe ich nicht. Auf Wiedersehen, Mr. Gilbert.«

»Auf Wiedersehen, Miss Mary.«

In den nächsten Wochen versuchte er, so wenig wie möglich an das Mädchen zu denken. Zum Glück war er sehr beschäftigt. Er mußte in Delhi und Kalkutta erklären, weshalb der Maharadscha ohne Erlaubnis der Regierung keine Europäer nach Jammu ließ. Es wäre zwecklos gewesen, wenn er auf die Schönheiten des Landes und auf seine reichen Kunstschätze hingewiesen oder die *Pahari*-Maler erwähnt hätte, die berühmt waren für ihre Kunstfertigkeit und die einzigartigen Farben. Damit hätte er die Briten kaum abgehalten, auch dieses Land zu zerstören, sondern sie eher ermutigt, in dieser schönen Landschaft eine weitere Höhensiedlung zu bauen, in die sie sich mit ihren Familien vor der erbarmungslosen Sommerhitze im Flachland zurückziehen konnten.

Statt dessen betonte er, wie schwierig und gefahrvoll es war, dieses Gebiet zu erreichen. Wie leicht konnte man sich in der Einsamkeit der Täler verirren oder auf den steilen Straßen verunglücken! Im Interesse ihrer eigenen Sicherheit bestand der Maharadscha darauf, daß sie sich von dort fernhielten.

Sir Arthur unterstützte zwar Gilberts Arbeit, aber er verfolgte seinen Bericht darüber mit bemerkenswerter Unaufmerksamkeit. Seine Gedanken waren offensichtlich bei anderen Dingen. Immer wieder studierte er die Papiere auf seinem Schreibtisch. Dabei zitterte sein Schnurrbart heftig.

»*Dieser Mann* will wieder heiraten!« sagte er schließlich.

Walter Gilbert blickte ihn fragend an. Er hoffte, daß es sich um den Maharadscha handelte. Nur zu gerne hätte er noch vor dem Ende seiner Dienstzeit eine große indische Hochzeit erlebt.

»Marys Vater!« bellte Sir Arthur. »Lord Bantry. Guter Gott, die arme Braut muß ziemlich verzweifelt sein, daß sie sich an diesen Mann bindet! Wissen Sie, es geht uns ja eigentlich nichts an. Aber Lady Cunningham meint, jemand müsse die Familie des bedauernswerten Mädchens vorwarnen!«

Walter Gilbert hatte eine sehr hohe Meinung von Lady Cunningham. Allerdings hielt er sie für zu gutmütig, um ihrem Mann eine gute politische Ratgeberin zu sein. Sir Arthur war ihr völlig ergeben, und deshalb richtete er sich nach Walters Meinung zu häufig nach den Empfehlungen seiner Frau, wenn es um politische Angelegenheiten ging. Andererseits – das alte Mädchen ließ sich nichts vormachen!

»Lord Bantry«, wiederholte Walter. »Ich wußte nicht, daß Bantry Marys Vater ist.«

»Das Ganze ist eine äußerst unerfreuliche Geschichte. Er hat Mary brutal geschlagen und zum Krüppel gemacht. Ihre Mutter, Lady Frances, ist am nächsten Tag verschwunden. So kam es, daß Mary bei uns lebt – meine Frau war mit Lady Frances befreundet, wußten Sie das nicht? Ja, sie war dabei, als man nach dem indischen Arzt sandte; deshalb weiß sie genau Bescheid über alles. Sie konnten keinen englischen Arzt nehmen, da sie die ganze Sache geheimhalten wollten. Deshalb riefen sie den *hakim* dieses Radscha.«

»Welches Radscha?«

»Den *hakim* des Radscha von Kattyapur.«

Walter Gilbert runzelte die Stirn und dachte nach. »Und warum hat Bantry seine Tochter geschlagen? Das ist doch eine merkwürdige Geschichte.«

»Er ist völlig verrückt! Er wollte einen Erben, was ja nur natürlich ist, aber Lady Frances war nicht dazu bereit. Lady Cunningham sagt, er habe Mary geschlagen, damit die Mutter ihre Meinung ändert. Man kann wohl kaum behaupten, daß er sein Kind sehr geliebt hat!«

»Ich dachte, Lady Frances wäre von Banditen getötet worden?« Gilbert erinnerte sich plötzlich an den Gesellschaftsklatsch über dieses Geschehen.

»Das stimmt, mein Lieber, das stimmt! Sie wurde bei der gerichtlichen Untersuchung für tot erklärt! Aber dieser Bursche hat trotzdem kein Recht, das alles noch einmal mit einer anderen Frau zu wiederholen! Er kann doch nicht ernsthaft annehmen, daß Mary bei ihm leben wird, nicht wahr? Das Kind trauert doch immer noch um seine Mutter! Wenn er jetzt droht, sie von hier wegzuholen, wird sie wieder Alpträume bekommen!«

»Mary scheint in Ihrem Haus sehr glücklich zu sein«, meinte Walter.

»Sie ist ein reizendes Mädchen«, sagte Sir Arthur düster. »Dieser Vater hat eine solche Tochter überhaupt nicht verdient! Ich habe sie verdammt liebgewonnen, seit sie bei uns lebt. Ich möchte nur wissen, wie ihre Zukunft aussehen soll.«

»Ist sie nicht noch ein bißchen jung, um sich darüber Gedanken zu machen?«

»Es ist niemals zu früh!« Ein Gedanke durchfuhr Sir Arthur, und sein Gesicht hellte sich plötzlich auf. »Ihre Mutter hat ihr allerdings ein schönes Vermächtnis hinterlassen. Die Königin ist die Patin des Kindes, und sie hat auch ein persönliches Interesse an ihr. Ihr Vater wird nicht noch einmal wagen, sie anzurühren, weil er damit rechnen muß, daß Ihre Majestät es erfährt! Erst gestern hat Mary einen eigenhändigen Brief von ihr bekommen, in dem die Königin sie mit ›Liebstes Kind‹ anredet. Mehr kann man nicht erwarten, nicht wahr?«

»Nein, Sir, wahrhaftig nicht«, stimmte Walter hastig zu. Dennoch war er froh, daß er nicht zu entscheiden hatte, ob Mary an der Hochzeit ihres Vaters teilnehmen sollte oder nicht. Als er selbst eine Einladung erhielt, legte er den schon seit langem geplanten Besuch bei dem *dewan* des Maharadscha auf diesen Tag. Der erste Ratgeber des Fürsten war ein Mann, der es offensichtlich liebte, seine Zuhörer durch dunkle Andeutungen und blumige Bilder zu verwirren. Walter wurde das Gefühl nicht los, daß er sie alle an der Nase herumführte. Zwar behandelte er den britischen Statthalter und auch Walter Gilbert immer mit ausgesuchter Höflichkeit, aber er pflegte niemals direkt auf eine Frage zu antworten. Statt dessen zog er es vor, in Rätseln zu sprechen, die er mit endlosen Zitaten aus alten indischen Mythen ausschmückte, als wollte er seine Zuhörer vorsätzlich verwirren.

An diesem Abend fragte der *dewan* Walter, ob er der Ansicht sei, daß es Sonnenlicht ohne Schatten gebe. Offensichtlich seien die Briten der Meinung, daß dies möglich sei. Aber könnte man sich Parvati — die Schöne — ohne ihre andere Identität, ohne Durga — die Schreckliche — vorstellen? Walter wußte, daß Parvati die Gattin des Gottes Shiva war, ansonsten aber hatte er noch nie etwas von ihr gehört. Worüber redete der Kerl bloß?

Er sann noch über das Rätsel nach, als er Mary traf, die allein im Mondlicht auf der Veranda stand.

»Ich werde die Inder niemals verstehen!« rief er und erzählte ihr, was der *dewan* gesagt hatte. »Sehen Sie irgendeinen Sinn darin?«

»O ja«, erwiderte Mary. »Er meinte, wenn man keine Sorgen kennt, dann erkennt man die Freude nicht, oder anders: Könnten Sie sich das Leben vorstellen, wenn es den Tod nicht gäbe?«

Walter Gilbert starrte sie an. Wie leicht sie so einen abstrakten, schwierigen Gedanken erfaßte! Beinahe wurde er ärgerlich auf sie.

»Wer hat Ihnen das beigebracht?«

Mary zuckte die Schultern. »Ich weiß es nicht.«

»Sie haben also wieder mit den Dienern gesprochen —«

»Ich spreche mit jedem«, entgegnete sie nachdrücklich.

»Nun, das sollten Sie nicht! Sie müssen andere Dinge lernen —«

»Welche anderen Dinge?«

»Dinge, die junge Damen der Gesellschaft lernen sollten! Selbst wenn Sie nicht auf die Hochzeit Ihres Vaters gehen, so bleiben Sie doch seine Tochter! Sie gehören dem britischen Adel an.«

Mary schüttelte den Kopf. »Sie würden nicht so denken, wenn Sie ihn kennen würden«, sagte sie langsam. »Man hätte mich nicht einmal tot auf seine Hochzeit gebracht — und lebendig schon gar nicht!«

Er war schockiert über ihre Haltung. In scharfem Tonfall fragte er: »Und was sagt Lady Cunningham dazu?«

»Oh, sie billigt diese Hochzeit auch nicht!« erklärte Mary. »Mein Vater ist ein böser Mann«, fügte sie dann hinzu, »ein sehr böser Mann! Sie mag ihn ebensowenig wie ich.«

»Aber er ist Ihr Vater!« protestierte Walter Gilbert.

»Ich hasse ihn!« sagte Mary ruhig. »Lange habe ich dagegen angekämpft, aber ich habe ihn immer gehaßt!«

Ganz Kattyapur brodelte vor Aufregung. Seit Tagen reisten Besucher aus allen Himmelsrichtungen an, darunter reiche Fürsten mit ihrem Gefolge, das bunt war wie Beete mit exotischen Blumen. So weit das Auge reichte, drängten sich die Menschen durch die engen Gassen der Burg. Man sah Brahmanen, die ohne Unterlaß aus den Veden psalmodierten, und Astrologen, die ihre komplizierten Karten aufspannten und endlos debattierten. Und Sajjan begann sich auf die Rückkehr des weißen Hengstes vorzubereiten und widmete sich asketischen Ritualen, die ihm nicht erlaubten, Fanny zu sehen.

In der *zenana* verlief das Leben nicht viel ruhiger. Die ständigen Gäste ermüdeten die Frauen; und so kam es oft zu tränenreichen Streits. Meist gelang es allerdings der stets wachsamen Zweiten Hoheit, diese Auseinandersetzungen schon im Keim zu ersticken. Aber auch die jüngere Rani hatte sich in den letzten Tagen verändert. Mühsam schleppte sie sich dahin, ihr Gesicht hatte eine häßliche, kalkweiße Farbe, und unter ihren Augen lagen dunkle Ringe.

»Es ist die Hitze«, erklärte sie Fanny mit schwacher Stimme.

»Ist das alles?« Fanny hatte schnell bemerkt, daß keine der anderen Frauen auch nur das geringste Interesse an der Gesundheit und der guten Laune der jüngeren Rani zeigte. Dagegen hielten es alle für selbstverständlich, daß sie ein offenes Ohr für ihre Klagen hatte.

Die jüngere Rani brachte ein müdes Lächeln zustande. »Nein, das ist nicht alles. Aber du brauchst dir nicht einzubilden, daß ich dir alles erzähle. Immer noch erweist du mir keine Achtung; du platzt einfach hier herein und verlangst Antworten auf Fragen, die du gar nicht stellen dürftest —«

»Wer hat denn dann das Recht dazu?«

»Seine Hoheit. Ihre Erste Hoheit —«

»Sie wird viel nützen!« schnaubte Fanny. »Ich habe große Lust, deiner Mutter eine Nachricht zu schicken!«

Ein leises Kichern war die Antwort. »Du bist anmaßend! Ich bin eine erwachsene Frau, Fanny!«

»Das bin ich auch, und trotzdem schreibst du mir vor, was ich zu tun habe!«

Ihre Zweite Hoheit hätte das gerne bestritten. »Seiner Hoheit gegenüber bin ich hier für dich verantwortlich«, antwortete sie schließlich, »er verlangt, daß ich auf dich achte.«

»Nun, dann achte ich eben jetzt auf dich. Seine Hoheit ist zu beschäftigt, sich auf dieses arme, unglückliche Tier vorzubereiten; er kann sich nicht um uns kümmern. Ich will ja nicht behaupten, daß er uns *vernachlässigt*, aber er hat nun einmal zur Zeit andere Dinge im Kopf. Diese schrecklichen Frauen, mit denen wir zusammenleben müssen, nutzen diese Situation aus und machen dir noch zusätzlich Ärger. Also, jetzt erzähl mir, was los ist.«

»Ich hatte eine Fehlgeburt«, gestand Maneka. »Seitdem fühle ich mich so erschöpft.«

Vor Fannys Augen begann sich alles zu drehen. *Sajjans Baby!* Da hatte sie nun geglaubt, sie hätte ihre Eifersucht

überwunden. Doch jetzt zeigte sich, daß davon gar keine Rede sein konnte.
»Eine Fehlgeburt?«
Ihre Zweite Hoheit blickte sie erstaunt an. »So etwas kommt vor, Fanny. Es war nicht die richtige Zeit für die Wiedergeburt seines Geistes. Sei nicht so traurig!« Ihr Gesichtsausdruck verriet, daß sie Fannys Gedanken lesen konnte. »Ich hätte es dir nicht erzählen sollen!« seufzte sie. »Es wäre etwas anderes, wenn du eigene Kinder hättest. Eigentlich solltest du schon lange schwanger sein! Aber ich vergesse immer wieder, daß du keine von uns bist.«
Mühsam gewann Fanny ihre Haltung wieder. Es sah Maneka ähnlich, daß sie so tat, als sprächen sie nur über ihre Fehlgeburt. Dabei wußten sie es beide besser. Nie würde sich Fanny mit der Tatsache abfinden können, daß Sajjan nicht nur sie, sondern auch andere Frauen in sein Bett rief! Sie zwang sich zu einem schwachen Lächeln.
»Mach dir über mich keine Gedanken. Du bist es, um die wir uns jetzt kümmern müssen. An meinen Umständen wird sich jedenfalls nichts ändern, solange Sajjans Pferd noch nicht abgeschlachtet ist!« fügte sie düster hinzu.
Erschrocken und vorwurfsvoll sah Ihre Zweite Hoheit sie an. »Nimm dich in acht, Fanny. Ich bitte dich, sag niemandem, wie du über dieses Ritual denkst! Meine Dienerin hat schon geäußert, ich hätte die Fehlgeburt deinetwegen gehabt. Weder Seine Hoheit noch ich können dich vor dem Gerede der Leute schützen, wenn du dir nicht überlegst, was du tust und sagst!«
Fanny sah ein, daß sie einen schweren Fehler gemacht hatte.
»Es tut mir leid«, sagte sie.
»Du benimmst dich wie ein kleines Kind! Ich weiß gar nicht, weshalb ich mich mit dir abgebe!«

»Das weiß ich auch nicht«, gestand Fanny leise. Immer wieder mußte sie die Freundlichkeit der jüngeren Rani von Kattyapur bewundern. Nie könnte sie so selbstlos sein! »Du würdest dich nicht mit mir abgeben, wenn dich Seine Hoheit nicht darum gebeten hätte, nicht wahr?«
Maneka lachte. »O doch«, versicherte sie. »Ich bin wie der Yuveraj! Ich höre mir gerne deine lustigen Geschichten an. Und ich bin froh, daß du hier lebst.«
Zerknirscht schwor Fanny, sich zu bessern. Dann versuchte sie, die jüngere Rani davon zu überzeugen, daß sie mehr Gemüse essen mußte. Wie sollte sie sonst wieder zu Kräften kommen?
»Kein Fasten mehr! Kein Herumstochern im Essen!« beschwor Fanny die widerstrebende Maneka. »Überlaß die Askese doch zur Abwechslung einmal den Heiligen Männern!«
Ihre Zweite Hoheit senkte den Blick. »Was weißt du darüber, wie man den Göttern dient? Wir alle müssen Opfer bringen, damit Seine Hoheit die Feinde besiegen kann und Kattyapur eine glückliche Zukunft hat.«
»Nicht, wenn das zur Folge hat, daß ich mit einem Haufen zänkischer Frauen leben muß, die niemand außer dir bändigen kann!« sagte Fanny mit Nachdruck. »Auch aus diesem Grunde wäre es mir sehr lieb, daß du dich so rasch wie möglich wieder erholst!«
Ihre Zweite Hoheit schüttelte den Kopf. »Ich mache mir wirklich Sorgen, weil du keine Ehrfurcht vor solchen Dingen hast.«
»Du fastest schließlich genug für uns beide!« antwortete Fanny unbekümmert. »Und wenn du jetzt nicht anständig ißt, bis es dir wieder besser geht, dann werde ich mit Seiner Hoheit sprechen! Er muß eine Möglichkeit finden, auf dich

aufzupassen. Und glaube ja nicht, daß ich das nicht schaffe! Weder er noch ich können nämlich ohne dich auskommen!«

Die jüngere Rani errötete wie ein junges Mädchen. »Du schenkst mir zuviel Aufmerksamkeit«, murmelte sie.

»Im Gegenteil, ich kümmere mich viel zu wenig um dich!« gab Fanny zurück. »Ich weiß, daß du ein besserer Mensch bist als ich —«

»Nein, nein. Vielleicht ist meine Seele älter als deine, aber jede von uns lebt so, wie es ihr das Schicksal bestimmt hat. Ich bin froh, daß wir Freundinnen sind, Fanny. Seine Hoheit hat es sich so gewünscht, das weiß ich.«

»Ich bin auch froh«, sagte Fanny.

Fanny war oft dankbar für diese Freundschaft. Wenn Maneka ihr riet, eine bestimmte Farbe zu tragen, oder über die Wahl ihres Schmucks das Gesicht verzog, dann kleidete sich Fanny sofort um. Die jüngere Rani besaß einen sicheren Geschmack, und daher schätzte Fanny ihren höflichen und überlegten Rat.

Außer für ihre Kinder interessierte sich Maneka vor allem für das Kunsthandwerk ihres Landes. Oft war der Empfangsraum im Hof der *zenana* voll mit Stickereien und Stoffentwürfen der Frauen aus der Umgebung. Aus der Schule, die Maneka selbst in der Innenstadt von Kattyapur ins Leben gerufen hatte, brachte man ihr kunstvolle Miniaturen. Die Schirmherrschaft Ihrer Zweiten Hoheit war begehrt, denn ihr großes Wissen auf diesem Gebiet wurde allgemein anerkannt. Alle Künstler, die sich um Aufnahme in die Schule bewarben, besuchten sie. Niemals sah sie einer von Angesicht zu Angesicht, denn Ihre Zweite Hoheit blieb immer hinter Vorhängen verborgen. Aber im Gespräch über die Arbeiten sprach sie selbstbewußt und lebhaft. Ab und zu hörte man ihr glockenhelles Lachen, wenn sie jemanden widerlegt oder jemanden von ihrer eigenen Meinung überzeugt hatte. Fanny bemerkte, daß Sajjan alles tat, um Maneka in ihrer Tätigkeit zu bestärken. In mancher Hinsicht, so entdeckte sie, waren die Frauen in der *zenana* weitaus freier in der Wahl und Ausübung ihrer Beschäftigungen als ihre Geschlechtsgenossinnen in Europa. Sajjan war seinen Frauen gegenüber unendlich großzügig, wenn sie seine Unterstützung für ihre Arbeit erbaten.

Allerdings hatte seine Großzügigkeit auch Grenzen. Seine Hoheit ließ sich manchmal herab, die *zenana* zu besuchen, um sich mit seinen Frauen bei Brettspielen die Zeit zu vertreiben. Für Fanny war es ein ständiges Ärgernis, daß ihn die anderen grundsätzlich gewinnen ließen. Danach gratulierten sie ihm auch noch scheinbar völlig aufrichtig zu seiner überlegenen Spielkunst. Fanny, die ein paarmal mit Ihrer Zweiten Hoheit Schach gespielt hatte und zu ihrem Kummer gründlich geschlagen worden war, goß Hohn und Spott über den Radscha aus, wenn er sich so seine Siege schenken ließ.

Fanny allerdings erlaubte es weder ihm noch anderen, sie zu besiegen, wenn sie es verhindern konnte. Sie hatte einen ziemlich unweiblichen Eifer, alles, was sie anfing, gut zu machen. Wenn es ihr einmal gelang, Sajjan oder Maneka zu schlagen, war sie tagelang glücklich darüber.

»Warum bedeutet dir das soviel?« hatte Maneka sie eines Tages amüsiert gefragt. »Du und Seine Hoheit, ihr könnt doch nicht beide gewinnen! Aber jeder von euch wird wütend, wenn er der Unterlegene ist!«

Fanny hatte gelacht. »Aber wenn wir gewinnen, dann sind wir beide tagelang gut gelaunt! Der einzige Unterschied zwischen uns ist, daß ich den Sieg nicht geschenkt haben will!« fügte sie mit einem Stirnrunzeln hinzu.

Maneka ließ sich nicht überzeugen. »Du solltest die Siege Seiner Hoheit höher schätzen als die deinen.«
In solchen Augenblicken spürte Fanny deutlich, daß sie in unterschiedlichen Kulturen aufgewachsen waren. Aber dann fielen ihr die Frauen in London ein. Auch sie konnten nur dann ihre Wünsche durchsetzen, wenn ihre Ehegatten glaubten, gesiegt zu haben. Damals wie heute dachte sie, daß eigentlich die Männer bei diesen Auseinandersetzungen die Verlierer waren. Denn sie wurden von jenen übertölpelt, die sie für dümmer hielten als sich selbst.
Seit die Vorbereitungen zur Rückkehr des Heiligen Hengstes begonnen hatten, gab es keine Spiele und Zerstreuungen mehr. Überall im Palast sah man Trauben von betenden Menschen. Ohne die jüngere Rani, die sich langsam wieder erholte, hätte sich Fanny zu Tode gelangweilt.
»Wann wird dieser ganze Wirbel bloß vorbei sein?« fragte Fanny, als Maneka nach ihren rituellen Übungen in die *zenana* zurückkehrte.
»Bald. Ist es denn so schrecklich?«
»Hier geht es wie in einem Irrenhaus zu, wenn du nicht da bist! Jeder tut, was er will«, erzählte ihr Fanny.
Maneka runzelte die Stirn. »Ich hoffe, daß sich jemand um Ihre Erste Hoheit gekümmert hat. Sie haßt es, wenn man sie nicht beachtet. Sie ist die ältere Rani —«
»Wir kümmern uns um sie«, beschwichtigte sie Fanny. »Schließlich haben wir alle viel zuviel Angst vor deinem Tadel. Natürlich haben wir darauf geachtet, daß sie behandelt wird, wie es sich gehört. Ihr macht das ganze Durcheinander viel Spaß. Allerdings hat sie an einem Tag ihre Gemächer nicht verlassen, und ihre Dienerin hat mir anvertraut, sie habe einen ihrer Anfälle. Aber vielleicht habe ich das mißverstanden?«

»Nein, sie hat Anfälle.« Die jüngere Rani lachte plötzlich. »Seit wann hast du Angst, mir könnte etwas mißfallen? Du hast doch sonst vor niemandem Angst, Fanny!«
»Es gab einmal jemanden, vor dem ich sehr viel Angst hatte.«
»Aber hier fürchtest du dich vor niemandem.« Maneka holte ein kleines Päckchen hinter ihrem Rücken hervor. »Ich habe ein kleines Geschenk für dich mitgebracht, weil ich dir für deine Mühe danken möchte. Nein, nein, sag nichts. Vielleicht gefällt es dir ja gar nicht. Aber es zeigt sehr schön die Kunst unseres Landes. Deshalb habe ich es für dich ausgewählt.«
Fanny packte den kleinen Gegenstand aus. Es war eine zierliche Miniaturmalerei auf Elfenbein. Sie zeigte eine vornehme Dame, die sich von ihrer Dienerin die Fußnägel bemalen ließ. Solche häuslichen Szenen erlebte Fanny jeden Tag in ihrem neuen Heim. Möglicherweise war dieses Bild das wertvollste Geschenk, daß sie je erhalten hatte, aber eigentlich war es Manekas liebevolle Geste, die sie zu Tränen rührte. Spontan warf sie ihre Arme um die zierliche Frau und küßte sie voll Wärme auf die Wangen. In so einem Augenblick vergaß Fanny die Etikette völlig.
»Du bist so lieb! Darf ich es Sajjan zeigen?«
»Seiner Hoheit«, verbesserte sie Ihre Zweite Hoheit sofort.
»Darf ich es ihm zeigen?«
»Natürlich.«
»Es ist das schönste Geschenk, das ich jemals bekommen habe! Noch nie habe ich etwas Derartiges gesehen. Unsere Bilder in Europa sind ganz anders.«
Maneka war gleich lebhaft interessiert. »Sind sie alle so wie das Porträt des alten Radscha hier im Palast? Es ist mit Öl-

farben auf Leinwand gemalt, und dort, wo das Gesicht im Schatten liegen soll, sind die Farbtöne ganz grau und wirken schmutzig.«

Auf der winzigen Miniatur waren keine Schatten zu sehen, nur helle, klare Farben, umrahmt von feinen, schwarzen Linien. Im Gegensatz zu europäischen Bildern war die Darstellung ohne Perspektive gemalt, aber sie war genau bis ins letzte Detail.

Es war schon Tage her, seit Fanny Sajjan zuletzt gesehen hatte. Daher war sie überglücklich, als sie eine Botschaft von ihm erhielt. Er lud sie ein, ihn außerhalb der Burg zu der Einfriedung zu begleiten, die eigens für den Heiligen Hengst gebaut worden war.

»Sie ist erst heute fertig geworden«, erzählte er ihr. »Endlich haben die Astrologen festgestellt, daß morgen der günstigste Tag für die Zeremonie sein wird.« Seine Lippen verzogen sich zu einem schiefen Lächeln. »Du bist immer noch nicht damit einverstanden, nicht wahr?«

»Spielt es denn eine Rolle, was ich denke?« forderte sie ihn heraus.

Er zuckte die Schultern. »Es ist zu spät, unser Schicksal nimmt seinen Lauf.« Wieder lächelte er und versuchte, sie umzustimmen. »Die Briten sind weit weg, Fanny. Sie kümmern sich bestimmt noch eine ganze Weile nicht um dieses Land.«

»Glaubst du das wirklich? Ich sage dir, sie haben sicher genaue Aufzeichnungen über die Besucher, die morgen kommen werden. Sie wissen möglicherweise besser als du, was hier vor sich geht. Die Briten sind keine Narren! Wir können nur hoffen, daß sie dich nicht als Gefahr für ihre Pläne zur Einigung Indiens betrachten.«

Sajjans düsterer Gesichtsausdruck verriet ihr, daß er ihr zustimmte, obwohl er es nicht zugeben wollte. »Es ist wahr, sie haben ihre Spione überall — selbst unter meinen eigenen Leuten.« Mit einem Achselzucken wechselte er das Thema: »Wenn wir wieder in der Burg sind, dann muß ich dir etwas zeigen.« Er warf ihr einen Seitenblick zu und lächelte. »Das soll dich dafür entschädigen, daß ich dich in der letzten Zeit so vernachlässigen mußte. Wie hast du dich beschäftigt?«

»Ihre Zweite Hoheit hatte eine Fehlgeburt.«

Der schmerzliche Ausdruck in seinem Gesicht erinnerte sie daran, daß er der Vater des verlorenen Kindes war. »Ich weiß«, sagte er schließlich.

»Du hast sie niemals besucht.«

»Ich konnte nicht. Ihre Zweite Hoheit versteht das. Hast du dich um sie gekümmert, Fanny?«

»Auch mir hat es wehgetan«, gestand sie.

Er nickte wissend. »Wirst du dich niemals zufriedengeben mit dem, was du hast?« fragte er.

»Ich gebe mir Mühe, aber es ist schwer. Zum Glück habe ich Ihre Zweite Hoheit sehr gern, und ich glaube, sie mag mich auch. Sie hat mir eine Miniatur geschenkt, eine Malerei auf Elfenbein. Schau, ich habe sie mitgebracht.«

Sajjan pfiff durch die Zähne, als er das Bild sah. »Du kannst dich glücklich schätzen!« Als er es ihr zurückgab, bemerkte er: »Ich freue mich, daß ihr Freundinnen seid.«

Eine Weile gingen sie schweigend nebeneinander durch die Gänge des Palastes, und Fanny genoß diesen Moment der Freiheit. Als sie die Sänfte sah, die er zum Eingang bestellt hatte, runzelte sie die Stirn. Viel lieber wäre sie neben ihm geritten oder im Sonnenlicht spazierengegangen. Es war hart für sie, ständig eingesperrt zu leben, morgens, abends, mittags und nachts.

»Morgen, wenn die Zeremonie vorüber ist, werde ich mich mit meinen Ratgebern und den anderen Fürsten treffen. Dann entscheiden wir, wie wir das neugewonnene Land am besten in den gegenwärtigen Staat eingliedern können. Es wird ein sehr schwieriges Gespräch werden, denn alle sind uneins, und zudem mißbilligen sie mein Vorgehen. Deshalb möchte ich, daß du alles, was gesprochen wird, mithörst. Da gibt es einen kleinen Raum, der mit einem Vorhang vom Hauptraum getrennt ist. Dort kannst du sitzen, und niemand wird dich bemerken.« Er blickte sie grimmig an. »Wehe dir, wenn du ein einziges Wort sagst oder deine Anwesenheit verrätst! Hinterher kannst du mir über deine Eindrücke berichten.«

»Jawohl, Eure Hoheit.«

Er wandte sich ab, zufrieden, daß sie ihm gehorchte. »Können wir gehen?«

Aber Fanny zögerte noch. »Warum glaubst du, die anderen Herrscher würden sich dir unterwerfen, nur weil der Heilige Hengst durch ihr Land gekommen ist?« fragte sie. »Wird sich denn keiner erheben und für sein Eigentum kämpfen?«

»Sie müssen sich unterwerfen, denn die Religion bindet sie.« Er stieß einen tiefen Seufzer aus. »Das ist es, was die Briten nie verstehen werden. Unsere Bräuche bedeuten uns sehr viel, sie bestimmen unser Leben seit Jahrhunderten! Diese kleinen Fürsten sind oft Tyrannen, die ihr Volk wie Sklaven halten. Man muß ihre Macht brechen, und dieser Weg ist sicher der beste. Denn durch den Heiligen Hengst zeigen die Götter den Fürsten jener Länder, daß sie ihre Handlungen meiner Gerechtigkeit unterwerfen müssen. Nur ein Held kämpft gegen die Götter an. Als Radscha muß ich mich um das Wohlergehen meines Volkes kümmern — sonst zerbricht der Vertrag zwischen uns. Ich will, daß die Briten wissen, wie überlegt ich handle und daß Sitte und Religion auf meiner Seite sind. Ich bin kein landhungriger Räuber, der versucht, anderen Herrschern ihr Eigentum wegzunehmen!«

Fanny bezweifelte noch immer, ob die Briten das verstehen würden.

»Auf dem großen Empfang wird bestimmt auch ein britischer Spion sein«, sagte sie mit plötzlicher Sicherheit. »Er wird versuchen, die Meinung der anderen Fürsten zu erfahren — und deine Absichten!« Sie blickte ihn gedankenvoll an. »Sajjan, ich denke, du solltest deinen Untertanen sagen, wer ich bin —«

»Du bist meine Frau!« unterbrach er sie grob.

»Aber ich war auch Lady Frances Bantry, eine Vertraute der Königin von England. Sag ihnen das. Wenn die richtigen Leute wissen, daß ich hier bin, dann werden die Briten es sich zweimal überlegen, bevor sie etwas gegen dich unternehmen.«

Er wollte ihr nicht erzählen, daß sie für die Briten nicht mehr lebte. Das Untersuchungsgericht hatte sie für tot erklärt, und er selbst hatte dafür gesorgt, daß alles danach aussah. »Sind Frauen für die Briten so wichtig?« fragte er statt dessen.

Sein Gesichtsausdruck verriet ihr, daß er ihr etwas verschwieg. Hatte Edwin sie also bereits für tot erklären lassen? Nun, das verwunderte sie nicht.

»Auch die Briten achten die Frauen nicht«, antwortete sie. »Es hat nichts mit meiner Person zu tun, denn ich und mein Schicksal sind den Briten eigentlich völlig gleichgültig. Nein, sie fürchten sich vor der Königin. Man weiß doch, wie vertraut wir waren. Außerdem hat sie mich sehr gern, und sie ist eine treue Freundin. Wenn sie nun unbedingt wissen will, warum ich Delhi verlassen habe? Oder wenn ich mir in den Kopf setze, ihr zu schreiben, weshalb ich nach Kattyapur geflohen bin? Sie wäre zwar sicher schockiert, mich hier bei dir zu sehen, aber die Briten können sich nie ganz sicher sein, ob ich mich nicht trotzdem mit ihr in Verbindung setze. Die Ärmste, als ob ich sie jemals so beunruhigen könnte! Die Königin hat großes Interesse an Indien und will jede Einzelheit über ihre neuen Kolonien erfahren. Und du kannst mir glauben, die britischen Beamten achten sehr darauf, daß sie aus Indien keine schlechten Nachrichten bekommt. Sonst würden einige Leute in Schwierigkeiten geraten.«

Sajjan blieb stumm. Er half ihr in die Sänfte und zog selbst sorgfältig die Vorhänge zu.

Dann antwortete er: »Einige meiner Fürsten haben noch niemals von Königin Viktoria gehört.«

Fanny öffnete die Vorhänge einen Spalt. »Ich weiß.«

Sajjan schüttelte den Kopf. »Du machst mir angst. In Delhi habe ich mich oft gefragt, warum die Briten glauben, uns beeindrucken zu können. Wir sind so viele und sie so wenige. Dann tragen sie diese unpraktischen Kleider, benehmen sich hochmütig und scheinen zufrieden, wenn wir uns wie sie verhalten —«

»Ich weiß«, stimmte Fanny zu. »Sie stolzieren herum wie die Pfauen! Aber trotzdem darfst du die Briten nicht unterschätzen, Sajjan. Sie sind jetzt schon eine ganze Weile in Indien, und das Gebiet, das sie beherrschen, wird immer größer. Wenn sie zu der Ansicht kommen sollten, daß du ihr Feind bist, könnte es eine Katastrophe geben.«

Er schürzte die Lippen. »Ein *jauhar?*«

Sie schauderte und stellte sich vor, was mit den Frauen geschehen würde, die jetzt ihre Freundinnen waren. Sie würden als erste ihre besten Kleider anlegen, um singend in den Tod zu gehen. Am nächsten Tag würden ihnen die Männer folgen, die ehrenvoll auf dem Schlachtfeld sterben müßten. Erschrocken sah sie ihn an und preßte entschlossen den Mund zusammen.

»Ich würde es nicht dulden!«

»Du?« Er seufzte schwer. »Ich auch nicht!« Er zog die Vorhänge wieder zu und gab den Trägern das Zeichen, die Sänfte auf die Schultern zu nehmen. »Dann wollen wir uns amüsieren, solange wir es noch können!«

Die Einfriedung für den Heiligen Hengst bestand aus einundzwanzig achteckigen Säulen, die mit goldenen Platten belegt und mit herrlichen Stoffen und Girlanden behängt waren. Hier also sollte die makabre Zeremonie stattfinden? Die Vorstellung, daß man morgen hier ein Pferd opfern würde, befremdete Fanny. Es erschien ihr beinahe noch seltsamer als der Gedanke, daß jene Fürsten, die ihr Land an Sajjan verloren hatten, sich ehrfürchtig seiner Herrschaft unterwarfen. Die Rajputen waren ein unbeugsames Volk, das stolz war auf seine Freiheit. Und wenn er auch die Zügel locker ließ, würde nicht unter der ruhigen Oberfläche viel Unmut brodeln? Er würde einiges zu tun haben, um sich die Fürsten gefügig zu machen.

»Denke daran, Religion und Tradition sind auf meiner Seite«, erinnerte er sie, als ob er ihre Gedanken gelesen hätte.

»Du wärst doch eigentlich gern ein Maharadscha!« neckte sie ihn.

»Der Titel ist mir nicht wichtig. Mein Volk wird ihn mir verleihen, wenn es glaubt, daß ich ihn verdiene. Viele dieser kleinen Herrscher sind grausam zu ihren Untertanen und deshalb bei ihnen verhaßt. Aus einer Laune heraus lassen sie Männer und Frauen hinrichten, und die Kinder machen sie zu Leibeigenen. Solange sie sich auf ihr Gebiet beschränken, kann man sie nicht daran hindern. Aber wenn es sich um mein Land und um mein Volk handelt, dann muß ich mich darum kümmern. Verstehen die Briten das?«

»Das werden sie, wenn du ihnen sagst, daß du etwas gegen die Herrscher unternimmst.«

Er wandte sich ihr zu und faßte sie am Oberarm. »Fanny, warum bist du so sicher, daß sie alles wissen, was im Inneren meines Palastes vor sich geht? Bist du vielleicht selbst einer ihrer Spione?«

»Mein Lieber, ich bin mir deshalb sicher, weil ich die Gespräche der britischen Männer in den Salons von Delhi gehört habe. Du vergißt, daß dort Frauen und Männer offen miteinander leben. Auch wenn die Männer vielleicht glauben, sie würden vor uns niemals etwas Wichtiges besprechen, so erfährt eine Frau doch alles, was sie interessiert. Außerdem vertrauen sich die Ehemänner ihren Frauen an, sobald sie mit ihnen allein sind — wenn die Eheleute überhaupt miteinander sprechen. Und dann ist da der Klatsch der Dienstboten. Wenn man auf ihr Gerede achtet, dann findet man bald alles Wichtige heraus, was in jedem Haus in Delhi vor sich geht!«

Er legte den Kopf zur Seite. »Bist du sicher, daß nicht du der britische Spion an meinem Hof bist? Würden sie es wagen, eine Frau zu schicken?«

»Nicht beide Fragen auf einmal.« Sie lächelte spöttisch. »In jener Nacht nicht weit von Delhi hast du mir gesagt, wohin ich gehöre. Hast du das schon vergessen?«

Er lächelte kurz. »Maneka sagt, du hättest keine Religion, die dich an deine Versprechen bindet!« meinte er dann.

Fanny suchte nach Worten, um ihn endgültig zu überzeugen. »Sajjan, es ist nicht wahr, daß ich keine Religion habe. Ich dachte, Maneka hätte das verstanden. Außerdem existiere ich für mein Volk gar nicht mehr, ich kann nicht zurück. Und dann — ich bin viel lieber bei dir!«
»Du benimmst dich ungehörig!« Gleichzeitig aber lächelte er, denn ihre Antwort hatte ihn zufriedengestellt. »Wie oft muß ich dir noch sagen, daß du mich nicht Sajjan nennen sollst? Hast du jemals gehört, daß sich Ihre Zweite Hoheit diese Freiheit herausgenommen hätte?«
Fanny lächelte zurück. »Das würde sie nicht wagen! Aber ich habe dein Versprechen, daß du nie etwas tun wirst, was mich verletzen würde. Siehst du, wie sehr ich dir vertraue? — Du hingegen scheinst mir nicht zu glauben«, fügte sie trocken hinzu.
»Im Gegenteil. Ich vertraue dir die Zukunft meines Volkes und meines Landes an.«
Verblüfft sah sie ihn an. »Mir?«
»Du hältst mich zum Narren. Dabei bist du die Freundin und Vertraute meines größten Feindes —«
»Königin Viktoria ist nicht dein Feind!«
»Aber ihre Regierung.«
»Das stimmt wohl«, gab sie traurig zu. »Die ganze Welt scheint voll von gierigen Männern und Frauen, die anderen ihr Eigentum wegnehmen möchten. Aber ich warne dich, Sajjan, die *sahib-log* sind nicht deine einzigen Feinde. Auch unter deinen eigenen Untertanen gibt es genügend, die Kattyapur für einige Silberlinge verkaufen würden.«
Seine Augen wurden schmal. »Woher weißt du solche Dinge?« fragte er eindringlich.
»Aus London«, erklärte sie. Dann lachte sie und legte die Hand auf seinen Arm. »Das ist eines der Dinge, die ich aus

dem Heiligen Buch meiner Religion gelernt habe«, sagte sie stolz. »Wenn der Sohn Gottes für dreißig Silberlinge verraten werden konnte, wie hoch ist dann unser Preis? Spione sind nur dann gefährlich, wenn du sie nicht kennst. Finde heraus, wo sie stecken, und spiele ihnen dann die Informationen zu, die sie den Briten übermitteln sollen. Laß sie für dich arbeiten!« Sie lehnte sich in die Kissen zurück. »Jetzt habe ich genug von der Politik! Erzähle mir, was morgen passieren wird!«

Er grinste sie an. »Morgen? Da werde ich zu einem großen Herrscher!«

Sie betete, daß alle seine Träume wahr würden.

Kapitel 15

Aus der Abgeschlossenheit ihrer Sänfte sah Fanny dem Radscha zu, der die Vorbereitungen für den kommenden Tag selbst überwachte.

Als er zu ihr zurückkam, sah er erhitzt und müde aus. »Bestimmt kommt es morgen zu Schwierigkeiten!« klagte er.

Sie tröstete ihn: »Aber das ist dann bestimmt nicht dein Fehler.«

»Darum geht es nicht.« Er zuckte die Achseln, als wollte er seine Sorgen abschütteln. »Wird das Opfer nicht ganz sorgfältig und gewissenhaft ausgeführt, dann wäre es besser gar nicht erst unternommen worden. Ein winziger Fehler, irgendeine Kleinigkeit, und meine neuen Untertanen könnten den ganzen Vertrag für ungültig erklären. Ihre Erste Hoheit —« Er brach ab, um noch einmal nachzudenken, was er ihr sagen wollte. »Fanny, was hältst du davon, wenn wir in die Wüste gehen und den Sonnenuntergang betrachten? Es ist ein wunderbarer Anblick, wenn hinter den *chhatris*, den Grabmälern unserer Ranis, die Sonne untergeht.« Einen Augenblick sah er ein wenig verlegen aus. »Dort fühle ich mich auch meiner Mutter sehr nahe«, fügte er hinzu.

»Ich dachte, ein *chhatri* sei ein Regenschirm?«

»Das stimmt auch. Die Grabmäler sehen aus wie zierliche

Regenschirme aus Stein, die sich auf Säulen über einem Sockel erheben. Sie sind sehr schön.«

Die *chhatris* waren tatsächlich einzigartig. Fanny durfte die Sänfte verlassen und spazierengehen, während die Träger sich diskret entfernten. Sie wanderte zwischen den schönen roten Sandsteindenkmälern umher und staunte, weil sie etwas von der Grazie der Frauen hatten, an die sie erinnerten. Sajjan ging geradewegs zu jenem Grabmal, das dem Andenken seiner Mutter gewidmet war, während Fanny bewußt einen anderen Weg wählte, um ihn mit seinen Erinnerungen allein zu lassen. Nach einer Weile rief er sie zu sich.

»Schau, da drüben ist das Wasserbecken. Es wurde auf Vorschlag meiner Mutter gebaut, damit die Frauen zum Wasserholen nicht so weit gehen müssen. Der Monsunregen wird hier in einem kleinen, künstlichen See aufgefangen. Dort drüben siehst du den Dankaltar, neben den *ghats*, wo die Frauen waschen und am Abend das Wasser holen. Aber wir brauchen noch mehr Wasser in diesem trockenen Land. Ich nehme an, deine Briten würden dafür sorgen?«

»Dazu brauchst du die Briten nicht«, sagte sie. »Warum baust du nicht selbst noch ein weiteres Staubecken?«

»Das werde ich tun — wenn wir endlich Frieden haben und nicht mehr all unser Geld für Verteidigungsanlagen brauchen.«

Die Träger befanden sich außer Sichtweite. Sie hielten sich sorgfältig hinter der Horizontlinie, denn sie durften nie, nicht einmal versehentlich, einen Blick auf das Gesicht einer Frau ihres Herrschers werfen. Von Zeit zu Zeit sah Fanny einen der farbenfrohen Turbane auftauchen. Die einzigen anderen Lebewesen hier waren wilde Pfauen und schnatternde Affen, die sich an dem Futter gütlich taten, das für sie ausgelegt worden war.

»Sie haben überhaupt keine Angst vor uns, nicht wahr?« meinte Fanny.

»Nein, Affen wissen, daß sie im Herzen der Menschen eine besondere Rolle spielen. Rama, eine der Inkarnationen des Gottes Vishnu, hat eine Frau namens Sita geheiratet. Sie wurde entführt und nach Lanka gebracht. Mit Hilfe von Hanuman, dem Affengott, holte Rama sie schließlich zurück. Die Affen haben mit ihren Körpern eine Brücke gebaut, auf der Rama das Meer überqueren konnte. So gelangte er auf die Insel Ceylon, wo seine Gemahlin wartete. Sita war die erste Frau, die *sati* wurde, weil Rama dachte, sie wäre von ihrem Entführer entjungfert worden.«

»Und stimmte das?«

»Nein.«

»Was für eine grausame Geschichte!«

»Du mußt deine eigene Bedeutung darin finden. Wir alle suchen ein Ideal in unserem Leben. Auch die Geschichte eures Gottes ist grausam.«

Erst wollte Fanny diesen ungewohnten Gedanken zurückweisen, aber dann fiel ihr ein, daß Jesus, der Sohn Gottes, gegeißelt und gekreuzigt worden war. Woher er das wohl wußte? Sie war immer wieder erstaunt, wie gut er die europäische Kultur kannte.

Sie kletterten langsam auf einen anderen Hügel und blickten zurück auf die Festung und die Lager der Fürsten, die zu Besuch gekommen waren. Der Himmel färbte sich langsam orangerot, Tausende von Vögeln kehrten zur Nachtruhe heim und ließen sich am See nieder.

Eine Gruppe von Frauen ging auf die *ghats* zu. Ihre Kleidung war farbenfroh; im braunen Wüstensand wirkten sie

wie tropische Blumen. Die bronzefarbenen Gefäße auf ihren Köpfen schwankten leicht im Rhythmus ihrer graziösen Schritte. Ihre Schleier flatterten im Abendwind.
»Wenn ich diesen Frauen zusehe, dann wünsche ich mir, ich wäre schön!« Fanny seufzte. »Selbst die Pfauen sehen ärmlich aus neben ihnen! Und erst die Pfauenhennen —«
»Du hast Augen, so blau wie der Nachthimmel«, bemerkte er unerwartet. »Wurde Lady Frances in London denn nicht für schön gehalten?«
»O nein, von mir sagte man nur, ich hätte Stil. Außerdem war ich eine ausgezeichnete Gastgeberin.«
»Wovor hattest du damals Angst?«
»Ich fürchtete mich davor, daß mein Ehemann aus Indien heimkommen könnte. Nur wenn einige tausend Meilen zwischen uns waren, fühlte ich mich einigermaßen sicher.«
»Hast du noch immer Angst vor ihm?«
»Ich denke oft daran, daß er vielleicht Mary etwas antun könnte. Das kann ich nicht abschütteln. Er ist so ein entsetzlicher und brutaler Mann!«
»Ich wollte, du würdest Mary vergessen. Sie gehört jetzt deiner Vergangenheit an.« Er zögerte, dann fuhr er fort: »Warst du ständig unglücklich, während du mit ihm verheiratet warst?«
»Immer. Damals habe ich gar nicht bemerkt, wie unglücklich ich eigentlich war, weil ich um mein Leben kämpfen mußte.«
Er legte seinen Arm auf ihren und spielte mit ihren Armreifen. »In Delhi hat man mir erzählt, daß dein Londoner Salon ein großer Erfolg war. Jeder habe sich um eine Einladung bemüht. Oft habe ich mich gefragt, wie das möglich war, denn du bist doch eine Frau und hast noch dazu allein

gelebt. Jetzt kann ich das besser verstehen. Es liegt wohl daran, daß du so gut mit Menschen umgehen kannst. Selbst Manekas Mutter war entzückt von dir. Ich bin froh, daß du dich in meiner *zenana* sicher und glücklich fühlst.«
Durch ihre gesenkten Wimpern sah sie ihn an. Ihre Finger berührten zart seine Hand, die noch immer ihre Armreife aus Elfenbein hielt.
»Warum Elfenbein?« fragte sie, nur um überhaupt etwas zu sagen.
»Es zeigt, daß dein Ehemann tapfer genug war, gegen einen Elefanten zu kämpfen — und ihn zu besiegen. Willst du wissen, was dir die anderen Schmuckstücke sagen?«
Sie lächelte. »Ja, bitte.« Alles in ihrer neuen Heimat schien eine Bedeutung zu haben.
Er berührte ihre Stirn mit seinem Finger und zog ihren Scheitel nach. »Auf der Stirn trägst du die *tikka*. Sie soll dich ermahnen, immer ›den rechten Pfad zu gehen‹. Deine Ohrringe —« er berührte ihre Ohrläppchen, »— warnen dich, nicht auf Gerüchte und Klatsch zu hören.«
»Tun sie das wirklich?« Ihre Augen blitzten schalkhaft.
»Bestimmt.«
»Ich fürchte, ich verdiene es nicht, sie zu tragen. Ich mag Klatsch viel zu gerne!«
»Liegt das daran, weil du auf andere Menschen so neugierig bist?«
Sie legte den Kopf auf die Seite und dachte nach. »Vielleicht.«
Er legte seine Hand an ihren Hals. »Das Halsband erinnert dich daran, den Kopf immer ehrfürchtig gesenkt zu halten. Und du sollst den armen Menschen helfen — das sagen die Armreife. Und die Knöchelbänder erinnern dich daran, daß du immer den richtigen Fuß nach vorne setzen sollst.«

»So viele Ermahnungen!« Belustigt wackelte sie mit den Zehen. »Und der Nasenring?«
»Ach, der soll dich daran erinnern, daß du nicht mehr ausgeben darfst, als dein Ehemann aufbringen kann.« Er grinste sie an. »Das paßt zu dir.«
»Könnte ich überhaupt mehr ausgeben, als du besitzt?«
Er nahm einen ihrer Füße und streichelte ihn zärtlich. »Es ist eher eine Warnung, nicht mehr zu verlangen, als ich geben kann. In mancher Hinsicht ist der Radscha von Kattyapur der ärmste Mann in seinem Reich.«
Sie schluckte. »Ich versuche, nicht daran zu denken«, sagte sie schließlich. »Zum Glück habe ich Maneka sehr gerne, aber —«
»Ihre Zweite Hoheit«, berichtigte er ernst.
Sie drehte die Armbänder um ihr Handgelenk. »Wenn sie die einzige wäre —«
»Jetzt ist sie es, Liebste.«
Sie schlang ihre Arme um seinen Hals und zog ihn zu sich herunter. »Was ist mit dem *nautch*-Mädchen, das du ins Bett mitgenommen hast, während wir unser Lager bei deinem Schwager aufgeschlagen hatten?«
Bei der Erinnerung daran mußte er lachen. »Sie existierte nur in deiner Einbildung! In dieser Nacht habe ich nichts anderes getan, als mit einem Haufen dummer Männer zu reden und langweilige Brettspiele zu spielen. Mein Schwager ist ein sehr eitler Mann. Er hat schlechtes Blut von seiner Mutter, und die meisten seiner Kinder sind so geistesschwach wie Ihre Erste Hoheit. Nun liegt sein Vater im Sterben. Er ist bereit, seinen Körper zu verlassen und weiterzuziehen in ein anderes Leben. Solange er an der Regierung war, herrschten Vernunft und Weitsicht, aber sein Sohn glaubt, es sei von Nutzen für ihn, wenn er sich mit

den Briten einlassen würde. Wenn Hanuts Vater dahingegangen ist, kann für uns alle eine schreckliche Zeit anbrechen.«
»Solange du dich nur heraushältst, wird uns nichts geschehen! Das wirst du doch, nicht wahr?«
Ihre Stimme klang so angstvoll und beschwörend, daß er den Blick abwandte.
»Er ist mein Schwager, Fanny, er gehört meiner Familie an. Außerdem, wer kann schon in die Zukunft sehen?«
Er küßte sie. Ihr Körper wurde durchflutet von jener Erregung, die ihr mittlerweile so vertraut war. Sie drückte ihn an sich, atmete seinen Geruch ein und genoß den Augenblick. Gerne hätte sie ihn jetzt geliebt, aber sie wußte, daß er sich einen solchen Bruch des religiösen Rituals nie verzeihen würde.
»Ich dachte, wir wären hergekommen, um den Sonnenuntergang zu genießen«, erinnerte sie ihn.
Er stöhnte auf und schob sie zögernd von sich weg. »Wir müssen zurück zum Palast. Eigentlich dürfte ich ja überhaupt nicht hier sein. Bis alles vorbei ist, sollten wir nichts miteinander zu tun haben. Wie gerne würde ich heute nacht nach dir schicken, um dich an meiner Seite zu haben! Aber das ist unmöglich. Diese letzte Nacht vor der Zeremonie werde ich damit zubringen, den Göttern *puja* zu geben — und du solltest eigentlich das gleiche tun!« Er stand auf und zog sie auf die Füße. »Das alles ist sehr wichtig für mich, Fanny.«
»Und für Kattyapur«, fügte sie hinzu. »Hab keine Angst, Sajjan. Wir werden darauf achten, daß die Briten nur das erfahren, was wir ihnen mitteilen wollen. Vertraue mir, *darling!* In der britischen Politik kenne ich mich aus!«
»*Darling*«, wiederholte er. »Was bedeutet *darling?*«

Sie lachte, und ihre Augen glitzerten schalkhaft. »Es ist ein englisches Kosewort. So habe ich vor dir noch keinen Mann genannt. Ist es nicht merkwürdig, daß ich auf jemanden warten mußte, der es nicht einmal kennt?«
Sie dachte, er würde mit ihr lachen, aber er war völlig ernst, als er ihr antwortete: »Du darfst mich *darling* nennen. Es wird die Leute weniger schockieren, als wenn du Sajjan zu mir sagst. Und bestimmt wird es auch Maneka gefallen.«
»*Darling* ist noch viel schlimmer als Sajjan!« murmelte Fanny.
»Aber das wissen ja nur du und ich!«
Er wandte sich ab, und ihr wurde klar, daß er ihre Anwesenheit im selben Augenblick vergessen hatte. Nun dachte er nur noch an die Ereignisse des morgigen Tages. Wie gerne hätte sie den Platz an seiner Seite eingenommen und mit ihm daran teilgehabt! Aber wie die Dinge lagen, konnte sie nicht viel für ihn tun. Als sie dann hinter dem riesigen schwarzen Eunuchen wieder durch die Korridore des Palastes ging, fühlte sie sich, als ob sie ins Gefängnis zurückgeführt würde.

Der nächste Morgen begann mit Aufregung und Unruhe. Die Frauen waren ungeduldig, denn jede wollte zur selben Zeit für die Zeremonie bereit sein. Eilig huschten die Dienerinnen über den Hof. Fanny dachte sehnsüchtig daran, wie friedlich es früher in der *zenana* gewesen war. Wie ein lästiger Schwarm Heuschrecken erschienen ihr all diese Besucherinnen, die mit schriller Stimme Forderungen stellten und sich nur in ihrer gegenseitigen Abneigung einig waren.
Immer wieder staunte Fanny, wieviel Zeit sie hier selbst an einem gewöhnlichen Tag benötigte, um sich anzukleiden

und ihre Toilette zu beenden. Heute war Ila besonders pedantisch. An der kleinsten Kleinigkeit nahm sie Anstoß und trieb Fanny damit beinahe zur Verzweiflung. Warum konnte Ila nur nicht begreifen, daß ihre Herrin in dieser *zenana* sehr viel weniger wichtig war als alle anderen?
Sie hatte sich daran gewöhnt, ohne Seife auszukommen. Statt dessen benutzte sie drei verschiedene Öle in silbernen Kannen, eines für das Gesicht, eines für den Körper und eines für ihr Haar. Zuerst wurden vier Kupferschüsseln mit unterschiedlich duftendem Wasser gefüllt. Dann wusch ihr Ila die Haare mit *thali*-Paste aus frisch gepflückten Blättern und verteilte einen Puder aus *gram* (Kichererbsen) über ihren Körper. Mit einem Stück faseriger Rinde, das *incha* hieß, wurde das Pulver wieder abgerieben. Danach wurde Fanny von Kopf bis Fuß mit einer hellroten Flüssigkeit gewaschen, in der die Rinde von vierzig verschiedenen Bäumen ausgekocht war. Doch damit nicht genug, denn nun wurde der ganze Körper noch gründlich eingeölt.
»Es ist doch völlig gleichgültig, wie ich aussehe?« versuchte Fanny Ila zu necken. Die Prozedur langweilte sie.
»Es wird Euch schon etwas ausmachen, wenn Seine Hoheit ein Auge auf eine andere Frau wirft!« schnaubte Ila, während sie versuchte, Fannys widerspenstiges Haar zu bändigen. Eine Weile schwiegen beide. Dann fragte Ila vorsichtig: »Herrin, ist es Eure Schuld, daß Ihre Zweite Hoheit das Baby verloren hat?«
»Natürlich nicht«, sagte Fanny. »Wer sagt das?«
»Es ist bekannt, daß Ihr Ihrer Zweiten Hoheit den Platz im Leben Seiner Hoheit neidet.«
Fanny hielt es für besser, nicht zu widersprechen. »Wo ich herkomme, haben die Männer nur eine Frau«, versuchte sie zu erklären. »Ila, du weißt doch, daß ich Ihrer Zweiten Ho-

heit nichts antun kann! Sie ist die beste Freundin, die ich hier habe!«
»Ihr kommt von jenseits der Schwarzen Meere. Was Ihr auch tut, Ihr bringt Böses mit Euch.«
»Sagen das die Brahmanen-Priester?«
Ila zögerte, bevor sie antwortete. »Ihre Zweite Hoheit sagt immer wieder, daß Eure Ankunft ein gutes Omen für Kattyapur ist. Gegen ihr Wort können die Priester nichts ausrichten.«
»Ihre Zweite Hoheit hat eine alte Seele«, sagte Fanny nachdenklich.
Ila hatte mittlerweile Fannys Haar über dem *karandi* ausgekämmt, einem Topf mit glühenden Kohlen, in dem eine Handvoll duftender Kräuter verbrannte. Nun gab sie ein weiteres, zu Puder zermahlenes Kraut auf Fannys Scheitel, das vor Erkältungen schützen sollte.
»Noch einen Augenblick, dann seid Ihr fertig«, versprach sie.
»Den Göttern sei Dank dafür!«
Fanny stand auf, um sich im Spiegel zu betrachten.
»Fanny!«
Ein gebieterischer Ton lag in dieser Stimme, und Fanny wandte sich rasch um. In der Tür zu ihrem Schlafzimmer stand der Yuveraj. Sie verbeugte sich vor der aufrechten kleinen Gestalt.
»Du weißt, daß du eigentlich nicht hier sein solltest«, tadelte sie ihn. »Sie werden nach dir suchen. – Großartig siehst du aus!« fügte sie hinzu und betrachtete seine kostbaren Kleider. So wirkte er mehr denn je wie eine Miniaturausgabe von Sajjan.
Er zupfte an ihrem Schleier. »Fanny, komm! Ihre Zweite Hoheit weint!«

Das war so außergewöhnlich, daß Fanny erschrak. »Ihre Zweite Hoheit? Was um Himmels willen ist denn geschehen?«
»Es ist wegen Ihrer Ersten Hoheit. Sie will sich nicht ankleiden lassen. Bitte, komm doch, Fanny.«
»Aber vielleicht möchte das deine Mutter nicht.«
Die kleine Gestalt straffte sich. »*Ich* befehle es dir!«
Fanny lächelte so spöttisch, wie sie es bei seinem Vater getan hätte. »O ja, wenn das so ist, dann komme ich natürlich sofort. Ich eile gehorsamst!«
Er grinste ebenfalls. Seit sie ihn zum letzten Mal gesehen hatte, hatte er einen seiner Vorderzähne verloren.
Sie folgte ihm demütig zu den Gemächern, wo die Dienerinnen Ihre Erste Hoheit gewöhnlich wuschen und ankleideten. Vor der Türe konnte sie bereits Manekas Stimme hören, ganz ungewohnt ärgerlich und laut. Sie stieß die schrecklichsten Drohungen gegen die Frauen aus, die Ihre Erste Hoheit für diesen Tag vorbereiten sollten. Aber in ihre Wut mischte sich ein Unterton von Panik. Der Yuveraj hatte mit seinen Befürchtungen recht gehabt. Es war etwas geschehen, etwas, was die jüngere Rani äußerst erschreckt hatte. Bis jetzt war sie doch immer mit allem fertiggeworden!
Fanny war niemals zuvor in den Räumen Ihrer Ersten Hoheit gewesen. Sie waren etwas größer als ihre eigenen und ähnlich eingerichtet. Nur die zahlreichen Spielsachen in leuchtenden Farben, die im ganzen Zimmer verteilt lagen, deuteten auf den Geisteszustand der Bewohnerin hin. Die ältere Rani selbst lag mit dem Gesicht nach unten auf dem Fußboden und trommelte mit geballten Fäusten auf den Teppich.
»Ich will nicht! Ich will nicht!« heulte sie.

Maneka stand über ihr und versuchte, sie auf die Füße zu ziehen. »Du mußt! Du bist die ältere Rani! Seine Hoheit wird sehr wütend werden —«

»Was soll sie tun?« fragte Fanny.

Der kühle, ruhige und unbeteiligte Klang ihrer Stimme hatte eine erstaunliche Wirkung auf die versammelten Frauen. Schlagartig hörten sie auf zu jammern und wandten sich zu ihr um. Feindselig starrten sie sie an, weil sie es wagte, hier ungefragt einzudringen.

Fanny wandte ihre Aufmerksamkeit Ihrer Ersten Hoheit zu. »Was ist los mit ihr?« fragte sie.

Maneka schniefte. »Die heutige Zeremonie kann nicht ohne Ihre Erste Hoheit stattfinden. Sie muß dabeisein! Doch sie will sich nicht dafür ankleiden und vorbereiten lassen.«

Fanny war nicht erstaunt. Sie konnte sich nicht erinnern, daß von Ihrer Ersten Hoheit jemals etwas Ähnliches verlangt worden war. Und sie konnte sich auch nicht vorstellen, daß sie bei diesem Ritual eine nützliche Rolle spielen würde. »Geht es ihr … gut genug?« fragte sie vorsichtig.

Maneka zuckte verzweifelt die Schultern. »Sie ist dafür geboren! Ich dachte, es würde ihr Freude machen, einmal im Mittelpunkt zu stehen. *Ich will sie nicht vertreten!* Es würde die ganze Zeremonie entwerten, wenn ich das täte! *Sie* ist die ältere Rani, nicht ich!«

Es steckt noch mehr dahinter, dachte Fanny bei sich. Noch nie hatte sie Ihre Zweite Hoheit so aufgelöst gesehen. Die Haare fielen ihr unordentlich ins Gesicht, und der Schleier hatte sich aus der juwelenbesetzten Haarspange gelöst, die ihn halten sollte. Fanny betrachtete sie voller Mitgefühl.

»Der Yuveraj hat recht daran getan, als er mir befahl, ich solle kommen und Ihrer Ersten Hoheit helfen«, sagte sie freundlich, aber mit einem gewissen ehrfurchtgebietenden Tonfall in der Stimme.

»Du hast nichts damit zu tun!« wehrte Maneka ab. Aber ihr Widerstand war nur halbherzig.

»Der Yuveraj —«

»Der Yuveraj scheint zu glauben, du könntest auf dem Wasser gehen! Du kannst das alles nicht verstehen, deshalb kannst du mir auch nicht helfen. Wenn ich hier fertig bin, werde ich mit dir *und dem Yuveraj* sprechen. Wartet im Hof auf mich.«

»Wenn die Rolle der älteren Rani so wichtig für Seine Hoheit und für Kattyapur ist, dann wird sie wahrscheinlich Angst haben, du könntest ihren Platz bei der Zeremonie einnehmen. Du hast mir immer erzählt, daß sie die wichtigste Person in der *zenana* ist.« Sie setzte sich auf den Boden neben die schluchzende Frau. »Eure Erste Hoheit, bitte verzeiht meine Nichtigkeit und mein Unwissen, und sagt mir, warum Ihr Euch nicht ankleiden laßt?«

Fanny hatte noch nie zuvor mit einer Geisteskranken zu tun gehabt. Aber sicherlich tat es der älteren Rani nicht gut, wenn sie sich auf dem Fußboden herumwälzte und in die Kissen biß. Sie beugte sich über sie, packte sie fest bei den Handgelenken und brachte sie in eine sitzende Position, während sie sie freundlich anlächelte.

»Fanny, bedecke dein Gesicht!« zischte ihr Maneka zu.

Fanny machte eine abwehrende Handbewegung in ihre Richtung und hielt die Augen fest auf das Gesicht Ihrer Ersten Hoheit gerichtet. »Jetzt erzählt mir, weshalb Ihr nicht angekleidet werden wollt«, ermutigte sie die ältere Frau. »Seid Ihr krank?«

»Seine Hoheit liebt mich nicht! Warum also sollte ich etwas für ihn tun?«

Fanny sah die Speicheltropfen, die über das Kinn der Frau liefen. Wahrscheinlich gab es kaum jemanden hier, der sie liebte ...
»Ihr seid seine ältere Rani —«
»Ich bin keine richtige Frau!« klagte die andere. Sonst lebte Ihre Erste Hoheit meist in einer eigenen, abgeschlossenen Welt. Wie schrecklich, daß sie gerade in diesem Augenblick einen Schimmer von Klarsicht zeigte!
Fanny tätschelte ihre Hand. »Ihr seid immer noch die ältere Rani Seiner Hoheit! Seit meiner Ankunft in der *zenana* hat man mich immer wieder ermahnt, Euch mit jener Achtung zu behandeln, die Euch zukommt. Heute müßt Ihr die Rolle spielen, die das Schicksal Euch zugeteilt hat. Ihr wollt doch nicht, daß Ihre Zweite Hoheit Euren Platz einnimmt, nicht wahr?«
Ihre Erste Hoheit starrte sie mit wildem Blick an. »Du bist eine Fremde von jenseits der Schwarzen Meere. Was verstehst du schon davon!«
»Ich hoffe, Ihr könnt mich belehren«, sagte Fanny demütig.
»Ihr wißt, was Ihr tun müßt, nicht wahr? Ist nicht heute der Tag, an dem jeder im Lande sehen wird, welche Bedeutung die ältere Rani für Kattyapur hat?«
Ihre Erste Hoheit blickte ins Leere; ihr Geist hatte sich wieder umwölkt. »Will es machen!« erklärte sie schließlich. »*Ich* bin die ältere Rani! Ihre Zweite Hoheit kann es nicht tun. Ich bin viel wichtiger!«
»Einer solchen Ehre bin ich auch gar nicht würdig«, fiel Ihre Zweite Hoheit mit einem deutlichen Mangel an Begeisterung ein. »Nur die ältere Rani darf das!«
Ihre Erste Hoheit klatschte in die Hände. »Ja, ja, nur ich kann es machen, weil ich die ältere Rani bin! Und hinterher spielen wir miteinander. Wir werden mit meinen neuen

bunten Bällen spielen. Und keine von euch darf Späße machen, die ich nicht verstehe!«
Ihre Dienerinnen atmeten erleichtert auf und begannen sie eilig anzukleiden, bevor sie es sich anders überlegen konnte. Sie schoben Fanny beiseite, froh, sich ihrer zweifelhaften Anwesenheit entledigen zu können. Erleichtert verließ Fanny die Gemächer Ihrer Ersten Hoheit. Unten im Hof wartete der Yuveraj auf sie.
»Ist jetzt alles in Ordnung?« fragte er.
»Ich denke schon. Deine Mutter ist allerdings nicht besonders gut auf uns beide zu sprechen –«
Ihre Zweite Hoheit kam eilig in den Hof und umarmte ihren Sohn. In ihren Augen glitzerten Tränen. »Du hättest Fanny nicht belästigen sollen«, sagte sie zu ihm.
Der Junge wand sich aus ihrem Griff. »Fanny wollte helfen«, erklärte er. »Sie mag mich. Und dich auch!«
»Wirklich?« Plötzlich wirkte Maneka ganz unsicher. »Magst du uns, Fanny?«
Die Augen der beiden Frauen trafen sich über dem Kopf des Jungen. »Ich dachte, du wüßtest das«, sagte Fanny. »Du bist eine bewundernswerte Frau.«
Nun konnte Ihre Zweite Hoheit die Tränen nicht mehr zurückhalten. Sie strömten ihr über die Wangen. »Es wird immer schwerer, mit Ihrer Ersten Hoheit zusammenzuleben. Gestern erst hat sie ihren Dienerinnen glühende Kohlen an den Kopf geworfen. Am Tag zuvor hat sie das ganze Öl verschüttet und ihnen gedroht, sie für ihre Unachtsamkeit bestrafen zu lassen. So kann es nicht weitergehen!«
»Was war denn heute eigentlich los?« fragte Fanny.
Maneka schüttelte den Kopf. »Ich dachte, sie würde Spaß daran haben«, sagte sie bitter. »All der Wirbel und die Aufregung, und sie selbst der Mittelpunkt des Ganzen!

Ich dachte, das arme Ding würde endlich zu sich kommen!«

»Außerdem wolltest du sie nicht vertreten«, bemerkte Fanny. »Was soll Ihre Hoheit eigentlich machen?«

Maneka wurde feuerrot. »Nein, ich möchte es nicht«, gestand sie, »aber das hat nichts damit zu tun! Wenn es mein Schicksal wäre, dann würde ich diese Rolle in der Zeremonie auch übernehmen!«

Und sie würde es mit Würde tun, dachte Fanny, wie sehr sie es auch ablehnte. Sie lächelte plötzlich vergnügt, als sie die jüngere Rani betrachtete.

»Du solltest dich jetzt im Spiegel sehen!« neckte sie sie. »Wenn du mich wieder einmal ermahnst, mich ordentlich anzuziehen, dann werde ich dich an den heutigen Tag erinnern!« Sie schob Manekas Kopfschmuck nach oben, befestigte ihn und zog ihr zärtlich den Schleier über das Gesicht. »Jetzt siehst du wieder besser aus!« sagte sie.

Kapitel 16

Wie die Zeremonie verlaufen würde, wußte Fanny nicht, denn Ihre Zweite Hoheit hatte keine Zeit gefunden, ihr das Ritual zu erklären. Sie hatte nur von Sajjan erfahren, daß der Hengst sterben mußte. Eigentlich verspürte sie nicht das geringste Bedürfnis, dieser Zeremonie beizuwohnen. Schon bei dem Gedanken daran, daß jemand so ein herrliches Tier wie den weißen Heiligen Hengst schlachten konnte, wurde ihr übel.

Eine große Menschenmenge hatte sich versammelt, um das Opferritual mitzuerleben. Daher konnte Fanny von ihrem Sitzplatz aus nicht alles sehen. Um die Besucher der anderen Frauen nicht durch ihre Kastenlosigkeit zu beleidigen, saß sie ein Stück von ihnen entfernt. Das hatte auch den Vorteil, daß der Platz etwas luftiger war, denn es war sehr heiß im Pavillon der Frauen. Die *chik*-Vorhänge hielten jede noch so kleine Brise ab. Um die Zeltwände drängte sich zudem das Volk, geduldig und still in jener seltsamen Art der Inder, bei denen selbst die Kinder selten schrien.

»Darf ich mich neben dich setzen?« fragte sie eine freundliche Stimme. Fanny sah auf und erkannte die Maharani von Jaiselmer.

»Ich fühle mich geehrt«, murmelte Fanny. Sie zog ihren Schleier dichter über ihr Gesicht und überlegte, ob diesen

Worten noch eine weitere Begrüßungsgeste folgen müßte. Ohne Zweifel würde sie es später zu hören bekommen, wenn sie sich nicht richtig benahm.

»Liebe Fanny«, sagte die ältere Frau. »Ich habe gehört, daß wir alle in deiner Schuld stehen seit diesem Vorfall heute morgen. Ich frage mich, wie lange Ihre Erste Hoheit noch ohne weitere Aufsicht leben kann. Mittlerweile scheint sich ihr Geist völlig umwölkt zu haben.«

Fanny lächelte. »Zum ersten Mal habe ich erlebt, daß auch Eure sonst so würdevolle Tochter die Geduld verlieren kann«, sagte sie.

»Sie hatte allen Grund«, verteidigte die Maharani ihre Tochter. »Diese Frau verlangt ihr sehr viel ab!«

Die beiden Frauen tauschten bedeutungsvolle, resignierte Blicke, denn sie wußten, daß Maneka das nie zugeben würde.

Fannys Heiterkeit verschwand. »Ich bete zu Gott, daß die Briten verstehen werden, was Seine Hoheit mit dieser Zeremonie erreichen will!«

»Es gibt wenig, was sie nicht auf dem einen oder anderen Wege erfahren«, sagte die Maharani bitter. »Aber warum bekümmert dich das, Fanny? Es sind doch deine Landsleute!«

»Meine Ergebenheit gehört dem Radscha von Kattyapur!«

Schöne Worte, verhöhnte Fanny sich selbst. Wenn sie nur wirklich wahr wären! Sie machte eine Handbewegung. »Ich wünsche mir nur, daß ich das alles besser verstehen könnte! Ihr glaubt alle, dieses Ritual sei wichtig für Kattyapur, aber ich begreife es nicht und die Briten sicherlich auch nicht!«

Die Maharani lächelte sie freundlich an. »Du wirst es mit deinem Verstand nie erfassen können, Fanny. Das kann auch niemand von uns. Aber mit unseren Herzen ahnen

wir seine Bedeutung, wenigstens einen Teil davon, und dadurch werden wir bereichert für unser Leben. Wer von uns kann schon jemals die ganze Wirklichkeit erfassen?«
Fanny wäre schon zufrieden gewesen, nur einen kleinen Teil davon zu begreifen. Aber alles, auch die Menschenmassen draußen, erschienen ihr an diesem Tag fremd und häßlich. Die bunten Turbane der Männer und die farbenfrohen Kleider der Frauen leuchteten im Sonnenschein so sehr, daß ihr die Augen wehtaten. Und erst die ungepflegten Priester und Asketen mit ihren verfilzten Haaren und ihren ausgezehrten Körpern, die nur notdürftig von ihren weißen Umhängen bedeckt wurden! Sie konnte ihren Anblick kaum ertragen. Es gab auch bessergekleidete Mönche. In ihren safrangelben Kutten hoben sie sich von der Schar ihrer Anhänger ab. Plötzlich entdeckte Fanny noch einen anderen Asketen. Gemessenen Schritts und ohne einen einzigen Faden am Leib ging er vor dem Pavillon der Frauen vorbei. Seine Stirn war mit symbolischen Zeichen bemalt und sein Körper völlig ausgemergelt. Erschrocken sah Fanny zu Boden. Sie fühlte, daß sie immer ungeduldiger und widerwilliger wurde. Wenn das alles nur endlich vorbei wäre!
»Ich hätte nicht hierherkommen sollen«, murmelte sie leise vor sich hin.
Die Maharani tätschelte ihre Hand. »Eines Tages wirst du es verstehen —«
»Niemals! Warum müssen diese heiligen Männer so schmutzig sein?«
Die Maharani wußte nicht, wovon sie redete. »Fanny, Liebes, möchtest du etwas Tee?«
Fanny schüttelte unwillkürlich den Kopf. Als sie sah, daß eine Dienerin mit einem Silbertablett mit glänzenden Glä-

sern voll Tee vorüberkam, rückte sie zur Seite. Zu ihrer Überraschung nickte Manekas Mutter zustimmend.

»Eigentlich solltest du dich in meiner Gegenwart nicht vom Fleck rühren. Aber du hattest recht, das Getränk abzulehnen. Hier gibt es einige, die es sehr beunruhigt, daß du in ihrer Nähe lebst, und daher kann man nie wissen ... Maneka wird sich später um dich kümmern.«

Fanny dankte ihr für ihre Freundlichkeit. Durch die Menge vor dem Zelt ging plötzlich eine Bewegung, der gespannte Aufmerksamkeit folgte. Und dann ging alles ganz schnell. Niemand rührte sich, als der weiße Hengst dem Ritual entsprechend erdrosselt wurde. Fanny schauderte, und sie dankte ihrem Schicksal, daß sie seine letzten Todeszuckungen nicht sehen konnte. Schlagartig spürte sie die quälende Hitze, und Schweiß trat ihr auf die Stirn. Sie wünschte sich so weit weg wie möglich.

Auf das, was nun folgte, hatte sie allerdings niemand vorbereitet. Das tote Pferd lag auf dem Boden; sein Fell glänzte im Sonnenschein. Als Fanny sah, daß Ihre Erste Hoheit zu ihm hinausgeführt wurde, lehnte sie sich neugierig nach vorne. Sie war gespannt, welche Rolle die Frau bei diesem Opferritual spielen würde. Als ob sie sich mit ihm paaren würde, legte sich Ihre Erste Hoheit nun neben das Pferd. Kurz darauf schien es, als wäre sie wirklich erregt, als würde sie Wonnen der Lust genießen. Fanny wollte ihren Augen kaum trauen. Schockiert und empört sah sie zu Sajjan hinüber, der ein endloses Gebet über die symbolischen Bewegungen seiner älteren Rani sprach: Der Hengst möge seinen Samen derjenigen geben, die ihm ihre Schenkel geöffnet habe ... Durch Sajjans monotone Litanei klangen die Triumphschreie Ihrer Ersten Hoheit.

Wie betäubt saß Fanny auf ihrem Platz. Sie hatte das Gefühl, als befände sie sich in einer völlig unbekannten Welt, die ihr immer fremd bleiben würde. Kein Wunder, daß ihr niemand die Zeremonie erklärt hatte — sie hatten sich zu sehr geschämt! Sie warf Ihrer Zweiten Hoheit einen wütenden Blick zu.

Hastig stand Maneka auf, ging auf Fanny zu und setzte sich neben sie. Ihre Mutter nickte ihr zu und rückte zur Seite.

»Wenn ich das gewußt hätte, dann hätte ich dir heute morgen nicht geholfen, die arme Frau anzuziehen!« fuhr Fanny sie an.

Manekas Augen füllten sich mit Tränen. »Es ist eine große Ehre für sie, Fanny.«

»Du hättest auf diese Ehre verzichtet!«

»Ich bin nicht die ältere Rani. Es muß die erste der Frauen sein! Als du heute morgen geholfen hast, hat dir Ihre Erste Hoheit doch gesagt, daß sie es machen will. Es ist ein wichtiger Teil der Zeremonie. Sie muß es tun, damit Seine Hoheit mit seinen Plänen für Kattyapur Erfolg hat.«

Fanny wandte ihr den Rücken zu und zog den Schleier dicht vor das Gesicht. Von dieser sogenannten Zeremonie wollte sie nichts mehr sehen. Niemals in ihrem Leben hatte sie sich für einen anderen Menschen so geschämt. War sie die einzige hier, die Schamgefühl besaß? Wie konnte Sajjan so etwas nur zulassen — mehr noch, wie konnte er es befehlen? Er schien ihr in diesem Augenblick so fremd, als hätte sie ihn nie gekannt. Hatte sie wirklich so viele vertraute Stunden erlebt mit dieser schrecklichen, fremdartigen Kreatur da draußen, die nun endlich mit ihrem barbarischen Gebet zum Ende kam?

Niemals würde sie ihn verstehen. Wie hatte sie das nur glauben können? Und nachdem sie wußte, wozu er fähig war, würde sie nun wieder folgsam in sein Bett kommen? Als ihr klar wurde, daß sie es tun würde, fühlte sich ihre Zunge in ihrem Mund wie ein Stück Holz an. Vor sich selbst konnte sie es nicht leugnen; dazu war sie zu ehrlich. Was für ein Mensch war sie nur? Sie konnte sich nicht wie all die anderen Anwesenden damit entschuldigen, daß ihre Religion solche Ausschweifungen verlangte. Der einzige Grund, weshalb sie hier war, war ihre unheilige, schandhafte Liebe zu Sajjan. Nur dafür hatte sie mit allem gebrochen, was ihr in der Vergangenheit lieb und vertraut gewesen war. Konnte sie das wirklich vor sich selbst rechtfertigen?

Maneka ergriff Fannys Hand. »Verurteile uns nicht, Fanny. Verdamme vor allem Seine Hoheit nicht. Er hält so viel von deiner Meinung.«

Fanny wandte sich ab. Es war ihr in diesem Augenblick gleichgültig, ob sie damit Manekas Gefühle verletzte. »Ich verdamme mich selbst«, sagte sie. »Ich dürfte nicht hiersein.«

Sie konnte es nicht vermeiden, die triumphale Rückkehr Ihrer Ersten Hoheit in den Pavillon mitzuerleben. Vor Stolz schien die Frau um mindestens einen Kopf gewachsen zu sein, und Fanny wurde sich bewußt, daß sie sie früher nie mit geradem Rücken gesehen hatte. Sie hatte immer gekrümmt dagesessen, versunken in ihre eigenen Gedanken. Jetzt, da sie sich erhaben dünkte über Maneka, die eines so ehrenvollen Schicksals nicht würdig gewesen war, sah sie beinahe hübsch aus.

»Ich bin die Mutter von Kattyapur! Das heilige Pferd und ich sind eins! Und ich habe alles richtig gemacht! Ich bin nicht so dumm, wie ihr glaubt! Nur ich konnte seine Kraft bewältigen! Keine von euch war würdig!«

Die Frauen gackerten und kicherten, weil sie dasselbe wieder und wieder sagte, als hätte sie es auswendig gelernt wie ein Pa-

pagei. Fanny vermutete, daß das auch der Fall war, und sie glaubte zu wissen, wer es ihr so gut beigebracht hatte. Sie erschauerte von neuem vor Abscheu über die ganze Prozedur.

»Du warnst mich besser vor dem, was jetzt noch geschieht«, flüsterte sie Ihrer Zweiten Hoheit zu, die noch immer neben ihr saß und ganz still geworden war, während sie die ältere Rani beobachtete. Fanny wußte nicht, was ihr durch den Kopf ging; sie dachte auch nicht darüber nach. Ihre eigene Verwirrung beschäftigte sie viel zu sehr.

»Das Pferd wird geviertelt und gekocht, und dann wird das Mark Seiner Hoheit gebracht, damit er es verzehrt. Er ißt den ›Geist‹ des Pferdes und nimmt seine Kraft auf, genauso wie — genauso wie Ihre Erste Hoheit seine Manneskraft aufgenommen hat.«

Fanny hörte sich diese Ankündigung schweigend an. Sie konnte nicht verbergen, daß sie äußersten Widerwillen gegenüber der verrückten Frau, dem Pferd und selbst gegenüber Sajjan empfand. Wie konnte Ihre Zweite Hoheit nur glauben, diese abstoßende Zeremonie verleihe Sajjan eine Macht, der sich die Fürsten der anderen Länder unterwerfen würden? Niemals, niemals würde sie verstehen, was in den Köpfen dieser Menschen vor sich ging!

Ihre Zweite Hoheit berührte sie sanft am Arm. »Es wird Zeit, zur Burg zurückzukehren. Zur Unterhaltung unserer Gäste werden dort Tänzer und Sänger auftreten. Möchtest du, daß ich dich entschuldige, Fanny?«

»Das wäre wohl das beste.«

Manekas dunkle Augen füllten sich mit Tränen des Mitgefühls. »Bitte rege dich nicht so auf! Du verstehst es nur einfach nicht —«

»Nein, das tue ich nicht!« stimmte Fanny zu. Und eigentlich wollte sie es auch gar nicht verstehen.

»Lange bevor die Rajputen in Indien lebten, verehrten unsere Ahnen das Pferd, das weiße Pferd. Es ist eine Erinnerung für uns, so alt wie die Geschichte unseres Volkes.«

»Ihre Erste Hoheit —«

»Es ist ihr Schicksal.« Maneka versuchte, sie zu beschwichtigen. »Ein Herrscher regiert nicht nur. Er ist der *ma-baap*, und damit Mutter und Vater für sein Volk. Ihre Erste Hoheit weiß das. Für den heutigen Tag ist sie geboren worden.«

Fanny blickte zu der armen Frau hinüber, die noch immer strahlend die Geschichte ihres Triumphes erzählte. Dann sah sie wieder zu Maneka. »Glaubst du das wirklich?«

Maneka blickte zu Boden. »Sie weiß es, Fanny. Tief in ihrem Innern weiß sie es. Sie weiß, daß sie für Kattyapur heute etwas Großes geleistet hat und auch für ihren Herrn, ihren Gatten. Nimm ihr dieses Erlebnis nicht — nicht einmal in deinen Gedanken. Sie verdient deine Achtung, weil sie den Zweck ihres Lebens erfüllt hat.«

Fanny schnaubte. »Habe ich das geleugnet?«

Maneka sah sie jetzt freundlich tadelnd an. »Hast du das nicht? Versuchst du nicht, ihre Würde in Frage zu stellen oder die Tatsache, daß sie ihr Schicksal ehrenvoll erfüllt hat?«

»Ich leugne es nicht!« sagte Fanny schroff.

Sie war völlig davon überzeugt, daß sie recht hatte mit ihrer Abneigung gegen die Zeremonien dieser fremden Kultur. Wenn die Briten solchen Ritualen ein Ende bereiten konnten — und auch *sati* und *jauhar* abschaffen würden —, vielleicht sollte man sie dann mit offenen Armen willkommen heißen?

Der Blick Ihrer Zweiten Hoheit ließ Fanny fühlen, daß sie in ihrer Abwehr zu weit ging. Das machte sie nur noch ärgerlicher.

»Du bist hochmütig«, rügte Maneka sie traurig. »Du glaubst, du wärst ein besserer Mensch als Ihre Erste Hoheit. Dir bedeutet es nichts, daß sie die ältere Rani von Kattyapur ist, denn du siehst in ihr nur eine geistesschwache Frau, die dir leid tut. Warum willst du nicht anerkennen, daß sie heute wirklich die erste unter uns Frauen war — nicht nur dem Namen nach? Warum kannst du ihr nicht die Achtung entgegenbringen, die ihr zusteht?«

Fanny antwortete nicht gleich. Es lag etwas Wahres in dem, was die jüngere Rani sagte, auch wenn sie es nicht zugeben wollte. Ihre Erste Hoheit hatte ein Recht auf diesen Augenblick des Triumphes, um so mehr, als sie auf ihre eigene verwirrte Art wußte, daß Sajjan sie niemals rufen würde, um wirklich seine Frau zu werden. Sie wußte vielleicht auch, daß sie niemals all die Pflichten übernehmen konnte, die die jüngere Rani in ihrem Namen ausführte. Heute mußte sie zum ersten Mal wirkliche Erfüllung gespürt haben.

»Ich bin offensichtlich nicht so großmütig wie du«, gab Fanny schließlich zu. »Wenn ich du wäre, dann würde ich mich weigern, ständig den zweiten Platz hinter einer Geisteskranken einzunehmen!« fügte sie gereizt hinzu.

»Ja, ich weiß.« Maneka lächelte spöttisch. »Du wehrst dich ja auch gegen mich. Vergnügen sich britische Ehemänner nicht auch ab und zu mit anderen Frauen?«

»Häufig«, meinte Fanny trocken. »Aber die mag ich ja auch nicht.«

Während sie sprach, wußte Fanny, daß Maneka gar keine Vorstellung hatte, wovon sie redete. Sie kannte den Wunsch gar nicht, eine geliebte Person allein zu besitzen. Hatte Maneka niemals das Gefühl, daß die Nächte, die Fanny mit Sajjan verbrachte, ihr gestohlen wurden?

Maneka drückte ihre Hand. »Er liebt dich doch auch! Sagt er dir das nicht?«
Fanny gab keine Antwort. Sie fühlte sich einer Ohnmacht nahe. Zeitweise glaubte sie, Sajjans tiefe Zuneigung zu seiner jüngeren Rani hinnehmen zu können. Oft aber konnte sie die Situation nur ertragen, indem sie jeden Gedanken daran standhaft verdrängte. Gerade in diesem Augenblick wünschte sie sich, völlig frei zu sein von allem, selbst von Sajjan. Fast spürte sie etwas Heimweh und Sehnsucht nach den starren, aber vertrauten Regeln der britischen Gesellschaft.
Ihre Zweite Hoheit überwachte die Heimkehr in die *zenana*, wobei sie mit dem ihr eigenen Taktgefühl vorging. Fanny mußte länger warten als die übrigen Frauen, weil nur wenige mit ihr zusammensitzen wollten, aber die Wartezeit wurde unerwartet belohnt. So bekam sie nämlich den ersten Elefantenkampf ihres Lebens zu sehen. Dann folgte ein Reiterwettkampf, bei dem sich nur Adlige beteiligen durften. Sie klatschte laut Beifall, als Sajjan in vollem Galopp einen Pflock aufspießte, scheinbar mühelos, als wäre es die leichteste Sache der Welt.
Sie haderte noch immer mit sich selbst, als sie an die Reihe kam, in den Palast zurückzukehren. Nie zuvor hatte sie Grund gehabt, an ihren politischen Einschätzungen zu zweifeln, aber bis jetzt waren diese Entscheidungen auch noch niemals von ihren eigenen Gefühlen überschattet gewesen. Seit sie in London eingetroffen war, hatte sie immer sehr genau gewußt, was sie tat. Sie war damals sicher gewesen, daß die britische Lebensart jeder anderen in der Welt überlegen sei. Diese Überzeugung war durch die Monate in der *zenana* erschüttert worden. Manekas Freundlichkeit und Klugheit hatten Fanny unsicher gemacht, weil sie wuß-

te, daß sie selbst niemals so gütig und verständnisvoll sein würde. Aber was würde die Gesellschaft, die sie hinter sich gelassen hatte, über die Ereignisse des heutigen Tages denken? Sie hatte vielleicht gelernt, daran zu zweifeln, ob sie in der Vergangenheit immer recht gehabt hatte; doch die Briten hatten solche Zweifel nicht und würden sie auch niemals haben.

Fanny befand sich in ihren Gemächern, als der schwarze Eunuch kam, um sie zu Sajjan zu rufen.

»Sag ihm, ich kann jetzt gerade nicht«, erwiderte sie.

Der riesige Mann deutete mit einem Wurstfinger auf sie. »Ihr Herr verlangt nach Euch. Kommt mit mir.«

»Nein.«

Der schweigende Kampf endete damit, daß sich der Eunuch leicht verbeugte und verschwand. Fanny seufzte erleichtert. Sie konnte Sajjan nicht begegnen, ehe sie nicht ihre verwirrten Gefühle geordnet hatte. Nichts, das fühlte sie, konnte jemals die Erinnerung an Ihre Erste Hoheit auslöschen, wie sie sich vor allen Anwesenden auf dem Boden wälzte. Sie hoffte, daß dieses Bild nach einiger Zeit von angenehmeren überdeckt werden würde. Dann konnte sie ihr Leben wieder aufnehmen. Sajjan würde warten müssen.

Allerdings blieb sie nicht lange allein. Sie versuchte sich abzulenken, indem sie die seltsamen Buchstaben ihrer neuen Sprache zu lesen versuchte. Sie wollte so gut lesen und schreiben lernen wie Ihre Zweite Hoheit. Plötzlich wurde ihr das Buch aus der Hand genommen, und eine feste Hand zog sie nach oben.

»Du mußt noch viel lernen, Fanny, wenn du denkst, daß du dich meinen Wünschen widersetzen kannst!«

»Sajjan –«

»Schweig!« fuhr er sie an. »Was du denkst, ist mir gleichgültig! Du bist nicht mehr als der Staub unter meinen Füßen!«

In dieser Stimmung kannte sie ihn noch nicht. Doch sie stand vor ihm, mit aufrechtem Rücken und hocherhobenem Kinn. In ihrem Gesicht stand deutlich das Aufbegehren gegen seine harte und strenge Haltung geschrieben.

»Mach deine Verbeugung«, befahl er ruhig.

Beinahe hätte sie sich geweigert, aber dann tat sie es, denn sie fühlte an ihm eine Verzweiflung, die so stark war wie ihre eigene. Sie verneigte sich und legte die Hand auf den Boden vor seinen Füßen. Zu ihrer Überraschung setzte er seinen Fuß auf sie wie auf eine Gefangene. Dann beugte er sich ebenfalls herab, ergriff ihre beiden Hände und richtete seinen Blick fest auf ihr düsteres Gesicht.

»Nun, sag mir, was los ist! Warum verweigerst du dich meinem Befehl?«

Fanny unterdrückte ein Schluchzen. »Es war schrecklich!«

»Zu diesem Schluß bist du schon vor längerer Zeit gekommen. Niemand hat dich gezwungen zuzusehen.«

»Wenn ich hier lebe, muß ich mich an dem Leben hier beteiligen. Heute habe ich euch mit neuen Augen gesehen. Ihr seid alle Fremde für mich. Ich will kein Teil von euch sein! So wie bisher kann ich nicht weitermachen! Ich brauche Zeit zum Nachdenken, Sajjan.«

»Wieviel Zeit?«

Diese Frage hatte sie nicht erwartet. »Ich weiß es nicht.«

»Natürlich nicht. Du bist nicht anders als andere Frauen, Fanny. Männer haben ihre Gründe; und Frauen müssen den Weg gehen, den ihre Herren für sie gewählt haben! Muß ich dich daran erinnern, daß es dein eigener Entschluß war, mit mir zu gehen?«

»Ich habe mich entschieden, nicht in Delhi zu bleiben.«
»Du hast dich entschieden, mit mir zu gehen!«
»Ja«, gab sie schließlich zu und hoffte, er würde sich damit zufriedengeben.
Sajjan ließ sich auf einen Diwan fallen. Mit einem mißmutigen Gesichtsausdruck starrte er ins Leere. Sie sehnte sich danach, zu ihm zu gehen, sich in seine Arme zu werfen und alles zu vergessen, was heute geschehen war. Aber ihr Stolz ließ das nicht zu.
»Vermißt du deine Tochter?« fragte er plötzlich.
»Manchmal.« Sie stand vor ihm und hielt den Kopf leicht gesenkt, als wolle sie ihre Gedanken vor seinen forschenden Augen verbergen.
»Du wirst noch andere Kinder haben.«
»Ja, und was für ein Leben werden sie führen? Wird auch von ihnen verlangt werden, mit einem toten Pferd zu kopulieren?«
Zu ihrem Mißvergnügen begann er zu lachen. »Ich fürchte, nein. Wie du selbst werden auch deine Kinder niemals wichtig genug für ein solches Ritual sein.«
Fannys Lippen zitterten, auch wenn sie nicht hätte sagen können, ob ihr nach Lachen oder Weinen zumute war. »Ich werde das Bild dieser armen Frau niemals vergessen! So etwas will ich nie wieder sehen! Es war abscheulich!«
»Nur für dich.«
»Ich will auch nicht, daß eines meiner Kinder Zeuge einer solchen Szene werden muß! Vielleicht will ich auch gar keine Kinder von dir!«
Er erhob sich und baute sich vor ihr auf. »Das ist meine Entscheidung, nicht deine! Wenn ich sage: ›Komm!‹, dann wirst du kommen, und wenn ich sage: ›Geh!‹, dann wirst du gehen. Du hast selbst entschieden, meine Frau zu wer-

den, und nun ist es an der Zeit, daß du lernst, was das bedeutet. Wenn ich nach dir schicke, damit du in mein Bett kommst, dann wirst du dich nicht noch einmal weigern. Hast du verstanden?«
Sie atmete tief durch. »Ich kann es nicht ändern, daß ich nicht so bin wie andere Frauen!«
Auf seiner Wange zuckte ein Muskel. »Was dich wirklich ärgert, meine Liebe, das ist, daß du gar nicht so anders bist, wie du es gerne wärst! Trotzdem, eigentlich wollte ich dich nicht in meinem Bett haben, als ich dich vorhin gerufen habe. Ich wollte dich an die Beratung heute abend erinnern.«
Ihre Augen wurden groß, als ihr klar wurde, daß sie das völlig vergessen hatte. »Ich bin mir nicht sicher, ob ich dir gegen meine eigenen Leute helfen soll«, sagte sie verlegen. »Ich habe mich heute nachmittag sehr britisch gefühlt.«
Er legte eine Hand unter ihr Kinn und drehte ihr Gesicht zu sich. »Du bist vielleicht Britin, aber du bist auch meine Frau! Ich habe dein Versprechen, daß du mir hilfst.« Mit seinem Daumen teilte er ihre Lippen, und bei dieser Berührung fuhr das Verlangen durch ihren Körper. Sie hätte vor Demütigung weinen mögen, als sie sah, daß er in ihren Augen las, was in ihr vorging. »Bist du eine weniger ehrenhafte Frau als meine arme ältere Rani?« fragte er leise.
Sie schloß die Augen. »Vielleicht haben wir unterschiedliche Vorstellungen von Ehre!« sagte sie stolz.
»Was ist ehrenvoller, als seinem Herrn zu dienen?«
Sie konnte ihm nicht antworten. Der Schmerz in ihrer Brust trieb ihr das Wasser in die Augen, aber sie wollte auf keinen Fall vor ihm in Tränen ausbrechen.
»Ich kann den Mord an Pferden nicht verzeihen!« rief sie. »Du verdienst nicht, daß ich dir helfe!«
Sein Kuß war hart. Es war der Kuß eines Mannes, der wuß-

te, was er wollte. »Du hast dein Leben in meine Hände gelegt, *darling*. Wenn du versuchst, dich mir zu entziehen, dann darfst du dich nicht beklagen, daß ich ab und zu streng zu dir bin.«

Als er sie *darling* nannte, gab sie sich geschlagen. Sie schlang ihre Arme um seinen Hals und bot ihm den Mund zum Kuß.

»Wenn ich dich nicht so sehr lieben würde, dann würde ich dich jetzt wahrscheinlich hassen!« sagte sie.

Kapitel 17

Der Raum hinter der Empfangshalle war stickig und dunkel. Fanny spähte durch das Gitterwerk aus Marmor, das sie von dem hellerleuchteten Raum trennte, in dem sich die Männer versammeln würden. Deutlich konnte sie auf der einen Seite den *gadi* erkennen, den Thron, auf dem Sajjan sitzen würde. Er schien aus purem Gold zu bestehen und war mit scharlachroten und gelben Kissen gepolstert. In das Metall waren Zeichen und Sinnsprüche eingegraben: die Sonne, Pfauen mit Schwanzfedern aus Edelsteinen und viele Schwerter und Schilde.

Wenig später nahm Sajjan seinen Platz auf dem *gadi* ein. Einer nach dem anderen betraten seine Ratgeber und die Fürsten den Saal. Bevor sie zu ihren Plätzen gingen, zogen sie ihre Schwerter halb aus der Scheide, damit Sajjan sie berühren konnte. Hier war die Rangordnung genauso wichtig wie bei den Engländern, stellte Fanny fest, als sie bemerkte, wie argwöhnisch die Männer um sich blickten, damit auch ja keiner einen Sitzplatz einnahm, der seinem Rang nicht entsprach. Auf Fanny wirkten sie mehr denn je wie streitende Pfauen. Jeder verteidigte sein Territorium mit blitzenden Augen und trotzig erhobenem Kinn.

Dennoch gefiel es ihr, wie würdevoll Sajjan den Tribut an seine Herrschaft entgegennahm. Er mochte ein Barbar sein, aber er war ein prachtvoller Barbar! Sie versuchte, die Vorfälle des heutigen Tages aus ihrem Gedächtnis zu verdrängen. Jetzt hatte sie eine Aufgabe zu erfüllen. Wenn sie irgend etwas herausfinden wollte, dann mußte sie so denken, wie die Briten dachten. Ganz nüchtern mußte sie jede Einzelheit abwägen und prüfen, wem es zum Vorteil diente. Dabei durfte sie ihre persönlichen Gefühle nicht einfließen lassen, und das fiel ihr besonders schwer, nachdem sie den ganzen Tag am Rande eines tränenreichen Ausbruchs gestanden hatte. Sie hatte viel zu empfindlich reagiert — selbst Maneka war das aufgefallen.

Fanny staunte zunächst, als sie bemerkte, daß sie die Gespräche der Männer besser verstand als die der Frauen. Dann wurde ihr klar, warum das so war: Bei den Männern war der Rajputdialekt die Muttersprache, während viele der Frauen aus weit entfernten Gegenden kamen. Manche stammten sogar aus Maharashtra oder Bengalen. Man hatte sie in dieses entfernte Land heiraten lassen in der vergeblichen Hoffnung, durch Familienbeziehungen quer über den Subkontinent die Briten aufhalten zu können. Solche Heiraten gingen selten gut. Durch den Neid zwischen den Frauen und den wilden Stolz des Rajputen-Männer, die sich bei dem harmlosesten Anlaß in gedankenlose Kämpfe stürzten, kam es häufig zu Streit und Gewalttätigkeiten. Und damit boten sie den Briten genau jenes Bild von Uneinigkeit, das sie eigentlich vermeiden wollten.

Fanny musterte die Gesichter der versammelten Männer und fragte sich, wie viele wohl schon im Sold der Briten standen. Manche von ihnen zeigten den mürrischen Gesichtsausdruck eines Besiegten. Vielen schienen auch Sajjans Hinweise auf ein ›verantwortungsvolles Regieren‹ nicht zu gefallen. Obwohl sie ihren neuen Herrscher nicht unterbrachen, war es doch offensichtlich, daß sie am liebsten weiterhin despotisch regiert hätten, ohne sich um die Leiden ihrer Völker zu kümmern. Waren diese Leute nicht geboren, um für ihre Herrscher zu leiden und zu arbeiten, so wie es den Fürsten vom Schicksal bestimmt war, die Vorteile aus dieser Arbeit zu ziehen? Sie war froh, als sie feststellte, daß es auch einige gab, die ihre Verantwortung so ernst nahmen, wie Sajjan es tat, und die ihre kleinen Staaten wirklich so regierten, als seien sie für ihre Untertanen Vater und Mutter zugleich. Dieser Gedanke war, wie sie wußte, der Schlüssel zu Sajjans Entschluß, die Unabhängigkeit seines Landes um jeden Preis zu bewahren. Es war dieser Vertrag zwischen *raja* und *praja*, Herrscher und Volk, der vor der Machtgier der Fremden geschützt werden mußte. Vielleicht würden die Briten die alten Fürsten sogar weiterhin regieren lassen, aber die Oberherrschaft der Fremden würde ihre Treue gegenüber dem Volk untergraben. Unter der britischen Herrschaft würden sie regieren, wie die Besatzungsmacht es forderte, und das konnte nicht im Interesse des eigenen Volkes sein.

»Wie die Moguln vor ihnen sind die Briten vom Schicksal auserwählt, ganz Indien zu regieren. Wir haben keine andere Wahl, als uns ihnen als treue Verbündete zu zeigen, wie wir es auch bei den Moslems getan haben. Wir werden zu ihnen nach Delhi und Kalkutta gehen, aber hier wollen wir sie nicht haben. Sie sollen uns nicht vorschreiben, was wir in unseren eigenen Ländern zu tun und zu lassen haben!«

Dieser Rede folgte ein zustimmendes Gemurmel. Die East India Company beherrschte schon lange den Handel im größten Teil Indiens. Doch nun war die Führung auf die Krone übergegangen, und wer konnte schon voraussagen, welche Forderungen die Königin an ihre Kolonien stellen würde?

Sajjan räusperte sich. Sein ganzes Auftreten verriet, daß er sich seiner Autorität gegenüber den anderen Fürsten bewußt war. Das Pferdeopfer mußte tatsächlich eine magische Kraft ausüben, wenn es ihm dadurch gelang, diese Bande von selbstherrlichen Alleinherrschern seinem Willen zu unterwerfen, dachte Fanny. Aber sie war traurig darüber, daß sie dieses mythische Ritual nie verstehen würde.

»Ich habe aus Delhi eine britische Frau mitgebracht, eine Aristokratin, eine Freundin derjenigen, die weit jenseits der Schwarzen Meere in England die Krone trägt. Diese Frau ist heute bei unseren Beratungen anwesend, sie sitzt dort hinter dem Gitter. Obwohl sie eine Frau ist, kennt sie doch die Pläne unserer neuen Herren. Selbst mächtige Männer haben einst auf ihre Worte gehört; das habe ich mit eigenen Augen gesehen. Sie hat mir den Rat gegeben, mit den Briten Frieden zu schließen und sie meiner Treue als Verbündeter zu versichern. Auf diese Weise werden sie mir lassen, was ich besitze, vorausgesetzt, ich regiere weise und unternehme nichts, was den Frieden stören könnte. Andere Staaten, die größer sind als meiner, haben sich bereits der britischen Freundschaft versichert, und man hat sie als Freunde behandelt.«

Ein bestürztes Raunen ging durch die Reihen seiner Zuhörer. Sajjans Gelassenheit unterschied sich deutlich von der Unruhe seiner Fürsten. Die Rajputen waren ein stolzes Volk, das sich nicht leicht jemandem unterwarf, und viele von ihnen, das wußte Fanny, wollten lieber kämpfen und sterben als sich zu ergeben.

»Wer ist diese Frau?«

Diese Frage kam von einem Mann in grünem Gewand, der – so schloß Fanny aus seinem Sitzplatz – von geringerer Herkunft war. Er hatte ein schmales, kluges Gesicht und das Auftreten eines Soldaten. Hatte er einst bei den Truppen der EAST INDIA COMPANY gedient?

»Lady Frances Bantry.«

Fanny bewunderte den gleichgültigen Tonfall, mit dem Sajjan ihren Namen aussprach. Er spielte mit hohem Einsatz, aber es war ihm nicht anzumerken. Auch der grüngekleidete Mann wußte das, wie man an seinem Gesichtsausdruck erkennen konnte.

»Lady Frances ist von Banditen getötet worden. Oder hast du sie mit Gewalt hierhergebracht?«

Zum ersten Mal war Sajjan in Gefahr, seine Gefühle zu verraten. »Lady Frances hat bei mir Zuflucht gesucht, weil ihr Gatte in einem Anfall von Eifersucht beinahe ihre kleine Tochter umgebracht hätte. Sie hatte zuviel Angst um sie und sich selbst, um noch einen Moment länger unter seinem Dach zu bleiben. Deshalb hat sie freiwillig ihre Heimat in meiner *zenana* gewählt.«

»Und du traust dieser Frau?« Der Mann im grünen Turban warf einen Blick auf den verdunkelten Raum hinter dem Gitter. »Frauen sind wie Schlangen«, fügte er geringschätzig hinzu.

Sajjan wartete, daß der grüngekleidete Mann weitersprach. Das einzige Zeichen seiner Aufmerksamkeit war sein Blick, der höfliches Interesse verriet.

»Lord Bantry ist für seine teuflischen Launen bekannt«, bestätigte der Mann widerwillig. »Aber die Frau könnte doch noch immer auf der Seite der Briten stehen. Diese Fremden kennen die Gesetze der Gastfreundschaft nicht; sie betrügen ihre Freunde so leicht wie ihre Feinde. Woher weißt du, daß sie dir dienen wird, wenn deine Ziele mit den britischen einmal nicht übereinstimmen?«

Sajjan erlaubte sich ein kleines triumphierendes Lächeln.

»Natürlich will Lady Frances eine treue Untertanin ihrer Freundin, der britischen Königin, bleiben, auch wenn sie mir für meinen Schutz Dienste leistet. Ich habe ihr versprochen, daß in Kattyapur nichts gegen die Interessen der Schutzmacht in Indien unternommen wird. Die Briten brauchen keine Angst zu haben, daß wir dieser Entscheidung untreu werden, wenn sich die Umstände ändern.«

Wenn der Mann mit dem grünen Turban mit dieser Feststellung zufrieden war, viele andere waren es nicht. Zu ihren früheren Bedenken kam jetzt noch das Wissen, daß sich der Radscha von Kattyapur dem Rat einer Frau unterwarf, die noch dazu von jenseits der Schwarzen Meere kam.

»Erinnere dich an die Belagerung von Chitor!« hielt ihm einer vor. »Hat Rawal Ratan den Forderungen von Alauddin nachgegeben, als es diesen nach der Rani Padmini gelüstete? Nein, seine zwölf Söhne bestiegen nacheinander den *gadi*, und nach drei Tagen beschlossen sie, so zu sterben, wie die Göttin Kali es fordert. Der *jauhar* ist der einzig ehrenvolle Weg! Padmini und dreizehntausend Frauen starben! Ratan selbst war der zwölfte König, der geopfert wurde. Nur sein Sohn Alaisi überlebte. Das ist die Art der Rajputen! Schick sie zurück, bevor die Briten erfahren, daß sie hier ist, und kommen, um sie zurückzuholen!«

»Du würdest lieber sterben, wenn wir doch in Frieden leben können?« gab Sajjan trocken zurück.

»Lieber sterben als von der Schönheit einer Frau in die Irre geführt zu werden!«

»Wegen Lady Frances werden uns die Briten sicher nicht belagern«, sagte Sajjan bedächtig. »Es würde ihnen große Unannehmlichkeiten bereiten, wenn sie wiederkäme, nachdem sie für tot erklärt wurde.«

»Sie ist eine Spionin, die sie geschickt haben! Was, wenn sie sie zurückfordern? Wirst du sie ihnen zurückgeben?«
Auch Fanny wartete mit angehaltenem Atem auf die Antwort. Es war ihr noch nie zuvor der Gedanke gekommen, daß er sie eines Tages zu den Briten zurückschicken könnte.
»Nein«, sagte Sajjan mit Entschiedenheit.
»Für diese Frau würdest du den *jauhar* erklären, nicht aber für deine Ehre?«
»Ich werde niemals den *jauhar* erklären«, wehrte Sajjan ab. »Diese Frau ist hier, weil ich es so will. Sie ist eine Frau wie jede andere und muß mir, ihrem Herrn, gehorchen. Der einzige Unterschied ist, daß sie unter den *sahib-log* aufgewachsen ist und ihre Lebensweise kennt. Die Briten können froh sein, daß sie hier ist, denn so wacht eine Freundin der Königin über ihre Interessen. Wenn wir gegen die Briten kämpfen, dann verlieren wir alles, Land und Volk, und gewinnen nichts –«
»Du nennst die Ehre nichts?«
Sajjan musterte den Sprecher geringschätzig. In diesem Augenblick hätte Fanny es nicht gewagt, seine Geduld so herauszufordern, wie sie es am Nachmittag getan hatte.
Er sprach weiter. »Ich habe bereits erklärt, daß ich ein Freund der Briten bin. Ohne Ehrverlust kann ich mich von dieser Freundschaft nicht zurückziehen, und ich will es auch nicht. Es gibt keinen Grund für den *jauhar*, und es wird hier auch niemals wieder einen geben. Diese Frau rät, und ich befehle, daß wir mit den Briten im Frieden leben werden. Unter ihrem Schutz können wir groß werden. Das ist der ehrenvolle Weg, der vor uns liegt.«
Als alle gegangen waren, wurde Fanny bewußt, wie stickig die Luft in der Nische hinter dem Gitter war. Hoffentlich

wurde sie nicht ohnmächtig! Ihr war übel, und sie ärgerte sich darüber, denn sie war immer stolz darauf gewesen, Hitze, Kälte und jedes Wetter ertragen zu können. Heute hatte sie abwechselnd Hitze, Kälte, Tränen und Übelkeit ertragen müssen. Vielleicht hatte sie sich eine jener gefürchteten Fieberkrankheiten zugezogen, vor denen man sie so oft gewarnt hatte?

Tief in Gedanken versunken saß sie in der Dunkelheit. Die Briten würden für den Augenblick zufrieden sein; dessen war sie sich sicher.

Die Türe öffnete sich, und sie sah auf in der Erwartung, es wäre Sayed, der sie in die *zenana* zurückbringen wollte. Aber es war Sajjan selbst, der ihr die Hand reichte. »Nun?« fragte er in herausforderndem Tonfall.

Sie senkte den Blick. Noch immer war sie nicht bereit, sich ihm völlig zu ergeben. »Ich weiß noch nicht, ob ich uneingeschränkt auf deiner Seite stehe!« antwortete sie.

Der Blick, den er ihr zuwarf, erinnerte sie daran, wer hier der Herr war. »Wir streiten uns später darüber«, meinte er ruhig, »— wenn es denn sein muß! Ich habe nur ein paar Augenblicke; dann muß ich zu meinen Gästen zurück. War es so, wie du gehofft hast, Fanny?«

Trotz allem vertraute er ihr immer noch.

»Ich denke schon«, antwortete sie. »Wer war der Mann mit dem grünen Turban?«

Seine Augen wurden schmal. »Er kommt ursprünglich aus Jaipur. Jetzt ist er der adoptierte Sohn und *kumar* eines kleineren Fürsten.«

»Er wirkt wie ein ehemaliger Soldat.«

»Hältst du ihn für den britischen Spion?«

Sie nickte. »Er weiß zuviel über das, was in Delhi vor sich geht. Er weiß sogar, wer ich bin.«

Auf diesen Satz stürzte sich Sajjan wie eine Katze, die eine Maus fängt. »Wer du *bist*, Fanny? Ist es denn nicht endgültig vorbei?«
Sie ergab sich mit einem langen Seufzer. »War«, berichtigte sie sich.
Er hob den Schleier von ihrem Gesicht und strich mit der Hand über ihre Wange. »Gerade eben warst du dir nicht sicher, wer du in diesem Augenblick bist«, sagte er.
»Nein, und ich bin mir auch jetzt noch nicht sicher. Bitte dränge mich nicht, Sajjan. Ich bin immer noch verwirrt von dem, was ich heute gesehen habe. Gerade hatte ich begonnen, mich hier zu Hause zu fühlen; jetzt frage ich mich, ob mir das jemals gelingen wird! Hier bin ich eine Fremde, die von jenseits der Schwarzen Meere kommt. Ich verstehe euch nicht. Vielleicht werde ich euch niemals verstehen!«
Auch er sah erschöpft aus. »Wir beide werden einander immer verstehen, selbst wenn wir uns wünschten, daß es nicht so wäre!«
Sie mußte lächeln. In ihr tauchten Erinnerungen auf an Augenblicke, in denen sie mit Sajjan völlig eins gewesen war. War sie sich ihres Glückes bereits so sicher, daß sie sich leisten konnte, die Liebe zu gefährden, die ihr dieser Mann entgegenbrachte?
»Das ist wahr, aber was willst du wirklich von mir, Sajjan? Warum macht es dir etwas aus, daß ich nicht allem zustimmen kann, was du tust?«
Er berührte ihre Lippen. »Ich bewundere dich, wenn du wie ein Mann denkst«, sagte er, »aber es ist die Frau in dir, die ich an meiner Seite haben will. Und diese Frau sollte endlich eingestehen, daß sie sich dem Radscha von Kattyapur unterworfen hat!«

Fanny lächelte amüsiert. »Würde dich das wirklich glücklich machen?«
»Zu wissen, daß ich auf dem *gadi* deines Herzens sitze? Ja, das würde mich glücklich machen. Ist das zuviel verlangt?«
Sie sah mit ihren marineblauen Augen zu ihm auf. »Gestern hätte ich gesagt, daß es nicht zuviel verlangt ist. Heute bin ich mir dessen nicht mehr sicher. Ich war wirklich *schockiert*, Sajjan.«
»Wirst du darüber hinwegkommen?«
»Ich weiß es nicht.«
Sein Gesichtsausdruck wurde hart. »Du gehörst jetzt zu mir. Du mußt mich nehmen, wie ich bin!«
»Nimmst du mich denn, wie ich bin?« wehrte sie sich.
»Ich lasse mir von dir mehr gefallen als von jeder anderen Frau. Nur mit dir führe ich ein solches Gespräch. Denk daran, Fanny. Es gibt Dinge, die ich nicht ändern kann, sosehr sie dir auch widerstreben mögen. Du bist *ein* Mensch, Kattyapur aber hat *viele* Menschen.«
Fanny seufzte. »Maneka hat mir gesagt, ich solle nicht über Dinge richten, die ich nicht verstehe. Aber was ich empfand, war nicht Ablehnung, es war Abscheu!«
In diesem Augenblick wünschte sie sich, er würde ihre nagenden Zweifel verscheuchen, indem er sie in seine Arme schloß. Sie wollte von ihm begehrt und erobert werden, damit sie nicht länger über all diese Dinge nachdenken konnte. Doch er ließ sie los, und sie wußte, daß seine Gedanken bereits woanders weilten.
»Ich muß gehen«, sagte er mit einem Stirnrunzeln, »und du auch. Sage zu niemandem etwas. Die Politik hört nicht am Eingang zur *zenana* auf. Wenn sie dich mit ihren Fragen bedrängen, dann bitte Ihre Zweite Hoheit um Erlaubnis, dich in deine eigenen Räume zurückzuziehen.«

Fanny zog die Augenbrauen hoch. »Das wird sie heute nicht zulassen.«
Sajjan schüttelte den Kopf. »Hast du noch nicht gemerkt, daß du in ihr eine wahre Freundin hast? Hör auf sie, Fanny. Sie versteht mein Volk so gut wie du das deine. Den anderen Frauen gegenüber kann und wird dich Maneka besser schützen, als selbst ich es könnte.«
Fanny wußte, daß er recht hatte. »Ich liebe dich immer noch«, sagte sie unter Tränen.
»Dann tu, was ich dir gesagt habe! Gute Nacht, Fanny *Bai!*«
»Gute Nacht, Eure Hoheit«, flüsterte sie. Sie ließ ihn ungern gehen, denn nun mußte sie wieder zu den anderen Frauen zurückkehren. Seine Worte über die jüngere Rani hatten sie daran erinnert, wie allein und ausgeliefert sie war. Aber hatte sie sich damals unter ihren Landsleuten nicht ebenso einsam gefühlt? Noch viel einsamer, dachte sie, denn damals kannte sie Sajjan noch nicht. »Gute Nacht«, sagte sie nochmals mit festerer Stimme.
Schon wieder kamen ihr die Tränen, und sie wischte sie sich ärgerlich aus den Augen. Was war bloß los mit ihr, daß niemand mit ihr sprechen konnte, ohne daß sie in Tränen ausbrach? Sie konnte sich nicht erinnern, daß sie jemals so oft geweint hatte.

Ihre Zweite Hoheit gab ihr ohne Zögern die Erlaubnis, sich zurückzuziehen. Aber sie bestand darauf, Fanny zum Fuß der Treppe zu begleiten, die zu ihren Räumen hinaufführte. Es war nicht schwer zu erkennen, daß Maneka gerne gewußt hätte, wo sie die letzten Stunden verbracht hatte.
»Geht es dir jetzt wieder besser?« fragte sie in ihrer freundlichen Art.

»Ich hoffe schon.«
»Ich habe Ila Anweisung gegeben, dein Essen bereitzustellen.« Sie entdeckte einen Ausdruck des Widerwillens auf Fannys Gesicht. »Du mußt etwas essen, Fanny! Seit Tagen nimmst du kaum etwas zu dir!« Woher wußte sie das? fragte sich Fanny. Die junge Rani wandte sich ihr zu, ein helles Glitzern in den Augen. »Und erzähle mir nicht, daß es die heutige Zeremonie war, die dir den Appetit verdorben hätte, denn ich weiß es besser!«
Fanny brachte ein Lächeln zustande. »Die Wahrheit ist, daß ich mich nach einem ordentlichen Roastbeef sehne, mit Yorkshire-Pudding und Gemüse, das noch nie ein Gewürz gesehen hat —«
»Roastbeef?« Maneka blinzelte. »Das ist doch von der Kuh!«
Sie sah so erschrocken aus wie Fanny nur wenige Stunden zuvor. Fanny tadelte sich selbst für ihre Taktlosigkeit. Für Maneka war es eine unverzeihliche Sünde, eine Kuh, die symbolisch als Mutter aller Dinge verehrt wurde, zu töten und zu essen.
»Ich habe nur gemeint, daß ich mich nach englischem Essen sehne«, sagte Fanny hastig. »Manchmal phantasiere ich schon davon.« Sie sah die Schatten unter den Augen der anderen Frau und dachte, daß auch für sie der Tag nicht leicht gewesen war. »Wann gehst du selbst zu Bett?« fragte sie.
Maneka schnitt eine Grimasse. »Noch lange nicht. Vor einer Stunde konnte ich Ihre Erste Hoheit endlich dazu überreden, schlafen zu gehen, und so wird der Rest des Abends etwas angenehmer sein. Der ganze Wirbel ist ihr zu Kopf gestiegen — sie ist ein solches Kind!« Sie legte die Hand auf Fannys Arm. »Ich darf das sagen, aber ich werde mich nicht dafür entschuldigen, daß ich dich für deine Respektlosig-

keit ihr gegenüber getadelt habe. Ich hatte recht, und du weißt es!«

Fanny spürte, daß sie sich statt dessen entschuldigen mußte. Sie überwand sich und sagte in ihrer offenen Art: »Dann entschuldige ich mich. Natürlich will ich nicht behaupten, daß mich dieses Ritual nicht abgestoßen hat, und ich vermute, ich war nicht die einzige, die sich während dieser Zeremonie unbehaglich fühlte. Aber ich will trotzdem zugeben, daß ich auch an der Krankheit aller Briten leide: Wir glauben, daß wir in allem recht haben und daß es unsere Lebensaufgabe ist, alle anderen zu unserer Meinung zu bekehren. Ich habe Zweifel, ob ich mich jemals ändern werde, nicht einmal durch dich, die mir immer sagt, wie dumm ich sei. Deshalb wirst du mich einfach nehmen müssen, wie ich bin!«

Maneka schmunzelte. »Seine Hoheit sagte über die Briten«, verriet sie, »daß sie herumstolzieren wie die Pfauen —«

»Tun das etwa die Rajputen nicht?« unterbrach Fanny sie.

Maneka mußte lachen. »Mit dir ist es immer so lustig, Fanny. Die Rajputen sind eben ein schönes Volk!«

»Sogar die Männer!« gab Fanny düster zu. »Ich fühle mich wie eine arme Pfauenhenne, die ihrem Gatten hinterherläuft, bezaubert von seiner Schönheit! Und ich komme mir angesichts von all diesen schönen Menschen fast wie ein häßliches Entchen vor —«

Maneka warf ihr einen fragenden Blick zu, unsicher, ob Fanny es ernst meinte oder nicht. »Seine Hoheit findet dich schön«, beeilte sie sich, ihr zu versichern. »Als er mir zum ersten Mal von dir erzählte, sagte er, du wärst ebenso schön wie klug!«

Fanny war völlig entwaffnet. »O Maneka, ich hoffe, er hat damit nicht deine Gefühle verletzt. Du warst doch nicht verärgert, nicht wahr?«

»Ich war — bestürzt«, gab Maneka zu. Sie trat einen Schritt über Fannys Türschwelle. »Darf ich einen Moment hereinkommen? Es macht dir doch nichts aus? Weißt du, ich hatte keine Sorge, weil er sich in dich verliebt hatte und dich als seine Lieblingsfrau hierher brachte. Damit kann ich leben! Niemand kann mir meine Stellung als jüngere Rani nehmen, und ich bin froh und glücklich, weil Seine Hoheit auch mir gegenüber immer noch Zuneigung fühlt.« Maneka setzte sich neben Fanny auf den Diwan. »Nur, ich wußte nicht, ob du eine Frau bist wie wir anderen. Dein ganzes Leben hast du unter Männern verbracht, und du bist deinem Ehemann fortgelaufen, anstatt dein Leben für ihn zu opfern. Ich habe nicht geglaubt, daß wir uns irgend etwas zu sagen hätten. Ich — ich dachte, du würdest mich ablehnen und über mich lachen, obwohl ich die jüngere Rani bin!«

Fanny starrte sie mit offenem Mund an. »Wie konntest du das nur glauben?«

»Ich wußte nicht, was mich erwartete. Als Ila sagte, daß du aussiehst wie andere Frauen auch und daß du Angst gehabt hättest, als Seine Hoheit dich in sein Bett genommen hat, da war ich erleichtert. Ich hatte beim ersten Mal auch Angst.«

Es war albern, aber Fanny fühlte sich schon wieder den Tränen nahe. »Er hat mich hierhergebracht, weil ich nützlich bin für ihn —«

»Nein, nein, er wollte dich, wie ein Mann eine Frau will! Du hättest ihm auch in Delhi nützlich sein können! Wenn es nur das gewesen wäre, dann hätte er dich nicht hierhergebracht, uns alle verärgert und selbst seine treuesten Gefolgsleute glauben lassen, er habe den Verstand verloren! Er hätte dich irgendwo anders unterbringen können, wenn du nicht ein Teil seines Lebens wärst.«

»Dafür könnte ich dich küssen!« erklärte Fanny.
»Aber Fanny, du mußt doch gewußt haben –«
Fanny schüttelte den Kopf. »Ich habe immer nur die Veränderung in meinem Leben gesehen und nie darüber nachgedacht. Vergib mir, Maneka –«
»Zweite Hoheit«, tadelte sie Maneka sofort.
Fanny deutete auf ihren Bauch. »Du hältst dich besser von mir fern«, warnte sie. »Schon den ganzen Tag habe ich das Gefühl, daß ich krank werde. Ich möchte nicht, daß du dich ansteckst.«
Maneka blieb ungerührt und warf Fanny einen amüsierten Blick zu. »Was mit dir los ist, das hätte ich dir schon letzte Woche sagen können! Merken britische Frauen nicht, wenn sie ein Kind erwarten?«
»Natürlich wissen sie es!« Fannys Entrüstung verschwand, als sie kurz nachrechnete. Sie kam sich dümmer denn je vor. »Was soll ich nur tun?« jammerte sie.
Maneka sah sie mit warmer Sympathie an. »War es sehr schlimm beim letzten Mal? Vielleicht war deine Hebamme eine törichte Person, die nicht wußte, wie sie die Sache erleichtern kann. Dieses Mal wird es viel einfacher gehen.« Sie lächelte und tätschelte Fannys Arm. »Ich werde bei dir sein, und auch die weise Frau, die mir bei der Geburt aller meiner Kinder geholfen hat. Morgen oder übermorgen gehen wir zu den Astrologen, und dann können wir Pläne machen. Seine Hoheit wird sich freuen!«
Fanny biß sich auf die Lippen. »Ich will nicht, daß es Seine Hoheit erfährt!«
Maneka war erschrocken. »Wenn du es ihm nicht erzählen willst, dann muß es ich tun!« drängte sie entrüstet.
Fanny schüttelte entschlossen den Kopf. »Ich will nicht noch einmal Mutter werden!«

Maneka überhörte diesen Satz. »Morgen früh werde ich es Seiner Hoheit sagen. Er wird nicht erlauben, daß du dich lange selbst bedauerst, nicht, wenn sein Kind in dir wächst! Das wird eine glückliche Zeit für dich werden, Fanny. Warte ab!«

Aber Fanny wollte und konnte ihr nicht glauben. Noch lange, nachdem die jüngere Rani gegangen war, saß sie da und brütete über den Erinnerungen an ihre letzte Schwangerschaft und an den Mann, der innerhalb von wenigen Minuten ihr ganzes Leben verändert hatte. Am deutlichsten erinnerte sie sich an ihren Haß auf diesen Mann, den sie anfangs auch auf das Kind übertragen hatte. Würde sie nochmals all diese Schuldgefühle und diese Verzweiflung erleben müssen?

Sie hatte geglaubt, sie würde die ganze Nacht von diesen Erinnerungen wachgehalten werden; doch am Morgen schlief sie noch so fest, daß Ila sie wachrütteln mußte. Das Mädchen war ganz aufgeregt über die Neuigkeit ihrer Herrin.

»Wann kommt das Kind?«

Fanny zuckte die Schultern. Warum hatte sie das Kinderkriegen nicht Maneka überlassen? Aber dann spürte sie plötzlich, daß sie errötete wie ein junges Mädchen und sich aufgeregt und glücklich fühlte. Denn es war Sajjans Kind, nicht Edwins! Und niemand, nicht einmal die freundliche Maneka, würde es ihr wegnehmen!

Kapitel 18

Die nächsten drei Monate schwebte Fanny auf einer Wolke der Glückseligkeit. Nichts konnte ihren inneren Frieden stören, nicht einmal das Wissen, daß auch Maneka ein Kind von Sajjan erwartete. Sie war völlig in ihre Mutterschaft versunken, in das Wunder, ein Kind zu erwarten, das sie sich wünschte. Nur Maneka wagte es, sich über ihre neue Gelassenheit lustig zu machen.

»Du bekommst bestimmt ein Mädchen, das genauso träge wird wie seine Mutter!« sagte sie eines Tages.

Fanny warf ein Kissen nach ihr. »Und dein Kind wird wohl ein Kriegsheld?«

»Mein Sohn wird ein Rajput sein!«

Fanny wurde nachdenklich. Auch ihr Kind würde ein Rajput sein, ein Abkömmling der Sonne.

»Ich wüßte so gern, was das bedeutet«, sagte sie leise.

»Für mich bedeutet das: ein Fluß voller Schönheit und Liebe, der mein Herz mit überschwenglicher Freude überflutet...«

»Das klingt wunderschön. Stammst du auch von der Sonne ab, Maneka?«

»Nein, vom Mond. Sri Krishna, der Führer der Yadus, war einer meiner Vorfahren.«

»Krishna? Die Inkarnation von Vishnu?«

»Ist das so schwer zu glauben?«

»Nein, nein«, antwortete Fanny. »Ich bin tief beeindruckt. Kein Wunder, daß du so vornehm bist.«

»O Fanny, du hast aber auch vor nichts Respekt. Bist du denn nicht auch stolz, Tochter deines Vaters zu sein?«

»Er ist bloß ein Earl, kein Gott. Das kann man ja wohl nicht vergleichen!«

»Du sollst dich nicht über mich lustig machen! Ich weiß gar nicht, warum ich mir das gefallen lasse.«

»Ich auch nicht«, meinte Fanny. Dann wurde sie wieder ernster. »Was heißt das — von der Sonne abstammen? Oder vom Mond?«

»In Jaiselmer heißt das, daß die Prinzen sich ›Herren des Yadava‹ nennen dürfen und durch den göttlichen Schirm geschützt sind, den Krishna einst von Yadava erhielt. Die königliche *howdah*, ihr Elefantensattel, ist aus Silber — nicht aus Gold wie die der meisten anderen Prinzen. Doch eigentlich herrscht meine Familie seit vielen Jahren nur noch dem Namen nach. Die Familie des Ersten Ministers hält alle Macht in ihren Händen, obwohl mein Vater ein Maharadscha ist. Und jetzt müssen wir uns auch noch mit Colonel Tod, dem britischen Regierungsbeauftragten, abgeben. Er ist kein schlechter Mensch, aber er wird niemals einer der Unseren sein. Und wir brauchen keinen *sahib-log*, der uns sagt, was wir tun sollen!«

Fanny hatte nicht geahnt, daß die Briten schon so weit vorgedrungen waren. Vielleicht war Colonel Tod sogar schon eine Audienz bei der Maharani gewährt worden, und er wußte bereits von ihrem Schicksal?

»Aber Sajjan kann nicht für sich in Anspruch nehmen, von Krishna abzustammen?«

»Nein, er ist einer der Suryavansh, die von Rama abstammen. Rama ist eine Inkarnation der Sonne. Ich erinnere mich noch daran, wie mein Vater das betonte, als entschieden wurde, daß ich die jüngere Rani werden sollte.«

»Hast du ihn deshalb geheiratet? Und mochtest du ihn?«

»Ich hatte ihn nie zuvor gesehen. Er war mir gegenüber sehr freundlich, deshalb achtete ich ihn. Damals wußte ich nicht, daß seine Mutter ihn gelehrt hatte, unser Geschlecht nicht zu verachten, wie es so viele Männer tun. Daher hatte ich große Angst.«

»Wie alt warst du damals?«

»Schon fast vierzehn. Ich sollte davor schon einmal verheiratet werden, aber dieser Mann starb. Mein Vater war nicht glücklich darüber, daß ich hierher kam, denn Ihre Erste Hoheit lebte bereits hier. Sie und Seine Hoheit hatten schon als Kinder geheiratet.«

Fanny hätte nicht gedacht, daß die jüngere Rani mehr als zehn Jahre jünger war als sie. Und mit dreizehn hatte Fanny beileibe andere Dinge im Kopf gehabt, als zu heiraten. Ihr Leben spielte sich damals abwechselnd im Klassenzimmer und im Pferdestall ab. Nun malte sie sich aus, wie Maneka in diesem Alter nach Kattyapur gekommen war und die Zügel in Sajjans *zenana* in die Hand genommen hatte. Vielleicht stimmte es ja doch, daß manche Menschen schon reifer geboren werden als andere.

»Und wer kümmerte sich um Ihre Erste Hoheit, bevor du hierherkamst?« fragte sie interessiert.

»Niemand!« Manekas Augen blitzten vor Empörung. »Eigentlich sollten das die Frauen tun, die in ihrem Gefolge nach Kattyapur gekommen waren. Doch diese behaupteten, sie hätten Angst vor ihr, denn sie würde manchmal gewalttätig werden. In Wahrheit waren sie einfach zu beschäftigt damit, Intrigen gegen sie zu schmieden. Als ich Ihre Erste Hoheit das erste Mal zu Gesicht bekam, waren ihre Haare schon wochenlang nicht mehr gebürstet worden; sie war ungewaschen und trug schon seit über einer Woche die gleichen Kleider. Es war eine Schande!«

»Der du ein Ende gemacht hast!«

»Selbst ein empfindungsloser Stein hat ein Recht darauf, geachtet zu werden. Und Ihre Erste Hoheit ist eine sehr empfindsame Frau. Es war meine Pflicht, für sie zu sorgen.«

Und Sajjan vor Kummer zu bewahren? Nachdenklich zog sich Fanny in ihre Gemächer zurück. Vor wenigen Augenblicken noch hatte sie die zivilisierte Natur ihres Volkes gelobt. Schließlich würde keiner ihrer Landsleute einen solchen Unsinn glauben, daß jemand von der Sonne oder vom Mond abstammte. Aber sie zweifelte, daß es viele Britinnen gab, die sich im Alter von vierzehn Jahren mit einer ganzen Horde fremder Frauen angelegt hätten, weil sie Mitleid mit einer Geistesschwachen hatten. Sie selbst hätte das nicht geschafft. War es da ein Wunder, daß Sajjan Maneka für ein Geschenk des Himmels hielt?

Fanny ließ sich auf das Bett fallen, um ihren Mittagsschlaf zu halten. Jeden Tag gelobte sie sich, ihre Zeit dem Studium der *Briefe* zu widmen, und jeden Tag glitt ihr das Buch aus der Hand, und sie döste vor sich hin. Es war, als strömte all ihre Kraft in den Teil ihres Körpers, der im Augenblick der wichtigste war.

Ein Klopfen an der Tür, die zu Sajjans Wohnbereich führte, ließ sie aufschrecken. Einen Augenblick später stand Sajjan vor ihr, die Hände in die Seiten gestützt.

»Die Briten sind im Anmarsch. Was nun?«

Fanny erstarrte. »Die Briten kommen? *Hierher?*«

»Ein Soldatenzug. Sie wollen herausfinden, was wir wegen des Rajs im Sinn haben.«

Erleichtert sank sie auf den Diwan zurück. »Und das ist alles? Du wirst dir doch nicht wegen ein paar Rotröcken den Kopf zerbrechen?«
»Ich habe nie aufgehört, mir wegen der *sahib-log* den Kopf zu zerbrechen!« Er funkelte sie wütend an. »Wenn ich geahnt hätte, daß dir die Schwangerschaft die Sinne verwirrt, hätte ich dich von meinem Bett ferngehalten!«
Fanny unterdrückte ein Lachen und schlug kokett die Augen zu ihm auf. »Hättest du mir denn widerstehen können?«
Er nahm sie in die Arme. »Nein. Ich kann einfach nicht genug von dir bekommen. Was soll ich nur machen?«
Sie spielte an seiner bestickten Jacke. »Nun«, sagte sie langsam, »an diesem langen, heißen Nachmittag würde uns niemand stören ...«
»Zuerst aber mußt du mir erzählen, was die Briten vorhaben.« Er rückte ein wenig von ihr ab und betrachtete sie mit gemischten Gefühlen. »Und dann gehen wir besser zu mir, denn ich weiß aus zuverlässiger Quelle, daß du in letzter Zeit deine Nachmittage selten allein verbringst.«
»Stimmt«, gab sie zu. »Der Yuveraj gibt mir von Zeit zu Zeit die Ehre seiner Anwesenheit. Unter anderem lehrt er mich lesen und schreiben.« Sie legte ihren Kopf ein wenig schief. »Bist du eifersüchtig?«
»Nicht auf meinen eigenen Sohn. Aber ich danke täglich dem Himmel dafür, daß ich dich in meiner *zenana* habe und andere Männer nicht auf dich aufmerksam werden können.«
Ihr Blick war klar und unschuldig. »Es gab nie einen anderen Mann für mich, und es wird auch nie einen anderen Mann für mich geben. Weißt du das immer noch nicht?«

In schmerzlicher Erinnerung verzog er seinen Mund. »An dem Tag, an dem der königliche Hengst geopfert wurde, glaubte ich, dich für immer verloren zu haben.«
Sie schauderte. »Maneka verdanke ich, daß es nicht noch schlimmer für mich war...«
»Sie hat es dir erklärt?«
»Ich glaube nicht, daß dies möglich ist. Ich werde wohl nie verstehen, warum sich Ihre Hoheit dem gefügt hat. Nein, Maneka hat mich gelehrt, auch Dinge zu respektieren, die ich nicht verstehe.« Sie lächelte ihn an. »Und sie lehrt mich auch, mit jedem Tag mehr Hochachtung für deine jüngere Rani zu empfinden und sogar Mitleid mit der älteren Rani zu haben, mit dieser armen Seele. Du siehst vor dir eine Frau, die tagtäglich Fortschritte macht.«
Er lachte. »Dann verbringst du deine Zeit wohl lieber mit deinen Büchern als mit mir?«
Schalk blitzte in ihren Augen auf. »Es ist tragisch, daß wir nicht voneinander lassen können, nicht wahr? Oh, Liebling, ich fürchte, ich muß noch sehr viel lernen! Ich liebe dich so sehr!«
Er begann, sie auszuziehen. Der Grund für sein Kommen war für den Augenblick vergessen. Die leichte Schwerfälligkeit — das einzige Anzeichen ihrer bevorstehenden Mutterschaft — und das Wissen, daß sie sein Kind ebenso sehnsüchtig erwartete wie er, entzückten ihn über alle Maßen. Und wenn das Kind erst einmal da war, versicherte er sich, würde sie über den Verlust ihrer Tochter hinwegkommen. Dann würde sie ganz die Seine sein.
Seit ihrem ersten Zusammensein fühlte sie keine Scheu mehr, sich ihm nackt zu zeigen. Eher bedauerte sie die vielen Frauen, die keine Vorstellung von den Freuden der Liebe hatten. Sie seufzte wohlig, als er sie mit seinen erfahre-

nen Händen streichelte, mit seinen Daumen ihre Brustwarzen zum Leben erweckte.

»Ich freue mich darauf, dich unser Kind stillen zu sehen«, flüsterte er. »Wird es dich stören, wenn ich dabei zusehe?«

Als Antwort legte sie ihre Lippen auf die seinen und zog seinen Kopf zu sich. Noch während des Kusses trug er sie ins Bett und drang mit einer solchen Begierde in sie ein, daß sie unter ihm lebendig wurde. Ihre Bewegungen wurden immer heftiger, und sie gelangten gemeinsam in eine andere Sphäre ...

Danach stützte er sich auf einen Ellbogen und streichelte ihr besitzergreifend über den Bauch. Sein Körper war so goldfarben wie der ihre hell. Fanny gefiel dieser Kontrast. Sie genoß diese Minuten nach ihrem Liebesspiel so sehr wie nie zuvor. Alles schien möglich, wenn sie nur zu zweit zusammen waren. Aber im wirklichen Leben gab es eben auch noch andere Menschen. Sie rollte sich von ihm weg.

»Wie war das mit den Briten? Wann werden sie hier sein?«

»In wenigen Wochen, vielleicht schon in drei.«

»Dann haben wir noch genug Zeit, uns darauf vorzubereiten. Und ein Zug ist ja keine Armee. Ich nehme an, sie wollen herausfinden, ob ich wirklich hier bin, und wenn ja, ob ich ihnen von Nutzen sein kann.«

»Das habe ich schon selbst herausgefunden«, murrte er. »Was ich wissen will, ist, was ich mit ihnen anfangen soll. Es würde ihnen recht geschehen, wenn sie spurlos vom Erdboden verschwinden würden —«

Sie schüttelte entschieden den Kopf. »Nein, du mußt sie mit offenen Armen empfangen, Liebling. Schade, daß ich nicht dabeisein kann ...« Sein Blick drückte Mißfallen aus, doch sie sprach gleichmütig weiter, »... aber sie werden es schon richtig verstehen, wenn ich sie außerhalb der Mauern deiner Burg empfange ... und allein.«

»Allein! Mir gefällt der Gedanke nicht, daß dich andere Männer zu sehen bekommen.«

Sie war versucht, ihn daran zu erinnern, wie oft er schon darauf bestanden hatte, daß sie sich seinen Gepflogenheiten fügte. Diesmal würde er es sein, der sich fügen mußte. Und es würde nicht leicht für ihn sein.

Sehr sanft sagte sie: »Liebling, sie müssen wissen, ob ich hier eine Gefangene bin. Wenn ich die Burg verlasse und sie allein treffe, wissen sie, daß es meine freie Entscheidung ist, hier zu leben. Stell dir vor, was geschieht, wenn irgend so ein törichter junger Leutnant es sich in den Kopf setzt, mich zu retten und zurück nach Delhi zu bringen!«

Er schmollte wie sein Sohn, wenn sie ihm etwas verweigerte, und so fuhr sie ihm besänftigend durchs Haar. »Schau, wenn ich hinreite ...«

»Du reitest nirgendwo hin!«

Fanny war enttäuscht. Es war schon so lange her, daß sie das letzte Mal auf einem Pferd gesessen hatte. »Dann muß ich hingetragen werden. Von vertrauenswürdigen Männern, die schweigen können. Denn ich kann keinen Schleier tragen, wenn ich mit unseren Besuchern spreche, und diese Kleinigkeit soll ja nicht auf dem Marktplatz die Runde machen.«

»Das macht mir weniger Kummer als der Gedanke, dich mit diesen Männern allein zu lassen. Ich sollte dich begleiten, um dich zu beschützen.«

»Sajjan, ich treffe sie als deine vertraute Ratgeberin und nicht als deine Frau.«

Er stand auf und durchschritt den Raum, ohne einen Gedanken daran zu verschwenden, daß er noch immer nackt war. »Vielleicht überreden sie dich, wieder nach Delhi zurückzukehren«, sagte er schließlich.

Sie fragte sich, wie er auf den Gedanken verfallen konnte, irgendein junger britischer Soldat könnte im Augenblick etwas Anziehendes an ihr finden. Immerhin war sie von einem eingeborenen Herrscher schwanger und trug einen Diamanten in der Nase. Beinahe hätte sie laut aufgelacht, aber sie wußte nur zu gut, welch schmerzhafte Wunden Eifersucht schlagen konnte. So ging sie zu ihm und legte ihm die Arme um den Hals.

»Nichts wird mich je dazu bringen, dich zu verlassen!«

»Und wenn sie dir versprechen, daß du nach London in dein altes Leben zurückkehren kannst? Deine Königin wird dich ebensogut vor deinem Gatten schützen wie ich. Und ich weiß doch, wie sehr du deine Tochter vermißt. Oft höre ich dich im Schlaf nach ihr rufen.«

»Ich war ihr eine schlechte Mutter. Ich hoffe, daß ich deinem Kind eine bessere sein werde.«

»Du freust dich auf unser Kind?«

Sie nickte, ohne ihre widersprüchlichen Gefühle in Worte fassen zu können. Sie sehnte sich so danach, das Kind in den Armen zu halten, aber allein der Gedanke an die Geburt ließ sie zusammenschrecken.

»Und du wirst Mary vergessen?«

Wie könnte man je sein eigenes Kind vergessen! »Ich versuche, nicht an sie zu denken. Denn es gibt nichts, was ich für sie tun kann.«

Beide schwiegen nun. Jeder hing seinen eigenen Gedanken nach. Dann atmete Sajjan tief durch. »Nun gut, es sei, wie du sagst. Du wirst zunächst allein mit ihnen sprechen. Man wird dir das Siegel von Kattyapur geben, damit sie sehen, daß du mein Vertrauen genießt. Später dann werden Ihre

Zweite Hoheit und du sie in meiner Gegenwart in der *zenana* empfangen. Daran werden sie sehen, daß du die Frau meines Herzens bist.«

»Du brauchst dir keine Gedanken zu machen, auch wenn ich eine Zeitlang unverschleiert bin. Und wenn sie gegangen sind, werde ich mich wieder mit Freuden meiner werdenden Mutterschaft widmen.«

Seine Berührung war ebenso besitzergreifend wie sein Kuß. Zwar hatte er verstanden, was sie ihm sagen wollte, aber er zweifelte noch immer daran, daß sie mit ihrem neuen Leben zufrieden war. Zwar beteuerte sie immer wieder, daß sie nie zu ihrem Volk zurückkehren konnte, doch war sie auf so ganz andere Weise erzogen worden, daß sie die *zenana* wohl immer als Einschränkung empfinden würde. Wie oft hatte sie sich schon darüber lustig gemacht, abgeschlossen von der Außenwelt in Frauengemächern zu leben. Er fürchtete ständig, sie könnte eines Tages ihren Schritt bereuen und in ihre alte Welt zurückkehren. Man hatte ihn gelehrt, daß Frauen dazu da waren, Genuß zu bereiten und vergessen zu werden; aber diese eine drohte so unentbehrlich für ihn zu werden wie die Luft zum Atmen. Wenn sie ihn jemals verlassen sollte, wollte er nicht weiterleben — auch wenn sie das nie erfahren würde. Denn er kannte keine Frau, die ein solches Wissen nicht für ihre eigenen Absichten nutzen und ihre eigenen Zwecke verfolgen würde, wenn sie wußte, daß dies in ihrer Macht stand. Er konnte sich nicht vorstellen, daß Fanny in dieser Hinsicht anders sein sollte. Schon jetzt beanspruchte sie seine Gutmütigkeit oft über Gebühr, indem sie in Frage stellte, daß der Mann zum Herrschen und die Frau zum Gehorchen geboren war. Nein, sie durfte nie erfahren, was sie ihm wirklich bedeutete.

Zwei Tage später erlitt Ihre Erste Hoheit in der Nacht einen Anfall und wurde am nächsten Morgen von ihren Dienerinnen tot aufgefunden.
Fanny wurde durch das Weinen der Frauen geweckt und fragte sich erschrocken, was wohl geschehen sei. Trotz der fortgeschrittenen Stunde war weit und breit nichts von Ila zu sehen, wodurch das Ganze noch rätselhafter wurde. Denn Ila war eine strenge Befürworterin eines geregelten Tagesablaufes, und obwohl Fanny die Vorzüge eines solchen nicht immer anerkannte, war sie nun doch verärgert, daß sie verschlafen hatte.
»Was ist los?« fragte sie deshalb barsch, als die Dienerin endlich erschien.
»Es ist wegen Ihrer Ersten Hoheit. Sie ist tot.«
»Tot!« Fanny schreckte hoch. »Woran ist sie gestorben?«
Ila wirkte völlig verwirrt. »Es war ihre Zeit.« Sie zuckte die Achseln.
Im Hof unten war ein geschäftiges Treiben, als Fanny die engen Stufen hinunterschritt, die zu den Gemächern Ihrer Ersten Hoheit führten.
»Gibt es irgend etwas, was ich tun kann?« fragte sie unsicher.
Maneka, die als einzige Anzeichen echter Trauer erkennen ließ, sah sie zerstreut an. »Nein. Das heißt, doch. Nimm Yadavendra zu dir und versuche, ihn abzulenken, ja? Seine Hoheit sagt, er muß morgen der Beerdigung beiwohnen, weil Ihre Erste Hoheit keine eigenen Söhne hatte und gewissermaßen berechtigt war, ihn als ihren zu betrachten. Ich weiß ja, daß er der Yuveraj ist und seinen Pflichten nachkommen muß. Aber er ist doch erst sechs Jahre alt!«
Fanny hätte die kleine, zierliche Frau gern in den Arm genommen, aber sie wußte, daß Maneka eine solche Geste in

der Öffentlichkeit nicht billigen würde. Schließlich war sie immer so sehr darauf bedacht, Haltung zu bewahren!
»Gut, daß er noch so jung ist«, sagte sie statt dessen. »Er wird nicht viel von dem verstehen, was vor sich geht. Und wenn doch, so wird sich Sajjan bestimmt die Zeit nehmen, um ihn zu trösten. Aber ich glaube, über das Kind brauchst du dir wirklich nicht den Kopf zu zerbrechen. Mit einer solchen Mutter und einem solchen Vater ist dem Yuveraj das angemessene Verhalten in allen Lebenslagen ja schon angeboren.«
Maneka brachte ein schwaches Lächeln zustande. »Es ist jetzt wahrscheinlich nicht angebracht, dich daran zu erinnern, daß der Radscha von Kattyapur mit Seiner Hoheit betitelt wird, wenn er im Gespräch erwähnt wird? Fanny, du bringst mich noch zur Verzweiflung.«
Ohne ein Zeichen der Reue nahm Fanny den Yuveraj bei der Hand und versprach, ihm ein neues Spiel beizubringen.
»Was ist mit Ihrer Ersten Hoheit?« fragte er sie.
»Sie ist gestorben«, antwortete Fanny so beiläufig, als handele es sich dabei um ein alltägliches Ereignis, das nicht allzuviel Aufmerksamkeit verdiente.
»Ich will nicht irgendein dummes Spiel lernen, ich will sehen, was vor sich geht!« verlangte der kleine Junge. »Fanny, laß uns zurückgehen und Ihrer Zweiten Hoheit helfen.«
»Sie hat uns weggeschickt. Sie wird böse sein, wenn wir nicht machen, was sie will.«
»Fanny, du hast zu tun, was *ich* will! Ich bin der Yuveraj!«
»Ich mache nur selten das, was jemand anderer will«, entgegnete Fanny ruhig. »Das solltest du inzwischen wissen. Frag mal deine Mutter!«
Er kicherte, erfreut, jemanden gefunden zu haben, der sich

ebenso ungebührlich verhielt wie er. »Na gut«, willigte er ein. »Ich bleibe bei dir.«

Den ganzen Tag über herrschte in der *zenana* eine gedrückte Stimmung. Doch auch, wenn es keiner zugab: der Tod der älteren Rani war für alle eine Erleichterung. Ihre gewalttätigen Ausbrüche waren von Tag zu Tag unerträglicher geworden; seit dem Opfer des königlichen Hengstes war sie kaum mehr zu bändigen gewesen. Ihre Frauen hatten Angst vor ihr, und die anderen versuchten ihr aus dem Weg zu gehen.

Fanny hatte sie von Zeit zu Zeit besucht, doch mehr, um Manekas Sinn für Schicklichkeit Genüge zu tun als der älteren Rani zuliebe. Es war ihr noch nie leichtgefallen, mit der Gebrechlichkeit anderer Menschen umzugehen; und wenn auch der geistige Zustand der älteren Rani ihr Mitleid erregte, fand sie es doch abstoßend, länger als ein paar Minuten in ihrer Gegenwart zu verbringen.

Abends wirkte Ihre Zweite Hoheit vollkommen erschöpft. Sie hatte den ganzen Tag mit Beten und Fasten zugebracht, und den Körper der älteren Rani für die Feuerbestattung zurechtgemacht.

»Mußt du denn alles allein machen?« fragte Fanny kritisch. »Wozu sind denn ihre Dienerinnen da?«

»Sie war die erste unter uns Frauen. Die Arme hat nicht viel Liebe erfahren, als sie noch lebte, und es ist wenig genug, was jetzt noch für sie getan werden kann.«

»Du meinst, du kannst niemandem sonst die Vorbereitungen anvertrauen«, sagte Fanny, »was bist du doch für eine gute Seele! Dabei könnte man erwarten, daß du Freudensprünge machst, weil du jetzt die *einzige* Rani bist. Ich würde es tun!«

»Nun, ich bin... ein wenig erleichtert«, gab Maneka zu.

»Ich fragte mich schon, was wir machen sollten, wenn sie noch gewalttätiger werden würde. Sie hätte eines der Kinder verletzen können. Du ahnst nicht, wie mich dieser Gedanke gequält hat. Denn Seine Hoheit hätte nicht zugelassen, daß sie noch mehr eingeschränkt worden wäre. Sie hat doch schon so viel erlitten.«
»Ihre Zeit war gekommen«, wiederholte Fanny den Satz von Ila.
Manekas Stirn glättete sich wie durch Zauberei. Fanny hatte das richtige Wort getroffen. »Ja, das stimmt. Ich hatte dir ja gesagt, daß sie ihren Lebenszweck als ältere Rani von Kattyapur erfüllt hat. Es gab für sie nichts mehr zu tun.«

Für den Yuveraj war die Bestattung in erster Linie ein höchst aufregendes Ereignis. Er war ganz in Weiß gekleidet und trug einen khakifarbenen Turban, der ihm immer wieder fast vom Kopf rutschte. Gebannt blickte er in das riesige Feuer, das sein Vater entzündet hatte. Er zuckte auch nicht mit der Wimper, als der Schädel der älteren Rani zertrümmert wurde, damit ihre Seele entweichen konnte. Als die Reihe an ihm war, warf er *Ghee* und Sandelholzsplitter auf den großen Scheiterhaufen und versicherte seiner Mutter, daß es ihm hier sehr gut gefalle. Ganz offensichtlich brachte er die Figur in den Flammen keinen Augenblick mit der Frau in Verbindung, mit der er manchmal in der *zenana* gespielt hatte.
Sajjans Stimmung war wesentlich gedrückter. »Mit ihrem Tod ist der Pakt mit ihrem Vater nicht mehr gültig. Ich hoffe nur, daß ihr Bruder uns nicht anzugreifen versucht, um die Aufmerksamkeit seines Volkes von den Briten abzulenken.«
Fanny fühlte seine Besorgnis, als sei es ihre eigene. »Das werden die Briten nicht zulassen!« behauptete sie nach-

drücklich. Dann lächelte sie ihn an. »Die *sahib-log* sind zu mehr nütze als nur dazu, dir dein Bett zu wärmen.«
Er grinste. »Ich vergaß, daß du eine von ihnen bist. Du siehst in diesen Kleidern viel besser aus als mit dieser lächerlichen Krinoline!«
»Ich habe dir doch gesagt, daß es eine modische Sensation war. Der letzte Schrei. Die Damen in Delhi waren grün vor Neid!« empörte sie sich.
»Mir gefällst du besser ohne diesen letzten Schrei. Und am besten gefällst du mir, wenn du nur deine elfenbeinfarbene Haut trägst.« Er freute sich, daß er sie immer noch so leicht in Verlegenheit bringen konnte, und verabschiedete sich mit leisem Bedauern. »Ich muß Ihre Hoheit aufsuchen. Es war eine schwere Zeit für sie. Sei nett zu ihr, Fanny, besonders, wenn die Briten kommen. Sie fühlt sich dir oft nicht gewachsen, hauptsächlich bei Auseinandersetzungen. Du bist sehr schlagfertig!«
Fanny lachte. »Glaub ihr kein Wort. Wenn Maneka und ich uns nicht einig sind, dann bin ich es, die dein Mitleid verdient. Ich fühle mich in solchen Situationen wie ein unartiges Schulmädchen. Dabei bin ich mehr als zehn Jahre älter als sie.«
»Möchtest du mit ihr tauschen?«
»Niemals.« Dessen war sich Fanny völlig sicher. »Sie ist dazu geboren, die Rani von Kattyapur zu sein. Du darfst dich glücklich schätzen, sie an deiner Seite zu haben.«
»Ja, ich weiß. Auch wenn ich nicht gedacht hätte, dies einmal aus deinem Munde zu hören.«
Fanny runzelte die Stirn. »Ja, schon. Aber ich *mag* Maneka. Ich werde nie eine bessere Freundin haben.«
Der Radscha beugte sich über sie und gab ihr einen Kuß. »Sie auch nicht, glaube ich.«

Kapitel 19

Langsam näherten sich die britischen Soldaten Kattyapur. Sajjan verfolgte den Verlauf ihrer Marschroute und kämpfte mit der Versuchung, hinauszureiten, um selbst mit ihnen zu verhandeln. Er vertraute Fanny, aber er konnte sich nicht mit dem Gedanken anfreunden, daß sie diesen fremden Menschen allein und ohne Schutz begegnen sollte. Es war zwar ihr Volk, und er hatte auch gesehen, wie souverän sie selbst mit dem hochgestelltesten der *sahib-log* in Delhi umgegangen war, aber sie hatte sich inzwischen auch sehr verändert. Seit sie erfahren hatte, daß sie ein Kind unter ihrem Herzen trug, wirkte sie gelassener und zufriedener; und er hoffte, dies sei ein Zeichen dafür, daß sie Kattyapur — und ihn — als ihre Zukunft betrachtete. Auf keinen Fall wollte er, daß irgendein britischer Soldat, ganz egal, wie gut er es meinte, sie an alte Bindungen und alte Freundschaften erinnerte.

Fanny war mit den Vorbereitungen für diese Begegnung beschäftigt. Sajjans Frage, was sie ihnen eigentlich sagen wolle, ließ sie unbeantwortet, so daß sein Argwohn noch weiter geschürt wurde. Die Wahrheit war allerdings, daß Fanny selbst es noch nicht wußte, aber daß sie sich eher die Zunge abgebissen hätte, als das zuzugeben. Denn sie wollte ihm auf keinen Fall einen Vorwand liefern, sie zu begleiten.

Als die Briten nur noch zwei Meilen entfernt waren, sandte ihnen Sajjan einen Boten, der Fannys Ankunft ankündigen sollte. Die Antwort kam prompt, unterschrieben von einem Leutnant Walter Gilbert. Der Name sagte ihr nichts.

»Ich kann unmöglich den ganzen Weg in einer *doolie* zurücklegen«, trotzte sie. »Du wirst mir erlauben müssen, ein Stück zu reiten.«

»Du wirst das Kind verlieren. Wenn du nicht im *palankin* reisen oder zu Fuß gehen willst, dann müssen wir eben eine andere Lösung finden.«

Ihr Gesicht erhellte sich. »Auf einem Elefanten? In deiner *howdah?* Da werden sie aber Augen machen.«

»Aber heimlich, Fanny! Ich will nicht, daß die ganze Welt erfährt, daß eine Frau hier den Ton angibt.«

Sie tanzte vor Freude um ihn herum. »Ich wollte schon immer auf einem Elefanten reiten. O Sajjan, du bist so gut zu mir!«

Natürlich wußte er, daß es verrückt war, ihr das zu erlauben; aber wie immer brachte er es nicht über sich, ihr dieses harmlose Vergnügen abzuschlagen. Also schmuggelte er sie aus dem rückwärtigen Eingang des Palastes hinaus und half ihr selbst auf den Elefanten hinauf. In der *howdah* stopfte er ihr ein Kissen nach dem anderen in den Rücken, und schließlich spannte er einen goldfarbenen Sonnenschirm über ihr auf.

»Ich komme bis zur ersten Schlucht mit dir«, beharrte er.

Fanny nickte nur. Um der Wahrheit die Ehre zu geben, sie war froh über seine Begleitung.

An der Brücke des Ganesha flüsterte sie: »*Sri-Ganesaya Namah*. Gott Ganesha zu Ehren!« Maneka hatte ihr beigebracht, vor Beginn jeder Unternehmung diesen elefantenköpfigen Gott anzurufen, und dieses Gebet war ihr mittlerweile völlig vertraut.

Sobald sie sich weit genug vom Palast entfernt wähnte, zog sie den Schleier zurück und genoß das Gefühl der Freiheit, das ihr diese Handlung gab. Der Gang des Elefanten war einschläfernd, und wären nicht die prächtigen Vögel gewesen – und die beklemmenden Gedanken –, dann wäre sie wohl eingenickt und erst im Lager bei dem Dorf der Bisnoi wieder aufgewacht.
Das erste, was ihr an dem Ort auffiel, war das zutrauliche Wild, das um das Dorf strich. Die Bisnoi waren für die Verehrung bekannt, die sie allen Tieren und Pflanzen entgegenbrachten. Fanny musterte sie neugierig. Ihr fiel auf, daß die Gewänder der Männer weiß waren, während die Frauen leuchtende Farben trugen. Ihre Arme waren von oben bis unten mit schweren Armreifen geschmückt.
Fanny hatte den meisten Schmuck zurückgelassen. Sie trug nur das enge Halsband, das ihr Verhältnis zu Sajjan kundtat, und den Diamanten in der Nase, an den sie sich schon so gewöhnt hatte, daß sie sich ohne ihn ganz nackt fühlte. Sie hoffte, daß die britischen Offiziere nicht allzu schockiert über ihren Aufzug sein würden – zumindest nicht so sehr, daß sie ihr nicht mehr zuhören konnten.
Zwei junge Offiziere in Galauniformen kamen auf sie zu, um sie zu begrüßen. Sie salutierten elegant, wobei ihre weißen Handschuhe in der gleißenden Sonne glänzten. Der eine von ihnen, ein Leutnant, hatte einen wesentlich dunkleren Teint als alle Engländer, die sie bisher gesehen hatte.
»Lady Frances, Sie machen sich keine Vorstellung davon, was für eine Freude es für mich ist, sie zu treffen. Darf ich Ihnen den Sohn Ihrer Freunde vorstellen? Mr. Arthur Cunningham«, er beugte sich über ihre Hand, »und Leutnant Gilbert, zu Ihren Diensten.«
Wie ein Blitz durchfuhr Fanny der Gedanke, daß sie nun

nicht mit einem Knicks antworten konnte. So legte sie ihre Handflächen zusammen, verbeugte sich ihrerseits und war erleichtert, daß der junge Mann ihre Schwierigkeiten leicht amüsiert zur Kenntnis zu nehmen schien.

Was man von Mr. Cunningham nicht sagen konnte. Er war vollkommen schockiert von ihrer Erscheinung und hielt den Blick starr auf den Diamanten in ihrer Nase gerichtet. Sein Adamsapfel hüpfte mehrmals, bevor er ihren Gruß erwiderte.

»Ich hoffe, Sie haben gute Nachrichten von ihrer Mutter?« fragte Fanny liebenswürdig.

Er glotzte sie einige Sekunden lang an. »Ich hätte erwartet, daß Ihre erste Frage dem Befinden Ihrer Tochter gelten würde! Mein Gott, es wird sie umbringen, wenn sie erfährt, was aus Ihnen geworden ist.«

Fanny schaute ihm direkt ins Gesicht. »Nun, ich sehe keinen Grund, warum sie es erfahren sollte. Und Sie?«

Er verfärbte sich vor Zorn. »Es war nicht recht von meinen Eltern, sie aufzunehmen. Ihr Platz ist bei ihrem Vater!«

Aber Fanny achtete gar nicht mehr auf seine letzte Bemerkung. »Mary ist bei Ihrer Mutter! Oh, wie bin ich froh! Sie war meine beste Freundin in Delhi! Ihr Vater hätte nie einen so hohen Posten bekommen, wenn sie nicht gewesen wäre, meinen Sie nicht auch? Was für ein Glück, daß er es geschafft hat, sie zur Heirat zu überreden!«

Leutnant Gilbert warf einen hämischen Blick auf seinen Begleiter. »Ich stelle fest, daß sie immer noch ganz die alte sind, Lady Frances«, sagte er anerkennend. »Gehen wir in den Schatten.«

Sie lächelte ihn an. »Wonach es mich wirklich gelüsten würde, wäre ein richtiges englisches Essen, mit lauter verbotenen Sachen. Meinen Sie, daß das möglich wäre?«

Seine braunen Augen zwinkerten ihren blauen zu. »Ich bin sicher, daß sich da etwas machen läßt.«
»Wunderbar«, bekannte Fanny freimütig. »Wahrscheinlich liegt es an meiner Schwangerschaft, daß ich an nichts außer an Essen denken kann, das noch kein Gewürz gesehen hat, bevor es nicht auf dem Tisch steht! Gewöhnlich liebe ich das Essen hier, aber seit kurzem habe ich Tagträume von großen Bratenstücken, Pies und all den anderen Sachen, die wir bei uns zu Hause mögen.«
Mr. Cunninghams Adamsapfel hüpfte noch einmal angeekelt; dann entfernte er sich, unfähig, seinen Abscheu noch länger zu verbergen.
»Er muß eine schreckliche Enttäuschung für seine Eltern sein«, seufzte Fanny. »Ist er wirklich so leicht schockiert?«
»Ich fürchte, ja. Außerdem zählt er zu den Freunden von Lord Bantry, weshalb ihm sein Vater auch nicht gerade sonderlich gewogen ist. Sir Arthur betrachtet Mary als sein Adoptivkind, und wehe dem, der sich untersteht, ihr Schwierigkeiten zu machen!«
Leutnant Gilbert bot Fanny an, auf einem bequemen Klappstuhl Platz zu nehmen. Es fiel ihm schwer, sie als Fremde zu behandeln, denn sie ähnelte ihrer Tochter sehr.
Fanny stellte verwundert fest, daß sie auf dem Boden bequemer säße. Sie hatte so lange gebraucht, bis sie auf indische Art sitzen konnte, und nun, da sie den Luxus eines Stuhles genießen sollte, war sie nicht in der Lage, auf ihm eine einigermaßen erträgliche Sitzposition zu finden.
»Es war taktlos von mir, Mr. Cunningham aus der Fassung zu bringen«, sagte sie laut. »Ich hoffe, dadurch werden die Dinge für Sie nicht noch schwieriger, als sie es schon sind?«
Leutnant Gilbert setzte sich neben sie. »Sie haben große Ähnlichkeit mit Ihrer Tochter, Madam.«

Fanny blickte in die Ferne. »Wie geht es Mary? Verschweigen Sie mir nichts.«
»Als ich sie das letzte Mal sah, ging es ihr ziemlich gut. Ich gehöre zu Sir Arthur Cunninghams Stab, und so sehe ich sie ziemlich oft. Er war es auch, der mich für diese Aufgabe hier vorschlug. Erst nachträglich kam er auf den Gedanken, seinen Sohn mitzuschicken. Er hatte das Gefühl, daß es das beste wäre, wenn so wenig Leute wie möglich wissen, daß Sie in Kattyapur sind. Und wenn es Arthur auch nicht paßt, so wird er doch nicht seinem eigenen Vater in den Rücken fallen.«
Fanny hoffte, daß er recht hatte. Sie wußte wie sonst niemand, welche Gefahren es für sie und für Kattyapur barg, wenn Lord Bantry erfahren sollte, wo sie war. Er würde vor nichts zurückschrecken.
»Sie mögen meine Tochter?« fragte sie dann den jungen Mann an ihrer Seite.
»Ich?« Sie ähnelte Mary noch mehr, als er gedacht hatte. Ihn so in Verlegenheit zu bringen! »Ja«, erwiderte er ernst. »Sie ist so ganz anders... als die anderen Mädchen in ihrem Alter. Ich brauche mich gar nicht erst mit ihr zu streiten, weil ich sowieso dabei verliere. Sir Arthur und Lady Cunningham sind regelrecht in sie vernarrt.«
»Und ihr Hinken? Ist es schlimm?«
»Nein. Sie hinkt zwar, aber vor allem hat ihr Arm Schaden genommen. Übrigens, sie ist nicht zur Hochzeit ihres Vaters gegangen. Nicht einmal Lady Cunningham konnte sie dazu überreden. Sie gedenkt Ihrer noch immer in treuer Ergebenheit.«
Er schnippte mit den Fingern, und ein Mann mit grünem Turban brachte ihnen ein Tablett mit Zitronensaft. Fanny war nicht sonderlich überrascht, daß sie den Mann kannte.

Sie nickte ihm würdevoll zu, als er ein Glas neben sie stellte, und wünschte sich sehnlichst, sie könnte mit einem Schleier ihr Gesicht verhüllen.
»Wir haben uns schon einmal gesehen«, sagte sie.
»Ja, Mylady.« Er sprach den Dialekt der Rajputen. »Ihr Gebieter hat Ihnen erlaubt, hierherzukommen — ohne ihn?«
»Ich bin hier als Lady Frances«, antwortete sie.
Er schüttelte den Kopf. »Sie müssen mit Engelszungen zu ihm gesprochen haben. Seine Hoheit wird keine ruhige Minute haben, bis Sie wieder sicher an seiner Seite weilen.«
Sie lächelte ihn an. »Er ist mein Gebieter«, sagte sie schlicht.
Leutnant Gilbert verfolgte den Wortwechsel mit großem Interesse. Fanny biß sich auf die Zunge. Hoffentlich hatte er nicht alles verstanden. Er brauchte nicht zu wissen, daß sie für Sajjan die Frau seines Herzens war.
»Sitzen Sie auch bequem?« fragte sie der junge Mann.
»Danke, ja.« Nichts würde sie dazu bringen, Mr. Cunningham die Genugtuung zu geben, sie wie eine Eingeborene auf dem Boden sitzen zu sehen.
Mr. Gilbert besaß die Unverschämtheit, sie anzugrinsen. »Keine Spur, wenn Sie mich fragen. Ich werde ein paar Kissen aus der *howdah* holen, falls Sie doch lieber anders sitzen möchten. Ein Picknick auf dem Boden ist Ihnen gewiß lieber.«
»*Quel tact!*« rief Fanny ihm mit gedehnter Stimme nach.
Er lachte. »Ganz im Gegenteil. Ich hoffe, Sie bringen es mir bei. Auch Mary sitzt häufig auf dem Boden.«
Er schien eine ganze Menge über Mary zu wissen. »Zuerst dachte ich, daß ich es nie lernen würde«, gab sie zu. »Ich spürte schon nach wenigen Minuten jeden einzelnen Muskel. Aber ich hatte eine gute Lehrerin. Sie werden sie

kennenlernen, wenn Sie uns in der *zenana* besuchen werden.«
»Die jüngere Rani?« wagte er zu fragen.
Er war wirklich gut informiert. Besser, als sie erwartet hatte. »Die einzige Rani. Die ältere Rani starb vor ungefähr einer Woche.«
Er sah sie stirnrunzelnd an. »Weiß ihr Bruder schon davon?«
»Wir hoffen, daß ihr Briten ihn davon abhalten werdet, Kattyapur Ungelegenheiten zu bereiten.«
Er hob die Augenbraue, und sie fragte sich, ob sie einen Fehler gemacht hatte. Sie entschloß sich, ehrlich zu sein. »Ich möchte nur das Beste für Kattyapur. Das müssen sie mir glauben, und ich verspreche Ihnen auch, daß Kattyapur der beste britische Verbündete sein wird, solange ich hier bin. Das wollten Sie doch herausfinden, oder?«
»Mehr oder weniger. Der Radscha schätzt Sie als politische Ratgeberin, nicht wahr?«
»Das ist der Hauptgrund dafür, daß ich hier bin.«
Er konnte nicht umhin, seinen Blick dorthin schweifen zu lassen, wo die ersten Anzeichen ihrer Schwangerschaft allzu sichtbar hervortraten. »Ich glaube, er hatte auch andere Gründe, Lady Frances.«
»Natürlich betrachtet er mich in erster Linie als Frau. Aber er hört auch auf mich. Und er ist ein sehr kluger Mann, Mr. Gilbert.«
»Ich nehme an, er weiß von Ihrer Freundschaft zu Königin Viktoria.«
Fanny lächelte. »Dafür habe ich gesorgt. Vergessen Sie nicht, Ihre Vorgesetzten daran zu erinnern, welche Zuneigung sie mir immer entgegengebracht hat.«
Mr. Gilbert lächelte. »Das wird nicht nötig sein. Ihre Toch-

ter schreibt ihr bei jeder Gelegenheit, und Lady Cunningham tut ein übriges. Lady Frances, ich will nicht lange um den heißen Brei herumreden. Sir Arthur und ich haben uns sehr gründlich über ihre Umstände und ihre Herkunft unterhalten, bevor ich hierherkam. Es überraschte mich nicht zu hören, daß sie eine geschätzte Gastgeberin in London waren, bevor Lord Bantry Sie nach Indien gebracht hat. Vermissen Sie ihr damaliges Leben?«

Fanny legte den Kopf schief. »Ich nehme an, es wird Ihnen schwerfallen, mir zu glauben, Mr. Gilbert, aber ich war noch niemals so glücklich in meinem Leben wie hier in Kattyapur. Lord Bantry —«

»Sie müssen mir nichts erzählen, wenn Sie nicht wollen«, unterbrach er sie. »Ich habe Lord Bantry bereits kennengelernt«, fügte er grimmig hinzu.

Fanny hätte nicht gedacht, daß sie von ihren Landsleuten Mitleid erwarten durfte. Der junge Mann wurde ihr immer sympathischer.

»Erzählen Sie mir mehr von meiner Tochter«, forderte sie ihn auf. »Das einzige, was ich bedauerte, war, daß ich sie zurücklassen mußte.«

»Offensichtlich haben Sie alles getan, um ihre Zukunft zu sichern. Sir Arthur hat Ihnen sogar verziehen, daß Sie seine Frau ausgenutzt haben. Sie sind beide regelrecht vernarrt in Mary. Sie hat etwas von Ihrem legendären Charme — und von Ihrem Verständnis für politische Sachverhalte. So verbringt sie häufig ihre Zeit mit Sir Arthur und erzählt ihm viel von den Indern, was er auf andere Weise nie erfahren würde. Wir fragen uns immer, woher sie das alles weiß. Auch ich habe viel von ihr gelernt. Sie brauchen sich wirklich keine übermäßigen Sorgen um sie zu machen. Sie hält sich nie in der Nähe ihres Vaters auf, und er ist der einzige

Mensch auf der Welt, der ihr vielleicht Böses will. Lady Cunningham hat wohl daran getan, jeden zu erinnern, daß Mary die Patentochter der Königin ist. Und die Königin hat ein übriges dazu getan, indem sie ihr persönliches Interesse an den Lebensumständen des Mädchens bekundete.«

»Ich bin beiden sehr dankbar«, sagte Fanny weich.

Mr. Gilbert hielt seine Besucherin für eine bemerkenswerte Frau. Doch als er ihr in die Augen sah, stellte er erstaunt fest, daß sie nicht so selbstsicher war, wie sie ihn glauben machen wollte. Vielmehr saß sie stocksteif da. Er dachte wieder an Mary und mußte lächeln. Beide hatten etwas Verletzliches – was sie selbstverständlich empört leugnen würden –, doch dieser Zug weckte in ihm den Wunsch, sie zu beschützen. Ob der junge Cunningham sie wohl je in dieser Art würde sehen können? Unwahrscheinlich ...

Er erhob sich halb, als der junge Offizier zurückkam. »Ist das Essen fertig?«

Arthur Cunningham tat sein Bestes, einen höflichen Ausdruck auf sein Gesicht zu zaubern. Er hatte niemals Wert darauf gelegt, bei diesem Auftrag dabeizusein, aber sein Vater hatte ihm unmißverständlich klargemacht, daß seine ganze Karriere davon abhing, wie er diese Aufgabe meisterte. Und daß er kein Sterbenswörtchen davon verlauten lassen dürfe, was er hier gesehen hatte, wenn er nicht seine glänzenden Zukunftsaussichten aufs Spiel setzen wollte. Arthur junior wünschte sich, er hätte genügend Courage, seinem Vater die Stirn zu bieten; daß er sie nicht aufbrachte, vergrößerte noch seinen Abscheu gegen Lady Frances. Er hatte einen großen Widerwillen gegen alle, die mit den Eingeborenen verkehrten, außer wenn es geschäftliche Gründe dafür gab. Und diese Ausrede konnte eine Frau ja nun wirk-

lich nicht für sich in Anspruch nehmen. Daß eine Lady Frances schamlos mit diesem Radscha zusammenlebte und ein Kind von ihm erwartete, während sie ihrem Gatten den Erben verweigert hatte, ließ ihn schaudern. In Gegenwart dieser Frau würde er keinen Bissen hinunterbringen. Und Walter Gilbert konnte er ebenfalls nicht ausstehen.
Er verbeugte sich knapp und schlug die Hacken zusammen. »Ich muß Sie bitte, mich zu entschuldigen, ich fühle mich nicht ganz wohl.«
Fanny verstand. Ihre Anwesenheit war der Grund für dieses plötzliche Unwohlsein. Wenn sie doch den Sohn von Lady Cunningham irgendwie auf ihre Seite bringen könnte!
»Sind Sie schon lange in Indien, Mr. Cunningham?« fragte sie schließlich, um ein Gespräch anzuknüpfen.
»Lange genug, um dieses Land zu hassen«, antwortete er und zog sich zurück.
Fanny atmete auf. »Wenn ich ihn nur besser leiden könnte!« sagte sie zu Leutnant Gilbert. »Er wird doch nicht etwa Lord Bantry erzählen, wo ich stecke?«
»Nicht, wenn seine Karriere ihm etwas bedeutet.« Mr. Gilbert schüttelte einige Kissen auf und machte eine einladende Handbewegung. »Seine Mutter hat sich dafür verbürgt, daß er nichts verrät. Ich denke, wir sollten ihr vertrauen, nicht wahr?«
Fanny setzte sich erleichtert auf die Kissen und überkreuzte die Beine. »Er mag mich nicht. Es gab eine Zeit, da hätte mich das tagelang aus der Fassung geworfen. Da *genoß* ich es, Lady Frances zu sein. Es gefiel mir, daß sich jeder nahezu umbrachte, um meine Achtung zu gewinnen. Wie tief man doch fällt!«
»Was ist mit dem Radscha? Ringt er nicht um Ihre Achtung?«

Sie schüttelte den Kopf. »Der Radscha von Kattyapur *befiehlt*. Wenn er geruht, auf mich zu hören, dann nur, weil er die Denkweise der Briten besser verstehen will. Seine Entscheidungen trifft er allein. Er will nur das Beste für sein Volk...«

»Wie war das mit dem Pferd?« fragte Mr. Gilbert. »Waren Sie damit einverstanden?«

»Das Pferd wurde ausgesandt, lange bevor ich Delhi verließ. War es so schlimm?«

»Nicht nach den Berichten von Colonel Tod in Jaiselmer. Seiner Ansicht nach waren die *zamindars*, die er ablöste, zum größten Teil Faulpelze und Taugenichtse. Der Colonel dachte schon selbst daran, etwas zu unternehmen. Ah, das Essen!«

Walter Gilbert beobachtete amüsiert, mit welchem Eifer Lady Frances sich eine Auswahl des heißersehnten gebratenen Fleisches und Gemüse auf den Teller häufte. Ob sie wohl bei allem, was sie tat, eine solche Begeisterung an den Tag legte? Wieder mußte er an ihre Tochter denken.

»Ich freue mich sehr darauf, den Radscha kennenzulernen«, sagte er laut.

Fanny ließ ihren Blick gierig über den Teller schweifen. »Auch er freut sich darauf, Ihre Bekanntschaft zu machen. Ihm gefiel es nicht, daß ich allein hierherkommen wollte.« Das Fleisch war leider nicht halb so gut, wie sie gedacht hatte, und sie konnte kaum ihre Enttäuschung verbergen. Schlimmer noch, sie hatte ein schlechtes Gewissen. Sie aß Manekas heiliges Tier. Fast fühlte sie sich wie eine Kannibalin.

»Warum wollte er nicht, daß Sie die Lage auskundschaften? Sind politische Ratgeber denn nicht dazu da?« bohrte Mr. Gilbert nach.

Fanny zögerte einen Augenblick. »Ich bin auch die Frau seines Herzens«, sagte sie schließlich.
Walter Gilbert vermied es, ihr ins Gesicht zu sehen. »Ja, ich dachte es mir«, sagte er dann vorsichtig.
»Und sind schockiert?«
»Nein.« Ihre Blicke trafen sich. »Viele sind es, aber ich zähle nicht zu ihnen.« Er lächelte. »Meine eine Großmutter ist Parse. Ich schäme mich nicht wegen meiner Herkunft, aber ich erzähle es auch nicht jedem. Heutzutage werden solche Dinge nicht gerade gern gesehen, und ich muß an mein Fortkommen denken.«
»Und warum erzählen Sie es mir?«
Er lachte kurz auf. »Fast hätte ich es auch Ihrer Tochter erzählt, und vielleicht tue ich es eines Tages noch. Ich weiß nicht, warum. Es ist eine Art Dank für Ihre Offenheit.«
»Ja, ich verstehe. Wenn Sie es Mary sagen, werden Sie ihr dann auch von mir erzählen und ihr beibringen, sich meinetwegen nicht zu schämen?«
»Wenn Sie das wünschen.« Er beugte sich vor und nahm ihre Hand in die seine. »Sie brauchen sich wegen Mary nicht den Kopf zu zerbrechen. Sie ist wahrscheinlich der einzige Mensch auf der Welt, der schon immer verstanden hat, warum Sie es tun mußten. Sie ist Ihnen sehr ähnlich.«
Daran zweifelte Fanny.
»Darf ich Ihnen noch etwas Fleisch anbieten?«
Fanny schüttelte den Kopf. »Vielleicht, wenn es mit Curry gewürzt wäre – wenn es ein wenig Geschmack hätte ...« Sie unterbrach sich und lachte über ihren eigenen Wankelmut.
Als Mr. Cunningham wieder auftauchte, um Lord Bantrys durchgebrannter Gattin gegenüber seine Pflicht zu erfüllen, lachte sie immer noch, und Walter Gilbert lachte mit.

In Mr. Cunningham brodelte es. Er hätte sie gerne mit Gewalt zu Lord Bantry zurückgebracht. Der hätte ihr schon das Maul gestopft. Vermutlich für immer!

Maneka stand kurz vor einem rebellischen Ausbruch. Nur aus Rücksicht gegenüber ihrem Gatten beherrschte sie sich.
»Was haben diese Menschen mit uns zu tun?« fragte sie Fanny herrisch. »Was haben sie in unserer *zenana* zu suchen? Seine Hoheit hätte es auch so einrichten können, daß du unten mit ihnen sprichst, wenn es denn so notwendig ist.«
»Reden ist nicht genug«, erklärte ihr Fanny. »Seine Hoheit wünscht, daß sie sehen, wie ich hier unter seinem Schutz lebe. Männer und Frauen haben in England viel mehr miteinander zu tun als hier. Du wirst feststellen, daß sie daran gewöhnt sind, sich mit Frauen zu unterhalten — sogar mit denen anderer Männer.«
Maneka wurde bleich. »Aber Fanny, bist du dir ganz sicher, daß es *Männer* sind? Ich habe gehört, die *sahib-log*...«
Fanny verbiß sich das Lachen. »Es sind ganz normale Männer, genau wie ich eine ganz normale Frau bin«, versicherte sie der Rani. »Und denk dran, du erweist ihnen eine Ehre, wenn du sie empfängst, und nicht umgekehrt.«
»Bist du dir ganz sicher?« fragte Maneka eindringlich.
»Vollkommen. Denke daran, wieviel Gedanken du dir meinetwegen gemacht hast.«
Maneka brachte ein schwaches Lächeln zustande. »Du warst auch kein fremder Mann!«
Fanny überlegte fieberhaft, wie sie Maneka die Befangenheit nehmen könnte, aber es fiel ihr nichts ein. »Sie sind doch ganz gewöhnliche Menschen«, versuchte sie schließlich, »du aber bist die Rani von Kattyapur.«

Trotzdem konnte sie die Anspannung Manekas förmlich spüren, als sich diese dicht verschleiert an die Stelle setzte, wo Ihre Erste Hoheit zu sitzen pflegte. Sie saß so gerade, als hätte sie einen Stock verschluckt.
Fanny saß ein kleines Stück hinter ihr und freute sich auf die Unterbrechung in ihrem normalen Tagesablauf. Es würde Spaß machen, sich danach mit der Rani über die beiden Männer zu unterhalten, aber leider war Maneka in ihrer Schüchternheit blind und taub für ihre Umgebung. Fanny bemerkte den Ausdruck panischer Angst in ihren Augen, während sich die Rani in einen Panzer unnahbarer Würde zurückzog.
Die Männer, die kurze Zeit später erschienen, wirkten ebenso befangen wie ihre Gastgeberin. Fanny stand bei ihrem Eintritt auf und stellte sie der Rani vor, zuerst auf Englisch und dann in der Landessprache. Ihre Augen verengten sich zu gefährlichen Schlitzen, als Mr. Cunningham seinen Gruß nur andeutete; in jeder seiner Bewegungen stand klar und deutlich Abscheu und Verachtung geschrieben. Sie warf Walter Gilbert einen raschen, warnenden Blick zu, und der sprang so gewandt in die Bresche, wie sie gehofft hatte.
»Sie erweisen uns eine große Ehre, Eure Hoheit«, murmelte er in einer Sprache, die nur entfernte Ähnlichkeit mit dem Rajputen-Dialekt aufwies.
Bei diesen höflichen, aber völlig falsch ausgesprochenen Worten schwand Manekas Furcht. Dieser Fremde war tatsächlich ein ganz gewöhnlicher Mann. Sie antwortete ihm der Sitte gemäß und gab Fanny einen Wink, sich wieder hinter sie zu setzen. Und dann wurde Fanny nur noch als Dolmetscherin benötigt, bis die Dienerinnen die Erfrischungen hereinbrachten, die die Frauen den Briten anbieten wollten.

Fanny hatte Mr. Gilbert gesagt, daß die Rani eine Leidenschaft für Miniaturmalerei hegte, und so begann der Leutnant, ihr einige Fragen zu diesem Gebiet zu stellen. Arthur Cunningham sprach kein Wort und stierte das ihm angebotene Getränk mißtrauisch an, als ob er befürchtete, daß es vergiftet wäre. Dann wandte er sich an Fanny.

»Gilbert ist der Meinung, daß Sie noch immer Königin Viktoria ergeben sind, obwohl Sie hier leben. Ich kann das kaum glauben.«

Fanny blickte ihn spöttisch an. »Ihre Majestät war immer eine meiner besten Freundinnen. Es gibt keinen Grund, an meiner Loyalität ihr gegenüber Zweifel zu hegen.«

»Und was ist mit dem Radscha? Sein Lebensstil kann doch niemals der Ihre werden?«

Fanny schluckte ihren Ärger hinunter. »Es hat ein wenig gedauert, bis ich mich daran gewöhnt hatte«, gab sie gelassen zu. »Doch ich habe hier immer nur Freundlichkeit erfahren, ganz besonders von seiten der Rani. Und wenn ich daran denke, daß ich andernfalls damit rechnen müßte, von meinem eigenen Gatten ermordet zu werden, dann kann ich Ihnen versichern, daß ich mit meinem Los mehr als zufrieden bin.«

»Lord Bantry wird sehr geachtet ...«

»Sie meinen wohl eher sein Geld?« mischte sich Leutnant Gilbert ein.

Fanny fiel ein, daß sie jetzt andere Verpflichtungen hatte, als mit spitzer Zunge den Kampf um ihre Ehre zu führen. Reumütig wandte sie sich zu Maneka um. In ihrer Erregung war sie immer weiter nach vorne gerutscht und hatte Maneka auf den zweiten Platz verwiesen. Würde sie es denn niemals lernen?

Sie streckte Maneka die Hand entgegen und senkte den

Kopf. »Ihre Hoheit, ich bitte um Verzeihung. Ich habe vergessen, welche Qual dies für Euch ist. Warum habt Ihr mich nicht zurechtgewiesen?«

»Du bist unter deinen Landsleuten, Fanny.«

»Eine armselige Entschuldigung für schlechtes Benehmen.«

»Nein, nein«, protestierte Maneka. »Es macht mir wirklich nichts aus. Warum bist du über den einen so erzürnt? Den anderen magst du doch, nicht wahr?«

»Ja. Er hat mir von meiner Tochter erzählt. Aber der andere billigt meine Lebensumstände nicht.« Sie unterdrückte ein Kichern. »Ich fürchte, er hält mich für eine Barbarin.«

Auch Maneka kicherte in sich hinein. »So ein Dummkopf! Aber der andere ist ein guter Mensch.« Ihr fiel etwas ein, und sie sprudelte fast über vor Begeisterung. »Fanny, geh und hol die Miniatur, die ich dir geschenkt habe. Der Mann wird sie deiner Tochter bringen, und so wird sie wissen, daß du sie nicht vergessen hast. Ich werde dir eine andere Miniatur schenken. Bitte, Fanny, es wird deiner Tochter sicher eine große Freude bereiten.«

Fanny tat, wie ihr geheißen wurde. Nachdem sie die Miniatur sorgfältig verpackt hatte, ging sie zurück in den Hof, wo sich inzwischen auch Sajjan und der Yuveraj eingefunden hatten.

Einen verzweifelten Moment lang blieb Fanny auf der Treppe stehen. Sie wußte, daß der Augenblick der Entscheidung für sie gekommen war. Und diesmal war es noch viel, viel schlimmer als damals, als sie Delhi verließ. Ihr Mund war wie ausgetrocknet, und am liebsten wäre sie fortgerannt.

Sie hatte wahrscheinlich schon mehrere hundert Male vor dem Radscha von Kattyapur gekniet, aber es war immer ein spielerisches Element dabeigewesen. Dieses Mal, in Gegenwart der beiden Briten, die schweigend und entsetzt ihrer Ehrenbezeigung beiwohnen würden, wäre es tödlicher Ernst. Sie konnte sich gut vorstellen, was die beiden von ihr denken würden. Einen Hofknicks würden sie vielleicht noch hinnehmen, wobei auch ein Hofknicks vor einheimischen Prinzen ungewöhnlich genug war. Aber diese Geste würde ihnen ihre Stellung und ihre Zukunft unmißverständlich vor Augen führen.

Sie holte tief Luft und schritt die restlichen Stufen hinab. Dann erwies sie Sajjan die rituelle Ehrenbezeigung, kniete vor ihm nieder und streckte die Hände aus, um den Boden zu seinen Füßen zu berühren. Danach verbeugte sie sich vor dem Yuveraj, der sie angrinste, und vor Maneka. Mit einem Seufzer der Erleichterung ließ sie sich wieder auf ihrem Platz nieder.

Maneka wußte natürlich nicht, welches Drama sich da vor ihren Augen abspielte. »Hast du die Miniatur? Dann bitte doch Mr. Gilbert um den Gefallen, sie zu überbringen.«

Der junge Mann trat zu ihr. »Das war sehr tapfer von Ihnen«, sagte er und drückte ihr die Hand. »Nichts hätte mich mehr davon überzeugen können, daß von Kattyapur keine Gefahr droht, solange Sie hier sind. Das ist es, was ich nach Delhi mitnehmen werde — und Ihr Geschenk für Mary natürlich!«

Unsicher blickte sie zu ihm auf. »Ja, ich glaube, Sie haben tatsächlich verstanden«, begann sie mit heiserer Stimme. »Ich bin nicht mehr Lady Frances Bantry. Ich bin die Konkubine des Radscha von Kattyapur, die Frau seines Herzens, weniger wert als der Staub zu seinen Füßen. Ich werde alles tun, was in meiner Macht steht, um den Frieden zwischen seinem Reich und den Briten zu bewahren, aber ich

tue das, weil es auch seinem Wunsch entspricht, und aus keinem anderen Grund. Und ich versichere Ihnen, daß Sie keinen besseren Verbündeten finden werden als mich.«
Er nahm das Päckchen an sich und verstaute es sorgfältig in seiner Tasche. »Wenn Sir Arthur das alles nicht verstehen sollte, wird Mary es ihm erklären«, versprach er.
»Ich hoffe, daß sie das kann.« Sie biß sich auf die Unterlippe. »Mr. Gilbert, ich möchte lieber nicht, daß Mary erfährt, wer ihr die Miniatur schickt. Erzählen Sie ihr irgend etwas – was Sie wollen, aber nichts von mir. Sie braucht nicht zu erfahren, was ich jetzt bin.«
»Ich werde mein Bestes tun, um mein Wissen für mich zu behalten, aber das ist bei Ihrer Tochter nicht gerade einfach. Ich glaube auch nicht, daß sie sich jemals den Urteilen oder Gepflogenheiten ihrer Umgebung anpassen wird.«
Und damit mußte sich Fanny zufriedengeben.
Die Männer gingen, und Maneka wandte sich wieder an Fanny. »Du hattest recht, es sind nur Männer. Kleiden sie sich immer so geschmacklos, tragen sie immer solch enge Hosen? Kein Wunder, daß du weggelaufen bist. Seine Hoheit ist eine so viel eindrucksvollere Erscheinung!«
Fanny lachte befreit auf. Sie hätte Maneka um den Hals fallen können. Wie sehr sie sich doch in dieser kurzen Zeit verändert hatte, wie schnell doch der Wandel von der eleganten Lady Frances zu Sajjans Frau seines Herzens vonstatten gegangen war! Und wie merkwürdig, daß sie um nichts in der Welt mit ihrem früheren Leben hätte tauschen wollen! Sie war endlich heimgekehrt.

Drittes Buch

*

Frau seines Herzens

Kapitel 20

1875–1876

Deine britische Rani wurde zur Kaiserin von Indien ausgerufen. Es wird einen riesigen Empfang in Delhi geben …«
»Nicht in Kalkutta?«
»Delhi liegt zentraler. Alle werden dorthingehen.«
Fannys Augen leuchteten. »Du gehst nach Delhi?« fragte sie in möglichst gleichgültigem Tonfall.
Doch Sajjan ließ sich nicht täuschen. »Ja, mein Herz, ich gehe hin.«
»Nimm mich mit!«
Er schüttelte traurig den Kopf. »So gern ich dich auch bei der Reise dabeihätte, es wäre zu gefährlich. Egal, wie vorsichtig wir auch wären, irgendeiner würde sich verplappern. Ich werde mit großem Gefolge reisen.«
»Bitte, Sajjan.«
Er sah sie von der Seite an. Sie bot einen entzückenden Anblick. Ihr jüngstes Kind, eine Tochter, saß auf ihrem Schoß, und Krishna, ihr zweiter Sohn, schmiegte sich an ihre Seite.
»Gibt es nicht genug, was dich hier hält?«
Fanny bemühte sich, weniger schuldbewußt auszusehen, als sie sich fühlte. »Vielleicht würde ich Mary sehen«, sagte sie schließlich.

Sie hatte einen Wutausbruch erwartet, aber er war nur traurig, daß ihre Tochter ihr nach so langer Zeit immer noch so viel bedeutete. Immer noch fürchtete er, daß diese Frau eines Tages in ihr früheres Leben zurückkehren könnte.

»Und wenn du sie siehst, was dann?« fragte er.

»Ich will sie nur sehen. Ich werde nicht ein Wort mit ihr wechseln, wenn du es nicht erlaubst. Doch ich möchte so gern mit eigenen Augen sehen, wie mein kleines Mädchen heute aussieht.«

»Und wie kommst du auf den Gedanken, daß du sie dort sehen könntest?«

Sie zuckte die Achseln. »Ich bin mir sicher, daß die Königin den Wunsch hat, ihre Patentochter in ihrer Nähe zu haben. Ich würde es schon schaffen, sie zu sehen. Alle werden viel zu beschäftigt sein, um einen Blick auf eine Einheimische in deinem Gefolge zu verschwenden. Und wer würde in mir noch eine Britin erkennen?«

Er schmunzelte und überlegte, ob er ihr diesen Wunsch nicht doch erfüllen konnte. Diese Frau hörte nie auf, ihn zu überraschen. Er erinnerte sich daran, wie eifersüchtig der Yuveraj gewesen war, als auch sie einen Sohn bekommen hatte; aber dennoch hatte sie es zuwege gebracht, daß die beiden Freunde wurden. Geduldig hatte sie dem verständnislosen Ganesha erklärt, daß er dem Yuveraj nicht nur wegen seines Alters Respekt schuldete. »Eines Tages wird er der Radscha sein. Du mußt jederzeit bereit sein, ihm dein Leben zu Füßen zu legen.«

»Ja, Mama«, hatte der kleine Junge versprochen.

Sie sprach mit den Kindern immer Englisch, aber nicht, ohne den Yuveraj taktvoll um Erlaubnis gebeten zu haben.

»Ich will sie ja nur sehen«, fuhr sie zögernd fort. »Ich möchte wissen, ob sie noch immer hinkt – und ob Lady Cunningham ihr beigebracht hat, wie man sich in Gesellschaft benimmt.«

»Aber du müßtest die ganze Zeit verschleiert hinter Vorhängen verbringen!«

Sie sprang auf. »Das würde mir nichts ausmachen. Denn ich wäre ja bei dir.«

Immer noch zögerte er. »Du mußt Ihre Hoheit um Erlaubnis bitten. Wenn sie keine Einwände hat ...«

Fanny umarmte ihn. »Ich werde sie sofort fragen!«

Noch im Gehen rief sie nach der Rani. Sajjan blieb, wo er war, und schaute Fanny nach. Er wußte ebensogut wie Fanny, daß Maneka unverzüglich einwilligen würde, trotz der langen Wochen, die sie ohne die Gesellschaft der Frau seines Herzens allein verbringen mußte.

Nie war Fanny in den Sinn gekommen, daß ihr Baby ein Sohn werden könnte. Als ihr Maneka bei der Geburt verkündete, daß sie einen Knaben zur Welt gebracht hatte, dachte Fanny einen Augenblick, sie hätte sich verhört.

»Ein prachtvoller Junge. Soll ich Ihrer Hoheit einen Namen vorschlagen?«

»Ganesha«, sagte Fanny. »Ich möchte ihn nach dem Gott des Neubeginns nennen. Er wird das verstehen.«

Auch Maneka verstand sehr gut, daß Fanny an ihre Tochter Mary dachte, aber sie war klug genug, bei der gerade niedergekommenen Mutter keine schmerzlichen Erinnerungen heraufzubeschwören.

Maneka freute sich so über das Neugeborene, als wäre es ihr eigenes Kind. »Und«, flüsterte sie Fanny ins Ohr, »es war nicht halb so schlimm, wie du befürchtet hattest, oder?«

Nein, es war nicht halb so schlimm gewesen. Und es war

auch bei ihren anderen Kindern keine Quälerei. Denn statt eines Arztes stand ihr Maneka mit ihrer beruhigenden Gegenwart zur Seite. Wo die Londoner Hebamme tolpatschig und grob hantiert hatte, hatte sie mit sanften, geschickten Bewegungen eingegriffen. Die Geburt war fast vorüber, noch ehe sie begonnen hatte; nur die eintönig heruntergeleierten Gebete und der Weihrauch störten sie ein wenig, da sie sich gerade fragte, was für einen Stand die Seele ihres Babys wohl ohne den christlichen Segen hatte.

Ganesha wuchs rasch. Er erschien seiner Mutter wie ein kleines Wunder. Mary war in diesem Alter ein plärrendes Bündel gewesen, das unentwegt kränkelte und keine Spur von dem Zauber dieses gelassenen und gefräßigen Wesens hatte, das bei ihrem Anblick von Kopf bis Fuß erfreut zappelte. Sie konnte sich an Mary als Baby kaum erinnern, denn sie hatte sie in diesem Alter kaum zu Gesicht bekommen. Am deutlichsten war ihre Erinnerung an die verängstigte, verletzte Mary nach dem brutalen Ausbruch ihres Vaters, als sie alles getan hätte, um sie zu schützen. Nie hatte sie ihre Erstgeborene so gekannt wie ihre anderen Kinder, immer war sie ihr fremd geblieben.

Sie dachte an Marys Patin. Es war so lange her, seit sie sie zum letzten Mal gesehen hatte! Inzwischen war Viktoria verwitwet und hatte sich, soweit es ihr ihre Stellung erlaubte, aus der Welt zurückgezogen. Und Mary? Mary war jetzt in dem Alter, in dem sie nach Kattyapur gekommen war. Vielleicht ein oder zwei Jahre jünger, aber auf jeden Fall eine erwachsene Frau und höchstwahrscheinlich ebenfalls verheiratet, auch wenn Sajjan nie ein Wort darüber verloren hatte.

Sie hätte Sajjan jederzeit in den vergangenen Jahres erklären können, daß es für sie keine Möglichkeit gab, in ihr altes Leben zurückzukehren – nicht nach dem Besuch der beiden britischen Offiziere in der *zenana*. Sie würde die Erinnerung an diesen schrecklichen Moment, als sie ihre Ehrenbezeigung vor Sajjan im Angesicht dieser beiden machen mußte, mit ins Grab nehmen. Immer noch lief ihr bei dem Gedanken daran ein Schauer über den Rücken, und weder Sajjan noch Maneka hatte auch nur die geringste Ahnung davon, welche Überwindung sie diese Geste gekostet hatte. Nur Walter Gilbert hatte das verstanden. Dieser junge Mann würde es vermutlich weit bringen – wenn ihm die Briten nicht das Parsenblut zum Vorwurf machten, das in seinen Adern floß. Manchmal verzweifelte sie fast an ihrem eigenen Volk, an dieser tiefsitzenden Überzeugung der eigenen Überlegenheit und der daraus folgenden Gleichgültigkeit gegenüber den Sitten und Gebräuchen der von ihnen unterworfenen Völker.

Maneka war nur halb bei der Sache, als sie Fanny erlaubte, nach Delhi zu reisen. Viel mehr beschäftigte sie die unmittelbar bevorstehende Zeremonie, bei der ihr jüngster Sohn den heiligen Faden, das Symbol seiner Kaste, empfangen würde.

»Ich bin so stolz, Fanny«, bekannte Maneka und seufzte ein wenig. »Obwohl ich glaube, daß Mütter ihre Söhne immer für zu jung halten, als daß man soviel Aufhebens um sie machen sollte. Weißt du noch, wie es beim Yuveraj war?«

»Ich hatte damals noch keine Ahnung, daß auch mein Sohn eines Tages den heiligen Faden empfangen würde«, erinnerte sich Fanny lächelnd. »Ich dachte, meine Kinder wären kastenlos wie ihre Mutter.«

Maneka schnalzte ärgerlich mit der Zunge. »In erster Linie sind sie schließlich die Kinder des Radscha!«

»Ja, vielleicht. Aber sie entfernen sich so weit von einem

nach ihrer Wiedergeburt. Es schmerzt mich, nicht mit meinen eigenen Kindern essen zu können.« Sie seufzte. »Der Yuveraj war vorher immer in meiner Nähe ...«

»Kinder werden erwachsen, Fanny. Das muß ich dir doch nicht erst sagen?«

Fanny dachte an den großen Tag des Yuveraj. Bei seinen Brüdern würde alles etwas ruhiger verlaufen, ohne die öffentlichen Zeremonien, die Gelage und die vielen Menschen. Doch die ganze Zeremonie war Fanny noch immer ein Rätsel. Maneka hatte ihr erklärt, daß es sich um den formellen Eintritt des Jungen in seine Kaste handle, um die rituelle Wiedergeburt. Und der heilige Faden war der Beweis seines Standes.

Fanny sah auf Manekas gebeugtes Haupt. »Möchtest du nicht mit nach Delhi?« fragte sie.

Das Erstaunen der Rani angesichts einer so ungewöhnlichen Vorstellung brachte sie beinahe zum Lachen. »Ich sehe schon, du willst nicht. Aber denk doch an all die Dinge, die du sehen würdest. Ich könnte dir verschiedenes zeigen ...«

Maneka schüttelte erschreckt den Kopf. »Ich könnte doch die Kinder nicht allein lassen! Außerdem habe ich noch soviel anderes zu erledigen. Und warum sollte ich nach Delhi wollen? Geh nur, Fanny, und genieße die Hitze und den Staub und die Fliegen!« Sie betrachtete Fanny, und Schalk blitzte in ihren Augen auf. »Wahrscheinlich wirst du das sogar! Ich würde jeden Augenblick dort verfluchen!«

»Ich muß zugeben, daß es hier sehr viel bequemer ist«, lenkte Fanny ein. »Ich weiß das mittlerweile zu schätzen.«

»Aber Mary ist nicht hier.«

Fanny seufzte. »Ich will doch nur sehen, daß alles mit ihr in Ordnung ist. Meine anderen Kinder sind hier — mein ganzes Leben spielt sich hier ab — aber ...«

»Ich habe dir schon erlaubt zu gehen. Seine Hoheit hat zugestimmt. Warum rechtfertigst du dich weiter dafür?«

Darauf wußte Fanny keine Antwort. Wahrscheinlich versuchte sie, sich selbst zu überzeugen. Ein Teil von ihr wollte Mary als die Frau sehen, zu der sie herangewachsen war; ein anderer Teil von ihr fürchtete, daß ihr das, was sie zu sehen bekäme, nicht gefiele. Denn Mary war ja auch Edwins Tochter, und sie mußte auch etwas von ihm geerbt haben.

Fanny schüttelte diese uralten Befürchtungen ab. »Du wirst mir fehlen«, sagte sie abrupt. »Was soll ich dir aus Delhi mitbringen?«

Maneka stand auf. »Komm sicher wieder zurück, das ist alles, was ich mir wünsche. Wann fahrt ihr?«

»Direkt nach der Zeremonie für deinen Sohn.«

Maneka preßte die Lippen zusammen. »So bald schon? Ich weiß wirklich nicht, wie wir das alles rechtzeitig schaffen sollen. Fanny, kannst du für deine Angelegenheiten selbst Sorge tragen? Ich meine, wenn du später fahren würdest...«

»Selbstverständlich kann ich das!« behauptete Fanny. »Macht Euch um mich keine Gedanken, Hoheit!«

Je näher die Reise rückte, um so mehr wuchs Fannys Aufregung. Die einzige, mit der sie sich austauschen konnte, war Ila, die sie begleiten würde und genauso wie sie darauf erpicht war, Kattyapur für einige Zeit hinter sich zu lassen. Auch Ila kannte Delhi und hatte dort einige Freunde. Fanny fragte sich, ob nicht auch ein Mann darunter war, den sie wiederzusehen hoffte. Denn merkwürdigerweise war Ila nie auf ihre plumpen Vorschläge eingegangen, einen von Sajjans Höflingen zu heiraten, der sie mit den erlesensten und ausgesuchtesten Dingen versorgen würde. Man traf selten eine indische Frau, die es vorzog, unverheiratet zu bleiben.

»Es ist besser so«, pflegte sie zu sagen. »Wer würde mich in meinem Alter noch wollen? Und warum wünschst du mich mit einem Mann verheiratet zu sehen, den ich nicht einmal kenne? Du bist doch nicht mein Vater, der sich einen Vorteil von meiner Ehe versprechen könnte!«

»Um Himmels willen, nein«, gab sich Fanny geschlagen. »Aber du kannst doch nicht dein Leben lang unverheiratet bleiben! Nun, um die Wahrheit zu sagen, ich würde dich schrecklich vermissen.«

Während sie mit Ila beim Packen war, kam eine andere Dienerin und teilte ihr mit, daß der Yuveraj sie unten im Hof erwarte. Sie sprang munter auf und rannte die Stufen hinunter.

»Wie freue ich mich, dich wiederzusehen!« begrüßte sie ihn. Er war inzwischen ein gutaussehender junger Mann geworden, der viel Ähnlichkeit mit seinem Vater aufwies, aber sich lange nicht so würdevoll gab. »Was hältst du von England?«

»Ganesha war dort mehr zu Hause, als ich es jemals sein werde.« Er zögerte. »Ich habe gehört, daß du uns nach Delhi begleitest?«

Fanny atmete tief durch. »Ja. Es wird wie unsere zweite Hochzeitsreise sein.«

Obwohl er gerade in Europa gewesen war, mußte sie ihm erst erklären, was eine Hochzeitsreise war.

»Es bedeutet mir sehr viel«, verteidigte sie sich, indem sie direkt zum Angriff überging, ganz so wie zu der Zeit, als sie miteinander Schach gespielt hatten. »Obwohl es mir nicht gefällt, deine Mutter hier allein zurückzulassen. Sie fastet und betet zuviel, wenn ich nicht hier bin, um sie abzulenken. Manchmal habe ich den Eindruck, sie findet die anderen Frauen hier genauso langweilig wie ich.«

»Die Kinder werden ihr schon die Zeit vertreiben«, meinte er leichthin, und Fanny fragte sich, ob er überhaupt eine Ahnung von der Charakterstärke seiner Mutter und ihren vielfältigen Interessen hatte: von ihrer sorgenden Hand für die Einhaltung der religiösen Bräuche und von der Schule für Miniaturmalerei, die sie gegründet hatte. Und von der Gelassenheit, mit der sie auch die dumpfesten ihrer Begleiterinnen mit dem Anschein von Interesse und Freude ertrug.

Die Sterne standen am nächtlichen Himmel, der die Farbe von Fannys Augen hatte.

»Oh, Sajjan, danke, daß du mich hierhergebracht hast. Ruft es bei dir nicht auch die schönsten Erinnerungen wieder wach?«

»Zweite Hochzeitsreise?« fragte er.

»Oh, wer hat da geplaudert?«

»Ich sollte es dir nicht sagen, aber ich bin froh, daß er es tat. Ich habe ihn gebeten, mit Freunden jagen zu gehen oder sonst etwas zu unternehmen, damit ich abends mit dir allein sein kann. Denn auch ich fühle mich an so vieles erinnert.«

Fanny fuhr mit ihren Händen über seine Schultern. Immer wieder fühlte sie sich von ihrer Breite und Kraft angezogen, von dem muskulösen Körper und der Freude, die er ihr schenkte, auch wenn sie nicht miteinander schliefen, sondern sich nur Zeit nahmen, um miteinander zu reden.

»Sajjan, meine Liebe für dich wird nie aufhören. Manchmal fürchte ich, es könnte nie wieder so schön werden, wie es in der vergangenen Zeit war, und dann erlebe ich, daß es immer noch schöner wird. Eine Zeitlang hatte ich Angst vor dir, und dann hatte ich Angst, Kinder von dir zu bekom-

men, aber ich habe dich immer mehr geliebt als irgend etwas sonst auf der Welt!«
Er fragte sich, wie sie so eine Behauptung aufstellen konnte, da sie doch ihre Tochter Mary so schmerzlich vermißte. Wünschte sie sich denn niemals wieder in ihre alte Rolle als Lady Frances Bantry, Freundin der Königin und Kaiserin, zurück? Er verscheuchte diese Gedanken und entschloß sich, die Gegenwart an ihrer Seite zu genießen.
»Zwischen hier und Delhi haben wir alle Zeit der Welt zur Verfügung, ein weiteres Kind zu machen«, schlug er verschmitzt vor.
Sie streckte sich neben ihm aus und lachte. »Was für ein reizender Gedanke!« antwortete sie zärtlich. »Ich bin eine viel bessere Mutter geworden, als ich je dachte. Aber bald werde ich zu alt sein, um noch mehr Kinder zu haben.« Ihre Augen verschleierten sich, und ihre Wimpern warfen Schatten auf die bleichen Wangen. »Ich liebe alle deine Kinder, Sajjan, aber dich liebe ich noch viel, viel mehr! Wirst du mich auch noch lieben, wenn ich keine Kinder mehr bekommen kann?«
Ein strahlender Triumph erhellte seinen Blick. »Bis in den Tod«, versprach er.
»Bis in den Tod und darüber hinaus«, antwortete sie glücklich.

Kapitel 21

Mary starrte ihren Vater über den Tisch hinweg in einer Art und Weise an, die er nicht ausstehen konnte. Der einzige Grund, weshalb er sich mit ihrer Anwesenheit abfand, war, daß er immer noch davon überzeugt war, sie werde ihn irgendwie zu ihrer Mutter führen. Vielleicht war seine Hoffnung nicht vergebens, so daß er einstmals doch noch Rache an ihr nehmen könnte...

Und dann war Mary dieser Frau, die sich seit Jahren seinem Zugriff entzog, so entsetzlich ähnlich! Nie hatte es eine Frau gegeben, die ihn so in Wut gebracht hatte, daß sein ganzes Sinnen und Trachten um die Frage kreiste, wie er sie vernichten konnte. Sie hatte sich für etwas Besseres als ihre Geschlechtsgenossinnen gehalten, die man in frühester Kindheit gelehrt hatte, sich ihren Herren zu unterwerfen. Wie dreist, einfach durchzubrennen und ihn zurückzulassen!

Marys marineblaue, spöttische Augen erinnerten ihn an das, was er verloren hatte. Manchmal, wenn er sich mit ihr im gleichen Raum aufhielt, brodelte der Haß in seinem Innern. Sie wußte etwas, verdammt noch mal! Doch mit allen Beschimpfungen und Drohungen war es ihm nicht gelungen, etwas aus ihr herauszubekommen...

Am meisten haßte er Mary, wenn er sie neben seiner bedrückten, erschöpften, geschlagenen Frau und neben seinem schwächlichen, kränklichen Sohn sah. Er nahm nicht an, daß dieser die Volljährigkeit erreichen würde, auch nicht, wenn er ihn und seine Mutter nach England schickte, worum sie ihn ständig bat. Mary war offensichtlich nie krank. Abgesehen von den Folgen seiner Schläge strotzte sie geradezu vor Gesundheit, sie schien den Staub und die Hitze Indiens mit der gleichen Begeisterung aufzunehmen wie ihre Mutter. Wenn er nicht gewußt hätte, daß alle Europäerinnen unter dem mörderischen Klima litten, wäre er zu der Auffassung gelangt, daß sie Indien für den idealen Aufenthaltsort hielt.

»Ich nehme an, die Königin hat dich persönlich von ihrem neuen Titel unterrichtet?« fragte er sarkastisch.

»Die Königin und Kaiserin, Papa«, wies ihn Mary zurecht.

»Belangloses Weibsbild! Wir sollten nicht mit einer Frau auf dem Thron belastet sein.«

»Ich finde, sie macht ihre Sache sehr gut«, erwiderte Mary scharf. »Und sie tut alles, was in ihrer Macht steht, um alle Völker des Reiches in Einklang mit den britischen Maßstäben zu bringen. Das ist mehr, als die Politiker zuwege bringen. Und hauptsächlich interessiert sie sich wohl für Indien. Ich weiß aus sicherer Quelle, daß sie Mr. Disraeli einige Dinge weitergab, von denen ich ihr berichtete.«

»Dieser verdammte Fremdling«, murrte ihr Vater. »Sie scheint nicht zu wissen, was sie mit seiner Ernennung zum Earl von Beaconsfield angerichtet hat. Man könnte fast meinen, er sei ein Engländer. Wahrscheinlich war es seine Entscheidung, daß Lord Lytton zum Generalgouverneur von Indien ernannt wurde. Er ist viel zu sorglos, was diese Einheimischen betrifft, wenn du mich fragst. Und dann nichts als Gesetze und Verfügungen — und natürlich alles zu ihren

Gunsten! Ein Wunder, daß man hier überhaupt noch etwas verdienen kann.«
Mary hörte das alles nicht zum ersten Mal.
»Und hast du gehört, daß die Königin an Lord Lytton geschrieben haben soll: ›Ihr Wohlstand wird unsere Stärke sein; ihre Zufriedenheit unsere Sicherheit.‹ Was lernen wir daraus, Miss? Daß eine Frau sich um ihre eigenen Angelegenheiten kümmern soll — auch wenn sie sich Königin von England, Schottland und Irland nennt, oder meinethalben sogar Kaiserin von Indien!«
Mary legte nachdenklich den Kopf zur Seite. »Warum leben so viele von uns hier, wenn wir alles Indische und alles, was uns fremd ist, hassen? Das scheint mir keinen Sinn zu geben. Letztendlich ist es ihr Land!«
»Blödsinn! Es gehört ihnen nicht — hat ihnen nie gehört. Ein Haufen kriegerischer Völker, die sich nie über irgend etwas einig werden, ergibt noch lange keine Nation. Indien gehört Großbritannien und wird uns immer gehören, weil wir etwas vom Regieren verstehen. Die Inder sind nicht dazu geschaffen, sich selbst zu regieren. Sie trauern sogar noch den Moguln nach. Und die Königin empfängt sie und ihre sogenannten Frauen, als ob sie Weiße seien. Übrigens, du kannst Lady Cunningham ausrichten, liebe Mary, daß ich dich ihrer Obhut entziehe, wenn ich noch einmal höre, daß du in Gesellschaft von diesem Walter Gilbert gesehen wurdest. Ich will ihr mal zugute halten, daß sie noch nichts von dem farbigen Blut in seinen Adern gehört hat. Eine Parsen-Großmutter, wurde mir gesagt. Ich wünsche nicht, daß du dich in seiner Nähe aufhältst!«
Er sah mit Freude, daß sie zusammenzuckte. Diese Reaktion ließ sie sogar ein wenig in seiner Achtung steigen. Nie wäre ihm in den Sinn gekommen, daß sie nicht wegen der

Großmutter, sondern wegen seines Verbotes zusammengezuckt war.
»Und was schreibt die Königin dir noch?« Er stieß die Frage barsch heraus, denn er ärgerte sich, daß er zu fragen gezwungen war. Schon oft hatte er darauf bestanden, daß ihm seine Tochter alle ihre Briefe ungeöffnet und ungelesen zu übergeben hatte, aber sie hatte sich dem nie gefügt. Unter anderen Umständen hätte er sie sich schon gefügig gemacht, aber eine innere Stimme sagte ihm, daß er dabei vielleicht zu weit gehen könnte. Seit er bei seiner ersten Unterredung mit Lady Cunningham festgestellt hatte, daß Marys Mutter nicht nur hinter seinem Rücken die Königin zur Patin ihrer Tochter gemacht hatte, sondern offensichtlich auch jeder außer ihm von dieser Ehre wußte, fühlte er sich verunsichert. Denn diese Frau hatte zwar zugestimmt, die Verletzungen Marys den Banditen zur Last zu legen, die ihre Mutter ermordet hatten — falls sie das tatsächlich getan hatten! —, aber sie hatte ihm auch deutlich gemacht, daß bei einer Wiederholung eines solchen Vorfalls die Königin selbst sich mit seinen Aktivitäten in Indien beschäftigen würde. Und er verspürte keine Neigung, aus einer Gesellschaft ausgestoßen zu werden, in der er eine führende Rolle anstrebte — dank seines Geldes.
»Sie wünscht, daß ich bei dem Empfang zu Ehren Ihrer Majestät in Delhi als Ehrendame teilnehme. Lady Lytton hat bereits zugestimmt ...«
»Du! Als Ehrendame! Lächerlich!«
Mary zuckte die Schultern. »Wenn ich ablehnen soll, mit welcher Entschuldigung, bitte sehr?«
Lord Bantrys Gesicht bedeckte sich mit roten Flecken. »Sie haben dich nur geladen, um mich zu beleidigen, dumme Gans! Jedermann weiß, daß deine Mutter mir ihren Bastard

untergeschoben hat und daß ich gezwungen war, dich anzuerkennen, weil ich keinen Beweis in der Hand hatte. Aber ich werde nicht zulassen, daß du bei irgendeinem Empfang einen höheren Rang einnimmst als meine Gattin und mein Erbe! Mir ist es ganz gleich, womit du dich entschuldigst, auf jeden Fall wirst du nicht dort sein! Verschwinde nach Kaschmir! Lady Cunningham kann dich begleiten ...«

»Oh, das glaube ich nicht, Papa. Sie ist persönlich eingeladen, nicht nur als Gattin von Sir Arthur. Die Königin hat nicht vergessen, welche Liebe sie mir in all den Jahren entgegengebracht hat —«

»Wenn sie dich so gern hat, wie du sagst, wird es ihr nichts ausmachen, mit dir zusammen zu Hause zu bleiben. Keiner wird sie dort vermissen. Eine so gewöhnliche Frau wie sie kann nun wirklich nicht erwarten, an einem solchen Empfang teilzunehmen, als sei sie ...«

»Die Tochter eines Earl, Papa?«

Diese spöttische Bemerkung ließ ihn die Beherrschung verlieren. Er schlug mit der Faust so heftig auf den Tisch, daß eine Vase zu Boden fiel und in tausend Stücke zersprang.

»Verschwinde, Mary!«

Mary gehorchte. Sie deutete einen Knicks an, der wegen des geschädigten Nervs in ihrem Bein ein wenig unbeholfen ausfiel. Diese Geste, die ihn so demonstrativ an das Leid erinnerte, das er ihr zugefügt hatte, brachte das Faß zum Überlaufen. Lord Bantry packte den schweren Boden der Vase und schleuderte ihn hinter ihr her. Das Vasenstück streifte ihren Kopf. Doch Mary beschleunigte nicht einmal ihren Schritt, sondern ging kerzengerade und hocherhobenen Hauptes hinaus, während ihr das Blut über das Gesicht lief.

Wie immer, wenn Mary ihren Vater besuchte, wartete Eileen in der Halle auf sie. Im Laufe der Jahre hatte sich die Angst in ihr verfestigt, Mary könnte von ihrem Vater zu einer Ehe mit einem Mann seines Schlages gezwungen werden. Zwar schien Lord Bantry gar nicht zu bemerken, daß seine Tochter sich einem Alter näherte, in dem sie keine Heirat mehr, sondern das Leben einer alten Jungfer erwartete; doch diese Aussicht war auch nicht gerade tröstlich.

»Heilige Mutter Gottes, was ist denn diesmal geschehen?« fragte sie erschüttert.

»Ich werde nicht an dem Empfang zu Ehren Ihrer Majestät teilnehmen.«

»Nun, darüber sind Sie ja wohl nicht allzu traurig, oder? Schließlich jammern Sie mir schon seit Tagen vor, wie linkisch und ungeschickt Sie sich wieder benehmen werden!«

Mary betupfte ihre Kopfwunde mit einem Taschentuch. Bei den wenigen Gelegenheiten, bei denen sie ihren Vater zu Gesicht bekam, versuchte sie sich immer einzureden, daß sie keine Angst mehr vor ihm hätte. Die Wahrheit aber war, daß sie vor allen Männern Angst hatte, auch wenn sie es sich nicht anmerken ließ; und am meisten fürchtete sie ihren Vater. Nur Sir Arthur und Walter Gilbert konnten den Schutzwall durchbrechen, den sie um ihr Innerstes gezogen hatte: der eine, weil nicht einmal sie an seiner tiefen Ergebenheit ihr gegenüber Zweifel hegte, der andere, weil etwas an ihm war, was ihr Respekt abverlangte. Er war ihr immer mit Achtung begegnet und hatte ihre Gedanken, die so gar nicht der Vorstellungswelt eines behüteten jungen Mädchens entsprachen, stets ernstgenommen.

Die meiste Zeit in Kaschmir hatte sie sich unter den *gurus* und heiligen Männern viel wohler gefühlt als unter ihresgleichen. Walter Gilbert war der einzige Mensch gewesen, der diese Lehren begriff. Sie sprach stundenlang mit ihm darüber, was es hieß, nicht mehr als eine Blase des Bewußtseins zu sein, besonders wenn man diesen Gedanken mit der christlichen Vorstellung von der menschlichen Seele verglich. Und seit sie erfahren hatte, daß sie eines Tages aus ihrem Körper herauswachsen und ihn abstreifen würde wie eine Schlange ihre Haut, unter der dann eine andere von ebensolcher Schönheit zum Vorschein kam, seit sie wußte, daß sie ihr Leben in einem anderen Körper fortsetzen würde, und daß jedes Ding Teil eines anderen war, seither hatte sie angenommen, daß diese beiden Religionen völlig unvereinbar miteinander waren. Aber Walter Gilbert schien von der indischen Religion mehr verstanden zu haben als sie.

»Sehr richtig«, hatte er zugestimmt. »Nichts ist uns fremd, kein Ort und keine Person, wenn wir uns selbst als Teil des Ganzen sehen.«

»Glauben die Christen das auch?« hatte Mary ihn zweifelnd gefragt.

»O ja«, hatte ihr Walter versichert. »Die Christen glauben, daß das ganze Leben in der Person Jesu Christi zusammengefaßt ist — alles Leben! Wie also könnte ein Teil des Körpers einem anderen fremd sein?«

In Gedanken hatte Mary ihm recht gegeben. Wie sehr vermißte sie nun die Gespräche mit Walter Gilbert, der den Stab von Sir Arthur verlassen hatte. Doch beide Männer hatten ausgemacht, daß er so bald wie irgend möglich wieder zurückkehren würde. Ihre Zuneigung zu ihm war seither noch gewachsen.

Sie betupfte wieder die Wunde auf ihrem Kopf und wünschte sich, sie wäre in Kaschmir geblieben. Statt dessen war sie mit einer aufgeregten Lady Cunningham nach Delhi gereist. Ihre mütterliche Freundin würde nie verstehen, warum sie nicht an dem Empfang für Ihre Majestät teilnehmen sollte.

»Hat es aufgehört zu bluten?« fragte sie Eileen.

Eileen untersuchte die Wunde. »Im Augenblick — ja.« Sie rang die Hände. »Sie hätten nicht allein hineingehen sollen, Miss Mary! Ich habe Ihnen gesagt, wie es ausgehen würde. Hoffentlich holt uns Lady Cunningham ab, bevor Ihr Vater bemerkt, daß Sie immer noch hier sind!«

Sie mußten nicht lange warten. Lady Cunningham fuhr flott mit einer nagelneuen Kutsche vor. Ihre Freude über diese Neuerwerbung war so groß, daß sie die tödliche Blässe im Gesicht ihrer jungen Freundin gar nicht bemerkte.

»Sir Arthur sagte, ich solle das Allerbeste nehmen! Was meinst du, Mary? Ist sie zu extravagant?«

Mary lachte. »Sir Arthur findet doch alles, was du tust, großartig. Er wird es nicht für extravagant halten, sondern lediglich für die angemessene Fassung des Kleinods, das er geehelicht hat und um das ihn jeder andere Mann beneidet!«

Lady Cunningham senkte bescheiden die Augenlider. »Nun ja«, gab sie zu. »Ich glaube, so ähnlich verhält es sich. Ich bin wahrscheinlich die glücklichste Frau von ganz Indien!«

Mary gluckste. »Wenn du das Sir Arthur erzählst, wird er denken, daß er sein Geld sehr gut angelegt hat.«

»Wie gut du uns beide doch kennst!« Lady Cunningham seufzte glücklich. Dann sah sie Mary genauer an und erschrak. »Meine Liebe, steig sofort ein. Muß dein Vater denn wirklich *jedesmal* mit dir streiten, wenn du ihn besuchst?«

Marys Finger verkrampften sich ineinander. »Das ist doch

nichts Neues, Tante Hetty. Wir wissen doch, daß er mich ebenso haßt wie Mama. Ich nehme an, er ist wirklich mein Vater?«

»Natürlich ist er dein Vater!« Lady Cunningham schnalzte erbost mit der Zunge. »Wer hat dir denn diesen Floh ins Ohr gesetzt?«

»Er sagte, jeder wisse, daß ich ein Bastard bin, der ihm untergeschoben wurde ...«

Lady Cunningham preßte die Lippen zu einem schmalen Strich zusammen. »Er hat nicht das Recht, so etwas zu behaupten. Und ich will aus deinem Munde so etwas nicht mehr hören!«

»Aber wenn es wahr wäre, Tante Hetty, würde es mir gar nichts ausmachen. Ich hätte jeden anderen lieber zum Vater als ihn!«

»Dennoch, er *ist* dein Vater, ob es dir nun gefällt oder nicht!« Und setzte mit einer ungewohnten Bitterkeit hinzu: »Wir können uns unsere Eltern schließlich nicht aussuchen, ebensowenig wie unsere Kinder!«

Mary wußte, daß sie an Arthur dachte, von dem man munkelte, daß ihn eine etwas seltsame Freundschaft mit dem Herrscher von Hanupur verband. Dieser hatte angeblich aus einer Laune heraus die Brüste seiner Lieblingskonkubine in Elefantenrüssel umbilden lassen. Männer wie Arthur — und höchstwahrscheinlich auch ihr Vater — bewunderten solche Ausschweifungen. Die drei waren vom gleichen Schrot und Korn.

»Ach, Liebes«, fuhr Lady Cunningham fort, »wie schwierig das Leben doch manchmal ist! Wir müssen dankbar sein, daß du nicht deinem Vater nachschlägst, sondern deiner Mutter, der armen Seele. Du gleichst ihr wie ein Ei dem anderen, keine Frage!«

»Ich hoffe, das ist ein Kompliment«, lachte Mary. »Sie hat deine Gutmütigkeit aufs Schändlichste ausgenutzt. Und ich muß zugeben, daß ich froh darüber bin, denn kein Kind könnte sich bessere Eltern wünschen als dich und Sir Arthur.«

»Wir haben dich auch sehr gerne. Was mich daran erinnert, daß mir Sir Arthur eingeschärft hat, ich solle dafür sorgen, daß du genauso gut ausstaffiert bist wie die anderen Ehrendamen. Keine Widerrede, junge Dame. Es ist ihm ein Vergnügen und mir auch. Und wie ich dir schon einmal gesagt habe, im Hinblick auf seine Karriere war es das beste, was er tun konnte, als er dich damals aufnahm. Ihre Majestät erkundigt sich jedesmal nach ihm, wenn sie irgend jemandem in Indien schreibt. Ach, wie zugetan muß sie deiner Mutter gewesen sein«, seufzte sie noch. Ihre Sorge, daß Mary einen entscheidenden Mangel — sie hatte keinen Freier, der um sie warb — nicht verbergen konnte, ganz gleichgültig was sie trug, behielt Lady Cunningham für sich. Und jetzt hatte sie schon wieder mit ihrem Vater gestritten und sah eher wie ein Preisboxer aus als wie die wohlerzogene junge Dame, die sie eigentlich sein sollte.

Mary wandte sich ab. Sie wußte nicht, wie sie es sagen sollte. »Ich werde nicht an dem Empfang teilnehmen.«

Die arme Lady Cunningham traute ihren Ohren nicht. »Natürlich wirst du teilnehmen. Mein liebes Kind — was soll denn die Königin vor dir denken, wenn du nicht kommst?«

Mary betupfte wieder die Wunde. Lady Cunningham konnte sich nicht helfen, sie war fest überzeugt davon, daß Mary an diesem Malheur mitschuldig war. Sie mußte irgend etwas Unvorsichtiges gesagt haben, was ihren Vater in Raserei versetzt hatte.

»Papa hat es verboten. Er will nicht, daß ich Vorrang vor seiner Gattin genieße...«
»Aber, meine Liebe, du bist die Patentochter der Königin.«
»Ja, ich weiß. Und ich weiß auch, was es für dich und für Sir Arthur bedeutet. Aber die Wahrheit ist auch, daß ich euch nicht besonders viel Ehre machen würde. Eine Ehrendame, die das Bein nachzieht! Außerdem müßte ich den ganzen Tag in der glühenden Hitze stehen. Nein, ich habe einen anderen Plan, aber darüber wollte ich gern vorher mit dir — und selbstverständlich mit Sir Arthur — sprechen!« Sie schluckte nervös, denn sie wußte, wie enttäuscht Lady Cunningham war. Wie sehr hatte sich diese Frau doch auf dieses Ereignis gefreut, wo sie als mütterliche Freundin einer Ehrendame endlich einmal im Mittelpunkt gestanden hätte! Eine solche Gelegenheit würde sich so rasch nicht wieder bieten, ganz unabhängig davon, zu welch schwindelerregenden Höhen Sir Arthur auf der Karriereleiter noch aufstieg. »Ich werde Ihrer Majestät schreiben, daß ich zum Zeitpunkt des Empfangs leider in Bombay bin...«
»In *Bombay*? Meine Liebe, kennst du dort überhaupt jemanden?«
»Nicht persönlich. Aber ich dachte daran, mich bei der Großmutter von Walter Gilbert einzuladen. Ich weiß, daß es dir nicht gefallen wird, und eigentlich möchte ich dir keinen Kummer bereiten, aber mir fällt sonst niemand ein, der mich in seinem Haus willkommen heißen würde. Schließlich habe ich nicht sehr viele Freunde.«
Nein, Mary hatte tatsächlich nicht sehr viele Freunde. Denn die Gesellschaft wußte nicht so recht, wie sie mit ihr umgehen sollte, da sich die Gerüchte über ihre Mutter hartnäckig hielten und auch Lord Bantry von Zeit zu Zeit ins Gerede geriet. Ohne rechten Grund fühlte sich Lady Cun-

ningham gegenüber Lady Frances in gewisser Weise schuldig, weil sie den Kontakt zwischen Mary und ihrem Vater aufrechterhalten hatte. Denn immer gab es Auseinandersetzungen zwischen den beiden, wenn sie ihn besuchte. Mary pflegte sich in sich selbst zurückzuziehen, wenn sie mit etwas nicht zurecht kam, und diese Tendenz wurde durch ihren Umgang mit den heiligen Männern in Kaschmir noch verstärkt — wobei Lady Cunningham diese Männer für nichts weniger als heilig hielt, sondern für überaus schockierend! Sie hätte Marys Herumtreiberei auf dem Lande ja gern einen Riegel vorgeschoben, aber Sir Arthur wollte nichts davon wissen. Mit ihren Kenntnissen über dieses rätselhafte Land, in dem die meisten Briten Fremde geblieben waren, hatte sie ihm schon manchen Dienst erwiesen. Aber wenn Mary je einen Ehemann finden sollte, mußte sie endlich aufhören, mit den Eingeborenen zu verkehren, als seien sie ihre engsten Freunde — und vor allen Dingen durfte sie auf keinen Fall zu Mr. Gilberts parsischer Großmutter fahren. Wenn das jemand zu Ohren käme! Schon bei dem Gedanken daran fiel Lady Cunningham fast in Ohnmacht.

Sie warf Eileen einen bedeutungsvollen Blick zu, öffnete ihre Geldbörse und bat sie, zusammen mit der *ayah*, die Mary schon von Kindesbeinen an kannte, zu einem Stand zu gehen und Süßigkeiten zu kaufen.

»Man weiß nie, wieviel Englisch diese Leute wirklich verstehen«, flüsterte sie Mary zu. »Und es ist besser, wenn nicht einmal Eileen unsere Unterhaltung mitbekommt. Es gibt bereits zu viele Gerüchte.«

»Nur, weil keiner wirklich glaubt, daß Mama tot ist. Es ist nur viel bequemer, das nicht offen auszusprechen.«

Lady Cunningham mußte ihr recht geben. Aber warum

war Mary nur so darauf versessen, die Konventionen der Gesellschaft als Heuchelei zu entlarven? Was erwartete sie denn? Nahm sie etwa an, daß sich Lady Frances, falls sie lebend gefunden würde, die Türen der ehrbaren Haushalte von Delhi und Kalkutta öffnen würden? Es gab Normen, denen man sich zu fügen hatte. Irgendwie müßte sie es dieser starrköpfigen Person an ihrer Seite doch erklären können. Doch Mary verhielt sich gegenüber den gesellschaftlichen Spielregeln ebenso verstockt wie gegenüber ihrem Vater.

Und das brachte Lady Cunningham auf noch unangenehmere Gedanken. Sie war der Ansicht, daß Lord Bantry geisteskrank und daher nicht zurechnungsfähig war. Über das, was in seinem Haus geschah, kursierten in den Bazaren die fürchterlichsten Gerüchte. Nun, davon durfte sie Mary gegenüber nichts erwähnen. So etwas konnte man schließlich nicht mit einer unverheirateten Frau debattieren, auch wenn sie Mary hieß.

Wie sehr wäre sie erschrocken, wenn sie geahnt hätte, daß Mary bereits seit langem alles über ihren Vater wußte. Wenn sie noch irgendwelche Zweifel über den Grund des Verschwindens ihrer Mutter gehabt hätte, hätten ihr die wenigen Nächte, die sie unter dem Dach ihres Vaters verbracht hatte, die letzten Illusionen geraubt. Sie wußte von den Wunden ihrer Stiefmutter und kannten deren endlose Klagen über die Mühsal des Lebens. Schlimmer noch, sie hatte die Schreie der indischen Mädchen gehört, die er kaufte und mit nach Hause brachte. Schreie, die für Mary um so peinigender waren, als sie die Dialekte, in denen sie ausgestoßen wurden, fließend sprach. Lady Cunninghams Küchen-Hindustani mochte sie vor den schlimmsten Enthüllungen bewahrt haben. Mary wußte, was mit diesen Mädchen geschah — und daß es nicht ungewöhnlich war, wenn ihre mißhandelten Körper am frühen Morgen aus dem Haus getragen wurden.

Lady Cunningham seufzte. »Wenn dir dein Vater doch nur erlauben würde, nach England zurückzukehren. Dein Onkel könnte ein Auge auf dich haben und dich einem standesgemäßen Mann vorstellen, und alle unsere Probleme wären gelöst. Du würdest zweifellos eine ausgezeichnete Partie machen, und ein glückliches Leben...«

»Würde ich nicht«, widersprach Mary mit Schaudern.

Lady Cunningham seufzte noch einmal. »Mary, du mußt deine Furcht vor Männern überwinden. Schau, wie glücklich ich mit Sir Arthur bin...«

»Es gibt noch einen anderen Grund«, fiel Mary ihr ins Wort. »Ich würde mich in England zu Tode langweilen, noch ehe das erste Jahr vorbei wäre. Mama mag ja eine glänzende Gastgeberin gewesen sein, aber ich wäre eine Katastrophe. Nein, Tante Hetty, ich glaube, wir sollten uns beide damit abfinden, daß ich nicht heiraten werde.«

Lady Cunningham begann einzusehen, daß sie diese Unterhaltung nicht hätte beginnen sollen. Ihr Mund öffnete und schloß sich, während sie sich hilflos fragte, was sie dazu sagen sollte. Was hätte Lady Frances denn wohl gesagt? Schließlich hatte sie einen Einfall.

»Das ist ja alles gut und schön, meine Liebe«, begann sie mit fester Stimme, »aber es gibt auf dieser Welt für eine Frau nur wenig Erstrebenswertes außer einer Ehe. Man will ja nicht vergnügungssüchtig und ehrgeizig erscheinen — was für gräßliche Eigenschaften bei einer Frau —, aber die Bedeutung einer guten Ehe kann nun einmal nicht geleugnet werden. Du magst zwar *glauben*, daß du nichts mit einem Mann zu tun haben möchtest, aber das Los einer alten

Jungfer ist das trübseligste überhaupt. *Jeder* sieht auf sie hinab, und diese Erfahrung möchte ich dir ersparen.«

»Wenn ich heiraten sollte, liebste Tante Hetty, dann wirst du meine Wahl nicht billigen. Du weißt, daß es nur einen Menschen gibt, der für mich als Mann in Frage kommt.«

Lady Cunningham schloß die Augen und fächelte sich mit einem Spitzentaschentuch Luft zu. Die Schwierigkeiten, einen geeigneten jungen Mann für Mary zu finden, machten ihr schon seit Jahren zu schaffen. Sie wußte, daß Lord Bantry keinen Penny in das Mädchen investieren würde. Und Mary erlaubte keinem Mann, nahe genug an sie heranzukommen, so daß er ihr Wesen wirklich kennenlernen konnte. Wurde sie einem jungen Mann vorgestellt, so streckte sie den Kopf vor und schaute durch ihn hindurch, als wäre er Luft; und dann machte sie sich humpelnd aus dem Staub. Nur mit Mr. Gilbert hatte man sie je lachen und flirten gesehen, wie es bei einer jungen Dame in ihrem Alter üblich war! Aber den konnte sie mit Sicherheit nicht heiraten, nicht, seitdem bekannt war, daß farbiges Blut durch seine Adern floß.

»Bevor du irgendwen heiraten kannst, muß er dich gut genug kennen, daß er dich überhaupt darum zu bitten wagt!« sagte Lady Cunningham brüsk.

Mary lachte. »Wenn mich Walter Gilbert nicht gut genug kennt, um mich zu fragen, dann frage ich ihn eben!«

»Mary! Es ist nicht so wichtig, was du mir gegenüber äußerst, aber ich flehe dich an, hüte deine Zunge in Gegenwart anderer Menschen!«

Mary lachte wieder. »Über was für merkwürdige Dinge du dir den Kopf zerbrichst. Was für eine Rolle spielt es denn, wer den Antrag macht? Aber wenn es dir lieber ist, dann werde ich ihn nicht fragen. Ich werde ihm schöne Augen machen, und zwar so unmißverständlich, wie du es zweifellos bei Sir Arthur getan hast.«

»Das ist zwar ein reizender Einfall, meine Liebe, aber dein Vater wird dir nie die Erlaubnis geben, Mr. Gilbert zu ehelichen, und ich auch nicht! Es wäre für dich noch wesentlich schlimmer als für mich, und du kannst mir glauben, ich verstehe etwas von Ehen mit ungleichen Partnern. Ich wußte von Anfang an, daß ich Sir Arthur nicht ebenbürtig war, und es war nicht leicht für ihn, mich davon zu überzeugen, daß ich die Richtige für ihn sein sollte, obwohl mir sein Interesse natürlich ungeheuer geschmeichelt hat. Sir Arthur hätte das Beste vom Besten haben können...«

»Und wäre mit jeder anderen vollständig unglücklich geworden! – Aber sag mir, wie soll ich mir ein Bild von dieser Großmutter machen, wenn ich nicht nach Bombay fahre und sie mir ansehe?«

Lady Cunningham schwieg. Das Mädchen hatte ja recht – aber sie mußte sie trotzdem davor bewahren, Schritte zu unternehmen, mit denen sie ihr ganzes zukünftiges Leben ruinieren würde.

»Mary, Liebes! Ich habe doch nur Angst davor, daß man dir wehtun könnte. Die meisten jungen Mädchen glauben, sie seien verliebt, und häufig haben sie sich die unpassendsten jungen Männer dafür ausgesucht – bis dann endlich der Richtige kommt. Genauso ist es mit dir und Mr. Gilbert. Du *denkst* zwar, daß du ihn lieber magst als jeden anderen, aber es ist nun einmal Tatsache, daß du ihn unmöglich heiraten kannst, und je eher du der Wahrheit ins Gesicht siehst, um so besser! Es gibt eine Menge bewunderungswürdige, junge Männer auf der Welt, die geehrt sein würden, wenn sie um dich werben dürften. *Nette*, junge Männer, denen es nicht im Traum einfallen würde, dir weh zu tun...«

In diesem Augenblick kam die *ayah* wieder zurück; Eileen folgte ihr auf dem Fuße. Die Inderin legte sorgfältig ein zusammengefaltetes Päckchen auf Marys Schoß und machte dazu lachend einige Bemerkungen. Mary begann ebenfalls zu lachen. Lady Cunningham hatte keine Ahnung, wovon sie sprachen, aber der Anblick der beiden sagte alles. Als wenn sie Busenfreundinnen wären!

Mary lehnte sich zurück. »Warum kann ich Mr. Gilbert nicht heiraten?«

»Genügt es denn nicht, daß seine Großmutter Parsin ist?«

Marys Augen weiteten sich vor Entrüstung. »Findest *du* denn Mr. Gilbert wegen seiner Großmutter weniger sympathisch?«

»Nein, natürlich nicht.« Sie hätte wissen müssen, daß Mary ihre Bemerkung falsch auffassen würde. Aber warum mußte sie ihr denn auch noch die einfachsten Dinge erklären, die jeder andere instinktiv erfaßte?

Mary schien die Gedanken ihrer mütterlichen Freundin erraten zu haben. »Liebe Tante Hetty, mach dir bitte keine Sorgen um mich. Du mußt Sir Arthur zuliebe nach den gesellschaftlichen Spielregeln leben, und du machst das sehr gut. Aber ich füge mich ihnen nicht, und ich hoffe, ich werde es nie tun! Früher oder später trete ich jedem auf die Zehen, ohne es zu wollen. Und um ehrlich zu sein, ich verabscheue sie fast ebenso, wie sie mich verachten! Ich fühle mich viel wohler ohne diese Gesellschaft!«

»Du kannst leicht reden, aber du hast ja auch nie die geringste Anstrengung unternommen, Anerkennung zu finden. Die meisten jungen Damen würden ihren Augapfel hergeben, um Ehrendame zu werden!«

»Ja, eben.« Mary schaute verzweifelt himmelwärts. »Sagt das denn nicht alles? Die meisten jungen Damen erträumen sich so etwas, und ich fühle mich nur unbeholfen und fehl am Platz. Ich will nach Bombay fahren! Bitte erlaube es mir!«

Dieser flehentlichen Bitte konnte Lady Cunningham nicht widerstehen. »Oh, Mary, mein Liebes, ich wünschte, du bliebest hier! Aber wenn du dir ganz sicher bist, daß du das willst, werde ich dich nicht aufhalten; du bist alt genug, um deine Entscheidungen selbst zu treffen. Ich kann dir nur weitergeben, was ich von deiner Mama gelernt habe, als ich meine erste offizielle Einladung gab und fürchterliche Angst hatte, etwas falsch zu machen. Sie sagte mir, daß Empfänge wie auch das ganze Leben von Spielregeln bestimmt würden, die man einhalten müßte. Und wenn man sich über sie hinwegsetzen wollte, müßte man einen sehr plausiblen Grund dafür haben. Und sie hatte immer einen äußerst plausiblen Grund, wenn sie gegen diese Regeln verstieß. Bist du dir sicher, daß du die Spielregeln gut genug kennst, um dagegen zu verstoßen? Wenn du nach Bombay gehst, machst du dich selbst unwiderruflich zur Ausgestoßenen. Vielleicht bedauerst du es eines Tages, wenn du jemanden brauchst.«

Mary schaute sie unglücklich an. »Würden du und Sir Arthur mich dann im Stich lassen?«

»Natürlich nicht! Was für ein Gedanke! Außerdem habe ich deiner Mutter versprochen, für dich zu sorgen, und ich habe noch nie ein Versprechen gebrochen! Ich will doch nur, daß du auch an die Zukunft denkst und daß du glücklich wirst!«

»Ja, ich weiß, Tante Hetty. Und mit Mr. Gilbert werde ich glücklicher werden als mit sonst irgendeinem Mann. Ich habe bei allen Männern Angst, daß sie so sein könnten wie Papa. Trotz allem, was man von ihm weiß, wird er von dieser Gesellschaft, die du so hoch schätzt, geachtet..., obwohl er dieses arme Geschöpf, das er nach Mamas Verschwinden geheiratet hat, langsam umbringt und blutjunge Mädchen mit nach Hause bringt und quält...«

»Kind!« Lady Cunningham wollte nichts weiter hören.

»Ja, warum sollten die anderen, anscheinend so respektablen Herren nicht genauso sein? Wenn ich nicht Mr. Gilbert heiraten kann, werde ich nie heiraten!«

Lady Cunningham nahm eine Süßigkeit und wickelte sie aus dem Papier. Sie fühlte sich völlig erschöpft und um zehn Jahre gealtert.

»Nun denn, meine Liebe, du kannst mit meinem Segen nach Bombay fahren — und wir wollen hoffen, daß dein Vater nie davon erfährt. Aber Ihrer Majestät wirst *du* schreiben und die Sachlage erläutern. Ich wüßte nicht, wie ich es anfangen sollte.«

Mary hob das Gesicht und strahlte. »Ach, das ist ganz einfach! Ich werde ihr die indische Miniaturmalerei schicken, damit sie sieht, daß wir hier keine Barbaren sind. Sie wird es schon verstehen. Sie ist überhaupt nicht so furchteinflößend, wie du sie darstellst. Und dann weiß sie ja auch, wie sehr ich es hasse, mich in der Öffentlichkeit zu zeigen. Glaub mir, sie wird nicht gekränkt sein.«

Lady Cunningham konnte nur hoffen, daß Mary recht hatte. Sie machte sich nicht nur wegen der Königin Gedanken, sondern auch wegen Sir Arthur, dem sie Marys Entscheidung ja wohl erklären mußte. Er würde sich damit auch nicht leichter abfinden als sie. Daß mit diesem Mädchen aber auch alles so schwierig war!

Kapitel 22

Mary war noch nie mit dem Zug gereist. Sie und Eileen waren höchst aufgeregt, als sie in den Waggon stiegen, um ihr reserviertes Abteil in Augenschein zu nehmen. Sie waren dort vollkommen sicher, da es in den indischen Zügen keine Gänge gab und sie den ganzen Waggon zur Verfügung hatten. Lediglich am Ende des Wagens war ein Kabuff für den Diener, der sie mit Essen versorgte und ihre sonstigen Wünsche erfüllte.

»Ich hätte nie gedacht, daß ich eines Tages in so einem neumodischen Gefährt reisen würde«, staunte Eileen. »Als wir abreisten, bauten sie in England gerade überall Gleise — Sie werden sich sicher nicht mehr daran erinnern können.«

Eileen hatte sich während dieser ganzen Reise als treue Verbündete erwiesen, vor allem, seit sie erfahren hatte, daß Walter Gilbert der ausschlaggebende Grund dafür war. Ihn schätzte sie von ganzem Herzen, denn er gehörte der gleichen Kirche an wie sie auch — was für die meisten Briten hier als zusätzlicher Makel galt.

Mary grinste: »Was würde wohl Pater McGilligan sagen, wenn er uns hier sehen würde?«

Eileen war gekränkt. »Sie können ruhig darüber lachen, Miss Mary, aber ich sage Ihnen, ich würde meinen Fuß ganz bestimmt nicht in dieses Höllending hier setzen, wenn ich nicht sicher wäre, daß er die ganze lange Nacht für uns beten wird. Sie haben ihn nie kennengelernt, doch eine Menge armer Seelen haben nur dank seiner kraftvollen Gebete das Innere des Himmels gesehen!«

Mary gab nach. »Es ist natürlich sehr nett von ihm, mich in seine Gebete einzuschließen, wo ich doch nicht zu seiner Herde zähle.«

»Sie zählen zu denen, die völlig unwissend und rein sind. Dafür gibt es besondere Regelungen!« Sie seufzte schwer. »Und Sie haben Glück damit, glauben Sie mir, denn es ist eine schrecklich schwere Verantwortung, wenn man als einzige mit dem wahren Glauben inmitten von lauter Heiden lebt.«

Mary wußte, daß Eileen nie besonders gut mit den spanischen und portugiesischen Priestern zurechtgekommen war, die in der Gemeinde die Messe lasen, wo sie den Gottesdienst besuchte. Sie vermißte Pater McGilligan noch mehr als ihre sich ständig vergrößernde Familie, die sie immerhin heiß und innig liebte. Der spanische Priester lispelte so stark, daß sie kaum ein Wort verstand, und noch schlimmer, er erlegte ihr übertrieben große Bußen auf. So mußte sie nach der Beichte häufig den ganzen Rosenkranz beten, wo ihr in der Heimat nur einige »Ave-Maria« aufgetragen worden wären.

Mary genoß das Zugfahren. Eigentlich hatte sie gedacht, daß sie viel zu aufgeregt wäre, um zu schlafen, aber sobald die Decken zurückgeschlagen worden waren und ihr Kopf auf dem Kissen lag, schlief sie bis zum nächsten Morgen durch. Als sie die Außenbezirke von Bombay erreichten, war ihr der Anblick und das Geräusch des Zuges schon so vertraut, als ob sie den größten Teil ihres Lebens darin verbracht hätte.

In Bombay mußte sie dann ihren ganzen Mut zusammennehmen, um aus dem Zug zu steigen. Der Bahnsteig war von Menschenmassen überfüllt, und dann noch die Tiere! Es war eine Sache, ein solches Treiben aus dem sicheren Abteil heraus zu beobachten, eine andere, Teil dieses Gewühles zu sein. Überall standen Leute herum und begafften den Zug mit offenen Mündern. Das erste Mal seit Antritt dieser Reise begann Mary sich zu fragen, ob es wirklich klug war, eine solch lange Fahrt allein zu machen. Und dann noch in eine Stadt, in der sie niemanden kannte...

Doch dann erblickte sie Mr. Gilbert, und plötzlich war es, als seien sie beide allein auf der Welt. Ihre bleichen Wangen wurden von einer Röte überzogen, all ihr gewohntes Selbstvertrauen schwand dahin.

»Ich wußte nicht, daß Sie hier sind«, begann sie zaghaft.

»Meine Großmutter, Kulfi, hat mir von Ihrem Besuch erzählt«, sagte er, während er sie an seinem Arm durch das Gedränge führte. »Es war mir möglich, eine Woche freizunehmen — aber davon später. Ich wollte Sie sehen.«

Mary blieb stehen. »Warum?«

»Wir können später noch sehr viel darüber reden. Ich dachte, wir könnten vielleicht einen Ausflug zu dem Hindutempel auf der Elefanteninsel machen. Kulfi mag allerdings die kleinen Boote nicht«, setzte er bedeutungsvoll hinzu.

»Wie Eileen«, meinte Mary vage.

»Großartig. Das hört sich so an, als ob wir beide dann dort alleine wären.«

Mary sah ihm ins Gesicht und drehte dann hastig den Kopf zur Seite. »Lady Cunningham würde es nicht billigen, daß ich mit Ihnen ohne Anstandsdame unterwegs bin«, wagte sie einzuwenden.

»Sind Sie nicht deshalb hier?«

Sie schüttelte den Kopf. »Ich wollte Ihre Großmutter kennenlernen.« Sie umklammerte seinen Arm. »Ich werde überall mit Ihnen hingehen, aber ich möchte nicht, daß Sie bedauern, wenn es irgend jemand erfährt.«

Er lachte laut auf: »Ich werde nie irgend etwas bedauern, was mit Ihnen zusammenhängt.«

Vom ersten Augenblick an, als sie Mr. Gilberts Großmutter sah, wußte Mary, daß sie eine verwandte Seele gefunden hatte. Sie saß in dem vollgestopften Salon der winzigen Dame und fühlte sich zum ersten Mal seit langer Zeit wirklich glücklich.

»Ich dachte immer, Kulfi sei ein geeistes Dessert?« fragte sie die winzige Parsin.

»Ganz richtig, mit Pistazien und Kardamom gewürzt wie ich. So werde ich heutzutage von jedem genannt. Wissen Sie, wir Parsen heiraten niemals außerhalb unserer Gemeinschaft, und daher wurde ich von meinem Volk verstoßen. Mein Gatte kaufte dieses Haus, und seither lebe ich hier. Wenn ich meine Familie auf der Straße treffe, verbeugen wir uns zwar und tauschen höfliche Grußworte aus, aber dann geht jeder seinen Weg. Natürlich haben sich auch die Dinge zum Schlechteren hin entwickelt. Als wir heirateten, fanden mich die Briten amüsant und ungewöhnlich. Nun werde ich als Eingeborene bezeichnet, und ganz gewiß nicht im Scherz. Ich beklage mich nicht, Miss Bantry, ich hatte ein sehr schönes Leben. Ich möchte Ihnen nur sagen, wie die Dinge liegen, denn Sie sind jung und haben das ganze Leben ja noch vor sich. Es ist wie bei einer ansteckenden Krankheit; man zieht sie sich bei der Berührung mit einem Infizierten zu. Und es wird der öffentlichen Aufmerksamkeit nicht entgehen, daß Sie mich hier besuchen.«

Kulfi war so stolz auf ihr parsisches Erbe, als hätte sie ihre Gemeinschaft nie verlassen müssen. Beim Tee, während sie Mary mit Häppchen vollstopfte, erzählte sie ihr die Geschichte ihres Volkes.

»Wir kommen ursprünglich aus Pars in Persien, wo wir nach den Worten unseres Propheten Zoroaster lebten. Doch dann flohen wir wegen der Verfolgungen durch die Moslems, die keinen anderen Propheten neben ihrem eigenen duldeten. Man konnte immer eine Weile mit ihnen im Frieden leben, aber dann gab es wieder etwas, was sie erregte. Besonders ausgeprägt war das wohl bei den Moslems in Persien, obwohl ich nicht viel von ihnen weiß, denn wir Parsen verkehrten niemals mit den Angehörigen anderer Gruppen, auch nicht, wenn wir jahrhundertelang Tür an Tür lebten.«

»Das ist wohl überall so«, meinte Mary.

»Nicht bei Ihnen«, sagte Mr. Gilbert liebevoll. Er wandte sich seiner Großmutter zu. »Wenn Sir Arthur oder ich in Kaschmir etwas über die dort Ansässigen wissen wollten, haben wir immer Mary gefragt. Sie weiß mehr über die Leute dort als ihr eigener Herrscher.«

»Kein Wunder, wenn er einem anderen Glauben anhängt als die meisten seiner Untertanen«, meinte Mary trocken.

»Und Sie nicht?«

»Wer weiß schon, was ich bin?« meinte Mary achselzuckend. »Und wie kamen die Parsen nach Bombay?« fragte sie.

»Zuerst hatten sie sich auf eine entlegene Insel im Persischen Golf zurückgezogen, doch dann machten sie sich nach Gujerat auf, wo ihnen der König zuerst den Zutritt verwehrte. Es ist eine entzückende Geschichte. Der König schickte nach einer *chatti* Milch, um zu zeigen, wie dicht

bevölkert sein Reich war. Ein Parse ließ geistesgegenwärtig ein Geldstück in die Milch fallen, ohne einen einzigen Tropfen zu verschütten. Es war ein Goldstück, wie uns überliefert wurde, und der König war sehr beeindruckt. Er dachte, daß diese Fremden wohl großen Wohlstand bringen würden, und gewährte ihnen Einlaß. Heute leben die meisten von uns in Bombay und folgen dem Pfade ›Asha‹, dem Pfad der Herzensgüte, in der gastfreundlichsten Stadt von ganz Indien. So, jetzt weißt du alles über uns.«
Mary lächelte. »Ich hoffe, das werde ich eines Tages.«
Die kleine Dame lächelte zurück. »Ich wünschte mir, mehr Briten fühlten das gleiche. Es würde Walter vieles leichter machen. Hat er Ihnen schon erzählt, daß er von der militärischen in die politische Laufbahn wechseln will?«
Mr. Gilbert blickte Mary prüfend an. »Ihre Patin besteht in diesem Bereich auf der Einhaltung des Gleichheitsgrundsatzes. Daher rechne ich mir hier bessere Möglichkeiten aus. Denn ich fürchte, in der Armee kann ich nicht weiter aufsteigen. Sie wollen dort eigentlich keine Mischlinge, die den anderen die Chancen verderben.«
»Aber Sie sind doch genauso ein Brite wie die anderen auch«, rief Mary aus.
»Natürlich ist er das«, pflichtete Kulfi ihr bei.
»Das habe ich auch gedacht«, stimmte Mr. Gilbert zu. »Aber ich habe dazulernen müssen. Selbst der junge Arthur Cunningham schneidet mich inzwischen.«
»Und darüber freuen Sie sich nicht?« fuhr ihn Mary an. »Wie können so liebenswerte Menschen nur solch ein Ungeheuer hervorbringen?«
Mr. Gilbert legte die Hand auf ihren Arm. »Nur weil er nicht mit mir spricht, ist er kein Ungeheuer, Mary. Darin unterscheidet er sich nicht von den meisten anderen. Man findet

alle möglichen Ausreden, aber Tatsache ist, daß die Briten nicht daran erinnert werden wollen, daß sie jemals mit anderen Frauen verkehrten, bevor sie ihre eigenen hierherbrachten. Die Frauen machen ja auch noch mehr Einwände geltend als die Männer. Schlimm war das zur Zeit der Meuterei, als die Offiziere nicht die leiseste Ahnung davon hatten, was ihre Männer dachten, weil sie mit ihnen ja keinen Umgang pflegten. Gott gebe, daß so etwas nicht wieder passiert! Wir würden gegeneinander kämpfen!« Er nahm einen neuen Anlauf. »Arthur ist kein schlechter Mensch, Mary. Man hat ihm nur beigebracht, daß die Europäer von Natur aus über den Indern stehen, das ist alles.«

»Sie haben keine Ahnung von Arthur Cunningham und was für ein Mann er ist. Warten Sie, bis er heiratet, und dann fragen Sie seine Frau. Ich nehme nicht an, daß er sich von meinem Vater wesentlich unterscheidet!«

Plötzlich — sie wußte sich selbst nicht zu erklären, wie es dazu gekommen war — fand sich Mary in der liebevollen Umarmung von Kulfi wieder. Sie hörte, wie sich die Tür hinter Walter Gilbert schloß. Mary konnte sich nicht daran erinnern, wann sie das letzte Mal umarmt worden war. Ihr gefiel das Gefühl der Geborgenheit, und sie vergrub ihr Gesicht an Kulfis Brust und versuchte, die Welt um sie herum eine Zeitlang zu vergessen …

Doch nach ein paar Minuten hatte sie das Gefühl, es sei an der Zeit, die Fassung wiederzugewinnen.

»Es tut mir leid«, entschuldigte sie sich. »Das war unverzeihlich von mir. Was wird nur Mr. Gilbert von mir denken?«

»Was sollte er schon denken?« beschwichtigte Kulfi sie. »Er hat mir schon einiges von deinem Vater erzählt. Er hat Angst, daß du auch ihn für gewalttätig gegenüber Frauen halten könntest.«

»Ihn?« Mary war erstaunt. »Er ist doch ganz anders als mein Vater!«
Kulfi tätschelte ihr die Hand. »Er ist ein Mann — ich glaube, das hast du auch schon gemerkt?«
»Ja«, gab sie kleinlaut zu.
»Und was ist also mit Mr. Cunningham?«
Mary schauderte. »Er ist mit meinem Vater befreundet. Beide verachten die Frauen, wobei ich nicht weiß, ob auch Mr. Cunningham gewalttätig ist. Aber ich fühle, daß er es sein könnte. Ich versuche ihm aus dem Weg zu gehen.«
Kulfi lächelte verständnisvoll. »Was meinen Enkel wirklich beunruhigt, ist, daß du sein ganzes Geschlecht für das verantwortlich machen könntest, was dein Vater dir angetan hat. Und dabei gibt es auch gute Männer auf dieser Welt.«
Mary hatte sich wieder völlig unter Kontrolle. »Wenn ich das nicht wüßte, wäre ich nicht hier«, sagte sie würdevoll.

Während der nächsten Tage bemerkte Mary, daß es zwischen der Großmutter und dem Enkel eine familiäre Zuneigung gab, die sie bis dahin noch nicht erlebt hatte. Andauernd lachten und scherzten sie miteinander.
Sie erfuhr, daß Kulfi schon vor Jahren versucht hatte, Walter Gilbert die militärische Laufbahn auszureden und ihn zur Übernahme des Baumwollunternehmens der Familie zu bewegen.
»Damals konnte man damit noch ein Vermögen machen«, erklärte sie Mary. »Während des amerikanischen Bürgerkriegs waren alle Häfen der Konföderierten geschlossen, und Manchester wurde von einem Tag auf den anderen nicht mehr beliefert. Vier Jahre lang waren sie ausschließlich von uns abhängig. Die Preise schnellten in die Höhe. Ich kann mich noch daran erinnern, wie wir aus einem

Maßkrug Champagner tranken, nachdem mein Mann einen besonders guten Abschluß getätigt hatte. Vielleicht war es ja klug von Walter, daß er seinen eigenen Weg eingeschlagen hat. Denn nach dem Ende des Bürgerkriegs nahm Manchester wieder den Handel mit den Amerikanern auf, und wir gerieten in Vergessenheit. Viele der Unternehmen gingen bankrott.«

»Ihr Unternehmen besteht noch?«

»Wir haben uns erst einmal damit über Wasser gehalten, daß wir die Preise senkten. Trotzdem kehrten die meisten Baumwollkönige zu ihren alten Lieferanten zurück. Doch das macht nichts!«

Ihre Augen glitzerten fröhlich. »Mein Gatte wußte, daß so etwas nicht ewig währen konnte. Vier Jahre reichten ihm, um ein Vermögen zu machen. Walter wird sich nie darum sorgen müssen, wo er das nächste Stück Brot herbekommt.«

Mary beeilte sich zu versichern, daß es für sie keine Rolle spielte, wie prall der Geldbeutel von Walter gefüllt war.

»Ich interessiere mich überhaupt nicht für Geld!« meinte sie fast trotzig.

»Nur für meinen Enkel?«

»Mit fünfundzwanzig habe ich nicht mehr viel Zeit, um über die Ehe nachzudenken«, gestand ihr Mary in gedämpftem Tonfall. »Wenn ich keine alte Jungfer werden will ...«

Kulfi gab ihr einen zärtlichen Rippenstoß. »Ich war schon mir fünfzehn verheiratet! Fahre mit Walter auf die Elefanteninsel, meine Liebe, und lasse die Dinge auf dich zukommen, ja?«

»Ja«, willigte Mary ein.

Als Walter Gilbert an dem verabredeten Tag mit einem Picknickkorb aus der Küche kam, sah er, wie Mary eingehend den europäisch angehauchten Kitsch betrachtete, den Kulfi mit mehr Begeisterung als Geschmack an die Wände gehängt hatte. Angeblich sollte auch die Königin und Kaiserin genauso etwas an ihren Wänden hängen haben, was Mary allerdings nicht hoffte. Sonst hätte sie es sehr bedauert, daß sie ihr die indische Miniaturmalerei geschickt hatte.

Bei ihrem skeptischen Blick fragte Walter sie: »Was für eine Malerei bevorzugen Sie?«

Mary errötete. »Oh, diese hier ... ist doch recht hübsch.«

Walter grinste. »Ist sie nicht, die Bilder sind scheußlich. Aber Kulfi gefallen sie. Nun? Sie haben meine Frage noch nicht beantwortet.«

Mary strahlte. »Ich liebe Miniaturen. Erinnern Sie sich an die eine, die Sie mir damals mitgebracht haben? Sie haben mir nie gesagt, woher sie stammt, nur, daß sie ein Geschenk von jemandem sei, der mir sehr nahesteht.«

»Ja, ich erinnere mich.«

»Das war für mich der Anstoß, Miniaturen zu sammeln. Ich habe zwar nicht sehr viele — und keine ist so gut wie diese. Deshalb habe ich sie auch der Königin geschickt.« Sie holte kurz Atem. »Ich hoffe ... die ... die Person wird nicht verärgert darüber sein, was denken Sie?«

»Nein«, beruhigte er sie. »Sie würde es verstehen.«

»Also wirklich *sie!*« flüsterte Mary. »Oh, machen Sie sich keine Sorgen. Ich werde nicht in Sie dringen, um ihren Aufenthaltsort zu erfahren — zumindest nicht jetzt. Ich kann nicht versprechen, daß ich es niemals tun werden, denn ... denn ich hatte schon immer das Gefühl, es könnte eines Tages vielleicht notwendig sein, daß ich sie aufsuche ... Und dann würden Sie mir doch helfen?«

»Wahrscheinlich«, gab er zu.

Mary stieg mit einiger Beklommenheit in das kleine Boot, das sie zur Elefanteninsel bringen sollte. Sie hatte sich sehr darauf gefreut, mit Walter Gilbert ganz allein zu sein, aber jetzt, da das Ufer hinter ihnen immer mehr im Dunst verschwamm, war sie sich nicht mehr so sicher, daß sie das Richtige tat. Zweifel stiegen in ihr auf, und sie verlor sich in schwermütigen Träumereien. Wußte sie wirklich, was Mr. Gilbert für sie empfand?
Es wurde auch nicht besser, als sie endlich anlegten. Mr. Gilbert ließ ihr kaum Zeit, sich umzuschauen, so sehr drängte es ihn, zu den Tempeln zu gehen. Er will so rasch wie möglich wieder zurück, dachte Mary bedrückt und wünschte sich, irgendwo anders zu sein, nur nicht hier, allein mit ihm auf dieser einsamen Insel. Niemand würde ihren Aufenthalt hier billigen, und die Zweifel an seinen Absichten verstärkten sich von Minute zu Minute. Als sie bei dem Tempel angekommen waren, warf sie nur einen Blick auf die schadhaften Figuren, dann weigerte sie sich rundheraus, auch nur einen Schritt näher heranzugehen.
»Ich hätte wirklich nicht mitkommen sollen«, klagte sie und kniff die Augen zu.
Walter Gilbert nahm ihren Kummer nicht wahr. »Diese Statuen sind einfach wunderbar«, hauchte er. »Ich nehme an, es waren die Portugiesen, die sie zerstört haben.«
Mary räusperte sich und blinzelte durch ihre halb geschlossenen Lider hindurch. »Was haben die Portugiesen denn hier gemacht?« Das schien ihr ein sichereres Gesprächsthema zu sein als diese obszönen Statuen, die sie niemals hätte zu Gesicht bekommen dürfen.
Walter wandte sich ihr zu und sah, wie stocksteif sie dastand. Diese Reaktion hatte er von seiner Mary erwartet. Er war sich so sicher gewesen, daß sie verstehen würde,

was der Tempel denjenigen bedeutete, die Augen hatten zu sehen.

»Die Portugiesen waren überall«, sagte er und versuchte, Zeit zum Nachdenken zu gewinnen. »Katharina von Braganza hatte Bombay 1622 als Teil ihrer Mitgift in die Ehe mit Karl dem Zweiten eingebracht. Mary, was ist los?«

»Ich finde Ihre Statuen ekelerregend!«

Er trat auf sie zu und legte seinen Arm um sie. »Ich dachte, daß gerade Sie sie zu schätzen wüßten. Was haben Sie denn erwartet? Sie haben den Lingam, das Symbol der Manneskraft, der Quelle des Lebens, in Hunderten von Tempeln gesehen, die Shiva geweiht sind. Daran haben Sie sich nicht gestört. Ist das hier so viel schlimmer?«

»Ich hatte keine Ahnung, daß es das bedeutete!« rief sie ungläubig aus. »Sind Sie sich da sicher?«

Walter bemühte sich, nicht laut aufzulachen. Er dachte daran, wie sie damals in Kaschmir an dem Berghang gesessen hatte und ihren Blick über das Tal schweifen ließ, völlig in sich versunken und abgeschieden von der Welt. Obwohl sie damals noch so jung gewesen war, hatte er doch gedacht, sie wisse alles, sie trage diese uralte Weisheit in sich. Nun sah es so aus, als ob er ihr doch noch etwas beibringen konnte.

»Ganz sicher. Öffnen Sie die Augen und schauen Sie hin. Es paßt nicht zu Ihnen, vor dem Wesentlichen prüde die Augen zu verschließen. Bleiben Sie nicht an der Oberfläche, lassen Sie die wahre Bedeutung in sich eindringen, wie Sie es mich in Kaschmir gelehrt haben. Sehen Sie genau hin! Sie stellen das Schöpfungsprinzip dar, das die ganze Welt unaufhörlich immer wieder von neuem erschafft. Richten Sie Ihr Augenmerk auf die Kraft und die geistige Stärke, die Einheit von Dingen, die anscheinend nichts miteinander zu tun haben. Fühlen Sie, welche Macht von ihnen ausgeht?«

Viel deutlicher als etwas, was von diesen Statuen ausging, fühlte Mary seinen Arm, den er um sie gelegt hatte. Widerstrebend richtete sie ihre Aufmerksamkeit auf ein mehr als fünf Meter hohes steinernes Bild, das Mr. Gilbert ihr zeigte. Erstaunt stellte sie fest, daß hier die monotheistische Strömung des Hinduismus gestaltet war, von der sie zwar schon gehört, die sie aber niemals verstanden hatte. Brahma, der Schöpfer, saß rechts; Shiva, der Zerstörer, saß links; und in der Mitte saß Vishnu, der Bewahrer aller Dinge. Die drei Aspekte des Lebens, in einem zusammengefaßt.
Gerade wollte sie Mr. Gilbert ihre Entdeckung mitteilen, doch dieser verlor nun die Geduld. Er drehte sie zu sich um und küßte sie hart auf den Mund. Sie fühlte seinen unterdrückten Ärger und setzte zu einer Erklärung an.
»Mr. Gilbert ...«
Er küßte sie wieder. Er hätte es nicht ertragen, wenn ausgerechnet Mary etwas heruntergespielt hätte, was ihm viel bedeutete. Doch da fühlte er, wie sie in seinen Armen zum Leben erwachte, und er vergaß alles andere! Das war die Mary, die er kannte und liebte!
Mary war überwältigt. Denn kaum hatte sie sich an den Anblick der erotischen Gestalten gewöhnt, kaum war sie von einer Ahnung des ewig Weiblichen in sich gestreift worden, da hatte er sie geküßt, mit dem gleichen alles durchdringenden Blick, mit dem auch der steinerne Shiva seine Gefährtin Parvati ansah. In diesem Augenblick fühlte sie, daß sie selbst und das Wesen aller Dinge eins waren ...
Walter gab sie frei. »Ich wollte das schon seit langer Zeit tun«, stammelte er verwirrt.
»Ich bin froh, daß du es getan hast.« Sie fühlte, wie ihr Herz gegen ihre Rippen hämmerte. »Ich hatte schon Angst, daß du von mir enttäuscht wärst.«

»Du hast mich noch nicht ein einziges Mal enttäuscht, seit wir uns das erste Mal trafen und du mir beigebracht hast, auf indische Art zu sitzen.«

»Ich bin seitdem älter geworden.«

»Nur an Jahren, nicht an anderen Dingen.«

Sie nickte ernst. »Das hast du bemerkt?«

Er trat einen kleinen Schritt zurück. »Immer wieder versuche ich, mir darüber klarzuwerden, wie unerfahren du eigentlich bist.«

Glücklich lehnte sie sich an ihn. »Ja, ich weiß. Es tut mir leid, daß ich deine Statuen am Anfang nicht verstanden habe. Bitte, küß mich noch einmal!«

»Nein!«

»Nein?«

»Wir sind allein hier, und es würde nicht bei einem Kuß bleiben. Ich hätte dich auch vorher nicht küssen sollen. Meine einzige Entschuldigung ist, daß ich dich aufrütteln wollte. Du solltest den Geist und den Zauber dieses Ortes spüren. Ich wollte nicht, daß du die Gelegenheit verstreichen läßt; denn ich habe schon immer bewundert, mit welcher Bewußtheit du das Leben als ein Ganzes betrachtest und nicht als unvermitteltes Zusammentreffen von Gutem und Schlechtem. Doch du hast es ja dann gespürt, nicht wahr?«

»Ja, das habe ich.«

»Dann laß uns jetzt hinausgehen und einen Platz für unser Picknick suchen.«

Mary willigte sofort ein. Es gab eine ganze Menge Dinge, über die sie nachdenken wollte, und das meiste davon wollte sie nicht mit ihm bereden. In einer anderen Situation hätte sie noch einen weiteren Blick auf das riesige Fries geworfen, denn sie hatte nur eine schwache Ahnung davon, was die Männer und Frauen dort eigentlich taten. Zwar hatte sie einiges aus den Gesprächen in dem Haus ihres Vaters aufgeschnappt, aber völlig neu war ihr, daß eine Frau dabei anscheinend auch Vergnügen empfinden konnte. Doch auch sie konnte sich vorstellen, Gefallen daran zu finden — mit Walter.

An einem schattigen Plätzchen ließen sie sich nieder, und Mary untersuchte den schmackhaften Inhalt des Weidenkorbes.

»Mr. Gilbert…«

»Meinst du nicht, daß du mich jetzt Walter nennen solltest?«

Sie leckte sich nervös über die Lippen und sah von unten zu ihm auf. »Weißt du, warum ich eigentlich nach Bombay gekommen bin?«

»Um dem Empfang für Ihre Majestät zu entgehen, oder?«

»Teilweise. Ich sollte eigentlich Ehrendame sein, aber mein Vater erhob Einspruch. Doch das ist nicht der wahre Grund.«

Walter setzte sich neben sie und nahm ihre Hand. »Darf ich hoffen, daß du nach Bombay kamst, um mich zu treffen?«

Mary biß sich auf die Unterlippe. »Parvati hat tausend Jahre meditiert, bis sie sich entschied, Shiva zum Mann zu nehmen. Ich wünsche mir, daß mein Auserwählter sich früher entscheidet.«

Plötzlich wußte er, wovon sie sprach. Er nahm auch ihre andere Hand und zog sie neben sich ins Gras.

»Ich brauche nicht einmal tausend Minuten, meine süße Mary!«

»Nein? Wirst du mich heiraten?«

Er lag vollkommen still. Einen Augenblick lang dachte sie schon, er habe sie nicht gehört, doch dann öffnete er ein

Auge und sah sie an. »Frag mich noch einmal, wenn du Zeit hattest, darüber nachzudenken, was es heißt, mit jemandem wie mir verheiratet zu sein«, entgegnete er mit einem Anflug von Bitterkeit.

Sie setzte sich auf und schob trotzig das Kinn vor. »Ich muß deine Antwort aber jetzt wissen«, sagte sie schließlich. »Denn wir bräuchten uns keine Hoffnung zu machen, daß mein Vater einwilligt. Daher müßte ich nach England reisen und die Königin um ihre Hilfe bitten. Die Vorbereitungen würden einige Wochen in Anspruch nehmen —«

Walter blinzelte. »Du willst die Königin bitten?«

»Möchtest du mich denn nicht heiraten?«

Natürlich wollte er! Er nahm sie in seine Arme und küßte sie noch einmal, um ihr zu zeigen, wie sehr er sie begehrte. Er vergaß, daß sie bis zum heutigen Tage noch nie geküßt worden war. Er fühlte seinen Kuß erwidert und wunderte sich, daß sie ihm genug Vertrauen entgegenbrachte, um sich völlig in seine Hand zu geben. Er fühlte einen Stich in seiner Leistengegend und schob sie widerwillig ein wenig von sich fort, um nicht völlig den Kopf zu verlieren. Nein, das war nicht mehr das kleine prüde Mädchen, das sich über erotische Darstellungen entsetzte. Er hielt eine Frau in den Armen.

»Liebste Mary, ich werde nie eine andere lieben!«

»Gut«, sagte sie und lächelte. »Ich hoffe, du meinst das ernst, denn die Königin wird darauf bestehen, dich kennenzulernen, bevor sie uns ihre Einwilligung gibt. Und sie weiß Männer zu schätzen, die wissen, was sie wollen. Ich liebe dich!«

Sie beugte sich über ihn und küßte ihn auf den Mund, als sei es für sie das Alltäglichste von der Welt, in dieser Form miteinander zu verkehren. »Liebst du mich auch?«

»Du weißt, wie sehr«, antwortete er schlicht.

Kapitel 23

Fanny erwachte völlig entspannt und zufrieden. Sie hatte jede Minute seit ihrer Abreise genossen. Die ungewohnte Freiheit und das ständige Zusammensein mit Sajjan waren für sie ein vollkommenes Glück. Von ihr aus hätte das immer so sein können.

Trotz der frühen Stunde waren bereits überall Leute unterwegs. Delhi schien nie zur Ruhe zu kommen. Die Straßen waren ständig von Menschen bevölkert, die kein Obdach hatten. Die hygienischen Bedingungen waren haarsträubend, wie man an dem unerträglichen Gestank in einigen Stadtvierteln erkennen konnte. Die Cholera entvölkerte ganze Ortschaften, und die Kinder starben wie die Fliegen an Pocken und anderen Krankheiten.

Sajjan begann sich neben ihr zu regen. »Du bist schon wach und angezogen?«

Fanny legte sich neben ihn. »Es ist so ein herrlicher Tag…«, fing sie an.

Er lachte über ihre Begeisterung. »Wie könnte es auch anders sein, wenn ich mit dir zusammen bin?« Er zog sie an sich. »Wie schade, daß du dir mit dem Anziehen solche Mühe gemacht hast, Liebling, wo ich dich gleich wieder entkleiden werde!«

Sie protestierte halbherzig. »Du hast doch nun weiß Gott

anderes zu tun, als deine Zeit hier drinnen mit mir zu verschwenden.«
»Richtig.«
»Und warum bist du dann noch hier?«
»Weil ich erstens mit dir schlafen will und zweitens einige Fragen an dich habe«, antwortete er sachlich.
»Können wir Kattyapur denn nicht einmal vergessen?«
»Ich bin Kattyapur.«
»Für mich bist du Sajjan, mein Geliebter.«
Er schüttelte den Kopf. »Dein Herr und Gebieter, Fanny. Ich kann es mir nicht leisten, das zu vergessen, auch wenn du es tust.«
Wen kümmerte es schon, wie er sich selbst nannte. Für sie war er der Mann, den sie liebte, und das war das Wichtigste für sie. Sie senkte den Kopf und fühlte, wie ihr Begehren wuchs. Ganz gleichgültig, wie oft sie in seinen Armen lag, ihr Ergötzen war jedesmal ebenso stark wie an jenem ersten gemeinsamen Morgen.
Sajjan liebkoste ihren Busen. Er wunderte sich, daß er ungeachtet der zahlreichen Schwangerschaften immer noch so straff und fest wie bei einem jungen Mädchen war. Er berührte ihre Brustwarzen mit seinen Lippen und lächelte, als ein Schauder ihren Körper durchlief. Diese blasse Frau erregte ihn wie sonst keine. Die Elfenbeinfarbe ihrer Haut roch nach Rosenwasser und rief ihm ins Gedächtnis, daß sie vielleicht bald von der Dienerin gestört werden würden.
»Wann kommt Ila?« fragte er.
Fanny runzelte die Stirn, ihre Hingabe ließ nach. »Sie ist nicht mehr ganz sie selbst, seit wir in Delhi sind.« Sie lachte. »Vielleicht hat sie einen Liebhaber hier.«
Sajjan sah sie ungläubig an. »Wen sollte sie schon in Delhi kennen?«

»Ich weiß es nicht. Aber sie hat früher einmal hier gelebt, nicht wahr?«

Sajjan schwieg und dachte nach. Er wünschte sich, daß er mehr auf diese Dienerin geachtet hätte; aber sie war für ihn nie etwas anderes gewesen als ein weiteres Paar Hände, das seinen Befehlen gehorchte. Er hatte sie immer nur als Schatten in Fannys Gefolge wahrgenommen. Schließlich konnte er sich nicht mit jeder einzelnen Frau befassen, die in der *zenana* arbeitete. Nicht zum ersten Mal wünschte er sich, daß Maneka hier wäre. Sie wüßte mit Sicherheit, mit wem Ila unterwegs war.

Sie verloren sich wieder in Zärtlichkeiten, bis draußen Schritte zu hören waren. »Deine Dienerin?« fragte Sajjan.

Fanny lächelte. »Ich werde mit ihr über die Frage des richtigen Zeitpunkts sprechen. Soll ich sie wegschicken?«

»Nein. Finde heraus, wo sie die Nacht über war, und ...«

»Ja?«

»Und frage sie, ob ihr jemand gefolgt ist? Vielleicht ist ihr etwas aufgefallen?«

Die letzte Anweisung ließ Fanny aufhorchen. »Weshalb?«

»Nun, meine Liebe, mir ist zu Ohren gekommen, daß Lord Bantry versucht, deinen Aufenthaltsort in Erfahrung zu bringen. Bedenke, der Bruder Ihrer Ersten Hoheit befindet sich auch in der Stadt. Hast du schon vergessen, daß ich den Fehler begangen habe, dich ihm vorzustellen?«

»Hanut«, sagte sie mit tonloser Stimme.

»Hast du dir deshalb auch schon Sorgen gemacht?«

»Nein, nicht wegen ihm. Mehr wegen dem jungen Cunningham. Er wird auch nicht vergessen haben, wer ich bin. Zwar hat er seinem Vater versprochen, niemandem etwas zu verraten, aber ich frage mich doch, wieviel sein Ehrenwort wert ist. Mir wäre wohler, wenn Mr. Gilbert auch hier wäre, um ihn im Zaum zu halten. Hast du ihn schon irgendwo gesehen?«

»Er besucht seine Großmutter in Bombay. Außerdem wäre er dir nicht von großem Nutzen. Hast du schon gehört, daß seine Großmutter Parsin ist? Seitdem das bekannt ist, sind ihm die meisten britischen Türen verschlossen. Und Arthur Cunningham soll der erste gewesen sein, der ihn geschnitten hat.«

Nachdem Fanny sich vergewissert hatte, daß Sajjans Körper bedeckt war, zog sie den Vorhang zurück und rief Ila herbei. Die Augen der Dienerin weiteten sich, als sie sah, daß der Radscha noch im Bett lag.

»Ich komme später wieder, Herrin!«

»Nein, du bleibst hier! Und wirst uns sagen, wo du gewesen bist!«

Ila wirkte ziemlich verängstigt. »Ich habe niemandem gesagt, daß Ihr hier seid, wirklich. Ich würde eher sterben, als meine Herrin zu hintergehen.«

»Wenn das so ist«, sagte der Radscha, »dann kannst du uns doch auch sagen, wo du warst.«

»Bei Gupta«, antwortete die Dienerin trotzig.

»Bei Gupta«, wiederholte Fanny. »Bei dem Gupta, der damals in den Diensten meines Mannes stand?«

Ila nickte. »Er verlebte letztes Jahr einen Urlaub in Kattyapur«, murmelte sie. »Er ist ein ehrenwerter Mann, Eure Hoheit!« wandte sie sich an den Radscha. »Erinnert Ihr Euch noch, wie er Ihnen bei der Entführung meiner Herrin geholfen hat? Warum sollte er ihr jetzt schaden wollen?«

Der Radscha lachte kurz auf. »Also Gupta! Er soll herkommen, dann werden wir ja sehen, wie ehrenwert er ist!«

»Sehr wohl, Eure Hoheit!«

Der Radscha musterte sie streng. »Was für Neuigkeiten gibt es denn aus Bantrys Haus?«
»Warum sollte er mir das erzählen?« Sie zögerte und biß auf ihre Unterlippe. »Es ist ein schlimmer Ort. Meine Herrin hat wohl daran getan, ihm zu entfliehen.«
Fanny wurde weiß wie ein Bettlaken. »Und Mary?«
»Sie ist wohlauf. Ihr Vater hat ihr untersagt, an dem Empfang für die Königin teilzunehmen. Daher ist sie abgereist — Gupta hat mir nicht verraten, wohin. Seine neue Gattin und ihr armer kleiner Junge müssen Schreckliches erdulden. Gupta sagt, daß die Tage des Kindes gezählt sind.«
Fanny schauderte. Sajjan entließ die Dienerin mit einem Kopfnicken und nahm Fanny in den Arm.
»Sei dankbar, daß er Mary nicht mehr in seinen Klauen hat«, tröstete er sie. »Und wenn Gupta kommt, werden wir herausbekommen, wo sie steckt...«
»Wenn er es überhaupt weiß«, schluchzte sie. »Oh, Sajjan, ich möchte sie so gerne sehen. Es ist schon so lange her...«
»Und du hast sie niemals vergessen?«
Sie schüttelte den Kopf. »Wie hätte ich das denn können? Sie ist doch meine Tochter!«
»Fanny, es wäre besser für dich, wenn du sie vergessen würdest. Bedenke, damals hast du sie nicht vor ihrem Vater schützen können. Was willst du jetzt für sie tun? Du hast ihr das Leben geschenkt — das ist genug! Und du hast noch andere Kinder, um die du dich sorgen kannst.«
Fanny wußte, daß er recht hatte, doch es tröstete sie nicht. »Ich habe mich Mary gegenüber immer schuldig gefühlt.«
»Fühlst du dich gegenüber deinen anderen Kindern auch schuldig?«
»Dazu hatte ich nie einen Grund. Denn sie werden immer genug Liebe erfahren, sie haben ja dich zum Vater. Was hat

Mary je gehabt? Du weißt, was für ein Mann ihr Vater ist! Ich hatte immer schrecklich Angst, daß sie ihm ähnlich wird, und so habe ich keine Nähe zwischen uns zugelassen. Ich war eine Rabenmutter, war nie zärtlich zu ihr.«

Sajjan runzelte nachdenklich die Stirn. In Augenblicken wie diesem wurde ihm wieder bewußt, daß Fanny eine Europäerin war, von den gleichen, dunklen Mächten getrieben wie die anderen auch. Sie überrannten ganze Völker und meinten dabei, nur ihre Pflicht zu tun; aber bei einer persönlichen Angelegenheit, die keinem normalen Menschen Kopfzerbrechen bereiten würde, bekannten sie sich mit Inbrunst schuldig. Andererseits konnte er sie auch verstehen. Er dachte an den Augenblick, als er seine Mutter auf den Scheiterhaufen geleitet hatte. Es war ein qualvoller Moment gewesen, der in seinen Träumen immer wiederkehrte. Vielleicht war es etwas in dieser Art, was Fanny empfunden hatte, als sie ihr zusammengeschlagenes Kind damals in Delhi hatte zurücklassen müssen?

»Sie ist in Bombay«, sagte er schroff. »Sie besucht Mr. Gilberts Großmutter. Wahrscheinlich hat sie das mit dem jungen Mann abgemacht, da ihr Vater ihr nicht erlaubte, dem Empfang für die Kaiserin beizuwohnen. Die Wünsche eurer geschätzten Rani scheinen weder für sie noch für ihren Vater zu zählen.«

Fanny starrte ihn an. »Wie konnte sie so etwas Unüberlegtes tun? Oh, Sajjan, warum hast du mir das nicht eher gesagt, so daß wir noch etwas dagegen hätten unternehmen können?«

»Ich wußte, daß du enttäuscht sein würdest, aber es ist wahrscheinlich das Beste für dich, sie nicht wiederzusehen. Sie ist nicht mehr das Kind, das du zurückgelassen hast.«

Fanny strich ihm zärtlich über den Arm, aber ihre Gedan-

ken weilten woanders. »Wer hat ihr das nur erlaubt? Sie hat ihren Ruf ruiniert!«
Er zuckte die Schultern. »Das können wir nicht ändern.«
»Aber siehst du denn nicht, was das für ihre Zukunft heißt? Sie hätte wahrlich Besseres verdient!«
Sajjan wurde ungeduldig. »Es geht dich nichts mehr an, Fanny! Ich habe dich wider besseres Wissen hierher gebracht, damit du einen Blick auf sie werfen kannst und mit eigenen Augen siehst, daß sie erwachsen geworden ist. Nicht mehr und nicht weniger! Jetzt wissen wir, daß sie nicht in Delhi ist, und damit hat sich alles erledigt!«
Fanny wußte, daß er recht hatte, aber sie konnte sich trotzdem nicht darüber beruhigen. Was hatte sich Mary nur dabei gedacht? Mutterseelenallein eine so lange Reise zu unternehmen — und das, um eine Parsin zu besuchen! Sajjan verstand nicht, wie folgenschwer dieser Schritt war, aber jeder andere mit einem Funken von gesundem Menschenverstand konnte ermessen, wie die britische Gesellschaft auf eine solche Kapriole reagieren würde. Ganz offensichtlich waren ihr die Hände gebunden — das mußte ihr Sajjan nicht erst erklären —, aber das änderte nichts daran, daß sie liebend gern jemandem den Hals umgedreht hätte — Lady Cunningham zum Beispiel, wenn sich sonst kein Schuldiger fand. Wie hatte sie ihrer Tochter erlauben können, etwas so Unschickliches und Törichtes zu tun!

Fanny lag auf ihren Kissen und widmete ihre ganze Aufmerksamkeit einem Roman von Charles Dickens. Seine Schilderungen des Londoner Elends ließen zahlreiche Erinnerungen in ihr wach werden. Sajjan hatte dafür gesorgt, daß ihr die neuesten englischen Bücher gebracht wurden, und sie genoß die Lektüre, ausgehungert, wie sie war. Hatte eine gute Tat in einem früheren Leben sie vor dem harten Schicksal bewahrt, ein Leben lang die Londoner Straßen zu fegen oder gar mit ihrem Kind zu verhungern? Vielleicht —

Ila stürzte herein und unterbrach ihren Gedankengang. »Herrin, Gupta ist hier und möchte Euch sprechen.«

Fanny blickte gereizt hoch. »Kannst du das nicht für mich erledigen?«

»Er hat eine Nachricht für Euch. Von einer Engländerin.«

»Für mich?« Fanny starrte sie an. »Wer weiß denn, daß ich in Delhi bin?«

»Das müßt Ihr Gupta fragen.«

»Das werde ich tun!«

Gupta sah genauso aus, wie sie ihn in Erinnerung hatte. Sie zog sich den Schleier vor das Gesicht, aber er zuckte trotzdem zusammen, als er sie erblickte. Wie groß war der Unterschied zwischen dieser Frau und der Herrin, der er einstmals in Delhi gedient hatte!

»Es ist schön, dich wiederzusehen«, begrüßte ihn Fanny.

Er legte seine Hand aufs Herz. »Sie sind richtig aufgeblüht in Ihrem neuen Leben, Herrin!« Er konnte ein Lächeln nicht unterdrücken. »Sie sind eine von uns geworden!«

Fanny lächelte zurück. Sie hatte Gupta immer gemocht. »Weshalb bist du gekommen?«

»Heute morgen kam ein Diener mit einer Nachricht von Lady Cunningham. Lady Cunningham scheint sehr besorgt um die Zukunft Ihrer Tochter Mary zu sein und bittet Sie um Ihren Rat.«

Bei diesen Worten stieg in Fanny wieder die Wut hoch. Natürlich brauchte Lady Cunningham ihren Rat. Die arme Frau war wahrscheinlich völlig ratlos, wie sie Marys unbedachte Abenteuer unterbinden sollte.

»Wo ist sie?«
Gupta schaute zunehmend unbehaglich drein. »Die Nachricht lautete, sie wolle sich mit Ihnen um fünf Uhr heute nachmittag am Qutab Minar treffen.«
»Dann muß ich mich beeilen!«
Gupta blickte zu Boden. »Ich hoffte, daß ich mit Seiner Hoheit darüber sprechen könnte, was wegen dieser Nachricht zu unternehmen sei. Wenn sie wirklich von Lady Cunningham stammt, kann ich sie hierher führen, ohne daß meine Herrin sich in Gefahr begeben muß.«
»Was für eine Gefahr sollte mir schon drohen?« erwiderte Fanny scharf.
»Nachrichten können auch unter falschem Namen geschickt werden.«
»Aber nur Lady Cunningham kann wissen, daß ich Seine Hoheit begleite — sie hat uns als einzige je zusammen gesehen.«
»Seine Hoheit wüßte ...«
»Seine Hoheit ist nicht hier«, schnitt sie ihm das Wort ab. »Wenn ich sie nicht verpassen will, muß ich mich beeilen! Gupta, du und Ila und vielleicht noch ein starker Mann kommen mit, damit mir nichts zustößt!«
»Aber Seine Hoheit ...«
»Vergiß Seine Hoheit! Ich habe eine ganze Menge mit Lady Cunningham zu bereden, und es wird gut sein, wenn Seine Hoheit nicht alles davon erfährt.«
Qutab Minar ist ein fünfstöckiger Turm, der im afghanischen Stil erbaut ist und an die Niederlage des letzten Hindu-Königreiches in Delhi erinnert. Er stammt aus dem Jahre 1193 und besteht zum größten Teil aus rotem Sandstein. Nur die beiden oberen Etagen sind aus Marmor und Sandstein gestaltet, was neben der umlaufenden Balustra-

de der einzige Schmuck des sich leicht neigenden Bauwerks ist.
Fanny schaute sich um. Ein kleiner Junge bot einen Mungo als Allheilmittel gegen Schlangen an, und Fanny lachte über seine Possen und dachte darüber nach, was für ein nettes Spielzeug dieses Tier doch für ihre Kinder abgeben würde. Ob sie auch Maneka davon überzeugen könnte?
So bemerkte sie nur am Rande, wie der ganze Krimskrams, die religiösen Souvenirs und die Fächer aus Pfauenfedern von einem behelmten jungen Engländer mit rötlichem Gesicht einfach zur Seite geschoben wurden.
»Lady Frances?«
Sie hätte es besser wissen müssen. Verschleiert, wie sie war, hätte sie niemand erkannt. Aber beim Klang ihres Namens drehte sie sich um. Vor ihr stand der junge Arthur Cunningham.
»Was wünschen Sie?«
Arthur Cunningham genoß den Augenblick. Als er Lady Frances in der *zenana* gesehen hatte, hätte er fast seine Karriere aufs Spiel gesetzt, um sie auffliegen zu lassen. Nun aber gab es niemanden, der ihn zurückhalten konnte. Er dachte mit Freude daran, wie reich Lord Bantry ihm diesen Dienst vergelten würde.
»So, so«, sagte er langsam. »Sie sind es also tatsächlich. Ich bin hier, Lady Frances, um Sie wieder der liebenden Umarmung Ihres Gatten zu überantworten.« Ein trockenes Lachen schüttelte ihn. »Ich hätte nicht gedacht, daß Sie so leicht reinzulegen sind. Was für eine Närrin sind Sie doch geworden! Das kommt davon, wenn man den Verstand nicht mehr fürs Überleben braucht — er wird träge. Oder waren Sie schon immer so beschränkt?«

Fanny blickte sich suchend nach Hilfe um. Aus dem Augenwinkel heraus sah sie, wie Gupta mit erhobener Hand näherkam. Sie schloß die Augen und sah so nicht den Schlag, der Arthur Cunningham niedermähte. Sein Helm wirbelte zur Seite.

»Es ist der Sohn von Lady Cunningham«, sagte sie mit klopfendem Herzen. »Hast du ihn umgebracht?«

»Ich hoffe, nein«, erwiderte Gupta grimmig. Er sah sich nach Ila um und winkte sie herbei. »Nimm deine Herrin und geh schnellstens mit ihr nach Hause!«

Ila begehrte auf. Sie machte sich mehr Sorgen um Gupta als um Fanny. »Und was machst du?«

Gupta stieß mit dem Fuß gegen den vor ihm liegenden Körper. »Ich werde ihm die Taschen leeren und ihn hier liegenlassen. Bitte, Herrin, gehen Sie, gehen Sie schnell und nehmen Sie Ila mit!«

Fanny mußte nicht zweimal gebeten werden. Was für eine Närrin war sie doch gewesen! Du lieber Gott, ihr Verstand mußte sie tatsächlich im Stich gelassen haben. Daß sie auch nur erwogen hatte, allein hierherzukommen. Sajjan würde toben! Und sie mußte zugeben, daß er allen Grund dazu hatte.

Als sie ins Feldlager zurückkam, war sie noch immer völlig verstört. Sie eilte sofort in Sajjans Zelt und zog sich hastig hinter den Vorhang zurück. Ihre Kleider waren staubig, und auf ihren Wangen waren die Spuren von Tränen zu sehen. Sajjan würde wissen, daß sie geweint hatte, und er würde in jedem Fall von ihrer waghalsigen Unternehmung erfahren, auch wenn Gupta den Mund hielt. Sie kam zu dem Schluß, daß es am besten war, ihm nichts zu verheimlichen und sich seiner Gnade zu überantworten. Denn wie immer

er auch die Angelegenheit beurteilen mochte, Sajjan würde nie ungerecht sein.
So lief sie gleich auf ihn zu, als er das Zelt betrat, und warf sich ihm zu Füßen. »Sajjan, ich habe etwas Schreckliches getan«, schluchzte sie.
Er tat ihre Worte mit einer Handbewegung ab. »Ich habe schon alles gehört. Du fährst sofort mit Gupta zurück nach Kattyapur, bevor noch jemand anderer auf den Gedanken verfällt, daß du hier sein könntest. Oh, Fanny, habe ich dir nicht eingeschärft, nie das Zelt zu verlassen ...«
»Ich dachte, die Nachricht sei von Lady Cunningham ...«
»Du solltest nicht soviel denken!«
Sie biß sich auf die Lippen. »Es tut mir so leid, Sajjan. Ich habe alles verdorben, auch für uns beide, nicht wahr? O bitte, schick mich nicht weg!«
»Ich habe keine andere Wahl. Oder denkst du, daß der junge Cunningham diesen Vorfall für sich behält? Nein, du gehst sofort zurück nach Kattyapur. Ich kann nicht zulassen, daß dein und deiner Tochter Wohlergehen mein Volk gefährdet.«
Fanny senkte den Kopf. »Aber ...«
»Du hättest ermordet werden können! Um deiner selbst willen mußt du gehen! Fanny, du bist die Frau meines Herzens, und ich will nicht ohne dich leben müssen. Du kannst unmöglich hierbleiben. Auch wenn Mary dein Fleisch und Blut ist, sie darf dir nichts mehr bedeuten. Das hast du gewußt, als du die Entscheidung für mich und für Kattyapur trafst. Sie muß ihr eigenes Leben leben.«
Trotzig hob Fanny ihr Kinn. »Jetzt gibst du Mary die Schuld. Immer schon hast du ihr gegrollt.«
Er zuckte die Achseln. »Meine anderen Frauen waren alle noch unberührt, als sie in mein Bett kamen!« Kaum hatte

er diese Worte gesagt, bereute er sie auch schon. »Oh, Fanny, bitte. Was sollte ich denn schon für sie empfinden? Wenn du mir einen Gefallen erweisen willst, dann fährst du sofort zurück nach Kattyapur und lernst dort von der Rani all die Tugenden, die ich bei meinen Frauen schätze. Sie versteht mehr davon als wir beide zusammen — und sie wird dich auch nicht für etwas tadeln, dessen du dich nicht erwehren konntest. Du bist und bleibst eben eine Engländerin!«

Auf der langen Rückreise nach Kattyapur ergründete Fanny alle Tiefen des Unglücks und der Verzweiflung. Zwar hätte sie Ila zur Unterhaltung gehabt, aber sie war nicht hartherzig genug, um ihrer Dienerin die Zeit mit Gupta zu stehlen. Denn es war leicht zu erkennen, daß sie sehr verliebt in ihn war. Schließlich bat sie Fanny um ihre Erlaubnis zur Eheschließung, und Fanny gab sie ihnen bereitwillig, obwohl dieser Schritt das Gefühl ihrer eigenen Einsamkeit noch verstärkte. Die einzige Freude, die ihr noch blieb, war der Gedanke, daß sie bald wieder in Kattyapur war und Maneka wiedersehen würde. Denn es konnten Monate vergehen, bevor der Radscha wieder zu Hause war.

Als Maneka sie erblickte, erschrak sie zutiefst. Sie tat alles, was in ihrer Macht stand, um Fanny zu zerstreuen, und mußte doch mitansehen, wie ihre unglückliche Freundin immer mehr abmagerte. Als schon einige Wochen ins Land gegangen waren und Sajjan immer noch nicht zurück war, entschied die kleine Rani, daß es höchste Zeit war zu erfahren, was in Delhi geschehen war. Atemlos lauschte sie der Geschichte, die Fanny ihr stockend erzählte.

»Wenn man dich entdeckt hätte, wäre die ganze britische Armee bei uns einmarschiert!« rief sie aus.

»Und ich wäre schuld gewesen!« schluchzte Fanny. »Das werde ich mir nie verzeihen! Ich wollte Mary unbedingt vor sich selbst schützen. Ich habe keinen einzigen Gedanken daran verschwendet, daß ich vielleicht mich — geschweige denn Sajjan oder gar Kattyapur — in Gefahr bringen könnte!«

»Geschehen ist geschehen, Fanny. Seine Hoheit wird bald zurückkehren, und dann wird alles wieder viel fröhlicher für dich aussehen!«

Fanny schüttelte traurig den Kopf. »Nein, es wird nie wieder so sein wie früher. Wie sollte er mir jemals wieder Vertrauen schenken können? Wo ich selbst mir doch nicht mehr trauen kann!«

Maneka unterdrückte ein Lachen. »Jetzt bist du schon so viele Jahre hier und hältst dich immer noch für die wichtigste Person im ganzen Reich!« neckte sie Fanny. »Warum überläßt du diese Entscheidung nicht Seiner Hoheit? Ist es dir nicht genug, daß er dich liebt? Er war doch nur so wütend, weil du dich in Gefahr gebracht hattest!«

Doch als Sajjan endlich zurückgekehrt war, machte er zunächst keine Anstalten, nach Fanny zu rufen. Erst als ihm die Rani nach einiger Zeit von ihren Sorgen über Fannys Gesundheitszustand berichtete, äußerte er sich dazu.

»Hat sich Fanny beklagt?« fragte er.

Manekas Augen blitzten. »Das solltest du ja wohl besser wissen. Fanny klagt nie. Nein, ich glaube ernsthaft, sie kann ohne deine Liebe nicht leben.«

Der Radscha musterte sie scharf. »So wenig wie ich ohne die ihre. Habe ich wirklich zuviel Aufhebens um die Angelegenheit gemacht, Maneka? Ich fürchtete, sie bringen sie noch um!«

Sie erwiderte seinen Blick. »Genau das habe ich ihr auch gesagt.«

Als Fanny zu Sajjan gerufen wurde, sank sie ihm sofort in die Arme. »Ich kann dir gar nicht sagen, wie leid mir das alles tut! Wirst du mir jemals verzeihen können?«
Er war erschrocken, wie ausgezehrt sie war. »Ich hatte solche Angst um dich!« Dieses Eingeständnis war ihm gegen seinen Willen herausgerutscht. »Du bist mein Leben. Wie also könnte ich dir nicht verzeihen?«
»Ich werde nie wieder an Mary denken«, versprach Fanny. »Du hattest vollständig recht.« Sie stieß ihn spielerisch in die Rippen. »Und ich hätte das auch in kürzerer Zeit eingesehen.«
Langsam erhellte ein Lächeln sein Gesicht. »Maneka sagt, ich hätte besser auf dich aufpassen sollen. Denn du seist schließlich eine Frau und keine Politikerin.«
Auch Fanny lächelte. »Aus ihrem Mund ist das fast ein Kompliment. Und was sagt mein Herr und Gebieter dazu?«
»Solange du nur weißt, daß du *meine* Frau bist, ist mir alles andere gleichgültig.«

Kapitel 24

Es war die Zeit von *Holi*, des Frühlingsfestes. Maneka genoß die Vorbereitungen; sie kümmerte sich um die Einladungen und stellte sicher, daß alle Frauen mit genügend »Munition« ausgestattet waren.

»Ich würde so gern einmal zur *Holi*-Zeit nach Mathura reisen«, vertraute sie Fanny an. »Es muß herrlich sein, all die Prozessionen zu Ehren Krishnas zu sehen. Es heißt, wenn man sehr fromm ist, kann man Krishna sehen, wie er mit seinen Gopis tanzt.«

»Ich glaube nicht, daß Seine Hoheit glücklich wäre, wenn du das zu Gesicht bekämst«, erwiderte Fanny. »Du könntest ihn verlassen, um Krishnas sechzehntausendundneunte Frau zu werden.«

Maneka kicherte. »Ich glaube, daß eher du dir Krishna als Gatten wünscht. Vielleicht könnte er dir noch mehr Befriedigung schenken als Seine Hoheit?«

Fanny errötete. Sie wunderte sich immer wieder, wie gut die Rani sie doch kannte, und das um so mehr, als diese in Sajjans Bett nie die gleiche Freude wie sie gefunden hatte.

Fanny steckte einen ihrer müßigen Finger in die Mixtur, die Maneka braute, und schüttelte sich vor Ekel. Im Gegensatz zu Maneka hätte sie durchaus auf dieses Fest verzichten können. Sie stand zu sehr in der Schußlinie der bunt gepuderten Wachskugeln, die von den Frauen geworfen wurden, und zu nahe an den silberfarbenen Lederbehältern, die mit gefärbtem Wasser gefüllt waren und deren Inhalt untilgbare Flecken auf der Kleidung hinterließ. »Warum muß denn nur alles auch eine schmerzliche Seite haben?« seufzte sie.

»Ohne den Schmerz wüßten wir nicht, was Freude ist«, antwortete Maneka schlicht. »Es gibt zu allem einen Gegenpart. Wenn du das noch nicht gelernt hast, bist du immer noch ein Kind.«

»Ich bin zumindest nicht so weise und abgeklärt wie du«, grinste Fanny. »Obwohl ich schnell lerne.«

Maneka schüttelte lachend den Kopf. »Das ist doch kein Wettkampf!« Sie strich mit der Hand über ihren schwangeren Bauch. »Aber ich wollte dir noch etwas sagen. Dies hier wird mein letztes Kind sein ...«

»Unsinn!« fiel ihr Fanny ins Wort. »Wer sagt denn so was? Du bist noch jung genug ...«

»Nein, ich möchte kein weiteres Kind. Der Radscha und ich sind übereingekommen ...«

»Wann?«

Maneka warf ihren Kopf zurück. »Fanny, das ist meine Entscheidung!« Verlegen setzte sie hinzu: »Ich dachte, du würdest dich freuen. Hast du dir das nicht schon immer gewünscht?«

»Früher schon«, gab Fanny zu. »Aber ich kann solche Großherzigkeit nicht annehmen. Ich selbst würde sie nie aufbringen.«

»Ja, ich weiß. Aber ich habe jetzt genug Kinder, und mehr habe ich von den ehelichen Umarmungen nie erwartet. Nun ist es Zeit für mich, die nächste Stufe meiner Entwicklung zu erreichen.«

Fanny wußte, wie wichtig der Rani ihre religiösen Pflichten

waren und daß viele Hindus ihr Leben in unterschiedliche Entwicklungsstufen einteilten und dann jeweils nach bestimmten Riten lebten. Doch die Rani war so viel jünger als sie. Und sie selbst brauchte die körperliche Liebe mit Sajjan wie die Luft zum Atmen.

»Was sagt denn Sajjan dazu?«

Maneka schenkte ihr nur ein müdes Lächeln. »Wir sind uns schon seit vielen Monaten darüber einig. Ich bleibe seine Hauptfrau und Rani. Und haben wir uns nicht um Größeres zu kümmern als um solche Nichtigkeiten wie unsere persönlichen Beziehungen? Wir müssen unsere Pflichten erfüllen, auch wenn wir den Gang der Dinge damit wahrscheinlich nicht beeinflussen und verändern können.«

»Wahrscheinlich hast du recht. Obwohl ich nicht viel davon verstehe und auch glaube, daß wir manches ändern könnten, wenn wir nur genug Ausdauer an den Tag legten.«

»Aha. Und was würdest du gerne ändern?« fragte Maneka mit einem schalkhaften Glitzern in den Augen.

»Zum Beispiel diese Sitte, zu *Holi* eine Meute von Frauen einzuladen, nur damit sie uns den ganze Abend mit diesem Zeugs bewerfen können!«

Das amüsierte Maneka. »Sie würden uns das nie verzeihen. Die meisten wurden Seiner Hoheit aus politischen Erwägungen zum Geschenk gemacht und nach deiner Ankunft einfach weggeschickt. Du solltest also nachsichtiger sein. Schließlich meinen sie es ja nicht böse.«

»Aber es tut weh!«

»Ein ganz kleines bißchen. Schade, daß du es ihnen nicht mit gleicher Münze heimzahlen kannst! Diese Frauen haben seit ihrer Kindheit das Werfen geübt ...«

»Und du nicht?«

»Doch, aber es schickt sich nicht für eine Rani, den anderen Frauen überlegen zu sein, oder?«

»Ich würde ihnen eine Lektion erteilen...«

»Wann dürfen sie schon einmal die Rani eines Radscha bewerfen, ohne zur Rechenschaft gezogen zu werden. Und auch du hältst dich besser zurück, auch wenn...«

»Auch wenn ich nur *Frau seines Herzens* bin«, vollendete Fanny den Satz an ihrer Statt.

Maneka lachte. »Mach dir nichts daraus! In deinem nächsten Leben hast du vielleicht alles, was du dir wünschst, und ich werde nicht dasein, um es mit dir zu teilen.«

Fanny dachte daran, wie schwer diese Jahre in Kattyapur ohne die Rani für sie gewesen wären. »Das wäre eine ziemlich düstere Aussicht.«

Die Rani strahlte, als hätte sie ihr eine Miniatur geschenkt. »Für mich auch.«

Die *Holi*-Feiern begannen sehr früh am Tag. Der Radscha und der Yuveraj zogen auf ihren Elefanten durch die Straßen, wo sich ihre erregten Untertanen tummelten. Sie kamen erschöpft nach Hause und machten viel Aufhebens um die Schrammen, die sie durch die Wachskugeln davongetragen hatten. Manche hatten die Größe von Tennisbällen gehabt. Mit einem solchen Geschoß konnte man einen Unvorbereiteten durchaus aus dem Gleichgewicht bringen.

Die Frauen verbargen nur schlecht ihre Ungeduld, während sie auf die Männer warteten. Als diese in die *zenana* kamen, war das Spiel zwar sanfter, aber Fanny dachte doch, es müsse nach der Tortur auf der Straße ziemlich ermüdend sein. Die Frauen fanden wie immer einen tückischen Gefallen daran, Fanny von oben bis unten mit Farbe zu überschütten, sowohl in flüssiger wie auch in pulvriger Form.

Fanny verlor fast die Geduld, doch da kam ihr der Yuveraj zu Hilfe und schlug die Frauen mit einigen gutgezielten Würfen in die Flucht.
Sajjan machte sich über Fannys mürrischen Gesichtsausdruck lustig. »Ich dachte, du hättest dich damit abgefunden, ein paar Mal getroffen zu werden.«
»Ich finde mich nur schwer mit irgend etwas ab.«
»Dann mußt du lernen, genauso gut zu werfen. Der Yuveraj bringt es dir sicher gerne bei.«
»Was für einen Sinn sollte das haben? Maneka verlangt schließlich, daß wir leiden — *noblesse oblige*. Jedenfalls meistens«, fügte sie hinzu, da Maneka soeben entgegen ihrer Grundsätze zum Gegenangriff überging.
Sajjan verstand zwar kein Französisch, aber den Sinn ihrer Worte, und lachte laut auf. »Dafür sollten doch gerade Sie Verständnis zeigen, Lady Frances«, stichelte er.
»Ich bin schon lange nicht mehr Lady Frances gewesen«, gab sie zurück, doch dann stutzte sie. Sein Gesichtsausdruck war ernst geworden.
»Ja, ich weiß. Doch heute abend mußt du versuchen, wie Lady Frances zu denken — bitte schlag es mir nicht ab.«
»Ist etwas passiert?« fragte sie beklommen.
»Der alte Radscha von Hanupur ist gestorben. Hanut soll die Nachfolge antreten, doch die Briten haben genug über ihn gehört, um sich zu überlegen, ob sie nicht besser selbst die Macht in Hanupur übernehmen sollen.«
Fanny biß sich auf die Unterlippe. »Hat das etwas mit uns hier zu tun? Ich kann die Briten nicht mehr einschätzen — es ist zu lange her. Und ich will mich auch nicht mehr mit ihnen beschäftigen!«
Sajjan musterte sie eindringlich. »Das paßt nicht zu dir, Fanny. Du fängst an, wie eine Frau zu denken!«

»Ich bin eine Frau!«
»Ja, aber du hast früher nicht wie eine Frau gedacht.« Er strich mit dem Zeigefinger über ihre Wange. »Zu einem anderen Zeitpunkt hätte ich diese Veränderung begrüßt. Aber heute nacht mußt du scharfsinnig und tapfer sein wie ein Mann.«
»Ich möchte nicht, daß alte Erinnerungen wieder in mir wach werden«, murmelte sie. »Ich würde es mir nie verzeihen, wenn ich dich ein zweites Mal enttäuschen sollte.«
»Mich oder Kattyapur?«
Sie bemühte sich zu lächeln. »Du erzählst mir doch immer, daß es da keinen Unterschied gibt. Nein, du hast schon recht, es geht mir um den Mann, den ich liebe.«
»Dann sage mir, was ich tun muß, um die Briten zu beschwichtigen und sie von Kattyapur fernzuhalten. Hanut war immerhin mein Schwager, und es gefällt mir nicht, die Briten so nah zu wissen.«
Sie nickte hilflos. »Wir werden sie nicht für alle Zeiten fernhalten können. Bald wirst du dich mit ihnen gütlich einigen müssen. Und du hast als bewährter Bündnispartner eine bessere Ausgangsposition, als ich sie dir nach alledem verschaffen könnte. Hanut bedeutet dir doch nichts. Du weißt doch, wie er seine Frauen behandelt.«
Sajjan rieb sich gedankenvoll das Kinn. »Belausche sie heute nacht und sage mir, ob sie sich aufrichtig um meine Freundschaft bemühen oder mich nur für ihre eigenen Ziele mißbrauchen wollen.«
Schweren Herzens verbarg sie sich abends hinter dem Gitterwerk aus Marmor. Die Briten trugen ihre Galauniformen. Als sie ihre knappe Ausdrucksweise hörte, wurde Fanny bewußt, wie fremd ihr doch ihr eigenes Volk geworden war. Es schien ihr unfaßbar, daß sie einmal ebenso ge-

lebt und gedacht hatte wie diese Offiziere. Und falls sie diesen Männern jemals begegnen sollte, würden sie sie sicher wie eine Barbarin behandeln. Sie hatten nichts mehr miteinander gemein.

Offensichtlich wollten sie herausbekommen, was Sajjan von dem neuen Radscha von Hanupur hielt, doch sie sprachen mit ihm wie mit einem Untergebenen. Es mußte sich viel verändert haben, seit Fanny Delhi verlassen hatte. Keiner traute mehr dem anderen, und dieses Mißtrauen wurde offen zur Schau getragen. Da Sajjan der Schwager Hanuts war, wurde seiner Beteuerung der freundschaftlichen Verbundenheit mit den Briten nur wenig Glauben geschenkt. War das der Stil der neuen britischen Regierung? War man mittlerweile zu der Auffassung gelangt, daß man es nicht nötig hatte, den Einwohnern dieses Subkontinents und ihren Sitten Achtung entgegenzubringen?

Als sie wieder in ihrem Zimmer war, fühlte sie sich erschöpft und ernüchtert. Sie wusch sich sehr sorgfältig und hoffte, damit auch den Ekel loszuwerden, den ihr diese Briten eingeflößt hatten. Was würde aus Kattyapur werden?

Als Sajjan nach ihr rufen ließ, waren ihre Ängste in Zorn umgeschlagen.

»Ich sage dir nur eines«, platzte sie sofort heraus, »sie trauen dir ebensowenig, wie sie Hanut trauen.«

Sajjan lächelte über ihr entrüstetes Gesicht. »Sie haben dir nicht gefallen?«

»Wo sie die ganze Zeit nichts anderes getan haben, als dich, dein Volk und alles, was du hier tust, herabzusetzen!«

Er hob die Augenbrauen. »War es so schlimm?«

»Sie hatten schlechte Manieren und waren strohdumm! Sind die Briten schon immer so gewesen?«

»Ich glaube, nein. Einige von ihnen waren ausgesprochen sympathisch!«
»Das freut mich zu hören.« Sie atmete tief durch, in ihren Augen schimmerten Tränen. »Ich kann dir nur einen Rat geben. Es ist besser, wenn ich in Zukunft nichts weiter bin als die Frau deines Herzens. Die Briten sind auf dem Vormarsch, und ich kann nichts tun, um dich vor ihnen zu schützen. Ich verstehe nicht, warum sie das tun, aber es ist allzu offensichtlich, daß sie keinen Unterschied zwischen dir und Hanut oder irgendeinem anderen indischen Fürsten machen.«
Er wischte ihr eine einzelne Träne ab. »Ich hätte nie gedacht, daß ich dich je über etwas weinen sehen würde, was du immer als den Tanz der Pfauen bezeichnet hast! Du hast dich doch immer darüber lustig gemacht.«
»Weil ich immer gedacht habe, ich könnte dich vor ihnen schützen«, schluchzte sie.
»Pssst, meine Liebe. Indien kann mit der *Pax Britannica* leben, das weißt du sehr gut. Viele von uns neigen zu sehr zu kriegerischen Auseinandersetzungen und kümmern sich nicht um das Wohlergehen ihrer Völker. Hanut ist nicht der einzige. Deshalb muß auch ich die Federn beim Pfauentanz spreizen. Denn ich will die Briten nicht vor den Toren haben. Dazu sind sie viel zu gute Soldaten. Und um das zu verhindern, werde ich immer deinen Rat brauchen, Fanny. Ist das zuviel verlangt?«
Fanny seufzte und schwieg lange. Dann sagte sie: »Ich kann dir keine Ratschläge mehr geben. Du mußt allein mit ihnen zurechtkommen und neue Verträge mit ihnen abschließen. Wende dich an die höchsten Stellen – am besten an Sir Arthur Cunningham, wenn er sich dazu bereit findet, dich anzuhören.« Niedergeschlagen legte sie die Hand auf seinen

Arm. »Ich bin dir keine sehr große Hilfe mehr, nicht wahr?«

Er streichelte über ihr nacktes Fleisch, bis er ihr eine Erwiderung seiner Zärtlichkeiten entlockte. Bei seinem Kuß spielte seine Zunge mit der ihren. »Ich habe dich nicht nur deiner Ratschläge wegen nach Kattyapur gebracht«, erinnerte er sie. »Du hast genug Kinder, um das zu wissen.«

»Nicht genug!« neckte sie ihn.

Ihr Liebesspiel schenkte ihnen tiefe Befriedigung. Die ihr nun schon vertrauten Wellen ihres Begehrens schlugen immer höher und brachen sich Bahn durch die Mauer ihrer Selbstbeherrschung. Er erregte sie immer stärker, brachte sie von einem Höhepunkt zum nächsten, bis sie beide völlig erschöpft waren. Ihre Körper durchflutete eine warme Vertrautheit, in der das Glück der vergangenen Stunde nachglühte. Ein Lächeln kräuselte Fannys Lippen. Er hatte sie geliebt, wie sie es sich wünschte. Und von nun an wollte sie nichts weiter sein als die Frau seines Herzens. Um die politischen Angelegenheiten sollten sich andere kümmern; sie würde ihrer eigentlichen Bestimmung folgen und nur noch die Geliebte des Radscha von Kattyapur sein!

Kapitel 25

Mary hatte noch nie in ihrem Leben so gefroren wie in Osborne. Die Königin, so wurde ihr mitgeteilt, liebe überhitzte Räumlichkeiten nicht; und so lief nahezu jeder Bewohner des Schlosses mit einer Erkältung herum. Nur Ihre Majestät schien immun gegen jegliche Krankheit zu sein und pflegte die Leidenden mit spitzen Bemerkungen zu ermahnen, daß sie sich doch ein wenig zusammennehmen sollten. Mary war von der Einladung ihrer Patin zum Weihnachtsfest sehr geschmeichelt gewesen. Und Walter Gilbert hatte sie begleiten dürfen! Allerdings sah sie nur wenig von ihm, weil er in Barton Manor untergebracht war, sie aber das nicht immer ungetrübte Vergnügen hatte, die Räume mit der jüngsten Tochter der Königin, mit Prinzessin Beatrice, zu teilen. Diese war zwar schon seit zweieinhalb Jahren verheiratet, lebte aber immer noch bei ihrer Mutter, die weiterhin wie eine Glucke über sie wachte. Prinzessin Beatrice hieß Mary zwar herzlich willkommen, doch es war deutlich zu spüren, daß sie das Patenkind ihrer Mutter für einen äußerst merkwürdigen Gast hielt.

Während sie in den Privatgemächern der Königin auf Ihre Majestät wartete, fiel Marys Blick auf die gerahmten Photographien, die auf dem Schreibtisch standen. Ein Bild war darunter, das sie zuerst für ein Porträt von sich selbst hielt,

doch die Kleidung war offensichtlich älteren Datums. Kein Zweifel, sie hielt ein Bild ihrer Mutter in der Hand.
»Du siehst ihr sehr ähnlich, meine Liebe.«
Mary wirbelte herum, das Bild entglitt ihr. Sie machte den vergeblichen Versuch, es noch aufzufangen, aber ihr verkrüppelter Arm reagierte zu langsam, und so fiel es mit einem lauten Getöse zu Boden.
Dunkelrot vor Scham machte Mary einen Hofknicks. »Bitte verzeihen Sie, daß ich so ungeschickt war.«
»Ich habe dich erschreckt«, entgegnete die Königin huldvoll. »Und ich ahnte nicht, wie schwer du an diesem schrecklichen Tage verletzt wurdest.« Sie nahm das Bild in die Hand. »Diese Ähnlichkeit!«
»Nur äußerlich«, antwortete Mary. »Ich könnte nie in London als Gastgeberin agieren oder auch nur die Hälfte der Dinge leisten, die sie geleistet hat.«
Die Königin setzte sich an den Schreibtisch. »Sie war eine meiner liebsten Freundinnen. Wenn ich daran denke, wie oft sie hier stand und den neuesten Klatsch zum besten gab! Mein lieber Albert hielt auch sehr viel von ihr.« Tränen stiegen ihr in die Augen. »Ich vermisse diese Zeiten sehr. Aber du bist nicht gekommen, um meine Erinnerungen mit mir zu teilen. Was hast du auf dem Herzen?«
Mary holte tief Luft. »Ich wollte Ihnen von dem Mann erzählen, den ich heiraten will.«
»So, so. Und was sagt dein Vater dazu?«
Marys Augen blitzten schelmisch. »Lord Bantry äußert schwerwiegende Zweifel an seiner Vaterschaft, Eure Hoheit. Da es nicht an mir ist, ihm zu widersprechen, habe ich mich gemäß seinen Anweisungen verhalten und ihn nicht mit meinen Angelegenheiten behelligt. Ihre Einwilligung schien mir wichtiger zu sein. Denn wenn die Königin und

Kaiserin ihre Erlaubnis zur Eheschließung gibt, wer wollte da widersprechen?«

»Ganz die Mutter!«

Mary fiel auf die Knie. »Darf ich Ihnen von meinen Empfindungen ihm gegenüber berichten?«

»Das wird wohl das beste sein. Vielleicht beginnst du gleich mit dem wunden Punkt. Also, was ist mit dem jungen Mann nicht in Ordnung?«

»Wenn er nicht in Kalkutta oder Delhi ist, dann ist alles mit ihm in Ordnung. Er hat eine indische Großmutter, die Sie in höchstem Maße verehrt. Sie hat in jedem Zimmer ein Bild von Ihnen hängen!«

»Du schmeichelst mir doch nicht etwa, damit ich ihm gewogener bin?«

»Das würde ich nie wagen«, lachte Mary. »Wie könnte ich hoffen, damit etwas zu erreichen, wenn Ihre eigenen Töchter damit keinen Erfolg haben?«

»Das klingt ganz nach Prinzessin Beatrice, nun ja. Was ist denn dabei, daß seine Großmutter eine Inderin ist?«

»In Indien macht das heutzutage eine ganze Menge aus.«

»Ich kann nichts dabei finden!«

»Oh, danke, danke, Majestät! Denn wissen Sie, es waren nicht Banditen, die mich damals so schwer verletzt haben, sondern Lord Bantry. Er hieb mit einer Peitsche auf mich ein. Seitdem habe ich vor jedem Mann schreckliche Angst. Denn ganz gleichgültig, wie ehrenhaft er auch wirken mag – jeder kann sich ebenfalls als ein solches Scheusal entpuppen, wenn man erst mit ihm verheiratet ist. Nur bei Walter Gilbert ergeht es mir anders. Er ist der einzige Mann auf der Welt, vor dem ich keine Angst habe.«

Die Königin seufzte. »Dein Vater ist sich selbst treu geblieben. Und in dieser Welt haben die Männer nun einmal

mehr Rechte als die Frauen. Er hatte das Recht, deine Mutter mit nach Indien zu nehmen — sie war ihm angetraut! Und er hat das Recht, Einspruch gegen deine Ehe zu erheben. Glaubst du denn wirklich, daß du am besten beurteilen kannst, wer dich glücklich machen wird? Nun gut, ich werde diesen Mr. Gilbert in Augenschein nehmen, und wenn er mir zusagt, will ich sehen, was sich machen läßt. Aber zuerst wollen wir Weihnachten feiern. Ist es nicht eine herrliche Jahreszeit?«
Mary bemühte sich sehr, begeistert zu wirken. Denn um der Wahrheit die Ehre zu geben, sie sah nichts als trübes Grau überall. Der Himmel war grau, das Meer war grau, die Bäume waren grau, und keine einzige Blume war zu sehen! Sie sehnte sich nach der Hitze und den leuchtenden Farben Indiens zurück.
Die Königin sah, wie das Mädchen zitterte und entschied sich, den jungen Mann wohlwollend zu behandeln. Verglichen mit ihren eigenen Kindern hatte Mary eine freudlose Kindheit hinter sich und Anspruch auf ein wenig Glück.
»Warst du heute schon an der frischen Luft, Mary? Wir könnten ein wenig spazierengehen. Vielleicht hinüber zu Barton Manor? Dann kann ich dir die Korkeichen zeigen, die Prinz Albert und ich zusammen dort gepflanzt haben. Und ich könnte mir auch vorstellen, daß dein Mr. Gilbert sich über einen Besuch von dir freuen würde.«
»Oh, *gern*, Eure Majestät. Ich will mir nur rasch andere Schuhe anziehen!«
»Und nimm dir einen warmen Mantel von Prinzessin Beatrice! Du bist das hiesige Wetter nicht gewohnt!«
Sie waren noch ein Stück von Barton Manor entfernt, als ihnen Mr. Gilbert entgegenkam. Mary vergaß auf der Stelle ihre nassen Füße und ihr schmerzendes Bein und rannte auf

ihn zu. »Die Königin will dich kennenlernen! O Walter, ist das nicht großartig?«
Da stand die Königin auch schon neben ihnen. »Mr. Gilbert!«
Er verbeugte sich. »Eure Majestät!«
»Wenn Sie so nett wären, meine Patentochter nach Hause zu begleiten. Ich möchte noch ein wenig gehen. Und im übrigen erwarten wir Sie morgen bei den Festlichkeiten.«
»Danke, Majestät!«
Die Königin nickte zufrieden und schritt von dannen.

Es war ein hübscher Anblick mit all den bunten Päckchen unter dem Weihnachtsbaum. Doch stillte er Marys Hunger nach den Farben von Indien nicht. »Ich dachte, daß hier in den Gärten Blumen blühen würden«, vertraute sie Walter Gilbert an. »Tante Hetty hat erzählt ...«
»Im Winter nicht.«
»Warum blühen sie denn nicht das ganze Jahr?«
»Vielleicht, damit man sie mehr schätzt«, schlug er vor.
Sie schüttelte entschieden den Kopf. »Ich liebe Blumen das ganze Jahr über. Und dann noch etwas. Tante Hetty hat immer behauptet, die englischen Vögel zwitscherten viel schöner als die indischen. Aber ich finde, sie klingen ganz genauso, und sie sind nicht halb so hübsch.«
»Es ist Winter, meine Liebe. Frühling und Sommer sind die Jahreszeiten der Vögel.«
Mary vermutete eher, daß Tante Hetty ihre Heimat schon zu lange nicht mehr gesehen hatte. Daher erinnerte sie sich wohl nur noch an die sonnigen Tage und hatte die Trübsal der endlosen Regentage wirkungsvoll verdrängt. Sie richtete ihre Aufmerksamkeit auf Arthur, Duke of Connaught, das siebte Kind der Königin, dessen alljährliche Aufgabe es

war, die Geschenke zu verteilen. Es war ein erfreulicher Anblick zu sehen, wie die Beschenkten ihre Päckchen öffneten, sich dann auf die Königin stürzten und ihr den Inhalt zeigten. So etwas hatte sie noch nie erlebt.
Plötzlich hörte sie auch ihren Namen. Völlig überwältigt, daß jemand an sie gedacht hatte, wickelte sie das Geschenk aus dem Papier. Es war eine Miniatur, feiner und klarer gezeichnet, als sie je eine gesehen hatte.
»Sie ist wunderschön«, hauchte sie atemlos.
»Solltest du sie nicht auch der Königin zeigen, wie das hier üblich zu sein scheint?« fragte Walter.
Sofort lief sie auf die Königin zu. »Das ist keine indische Arbeit, nicht wahr?« Vor Aufregung verhaspelte sie sich.
»Nein, mein Kind, das ist eine persische Arbeit. Ich dachte, sie könnte dir gefallen, da du offensichtlich etwas von östlicher Kunst verstehst. Ich halte die Miniatur, die du mir einst geschickt hast, in hohen Ehren, obwohl man schon versucht hat, sie mir für ein Museum abzuschwatzen.«
Mary bekam noch weitere Geschenke, und auch Walter Gilbert war nicht vergessen worden. Er bekam nicht nur eine Münzserie zum Gedenken an die Kaiserin von Indien, sondern auch eine Taschenuhr, die einst Prinz Albert gehört hatte. Nichts hätte die Billigung der Königin deutlicher zum Ausdruck bringen können als dieses Geschenk; wußte doch jeder, wie sehr sie immer noch ihrem Gatten nachtrauerte.

Seiner Monarchin unter vier Augen gegenüberzutreten war das nervenaufreibendste Unterfangen, dem sich Walter Gilbert je unterzogen hatte. Sein Kragen war ihm plötzlich zwei Nummern zu eng, und auch die Handschuhe paßten nicht mehr. Trotzdem brachte er eine passable Verbeugung zustande und stand dann stramm.

»Sie haben mich rufen lassen, Majestät!«

»Jawohl, Mr. Gilbert, aber nicht zu einer Militärparade. Also stehen Sie bitte bequem und gestatten Sie mir, Sie ein wenig kennenzulernen. In dieser Hinsicht könnten Sie einiges von meinem Patenkind lernen. Sie hat überhaupt keine Scheu mir gegenüber. Ich bin Ihre Königin, Mr. Gilbert, und nicht Ihr Henker!«

Sein sorgenvolles Gesicht hellte sich auf. Er stellte fest, daß Königin Viktoria fast so winzig war wie seine eigene Großmutter. Und sie schien Mary aus ganzem Herzen zugetan zu sein.

»Ich bin aufgeregt, Majestät, weil ich fürchte, daß Sie mich für unverschämt halten, weil ich um Marys Hand anhalten will. Sie könnte eine weitaus bessere Partie machen...«

»Ja, das könnte sie wahrscheinlich. Wissen Sie, ich wollte sie eigentlich einige Jahre hierbehalten, aber ich fürchte, sie würde sich wie ein Vogel im Käfig fühlen, meinen Sie nicht auch?«

»Doch, ich denke schon.«

»Wissen Sie, Mr. Gilbert, Lady Frances hat mich gebeten, ein Auge auf die Zukunft ihrer Tochter zu haben. Man braucht nicht allzuviel Phantasie, um sich vorstellen zu können, was sie in der Ehe mit diesem skrupellosen Mann alles durchlitten hat. Sie wissen, daß kein Außenstehender eingreifen kann, wenn ein Mann seine Frau und seine Kinder mißhandelt. Auch mir sind da die Hände gebunden. Und so mußte ich sie schweren Herzens nach Indien gehen lassen, obwohl es mich über alle Maßen belastete. Hatte sie doch die Befürchtung ausgesprochen, daß es ihr Tod sein würde.«

Sie schwieg eine Weile. Schließlich räusperte sich Mr. Gilbert. »Ich habe Lord Bantry kennengelernt.«
Die Königin musterte ihn scharf. »Stimmt es, daß er abgestritten hat, Marys Vater zu sein?«
»Jawohl, Majestät. Aber niemand schenkt ihm Glauben. Mary beliebte es zur Kenntnis zu nehmen …«
»Ja«, fiel ihm die Königin ins Wort. »Ich verstehe sehr gut, warum Mary um *meine* Erlaubnis zur Heirat nachsucht. Und ich muß nun in Erfahrung bringen, ob ich wohl daran tue, sie ihr zu geben.«
Walter sprang wieder auf. »Wenn es mir zusteht, mich dazu zu äußern, Hoheit, dann möchte ich bemerken, daß es meiner Meinung nach am besten ist, wenn Mary so rasch wie möglich den Fängen ihres Vaters entkommt. Man rechnet Vergangenes ungern auf, aber ich denke doch, daß sie ihm nur wenig schuldet. Sie hat in ihrem Leben nicht viel Glück erfahren.«
»Was ist mit Sir Arthur und Lady Cunningham?«
»Die beiden haben sie großgezogen wie ihr eigen Fleisch und Blut. Aber auch sie fürchten Lord Bantry. Und wenn Mary je gezwungen sein sollte, unter sein Dach zurückzukehren, Majestät, dann fürchte ich um ihr Leben.«
»Vielleicht haben Sie recht. Aber erzählen Sie doch mehr von sich, Mr. Gilbert. Mary sagte etwas von einer indischen Großmutter, und daß sie ihrer Karriere nicht förderlich ist.«
»Sie ist eine Parsin, Majestät. Dies mag meiner Karriere schaden, aber ich würde sie um nichts in der Welt missen wollen. Ich kann es gar nicht erwarten, ihr zu erzählen, daß Sie mich in Ihren Privatgemächern empfangen haben. Sie ist Ihre ergebenste Untertanin!«
»Das erwähnte Mary bereits«, sagte die Königin trocken.

»Wenn sie noch ein freies Plätzchen an ihren Wänden finden sollte, werde ich Ihnen ein Porträt mit persönlicher Widmung von mir mitgeben. Wissen Sie, ich verstehe gar nicht, wie Menschen auf den Gedanken verfallen können, sie seien etwas Besseres als die Bewohner anderer Kontinente. Ich habe vor kurzem einen indischen Sekretär eingestellt, um mehr von dieser Kultur zu erfahren. Stimmt es, daß Frauen dort so schrecklich behandelt werden?«
Mr. Gilbert schluckte. »Ja, das stimmt. Wie die Frauen überall auf der ganzen Welt. Sie sind zu abhängig von der Willkür der Männer. Und ich glaube, daß sich da erst etwas ändern wird, wenn die Frauen über ihren eigenen Besitz verfügen dürfen und eigenständige juristische Personen sind — und nicht Leibeigene ihrer Männer!«
»Sie sind ja ein Radikaler«, rief die Königin. »Mäßigen Sie sich. Meine Ansichten sind da ganz anderer Natur. Frauen sollten nicht allzuviel Macht haben — es widerspricht allen meinen Erfahrungen und Grundsätzen.«
Sie sah ihn an und bemerkte verblüfft den Ausdruck der Belustigung auf seinem Gesicht. Es geschah nicht oft, daß jemand über sie zu lachen wagte. Ein Dämpfer würde ihm wohl guttun.
»Haben Sie Vermögen, Mr. Gilbert?«
»Meine Familie war im Baumwollgeschäft tätig. Heute betreut meine Großmutter das Unternehmen.«
»Und ist Ihre Großmutter eine gute Geschäftsfrau? Zweifellos stammen Ihre radikalen Ansichten von ihr?«
»Und von Mary.«
Diese Antwort brachte sie aus dem Gleichgewicht. Sie wußte nicht, wie sie darauf reagieren sollte, und so fragte sie in einer anderen Richtung weiter. »Was haben Sie vor, nachdem es für Sie kein Fortkommen in der Armee gibt?«

»Ich wollte die politische Laufbahn einschlagen, Majestät. Ich hatte das Glück, in Sir Arthurs Stab dienen zu dürfen, und er versprach mir, bei den entsprechenden Stellen ein gutes Wort für mich einzulegen.«
Gedankenvoll nickte die Königin. »Für die Verhandlungen mit den indischen Fürsten brauchen wir gute Diplomaten. Ich glaube, daß Sie da eine kluge Entscheidung getroffen haben. Welche Dialekte beherrschen Sie?«
Walter Gilbert zählte sie auf. Er war sehr beeindruckt von ihren genauen Kenntnissen über Indien. »Und am liebsten ginge ich nach Kattyapur«, fügte er noch hinzu, wobei er sich durchaus bewußt war, welchen gefährlichen Boden er damit betrat.
Nur ein leichtes Zucken des Augenlids der Königin verriet, daß ihr dieser Name nicht fremd war. »Warum gerade dorthin?« erkundigte sie sich scheinbar unbeteiligt.
Mr. Gilbert hätte am liebsten den Kragen gelockert. »Sie wissen von dem Interesse Ihrer Patentochter an der Miniaturmalerei, Majestät. Die Rani von Kattyapur ist eine anerkannte Expertin für indische Miniaturmalerei und unterhält dort eine Schule. Aus der ganzen Welt pilgern Menschen dorthin. So würde Mary sich nicht langweilen, wenn ich unterwegs wäre. Vielleicht würde sie sogar selbst die Technik erlernen wollen.«
»Glückliches Mädchen.« Die Königin wußte von der Freude an künstlerischer Betätigung und von dem Nutzen einer guten Ausbildung, die sie auch ihren eigenen Kindern gewährt hatte.
»Mr. Gilbert, ich freue mich, Ihnen meine Einwilligung zu Ihrer Eheschließung geben zu können. Ich werde sofort an Lord Bantry schreiben und ihn von der Sachlage in Kenntnis setzen; und auch davon, daß sie beide in meiner Gegen-

wart in Whippingham getraut werden, noch bevor sie nach Indien zurückkehren. Denn wenn sie gemeinsam zurückreisen, ist es wohl sehr viel schicklicher, dies als Ehepaar zu tun.«

Mr. Gilbert wurde rot vor Freude. Am liebsten hätte er sie umarmt.

»Prinzessin Louise kann die Vorbereitungen in die Hand nehmen. Sie hat viel Geschick für so etwas. Na, junger Mann, was stehen Sie hier noch herum? Meinen Sie nicht, daß Mary sehnlichst darauf wartet zu erfahren, wie die Entscheidung ausgefallen ist?«

»Ich eile«, stammelte er. »Und ich werde sie glücklich machen.« Er verbeugte sich vorschriftsmäßig, dann rannte er hinaus.

Kapitel 26

Mary saß inmitten eines riesigen Bettes. Sie trug ein schmuckloses Nachthemd aus ungebleichter Baumwolle, das beste, das sie besaß. Bisher hatte sie nicht zugelassen, daß ihre Gedanken über die Hochzeitszeremonie hinausgingen, und jetzt dachte sie mit nur wenig Begeisterung an die vor ihr liegende Nacht. Das Hotelzimmer war eiskalt, noch viel kälter als die Räume in Osborne, und draußen kündigte sich ein Schneesturm an. Mary hatte bereits den ganzen Tag gefroren. Noch bevor sie in das Hochzeitskleid aus weißer Spitze geschlüpft war, waren ihre Glieder bereits taub vor Kälte gewesen. Und in der Kirche hatte sie so stark gezittert, daß es ihr schwergefallen war, sich auf ihr Eheversprechen zu konzentrieren. Nur der Gedanke an die Großmut Ihrer Majestät hatte sie die Zeremonie durchstehen lassen.

Der Empfang war nicht besser verlaufen. Mary hatte sich in Gesellschaft schon immer unwohl gefühlt, und da sie jetzt auch noch im Mittelpunkt der Aufmerksamkeit stand, wäre sie am liebsten in den Boden versunken oder hätte sich in Luft aufgelöst.

Und dann die dunklen Andeutungen der Königin am Abend vor der Hochzeit, daß sich eine Frau immer ihrem Mann zu fügen habe. »Manche von uns finden die wahre

Liebe, und das läßt uns alles andere ertragen. Ich wünsche dir, daß du sie mit deinem jungen Mann finden mögest.«

Ihr war ganz flau im Magen, als sich die Tür öffnete und Walter vor ihr stand. Er sah so ganz anders aus in seinem Nachtgewand, und Mary schauderte. Mit einem Satz war er bei ihr und nahm sie in die Arme.

»Du Ärmste, du frierst ja. Sehnst du dich sehr danach, zu deinem Lieblingsort zu eilen und dort zu meditieren?«

Mary nickte. Sie brachte kein Wort heraus und vergrub ihr Gesicht an seiner Schulter. Sein vertrauter Geruch beruhigte sie ein wenig.

»Eigentlich hoffe ich, daß du von nun an zu mir eilst — und nicht von mir weg.«

Mary klapperte mit den Zähnen. »Du willst sicher nicht dauernd mit meinen Angelegenheiten behelligt werden«, sagte sie. »Ich habe sehr viele Interessen, und ich werde mich bemühen, dir nicht zur Last zu fallen.« Sie schluckte. »Ich ... ich weiß nicht genau, was du jetzt willst ...«

»Ich will dich wärmen«, beruhigte er sie. »Komm, leg dich unter die Bettdecke und kuschel dich an mich, bis du zu zittern aufhörst. Man hätte eigentlich erwarten können, daß unser Bett angewärmt wird, nicht wahr?«

Mary tat, wie ihr geheißen. »Ich glaube nicht, daß ich aufhöre zu frieren, ehe ich wieder in Indien bin«, seufzte sie. »Jedermann spricht von England als Heimat, und doch habe ich hier Heimweh.«

Er rieb ihr mit einer Hand den Rücken hinauf und hinab. »Wir werden immer zu Hause sein, wenn wir nur zusammen sind, Mary. Das ist die eigentliche Bedeutung der Ehe.«

Der letzte Ort, an dem sich Mary in diesem Augenblick zu Hause fühlte, war dieses riesige Bett, das sie mit ihm teilte.

Doch das wagte sie nicht zu sagen. Sie wartete darauf, daß er sich hinlegte und schlief, aber ihm schien etwas ganz anderes vorzuschweben. Ob sie ihm wohl sagen durfte, daß ihr Arm und das verletzte Bein durch die Kälte noch mehr schmerzten? Ihrer Erfahrung nach hörten Männer ungern solche Klagen. Allerdings kannte sie auch nur wenige Männer …

Ihre Überlegungen wurden dadurch unterbrochen, daß Walter ihr Nachthemd hochhob und ihr über den Kopf zu ziehen versuchte.

»Nein«, sträubte sie sich.

»Meine Liebste, ich möchte dich ansehen!«

Gedankenvoll betrachtete sie ihn. »Warum?«

Er lachte kurz auf. »Hast du noch nie den Spruch gehört, daß du einem Mann nur das Recht einräumen darfst, dich einzukleiden, wenn du ihm auch das Recht gibst, dich auszuziehen?«

Ihre Augen weiteten sich. Erinnerungen an die Elefanteninsel wurden in ihr wach. »Du willst *das* mit mir machen?«

»Einer der Gründe, warum ich dich geheiratet habe, ist, daß ich mit dir schlafen will«, gab er zu.

Ein flüchtiges Lächeln streifte ihr Gesicht. »Ich bin nicht so schön wie die Statuen«, sagte sie.

»Für mich bist du noch viel schöner.«

Wahrscheinlich meinte er, was er sagte. Und auch sie fand ihn schön. Sie half ihm, ihr das Nachthemd auszuziehen.

»Weißt du«, sagte sie, bevor sie endgültig die Waffen streckte, »ich glaube, daß dieser Spruch nicht auf verheiratete Frauen zutrifft. Er klingt ungehörig.«

»Ach, meine geliebte Mary, du bist eine stete Quelle der Freude für mich!« Er legte die Arme um sie und umarmte sie ganz fest unter der Bettdecke. Sie war bisher selten nackt gewesen, und das Bewußtsein seiner Nähe ließ sie leicht erröten. »Mary, ich liebe dich sehr! Wenn das nicht der Fall wäre, hätte ich dich nicht gebeten, mich zu heiraten!«

»Hast du auch nicht«, erinnerte sie ihn. »Ich habe *dich* gebeten.«

Er gluckste wieder. »Weil du mich liebst?«

Sie nahm die Frage ernst. »Ich weiß nicht genau, was das heißt. Ich *mag* dich mehr als irgend jemanden sonst auf der Welt. Man sagt, wahre Liebe verjage die Angst. Aber ich hatte immer Angst, wenn ich jemanden liebte. Ich liebte meine Mutter ...«

»Die Liebe zu mir wird anders sein.«

»Wegen dem, was du jetzt machen willst?«

»Auch. Und wegen vieler anderer Dinge. Jemanden zu lieben heißt, sich an jemandem zu freuen, jemanden schön zu finden, froh zu sein, wenn der andere das Zimmer betritt; es heißt, zusammen zu lachen und ab und zu zu streiten, damit die Versöhnung um so schöner ist.«

Mary war hingerissen. »Dann liebe ich dich.« Sie rückte näher an ihn heran. Plötzlich war sie begierig darauf, seinen Körper zu entdecken und seine Zärtlichkeiten zu erwidern. Nicht einen Moment lang kam es ihr in den Sinn, das Vergnügen zu verbergen, das sein Körper ihr bereitete. Zugleich stolz und glücklich, ihn erregen zu können, durchlebte sie nach dem Abflauen des anfänglich brennenden Gefühls, als er in sie eingedrungen war, mit ihm zusammen den Höhepunkt der sinnlichen Erfahrung, ohne sich zurückzuhalten, wie er aufgrund ihrer Unerfahrenheit und der Erfahrungen mit ihrem Vater befürchtet hatte.

Als sie sich dann trennten, beglückwünschte er sie innerlich zu ihrer Beherztheit. Er hatte zwar schon viele bewundernswerte Seiten von ihr kennengelernt, aber trotzdem hätte er nicht vermutet, daß sie so leidenschaftlich und sinnlich sein könnte.

Schläfrig zog er sie näher an sich. »Wenn mir je etwas zustoßen sollte, Liebling, mußt du mir versprechen, wieder zu heiraten; und zwar einen Mann, der dich so liebt, wie du es verdienst.«

Mary murmelte: »Ich werde nie einen anderen heiraten wollen. Das habe ich immer schon gewußt, du nicht?«

»Es gibt auch andere Männer ...«

Mary legte ihm einen Finger auf den Mund und brachte ihn zum Schweigen. »Für mich nicht. Sie würden Shiva und den Tanz des Lebens nicht verstehen. Denn nur du warst an jenem Tag in dem Tempel. Nur du und ich. Shiva und Parvati. Weil du das verstehst, hast du mir nie Angst eingeflößt. Weißt du, wir beide sind auch letztlich nicht so wichtig.«

»Nein?«

»Nein, es ist das Leben, das zählt.« Sie streichelte ihn, bis ihre Hand ihr Ziel fand. »Du hast mir heute nacht sehr viel beigebracht«, lächelte sie und küßte ihn, wie er sie vorher geküßt hatte.

Sir Arthur Cunninghams Schnurrbartspitzen zitterten vor Zorn. Allein der Name von Lord Bantry genügte schon, ihn in schlechte Laune zu versetzen. Wenn es nach ihm gegangen wäre, hätte man diesen Mann schon vor langer Zeit des Landes verweisen müssen. Und sein eigener Sohn war mit ihm befreundet!

Er hatte gerade erfahren, daß Lord Bantry bei dem neuen Radscha von Hanupur eingeladen war, um dort an den Festlichkeiten zu seiner Inthronisation teilzunehmen. Zweifellos war dort auch genügend weibliches Fleisch zur Verfügung, um selbst die perversesten Gelüste zu befriedigen. Sir Arthur fragte sich, ob es nicht an der Zeit sei, dieses Nest auszuräuchern. Darüber wollte er mit Walter Gilbert sprechen, sobald er wieder im Lande war. Denn er schätzte die Ratschläge des jungen Mannes mehr als die seiner Berater. Und vielleicht war es doch gut, daß Mary ihn geheiratet hatte, auch wenn er sich nicht vorstellen konnte, wie sie der Königin die Erlaubnis für eine so unpassende Verbindung abgerungen hatte.

Sein Blick fiel auf eine weitere Mitteilung, die sich mit Walter Gilbert befaßte. In dieser war von der Ernennung des jungen Mannes zum britischen Regierungsbeauftragten in Kattyapur die Rede. Die Königin und Kaiserin selbst sollte ihn empfohlen haben. Sir Arthur pfiff überrascht. Was für ein schlauer Fuchs! Doch er war sicher nicht der schlechteste Mann in diesem Teil der Welt.

Als Sir Arthur abends nach Hause kam, war Lady Cunningham vor Aufregung ganz aus dem Häuschen.

»Sie sind da, Liebling! Und so glücklich!«

»Wer ist da?«

Doch da kam schon Mary auf ihn zu, und er sah enttäuscht, daß sie schlimmer hinkte als je zuvor. War sie wirklich glücklich?

»Nun«, raunzte er, »wie war es in England?«

»Kälter, als du dir vorstellen kannst. Es schneite, als wir abfuhren — und bitte, erzähl nie wieder, wie schön es dort angeblich ist!«

»Habe ich das je getan?«

»Tante Hetty schien es für das Paradies zu halten.«

»Tante Hetty ist eine romantische Seele, Liebes!«

Mary stellte sich auf die Zehenspitzen und küßte ihn herzlich auf die Wangen. »Wie die Königin und Kaiserin auch.

Ihr Empfang war warm und herzlich, auch wenn es draußen kalt und grau war.« Sie streckte ihm ihre Hand entgegen. »Nun, wie gefällt Ihnen die neue Mrs. Gilbert?«
»Sie sieht um etliches imposanter aus als die frühere Miss Bantry.«
»In meinem Innern bin ich immer noch die gleiche.«
»Wirklich, Mary? Und warst du nicht einen Moment lang versucht, bei deiner Patin in Osborne zu bleiben, wie sie es sich wünschte?«
»Mr. Gilbert hat ihr diesen Wunsch ausgeredet. Und sie hat sich an seiner Großmutter überhaupt nicht gestört. Ich habe sie richtig ins Herz geschlossen, Onkel Arthur. Sie und Tante Hetty würden sich ausgezeichnet verstehen.«
»Das mußt du Tante Hetty erzählen«, meinte er. »Denn sie ist nicht nur glücklich über deine Heirat.«
»Weil sie wollte, daß ich Arthur heirate?«
»Du hast ihn nie gemocht, nicht wahr? Kann ich auch verstehen, das habe ich ihr auch immer gesagt. Aber du weißt ja, wie Frauen sind.«
»Auch ich bin eine«, sagte sie würdevoll.
Diesmal zitterten seine Schnurrbartspitzen vor Belustigung. Dann wandte er sich an Walter. »Kommen Sie mit, ich habe mit Ihnen zu reden!«
»Wenn es sich um Mary handelt...«
»Nein, überhaupt nicht! Ich habe heute erfahren, daß Sie auf persönliche Empfehlung der Königin hin nach Kattyapur gesandt werden. Was soll das heißen? Sie wissen doch sehr gut, wer dort noch lebt?«
»Ja, wissen Sie...«
»Haben Sie darum *gebeten*, nach Kattyapur geschickt zu werden?«
»Ich dachte, Mary würde froh darüber sein.«

»Sie müssen den Verstand verloren haben! Was für einen Bären haben Sie denn der Königin als Grund aufgebunden?«
Walter Gilbert wurde wütend. Doch er schluckte seinen Ärger hinunter und dachte daran, wieviel er und Mary diesem Mann zu verdanken hatten. »Auch der Königin war dieser Name nicht ganz unbekannt, ich weiß nicht, weshalb. Und ein Porträt von Lady Frances steht noch heute auf ihrem Schreibtisch. Auch weiß sie von Marys Interesse für indische Miniaturen, sie versteht selbst etwas davon. Ich habe ihr erzählt, daß die Rani von Kattyapur eine anerkannte Expertin auf dem Gebiet der indischen Kunst ist und in Kattyapur eine eigene Schule für Miniaturmalerei unterhält, so daß Mary eine Beschäftigung hätte. Ihre Majestät hielt das für eine ganz ausgezeichnete Idee!«
Sir Arthur warf ihm einen Verschwörerblick zu. »Ja, vielleicht ist es nicht das Schlechteste. Sie müssen es ja wissen. Und um die Wahrheit zu sagen, ich bin verteufelt froh, wenn ich dort unten jemanden habe, auf den ich mich verlassen kann. Auf dem Weg dorthin könntet ihr beide mich zu diesem faulen Zauber in Hanupur begleiten. Wissen Sie schon, daß ich bei dieser Gelegenheit die Krone vertreten soll?«
Walter war erfreut. »Meinen Glückwunsch, Sir!«
Die beiden Männer schüttelten sich die Hände, ihr altes Einverständnis war wiederhergestellt und noch tiefer geworden durch ihrer beider Ergebenheit gegenüber Mary und durch ihre Liebe zu Indien.

Kapitel 27

Fanny übernahm einige Pflichten von Maneka, die sich zunehmend zurückzog und immer matter wurde. Maneka behauptete, es liege an ihrer Schwangerschaft. »Es tut dir ganz gut, wenn du dich mit etwas beschäftigst, Fanny«, neckte sie ihre Freundin.

Fanny war überrascht, um was sich Maneka alles gekümmert hatte. Nun studierte sie die Listen, in denen die Festtage jeder Frau in der *zenana* aufgeführt waren; sie zog die Astrologen zu Rate, um den günstigsten Zeitpunkt für den Beginn und das Ende der Zeremonien zu bestimmen; sie gab die Anweisungen für die Zubereitung der Speisen und sorgte bei jedem Anlaß für ein passendes Geschenk; sie kümmerte sich darum, daß bei Einladungen keine Frau vergessen wurde und jede entsprechend ihrer Stellung zu bestimmten Anlässen geladen war. Und obendrein kümmerte sie sich um die Schule, die sie gegründet hatte, und erledigte die Korrespondenz, die damit zusammenhing.

Fanny freute sich, helfen zu können, obwohl es den Groll der anderen Frauen ihr gegenüber nicht gerade verringerte. Sie klagten tuschelnd, sie übe einen schlechten Einfluß auf die Rani aus. Doch Ihre Hoheit schenkte diesem Gerede keinerlei Beachtung.

»Du wirst dich meinen Wünschen fügen, Fanny«, sagte sie

freundlich, aber bestimmt. »Das wird letztendlich auch zu weniger Unmut führen. Und schließlich gibt es hier niemanden außer dir, der in der Lage ist, eine Einladung zum Tee vorzubereiten oder eine andere meiner täglichen Pflichten zu übernehmen. Es ist ihnen ja nie beigebracht worden. Sobald ein Hausierer mit irgendwelchen Nippsachen auftaucht, verlieren sie jegliches Interesse an anderen Dingen, und letztlich würde nichts erledigt werden. Und dann möchte ich auch nicht, daß über meine persönlichen Angelegenheiten geklatscht wird.«

Am meisten faszinierte Fanny die Schule für Malerei. Maneka besaß ein umfassendes Wissen über die Hindumythen, und sie beantwortete jede der zahlreichen Anfragen, die aus aller Welt an sie gerichtet wurden. Auch über die Mogulkultur wußte die Rani außerordentlich gut Bescheid; war sie es doch gewesen, die die Miniaturmalerei nach Indien gebracht hatte.

»Schau, Fanny«, pflegte sie zu schwärmen, »sind diese fliegenden Göttinnen nicht einfach herrlich? Sieh diese hier unten mit den hennagefärbten Händen und Füßen. Sie trägt nur ein *dhoti* und eine Perlenkette. Überall in Indien und China werden die Göttinnen so dargestellt.«

Und bald begann Fanny zu verstehen, was sie sah. Doch bevorzugte sie Szenen aus dem häuslichen Leben, auch weil sie trotz Manekas Unterricht noch immer die Götter miteinander verwechselte.

Dann hatte Maneka eines Tages eine andere Aufgabe für sie. Als Fanny zu ihr kam, las Maneka gerade stirnrunzelnd einen Brief, während sie sich gleichzeitig mit ihrer Dienerin über die richtige Temperatur ihres Badewassers auseinandersetzte.

»Ah, Fanny«, begrüßte die Rani sie und schwenkte den parfümierten Brief vor ihrer Nase hin und her. »Die Großtante Seiner Hoheit verläßt Kattyapur, um den Rest ihrer Tage bei ihrer Tochter zu verleben. Sie wohnte in dem kleinen Palast da oben auf dem Hügel. Warst du jemals dort? Es ist wunderschön dort oben, man kann von dort die ganze Stadt überblicken!«

»Nein, ich war noch nie dort.«

»Es hätte mich auch gewundert, wenn sie dich eingeladen hätte. Jetzt hindert dich nichts daran, es dir anzusehen. Seine Hoheit will dort den neuen britischen Regierungsbeauftragten und seine Frau unterbringen, und ich glaube, du bist die Richtige, um die nötigen Vorbereitungen zu treffen.«

»Warum nicht du?« Fanny war nicht gerade begeistert.

Maneka lachte. »Soll ich mein Kind dort oben zur Welt bringen? Denn wenn ich etwas anfange, bringe ich es auch gerne zu Ende. Und du weißt, daß ich nach der Geburt tagelang nicht das Haus verlassen darf.«

Ja, Fanny hatte jetzt schon die langwierigen und umfangreichen Zeremonien miterlebt, die Mutter und Kind vor bösen Einflüssen und schlechten Winden schützen sollten. Aber sie hatte keine Lust, sich mit der Anwesenheit der Briten in Kattyapur zu befassen. Dunkel empfand sie, daß sie an dieser Entwicklung mitschuldig war und ihren Teil des Vertrages mit Sajjan nicht eingehalten hatte. Und so fand sie immer neue Ausreden, warum sie den kleinen Palast nicht aufsuchte. Doch da sie sich Manekas Wünschen auf Dauer nicht zu widersetzen wagte, machte sie sich dann doch eines Tages auf den Weg dorthin.

Der kleine Palast war das schönste Gebäude, das Fanny je gesehen hatte. Sie war entzückt von den zierlichen Stützpfeilern, die das Dach trugen, und von den im mogulischen Stil gekachelten Wänden mit den Tier- und Pflanzenornamenten. Einige Fenster waren aus marmornem Gitterwerk, andere waren mit Glas in lebhaften Blau-, Rot- und Grüntönen versehen. So wirkte der kleine Palast wie ein Feenschloß aus Tausendundeiner Nacht. Da er hoch über der Stadt gelegen war, wehte hier immer ein kühler Hauch, und Fanny gelobte, falls Sajjan je etwas zustoßen sollte, würde sie den Rest ihrer Tage hier verleben.

Sie stand lange auf der Veranda und sah hinunter auf die Stadt. Sie sah auch das Dach der *zenana*, das blau gestrichen war, um die Fliegen fernzuhalten. Ab und zu schritt ein Pfau über den Sand und schlug selbstgefällig ein Rad.

Pfauen waren in dieser Gegend von Indien allgegenwärtig. Fanny beobachtete sie mit einem säuerlichen Lächeln. Es hatte schon seine Berechtigung, wenn man das Spiel, das die Briten mit den Indern trieben, als den *Tanz der Pfauen* bezeichnete. Im Augenblick sprach alles dafür, daß die Briten das Spiel in der Hand hatten und die Regeln bestimmten; aber Fanny zweifelte daran, daß dies so bleiben würde. Denn die Inder waren ein geduldiges Volk und dachten eher in der Größenordnung von Generationen als in der Gegenwart. Irgendwann einmal würde die *Pax Britannica* zerbrechen, und Indien wäre wieder in viele Teile zersplittert. Lernte sie von Maneka allmählich Gelassenheit? Sie hoffte es. Denn es war viel bequemer, wenn man sich nicht um alles kümmern mußte, was in der Welt geschah, wenn man wußte, daß man nicht mehr Bedeutung hatte als ein Sandkorn in der Wüste ...

Als sie wieder in der *zenana* war, rief sie Ila zu sich. »Ihre Hoheit wünscht wegen des Palastes nicht mehr behelligt zu werden. Wir werden es allein schaffen müssen. Vielleicht hilft uns der Yuveraj und stellt uns einige Leute zur Verfügung.«

»Aber Ihre Hoheit wünscht, auf dem laufenden gehalten zu werden!«
»Dafür werde ich sorgen!«
Fanny informierte Maneka über jeden Fortschritt, und vor allem über die immer wieder auftretenden Verzögerungen. Maneka lachte nur über ihre Klagen. »Warum läßt du zu, daß dir alle auf der Nase herumtanzen? Schrei sie an und setze dich durch! Oder wünschst du meine Hilfe?«
»Nein!« Fanny schüttelte trotzig den Kopf.
»Nun gut, dann kümmere dich weiter darum. Du weißt ja jetzt, daß nichts vorwärtsgeht, wenn du nicht daneben stehst!«
Sajjan hatte andere Sorgen. Die Briten waren jetzt viel weniger umgänglich, und manchmal fühlte er sich wie eine Marionette, die von Kalkutta aus gelenkt wurde. Zudem wollte sich sein früherer Schwager Hanut anscheinend mit den Briten anlegen. Hoffentlich hieß das nicht Krieg. Fanny hatte Sajjan geraten, sich an Sir Arthur zu wenden, aber dieser hatte sich ausgesprochen ausweichend geäußert.
»Warum bist du nie hier, wenn ich dich brauche«, beschwerte Sajjan sich eines Tages bei Fanny.
»Es wird noch eine Weile dauern, bis der Palast bewohnbar ist«, seufzte Fanny.
»Ach so. Und wie gefällt er dir? Ich war seit Jahren nicht mehr dort.«
»Er ist wunderschön«, hauchte Fanny verträumt.
»Dann soll er dir gehören! Ich hatte sowieso vor, deine Zukunft zu sichern; denn wenn mir etwas zustoßen sollte ...«
»Der Yuveraj ...«
»Der Yuveraj ist in erster Linie seinem Volk verpflichtet, ebenso wie ich. Vielleicht ist er eines Tages gezwungen,

Dinge zu tun, die er gar nicht tun will, um Unfrieden zu vermeiden. Es ist besser, wenn bekannt ist, daß der kleine Palast dir gehört.«

»Nein! Vielleicht möchte ich eines Tages dort wohnen, aber noch nicht jetzt. Es widerstrebt mir, so weit weg von dir zu sein. Und auch dann muß der Palast im Besitz des Radscha von Kattyapur bleiben.«

»Kluge Fanny. Du hast dein Gespür für politische Angelegenheiten noch nicht verloren. Aber der Palast wird dir immer zur Verfügung stehen, wenn du ihn brauchst.« Er sah sie lange an. »Würdest du mich zu den Festlichkeiten nach Hanupur begleiten? Man hat mir berichtet, daß die dortige *zenana* eine wahre Brutstätte von Intrigen, Aufruhr und Mord sein soll. Ich muß die Briten erst noch davon überzeugen, daß Frauen genauso gefährlich sein können wie Männer. Ich brauche jemanden, der die dortigen Unterhaltungen belauscht und mir davon berichtet.«

Fanny zögerte. »Und wenn ich dir wieder Schande mache? Maneka wird nicht dabeisein, um mich zurechtzuweisen.«

Sajjan begann Fanny zärtlich zu streicheln. »Ja, du müßtest sehr vorsichtig sein. Denn es ist ein gefährliches Unterfangen.« Er fuhr ihr mit einem Finger über die Brust. »Und ich möchte nicht, daß die Frau meines Herzens ihr Leben riskiert. Am besten wäre es, wenn du jedem gegenüber schweigen würdest, auch gegenüber deinen eigenen Dienerinnen. Aber du müßtest genau zuhören, was gesprochen wird, und mir jedes Wort berichten. Begleitest du mich?«

»Ja«, willigte Fanny ein und schmiegte sich noch dichter an Sajjan.

Eine Aura des Hasses umgab Hanupur. Fanny erneuerte ihre Bekanntschaft mit den beiden Frauen, die damals vor

Jahren in Sajjans Zeltlager gekommen waren. Sie wirkten merklich gealtert und von ihrem Schicksal gezeichnet. Nicht das erste Mal dankte Fanny dem Schicksal, in einer *zenana* zu leben, die Maneka unterstand. Hier gab es nichts als Mißtrauen und Angst, denn Hanut schreckte in seiner Zügellosigkeit vor keiner Grausamkeit zurück.

Den Frauen war es gestattet, die abendlichen Unterhaltungen hinter Wandschirmen verborgen zu verfolgen, doch die meisten fanden nur wenig Freude daran. Sie saßen in dumpfem Schweigen da, ihre Augen wanderten ängstlich hin und her; und bei jeder unvorhergesehenen Bewegung schreckten sie zusammen. Fanny hielt nach Sajjan Ausschau und entdeckte ihn schließlich neben einem Engländer, der ihr bekannt vorkam. Zweifellos war das Mr. Gilbert, nur daß er keine Uniform trug. Dann fiel ihr Blick auf eine Frau neben ihm, und sie erstarrte. Da saß ihr Ebenbild — *Mary!* Fanny fühlte sich einer Ohnmacht nahe, als sie ihre Tochter erkannte. Ob sie wohl glücklich war? Sie versuchte, das auf diese Entfernung herauszufinden und kam zu dem Schluß, daß Mary von der endlosen Tanzvorstellung der *nautch*-Mädchen ebenso gelangweilt war wie sie selbst. Auch sie trug ein verbindliches Lächeln zur Schau.

Doch was tat Mary hier in Hanupur? Das war nun wirklich nicht die richtige Umgebung für sie! Immerhin befürchtete Sajjan, daß es zu gewalttätigen Auseinandersetzungen zwischen den Briten und dem neuen Radscha kommen könnte. Er war felsenfest davon überzeugt, daß die Briten seine Inthronisation verhindern würden. Wer kümmerte sich hier wohl um Marys Wohlergehen? Fanny entdeckte die ganze Cunningham-Familie und atmete auf. Wie elegant Lady Cunningham doch geworden war! Sie trug genau das richtige für diese Gelegenheit, dachte Fanny beifällig. Die Züge des jungen Cunningham trugen bereits Spuren seinen ausschweifenden Lebenswandels, seine Augen wanderten ziellos von einem *nautch*-Mädchen zum nächsten, und ein bösartiges Lächeln umspielte seine Lippen. Fanny schauderte. Diesen Gesichtsausdruck kannte sie von Lord Bantry her.

Der Tanz war mittelmäßig, und Fanny war froh, daß Maneka nicht dabei war. Denn die Rani verstand viel von diesen Dingen und litt unsäglich unter zweitklassigen Vorführungen. Doch auch Mary gab sich nicht viel Mühe, ihr Mißfallen zu verbergen. Fanny hätte so gern mit ihr gesprochen, aber das würde Sajjan nie erlauben. Und wahrscheinlich war es auch besser so. Man sollte die Vergangenheit ruhen lassen.

Nach dem Ende der Vorführung ging Hanut auf die Frauen zu, und ein Beben durchlief ihre Reihen. »Ich hoffte, wir hätten heute nacht Ruhe vor ihm«, flüsterte die Frau neben Fanny ihr ins Ohr.

»Es sind ja auch sehr viele Fremde heute in der *zenana*. Was machen alle diese Frauen hier?«

»Hanut hat mal wieder Freunde zu Gast. Mit wem bist du hier?«

»Mit dem Radscha von Kattyapur.«

Die Frau spuckte ihre Betelnuß einfach auf den Boden, wie es in diesem verwahrlosten Palast Sitte zu sein schien.

»Der Radscha von Kattyapur ist ein Freund der Briten. Es gibt einige hier, die meinen, ihn sollte das gleiche Schicksal ereilen wie diese Fremden.«

»Er wird sich schon zu wehren wissen ...«

»Gegen Gift kann man sich nicht wehren. Und als Frau in Hanupur stellt man sich besser gut mit seinem Herrn. Viele von Hanuts Brüdern sind schon gestorben — warum nicht einer mehr?«

Fanny schauderte. »Welche Frau könnte dem Radscha von Kattyapur schon nahe genug kommen?« murmelte sie, um sich zu beruhigen.
Die andere Frau zuckte die Achseln. »Ein *nautch*-Mädchen tut alles für Geld.«
Fanny versuchte sich einzureden, daß Sajjan kein Interesse an einem dieser müden, ausgelaugten Geschöpfe haben würde. Sie kehrte mit den anderen Frauen in die *zenana* zurück und wanderte zwischen den kleinen Gruppen hin und her, um etwas zu erfahren, was Sajjan interessieren könnte.
Und schon bald ergriff eine von Hanuts glücklosen Frauen das Wort, die wie die anderen auch darauf hoffte, daß ihr Sohn eines Tages den *gadi* besteigen würde.
»Nur Kattyapur steht zwischen uns und dem Sieg!«
»Nicht die Briten?« fragte eine andere spitz.
»Die machen doch, was Kattyapur ihnen empfiehlt. Der Radscha muß vernichtet werden. Und dafür werde ich sorgen.«
Die Frauen starrten sie ungläubig an. »Und wie willst du das zuwege bringen?« wollten sie wissen.
»Es ist bereits geschehen«, sagte die Rani. »Das Gift war beim Essen in seiner Schale.«
Fanny blieb fast das Herz stehen. Sie vergaß ihr Versprechen, die *zenana* erst zu verlassen, wenn Sajjan nach ihr rufen ließ. Sie mußte sofort zu ihm — wenn es nicht schon zu spät war!
Aber wo sollte sie ihn finden? Sie zog den Schleier dichter vor ihr Gesicht, trat auf den nächsten Wachposten zu und fragte ihn, ob er ihrem Herrn eine Nachricht bringen könnte. Der Mann schaute sie an, als sei sie verrückt geworden. »Ich kann doch meinen Posten nicht verlassen!«
»Aber du kannst mir sagen, wo ich ihn finde, ja?«

Der Mann schüttelte den Kopf, doch dann deutete er auf eine Gestalt, die den Gang entlang kam. Es war der einzige Engländer, den Fanny im Moment nicht zu sehen wünschte – der junge Arthur Cunningham. Sie trat in den Schatten zurück und hoffte, daß er an ihr vorbeigehen würde, ohne sie zu erkennen. Doch da trat aus der entgegengesetzten Richtung ein Mann auf ihn zu, den sie nur allzu gut kannte. Sie erstarrte. Was um alles in der Welt trieb Edwin Bantry hier?

»Hast du einen guten Fang gemacht?« fragte Edwin den jungen Cunningham.

Der schüttelte den Kopf. »Hanut hat sich die besten schon unter den Nagel gerissen. Wollte dich nur warnen, daß deine Tochter sich auch hier rumtreibt. Das könnte unsere Pläne ein wenig durchkreuzen, oder?«

Lord Bantry rieb sich die Hände. »Es ist an der Zeit, der jungen Dame eine Lektion zu erteilen. Ich werde sie lehren, sich hinter meinem Rücken an die Königin zu wenden und einen Narren aus mir zu machen.«

Cunningham sah ihn zweifelnd an. »Ihr Gatte ist bei ihr.«

»Um so besser! Komm mit, dieses Mädchen ist sowieso schon ihr Lebtag lang viel zu gesund und munter gewesen. Wenn ich da an meinen Sohn denke! Komm, wir werden unseren Spaß mit ihr haben...«

Bei diesem Vorhaben sträubte sich selbst der junge Cunningham. »Nein, ich werde Mary nichts antun. Meine Mutter hängt sehr an ihr.«

»Die verdient auch eine Lektion. Frauen! Ich hasse sie, jede einzelne! Schau dir Mary an! Konnte es nicht erwarten, diesen Mischling zu heiraten! Nachdem sie jetzt einen Vorgeschmack bekommen hat, wird sie wahrscheinlich dankbar sein, wenn wir es ihr jetzt richtig besorgen!«

Fanny gefror das Blut in den Adern. Was sollte sie nur tun? Anscheinend sollte sie ihr ganzes Leben gegen Edwin Bantry kämpfen müssen. Ihr fiel nur eine Person ein, die ihr jetzt helfen konnte: Hetty Cunningham. Sie mußte sie finden und ihr sagen, daß Bantry in Hanupur war. Vielleicht konnte auch Walter Gilbert helfen. Im Hintergrund hörte sie Trompeten, Hufeklappern und andere militärische Geräusche. Die Briten schienen es leid zu sein, untätig vor den Stadttoren abzuwarten; sie näherten sich, um ihrem Herrschaftsanspruch Nachdruck zu verleihen.

Doch sie hatte sich jetzt um Wichtigeres zu kümmern. Hastig folgte sie den beiden Männern, die den Gang hinuntergeeilt und in einem der Räume verschwunden waren. Wie angewurzelt blieb sie auf der Schwelle stehen. Mary stand mit dem Rücken zur Wand und erwehrte sich ihres Vaters, der sie an ihrem verkrüppelten Arm festhielt. Fanny erinnerte sich an das Kind, das die Zähne zusammengebissen hatte, um nicht zu schreien, während ihr Vater es quälte ...

»Lauf, Mary!« rief sie ihr zu. »Ich erledige das hier!«

Aber weglaufen kam für Mary nicht in Frage. Sie griff unter ihr Kleid und zog das Messer hervor, das ihre Mutter ihr damals gegeben hatte. Mit ruhiger Gelassenheit stieß sie es ihrem Vater zwischen die Rippen. Als er mit einem Röcheln zu Boden stürzte, erfüllte eine große Genugtuung ihr Herz.

»Jetzt hast du mich doch noch umgebracht, Fanny«, stöhnte Bantry. Cunningham war herbeigeeilt und beugte sich über ihn. »Ich hätte nie gedacht, daß du es wirklich einmal tust!«

Fanny lief über den Marmorboden, der Klang der Ringe an ihren Zehen ließ Mary in ihre Richtung schauen.

»Lauf weg, Mary«, wiederholte sie. »Überlaß das mir!«

Sie nahm ihrer überraschten Tochter das Messer aus der Hand und schob sie zur Tür. »Ist er tot?« fragte sie dann den jungen Cunningham mit all der Herablassung und Gelassenheit, für die sie als Lady Frances berühmt gewesen war.
Der junge Mann erhob sich und sah sie mit wutverzerrtem Gesicht an. »Sie werden nicht ungeschoren davonkommen, Lady Frances«, zischte er. »Vergessen Sie nicht, daß ich hier war und seine letzten Worte gehört habe. Ich werde nicht Mary beschuldigen. *Sie* werden dafür sterben, und keiner von den Unsern wird ihnen eine Träne nachweinen. Sie haben Bantry seine Tage vergällt!«
Fanny streckte ihm die geöffnete Hand mit dem Messer entgegen. »Ich werde es nicht abstreiten«, sagte sie stolz. »Mit diesem Messer habe ich ihn jahrelang von meinem Bett ferngehalten. Es war nur folgerichtig, daß er letztlich durch diese Klinge starb.«
Cunningham riß ihr das Messer aus der Hand. »Hoffentlich denken Sie auch noch so darüber, wenn man Sie dafür aufhängt!« kreischte er.
Fanny schloß die Augen. Das hoffte sie auch. Aber noch mehr hoffte sie, daß Sajjan, falls er noch lebte, verstehen würde, warum sie es hatte tun müssen.

Kapitel 28

Fanny hatte sich noch nie an einem Ort aufgehalten, der so schmutzig und unerfreulich war wie der Kerker von Hanupur. Ihre heikle Natur war geradezu beleidigt von dem hier herrschenden Mangel an Sauberkeit. Der Aufenthalt im Palast war schon schlimm genug gewesen, aber dieses stinkende Loch hier spottete jeder Beschreibung.

Fanny hatte zunächst darauf gehofft, daß Sajjan ihr rasch zu Hilfe eilen würde, aber die Stunden verstrichen, ohne daß etwas geschah. War er tatsächlich dem Mordanschlag zum Opfer gefallen?

Außer ihr gab es in dieser winzigen, stickigen Zelle noch zwei Insassen, eine verrückte Alte und eine hübsche Junge, die Tänzerin gewesen war, bevor sie bei Hanut in Ungnade fiel. Sie schwänzelte um Fanny herum, weil sie offensichtlich hoffte, daß sie ihr hier heraushelfen könnte.

»Weshalb bist du hier?« fragte sie und fächelte sich und Fanny träge Luft mit ihrem Schleier zu.

»Ich habe meinen Gatten ermordet.«

Das Mädchen zog die Nase kraus. »Und wen kümmert das hier?«

»Sieht man mir denn an, daß ich eine Fremde bin?«

Das *nautch*-Mädchen musterte sie eingehend. »Ich könnte nicht sagen, woher du kommst, aber ganz sicher bist du nicht aus Hanupur. Keine Frau geht hier so aufrecht, daß sie nicht schon bald einen Buckel hat. Woher kommst du?«

»Aus Kattyapur.«

Das Mädchen zerrte flehentlich an Fannys Armspange. »Wirst du mich dorthin mitnehmen, wenn du freikommst? Keiner weiß mehr, warum ich hier bin oder wie ich heiße. Glaub mir, ich werde dir immer treu und ergeben dienen!«

»Ich glaube nicht, daß mich die Briten nach Kattyapur zurückkehren lassen. Ich habe einen *sahib-log* umgebracht.«

Das Mädchen war enttäuscht. »Wer bist du?« fragte sie.

»Ich heiße Fanny.«

Doch das sagte dem Mädchen offenbar nichts. »Ich werde dir dienen, solange du hier bist, und vielleicht können wir ja entfliehen«, entschied sie. »Denn wir dürfen nicht zulassen, daß wir in Vergessenheit geraten, sonst enden wir so wie die Alte dort. Lieber möchte ich tot sein.«

Fanny gefiel dieser Standpunkt. Sie war froh, mit jemandem reden zu können, denn in diesen Momenten hatte sie nur das Bild vor Augen, wie Mary ihren Vater erstach. Zwar hatte sie Bantry den Tod tausendfach gegönnt, doch daß es Mary sein mußte, die ihm den tödlichen Stoß beibrachte! Sie hatte nicht einen Augenblick lang gezögert.

»Bist du hungrig?« fragte sie ihre Leidensgefährtin.

»Hier ist man immer hungrig«, antwortete ihr diese. »Was die Soldaten uns nicht wegessen, fressen die Ratten auf.«

Fanny schluckte. »Ratten?«

Das Mädchen nickte, und ein schwaches Lächeln umspielte ihre Lippen. »Besser als das andere Getier. Sie haben ein weiches Fell und warmes Blut. Eine versuche ich zu dressieren.«

Fanny schauderte. Sie wollte lieber nicht über die anderen

Besucher nachdenken. So stand sie auf, ging zur Zellentür und rief nach dem Aufseher.
»Bring uns was Anständiges zu essen!« befahl sie.
»Und wer bezahlt dafür?« grinste er sie an.
»Der Radscha von Kattyapur!« Was auch immer er jetzt über sie denken mochte, Sajjan würde seine Fanny nicht hungern lassen — wenn er noch am Leben war.
Der Mann öffnete einen Spaltbreit die Tür. Er musterte sie zweifelnd von oben bis unten. »Du kommst aus Kattyapur?«
Fanny atmete auf. Wenn Sajjan tot wäre, wüßte es jeder hier.
»Ich bin die Frau seines Herzens«, erklärte sie und schöpfte bereits wieder ein wenig Hoffnung.
»Aber was machst du dann hier?« Er wirkte verunsichert.
»Die Frau, die du zu sein behauptest, wird tatsächlich im Palast vermißt. Aber einige behaupten, sie sei bei dem Gefecht umgekommen. Da waren mehr als genug Mörder zugange, und jeder hat die Briten zum Vorwand genommen, alte Rechnungen zu begleichen. Woher soll ich wissen, daß du die Wahrheit sagst?«
»Schick eine Nachricht an Seine Hoheit und teile ihm mit, wo ich mich befinde.«
»Du bist wegen Mordes hier«, beharrte er argwöhnisch.
»Ja, wegen einem Engländer. Jetzt schicke endlich zu dem Radscha von Kattyapur und dem Führer der Briten und frag nach, was mit mir geschehen soll!«
Ihr Dünkel erboste ihn, und er spuckte ihr direkt vor die Füße. »Und warum sollte ich das tun, fremde Dame?«
Ja, warum? Entmutigt ließ sich Fanny wieder in die Ecke sinken, die ihr das *nautch*-Mädchen gesäubert hatte. Sie lehnte den Kopf gegen die Wand und versuchte, nicht auf die herumschwirrenden Insekten zu achten. Die Hitze war

unerträglich. Einmal meinte sie, den Lärm von kriegerischen Auseinandersetzungen zu hören. Sie lauschte. Doch nach einer Weile war es wieder totenstill.

Schließlich nickte sie ein wenig ein. Als sie aufwachte, hatte sie tränennasse Wangen, und da wußte sie, daß sie von Mary geträumt hatte. Die Tür zu ihrer Zelle öffnete sich. Fanny wischte sich mit dem Handrücken übers Gesicht.

»Kommt mit mir.«

Fanny sprang auf. »Wohin gehen wir? Hast du den Radscha von Kattyapur in Kenntnis gesetzt?«

»Seine Hoheit, der Yuveraj, hat Euer Erscheinen vor dem britischen Gericht verlangt.«

Ob Hanut oder sein Erbe, welchen Unterschied machte das schon? Fannys Mut sank. Hanut würde sich an dem Anblick ergötzen, wie sie vor Sir Arthur Cunningham um ihr Leben flehte. Bei diesem Gedanken schauderte ihr. Und selbst wenn Hanut tot oder von den Briten gefangengenommen worden war, hatte sie immer noch Sir Arthurs Sohn zu fürchten, der jetzt endgültig ihr erklärter Todfeind war.

Als sie aus dem Kerker kam, schlug ihr Verwesungsgeruch entgegen. Überall sah sie Soldaten, die damit beschäftigt waren, leblose Körper auf einen Haufen zu schichten. Zuerst dachte sie, es seien nur Briten, aber dann fielen ihr auch die grünen Umhänge von Sajjans Soldaten ins Auge. Sie sah über die Schulter und stellte fest, daß das *nautch*-Mädchen die Gelegenheit genutzt hatte und ihr dicht auf den Fersen folgte. Ihr Gesicht verbarg sie hinter einem schmutzigen Taschentuch.

»Was für ein entsetzlicher Anblick«, sagte Fanny erschüttert. »Daß so viele Menschen aus so nichtigem Anlaß ihr Leben lassen mußten!«

»In Zukunft werden hier die Briten das Sagen haben«, bemerkte der Wächter.
Fanny schlug das Herz bis zum Halse. »Ist mein Herr und Gebieter noch in Hanupur?« fragte sie. Der Wächter zuckte lediglich die Achseln.
Sie betraten den Palast, der einem Schlachtfeld glich. Überall eilten Briten hin und her; manchmal mischten sich Einwohner von Kattyapur unter sie. Keiner schenkte den beiden Frauen Beachtung, die von dem Wächter zu den neuen Herrschern von Hanupur gebracht wurden. Der erste, den Fanny erblickte, war Sajjan. Er schien in den Stunden um zehn Jahre gealtert zu sein. Hatte sie ihn so tief getroffen? Sie weinte innerlich über ihre Dummheit und ihren Ungehorsam. Nicht einmal ein Tor würde an einem solchen Ort ungekostete Speisen zu sich nehmen. Und ein Tor war Sajjan sicherlich nicht. Sie hätte auf ihn hören und seinen Befehl abwarten wollen. Sie fühlte, wie seine Augen auf ihr ruhten und versuchte, ihm durch ihren stummen Blick eine Botschaft zu übermitteln.
»Ich bin nicht dein Richter«, sagte er. »Bei Sir Arthur Cunningham mußt du um Gnade flehen.«
»Ich habe dir weh getan«, antwortete sie leise. »Dafür wollte ich dich um Verzeihung bitten. Was das andere betrifft, so war es mir nicht möglich, anders zu handeln.«
Sie hoffte auf eine Geste des Verständnisses, aber er wandte den Kopf zur Seite und trug die unbewegte Miene zur Schau, die er seinem Rang schuldig war.
»Ich kann nichts für dich tun, Fanny«, flüsterte er.
Sir Arthur Cunningham saß hinter einem Tisch, flankiert von je einem britischen Offizier. Dann erblickte sie Mary. Hinter ihr stand Walter Gilbert, der eine Hand auf ihre Schulter gelegt hatte. Marys Gesicht war aschfahl. Wollte

ihre Tochter sich selbst bezichtigen, fragte sich Fanny erschrocken. Zugleich war sie erleichtert über die Anwesenheit ihrer Tochter, die so viel durch Edwin Bantry hatte erdulden müssen.

Sir Arthur räusperte sich. »Dies ist nur eine Voruntersuchung zum Tode von Lord Bantry«, begann er. Zum ersten Mal sah er Fanny direkt an. »Verstehen Sie Englisch?«

Fanny nickte. Erkannte er sie denn nicht?

Mary sprang auf. »Wollen Sie meiner Mutter denn keinen Stuhl anbieten?« fuhr sie Sir Arthur an. Mr. Gilbert zog sie auf ihren Platz zurück. »Ruhig, Liebes. Lady Frances fühlt sich wohler so.«

Sir Arthur starrte die beiden wütend an. »Wie heißen Sie, Frau?« schnauzte er Fanny an.

»Fanny, Sir«, antwortete sie.

Er notierte mit großer Sorgfalt etwas in seinen Unterlagen. »Als erstes vernehmen wir meinen Sohn«, gab er bekannt.

Mary beobachtete angewidert, wie Mr. Cunningham vortrat und mit der Bibel in der Hand den Eid nachsprach, den ihm ein Geistlicher vorsagte. Dann platzte sie heraus.

»Hör nicht auf ihn, Onkel Arthur. Ich habe dir schon gesagt, daß ich es war. Ich habe meinen Vater ermordet, weil er mich sonst umgebracht oder mir gar noch Schlimmeres angetan hätte. Ich will nicht, daß meine Mutter die Schuld auf sich nimmt!«

Fanny warf ihr einen wütenden Blick zu. Warum konnte ihre Tochter nicht den Mund halten?

»Ist die Anwesenheit der englischen Lady vonnöten?« hörte sie sich fragen. »Ich fürchte, sie ist nicht ganz bei sich. Sollte sie sich nicht besser zurückziehen?«

Mr. Cunningham wurde auch zunehmend nervöser. »Eine glänzende Idee! Schließlich war sie ja gar nicht dort. Mary,

Sie wissen ja nicht, wovon Sie reden! Denken Sie auch mal an meine Mutter! Schließlich sind Sie ihr einiges schuldig...«

»Ich bin niemandem etwas schuldig«, trotzte Mary. »Sie können ja wohl schlecht behaupten, ich wäre es *nicht* gewesen!«

Fanny zog den Schleier zurück und sagte unendlich würdevoll und gelassen: »Ich habe ihn erdolcht, wie ich es ihm jahrelang angedroht hatte.« Sie hoffte, daß Sajjan nicht eingreifen würde. Er war der einzige in dem Raum, der wußte, daß sie zu solch einer Handlung nicht fähig war. Hoffentlich verstand er, daß sie alles in ihrer Macht Stehende tun mußte, um ihre Tochter zu schützen. Einmal hatte sie Mary im Stich gelassen; aber dieses Mal würde die Mutter alles auf sich nehmen, und die Tochter würde frei sein...

Arthur Cunninghams Blick wanderte zwischen Mutter und Tochter hin und her. Er hatte noch die flehentlichen Bitten seiner Mutter im Ohr, daß er Mary schützen mußte, koste es, was es wolle. Und als er den verächtlichen Blick dieser hochwohlgeborenen Lady Frances sah, wurde ihm klar, daß er für sie der gleiche Sadist war wie Lord Bantry, der sich die Freundschaft der eingeborenen Fürsten erkaufte, weil keiner seiner eigenen Leute etwas mit ihm zu tun haben wollte. Mary hatte zwar die gleiche hochmütige Miene, aber zumindest trug sie keinen Diamanten in der Nase und war anständig angezogen.

Er deutete auf Fanny und kreischte: »Sie hat ihn umgebracht! Sie hat ihren eigenen Gatten getötet! Der Tod ist noch eine viel zu milde Strafe für sie!«

Sir Arthur wischte sich mit einem Taschentuch übers Gesicht. In seinen Augen war ein triumphierendes Glitzern. Auf diesen Augenblick hatte er die ganze Zeit gewartet. Er musterte seinen tobenden Sohn und wünschte sich, er hätte ein weniger widerliches Exemplar gezeugt. »Ihren Gatten?« unterbrach er ihn. »Wer, glaubst du denn, wer diese Frau ist?«

Mr. Cunningham schäumte vor Wut. »Sie ist Lady Frances Bantry!«

Dieser Behauptung folgte ein langes, bedeutungsschweres Schweigen. Dann wischte sich Sir Arthur ein weiteres Mal über das Gesicht, und Fanny konnte sich des merkwürdigen Gefühls nicht erwehren, daß er hinter dem Taschentuch ein Lächeln verbarg. Ein wenig von ihrer Furcht fiel von ihr ab.

Er lehnte sich nach vorne, sein Schnurrbart zitterte heftig. »Geben Sie zu, daß Sie den Tod von Lord Bantry herbeigeführt haben?«

Fanny nickte. Ihre Kehle war zu trocken, als daß sie hätte sprechen können.

»Dann fürchte ich, daß ich keine Anklage erheben kann. Mein Sohn behauptet, sie seien Lady Frances Bantry, die vor Jahren von Banditen in Delhi ermordet wurde, wie eine gerichtliche Untersuchung ergeben hat. Kurz nachdem sie für tot erklärt worden war, hat Lord Bantry sich wieder verheiratet, was er wohl kaum getan hätte, hätte er seine ihm gesetzlich angetraute Ehefrau noch am Leben vermutet. Ich werde doch keinen Narren aus mir machen! Wenn Lady Frances Bantry bereits tot ist, was für einen Sinn hätte es dann, sie zum Tode zu verurteilen?«

Mary umklammerte die Hand ihres Gatten. »Mama, du mußt mit uns kommen ...«

Aber Sir Arthur unterbrach ihren Gefühlsausbruch. »Ihr Name ist Fanny; und der Radscha von Kattyapur bezeichnet Sie als die Frau seines Herzens.« Fanny nickte. »Dann

ist es an ihm, über Sie zu richten. Ihr Schicksal ruht in seiner Hand.« Er stand auf und erklärte knapp: »Das Gericht ist entlassen!« Und leiser fügte er hinzu: »Lassen wir die Toten ruhen. Wir haben uns mit genügend anderen Dingen herumzuschlagen. Mary, lauf zu Tante Hetty. Sie wird keine ruhige Minute haben, bis sie dich mit eigenen Augen wohlauf gesehen hat.« Dann räusperte er sich geräuschvoll und wandte sich noch einmal an Fanny: »Ich werde Seiner Hoheit ans Herz legen, Gnade walten zu lassen. Lord Bantry war nicht gerade ein angenehmer Zeitgenosse, und vielleicht sind Sie nicht so schuldig an seinem Tod, wie Sie eben hier erklärt haben. Obwohl ich hoffe, daß Sie mich nie mit der Bürde der vollen Wahrheit belasten werden. Auf Wiedersehen, Fanny.«
Fanny sah ihm in die Augen. »Auf Wiedersehen, Sir Arthur.« Sie hätte schwören können, daß er ihr zublinzelte. Rasch wandte sie sich um und suchte nach Sajjan, doch er hatte den Raum bereits verlassen. War er immer noch böse auf sie? Plötzlich fühlte sie den Drang, in Tränen auszubrechen. Zwar war sie frei, aber sie wurde das Gefühl nicht los, daß das Schlimmste noch vor ihr lag.

Donner und Blitz waren die ersten Anzeichen eines nahenden Sandsturmes. Fanny sah aus der sicheren *zenana* von Hanupur hinaus in die Wüste, während um sie herum alle Frauen wie aufgeregte Hühner durcheinander kreischten. Hanut war tot, und jede hoffte, daß ihr Sohn die Nachfolge antreten würde. Fanny sehnte sich nach Kattyapur und nach Maneka, die so einen Zwist nie dulden würde.
»Fremde Dame, jemand wünscht Euch zu sprechen.«
»Mich?« Einen unsinnigen Augenblick lang hoffte Fanny, daß es Sajjan war, der sie rufen ließ, doch dann erblickte sie

Lady Cunningham, die etwas verloren in der Mitte des verfallenen Hofes stand. Um sie herum scharten sich keifende Frauen. Fanny war sich in diesem Augenblick wieder bewußt, warum sie Lady Cunningham damals so ins Herz geschlossen hatte. Sie mußte ihren ganzen Mut zusammengenommen haben, um sich allein an diesen Ort zu wagen. Und das, obwohl sie immer so darauf bedacht war, nichts Anstößiges zu tun!
»Oh, Lady Frances!«
Fanny lächelte sie an und streckte ihr die Hand entgegen. »Lady Frances ist schon lange tot.«
»Ja, Sir Arthur war selbst bei der gerichtlichen Untersuchung zugegen. Wir dachten, es wäre für Marys Wohl...« Ihre Stimme begann zu zittern, und Fanny ergriff das Wort. »Ich schulde Ihnen für so vieles Dank! Haben Sie mich nie zur Hölle gewünscht, weil ich Ihnen das angetan habe?«
Lady Cunningham zuckte zusammen, weil Fanny ihre Gedanken längst erraten hatte... mochten diese auch längst der Vergangenheit angehören. »Nein, nein«, protestierte sie. »Ich habe Mary gleich in mein Herz geschlossen. Und die Königin selbst hat sich um sie gekümmert! Sie hat sich sogar die Mühe gemacht, mir persönlich zu schreiben, nachdem sie sich davon überzeugt hatte, daß ich würdig bin, ihre Patentochter in meine Obhut zu nehmen! Sie war die Freundlichkeit in Person!«
»Das freut mich!« Offenbar bedeutete dies anderen Frauen sehr viel, dachte Fanny leicht belustigt.
»Erzählen Sie mir von Mary! Offensichtlich hat sie Mr. Gilbert geheiratet?«
»Oh, ja.« Lady Cunningham zierte sich etwas. »Mary weigerte sich, einen anderen Mann auch nur anzusehen. Es war schon ein wenig peinlich, denn sehen Sie — nun ja, *Sie* wür-

den wahrscheinlich nichts dabei finden, aber jemand muß ja schließlich auch an die Zukunft des Kindes denken, nicht wahr?«

»Es geht um die parsische Großmutter, nicht wahr? Armer Mr. Gilbert! Das wird ihm so leicht nicht verziehen werden.«

Lady Cunningham hatte vergessen, wie sehr sie Lady Frances einst dafür bewundert hatte, daß sie immer zu wissen schien, was schicklich war und was nicht. Offenbar hatte sie diese Fähigkeit nicht eingebüßt — trotz ihrer anstößigen Kleidung!

»Ja, Mary hat dann nicht einmal den Versuch unternommen, ihren Vater um die Erlaubnis zur Eheschließung zu bitten. Und ich habe mir hauptsächlich Sorgen darüber gemacht, wie unglücklich sie werden würde, wenn sie auf ihrer Wahl bestünde. Aber Mary ist einfach nach England gefahren, um die Königin zu besuchen, und kam verheiratet zurück. Die Königin selbst hat die Hochzeit ausgerichtet und bezahlt, selbst ihr Brautkleid! Und sie ließ mir eine sehr freundliche Nachricht zukommen, stellen Sie sich das vor! Und das Kind ist so glücklich! Ich hätte das nicht zu hoffen gewagt! Wo doch kein Mann in ihrer Nähe sein durfte, nach all dem, was sie mit ihrem Vater durchgemacht hat!«

»Ja, ich verstehe«, sagte Fanny mitfühlend. »Sie mögen Mr. Gilbert?«

»O ja!« sagte Lady Cunningham mit Nachdruck. »Wenn ich ihn auch nicht oft sehe, denn die meisten der Unsern begreifen einfach nicht, daß er ebenso Brite ist wie wir. Und man muß vorsichtig sein, wenn man keinen Anstoß erregen will, nicht wahr? Das verstehen Sie doch? Ich meine, auch ohne diese Heirat war Mary schon in einer schwierigen Si-

tuation, gesellschaftlich gesehen. Obwohl das diese junge Dame wenig kümmert!«
»Ja, ich habe vollstes Verständnis, Lady Cunningham. Ging damals eigentlich alles gut bei Ihrem ersten Dinner?«
Lady Cunningham atmete erleichtert auf, daß Fanny ihr wegen Marys Mesalliance keinen Vorwurf machte, und widmete sich erfreut ihren Erinnerungen an dieses gesellschaftliche Ereignis. »Ja, es war ein großer Erfolg. Ich war Ihnen immer so dankbar dafür, Lady Frances.«
»Nennen Sie mich doch Fanny.«
Lady Cunningham fühlte sich außerordentlich geschmeichelt. Denn wenn sie auch in etwas ungewöhnlichen Umständen lebte, so war Lady Frances doch die Tochter eines richtigen Earl. »Ich heiße Hetty«, murmelte sie. Sie schwieg einen Moment, dann wechselte sie wieder zur Gegenwart über. »Ich weiß, es ist schrecklich, so etwas auszusprechen, aber ich bin froh, daß uns Lord Bantry nicht mehr quälen und belästigen kann. Er hat unseren Sohn verdorben! Und ich werde ihm auch nie verzeihen, was er Ihnen und Mary angetan hat! Nie! Und wenn es Arthur auch Mord nennt, ich nenne es einen Segen für die Menschheit!«
Fanny zuckte nur die Schultern. »Seine Zeit war gekommen.«
»Und nicht Sie haben ihn umgebracht! Deshalb bin ich gekommen. Sie sollen wissen, daß es einen Menschen auf der Welt gibt, der nicht an Ihre Schuld glaubt. Ich bewundere Sie dafür, daß Sie sich des Mordes bezichtigt haben. Es hätte für Mary sehr schlecht ausgehen können, aber Ihren Radscha wird es ja wohl nicht stören?«
Fanny überlief ein Schauder. Sie wäre lieber durch die Hand der Briten gestorben, als daß sie Sajjans Mißfallen erregt hätte ... Vielleicht verstand er sie, aber er konnte nicht

über die Tatsache hinwegsehen, daß sie schon wieder so vieles wegen ihrer Tochter aufs Spiel gesetzt hatte, während er sich mit den Briten zu arrangieren versuchte.

»Lassen Sie Mary nicht über den Tod ihres Vaters nachgrübeln«, bat sie Lady Cunningham. »Es wäre sowieso geschehen. Wer kann schon sagen, ob es nicht durch meine Hand geschehen wäre? Wir sind Werkzeuge unseres Schicksals – und nicht immer gefällt uns, was wir mit unseren Taten bewirken.«

Lady Cunningham war erstaunt. »Genauso würde Mary sprechen. Ich verstehe nicht die Hälfte von all dem, worüber sie mit Mr. Gilbert redet, und sie hat mich gebeten, mir über ihre Philosophiererei nicht den Kopf zu zerbrechen. Und das tue ich auch nicht, solange es sich nicht um diese unappetitlichen Geschichten handelt, welche die Inder so zu lieben scheinen. Sie wissen es eben nicht besser, diese Armen – sonst würden sie ja auch nicht halbnackt herumlaufen …« Erschrocken hielt sie sich die Hand vor den Mund. »Ich meine …«

»Es kommt einem zuerst sehr befremdlich vor«, bemühte sich Fanny, ihr aus der Verlegenheit zu helfen. »Ich brauchte sehr lange, bis ich feststellte, daß diese Kleidung dem hiesigen Klima sehr angemessen ist – und viel sittsamer, als es zunächst scheinen mag.«

Daran zweifelte Lady Cunningham beim Anblick von Fannys unverhüllten Körperteilen – auch wenn man zugeben mußte, daß sie – auf eine exotische, ja *heidnische* Weise – entzückend aussah. Doch sie behielt diese Gedanken für sich.

Fanny geleitete sie bis zum Ausgang der *zenana* und sorgte dafür, daß sie zu ihren eigenen Gemächern zurückgeführt wurde.

»Es war sehr liebenswürdig von Ihnen, mich zu besuchen. Ich habe Sie immer sehr gemocht. Und Mary hätte sich keine bessere Ersatzmutter wünschen können. Wir stehen beide tief in Ihrer Schuld. Aber ich denke doch, es ist besser, wenn wir uns nicht wiedersehen. Sir Arthur würde es nicht schätzen. Bei Lady Frances wäre es etwas anderes, aber Fanny, die Geliebte des Radscha ist doch kein angemessener Umgang für Sie — und auch nicht für Mary. Meinen Sie, daß Sie ihr das beibringen könnten?«
Lady Cunningham hätte fast eingestanden, daß sie dies bereits versucht hatte — wenn auch vergeblich.
»Wissen Sie, Lady Frances starb vor langer Zeit und ließ Mary allein und schutzlos bei ihrem Vater zurück.«
»Sie sind so tapfer, meine Liebe. Und das werde ich auch Sir Arthur berichten. Ja, ja, ich weiß schon. Lady Frances muß begraben bleiben, aber es gibt vieles, was meine Bewunderung für Fanny erweckt — auch wenn ich sie nie wiedersehen sollte!«
Fanny blickte ihr nach. Hinter ihr gingen zwei Frauen aufeinander los und zerrten sich gegenseitig an den Haaren. Es war an der Zeit, Hanupur zu verlassen. In plötzlicher Entschlußfreudigkeit klatschte sie in die Hände und sagte ihrer Dienerin, was sie zu tun gewillt war. »Und das *nautch*-Mädchen aus dem Gefängnis nehmen wir mit«, entschied sie.
»Aber das ist doch eine Diebin«, wagte die Dienerin einzuwenden.
Fanny blickte sie belustigt an. »Ich wüßte nicht, was sie mir stehlen sollte. Und jetzt, los!«

Der Sandsturm war jetzt in unmittelbarer Nähe, und Fanny wälzte sich unruhig auf ihrem Lager hin und her. Ein Donnerschlag direkt über ihr ließ sie aus dem Schlaf auffahren. Vor dem geöffneten Fenster stand eine Gestalt, Sajjan!

»Was hast du hier zu suchen?« fauchte er sie an. »Habe ich dich denn rufen lassen?«

Sie schüttelte den Kopf. »Ich habe es in der *zenana* einfach nicht mehr ausgehalten. Es ist so ein schrecklicher Ort.«

»Schrecklich, fürwahr.«

Sie setzte sich auf dem Lager auf, das sie sich in seinem Gastraum hergerichtet hatte. Sajjan rührte sich nicht. Er sah nicht einmal zu ihr hin.

»Hat dich die Entscheidung Sir Arthurs nicht gefreut, Sajjan?«

Er ging nicht auf ihre Frage ein. »Ich war überrascht, wie ähnlich dir Mary ist. Kein Wunder, daß Cunningham nicht wußte, welche von euch beiden Bantry den Stoß versetzt hat.«

»Ist dir das wichtig?«

»Ich habe mit Mary gesprochen. Sie ist unzweifelhaft deine Tochter. Schade, daß sie nicht auch die meine ist. Sie hat den Mut einer Rajputin.« Er legte ihr den Finger auf die Lippen, damit sie ihn nicht unterbrach. »Aber sie versteht besser als du, daß wir alle unsere eigenen Leben zu leben und unsere eigenen Tode zu sterben haben.«

Fanny zwinkerte, um die Tränen zurückzuhalten. »Habe ich unser gemeinsames Leben zerstört?«

»Ich weiß es nicht, Fanny. Auf jeden Fall kannst du nicht länger hierbleiben. Du mußt sofort zurück nach Kattyapur. Wenn ich dann zurückkomme, weiß ich, ob die Briten ein Interesse daran haben, schlafende Hunde zu wecken. Ich muß das Interesse meines Staates an die erste Stelle setzen.«

»Hättest du für den Yuveraj nicht dasselbe getan?«

»Es wäre nicht nötig gewesen.«
Das stimmte. Fanny seufzte. »Ich konnte nicht anders handeln. Ich konnte sie nicht ein zweites Mal im Stich lassen. Aber ich verspreche dir, Mary nie wiederzusehen!« Sie bemühte sich zu lächeln. »Eine verheiratete Frau braucht ihre Mutter auch nicht mehr.«
»Sie hat dich nie so gebraucht wie du sie. Einst dachte ich, daß du anders bist als andere Frauen, Fanny. Ich hielt dich für meine Traumfrau, die Rechte und Pflichten mit mir teilt und nicht wegen ihrer persönlichen Angelegenheiten ihr Leben aufs Spiel setzt. Wenn die Briten dich schuldig gesprochen hätten, hätte ich nichts für dich tun können. Fanny, ich kann nicht zulassen, daß ich je wieder in eine solche Lage gerate!«
Der hilflose Klang in seiner Stimme rührte sie. Sie verbarg ihr tränennasses Gesicht an seiner Brust; ihr ganzer Körper bebte. Und als sein Mund von dem ihren Besitz ergriff, fühlte sie trotz ihrer Erschöpfung, wie das Begehren in ihr wuchs, und ihr Lebensmut erwachte wieder. Denn wenn seine Bedürfnisse nach ihr jetzt auch rein körperlicher Natur waren, so konnte sie vielleicht doch eines Tages das Band wieder zusammenknüpfen, das sie so lange verbunden hatte.
»Traue niemandem hier«, flüsterte sie ihm eindringlich zu. »Hier ist jeder des anderen Feind, will jeder die Macht an sich reißen. Und traue auch den Briten nicht. Sie benutzen dich und werden dir die Schuld zuschieben, wenn irgend etwas nicht nach ihren Wünschen verläuft. Hier riecht alles nach Tod und Verderben. Bitte, zögere die Rückkehr nach Kattyapur nicht hinaus!«
»Ich bin in wenigen Wochen zu Hause, mit dem neuen britischen Regierungsbeauftragten an meiner Seite.«

Fanny verzog das Gesicht. »Schon wieder Fremde. Ich will keinen mehr von ihnen sehen!«
Er lachte kurz auf. »Welche Rolle sie mir auch in der Zukunft aufzwingen mögen, ich werde immer deinen Beistand brauchen, um mit ihnen zurechtzukommen.«
Sie war nicht gerade erfreut über diese Aussicht, aber sie wußte, daß sie angesichts seiner gegenwärtigen Stimmung den Bogen nicht überspannen durfte. »Sie werden nie vergessen, was hier geschah.«
»Ja, das stimmt. Keiner von uns wird es vergessen. Aber wir können daraus lernen. Und solange ich deiner Unterstützung bedarf, Fanny, kannst du sie mir da verweigern?«
Sie ließ die Schultern hängen. »Nein.«
»Dann ist dies die Strafe, die ich dir für den Mord an Bantry auferlege: der Zukunft mit so viel Tapferkeit ins Gesicht zu schauen, wie du sie in der Vergangenheit gezeigt hast und wie ich sie von der Frau meines Herzens erwarten darf!«

Kapitel 29

Der kleine Palast sah inzwischen bewohnbar aus, und Fanny gefiel es, durch die Gemächer zu schreiten und die neuen Einrichtungsgegenstände zu bewundern, die sie selbst ausgesucht hatte. Es war eine Mischung aus indischen und europäischen Formen, die ihr sehr zusagte.

Als ein großes Hallo der Männer die Ankunft Manekas ankündigte, nahm sie auf einem der neuen Sofas Platz und nickte Ila zu, die Erfrischungen für die hochschwangere Frau hereinzubringen. Doch das Sitzen auf dem Sofa war ihr bald unangenehm, und sie schlug die Beine unter. Obwohl sie Maneka schon häufig in ihren eigenen Gemächern empfangen hatte, machte es ihr hier mehr Spaß. Hier fühlte sie sich doch mehr als Herrin des Hauses.

Maneka ließ sich auf einem Stapel Kissen nieder und sah sich neugierig um. »Hast du gewußt, daß der Regierungsbeauftragte verheiratet ist?« fragte sie.

»Ein weiterer Grund, mich von ihm fernzuhalten.«

»Seine Hoheit hoffte, du würdest seiner Frau einen freundlichen Empfang bereiten. Vieles wird ihr zunächst sehr fremdartig erscheinen.«

»Ich würde sie in entsetzliche Verlegenheit bringen. Die Frauen sind oft noch heikler als die Männer, wenn es um indische Bräuche und Sitten geht.«

Maneka legte den Kopf schief. »Ich kann mich an jemanden erinnern, der uns für Barbaren hielt, weil wir ein Pferd schlachteten!«
Fanny lachte. »Ich war wohl ziemlich unerträglich?«
»Nein, eher verängstigt, glaube ich. Es ist schwer, mit Dingen umzugehen, die einem fremd sind. Sei nicht so streng mit den Neuankömmlingen; sie werden deine Hilfe brauchen. Vielleicht ist dir ihre Anwesenheit doch angenehmer, als du jetzt denkst.«
Maneka hatte sich von Fanny alles zeigen lassen und war immer wieder überrascht von der Fremdartigkeit mancher Dinge. In der Küche bemängelte sie, daß viel zuwenig große Teller vorhanden seien, falls der Regierungsbeauftragte tatsächlich mit seiner Frau hierher käme. Als Fanny ihr erklärte, daß in England jeder von seinem eigenen Teller zu essen pflegte und man nicht mit einem Fladen aus einem gemeinsamen Behälter schöpfte, kannte ihr Erstaunen keine Grenzen.
»So viel anders ist das gar nicht«, sagte Fanny. »Ich habe in der *zenana* ja auch meine eigenen Sachen.«
Darauf hatte Maneka sie mit traurigen Augen angeblickt. »Wie schade, daß du kastenlos bist und mit niemand anderem zusammen essen darfst! Ich hoffte, du würdest ab und zu deine Landsleute hier besuchen. Du bist viel zuviel allein.«
Die Rani mußte reden. Sie nahm die Mahlzeiten fast niemals in Gegenwart anderer ein. Fanny war sehr geschmeichelt gewesen, als sie zugestimmt hatte, hier etwas zu sich zu nehmen. Und sie hatte mit besserem Appetit gegessen als sonst. Zweifellos hatte Sajjan ihr zugesprochen, die Enthaltsamkeit ihrer neuen Lebensform nicht zu übertreiben.
»Ihr habt wohl schon entschieden, daß ich mich mit diesen

Neulingen anzufreunden habe!« neckte Fanny Maneka. »Wirst du sie denn auch besuchen?«
»Wenn es Seine Hoheit erlaubt!«
»Wirklich?« Fanny staunte. »Ich hätte nicht gedacht, daß du etwas mit ihnen zu tun haben willst.«
»Warum nicht?« Maneka war gekränkt. »Wenn die einzige Britin, die ich kenne, meine beste Freundin ist, warum sollte ich die Briten dann meiden?«
Wie sollte sie ihr nur begreiflich machen, daß diese Menschen auch die Rani von Kattyapur nicht anders behandeln würden als eine beliebige Dienerin? »Oh, Maneka, erwarte nicht zuviel!«
»Fanny, der andere ist immer auch Teil von uns selbst.«
Darauf wußte Fanny nichts zu erwidern. Die unendliche Selbstverleugnung der Rani versetzte sie immer wieder in Erstaunen. Nun erhoben sie sich, und Fanny führte Maneka durch den Palast. Endlich war die Rani überzeugt, daß sich alles in bester Ordnung befand.
»Gut gemacht«, lobte sie. »Siehst du, letztlich haben die Arbeiter doch auf dich gehört.«
»Nachdem du ihnen mehrmals gedroht hast!«
Maneka zog vor Enttäuschung ein langes Gesicht. »Sie haben es dir erzählt? Ich habe ihnen doch gesagt, daß du alles ganz allein zuwege bringen willst! Wer hat es dir verraten?«
Fanny gluckste. »Du, gerade eben.«
»Ich?« Die Rani wollte das empört verneinen, da ging ihr ein Licht auf. »Du hast mich hereingelegt! Nun, auf jeden Fall wirst du in Zukunft keine Probleme mehr haben. Manchmal muß man sehr bestimmt auftreten und sich durchsetzen. Wenn du zuviel mit ihnen lachst und zu oft ›bitte‹ sagst, tanzen sie dir auf der Nase herum. Du mußt schreien und mit dem Fuß aufstampfen! Dann, wenn alles

erledigt ist, kannst du wieder freundlicher sein, und doch wird niemand vergessen, daß es dir ernst ist mit dem, was du sagst.«

»Ich werde es mir merken!« meinte Fanny.

Die Rani lächelte. »Du wirst es dir nicht oft in Erinnerung rufen müssen. Ich habe bekanntgegeben, daß von nun an jeder deinen Befehlen ebenso zu gehorchen hat wie den meinen. Nein, sag nicht, daß ich das nicht hätte tun sollen! Du bist schon viel zu lange hier, um immer noch *die fremde Dame* genannt zu werden.« Sie wirkte richtig verärgert. »Ich will diese Ausrede nie wieder hören! Auch nicht von dir, verstanden?«

»Sehr wohl, Eure Hoheit!«

Als sich Maneka dann wieder in ihrer *doolie* und auf dem Weg zum Palast befand, trat Fanny hinaus auf die Veranda, um den Sonnenuntergang zu genießen, bevor sie sich selbst in ihrem Palankin auf den Heimweg machte.

Es war ein wunderschöner Abend, so stimmungsvoll, wie man in Europa keinen Abend kennt. Das goldene Licht des Tages ging langsam in ein tiefes Rot über. Die Vögel stießen ein letztes Mal zu den Wasserbehältern hinab, um noch einen Schluck zu trinken. Unten schlug ein Pfau ein Rad, und sein Weibchen unterbrach einen Moment lang die Futtersuche, um ihn zu bewundern.

Plötzlich hörte Fanny hinter sich ein leises Geräusch und wandte sich hastig um. Erstaunt sah sie, daß jemand Licht angezündet hatte. Sie mußte schon sehr lange hier draußen stehen und ihren Gedanken nachhängen. In der *zenana* wurde sie sicher schon erwartet. Da sah sie im Gegenlicht eine Gestalt inmitten des Raumes stehen, unbeweglich wie eine Statue. Ungläubig trat Fanny einen Schritt näher heran. Was tat Mary denn hier?

Mary ergriff als erste das Wort. »Mama?« fragte sie.
Fanny bedeckte ihr Gesicht mit den Händen. »Mary!« rief sie. »Ich glaube, ich träume!«
»O nein«, sagte Mary. »Ich bin kein Traumbild. Ich bin die Gattin des neuen Regierungsbeauftragten!«
Fanny starrte sie mit offenem Munde an. Doch dann, eine Sekunde später, lagen die beiden Frauen einander in den Armen; sie lachten und weinten abwechselnd und gaben sich völlig der Wiedersehensfreude hin.

»Mrs. Gilbert«, sagte Fanny. »Mein Gott, jetzt werde ich wohl bald Großmutter?«
»Macht es dir etwas aus?«
»Oh, nein. Wenn ihr nur glücklich seid. Ich habe dich nicht besonders gut behandelt ...«
»Unsinn!« schnitt ihr Mary das Wort ab. »Du hast für mich getan, was in deiner Macht stand.«
Sie sah ihre Mutter mit unverhohlener Freude an. »Es wird mir gefallen, hier mit dir zu leben«, sagte sie. »Ich freue mich, daß du jemanden gefunden hast, den du lieben kannst. Das Leben ist so wunderbar, wenn man einen Mann hat, der es wert ist, geliebt zu werden, findest du nicht?«
Fanny zwinkerte ungläubig. Solche Dinge wurden zu ihrer Zeit nicht zwischen Mutter und Tochter beredet. »Du bist ... sehr offenherzig«, brachte sie schließlich mühsam heraus.
Mary war bestürzt. »Oh, meine Liebe! Habe ich dich schockiert? Ich weiß, ich sollte meine Zunge hüten, aber das gelingt mir nie, wenn ich jemanden mag. Ich bin wahrscheinlich die undiplomatischste Frau, mit der sich ein Regierungsbeauftragter je abzufinden hatte!«

Fanny gewann die Fassung wieder. »Er hätte dich wohl nicht geheiratet, wenn er das von dir dächte«, meinte sie. Ihre Stimme klang ein wenig gepreßt.
Mary lachte. »Der Ärmste hatte keine andere Wahl! Er hat mich auf königlichen Befehl geheiratet!«
Sie lachte wieder, als sie sah, wie ihre Mutter sich mühte, eine bequeme Sitzstellung auf dem Sofa einzunehmen. Ohne ein Wort darüber zu verlieren, schlug sie die Beine unter, Fanny seufzte erleichtert auf und tat es ihr gleich.
»Das hat dir Lady Cunningham aber nicht beigebracht«, bemerkte sie trocken.
»Nein.« Marys Augen blitzten schalkhaft. »Sir Arthur allerdings war nachsichtiger. Ein reizender Mann, wie Eileen sagen würde ...«
»Eileen! Ist sie auch hier?«
»Sie ist bei Lady Cunningham. Seit Pater McGilligan gestorben ist, ist sie nicht mehr dieselbe. Ich dachte schon, sie würde zurück nach Irland gehen, aber sie traut sich die lange Reise nicht mehr zu. Bei Lady Cunningham fühlt sie sich wohl, denn sie ist immer freundlich zu ihr und weist sie niemals zurecht, wenn sie anfängt, von ihren Heiligen zu erzählen.«
»War Lady Cunningham auch freundlich zu dir?«
»Immer«, sagte Mary liebevoll. »Sie hat mich nie ganz verstanden, aber sie liebte mich um deinetwillen. Und sie hat nie zugelassen, daß jemand in ihrer Gegenwart dein Andenken in den Schmutz zog.«
Fanny nickte zufrieden. Das war auch ihr Eindruck gewesen. »Und hat sie endlich gelernt, diese falschen Frauenzimmer in Delhi von oben herab zu behandeln?«
»Ja, das hat sie. Und sie hat auf meine Entscheidung, Mr. Gilbert zu heiraten, so reagiert, als sei diese Ehe schon im-

mer ihr sehnlichster Wunsch gewesen. Du mußt wissen, Mr. Gilberts Großmutter...«

»Ist Parsin. Ja, ich weiß. Wir haben uns schon einmal getroffen. Er gefiel mir schon damals.«

Aufgeregt beugte sich Mary vor. »Und dabei hast du ihm diese wunderbare Miniatur für mich mitgegeben, nicht wahr? Ich wußte gleich, daß sie von dir kommen mußte. Seitdem interessiere ich mich sehr dafür.«

»Du brauchst nicht mir zu danken. Die Rani war der Ansicht, daß sie dir gefallen würde«, erwiderte Fanny schlicht. Und mit einer Spur von Selbstironie fügte sie hinzu: »Ich tat wie immer nur das, was man von mir verlangte. Du schuldest mir nichts.«

»Ich denke doch«, widersprach Mary. »In Hanupur hatte ich große Angst. Du warst einfach wunderbar! Es hat dich gar nicht schockiert, nicht wahr?«

»Nicht, daß du ihn getötet hast. Es gab eine Zeit, da hätte ich ihn selbst gerne umgebracht. Ich war schockiert, daß du jetzt eine erwachsene und verheiratete Frau bist. Ich hatte dich als kleines Mädchen in Erinnerung...«

»Ich war nie ein kleines Mädchen! Die Rani hat recht, in mancher Hinsicht bist du viel jünger als ich.«

Fanny wurde blaß. »Die Rani? *Du hast die Rani getroffen?*«

»Ich war den ganzen Vormittag bei ihr, während der Radscha und Walter sich über politische Fragen unterhalten haben.«

»Und bei mir war sie den ganzen Nachmittag und hat kein Sterbenswörtchen verlauten lassen!« Fanny war sichtlich empört. »Wie konnte sie mir meine eigene Tochter vorenthalten?«

»Die du nie wiedersehen wolltest«, ergänzte Mary ohne Groll.

»Nun ja.« Fanny war immer noch aufgebracht. »Und wie habt ihr euch verständigt? Wer hat gedolmetscht?«

»Niemand. Zuerst hat es mein ... Bruder, Ganesha, versucht, aber dann stellten wir fest, daß wir einander auch ohne Hilfe verstehen. Ich spreche einige der hiesigen Dialekte.« Sie schwieg einen Augenblick und fuhr dann fort: »Es war sehr großherzig von der Rani, mich zu empfangen. Sie tat es, weil ich deine Tochter bin, und nicht wegen Walter. Ich glaube, sie wollte auch den Radscha wissen lassen, daß sie nichts gegen meine Anwesenheit hier einzuwenden hat.«

»Was sollte sie einzuwenden haben?«

Mary wurde deutlicher. »Nun, ganz gleichgültig, was für Entschuldigungen man dafür findet, ich habe meinen eigenen Vater umgebracht. Viele Menschen halten das für ein unsühnbares Verbrechen, ganz egal, unter welchen Umständen es geschah. Auch der Radscha könnte zu ihnen zählen.«

»Der Radscha ... er ist nicht wie die anderen Männer, die du kennst.«

»Du hältst ihn für ... etwas Besonderes?«

»Für mich ist er es ... und ...« Sie wußte nicht recht weiter.

»Du fürchtest, daß ich auf ihn herabsehe? Traust du mir wirklich zu, daß ich solche Vorurteile hege? Mr. Gilbert war gezwungen, die Armee zu verlassen — nur wegen seiner Herkunft! Aber ich möchte gerne den Mann kennenlernen, der meine Mutter liebt ... und nicht den Radscha von Kattyapur.«

Fanny wandte sich ab. »Es ist derselbe Mann, Mary. Du erinnerst dich an mich als Lady Frances, die vertraute Freundin der Königin, aber die ist vor langer Zeit gestorben. Ich bin nichts anderes als die Konkubine des Herrschers eines

kleinen, bedeutungslosen Staates, dessen Wohl niemanden kümmert – außer ihn.«
»Ich bin froh, daß du das so siehst«, sagte ihre Tochter unerwartet verständnisvoll. Sie nahm ihre Mutter in die Arme. »Wie kannst du an mir zweifeln? Ich bin stolz darauf, daß du deiner Bestimmung gefolgt bist. Ich werde deinen Radscha hoch schätzen.«

»Warum hat mir niemand gesagt, daß sie hier ist?« fragte Fanny mit Nachdruck.
»Wir müssen schließlich nicht deine Erlaubnis einholen«, lächelte Maneka, »auch wenn sie deine Tochter ist.«
Fanny kaute gedankenvoll an ihrer Unterlippe. »Und du glaubst nicht, daß Seine Hoheit es mißbilligen wird, wenn er sie jeden Tag sieht?«
Maneka schüttelte traurig den Kopf, als habe sie ein verständnisloses Kind vor sich. »Fanny, er hat dich vom ersten Augenblick an geliebt. Und so störte er sich daran, daß er nicht der erste Mann in deinem Leben war. Und das, obwohl alle seine anderen Frauen Jungfrauen waren. Daran erinnerte ihn Mary. Doch sie wird ihn für sich gewinnen, überlaß das nur ihr. Sie ist dir sehr ähnlich, und er wird es als erster zu schätzen wissen.«

Diesen Abend würde Fanny nie vergessen. Als sie den Raum betrat, erblickte sie die Rani, die bereits an ihrem Platz saß und einige ihrer Lieblingsminiaturen neben sich liegen hatte, um sie Mary zu zeigen. Fanny zog den Schleier vor das Gesicht und ging zu ihrem Platz. Dann trat Sajjan ein; ihm folgten Mr. Gilbert und Mary. Instinktiv sprang Fanny auf und legte die Hände zu der traditionellen Begrüßungsformel zusammen.

Sie sah, daß ihre Tochter eine ähnlich formelle Verbeugung vor Maneka machte. Dazu sprach sie in wohlgesetzten Worten einen Gruß in Manekas Sprache. Plötzlich war Fanny sehr stolz darauf, daß Mary ihre Tochter war.
»Sie ist dir sehr ähnlich«, flüsterte Sajjan Fanny ins Ohr.
»Sie hat bessere Manieren ...«
»Trotzdem ziehe ich die Mutter vor.« In seinen Augen war ein Ausdruck von Wärme, den sie noch nie bei ihm gesehen hatte.
»Darf ich dir jetzt deinen Schwiegersohn vorstellen, den die Königin und Kaiserin auserwählt hat, als ihr Beauftragter in Kattyapur zu weilen«, sagte er dann in Englisch.
Fanny wandte sich dem Mann zu, der neben dem Radscha stand. »Mr. Gilbert«, sagte sie erfreut, »meine Tochter hat eine kluge Wahl getroffen.«
»Ich freue mich, daß sie von Ihnen gebilligt wird. Ich hoffe, ich bin auch eine kluge Wahl für Kattyapur.«
Fanny war etwas verlegen. »Das zu entscheiden, ist Angelegenheit Seiner Hoheit. Wie Sir Arthur sagte, Lady Frances ist tot; in Kattyapur gibt es nur eine Fanny.«
Sajjan grinste über das ganze Gesicht. »Wohl gesprochen, Liebling. Du bist nun einzig und allein die Frau meines Herzens und nicht mehr länger meine politische Ratgeberin.«
Fanny verstand, was er damit sagen wollte. Er war froh, daß er ihrem Rat gefolgt war und mit den Briten einen Pakt geschlossen hatte, auch wenn diese die Bedingungen diktierten. Wenn nichts Schlimmeres passierte, als daß Mr. und Mrs. Gilbert in ihrer Nähe weilten, hatten sie es nicht allzu schlecht getroffen. Unter Mißachtung aller Etikette warf sich ihm Fanny in die Arme.
»O danke, Sajjan! Auch, weil du so freundlich zu Mary bist!« flüsterte sie ihm zu.

Er schloß sie fest in seine Arme. »Deine Tochter gefällt mir.« Er streichelte ihre Wange. »Und wenn du glücklich bist, sie hier zu haben, dann bin auch ich glücklich. Hanupur und alles, was dort geschah, war ein schrecklicher Alptraum, den wir am besten rasch vergessen. Daß ich euch beide wohlbehalten in Kattyapur habe, scheint mir ein gutes Omen für die Zukunft zu sein. Du darfst nur nie vergessen, daß du die Liebe meines Lebens bist, Fanny!«
Sie schlug die Augen nieder. »Auch ich liebe dich«, erwiderte sie leise.

Fanny wartete ungeduldig darauf, zu Sajjan gerufen zu werden. Es war ein wundervoller Abend gewesen. Sie hätte nie gedacht, daß Maneka einmal in gemischter Gesellschaft mit zurückgeschlagenem Schleier lachen und scherzen würde. Eine Zeitlang hatten sie und Mary hitzig darüber debattiert, weshalb ein bestimmtes Blumenmuster, das für Shah Jahan entworfen worden war, in so vielen indischen Malereien zu finden war.
Der Yuveraj hatte schließlich einen flehenden Blick auf Fanny geworfen. »Könnten wir nicht eine Partie Schach spielen?« hatte er vorgeschlagen, und sie hatte begeistert zugestimmt. Mr. Gilbert war angenehm überrascht gewesen. »Wie anders hier alles ist als in Hanupur. Mary wird hier so glücklich sein wie nirgendwo sonst auf der Welt!«
O ja, es war ein erfreulicher Abend gewesen, und jetzt wollte sie das Bett mit Sajjan teilen. Sie konnte es kaum erwarten. Als Sayed dann endlich kam, schien er ihr so schwerfällig, daß sie ihm am liebsten einen Schubs gegeben hätte, als er vor ihr den Gang entlangwatschelte. »Warum kommst du erst jetzt?« fragte sie.
»Ich habe geschlafen, wie es jedermann zu dieser Stunde

tun sollte. Aber es steht mir nicht an, die Befehle des Radscha zu bekritteln.«

Fanny hatte nur noch Augen für Sajjan. Sie stürzte in seine Arme und sah ihn beglückt an. »Endlich hast du mich rufen lassen, ich dachte schon…«
»Daß wir für einen Abend bereits genug Spaß miteinander gehabt hätten?« Ungeduldig nestelte er an ihrem Oberteil herum.
Sie lachte. »Du bist so gut zu mir, Sajjan. Und du magst Mary wirklich, nicht wahr? Obwohl du nicht ihr Vater bist?«
Er streichelte ihren Körper. »Ich werde nie die Umstände ihrer Zeugung vergessen. Aber ich weiß schon seit langer Zeit, daß ich auf niemanden eifersüchtig zu sein brauche. Und ich mag deine Tochter. Wie sollte es auch anders sein, da sie doch deine Tochter ist? Ich hatte nur Bedenken, daß sie Groll gegen dich hegen würde oder dich als gefallene Frau behandeln könnte. Ich hätte nicht gedacht, daß sie dir so ähnlich ist und daß Maneka so gut mit ihr zurechtkommen würde…«
»Sie weiß sich zu benehmen.«
»Ja, und sie weiß viel von unseren Sitten und Bräuchen. Und seitdem ich weiß, daß sie sich nicht zwischen uns stellen wird…«
Fannys Augen weiteten sich vor Erstaunen. »Aber Sajjan, nichts und niemand könnte je meine Gefühle für dich ändern. Vom ersten Augenblick an, da ich dich sah, warst du für mich die Luft zum Atmen, der Mittelpunkt meines ganzen Sein.«
Er warf den Kopf zurück. »Du kommst aus einer anderen Welt. Es hätte sein können, daß du dich nach der ersten Verliebtheit wieder nach deinem alten Leben zurücksehnst.

Ich hatte Angst, daß Mary dich daran erinnern könnte, was du aufgegeben hast und daß ich dich verlieren könnte. Bist du wirklich ganz die meine, Fanny?«
Sie küßte zärtlich seine Fingerspitzen, während er sie weiter auszog. Als sie ganz nackt war, sah sie ihm in die Augen. »Sajjan, bitte, hör mir jetzt ganz genau zu, denn es kann sein, daß ich nie wieder den Mut finde, dir das zu sagen: Du hast mir das Leben geschenkt, wie es meine Eltern nicht konnten; du hast mir Kinder geschenkt, denen ich eine wirkliche Mutter sein kann; du hast mir Freude geschenkt, wo ich nur Schuldgefühle kannte. Als ich in Hanupur im Gefängnis saß und dachte, zum Tode verurteilt zu sein, bedauerte ich nur, von dir gehen zu müssen; und ich hatte Angst, daß du nicht verstehen würdest, warum ich so handeln mußte. Ich habe dort noch einmal gespürt, daß ein Leben ohne dich keinen Wert für mich hat; daß ich ohne dich nicht weiterleben will.«
Er faßte sie an der Schulter. »Ich hätte dich im nächsten Leben wieder getroffen. Unsere Liebe wird uns in jedem Leben zusammenführen.«
Sie strich ihm mit dem Finger über die Stirn. »Was aber, wenn wir nur dieses eine Leben haben, wie ich es gelernt habe? Komm, laß uns keine Zeit vergeuden! Du hast mir noch ein Kind versprochen, weißt du noch?«
Er holte tief Luft, dann zog er sie an sich und küßte sie leidenschaftlich.
»Hare-Ram!« rief er. »Komm ins Bett!«

ENDE